Hans Stefan Wertheimer (Hrsg.) »Geistesblitze, Hobelspäne«

Hans Stefan Wertheimer (Hrsg.)

»Geistesblitze, Hobelspäne«

Ein Lexikon bissig-heiterer Weisheiten

Klöpfer & Meyer

Die Deutsche Bibliothek – CIP-Einheitsaufnahme
»Geistesblitze, Hobelspäne« :
ein Lexikon bissig-heiterer Weisheiten /
Hrsg.: Hans Stefan Wertheimer. – 1. Aufl. –
Tübingen : Klöpfer und Meyer, 2000
ISBN 3-931402-54-1

Lektorat: kulturwerkstatt tübingen, Sabine Lehmkühler
unter Mitarbeit von: Bettina Antweiler-Özdemir,
Christel Lehmkühler und Hasan Sahin
Gestaltung: Gertrud Eilenstein, Gerlingen
Umschlag: Werner Rüb, Bietigheim-Bissingen
Herstellung: Gulde Druck, Tübingen

Inhaltsverzeichnis

Vorwort

Was darf man vom vorliegenden Buch »Geistesblitze, Hobelspäne«, diesem Lexikon bissig-heiterer Weisheiten erwarten? Ich denke ein Doppeltes: sowohl die Vermittlung von Weisheit wie das Auslösen von Heiterkeit. Wie kommt ein solches Buch zustande, wenn nicht als Lebenssumme eines belesenen Menschen, der aus seiner Lektüre Nutzanwendung und Gewinn zu ziehen versteht und sie auch anderen vermitteln kann? Und wer darf sich für heitere Weisheiten kompetent erachten? Vermuten wir so:
Ein gestandener Mann im neunten Lebensjahrzehnt mit einer entsprechend reichen Lebenserfahrung, ein Mensch, der die Lesefrüchte eines ganzen Lebens notiert hat, sie in der Distanz eines Menschen, der jahrzehntelang im Ausland verbracht hat, präsent behalten hat und als Quintessenz seiner Lebenserfahrung einzubringen vermag.
Eben dieser Mann ist Hans Stefan Wertheimer, ein Schwabe – Stuttgarter –, der vor Jahrzehnten in Rio de Janeiro ansässig geworden ist, aber Jahr für Jahr in die alte Heimat zurückkehrt, um geistig-seelisch und körperlich wieder aus den Quellen aufzutanken. Was für ein Glück ist es für jeden Leser, wenn er so einem akribischen Sammler begegnet, der den nötigen Weitblick besitzt, aber auch genügend Abstand, um uns entscheidende Winke zu geben. Jedenfalls ist dem Herausgeber, der auch viele Beiträge aus anderen Sprachen übersetzte und manche Formulierung auf Versmaß brachte, eine riesig dimensionierte Sammlung gelungen, eine geballte Ladung geistreicher und witziger Einfälle, ein Ratgeber für viele Lebenslagen. Naturgemäß ist das kein Buch, das man in einem Zug von vorn bis hinten herunterliest, eher ein Rezeptbuch für eine Medizin, die man bei Bedarf hervorholt und in homöopathischen Dosen zu sich nimmt. Dann allerdings kann es wie eine Psychodroge wirken, denn Humor und Witz bergen schlechterdings unentbehrliche Konfliktbewältigungsstrategien. Heiterkeit ist die Wurzel von Glück, und jeder Mensch hat einen elementaren Glücksbedarf. Dazu kann Hans Stefan Wertheimers Buch wesentlich beitragen. Was er in einer unglaublichen Fleißarbeit zustandegebracht hat, ist das erste internationale Zitatenbuch ausschließlich bissig-heiterer Weisheiten. Die Auswahl geht quer durch die Weltliteratur. Als literarische Form überwiegt die des Aphorismus. Vor allen anderen war Goethe ein Meister dieser konzentrierten Form, und nicht zufällig ist er darum häufig vertreten. Auch Jean Paul, Lichtenberg, Schopenhauer und Nietzsche sind unter den Vielzitierten – und selbstverständlich der unerschöpfliche Wilhelm Busch. Von den neueren Autoren wurden mehrfach aufgenommen: Bert Brecht, Elias Canetti, Karl Kraus, Curt Goetz, Erich Kästner, Eugen Roth, Peter Ustinov und Gerhard Uhlenbruck. Absolut Neues und noch nie Gehörtes ist nicht eigentlich dabei. Alles ist schon einmal dagewesen, oder um mit Goethe zu sprechen:

»Wer kann was Dummes, wer was Kluges denken,
das nicht die Vorwelt schon gedacht?«

Eher findet sich »Unerhörtes« oder gar »Ungehöriges«.
Geordnet ist die Zitatensammlung nach Sachgruppen und Lebensbereichen: Gesundheit und Krankheit, Essen und Trinken, das Geschlechterverhältnis, Frau und Mann, Heirat und Ehe, Liebe und Alter, Ärzte und Medizin, Literatur und Kunst, Politik und Politiker. Besonders ergiebig und auch zeitlich weit aufgefächert sind die Sprüche über Dummheit und Klugheit, denn schon seit Beginn der neueren

deutschen Literatur im Zeitalter des Humanismus war Narrheit ein Hauptthema. Eine wichtige Textsorte ist die witzige, weil oft in sich widersprüchliche Definition, beispielsweise von Optimismus und Pessimismus, Moral, Verstand, Ironie, Satire, Lachen, Scherz, Spaß, Witz etc.
Bissig-heitere Weisheiten werden eher nachdenklich stimmen als lautes Gelächter hervorrufen, eher ein altersweises Lächeln, nicht selten das der Resignation. Heiterkeit steht immer in der Nähe des Humors, von dem man gesagt hat, daß er dadurch charakterisiert wird, wenn man »trotzdem« lacht. Das Trotzdem-Lachen ist ja geradezu sprichwörtlich geworden. Und immer wieder erweist sich: Echter Humor ist eine ernste Sache, was schon die Alten wußten, wenn Seneca formulierte:
»Verum gaudium res severa est«.
Manchmal sind die Sprüche aber auch ziemlich frech, respektlos und gar nicht immer moralisch, insbesondere wo es um Eheerfahrungen, Liebe und Erotik geht. Weiberlist und Frauenmacht bleiben ein unerschöpfliches Thema, wobei manch Frauenfeindliches heute kaum noch zitierbar ist. Auch Schadenfreude, Hybris, die Diskrepanz zwischen Schein und Sein spielen eine Rolle. Unter dem subsummierenden Strich bleibt stets zu fragen: Welche Art von Betroffenheit läßt lachen, welche erschüttert? »Ridendo dicere verum«, also im Scherz die Wahrheit sagen – so Horaz in seinen Satiren – ist eine große Kunst, über die nicht viele verfügen. Über andere läßt sich leichter lachen, als die Wahrheit zu ertragen, wenn über einen selbst gelacht wird. Witz, so hat man oft gesagt, sei eine Sache des Verstandes, der Humor aber eine des Herzens. Humor hat jedenfalls mit dem ganzen Menschen zu tun. Das befreiende Lachen scheint in unserer modernen Gesellschaft immer mehr verlorengegangen zu sein. Hier aber wird uns ein Stück davon wieder geschenkt …
Noch einmal: Man lese in homöopathischen Dosen, jeden Tag ein Stückchen und nach Bedarf, wie ihn die Abschnittüberschriften anbieten, damit der Humor nicht ausgeht. Jede und jeder wird dann bald ihren und seinen Lieblingsausspruch finden – oder auch mehrere. Ich selber halte es mit Humboldt:

»Ich liebe die Heiterkeit ungemein. Es ist nicht gerade die laute, die sich wie genießende Fröhlichkeit ankündigt, sondern die stille, die sich so recht über die innere Seele ergießt.«

Und ein Lieblingsspruch könnte auch das Tolstoi zugeschriebene Zitat sein:

»Heiterkeit ist eine der Arten, Gottes Willen zu erfüllen.«

Lutz Röhrich, Freiburg im Breisgau, am Neujahrstag 2000

Alles über »Geistesblitze, Hobelspäne«

Eine Art Einführung

Im Herzen jedes **Aphorismus**, so neu oder gar paradox es sich gebärden möge, schlägt eine uralte Wahrheit. *Arthur Schnitzler*

Ein Aphorismus braucht nicht wahr zu sein, aber er soll die Wahrheit überflügeln. *Karl Kraus*

Die großen Aphoristiker lesen sich so, als ob sie alle einander gut gekannt hätten. *Elias Canetti*

Das ist ein Aphorismus, sagt er, und klappt den Mund rasch wieder zu. *Elias Canetti*

Die schlechtesten Aphorismen sind es nicht, die davon träumen, auf Kalenderzetteln zu enden.
Kurt Marti

Der Aphorismus ist wie die Biene, mit Golde beladen und mit einem Stachel versehen.
Carmen Sylva

Der Aphorismus will nicht Dumme gescheit, sondern Gescheite nachdenklich machen.
Sigmund Graff

Ein echter Aphorismus ist ein Universum im Wassertropfen. *Martin Kessel*

Der Aphorismus ist der letzte Ring einer langen Gedankenkette. *Marie von Ebner-Eschenbach*

Aphorismen sind die Einfälle der Philosophen.
Luc de Vauvenargues

Der Aphorismus, die Sentenz, sind die Formen der Ewigkeit. *Friedrich Nietzsche*

Aphoristische Definitionen sind kandierte Früchte vom Baum der Erkenntnis. *Helmar Nahr*

Ein treffender Aphorismus spießt die Wahrheit auf, ohne sie zu beschädigen. *Carl Merz*

Ein guter Aphorismus ist die Weisheit eines ganzen Romans in einem einzigen Satz. *Theodor Fontane*

Aphorismen sind die Lyrik der Vernunft.
Erwin Chargaff

Ein guter Aphorismus soll auf der Zunge zergehen wie ein Bonbon, – weg ist er. *Robert Musil*

Im Aphorismus ist der Gedanke nicht zu Hause, sondern auf dem Sprung. *Helmut Arntzen*

Der Aphorismus hat vor jeder anderen Literaturgattung den Vorteil, daß man ihn nicht weglegt, bevor man ihn zu Ende gelesen hat. *Gabriel Laub*

Aphorismen sind Hobelspäne vom Baum der Erkenntnis. *Hans-Hermann Kersten*

Ein **Buch** ist wie ein Garten, den man in der Tasche trägt. *Afrikanisches Sprichwort*

Das Buch – Gefäß des Geistes! *Thomas Mann*

Ohne Bücher verfaulen die Freuden. *Elias Canetti*

Bücher sind Schiffe, welche die weiten Meere der Zeit durcheilen. *Francis Bacon*

Ein Buch ist ein Spiegel. Wenn ein Affe hineinguckt, so kann freilich kein Apostel heraussehen.
Georg Christoph Lichtenberg

Ein sicheres Zeichen von einem guten Buche ist, wenn es einem immer besser gefällt, je älter man wird.
Georg Christoph Lichtenberg

Wenn ein Kopf und ein Buch zusammenstoßen und es klingt hohl, ist das denn allemal im Buche?
Georg Christoph Lichtenberg

Mehr als Gold hat das Blei in der Welt verändert. Und mehr als das Blei in der Flinte das im Setzkasten.
Georg Christoph Lichtenberg

Die nützlichsten Bücher sind die, die den Leser anregen, sie zu ergänzen. *François Marie Voltaire*

Bücher sind der geschätzte Reichtum der Welt, die richtige Erbschaft von Generationen und Völkern.
Henry David Thoreau

In einem guten Buche stehen mehr Wahrheiten, als sein Verfasser hineinzuschreiben vermeinte.
Marie von Ebner-Eschenbach

Ein Raum ohne Bücher ist ein Körper ohne Seele.
Marcus Tullius Cicero

Schaff gute Bücher in dein Haus,
sie strömen reichen Segen aus
und wirken als ein Segenshort
auf Kinder und auf Enkel fort. *Alter Spruch*

Uns selbst gedruckt zu sehen, uns allen wohl gefällt.
Ein Buch ist ja ein Buch, auch, wenn es nichts enthält.
George G.N. Lord Byron

Die Erfindung des Buchdrucks ist das größte Ereignis der Weltgeschichte. *Victor Hugo*

Ein Volk, das ein wahres, volkstümliches Bücherwesen besitzt, ist Herr von einem unermeßlichen Schatze. *Friedrich Ludwig Jahn*

In Büchern liegt die Seele von allen vergangenen Zeiten. *Thomas Carlyle*

Ein gutes Buch ist mir ein wahrer Schatz,
in Nöten dient es als Versatz. *Friedrich Haug*

Manche verdanken den Büchern ihre Weisheit, manche ihre Torheit. *Plinius der Ältere*

Nur **Heiterkeit** und grader Sinn
verschafft dir endlichen Gewinn.
Johann Wolfgang von Goethe

Nur die heitere, die ruhige Seele gebiert das Vollkommene. *Friedrich von Schiller*

Ich liebe mir den heitern Mann
am meisten unter meinen Gästen;
wer sich nicht selbst zum Besten haben kann,
der ist gewiß nicht von den Besten.
Johann Wolfgang von Goethe

Die Menschen begreifen gar nicht, wie ernst man sein muß, um heiter zu sein.
Johann Wolfgang von Goethe

Dem Heiteren erscheint die Welt auch heiter!
Johann Wolfgang von Goethe

Mußt du des Herzens Kummer auf Erden einem vertrauen, – gehe zum Heiteren, – er ist auch der barmherzige Mann. *Johann Gottfried von Herder*

Heiterkeit und Freudigkeit ist der Himmel, unter dem alles gedeiht. *Jean Paul*

Die Heiterkeit ist ein wiederkehrendes lichtes Gestirn, ein Zustand, der sich, ungleich dem Genusse, durch die Dauer nicht abnützt, sondern wiedergebiert.
Jean Paul

Heiterkeit hat nur der Mensch, Genuß auch das Tier!
Jean Paul

Ich liebe die Heiterkeit ungemein. Es ist nicht gerade die laute, die sich wie genießende Fröhlichkeit ankündigt, sondern die stille, die sich so recht über die innere Seele ergießt. *Alexander von Humboldt*

Man kann nicht Heiterkeit moralisch gebieten; aber nichtsdestoweniger ist sie die Krone schöner Sittlichkeit. *Alexander Frh. von Humboldt*

Frohsinn und Heiterkeit: die Eltern großer Tugenden!
Karl Julius Weber

Werde heiter, mein Gemüte!
Hoffmann von Fallersleben

Was nun aber uns am unmittelbarsten beglückt, ist die Heiterkeit des Sinnes: denn diese gute Eigenschaft belohnt sich augenblicklich selbst.
Arthur Schopenhauer

Traurigkeit ist Stille, ist Tod; Heiterkeit ist Regsamkeit, Bewegung, Leben.
Marie von Ebner-Eschenbach

Der Heiterkeit sollen wir, wann immer sie sich einstellt, Tür und Tor öffnen, denn sie kommt nie zur unrechten Zeit. *Arthur Schopenhauer*

Einer sei jung, schön, reich und geehrt, so fragt man sich, wenn man sein Glück beurteilen will, ob er dabei heiter sei. Ist er hingegen heiter, so ist es einerlei, ob er jung oder alt, gerade oder buckelig, arm oder reich sei: Er ist glücklich! *Arthur Schopenhauer*

Die Heiterkeit allein ist gleichsam die bare Münze des Glückes und nicht, wie alles andere, bloß der Bankzettel; weil nur sie unmittelbar in der Gegenwart beglückt. *Arthur Schopenhauer*

Alles in der Welt ist Torheit, nur nicht die Heiterkeit.
Friedrich der Große

Ich habe gelernt, vom Leben nicht viel zu erwarten. Das ist das Geheimnis aller echten Heiterkeit und der Grund, warum ich immer angenehme Überraschungen statt trostloser Enttäuschungen erlebe.
George Bernard Shaw

Mit dem Klagen, mit dem Zagen,
wie verdarbst du's, ach so oft.
Lerne Trübes heiter tragen
und dein Glück kommt unverhofft.
Emanuel Geibel

Humor ist die Fähigkeit, heiter zu bleiben, wenn es ernst wird. *Ernst Penzoldt*

Heiterkeit ist die Mutter der glücklichen Einfälle.
Luc de Vauvenargues

Wir sind nie ganz allein, wenn wir uns zu erheitern verstehen. *Carl Gottlob Schelle*

Alles wirklich Schöne beschenkt uns ja in der Tat mit einer Heiterkeit, die wir sogleich verstehen.
Robert Walser

Die Heiterkeit ist die Distanz, die man sich zu den Unbillen des Lebens erarbeitet hat.
Curt Goetz

Heiterkeit ist immer das Anzeichen der Freiheit.
Friedrich Georg Jünger

Die wissende Heiterkeit ist ein Tor zum Ewigen!
William Shakespeare

Der Heitere ist Meister seiner Seele.
William Shakespeare

Heiterkeit ist eine der Arten, Gottes Willen zu erfüllen. *Leo Nikolajewitsch Tolstoi*

Es gibt keine Pflicht, die nicht der Heiterkeit bedürfte, um recht erfüllt zu werden. *John Milton*

Seines Todes ist man gewiß: Warum sollte man nicht heiter sein? *Friedrich Nietzsche*

Sei heiter!
Es ist gescheiter
als alles Gegrübel:
Gott hilft weiter,
zur Himmelsleiter
werden die Übel. *Theodor Fontane*

Wunderbar ist die Stärke der Heiterkeit und die Macht ihrer Ausdauer – der heitere Mann wird in derselben Zeit mehr zuwege bringen, wird es besser machen und wird eine längere Ausdauer dabei an den Tag legen als der betrübte oder der mürrische.
Thomas Carlyle

Ich habe den ernsten und demütigen Wunsch und werde ihn hegen, bis ich sterbe, nämlich den Vorrat an harmloser Fröhlichkeit in der Welt zu vergrößern.
Charles Dickens

Über jedem guten Buche muß das Gesicht des Lesers von Zeit zu Zeit hell werden. Die Sonne innerer Heiterkeit muß sich zuweilen von Seele zu Seele grüßen, dann ist auch im schwierigsten Falle alles in Ordnung.
Christian Morgenstern

Herzensfreude ist Leben für den Menschen, Frohsinn verlängert ihm die Tage.
Jesus Sirach 30,22

Wenn im Herzen keine Bosheit ist, so sind immer Heiterkeit und Leichtigkeit in Miene und Manieren.
Philip D.S. Chesterfield

Der **Humor** ist keine Gabe des Geistes, er ist eine Gabe des Herzens. *Ludwig Börne*

Wenn das Schicksal hart zufaßt, soll der Humor es sanft abschütteln. *Karl Peltzer*

Wer Humor hat, der hat beinahe schon Genie. Wer nur Witz hat, hat meistens nicht mal den.
Arthur Schnitzler

Humor ist, wenn man trotzdem lacht.
Otto Julius Bierbaum

Nichts ist so kümmerlich, so kleinlich und so kläglich, daß nicht Humor und Witz dir's machten noch erträglich. *Friedrich Güll*

Humor ist der Knopf, der verhindert, daß uns der Kragen platzt. *Joachim Ringelnatz*

Humor ist die Lust zu lachen, wenn einem zum Heulen ist. *Werner Finck*

Humor ist eines der besten Kleidungsstücke, die man in Gesellschaft tragen kann.
William Makepeace Thackeray

Humor: Der Schwimmgürtel auf dem Strom des Lebens. *Wilhelm Raabe*

Der Humor ist der Wintermantel der Existenz.
Gottfried Edel

Humor tröstet die Menschen über das hinweg, was sie wirklich sind. *Albert Camus*

Humor-Lose sind meist Nieten.
Karl Garbe

Der Humor ist die einzige absolute Geburt des Lebens. *Christian Friedrich Hebbel*

Humor ist die Erkenntnis der Grenze, verbunden mit grenzenloser Erkenntnis. *Gerhart Hauptmann*

Humor ist der Milchbruder des Glaubens.
Martin Buber

Der Humor ist eine Blüte des Herzens, der Witz eine Frucht des Verstandes. *Erich Limpach*

Der echte Humor ist der Feind von unechtem Ernst.
Willy Reichert

In einem Land leben, wo es keinen Humor gibt, ist unerträglich. Aber noch unerträglicher ist es in einem Lande, wo man Humor dringend braucht.
Bertolt Brecht

Der wahre Humor weiß ganz genau, daß man im Grunde genommen nichts zu lachen hat.
Ernst Heimeran

Humor ist eine Eigenschaft des Herzens – wie die Liebe. Es gibt Menschen, die nicht lieben können; wahrscheinlich sind es dieselben, die keinen Humor haben. *Rudolf G. Binding*

Humor ist wie Sekt; der trockene ist der beste!
Werner Ross

Wo der Spaß aufhört, beginnt der Humor.
Werner Finck

Humor ist das einzige Gebiet des Schöpferischen, das einen physiologischen Reflex auslöst.
Arthur Koestler

Es ist ein teurer Spaß, in einer Welt voller Narren keinen Humor zu haben. *Werner Mitsch*

Wie der Witz die edelste und nützlichste Gabe der menschlichen Natur ist, so ist der Humor die angenehmste! *Jonathan Swift*

Der Humor trägt die Seele über Abgründe hinweg und lehrt sie, mit ihrem eigenen Leid spielen. Er ist eine der wenigen Tröstungen, die dem Menschen treu bleiben bis an das Ende.
Anselm Feuerbach

Humor ist auch eine Erhebung gegen den Himmel; nur geht man, wie der Vogel Merops, mit dem Hintern zuerst! *Jean Paul*

Nur wenige Menschen werden humorvoll geboren. Die meisten leben von der Heiterkeit anderer.
Luc de Vauvenargues

Mit dem Humor ist es wie mit den Austern: Eine Perle setzt eine kleine Wunde voraus. *William Saroyan*

Aller höhere Humor fängt damit an, daß man die eigene Person nicht mehr ernst nimmt.
Hermann Hesse

Verum gaudium res severa est.
Echter Humor ist eine ernste Sache!
Lucius Annaeus Seneca

Humor unterscheidet sich von Witz wie sich das Lächeln vom Gelächter unterscheidet. *Paul Alverdes*

Humor ist, was man nicht hat, sobald man es definiert. *Rudolf Presber*

Humor ist eine Art, die Wahrheit zu sehen. *Sir Peter Ustinov*

Der Humor ist die Weisheitsform des heiter resignierenden Überwinders. *Jakob Burckhardt*

Humor ist nicht erlernbar. Neben Geist und Witz setzt er vor allem ein großes Maß von Herzensgüte voraus. Von Geduld und Nachsicht und Menschenliebe. Deshalb ist er so selten. *Curt Goetz*

Ironie ist die Form des Paradoxen; paradox ist alles, was zugleich gut und groß ist.
Friedrich von Schlegel

Ironie heißt fast immer, aus einer Not eine Überlegenheit machen. *Thomas Mann*

Ironie ist das Körnchen Salz, das das Aufgetischte überhaupt erst genießbar macht.
Johann Wolfgang von Goethe

Ironie ist keine Waffe, aber ein Trost der Ohnmächtigen. *Ludwig Marcuse*

Die Ironie ist der Kaktus, der auf dem Grab unserer Illusionen wuchert. *Elbert Hubbard*

Ironie: die Tochter des Hasses und der Grazie.
Alexander Roda Roda

Ironie ist die Grobheit der Gebildeten.
Robert Lembke

Der Ironiker ist meist nur ein beleidigter Pathetiker.
Christian Morgenstern

Ironie ist die letzte Phase der Enttäuschung.
Anatole France

Wenigstens Selbstironie sollte der Sünder haben, – also jedermann. *Wilhelm Busch*

Der **Satiriker** ist ein gekränkter Idealist; er will die Welt gut haben, sie ist schlecht. Und nun rennt er gegen das Gute an. *Kurt Tucholsky*

Der Satiriker ist ein Mann, der seines Lebens nicht sicher ist, weil er die Wahrheit zur Schau trägt.
Christian August Vulpius

Es ist schwer, keine Satire zu schreiben!
Decimus Junius Juvenal

Witz lacht, Humor lächelt, Satire kennt keinen Spaß.
Heinrich Wiesner

Die Satire ist eine Art Spiegel: Wer hineinsieht, sieht im Allgemeinen das Gesicht eines jeden, nur nicht das eigene. *Jonathan Swift*

Ein Mann ist zornig über eine Verleumdung, weil sie falsch ist, aber über eine Satire, weil sie wahr ist.
Gilbert Keith Chesterton

Die feinste Satire ist unstreitig die, deren Spott mit so wenig Bosheit und so vieler Überzeugung verbunden ist, daß er selbst diejenigen zum Lächeln nötigt, die er trifft.
Georg Christoph Lichtenberg

Der Witz ist das Erdgeschoß des Humors, die Satire der erste Stock, die Ironie der zweite, der Sarkasmus das Mansardenstübchen. *Werner Krauss*

Bei der Satire gilt das Prinzip: Wer sich getroffen fühlt, ist gemeint. *Werner Finck*

Der große Satiriker zieht, was er ins Lächerliche zieht, mit dem gleichen Griff auch ins Ernsteste.
Alfred Polgar

Aus **Spöttern** werden oft Propheten.
William Shakespeare

Man kann über alles spötteln, weil alles eine Kehrseite hat. *Charles de Montesquieu*

Der Spötter Witz kann nichts verächtlich machen, was wirklich nicht verächtlich ist.
Friedrich von Bodenstedt

Ich mag lieber leiden, daß man lehrreich spottet, als daß man unfruchtbar lobt.
Johann Wolfgang von Goethe

Der Spott endet, wo das Verständnis beginnt.
Marie von Ebner-Eschenbach

Der Wahrheit ins Gesicht blicken und sie nicht zu verübeln, wenn sie wenig schmackhaft ist, und menschliche Natur so hinzunehmen, wie man sie findet, – wenn das **Zynismus** bedeutet, dann bin ich wohl ein Zyniker.
William Somerset Maugham

Wer die Wahrheit im falschen Moment sagt, gilt als Zyniker. *Oliver Hassencamp*

Skepsis ist die Vorsicht des Zynikers.
Gerhard Uhlenbruck

Zynismus ist Genuß an der letzten Konsequenz.
Martin Kessel

Zynismus ist der Triumph des Verstandes auf Kosten der Scham. *Martin Kessel*

Zynismus kann ein Präludium echter Moral sein.
Ludwig Marcuse

Zynismus: daß man von niemandem mehr erwartet, als man selber ist. *Elias Canetti*

Der Zynismus, der sich häufig unter der gebildeten männlichen wie weiblichen Jugend Europas findet, ist ein Mischergebnis aus gewohnter Lebensbequemlichkeit und Machtlosigkeit. Machtlosigkeit gibt die Empfindungen, daß sich nichts lohnt, getan zu werden, und der moderne Komfort sorgt dann dafür, daß das Schmerzliche dieser Empfindung bis zur Erträglichkeit gemildert wird. *Bertrand Russell*

Zynismus ist die Fühllosigkeit der Gefühlvollen.
Heinrich Wiesner

Kein Zynismus kann das Leben übertreffen.
Anton Tschechow

Zynismus … ist das Ergebnis einer Verbindung von Bequemlichkeit mit Machtlosigkeit.
Bertrand Russell

Geringe Kunst, humoristisch zu sein, wenn man sich nicht scheut, zynisch zu sein.
Marie von Ebner-Eschenbach

Zuschanden werden die leichtfertigen Verächter.
Psalm 25,3

Ich bin durchaus nicht zynisch, ich habe nur meine Erfahrungen, was allerdings ungefähr auf dasselbe herauskommt. *Oscar Wilde*

Der Zyniker, der Schmarotzer der Zivilisation, lebt davon, sie zu verneinen, gerade weil er überzeugt ist, daß sie ihn nicht im Stich lassen wird.
José Ortega y Gasset

Was ist ein Zyniker? – Ein Mann, der immer weiß, was eine Sache kostet, und nie, was sie wert ist.
Oscar Wilde

Das Lächeln, das du aussendest, kehrt zu dir zurück.
Indisches Sprichwort

Lachen, Weinen, Lust und Schmerz sind Geschwisterkinder.
Johann Wolfgang von Goethe

Man spricht viel zu leichtfertig vom Lachen in der Welt; ich halte es für eine der ernsthaftesten Angelegenheiten der Menschheit. *Wilhelm Raabe*

Fröhliches Lachen ist eine der schönsten Künste von allen, die man üben kann. Wer es verstände, sie gut zu lehren, wäre einer der größten Wohltäter der erwachsenen Menschheit. *Otto von Leixner*

Das Lachen erhält uns vernünftiger als der Verdruß.
Gotthold Ephraim Lessing

Geißen lachen, klar lachen sie, jede hat sogar ihr eigenes, unverwechselbares Lachen, versicherte ein Alphirt. *Kurt Marti*

Lachen und Lächeln sind Tor und Pforte, durch die viel Gutes in den Menschen hineinhuschen kann.
Christian Morgenstern

Das Lachen ist der Regenbogen, der dunklem Grund des Sturms entsteigt. *Anastasius Grün*

Eenmaol lachen helpt biätter (besser) es (als) dreimaol Medizin niemen. *Münsterisches Sprichwort*

Doch lächelnd die Wahrheit sagen, – was hindert daran? *Quintus Flaccus Horaz*

Lachen – Lachen heißt: schadenfroh sein, aber mit gutem Gewissen. *Friedrich Nietzsche*

Lachen ist der Ausdruck relativer Behaglichkeit.
Wilhelm Busch

Lachen ist Glück, ihr Brüder; denkt, Homer läßt Götter lachen! *Ludwig Bechstein*

Man muß lachen, bevor man glücklich ist, weil man sonst sterben könnte, ohne gelacht zu haben.
Jean de La Bruyère

Der Mensch ist das Wesen, das lacht. Das unterscheidet ihn. Er ist das schöpferische Wesen. Er setzt Dinge in die Welt, die es in der Welt nicht gibt.
Eugène Ionesco

Zum Lachen braucht es immer ein wenig Geist; das Tier lacht nicht. *Gottfried Keller*

Aus den lustigen Schriften kluger Köpfe läßt sich sehr oft mehr lernen als aus sehr vielen ernsthaften. Sie tragen manches mit einer lachenden Miene vor, was sie im Ernst meinen.
Georg Christoph Lichtenberg

Die Hälfte der Menschen lacht auf Kosten der anderen. *Philippe N. Destouches*

Man sollte lieber zwei Muskeln bewegen, um zu lachen, statt dreizehn Muskeln, um die Stirne zu runzeln und die Zähne zu fletschen.
Jacques Tati

Wer lachen kann, dort, wo er hätte heulen können, bekommt wieder Lust zum Leben. *Werner Finck*

Ich beeile mich, über alles zu lachen, um nicht gezwungen zu sein, darüber zu weinen.
Pierre de Beaumarchais

Wer gern lacht, wird auch gern verzeihen.
Karl Peltzer

Lachen ist gesund, Freude ist Balsam; aber Seelenruhe ist des Lachens Quelle und der Freude Balsambüchse.
Johann Heinrich Pestalozzi

Das richtige Lachen ist der Beginn des richtigen Denkens und Empfindens. *Carl Zuckmayer*

Das Lachen ist nichts anderes als ein wetterleuchtendes Aufblitzen der Seelenfreude, ein Aufzucken des Lichts nach draußen, so, wie es innen strahlt.
Dante Alighieri

Schlage man mich lieber, aber lasse man mich lachen!
Jean Baptiste Molière

Der verlorenste aller Tage ist der, an dem man nicht gelacht hat. *Nicolas Chamfort*

Eine Welt, wo so viel gelacht wird, kann so schlecht nicht sein!
Friedrich Theodor von Vischer

Nichts amüsiert mich mehr, als wenn ich über mich selbst lache. *Mark Twain*

Das Lachen ist eine Macht, vor der die Größten dieser Welt sich beugen müssen. *Émile Zola*

Nicht durch Zorn, sondern durch das Lachen tötet man. *Friedrich Nietzsche*

Schön ist es, miteinander zu schweigen, schöner, miteinander zu lachen. *Friedrich Nietzsche*

Weib, – in deinem Lachen hast du die Musik der Bronnen des Lebens. *Rabindranath Tagore*

Wenn mein Leib zu Vierteln in der Grube liegt, werde ich immer noch über all das lachen, was nur ein Lachen wert ist. *Henry de Montherlant*

Lachen erhält jung – und es wird aus eben diesem Grund mit dem Alter immer kostbarer.
Sigmund Graff

Die sich totlachen können, werden sich nicht totschlagen. *Peter Benary*

Wer über sich selbst lachen kann, stiehlt seinen Mitmenschen die Schadenfreude. *Werner Mitsch*

Des Menschen Vorrecht ist das Lachen.
François Rabelais

Der Himmel hat dem Menschen als Gegengewicht zu den vielen Mühseligkeiten des Lebens drei Dinge gegeben: die Hoffnung, den Schlaf und das Lachen.
Immanuel Kant

Wer hier nicht lachen kann, soll hier nicht lesen, denn lacht er nicht, faßt ihn »das böse Wesen«.
Friedrich Nietzsche

Wenn dich die **Lästerzunge** sticht,
so laß dir zum Troste sagen:
Die schlechtesten Früchte sind es nicht,
woran die Wespen nagen. *Gottfried August Bürger*

Denn ich bin nichts, wenn ich nicht lästern darf.
William Shakespeare

Tu von dir die Falschheit des Mundes und sei kein Lästermaul. *Sprüche Salomo 4,24*

Will Gott, daß jemand beschämt erscheine,
so macht er ihn zum Lästerer gegen Reine.
Persisches Sprichwort

Ist einem Raben nicht ein Lästerer zu vergleichen?
Er frißt die Lebenden und jener nur die Leichen.
Hans Assmann Frh. von Abschatz

Es ist nicht möglich, witzig zu sein ohne ein wenig Bosheit. *Richard B. Sheridan*

Tugend will ermuntert sein,
Bosheit kann man schon allein.
Wilhelm Busch

Der **Scherz** will frei in die Luft hineinranken, wenn er bunte Blüten treiben soll; wer ihn ängstlich an Latten und Pfähle bindet, dem verkümmert er unter den Händen. *Emanuel Geibel*

Der Scherz kennt kein anderes Ziel als sein eigenes Dasein. Die poetische Blüte seiner Nesseln sticht nicht, und von seiner blühenden Rute voll Blätter fühlt man kaum den Schlag. *Jean Paul*

Scherz darf nicht kränken oder beleidigen; boshafter Scherz ist ein Widerspruch; er soll gefallen und erfreuen. *Karl Julius Weber*

Ich habe mein ganzes Leben gefunden, daß sich der Charakter eines Menschen aus nichts so sicher erkennen läßt als aus einem Scherz, den er übelnimmt.
Georg Christoph Lichtenberg

Im Scherz klopft man an, im Ernst wird aufgetan.
Sprichwort

Wenn der Scherz am besten ist, soll man aufhören!
Johann Agricola

Scherze nicht mit einem großen Menschen!
Jesus Sirach 8,5

Ein Scherz hat oft gefruchtet, wo der Ernst nur Widerspruch hervorzurufen pflegte.
August Graf von Platen

Ich muß mir deinen Scherz gefallen lassen. Er trifft mich zwar, doch trifft er nicht tief.
Johann Wolfgang von Goethe

Der Scherz ist ein Versuch, Ungleichheit gleich
zu stellen.
Drum strafen ungestraft nur unter sich Gesellen.
Mit Kleinerm scherze nicht, – er wird sich überheben;
und nicht mit Größerem, – er wird dir's nicht
vergeben. *Friedrich Rückert*

Wer Scherz ausgibt, muß Schmerz einnehmen.
Sprichwort

Ein Scherz entscheidet manchmal für den Rest unseres Lebens über unsere Denkweise.
François Marie Voltaire

Man darf nicht so weit im Scherzen gehen, daß man selbst Gegenstand des Scherzes wird. *Heraklit*

Ein Scherz, ein lachend Wort, entscheidet oft die größten Sachen treffender und besser als Ernst und Schärfe. *Quintus Flaccus Horaz*

Meine Art des Scherzes ist, die Wahrheit zu sagen.
Das ist der komischste Witz in der Welt.
George Bernard Shaw

Der Bursch ist klug genug, den Narr'n zu spielen,
und das geschickt tun, fordert einigen Witz.
Die Laune derer, über die er scherzt,
die Zeiten und Personen muß er kennen,
und wie der Falk auf jede Feder schießen,
die ihm vors Auge kommt. Dies ist ein Handwerk,
so voll von Arbeit, als der Weisen Kunst.
William Shakespeare

Wenn etwas im Scherz gesagt wird, so ist es unfein, es ernst zu nehmen.
Titus Maccius Plautus

Die Scherze reicher Leute sind immer witzig.
Oliver Goldsmith

Der Scherz ist eine Art Zweikampf ohne Blutvergießen; er kann, was der Zweikampf hat oder tun sollte: die Menschen geschliffener und gemessener machen. *Karl Julius Weber*

Der Scherz ist das Lieblingskind des ausruhenden Ernstes. *Georg von Oertzen*

Ein derber und trockener **Spaß**, nichts geht uns darüber. Aber der Jammer, auch wenn er nur naß ist, gefällt. *Friedrich von Schiller*

Die Müh ist klein, der Spaß ist groß.
Johann Wolfgang von Goethe

Weißt du, worin der Spaß des Lebens liegt?
Sei lustig! Geht es nicht, so sei vergnügt!
Johann Wolfgang von Goethe

Gottseidank, daß der Spaß nicht totzukriegen ist in dieser so sehr närrischen Welt. *Wilhelm Raabe*

Ein Späßchen zur Zeit
hat niemand gereut. *Sprichwort*

Wer nit kann Spaß verstehn,
soll nit unter die Leute gehn.
Spruch im Berliner Ratskeller

Der Spaß ist unerschöpflich, nicht der Ernst!
Jean Paul

An dem Punkt, wo der Spaß aufhört, beginnt der Humor. *Werner Finck*

Der **Witz** setzt immer Publikum voraus. Darum kann man den Witz auch nicht bei sich behalten. Für sich allein ist man nicht witzig.
Johann Wolfgang von Goethe

Der Verstand ist groß, das sättigt; der Witz ist Gewürz, das eßlustig macht. *Ludwig Börne*

Wo Phantasie und Urteilskraft sich berühren, entsteht Witz; wo sich Vernunft und Willkür paaren, Humor.
Novalis

Der Witz macht das Kleine wie das Große salonfähig. *Johann Jakob Mohr*

Halte deinen Witz im Zaum;
leicht macht er dem Hasse Raum!
Alter Spruch

Der Witz ist das einzige Ding, was um so weniger gefunden wird, je eifriger man es sucht.
Christian Friedrich Hebbel

Die lästigsten Dummköpfe sind die, welche Witz haben. *François de La Rochefoucauld*

Ohne ein bißchen Bosheit kann man unmöglich witzig sein.
Lord Thomas Babington Macaulay

Ein guter Witz geht immer für ein Stück Brot, und ein leichter Sinn ersetzt manchen Becher Wein.
Gottfried Keller

Der Witz ist ein zündender Funken, mit dem sich schon mancher die Finger verbrannt hat.
Fliegende Blätter

Der Witz ist die Krätze des Geistes. Er juckt sich heraus. *Johann Gottfried Seume*

Witz ist glitzernder Schaum der Oberfläche. Humor Perle aus der Tiefe. *Peter Sirius*

Witz ist nichts als amüsant gemachte Wahrheit.
Edward George Bulwer-Lytton

Manche Kritiker sind offensichtlich der Meinung, Witze müßten so alt sein wie bester schottischer Whisky.
George Bernard Shaw

Schlechte Zeiten bringen gute Witze hervor.
Henri Tisot

Der Witz ist eine geistige Elektrizität – dazu sind feste Körper nötig. *Novalis*

Ein guter Witz darf nie zu sehr in die Breite gehn,
soll nicht die Poesie selbst in die Weite gehn.
Emanuel Geibel

Kürze ist des Witzes Seele. *William Shakespeare*

Witz und Laune müssen wie alle korrosiven Sachen mit Sorgfalt behandelt werden.
Georg Christoph Lichtenberg

Was die Zeit dem Menschen an Haar entzieht, das ersetzt sie ihm an Witz. *William Shakespeare*

Witz ist eine Explosion von gebundenem Geist.
Friedrich von Schlegel

Lieber einen Freund verlieren, als einen Witz unterdrücken. *Marcus Fabius Quintilian*

Die **Sprache** bleibt reiner Himmelshauch, – empfunden nur von stillen Erdensöhnen.
Johann Wolfgang von Goethe

Die Sprache ist gleichsam die äußere Erscheinung des Geistes der Völker. Man kann sich beide nicht identisch genug denken. *Wilhelm Frh. von Humboldt*

Die wahre Heimat ist eigentlich die Sprache. Sie bestimmt die Sehnsucht danach, und die Entfernung vom Heimischen geht immer durch die Sprache am schnellsten und leichtesten, wenn auch am leisesten vor sich. *Wilhelm Frh. von Humboldt*

Das Menschlichste, was wir haben, ist die Sprache.
Theodor Fontane

Die Sprache ist der Leib des Denkens.
Georg Wilhelm Friedrich Hegel

Die Sprache der Menschen ist ihrem Leben gleich.
Lucius Annaeus Seneca

Jeder Mensch hat seine eigene Sprache. Sprache ist Ausdruck des Geistes. *Novalis*

Des Menschen Sprache gleicht seinem Leben.
Sokrates

Große Literatur ist einfach Sprache, die bis zur Grenze des Möglichen mit Sinn geladen ist.
Ezra Pound

Die deutsche Sprache ist die tiefste, die deutsche Rede die seichteste. *Karl Kraus*

Sprichwörter sind der Spiegel der Denkart einer Nation. *Johann Gottfried von Herder*

Zu lehren glaubt ich oft, was ich an mir erfuhr,
sah dann: ich unterschrieb ein altes Sprichwort nur;
das eben ist die Art des Sprichworts: Wir gewahren
erst seinen Sinn, wenn wir es selbst erfahren!
Friedrich Rückert

Das Sprichwort ist eines Menschen Witz und aller Menschen Weisheit. *Bertrand Russell*

Sprichwort: entbeinte Weisheit für schwache Zähne!
Ambrose Bierce

Sprichwörter sind die Langstreckenläufer unter den geflügelten Worten. *Gerhard Uhlenbruck*

Witzige Einfälle sind die Sprichwörter der gebildeten Menschen. *Friedrich von Schlegel*

Ein Sprichwort entsteht nur auf einem Stand der Sprache, wo sie noch schweigen kann. *Karl Kraus*

In jedem Sprichwort deckt man den Brunnen zu, aber erst, wenn das Kind ertrunken ist.
André Jolles

Die Sprichwörter leben in ewigem Krieg.
Georg Christoph Lichtenberg

Das Sprichwort ist eine kurze weise Klugred'.
Sebastian Franck

Das Genie, die Klugheit und der Geist eines Volkes offenbaren sich in seinen Sprichwörtern.
Francis Bacon

Weisheit in kleiner Münze ist, was Sprichwörter uns geben. *George Meredith*

Sprüche aus Sammlungen sitzen wie eingetriebene Nägel. *Prediger 12,11*

Nicht Sprüche sind es, woran es jetzt fehlt; die Bücher sind voller Sprüchlein. Woran mangelt es also? An denen, die sie anwenden. *Hierapolis Epiktet*

Die alten Wörter sind die besten und die kurzen die allerbesten. *Sir Winston Churchill*

In manchem guten Weisheitsspruch
schläft oft im Keim ein ganzes Buch.
Wie schlummernd liegt und wie im Traum,
im Samenkorn ein mächt'ger Baum. *Alter Spruch*

Gar mancher kommt trotz vielem Lesen
mit dem Verständnis in die Brüche.
Wohl hat er die Sprüche der Weisheit gelesen,
doch nicht verstanden die Weisheit der Sprüche.
Friedrich von Bodenstedt

Ein guter Spruch ist besser als ein großes Buch, daher gibt das Volk sich lieber mit Spruchwörtern ab als mit Büchern. *Peter Rosegger*

Des Spruches Sinn ist völlig dem nur klar,
der seine Weisheit selber schon erfahren;
doch ist es gut, sich einen Spruch, der wahr,
der künftigen Erfahrung aufzusparen. *Friedrich Güll*

Hast du Verstand, so folge ihm. Hast du keinen, so folge dem Sprichwort. *Turkmenisches Sprichwort*

Nur die Menschen, die für **Weisheit** Zeit haben, sind frei von Unruhe. Sie allein leben. *Lucius Annaeus Seneca*

Das deutlichste Anzeichen von Weisheit ist anhaltende gute Laune. *Michel de Montaigne*

Der Weise vergißt seinen Kopf. *Elias Canetti*

Weisheit ist für die Seele, was Gesundheit für den Körper bedeutet. *François de La Rochefoucauld*

Die Jugend ist die Zeit, Weisheit zu lernen, das Alter ist die Zeit, sie auszuüben. *Jean Jacques Rousseau*

Der Gruß der Philosophen untereinander sollte sein: laß Dir Zeit! *Elias Canetti*

Die Weisheit ist nur in der Wahrheit.
Johann Wolfgang von Goethe

Die Weisheit wird nicht angeboren, sondern erworben. *Jeremias Gotthelf*

Wer ist weise? – Der von jedem Menschen etwas lernen kann! *Talmud*

Weisheit entspringt nicht so sehr aus dem Verstande als aus dem Herzen. *Peter Rosegger*

Die Weisheit gibt der Anmut Stärke, die Anmut gibt der Weisheit Glanz. *Friedrich von Bodenstedt*

Schmerz ist der Vater und Liebe die Mutter der Weisheit. *Ludwig Börne*

Für die Weisheit gibt es keinen Tag. Sie steht immer im Morgenrot des Kommenden. *Waldemar Bonsells*

Wisset, daß die Weisheit nichts anderes ist denn eine einzige ewige Freud'. *Philippus Paracelsus*

Es wäre nicht der Mühe wert, siebzig Jahre alt zu werden, wenn alle Weisheit der Welt Torheit vor Gott wäre. *Johann Wolfgang von Goethe*

Die Weisheit ist ein Quell: je mehr man aus ihm trinkt,
je mehr und mächtiger er wieder treibt und springt.
Angelus Silesius

Weisheit ist nichts anderes als die Wissenschaft der Glückseligkeit. *Gottfried Wilhelm Leibniz*

Ein heitrer Geist, ein froher Sinn,
sie sind der Menschheit beste Gabe,
und wird die Weisheit früh die Gutsverwalterin,
so reicht der Vorrat bis zum Grabe. *Konrad Pfeffel*

Weisheit wird dargeboten am einsamen Markt, wo keiner kauft, und gefunden auf dünnem Acker, wo der Landmann vergebens den Pflug zieht.
William Blake

Und was soll ich auch erjagen?
Wenig spendet nur die Welt.
Glücklich, wer in jungen Tagen
seinen heitern Sinn erhält.
Hoffmann von Fallersleben

Mensch, steig nicht allzu hoch,
bild' dir nichts Übrigs ein!
Die schönste Weisheit ist:
nicht gar zu weise zu sein! *Angelus Silesius*

Der Zuwachs an Weisheit läßt sich genau nach der Abnahme an Galle bemessen. *Friedrich Nietzsche*

Stets äußert sich der Weise leise,
vorsichtig und bedingungsweise. *Wilhelm Busch*

Ein Mensch bleibt weise, solange er die Weisheit sucht; sobald er sie gefunden zu haben wähnt, wird er ein Narr. *Talmud*

Ich zitiere mich oft selbst. Das würzt meine Unterhaltung. *George Bernard Shaw*

Kunstwörter müssen dann der Dummheit
Blöße decken,
und ein gelehrt' **Zitat** macht Zierden selbst zu
Flecken.
Gotthold Ephraim Lessing

Das Zitat, vor allem das geflügelte Wort, hat noch andere Aufgaben: Es kann als eine Art geistiger Kurzschrift dienen. *Ludwig Reiners*

Das sind die Weisen, die durch Irrtum zur Wahrheit reisen; die bei dem Irrtum verharren, das sind die Narren. *Friedrich Rückert*

Ein Zitat ist oft besser als ein Argument. Man kann damit in einem Streit die Oberhand gewinnen, ohne den Gegner überzeugt zu haben. *Gabriel Laub*

Wir alle zitieren – aus Not, aus Neigung und aus Freude daran. Der Wert der Sprüche liegt in ihrer Schönheit und in ihrer gleichen Angemessenheit für jedes Verständnis. *Ralph Waldo Emerson*

Über manche Gedankenlücke
bilden Zitate die Eselsbrücke. *Ludwig Fulda*

Das ist der Weisheit letzter Schluß,
daß es so kommt, wie's kommen muß.
Unbekannt

Ein gutes Zitat ist ein Diamant am Finger eines geistreichen Menschen und ein Pflasterstein in der Hand eines Narren. *Joseph Roux*

Belächeln Sie nicht meine Neigung zum Zitieren. Auch Zitieren ist eine Form der Dankbarkeit.
Thomas Mann

Gleich nach dem Schöpfer eines guten Satzes kommt der, der ihn zum ersten Mal zitiert.
Ralph Waldo Emerson

Manche Leute braucht man nicht zu parodieren. Es genügt, wenn man sie zitiert. *Robert Neumann*

Von der Mehrzahl der Werke bleiben nur die Zitate übrig. Ist es dann nicht besser, von Anfang an nur Zitate aufzuschreiben? *Stanislaw Jerzy Lec*

Ein Plagiat ist ein Zitat unter Weglassung der Gänsefüßchen. *Victor de Kowa*

Wir gehen zu Shakespeare nur noch, um seine Zitate zu erkennen. *Orson Welles*

Ein Klassiker ist ein Autor, der noch zitiert, aber nicht mehr gelesen wird. *Sir Laurence Olivier*

Besser ein weiser Tor als ein törichter Weiser.
William Shakespeare

So ein paar grundgelehrte Zitate zieren den ganzen Menschen. *Heinrich Heine*

Die Welt

Geschichte

Als Kain den Abel erschlug, begann die Geschichte der Menschheit. *Thomas Niederreuther*

Kain und Abel bilden so ziemlich den ganzen Inhalt der Menschheitsgeschichte.
Emmanuel Wertheimer

Der Inhalt der Geschichte sind die europäischen Katzbalgereien. *Arthur Schopenhauer*

Im Paradies gab Weib und Mann
Stoff zu idyllischem Gedichte.
Erst mit dem Sündenfall begann
der Sensationsroman der Weltgeschichte.
Paul von Heyse

Die einzige Pflicht, die wir angesichts der Geschichte haben, ist, sie neu zu schreiben. *Oscar Wilde*

Die Geschichte gibt den Menschen ihr falsches Vertrauen zurück. *Elias Canetti*

Geschichte ist die Addition von Ereignissen, die besser nicht stattgefunden hätten. *Unbekannt*

Glücklich das Volk, dessen Geschichte sich langweilig liest. *Charles de Montesquieu*

Jenes Volk ist am glücklichsten, das keine Geschichte hat. *Mahatma Gandhi*

Geschichtsbücher nach Abzug der Lügen sind außerordentlich langweilig. *Anatole France*

Die Geschichte ist die Unfallchronik der Menschheit.
Charles Maurice de Talleyrand

Die Weltgeschichte: ein Hemd das nicht gewaschen wird, sondern nur gewendet. *Thomas Niederreuther*

Man kann sogar die Vergangenheit ändern: Die Historiker beweisen es immer wieder.
Jean-Paul Sartre

Das ist die Not der schweren Zeit!
Das ist die schwere Zeit der Not!
Das ist die schwere Not der Zeit!
Das ist die Zeit der schweren Not!
Adalbert von Chamisso

Die Rache der Geschichte an jungen Revolutionären besteht darin, daß sie in späteren Jahren mit Frack und Orden zum Opernball gehen müssen.
Bruno Kreisky

Zu den Unvollkommenheiten der Geschichte kommt noch, daß die Geschichtsmuse Klio mit der Lüge so durch und durch infiziert ist wie eine Gassenhure mit der Syphilis. *Arthur Schopenhauer*

Sitzt das kleine Menschenkind,
sammelt flüsternd Gerüchte,
schreibt sie in ein kleines Buch,
und darüber: Weltgeschichte!
Georg Moritz Ebers

In der Tat läßt sich die ganze Weisheit der Weltgeschichte in einem einzigen Satz zusammenfassen: Jeder Staat raubt, soviel er kann. Punktum. Dies mit der Verdauungspause und Ohnmachtsanfällen, welche man Frieden nennt. *Carl Spitteler*

Die letzten anderthalb Jahrhunderte deutscher Geschichte lassen sich auf die Formel bringen: Von I. G. Cotta zu IG Farben. *Werner Bergengruen*

Die Welt ist rund und dreht sich rum,
drum sind die Menschen schwindeldumm.
Friedrich von Logau

Auf den leeren Seiten der Geschichte sind die glücklichen Tagen der Menschheit verzeichnet.
Leopold von Ranke

Was sich nie und nirgends hat begeben, das allein veraltet nie! *Friedrich von Schiller*

Die Welt ist eine Glocke, die einen Riß hat: Sie klappert, aber sie klingt nicht.
Johann Wolfgang von Goethe

Die Welt ist voll von Leuten, die Wasser predigen und Wein trinken. *Giovanni Guareschi*

Sonderbar wäre die Welt beschaffen, wenn sie nichts Weiter wäre, als wofür sie ein jeder hält.
Martin Kessel

Die Welt ist ein Gefängnis, in dem Einzelhaft vorzuziehen ist. *Karl Kraus*

An das große achtzehnte Jahrhundert: Newton! – Weiter als du dachtest fiel der Apfel vom Stamm.
Erwin Chargaff

Unsere Zeit ist eine Parodie aller vorhergehenden.
Christian Friedrich Hebbel

Die Welt ist eine Schlange, und ihre Haut das Jahr; die neue, wenn sie wechselt, wird, wie die alte war.
Ephraim Moses Kuh

Alle Entwicklung ist bis jetzt nichts anderes als ein Taumeln von einem Irrtum in den anderen.
Henrik Ibsen

Das goldene Jahrhundert, das silberne, das eherne, das eiserne, das bleierne, das papierene, das dreckige: in dem letzten sind wir jetzt. Wenn wir uns doch wenigstens bis zum eisernen erhöben!
Johann Gottfried Seume

Die Bestialität hat jetzt Handschuhe über die Tatzen gezogen! Das ist das Resultat der ganzen Weltgeschichte. *Christian Friedrich Hebbel*

Kein weiser oder tapferer Mann legt sich auf die Schienen der Geschichte und wartet, daß der Zug der Zukunft ihn überfährt.
Dwight D. Eisenhower

Die Geschichte der Völker und Staaten hat den Geschichtsschreibern und den Buchhändlern etwas Geld eingebracht; was sie sonst noch genützt, das weiß ich nicht. *Ludwig Börne*

Das Universum bringt mich in Verwirrung; ich kann nicht verstehen, wie ein solches Uhrwerk bestehen kann ohne einen Uhrmacher.
François Marie Voltaire

Die gefährlichste Weltanschauung ist diejenige der Leute, welche die Welt nie angeschaut haben.
Alexander Frh. von Humboldt

Die Welt, obgleich sie wunderlich,
ist mehr als gut genug für mich. *Wilhelm Busch*

Welch triste Epoche, in der es leichter ist, ein Atom zu zertrümmern als ein Vorurteil. *Albert Einstein*

Die Geschichte ist ein verworrener Quark.
Johann Wolfgang von Goethe

Geschichte schreiben ist eine Art, sich das Vergangene vom Halse zu schreiben.
Johann Wolfgang von Goethe

Die Geschichte ist eine Fortsetzung der Zoologie.
Arthur Schopenhauer

Die Geschichte ist ein Alptraum, aus dem ich zu erwachen versuche. *James Joyce*

Wir lernen aus der Geschichte, daß wir aus der Geschichte nichts gelernt haben.
George Bernhard Shaw

Die Geschichte stellt die Summe der Dinge dar, die hätten vermieden werden können.
Konrad Adenauer

Einer der eklatantesten Züge an den Wendepunkten der Geschichte ist die Verwendung von Mikrozephalen. *Gottfried Benn*

Die Geschichte wiederholt sich – und jedesmal kostet es mehr. *Halldór Laxness*

Moderne Geschichte sollte man nur mit dem Bleistift schreiben. *Golda Meïr*

Wäre die Nase der Kleopatra kürzer gewesen, hätte das Antlitz der Erde ein anderes Aussehen bekommen. *Blaise Pascal*

Die Geschichte ist ein Drehbuch von miserabler Qualität. *Norman Mailer*

Geschichte ist kurzlebig. Von Molotow ist nur der Cocktail übriggeblieben.
Markus M. Ronner

Derjenige, der zum ersten Male an Stelle eines Speeres ein Schimpfwort benutzte, war der Begründer der Zivilisation. *Sigmund Freud*

Der Indianer, der als erster Kolumbus sah, hat eine böse Entdeckung gemacht.
Georg Christoph Lichtenberg

Wir fressen uns nicht – wir schlachten uns bloß.
Georg Christoph Lichtenberg

Um mich zu belehren, schlage ich ein altes Schulbuch auf, den sogenannten kleinen Ploetz: Auszug aus der alten, mittleren und neuen Geschichte, Berlin, 1891, Verlag A.G. Ploetz. Ich schlage eine beliebige Seite auf, es ist Seite 337, sie handelt vom Jahr 1805. Da findet sich: einmal Seesieg, zweimal Waffenstillstand, dreimal Bündnis, zweimal Koalition, einer marschiert, einer verbündet sich, einer vereinigt seine Truppen, einer verstärkt etwas, einer rückt heran, einer nimmt ein, einer zieht sich zurück, einer erobert ein Lager, einer tritt ab, einer erhält etwas, einer eröffnet etwas glänzend, einer wird kriegsgefangen, einer entschädigt einen, einer bedroht einen, einer marschiert auf den Rhein zu, einer durch ansbachisches Gebiet, einer auf Wien, einer wird zurückgedrängt, einer wird hingerichtet, einer tötet sich, – alles dies auf einer einzigen Seite, das Ganze ist zweifellos die Krankengeschichte von Irren. *Gottfried Benn*

Ein Mensch sieht schon seit Jahren klar:
Die Lage ist ganz unhaltbar.
Allein am längsten – leider – hält,
das Unhaltbare auf der Welt!
Eugen Roth

Die Geschichte handelt fast nur von schlechten Menschen, die später gutgesprochen wurden.
Friedrich Nietzsche

Geschichte ist die Lüge, auf die man sich geeinigt hat. *Napoléon Bonaparte*

Der Historiker ist ein zurückgebliebener Prophet.
Friedrich von Schlegel

Die Erde ist ein gebildeter Stern mit sehr viel Wasserspülung. *Erich Kästner*

Die Erde ist ein Himmelskörper, auf dem die Unglücklichen ein höllisch Leben haben.
Johann Nepomuk Nestroy

Die Geschichtsschreibung ist eine Waschanstalt, aus der die Wäsche meist schmutziger zurückkommt, als sie hingebracht worden ist. *Edith Sitwell*

Die Geschichtsschreiber sind oft hochzufrieden, denn Tote können nicht mehr reklamieren.
Aurélien Scholl

Die glücklichsten Frauen, wie die glücklichsten Nationen, haben keine Geschichte. *George Eliot*

Alle historischen Bücher, die keine Lügen enthalten, sind schrecklich langweilig. *Anatole France*

Die Geschichte besteht aus Geschichten, – doch zumeist aus erlogenen. *Millôr Fernandes*

Alle großen weltgeschichtlichen Vorgänge ereignen sich zweimal: das eine Mal als Tragödie, das andere Mal als Farce. *Georg Wilhelm Friedrich Hegel*

Ein Denkmal ist ein Stehplatz, den man von der Geschichte bekommen hat. *Harold Macmillan*

Geschichte wäre etwas Ausgezeichntes, wenn sie nur wahr wäre! *Leo Nikolajewitsch Tolstoi*

Die Welt gleicht immerdar dem Wirt,
der sich in seinen Gästen
zu seinem größten Teile irrt,
besonders in den besten. *Christian Friedrich Hebbel*

Die Tinte, mit der die Geschichte geschrieben wird, ist meist flüssiges Vorurteil. *Mark Twain*

Die Geschichte ist der beste Lehrmeister mit den unaufmerksamsten Schülern. *Indira Gandhi*

Die Geschichte lehrt, wie man sie fälscht.
Stanislaw Jerzy Lec

Unsere Zeit ist eine Parodie aller vorhergehenden.
Christian Friedrich Hebbel

Die Geschichte ist nur ein Nagel, an den Gemälde gehangen werden.
Alexandre Dumas der Ältere

So vieles geht in die Geschichte ein – und so wenig kommt wieder heraus. *Michael Rumpf*

Gott kann die Vergangenheit nicht ändern: darum beneidet er die Historiker. *Samuel Butler*

Die Geschichte hat noch nie etwas anderes gelehrt, als daß die Menschen nichts aus ihr gelernt haben.
Georg Wilhelm Friedrich Hegel

Konferenzen sind die Bremsspuren der Geschichte.
Henri Troyat

Je mehr man altert, desto mehr überzeugt man sich, daß Seine Heilige Majestät, der Zufall, gut drei Viertel der Geschäfte dieses miserablen Universums besorgt.
Friedrich der Große

Schade, Frauen haben nur den Roman, aber nicht die Geschichte der Menschheit gelesen.
Théophile Gautier

Die Bestialität hat jetzt Handschuhe über die Tatzen gezogen. Das ist das Resultat der ganzen Weltgeschichte. *Christian Friedrich Hebbel*

So zwischen Ejaculatio praecox und Priapismus spielt die Weltgeschichte ihr drolliges Spiel.
Gottfried Benn

Wie sich der kleine Moritz die Weltgeschichte vorstellt: – Genau so ist sie! *Anton Kuh*

Niemand zweifelt daran, daß vor der Sintflut das beste Zeitalter gewesen ist. *Martin Luther*

Länder und Leute

Das Volk ist ein Ries' in der Wiegen, der erwacht, aufsteht, herumtargelt, alles zusammentritt und am End' wo hineinfällt, wo er noch viel schlechter liegt als in der Wiegen. *Johann Nepomuk Nestroy*

In Deutschland ist alles verboten, was nicht erlaubt ist. In England ist alles erlaubt, was nicht verboten ist. In den slawischen Ländern ist alles erlaubt, was verboten ist. *Rudolf von Ihering*

Jede Nation spottet über die andere, – und alle haben recht! *Arthur Schopenhauer*

Jede Nation ist im Ausland hauptsächlich durch ihre Untugenden bekannt. *Joseph Conrad*

Ex oriente LUX, ex occidente: LUXUS!
Stanislaw Jerzy Lec

In allen Ländern gibt es etwas im Überfluß: die Bevölkerung. *Jean Baptiste Alphonse Karr*

Das **Abendland** ist jener Teil der Welt, der westlich des Morgenlandes liegt. Er wird größtenteils von Christen bewohnt, einem mächtigen Unterstamm der Hypokriten, dessen Hauptbeschäftigungen Mord und Betrug sind, von ihnen vorzugsweise als »Krieg« und »Handel« bezeichnet. Dies sind auch die Hauptbeschäftigungen des Morgenlandes.
Ambrose Bierce

Das Heilige Römische Reich war weder heilig, noch etwa römisch und schon gar nicht ein Imperium.
François Marie Voltaire

Die Affen sehen auf die Menschen herab wie auf eine Entartung ihrer Rasse, so wie die Holländer das Deutsche für verdorbenes Holländisch erklären.
Heinrich Heine

Untugenden, die ein einzelner hat, nennt man Laster. Untugenden, die ein ganzes Volk hat, nennt man Mentalität. *Werner Mitsch*

Ein einziger Nachbar kann einen europamüde machen! *Willy Reichert*

Und wer franzet oder britet,
italienert oder teutschet,
einer will nur wie der andre,
was die Eigenliebe heischet.
Johann Wolfgang von Goethe

Wenn Sie sich in der Fremde aufhalten und Landsleute treffen: befällt Sie dann Heimweh, – oder dann gerade nicht? *Max Frisch*

Das gelobte Land ist immer dort, wo man gelobt wird. *Gerhard Uhlenbruck*

Da liegt Europa. Wie sieht es aus?
Wie ein buntes Irrenhaus! *Kurt Tucholsky*

Das Volk ist ein betäubter Haufen, dessen Reden artikuliertes Schnarchen ist. *Jean Paul*

Für manches unterentwickelte Land ist das Geschenk der völligen Unabhängigkeit so sinnvoll wie ein Rasiermesser in der Hand eines Kindes.
William Beaverbrook

Manchmal kommt mir in den Sinn,
nach **Amerika** zu segeln,
nach dem großen Freiheitsstall,
der bewohnt von Gleichheitsflegeln. *Heinrich Heine*

Daß Amerika entdeckt wurde, war erstaunlich. Noch erstaunlicher wäre jedoch gewesen, wenn Amerika nicht entdeckt worden wäre. *Mark Twain*

Fast jeder Amerikaner, der es zu etwas gebracht hat, war einmal Tellerwäscher. Und fast jeder Amerikaner, der geheiratet hat, ist wieder zum Tellerwäscher geworden. *Markus M. Ronner*

Wenn Du erkennen mußt, daß Du unfähig bist, allein zu sein, betrachte Dich als amerikanisiert.
André Maurois

Wenn man selber 'ne Orange ist, so lebt man in Kalifornien wunderbar. *Fred Allen*

New York ist nicht Mekka, stinkt aber genauso!
Neil Simon

Ein hundertprozentiger Amerikaner ist zu neunundneunzig Prozent ein Idiot. *George Bernhard Shaw*

Außerhalb eines Sanatoriums kann man in den Vereinigten Staaten nicht leben. *Ezra Pound*

Wenn ich daran denke, daß Gott gerecht ist, so habe ich Angst um mein Volk. *Thomas Jefferson*

Zu den Vorzügen Amerikas gehört der niedrige Bildungsstand seiner Einbrecher. Wenn diese eine Wahl zwischen einem Picasso und einem Videorekorder haben, nehmen sie den Rekorder. *Billy Wilder*

Die Jugend Amerikas ist seine älteste Tradition. Sie dauert nun schon dreihundert Jahre. *Oscar Wilde*

Kalifornien hat ein so gesundes Klima, daß dort niemand eines natürlichen Todes stirbt.
Robert Lee Frost

Das Geschäft von Amerika ist – Geschäft!
Calvin Coolidge

Die Amerikaner halten die Freiheit für ihre Erfindung. Sie haben schon Friedenskorps-Einheiten nach Athen geschickt, um den Griechen die Bedeutung des Wortes Demokratie beizubringen. *Sir Peter Ustinov*

Ich liebe mein Vaterland. Es ist so wie ein kleines Kind, – es ist immer was los mit ihm. *Liza Minelli*

Das ist schön bei uns **Deutschen**: keiner ist so verrückt, daß er nicht einen noch Verrückteren fände.
Heinrich Heine

Den Deutschen hat man vorgeworfen, daß sie bald die Franzosen, bald die Engländer nachahmen: Das ist aber gerade das Klügste, was sie tun können, denn aus eigenen Mitteln bringen sie doch nichts Gescheites zu Markte.
Arthur Schopenhauer

Man kann nicht so eigentlich behaupten, daß das deutsche Volk das Pulver erfunden habe. Das deutsche Volke besteht aus dreißig Millionen Menschen. Nur einer davon hat das Pulver erfunden. Die übrigen, 29 999 999 Deutsche, haben das Pulver nicht erfunden. *Ludwig Börne (mündlich, nach Heinrich Heine)*

Die Deutschen sitzen an der Tafel einer Kultur, bei der Prahlhans Küchenmeister ist. *Karl Kraus*

Es macht den Deutschen nicht viel Ehre, daß »einen anführen« so viel heißt wie »einen betrügen«.
Georg Christoph Lichtenberg

Laßt mich mit eurem Publikum
und euren gebildeten Leuten!
Sonst überall sind nur die Dummen dumm,
in Deutschland auch die Gescheiten.
Franz Grillparzer

Der Bajuware achtet den am meisten, der ihn am meisten in Ruhe läßt. *Thomas Niederreuther*

Wer behauptet, München sei eine Weltstadt mit Herz, der hat keins. *Oliver Hassencamp*

Wiss', daß man zwölf Parteien find't,
wo nur ein Dutzend Deutsche sind,
und, wenn sie sich erst unterhalten,
dann wollen sie sich auch noch spalten.
Daniel Sanders

Im übrigen gilt in Deutschland derjenige, der auf den Schmutz hinweist, für viele gefährlicher als derjenige, der den Schmutz macht. *Kurt Tucholsky*

Luther erschütterte Deutschland – aber Franz Drake beruhigte es wieder: er gab uns die Kartoffel!
Heinrich Heine

Im Sagenkreis des Deutschtums wird dereinst ein großes Durcheinander entstehen zwischen Kyffhäuser und Kaufhäuser. *Karl Kraus*

Deutsch: eine merkwürdige Sprache; wenn es ernst wird, sagt man: das kann ja heiter werden!
Robert Lembke

Ein nur in Deutschland heimisches Spezimen: der phantastische Pedant. *Heinrich Heine*

Es ist und bleibt die deutsche Art, zu streiten um des Kaisers Bart. *Daniel Sanders*

Der Deutsche bringt von allen Völkern die wenigsten Vorurteile mit. Das ist sein Vorteil, aber vielleicht sein einziger. *Franz Grillparzer*

Durch Anschlag mach' ich Euch bekannt:
Heut' ist kein Fest im deutschen Land.
Drum sei der Tag für alle Zeit
Zum Nicht-Fest-Feiertag geweiht.
Christian Morgenstern

Sagt, ist noch ein Land außer Deutschland, wo man die Nase eher rümpfen lernt als putzen?
Georg Christoph Lichtenberg

Das deutsche Schicksal: vor einem Schalter zu stehen. Das deutsche Ideal: hinter einem Schalter zu sitzen.
Kurt Tucholsky

Schwaben sind wegen Geiz des Landes verwiesene Schotten. *Robert Lembke*

Ein Neger kann Münchner werden, ein Preuße nicht!
Herbert Rosendorfer

Bonn ist halb so groß wie der Friedhof von Chicago, aber doppelt so trist. *John Le Carré*

Ein Deutscher, der in Uniform
auf Sex starrt, statt auf Stempel,
ist schon ein Fortschritt, sag ich Euch,
ein menschliches Exempel. *Wolf Biermann*

Die Deutschen bilden sich so viel auf ihre Bescheidenheit ein. Das kommt mir vor, als wollte ein Hase mit seiner Furchtsamkeit prahlen.
Ludwig Börne

Beim Deutschen sind die Beinchen etwas dünn und die Seele ist etwas kurz.
Russisches Sprichwort

Der Deutsche ist meistens alles nur halb: nur Pedant und Privilegiat ist er ganz, auch Grobian bisweilen.
Johann Gottfried Seume

Der Deutsche hat den Mund zuerst zum Trinken, der Franzose zum Schwatzen und der Spanier zum Gähnen gebraucht. *Christian Friedrich Hebbel*

Der Osten verliert sein östliches,
der Westen sein westliches:
beide ihr Köstliches! *Gerhart Hauptmann*

Das treffendste Schlagwort für europäisches Wesen aus dem deutschen Sprachschatz scheint mir »Schlachtfest« zu sein. *Carl August Emge*

Jeder Deutsche durchlebt eine Phase,
wo er mit Macht Politik
und ein historisches Drama schreibt.
Zu beidem braucht's nur den Mut der Phrase.
Paul von Heyse

Se promener = sich vorführen, sagt der Franzose.
Spazieren = den Raum messen, der Deutsche.
To walk = wandeln, der Engländer.
Johann Gottfried Seume

Es gibt keine geborenen Großstädter: Der Berliner sagt, er sei in Breslau geboren, stammt aber aus Posen; der Pariser ist aus Tunis und bestenfalls aus Frankfurt, der Wiener aus Czernowitz und der New Yorker aus Württemberg. Nur die Prager sind aus Prag und das ist ihnen ganz recht. *Kurt Tucholsky*

In Deutschland hat es der Spaß doppelt so schwer, denn dort heißt's: »Spaß *muß* sein.«
Nicolaus Cybinski

Ein Deutscher lebt meist pedantisch,
zwei Deutsche machen auf Romantik,
und dreie saufen meist am Stammtisch.
New York Herald Tribune

Bleibe im Lande und wehre dich täglich! *Graffito*

Was alle Deutschen ziert, ist weises Sichbequemen
und zarter Takt bei wohlgesittetem Benehmen.
Man kennt sie überall an ihrer Art, – wie Eier,
– so ähnlich sehen sie sich, – daher der Name Maier.
Erich Mühsam

Verfluchtes Volk! Kaum bist du frei,
so brichst du dich in dir selbst entzwei.
War nicht der Not, des Glücks genug?
Deutsch oder Teutsch, – du wirst nicht klug!
Johann Wolfgang von Goethe

Was ist das für ein Land, in dem morgens um sieben schon die Sonne aufgeht! *Graffito*

Der schönste Platz, der hier auf Erden mein,
das ist Heidelberg in Wien am Rhein.
Kurt Tucholsky

Es ist nicht alles deutsch, was nicht glänzt.
Ludwig Marcuse

Die Deutschen sind auf sehr unsympathische Weise Weltmeister im Jammern. *Helmut Kohl*

Die **Italiener** denken immer nur an zwei Dinge. Das andere sind die Spaghetti. *Cathérine Deneuve*

Von allen italienischen Einrichtungen kommt die Postbeförderung dem Lotto am nächsten.
Unbekannt

Ich glaube nicht, daß die Italiener in der Frauenpsychologie über die Erkenntnis »la donna è mobile« hinausgekommen sind. *Karl Kraus*

Was sollte ich denn in Rom machen? Ich kann nicht lügen! *Decimus Junius Juvenal*

Ein Italiener wirkt meist imposant,
und zwei spielen ständig Komödiant.
Der dritte ist ein Mafia-Praktikant.
New York Herald Tribune

Es gibt auch grausliche **Österreicher**. Es gibt auch sympathische Deutsche. *Hans Weigel*

Ein Ästhet, der in Wien lebt, ist ein Masochist.
André Heller

Wenn die Österreicher von uns Reparationen verlangen sollten, dann werde ich ihnen die Gebeine Adolf Hitlers schicken. *Konrad Adenauer*

Wir Wiener blicken vertrauensvoll in unsere Vergangenheit. *Karl Farkas*

Die Österreicher bringen immer wieder Wunder zustande. So ist es ihnen gelungen, aus Beethoven einen Österreicher und aus Hitler einen Deutschen zu machen. *Billy Wilder*

Wenn Lügen wirklich kurze Beine hätten, gäbe es in Österreich ausschließlich Liliputaner.
André Heller

Manchmal weiß ich nicht, ob ich ein Wiener oder Mensch bin. *Helmut Qualtinger*

Was ein rechter Wiener ist, der rührt grundsätzlich keinen Finger. *Walter Hasenclever*

In Österreich wird man aber nur zum großen Mann, wenn man etwas auffällig nicht tut. *Egon Friedell*

Der Österreicher ist so deutsch wie seine Donau blau ist. *Alfred Polgar*

Öst'reichs Volk ist ehrlich, offen,
wohlerzogen und auch fein;
Sieh', es fleht ganz artig: »Dürft' ich
wohl so frei sein, frei zu sein?«
Anastasius Grün

Der Österreicher läßt sich aus jeder Verfassung bringen, nur nicht aus der Gemütsverfassung.
Karl Kraus

Wien bleibt Wien – und das ist wohl das Schlimmste, was man über diese Stadt sagen kann.
Alfred Polgar

Ich schlafe nie nachmittags, außer, wenn ich vormittags in einem österreichischen Amt zu tun hatte.
Karl Kraus

Eine Volkszählung hat ergeben, daß Wien 2 030 834 Einwohner hat. Nämlich 2 030 833 Seelen und mich.
Karl Kraus

Zittere, du großes Österreich, – vor deinen kleinen Beamten! *Eduard von Bauernfeld*

Urworte orphisch, die Kennworte des Wieners:
»Wie komm denn i dazu?«
»Es zahlt sich ja net aus!«
»Tu'ns Eanen nix an!« *Arthur Schnitzler*

Österreich ist das Land der Nebenberufe: In keinem anderen Land spielen die Zahnärzte so gut Cello wie in Wien. *Hans Weigel*

Wie kann eine Nation wie **England** überleben, wo es zwar 42 Konfessionen, aber nur drei Sorten Bratensaft gibt?
François Marie Voltaire

Genie und Geist verlieren 25 Prozent ihres Wertes, wenn man sie nach England exportiert.
M.H. Stendhal

In Frankreich wird ein Mann, der sich für eine Frau ruiniert, bewundert, in England hält man ihn für einen Verrückten. Was der Engländer für Liebe hält, reicht gerade aus, um die Rasse fortzupflanzen.
William Somerset Maugham

England wurde seit dem Jahr 1066 nicht mehr invadiert, weil die Invasoren befürchteten, einen Sonntag dort verbringen zu müssen. *Pierre Daninos*

Der englische Winter ist im Juli zu Ende und beginnt im August.
George G.N. Lord Byron

Sommer und Winter sind in England leicht zu unterscheiden: Im Sommer ist der Regen etwas wärmer.
Colin Wilson

Die unterkühlte Vernunft verdanken die Engländer ihren offenen Kaminen. Man verbrennt sich dort zwar die Füße, aber man behält einen klaren Kopf.
Pierre Daninos

Wenn Sie in Großbritannien eine stark befahrene Straße überqueren wollen, so nehmen Sie am besten einen Hund mit. Kein Engländer wird je einen Hund überfahren. *Alec Guiness*

Jeder Engländer ist eine Insel. *Novalis*

England und die Vereinigten Staaten sind zwei Länder, die sich durch dieselbe Sprache unterscheiden.
George Bernhard Shaw

Die Engländer sind so beschäftigt, daß sie keine Zeit haben, höflich zu sein.
Charles de Montesquieu

Aus jedem Engländer entwickelt sich ein gewisses Gas, die tödliche Stickluft der Langeweile.
Heinrich Heine

Nur verrückte Hunde und Engländer gehen in der Mittagshitze spazieren. *Noël Coward*

England ist ein Land, wo die Sonne nie aufgeht!
Millôr Fernandes

Ein Engländer glaubt, schon moralisch zu sein, wenn er sich nur ungemütlich fühlt.
George Bernard Shaw

Auch wenn der Engländer genießt, sieht es so aus, als nähme er Lebertran. *David Frost*

England ist eine Insel. Es kann nichts dafür – ich aber auch nicht! *Charles de Gaulle*

Die **Iren** verbringen die wenigen herrlichen und klaren Hochsommertage in der dunklen Behaglichkeit obskurer Kneipen. *Brendan Behan*

Die Iren wissen nicht, was sie wollen, sind jedoch todesverachtend bereit, es zu erreichen. *Unbekannt*

Schottland ist vermutlich das einzige Land, in dem man mit Gebrauchszahnbürsten und mit vulkanisierten Kondomen reich werden könnte.
Unbekannt

Ein schottisches Schiff erkennt man daran, daß keine Möven hinterherfliegen. *Unbekannt*

Damit ein Geistesblitz in den Kopf eines Schotten dringe, muß man eine Gehirnoperation durchführen.
Adam Smith

Frankreich ist das einzige Land, wo sich Geld zwischen den Fingern auflöst und man Lokuspapier nicht korrekt abreißen kann. *Billy Wilder*

Die Franzosen erfanden den »esprit de corps«, die Brasilianer den »esprit de porc«.
Millôr Fernandes

Wie soll man denn ein Land regieren, das 246 verschiedene Sorten von Käse produziert?
Charles de Gaulle

Um die Wahrheit zu finden, zieht man in Frankreich etwas ab, in Deutschland fügt man etwas hinzu und in England wechselt man das Thema.
Sir Peter Ustinov

Wird der Franzose einem Fremden vorgestellt, so überreicht er ihm seine Visitenkarte. Der Amerikaner offeriert ihm einen Whisky, der Engländer bietet ihm »shake hands«, der Portugiese ein Mittagessen und der Deutsche einen Besuch im Bierkeller. Der Brasilianer lädt ihn in die Intimität seines Hauses ein; und dann beklagt er sich über Gauner und Diebe.
Manuel Bastos Tigre

Frankreich ist eine absolute Monarchie, die durch Lieder gemildert wird. *Nicolas Chamfort*

Der Franzose hat sich von seiner Oberfläche noch immer nicht so weit entfernt, wie der Deutsche von seiner Tiefe. *Karl Kraus*

Am Montag werfen die Franzosen Karotten auf den Präfekten, am Dienstag Kartoffeln auf den Polizeipräsidenten, am Mittwoch blockieren sie die Straßen, am Donnerstag zerschlagen sie Schaufenster, am Freitag demonstrieren sie auf dem Boulevard de l'Opéra. Was sie am Samstag tun, weiß ich nicht, aber am Sonntag stimmen sie für die Regierung.
François Mitterand

Es ist schön, als **Schweizer** geboren zu werden. Es ist schön, als Schweizer zu sterben. Doch was macht man in der Zwischenzeit?
Ich antworte gut schweizerisch: Ich vertue die Zwischenzeit mit Arbeit! *Friedrich Dürrenmatt*

Was können die Schweizer dafür, daß ihre Anfechtungen klein sind? *Heinrich Nüsse*

Herr Schweizer: Sofort nach seinem Eintritt in den Himmel erkundigt er sich nach dem dortigen Auslandsschweizerverein. *Kurt Marti*

Schweigen in der Schweiz die Kirchenglocken, so läuten die Kuhglocken. Beides ist angenehm zu hören. Das eine erinnert an die ewige Seligkeit, das andere an den irdischen Käse! *Georg Kaiser*

Jeder Schweizer trägt seinen Gletscher in sich.
André Gide

Jeder Zürcher ist ein heraufgekommener Bauer und jeder Wiener ein heruntergekommener Aristokrat.
Fritz Hochwälder

Im Falle eines Atomkrieges gehe ich in die Schweiz. Dort findet alles zwanzig Jahre später statt als anderswo. *Albert Einstein*

Die Nationalhymne der Schweizer ist so dumm, daß man sie auswendig lernen kann.
Friedrich Dürrenmatt

Aufregend ist in der Schweiz einzig die Tatsache, daß man einen Stein eine riesig große Strecke ins Tal schmeißen kann – und das ist polizeilich verboten.
David Herbert Lawrence

Die Schweizer sind unheimlich schlagfertig, wenn man ihnen genug Zeit dafür läßt.
Markus M. Ronner

Die Ideologie der Schweiz besteht darin, daß sich die Schweiz passiv stellt. Die Schweiz ist ein Überwolf, der sich, indem er sich neutral erklärt, als ein Überlamm deklariert.
Friedrich Dürrenmatt

Die Schweiz ist das einzige Land, in dem die Ladenbesitzer einander im Preis überbieten.
Sir Peter Ustinov

Die Schweizer, weltweit größte Uhrenindustrielle, haben den Satz »Zeit ist Geld« erfunden.
Millôr Fernandes

Wer zuletzt lacht, lacht am besten.
Wer gar nicht lacht, ist ein Schweizer.
Nebelspalter

In einem **schwedischen** Zirkus kann jeder normalgroße Weltbürger als Zwerg auftreten. *Unbekannt*

Wenn der Kaffer seine Pfeile
tränkt im Saft der gift'gen Bohnen,
freut sich der gesetzte Bürger,
nicht in **Afrika** zu wohnen. *Max Drucker*

Der Höllenschlund ist zu klein für die Größe **Brasiliens**, – folglich kann es nicht hineinfallen.
Jorge Zahar

Ein Brasilianer: Fuß am Ball!
Zwei Brasilianer: Redeschwall!
Drei Brasilianer: Karneval! *Unbekannt*

Ein **Mexikaner** hat sich lieb,
zwei töten sich durch Schuß und Hieb,
der dritte ist ein Pferdedieb.
New York Herald Tribune

Die **Japaner** erobern die Weltmärkte mit unlauterem Wettbewerb, – sie arbeiten während der Arbeitszeit! *Ephraim Kishon*

Eine japanische Frau wird ihrem Mann nie ärgerlich widersprechen, sie arrangiert nur die Blumen um. *A. Marschall McLuhan*

Ein **Ungar** ist ein Mensch, der hinter dir eine Drehtür betritt und vor dir herauskommt. *Edward Teller*

Belgien wurde von den Engländern erfunden, um Frankreich zu ärgern. *Charles de Gaulle*

Was geschähe denn, wenn die **Russen** die Saharawüste erobern würden? Wohl während 50 Jahren gar nichts, – ab dann würde Sand fehlen! *Krokodil*

Kommen zehn Russen zusammen, erhebt sich sofort die Frage nach der Bedeutung und der Zukunft Rußlands. Na, und dann dauert es nicht lange, bis bei dieser Gelegenheit auch der faule Westen sein Teil abbekommt. *Iwan Turgenjew*

In Rußland wird das Volk durch die Partei verdummt, in den Vereinigten Staaten durch die Television. *Friedrich Dürrenmatt*

Schüttelst du einem **Griechen** die Hand, so zähle deine Finger. *Albanisches Sprichwort*

Ein Grieche betrügt zehn Juden, ein Armenier zehn Griechen. *Orientalisches Sprichwort*

Ich mag die Griechen. Sie sind nette Gauner, mit allen Lastern der Türken, aber ohne deren Mut. Einige sind freilich tapfer, und alle sind schön. *George G.N. Lord Byron*

Alle **Portugiesen** sind noch stolz auf den Camões, ihren einzigen Dichter, der von Almosen lebte, die ein aus Indien mitgebrachter Negerknabe abends auf der Straße für ihn einsammelte. *Arthur Schopenhauer*

Natur und Umwelt

Alle wollen zurück zur Natur, – nur nicht zu Fuß!
Graffito

Wer Unkraut sät, drischt kein Getreide.
William Shakespeare

Zweifel ist der Weisheit Anfang. *René Descartes*

Aus einem abgestorbenen Baum wird noch immer ein tüchtiger Balken. *Paul Claudel*

Eine Landschaft erobert man mit den Schuhsohlen, nicht mit den Autoreifen. *William Faulkner*

Wenn der Höhlenbewohner gewußt hätte, was auf ihn zukam, so wäre er in seiner Höhle geblieben.
Millôr Fernandes

Wie kahl und jämmerlich würde manches Stück Erde aussehen, wenn kein Unkraut darauf wüchse.
Wilhelm Raabe

Die Erde ist unsere Mutter, und wir behandeln sie wie unsere Stiefmutter. *Wolfram Metzler*

Wenn nicht alles täuscht, wird man auch den Menschen bald unter Naturschutz stellen müssen.
Werner Kollath

Die Industrie steht in Blüte. Man sieht's an der toten Natur! *Wolfgang Eschker*

Ich werde nie zum Frühling sagen: Verzeihen Sie, Sie haben dort ein welkes Blatt! Oder zum Herbst: Nehmen Sie es ja nicht übel, aber dieser Apfel ist nur zur Hälfte rot. *Christian Friedrich Hebbel*

Der einzige, der einen Ozelotpelz wirklich braucht, ist der Ozelot. *Bernhard Grzimek*

Die Natur ist unbestreitbar sehr lobenswert und sehr ehrwürdig, doch hat sie schändliche Kinder.
François Marie Voltaire

Nach dem Erdbeben schlägt man auf den Seismographen ein. *Ernst Jünger*

Der Mensch ist das Tier, das in einer Stadt wohnt.
Aristoteles

Halten Sie Ihre Stadt sauber, – schlagen Sie eine Taube tot! *Graffito*

Wenn Du die Natur als eine Mutter ansiehst, so wirst Du entdecken, daß sie Deine Stiefmutter ist.
Gilbert Keith Chesterton

Werte Naturapostel! Beachten Sie: Der Floh wird durch kleinste Parasiten ausgesaugt, diese hinwiederum von noch winzigeren: ad infinitum!
Jonathan Swift

Hier ruht mein treuester Genoß im Land,
Herr Hypochonder zugenannt;
er starb an frischer Bergesluft,
an Lerchenschlag und Rosenduft! *Anastasius Grün*

Kommt denn noch kein Komet und brennt d' Welt z'samm? *Johann Nepomuk Nestroy*

Natürlich willst du sein?
Wähnst alles dann erzielt?
Natürlich ist das Schwein,
das sich im Schlamme sielt.
Friedrich von Sallet

Eine von uns beleidigte und geschändete Natur rächt sich auf ihre Weise: sie schenkt uns Blumen.
Rabindranath Tagore

Die Natur hat die Jefferson'sche Unabhängigkeitserklärung nicht gelesen; sie macht uns weiterhin ungleich! *Will Durant*

Natur: Nur Esel und Europäer gehen in die Sonne!
Arabisches Sprichwort

Ich habe nicht immer das Gefühl, als sei es gerade meine Pflicht und Schuldigkeit, dem Herrgott seine verpfuschte Welt wieder einzurenken.
Wilhelm Raabe

Bei Betrachtung dieser Welt ist zu konstatieren, daß die »Milch der frommen Denkungsart« sauer geworden ist. *Millôr Fernandes*

Eben war die Landschaft noch so stumm
und der Wiesenteppich war so samten.
Und schon trampeln diese gottverdammten
Menschen wie in Sauerkraut herum.
Erich Kästner

Deutscher Spatz verlaß die Städte!
Kehr zurück zu der Natur!
Meide den Asphalt und trete
in den Kampfbund für Kultur!
James Krüss

Die Erde, mag sie nun wollen oder nicht, sie muß Gras wachsen lassen und die Herde mästen wir!
Euripides

Gott schütze diesen Erdball, die Elefanten, die Wale, die gemeine Feldmaus ... Gott schütze sie alle, – vor uns! *Dieter Hildebrandt*

Unkraut ist die Opposition der Natur gegen die Regierung der Gärtner. *Oskar Kokoschka*

Gebe es in der Natur so viele Gesetze wie beim Staat, könnte nicht mal der liebe Gott Ordnung halten.
Ludwig Börne

Solange noch ein Mensch lebt, hat der **Umweltschutz** wenig Chancen. *Oliver Hassencamp*

Immer wieder wird es Eskimos geben, die den Eingeborenen am Kongo Verhaltensmaßregeln für die Zeit der großen Hitze geben werden.
Stanislaw Jerzy Lec

Dem kindlichen Geist des Intellektualmenschen ist die Erde ein Grundstück, die Wiese ein Futterplatz, der Wald eine Forstwirtschaft, das Wasser eine Verkehrsbahn, die Kohle Brennmaterial, das Tier ein Wild, Vieh oder Ungeziefer, die Sonne eine Kraftquelle und ein Beleuchtungsmittel, der Mensch ein Konkurrent, Abnehmer, Angestellter oder Steuerzahler, die Gottheit eine Behörde. *Walter Rathenau*

Es gibt immer weniger Menschengegenden und immer mehr Skigebiete. *Werner Schneyder*

Es starb zu der selben Stunde
die ganze Saurierei,
sie kam zu tief in die Kreide,
da war es natürlich vorbei.
Joseph Viktor von Scheffel

Kunststoff herzustellen ist keine Kunst mehr, aber diesen Stoff zu beseitigen, ist eine Kunst, denn Kunststoff ist nicht von Pappe. *Gerd Uhlenbruck*

Die Überflußgesellschaft spiegelt sich in ihren Flüssen. *Hans-Horst Skupy*

Inzwischen wissen wir auch, was uns blüht, – nämlich immer weniger. *Gerhard Uhlenbruck*

Süßstoff gibt es genug; woran es mangelt, ist Sauerstoff. *Helmut Walters*

Die Wasserverschmutzung hat ihren Grund darin, daß so viele Menschen ihre Hände in Unschuld waschen.
Helmut Walters

Wir leben in einer atemberaubenden Zeit.
Hans-Horst Skupy

Die Erde ist sauber, doch die Menschen sind schmutzig. *Roberto Duailibi*

Man glaubt für gewöhnlich, es gebe keine Steigerungsform für tot. Die gibt's aber doch: ausgestorben! *Martin Kessel*

Wir leben in einer Pulverfabrik, in der das Rauchen nicht verboten ist. *Friedrich Dürrenmatt*

Lieber leichtes Bier als schweres Wasser!
Julius Bornstein

Die Weißheiten der Waschmittelindustrie sind nicht mehr zu überbieten. *Gerhard Uhlenbruck*

Müßte Aphrodite heute dem Meerschaum entsteigen, – sie hätte Furunkeln am Hintern.
Jacques-Yves Cousteau

Auf dem Planeten hier
– will sagen Feuerball,
wird großer Friede sein, – pardon
– erst nach dem Knall!
Wolf Biermann

Wir gehen um mit dieser Welt, als hätten wir noch eine zweite im Kofferraum. *Jane Fonda*

Atom hin, Atom her, – wir gehen einer strahlenden Zukunft entgegen! *Graffito*

Es ist mir nicht klar, was die Menschen auf dem Mond wollen. Auf der Erde gibt es doch genug soziale Mondlandschaften.
Dominique Georges Pire

Der Mensch bringt sogar die Wüste zum Blühen. Die einzige Wüste, die ihm noch Widerstand leistet, befindet sich in seinem Kopf. *Ephraim Kishon*

Bis zur Klärung der Ursache des Waldsterbens wird der Bevölkerung empfohlen, bei saurem Regen Zukker in die Luft zu blasen. *Herbert Friedmann*

Ob Zeitungen, die gegen das Waldsterben polemisieren, wohl dran denken, aus was sie gemacht sind?
Robert Lembke

Sie machten den Wald für Touristen zugänglich, indem sie ihn abholzten. *Wolfgang Eschker*

Zu fällen einen schönen Baum,
braucht's ne halbe Stunde kaum.
Zu wachsen, bis man ihn bewundert,
braucht's – bedenkt es –
ein Jahrhundert! *Eugen Roth*

Die Wälder werden immer kleiner, das Holz nimmt ab, was wollen wir anfangen? Oh, zu der Zeit, wenn die Wälder aufhören, können wir sicherlich solange Bücher verbrennen, bis die Wälder wieder aufgewachsen sind. *Georg Christoph Lichtenberg*

Solange der Staat noch Bockprämien zahlt, brauchen wir uns ja nicht zu wundern, wenn der Lebensraum immer knapper wird. *Arno Schmidt*

Die einen reden und die anderen roden.
Werner Mitsch

Unsere Luft ist so verschmutzt, daß selbst in Luftschlössern keiner mehr wohnen möchte.
Gerhard Uhlenbruck

Wer sich allzu grün macht, den fressen die Ziegen.
Johann Wolfgang von Goethe

Gottes Beitrag zum Umweltschutz: Er hat die Spezies Mensch so konstruiert, daß sie sich bei Bedarf selbst zerstört. *Oliver Hassencamp*

Ich freue mich über jeden Sieg der Brennessel über den Beton. *Jean Giono*

Die Natur ist viel klüger und geistreicher als alle Naturforscher zusammen. *Otto Warburg*

Wir meinen, die Natur beherrschen zu können, aber wahrscheinlich hat sie sich nur an uns gewöhnt.
Karl Heinrich Waggerl

Gott ernährt die Vögel unter dem Himmel – und im Winter läßt er sie verhungern. *Jules Renard*

Wer will, daß die Welt so bleibt, wie sie ist, will nicht, daß sie bleibt. *Graffito*

Die Schwärmerei für die Natur kommt von der Unbewohnbarkeit der Städte. *Bertolt Brecht*

Wenn die Gesellschaft so fortfährt, wird in zweitausend Jahren nichts mehr da sein, kein Grashalm, kein Baum. Die Gesellschaft wird die Natur aufgefressen haben. *Gustave Flaubert*

Es setzte ein Mädchen aus Traunstein
ein einziges Ziel sich, das Braunsein,
und vernahm keinen Ton noch
von dem Thema Ozonloch.
Sonst büßte es rasch sein Vertraun ein. *Dieter Höss*

Treibe die Natur mit der Heugabel aus, sie kommt doch immer wieder zurück. *Quintus Flaccus Horaz*

Zurück zur Natur. Radfahrer auf den Gehweg und Fußgänger auf die Bäume! *Werner Mitsch*

Es gibt genug Empfindsame, die »Mutter Natur« sagen, aber höchstens »Tante Natur« meinen.
Ludwig Strauß

Daß der Glaube Berge versetze,
an diesem Faktum ist nicht zu rütteln.
Man korrigierte Naturgesetze
schon immer mit transzendentalem Mittel.
—
Wir möchten ja den Gotteskindern
nicht gerne ihr Gefühl verletzen. –
Aber schließlich muß man sich doch verbieten,
daß sie ihre Berge immer dahin versetzen,
wo sie entweder den Verkehr verhindern
oder die schönsten Plantagen verschütten.
Erich Weinert

Ich glaube, der Weltraum ist heute weniger gefährlich als die Straßen Berlins. *Wernher von Braun*

Ich weiß wohl und kann es auch deuten,
daß ich so traurig bin;
ein Horror aus uralten Zeiten,
der kommt mir nicht aus dem Sinn.
—
Die Luft von Smog wird verdunkelt,
und dreckig fließt der Rhein;
der Gipfel des Berges funkelt
in Raffinerienschein.
—
Die größten Chemiewerke sprießen
am Ufer mit Höchst-Gefahr;
ihre giftigen Abwasser fließen,
sie fließen schon manches Jahr. *Fritz Werf*

Die Menschen müssen begreifen, daß sie das gefährlichste Ungeziefer sind, das die Erde je verwüstet hat. *Friedensreich Hundertwasser*

Für Ausgleich ist gesorgt; dieweil die Bäume sterben,
wachsen uns die Probleme über den Kopf.
Felix Renner

Prognosen und Zukunft

Die lächerlichsten aller Träume sind die Träumereien der Weltverbesserer. *Jean Baptiste Molière*

Die Erde ist der Wartesaal für die Reisen ins Jenseits. *Fliegende Blätter*

Nun hat die Welt ihren Platz auf dem Mond. Fehlt ihr nur noch der Platz an der Sonne. *Heinrich Wiesner*

Sie ist unsere einzige Zeit
unsere Lebenszeit.
Und wenn wir das Leben lieben
können wir nicht ganz lieblos
gegen diese unsere Zeit sein.
Wir müssen sie ja nicht genau so
lassen, wie sie uns traf.
Erich Fried

Mißtraut den Ingenieuren, sie basteln erst an der Nähmaschine und dann an der Atombombe. *Marcel Pagnol*

Mag sein, daß auf anderen Planeten Intelligenz zu finden ist. Auf unserem herrscht absolute Stupidität. *Millôr Fernandes*

Obwohl die Welt ja, sozusagen,
wohl manchmal etwas mangelhaft,
wird sie doch in den nächsten Tagen
vermutlich noch nicht abgeschafft.
Wilhelm Busch

Ich weiß nicht, welche Waffen im nächsten Krieg zur Anwendung kommen, wohl aber, welche im übernächsten: Pfeil und Bogen! *Albert Einstein*

Für angenehme Erinnerungen muß man im voraus sorgen. *Paul Hörbiger*

Prophetie und **Prognose** sind Künste, die eigene Glaubwürdigkeit zu verkaufen, – gegen Barkasse, aber mit späterer Lieferung! *Ambrose Bierce*

Alte Leute sagen mir: die Zeiten werden schlimmer.
Ich sage aber: nein, es trifft viel besser ein,
die Zeiten sind wie immer, die Leute werden schlimmer! *Hausinschrift in Seefeld (Österreich)*

Wie die Schienbeine darf man auch die Hoffnungen nicht zu weit ausstrecken. *Hierapolis Epiktet*

Seltsam ist Propheten Lied,
doppelt seltsam, was geschieht.
Johann Wolfgang von Goethe

Große Träume, – ich kenne keine, die nicht im Morgengrauen enden. *Wieslaw Brudzinski*

Wer am besten raten kann, den werde ich immer für den besten Propheten halten. *Marcus Tullius Cicero*

Es lohnt sich meistens, die Prognosen der Meinungsforscher nicht gelesen zu haben. *Franz Josef Strauß*

Alte Herren und Kometen werden aus demselben Grunde verehrt: wegen ihrer langen Bärte und der Behauptung, daß sie die Ereignisse voraussagen. *Jonathan Swift*

Es gibt Leute, die sich über den Weltuntergang trösten würden, wenn sie ihn nur vorausgesagt hätten. *Christian Friedrich Hebbel*

Die Sand-Uhren erinnern nicht bloß an die schnelle Flucht der Zeit, sondern auch zugleich an den Staub, in welchen wir einst verfallen werden. *Georg Christoph Lichtenberg*

Es gibt nur drei Schmerzen:
a) Vergangenheit b) Gegenwart c) Zukunft.
Jean Paul

Mit Propheten unterhält man sich am besten drei Jahre später.
Sir Peter Ustinov

Die Welt wird entweder explodieren oder verschweizern. Ob so oder so, – die Zukunft wird fürchterlich.
Friedrich Dürrenmatt

Ein Mensch kann manchmal nicht verstehen,
trifft ein, was er vorausgesehen?
Eugen Roth

Man prophezeit uns eine katastrophale Zukunft, um uns von der miesen Gegenwart abzulenken.
Werner Mitsch

Ein Prognostiker ist ein Mann, der in lichten Momenten düstere Ahnungen hat. *Tennessee Williams*

Ich denke niemals an die **Zukunft**, sie kommt noch früh genug! *Albert Einstein*

Kein Dichter wird mehr vom Monde sprechen!
Alberto Moravia

In hundert Jahren werden wir's in der Zeitung lesen, was wir heute alle für Esel gewesen. *Will Vesper*

Artikel eins im Gesetzbuch des kommenden Nuklearzeitalters: Alle Menschen werden gleich sterben.
Millôr Fernandes

Das Ende der Welt: Fünf Minuten nach Ausbruch der Feindseligkeiten erklären alle Länder der Welt die Mobilmachung. Doch wenige Sekunden später erfolgt die definitive Demobilisation.
Mario Quintana

Die Welt, – im Falle eines Falles,
bedarf nicht eines großen Knalles.
Der Mensch, so ist's seit je und immer
wird untergehen mit groß' Gewimmer!
T.S. Eliot

Die Zukunft ist auch nicht mehr das, was sie war.
Unbekannt

Der Fortschritt ist ein gewaltiger Rückschritt.
Graffito

Die falschen Propheten sind meistens die mit den stärkeren Lungen. *Thornton Wilder*

Wie schauderschnell rast doch die Zeit!
Kaum sind wir der Vergangenheit
mit einem blauen Aug' entronnen –
heißt's, daß die Zukunft schon begonnen.
Eugen Roth

In Zukunft wird sich die Utopie beeilen müssen, wenn sie die Realität einholen will. *Wernher von Braun*

Die Zeit wird kommen, da die Wilden Opern haben und wir auf den Indianertanz zurückgefallen sind.
François Marie Voltaire

Bis jetzt haben wir uns dran gewöhnt, was die Zukunft brachte; richten wir uns nun auf das ein, was sie nehmen wird. *Ron Kritzfeld*

Einmal kein Fortschritt, – das wäre einer! *Graffito*

Die Lage war noch nie so ernst wie immer. *Graffito*

Wir tun immer etwas für die Nachwelt, gern würde ich sehen, daß die Nachwelt einmal etwas für uns tut. *Joseph Addison*

Wer von der Zukunft spricht ist ein Schurke. Nur die Gegenwart zählt. Die Nachwelt anzurufen, heißt eine Rede an die Maden halten. *Louis-Ferdinand Céline*

Ruinen erinnern an kommende Zeiten.
Michael Rumpf

Für die, welche an keine Unsterblichkeit glauben, gibt es auch keine. *Ludwig Börne*

Euch Sterblichen zum Glücke, verbarg der Götter Schluß die Zukunft Eurem Blicke.
Christian Fürchtegott Gellert

Oft ist die Zukunft schon da, eh wir ihr gewachsen sind. *John Steinbeck*

Wir sind übern Berg, – es geht bergab!
Herbert Eisenreich

Hartnäckig weiter fließt die Zeit;
die Zukunft wird Vergangenheit.
Von einem großen Reservoir
ins andere rieselt Jahr um Jahr;
und aus den Fluten taucht empor
der Menschen buntgemischtes Korps.
Sie plätschern, traurig oder munter,
'n bissel 'rum, dann gehens unter
und werden, ziemlich abgekühlt,
für längere Zeit hinweggespült.
Wie sorglich blickt das Aug' umher!
Wie freut man sich, wenn der und der,
noch nicht versunken oder matt,
den Kopf vergnügt heroben hat. *Wilhelm Busch*

Hütet Euch vor Experten! Wenn eines Tages die Menschen die Erde vermittels der Bombe in die Luft jagen, wird der letzte Überlebende ein Experte sein, der behauptet, dazu werde es nie kommen.
Sir Peter Ustinov

Ich werde das Gefühl nicht los, daß irgendwann irgend jemand die Zeit, in der wir jetzt leben, als »gute alte« bezeichnen wird. *Robert Lembke*

Eine schlechte Zukunft ist immer noch besser als gar keine. *Zarko Petan*

Der große Irrtum. Chaos war nicht der Beginn, Chaos ist das Ende. *Wolfdietrich Schnurre*

Die Zukunft ist auch nicht unsicherer als die Gegenwart! *Walt Whitman*

Die Welt ist eine Bühne, du kommst, siehst, – und gehst! *Matthias Claudius*

Demnächst wird es von unserer guten alten Erde heißen: Opas Planet! *Jacques Tati*

Wir begreifen die Ruinen nicht eher, als bis wir selbst Ruinen sind. *Heinrich Heine*

Die Zukunft ist ganz ungewiß, doch wahrscheinlich ist, daß Schlimmeres nachkommt.
Lucius Annaeus Seneca

Die Zukunft ist nichts als der Abfall der Gegenwart.
Unbekannt

Das Merkwürdigste an der Zukunft ist wohl die Vorstellung, daß man unsere Zeit später die gute alte Zeit nennen wird. *John Steinbeck*

Nicht das Genie ist 100 Jahre seiner Zeit voraus, sondern der Durchschnittsmensch ist um 100 Jahre hinter ihr zurück. *Robert Musil*

Die Zukunft war früher auch besser. *Karl Valentin*

Ich hab' einmal einen alten Isabellenschimmel an einem Ziegelwagen g'sehn, seitdem bring' ich die Zukunft gar nicht mehr aus'm Sinn.
Johann Nepomuk Nestroy

Zukunftsforschung ist die Kunst, sich zu kratzen, bevor es einen juckt. *Peter Sellers*

Des Menschen ganzes Glück
besteht aus zweierlei,
daß ihm gewiß und ungewiß
die Zukunft sei. *Friedrich Rückert*

Unsicher ist's auf dieser Erden,
drum will der Mensch versichert werden.
Hat er die Zukunft nicht vertraglich,
so wird's ihm vor ihr unbehaglich.
Eugen Roth

Die Zukunft kommt in Raten, – das ist das Erträgliche an ihr. *Alfred Polgar*

Die Zukunft ist eine unwägbar Person, die g'rad nur die quält, die sich sorgsam um sie kümmern.
Johann Nepomuk Nestroy

Der Mensch

Der Mensch, an und für sich

Gott hat den Menschen erschaffen, weil er vom Affen enttäuscht war. Danach hat er auf weitere Experimente verzichtet. *Mark Twain*

Ein Mensch ohne Fehler ist kein vollkommener Mensch. *Alfred Polgar*

Unter den Menschen und Borsdorfer Äpfeln sind nicht die glatten die besten, sondern die rauhen mit einigen Warzen. *Jean Paul*

Man kann gar nichts sein, man kann auf das jämmerlichste versagt haben, und doch durch eine einzige Konsequenz etwas nützen. *Elias Canetti*

Gedanken und Witze willst du verschwenden,
den Anhang der Menschen dir zuzuwenden?
Gib ihnen was Gutes zu fressen, zu saufen:
Sie kommen in Scharen dir zugelaufen!
Arthur Schopenhauer

Glaubt mir, der ist ein Neuling in der Welt,
der viel auf Menschenwert und Menschen-
tugenden hält.
Aus Hunderten von dem Gezüchte
Sind neunundneunzig Bösewichte!
Karl Julius Weber

Nichts zu machen, man muß sich durchsetzen können, von Geburt an. Die Geburt selbst ist ein Akt der Durchsetzung, der erste und folgenreichste von allen.
Kurt Marti

Fürchte den Bock von vorn, das Pferd von hinten und den Menschen von allen Seiten.
Russisches Sprichwort

Ihn ekelt das Lob, doch er hört sich's gut an.
Elias Canetti

Der Mensch ist immer gefährlich. Wenn nicht durch seine Bosheit, dann durch seine Dummheit. Wenn nicht durch seine Dummheit, dann durch seinen Verstand. *Henry de Montherlant*

Adam war ein Mensch: er wollte den Apfel nicht um des Apfels Willen, sondern weil er verboten war.
Mark Twain

Der Mensch kommt unter allen Tieren der Welt dem Affen am nächsten.
Georg Christoph Lichtenberg

Sind Sie sicher, daß Sie die Erhaltung des Menschengeschlechts, wenn Sie und alle Ihre Bekannten nicht mehr sind, wirklich interessiert? *Max Frisch*

Ich bin überzeugt, wenn Gott einmal einen solchen Menschen schaffen wollte, wie ihn sich die Magister und Professoren der Philosophie vorstellen, – der müßte schon den ersten Tag ins Tollhaus gebracht werden. *Georg Christoph Lichtenberg*

Ich glaube, die beste Definition des Menschen lautet: undankbarer Zweibeiner. *Fjodor Dostojewski*

Der niedrigste Mensch: der, dem alle Wünsche erfüllt worden sind. *Elias Canetti*

Was ist der Mensch? Ein hohler Darm
Mit Furcht und Hoffnung angefüllt –
Daß Gott erbarm.
Johann Wolfgang von Goethe

Manche Menschen wollen immer glänzen, obwohl sie keinen Schimmer haben. *Heinz Erhard*

Wen man schlafen sah, den kann man nie mehr hassen. *Elias Canetti*

Die Absicht, daß der Mensch glücklich sei, ist im Plan der Schöpfung nicht enthalten. *Sigmund Freud*

Nur wenige Menschen sind Originale, die meisten sind Abziehbilder. *Helmut Walters*

Seit Kain und Abel wissen wir, daß alle Menschen Brüder sind. *Rainer Malkowski*

Ich habe es satt, Menschen zu durchschauen; es ist so leicht und es führt zu nichts. *Elias Canetti*

Der Mensch ist ein durch die Zensur gerutschter Affe.
Gabriel Laub

Das einzige Lebewesen, das erröten kann, ist der Mensch. Es ist aber auch das einzige, das Grund dazu hat. *Mark Twain*

Man liebt als Selbsterkenntnis, was man als Anklage haßt. *Elias Canetti*

Es gibt zwei Klassen von Menschen: die Gerechten und die Ungerechten. Die Einteilung wird von den Gerechten vorgenommen.
Oscar Wilde

Ein Mensch, der zu vernünftig ist, um zu verhungern, aber zu unvernünftig, um zu arbeiten, zu verschämt, um zu betteln, doch gerade unverschämt genug, um zu stehlen.
Fliegende Blätter

Wenn es heißt, ein Mensch sei unbestechlich, so frage ich mich unwillkürlich, ob man ihm genug geboten hat. *Joseph Fouché*

Es ist noch nicht bewiesen, daß der Mensch vom Affen abstammt, – aber verdient hätte er es!
Unbekannt

Alle Menschen werden gleich geboren, – doch einige etwas schlechter! *Millôr Fernandes*

Wie schön der Mensch von außen ist,
so ist er doch ein schnöder Mist.
Freidank

Der Mensch wird schließlich mangelhaft,
die Locke wird hinweggerafft. *Wilhelm Busch*

Der Mensch ist das Wesen, welches die oberste Stufe in der sichtbaren Schöpfung einnimmt, welcher sich sogar für das Ebenbild Gottes ausgibt, worüber sich jedoch Gott nicht sehr geschmeichelt fühlen dürfte. Der Mensch ist ferner auch ein Wurm, denn er krümmt sich häufig im Staube und kommt auf diese Art vorwärts. *Johann Nepomuk Nestroy*

Da streiten sich die Leut' herum
oft um den Wert des Glücks.
Der eine heißt den andern dumm,
am End weiß keiner nix! *Ferdinand Jakob Raimund*

Gott scheint mittelmäßige Menschen zu lieben: sonst hätte er nicht so viele von ihnen zugelassen!
Abraham Lincoln

Menschenskind, besuchen Sie schnellstens das Morehead-Planetarium. Für drei Dollar können Sie ersehen, wie unbedeutend Sie sind!
Werbung des Morehead-Planetariums

Aus so krummem Holz, als woraus der Mensch gemacht ist, kann nichts Gerades gezimmert werden.
Immanuel Kant

Der Mensch gleicht dem Streichholz! Wenn es keinen Kopf hat, – was soll man mit ihm anfangen?
Unbekannt

Der Mensch stirbt, wie er geboren wurde: ohne Haare, ohne Zähne, ohne Illusionen!
François Marie Voltaire

Kaum geboren, findet schon jedes Huhn sein bißchen Futter. Nur der Mensch, das Gabeltier, kann sich keinen Schritt entfernen. Und der stolzen Schöpfung Zier, muß erst gehen und essen lernen.
August von Kotzebue

Gefährlich ist's den Leu zu wecken,
verderblich ist des Tigers Zahn,
jedoch der schrecklichste der Schrecken,
das ist der Mensch in seinem Wahn.
Friedrich von Schiller

Der Mensch ist ein Lebewesen, das klopft, schlechte Musik macht und seinen Hund bellen läßt. Manchmal gibt er auch Ruhe, aber dann ist er tot.
Kurt Tucholsky

Sein Prinzip ist überhaupt:
Was beliebt ist auch erlaubt;
Denn der Mensch als Kreatur
hat von Rücksicht keine Spur. *Wilhelm Busch*

Das Reden tut dem Menschen gut,
wenn man es nämlich selber tut!
Wilhelm Busch

Wie ähneln wir doch dem häßlichsten aller Tiere, dem Affen! *Quintus Ennus*

Wir sollten vom Menschen, wie vom Wetter, das Schlechteste erwarten. *Luc de Vauvenargues*

Meist sind gute und schlechte Menschen weniger gut oder schlecht als sie scheinen.
Samuel Taylor Coleridge

Die Maske eines Menschen kann so schön sein, daß ich Angst vor seinem Gesicht bekomme.
Alfred de Musset

Es ist ganz einfach festzustellen, ob ein Mensch ehrlich ist. Frag ihn! Sagt er »ja«, so ist er ein Strolch!
Groucho Marx

Kleider machen Leute, – aber nicht Menschen!
Friedl Beutelrock

Der Mensch ist ein armer Teufel. Aber zum Glück weiß er das nicht. Wenn er es wüßte – was wär' er für ein armer Teufel! *Alfred Polgar*

Drei W seind in der Welt die allerstärksten,
Weib, Wein und Wahrheit.
Drei T seind in der Welt der Menschen größte
Feinde und Widersacher:
Teufel, Tod und Trübsal.
Drei K seind die größten Lügner in der Welt:
Kalendermacher, Krämerweiber, krumme Bettler.
Drei Leute seind, die lieber nehmen als geben:
Edelleut, Kriegsleut, Betteleut.
Abraham a Sancta Clara

Je weniger Zähne der Mensch hat, desto bissiger wird er. *George Dennison Prentice*

Auf böse Menschen ist Verlaß. Sie ändern sich wenigstens nicht. *William Faulkner*

Idealismus ist die Fähigkeit, die Menschen so zu sehen, wie sie sein könnten, wenn sie nicht so wären, wie sie sind. *Curt Goetz*

Gott schuf den Menschen, der Teufel den Mitmenschen. *Gerhard Uhlenbruck*

Man unterscheidet zwei Arten von Teufeln: degradierte Engel und beförderte Menschen.
Stanislaw Jerzy Lec

Das fehlende Glied zwischen Mensch und Affe sind wir selbst. *Konrad Lorenz*

Fragt man, ob die Menschengattung als eine gute oder schlimme Rasse anzusehen sei, so muß ich gestehen, daß nicht viel damit zu prahlen sei.
Immanuel Kant

Wohl von Paris nach Japan hin,
von Rom fern bis Peru,
das dümmste Tier nach meinem Sinn,
oh Menschenkind, bist du!
Nicolas Boileau-Despréaux

Der Mensch wird alt, – doch reif wird er nie!
Alphonse Daudet

Der Mensch ist ein lasterhaftes Viech!
Jean Baptiste Molière

Wenn auch das Gehen auf zwei Beinen dem Menschen nicht natürlich ist, so ist es doch gewiß eine Erfindung, die ihm Ehre macht.
Georg Christoph Lichtenberg

Mensch mit traurigem Gesichte,
sprich nicht nur von Leid und Streit,
selbst in Brehms Naturgeschichte
findet sich Barmherzigkeit. *Wilhelm Busch*

Ein Mensch erblickt das Licht der Welt,
doch oft hat sich herausgestellt:
Nach manchem trüb verbrachten Jahr,
daß dies der einzige Lichtblick war. *Eugen Roth*

O Vater, rief der Knabe:
Sind Affen denn auch Leute?
Der Vater sprach: Nun ja,
nicht ganz, doch so beinah! *Wilhelm Busch*

Ein Mensch bemerkt mit bitterem Zorn,
daß keine Rose ohne Dorn.
Doch muß ihn noch viel mehr erbosen,
daß sehr viel Dornen ohne Rosen. *Eugen Roth*

Ein Mensch, der keine Fehler macht, macht im allgemeinen gar nichts!
Edward John Phelps

Bei den besten Menschen, die mir begegnet, habe ich doch immer die Reißzähne von den Schneidezähnen ganz deutlich unterscheiden können.
Wilhelm Busch

So war der Mensch zu allen Zeiten,
so ist er jung, so bleibt er alt,
heiß ist er gegen Kleinigkeiten
und gegen große Dinge kalt!
Magnus Gottfried Lichtwer

Wenn dem Menschen am Ende seines Lebens ein Lächeln übrigbleibt, so ist das ein ganz anständiger Reingewinn. *Horst Wolfram Geissler*

Jedem das Seine:
Jene sind Männer von Ehre,
diese besitzen keine,
aber sie machen Karriere! *Heinrich Leuthold*

Als Ausweitung des Menschen ist der Stuhl eine spezialisierte Ablagerung des Gesäßes, während das Sofa das ganze menschliche Wesen ausweitet.
A. Marschall McLuhan

Bisweilen faßt mir jäh ein Trieb den Sinn,
vorm Nahn der Menschen in die Wüst' zu fliehn!
Jean Baptiste Molière

Ich glaube an das Gute im Menschen, verlasse mich aber lieber auf das Schlechte in ihm. *Alfred Polgar*

Es ist im Menschenvolk einmal so Brauch
vor irgendwem im Staub zu liegen auf dem Bauch.
Carl Spitteler

Leute, die zu nichts fähig sind, sind zu allem fähig.
John Steinbeck

Nichts ist seltener als ein Mensch, den man immer um sich ertragen kann. *Giacomo Graf Leopardi*

Ein guter Mensch ist immer ein Anfänger.
Marcus Valerius Martial

Wie sich doch alles auf Erden verbessert und veredelt! Mein Urgroßvater war ein Bauernknecht, mein Großvater ein Bauer, mein Vater ein Landmann und ich bin Besitzer eines landwirtschaftlichen Großunternehmens. Und mein Sohn ist Professor einer landwirtschaftlichen Hochschule. *Folco Masucci*

Oaner is a Mensch, mehra sein's Leut, viel sein's scho Viecher! *Peter Rosegger*

Der Mensch wird stets für manche Sachen
gescheiter einen Umweg machen,
und hat oft hinterher entdeckt:
Das war viel kürzer als direkt! *Karl-Heinz Söhlker*

Normalmenschen vereinigen in sich alle Anomalien in der richtigen Mischung. *Alexander Roda Roda*

Der Mensch ist die Dornenkrone der Schöpfung.
Michael Richter

Billionen Jahr sind nötig gewesen,
– so kann man's bei Darwin und anderen lesen –,
bis aus dem Reptil im Urdreck und Sand
der Übermensch entstand.
Nun aber davon das Gegenspiel:
Die Rückbildung wieder zum Reptil,
die man just heute so häufig sieht:
Die vollzieht sich ungemein rapid.
Alois Wohlmuth

Jesus hat nicht gesagt: »Ihr seid der Honig der Welt«, sondern: »Ihr seid das Salz der Erde.«
Georges Bernanos

Ich möchte ewig leben. Und sei es nur, um zu sehen, daß die Menschen in hundert Jahren dieselben Fehler machen wie ich. *Sir Winston Churchill*

Der Mensch ist ein nützliches Lebewesen, weil er dazu dient, durch den Soldatentod Petroleumaktien in die Höhe zu treiben, durch den Bergmannstod den Profit der Grubenherren zu erhöhen, sowie auch Kultur, Kunst und Wissenschaft. Der Mensch hat neben dem Trieb der Fortpflanzung und dem, zu essen und zu trinken, zwei Leidenschaften: Krach zu machen und nicht zuzuhören. *Kurt Tucholsky*

Ein Mensch ist manchmal wie verwandelt,
sobald man menschlich ihn behandelt.
Eugen Roth

Die Menschen sind wie die Geldbörsen; es kommt nicht auf das Aussehen an, sondern auf den Inhalt.
Portugiesisches Sprichwort

Fliegen und Menschen haben eines gemeinsam: Man kann sie beide mit Zeitungen erschlagen.
Dieter Hildebrandt

Die Vogelscheuche wurde nach dem Bilde des Menschen geschaffen. *Günter Grass*

Es gibt Menschen, die nicht anders gerührt werden können, als vom Schlage. *Joachim Ringelnatz*

Die Neger am Senegal versichern steif und fest, die Affen seien Menschen, ganz wie wir, jedoch klüger, indem sie sich des Sprechens enthalten, um nicht als Menschen anerkannt und zum Arbeiten gezwungen zu werden. *Heinrich Heine*

Der Mensch lebt durch den Kopf, der Kopf reicht ihm nicht aus. Versuch es nur, von deinem Kopf lebt höchstens eine Laus. Denn für dieses Leben ist der Mensch nicht schlau genug, niemals merkt er eben allen Lug und Trug. *Bertolt Brecht*

Menschen sollte man nur in kleinen Dosen einnehmen. *Ralph Waldo Emerson*

Es gibt vier Typen von Menschen auf der Welt: die Liebenden, die Opportunisten, die Zuschauer und die Schwachsinnigen. Die Letzteren sind die glücklichsten. *Hippolyte Taine*

Ursprünglich ging der Mensch auf allen Vieren. Er hat sich nur aufgerichtet, um weniger Regen auf den Rücken zu bekommen und mehr Orden auf die Brust heften zu können. *Jean Giraudoux*

Als Knabe verschlossen und trutzig,
als Jüngling anmaßend und stutzig,
als Mann zu Taten willig,
als Greis leichtsinnig und grillig!
Auf deinem Grabstein wird man lesen:
Das ist fürwahr ein Mensch gewesen!
Johann Wolfgang von Goethe

Der Mensch ist von Natur aus ein Mitläufer.
Friedrich Sieburg

Der Mensch hat dritthalb Minuten; eine zu lächeln, eine zu seufzen und eine halbe zu lieben; dann, mitten in dieser Minute, stirbt er. *Jean Paul*

Des Menschen erstes Wort war A
und hieß fast alles, was er sah:
Zum Beispiel Fisch, zum Beispiel Brot,
zum Beispiel Leben oder Tod!
Christian Morgenstern

»Gesicht, Spiegel der Seele«? – also gibt es Menschen, deren Seele recht häßlich ist.
Gustave Flaubert

Betrachte ich so recht die Umgangsformen des Hundes, so komme ich zwangsläufig zu dem Schluß, daß der Mensch das höhere Tier ist. Betrachte ich so recht die Umgangsformen der Menschen, – gestehe ich, Freund, – ich werde ganz konfus … *Ezra Pound*

Alle Menschen sind Tiere: ausgenommen Fürsten, die noch niemand gefesselt hat.
Charles de Montesquieu

»Der Mensch ist gut«, sagte die Bestie, als sie ihn fraß. *Alfred Polgar*

Lieber ein dankbarer Hund, als ein undankbarer Mensch! *Saadi*

Was ist der Mensch? Jedenfalls nicht das, was er sich einbildet zu sein, nämlich die Krone der Schöpfung. *Wilhelm Raabe*

Es gibt nicht nur die ewig Gestrigen,
es gibt auch die ewig Morgigen. *Erich Kästner*

Die Menschen drängen sich zum Lichte, nicht um besser zu sehen, sondern um besser zu glänzen.
Friedrich Nietzsche

Der Mensch besteht aus Knochen, Fleisch, Blut, Speichel, Zellen und Eitelkeit. *Kurt Tucholsky*

Nur in einem sind alle Menschen zufrieden: Ihr Verstand genügt ihnen, egal, wieviel sie davon haben.
Harold Pinter

Mensch, dein Name ist Esel! Man kann dich an der Nase herumführen, wie es einem gefällt.
Knut Hamsun

Ein Mensch sieht Hand von Hand gewaschen.
Und doch – es muß ihn überraschen,
daß der Erfolg nur ein geringer:
Zum Schluß hat alles schmierige Finger. *Eugen Roth*

Für die meisten Menschen ist das Leben wie schlechtes Wetter: Sie treten unter und warten, bis es vorüber ist. *Alfred Polgar*

Die Welt ist arm, der Mensch ist schlecht.
Wir wären gut – anstatt so roh,
doch die Verhältnisse, sie sind nicht so!
Bertolt Brecht

Freunde, nur Mut!
Lächelt und sprecht:
»Die Menschen sind gut,
bloß die Leute sind schlecht.« *Erich Kästner*

Der einzige Name, der den Menschen wirklich charakterisiert, ist sein Spitzname. *Boleslaw Barlog*

Der Mensch ist allerdings ein Säugetier, denn er saugt sehr viel Flüssigkeit in sich hinein … Der Mensch ist aber auch ein Fisch, denn er tut Unglaubliches mit kaltem Blut, und hat auch Schuppen, die ihm zwar plötzlich, aber doch – g'wöhnlich zu spät – von den Augen fallen. Der Mensch ist ferner auch ein Wurm, denn er krümmt sich häufig im Staube und kommt auf diese Art vorwärts. Der Mensch ist nicht minder ein Amphibium, welches auf dem Land und im Wasser lebt. Der Mensch ist endlich ein Federvieh, denn gar mancher zeigt, wie er a Feder in die Hand nimmt, daß er ein Vieh ist. *Johann Nepomuk Nestroy*

Man kann mich nicht kaufen, – höchstens mieten!
Bernhard G. Weber

Gott, was krabbelt doch alles unter dem Namen »Mensch« auf diesem Erdball herum.
Theodor Fontane

Charakter und Persönlichkeit

Wer den Menschen erkennen und studieren will, der unternimmt ein so schwieriges Werk wie einer, welcher Tinte anfassen möchte, ohne sich zu beschmutzen. *Ulrich Zwingli*

Wenn ich mich früh im Spiegel gesehen habe, wenn ich mich gekämmt habe, hab' ich genug von meinem Gesicht. *Heinrich Zille*

Die Natur meint es gut mit uns: wer viel verspricht, dem schenkt sie zum Ausgleich ein schlechtes Gedächtnis. *Bob Hope*

Die Menschheit ist ein Buch, das immer wieder von neuem aufgelegt wird, ohne die Aussicht, jemals ein Bestseller zu werden. *William Faulkner*

Das Publikum ist eine gefährliche Bestie, man muß es hinter Gitter bringen, – oder fliehen!
François Marie Voltaire

Die furchtbarsten Menschen: die alles wissen und es glauben. *Elias Canetti*

Wen nichts zu rühren sonst vermag,
den rührt vielleicht einmal der Schlag.
Eugen Roth

Ich fürchte mich nicht vor dem, was zu fürchten ist,
ich fürchte mich nur vor der Furcht.
Friedrich Hölderlin

Es gibt einige Tugenden, die bestehen bleiben: die, welche uns Vorteil bescheren!
Emmanuel Wertheimer

Sie scheinen mir aus einem edlen Haus,
sie sehen stolz und unzufrieden aus.
Johann Wolfgang von Goethe

Mein Gehirn treibt öfters wunderbare Blasen auf.
Friedrich von Schiller

Gesucht sind Macher. Nötig wären Verhinderer.
Kurt Marti

Es gibt keine Zyniker, auch keine Materialisten, denn jeder Mensch ist Idealist! Doch meistens erliegt er dem falschen Ideal!
Gilbert Keith Chesterton

Der Misanthrop ist ehrlich und deshalb ist er Misanthrop. *Delphine Madame de Girargin*

Damit ist's nicht getan, einem Mann nachzustreben, indem man nichts anderes macht als furzen und husten wie er! *Unbekannt*

An Sittensprüchen hat der Arge sein Vergnügen, nicht, um danach zu tun, doch um damit zu trügen.
Friedrich Rückert

Was ein Streber werden will, krümmt sich beizeiten.
Peter Hille

Ein zufriedenstellendes Einkommen ist für den Erhalt der Tugend von größtem Nutzen.
George Bernard Shaw

Man muß die Tatsachen gut kennen, bevor man sie verdrehen kann. *Mark Twain*

Wenn du vernimmst, daß ein Berg versetzt worden sei, so glaube es; wenn du aber vernimmst, daß ein Mensch seinen Charakter verändert habe, so glaube es nicht. *Arabisches Sprichwort*

Jedenfalls ist es besser, ein eckiges Etwas zu sein, als ein rundes Nichts. *Christian Friedrich Hebbel*

Er ist durch den fortwährenden Umgang mit sich selber grenzenlos verwöhnt worden. *Wilhelm Raabe*

Dieser Cripps hat all die Tugenden, die ich nicht leiden kann, und keines der Laster, die ich bewundere.
Sir Winston Churchill

Ein Asket stirbt zwar nicht,
– aber leben tut er auch nicht!
Millôr Fernandes

Dem angebor'nen Wesen, ach, wie ist es schwer, ihm zu entsagen. Macht man zum König auch den Hund, er hört nicht auf, am Schuh zu nagen.
Indische Weisheit

Warum müssen eigentlich so viele ihr Gesicht wahren, obwohl es gar nicht so schön ist? *Linus Pauling*

Zu großes Ansehen ist für die geistige Gesundheit nicht gut! *George Bernard Shaw*

Höflichkeit ist wie ein Luftkissen, es mag wohl wenig drin sein, doch mildert's die Stöße des Lebens.
Arthur Schopenhauer

Er war wie ein Hahn, der glaubte, die Sonne wäre aufgegangen, um ihn krähen zu hören.
George Eliot

Niemand ist zufrieden mit seinem Stande,
doch jedermann stets mit seinem Verstande.
Barthold Hinrich Brockes

Phlegmatikus kann's in die Suppe schnei'n.
Es wird ihm, glaub ich, ziemlich schnuppe sein!
Harun Dolfs

Wenn an jedes böse Maul ein Schloß gehängt müßt werden,
dann wär die edle Schlosserkunst die beste Kunst auf Erden.
Martin Luther

Ein Held muß man nur einmal sein, ein Ehemann aber immer. *Luigi Pirandello*

Wenn man einen Riesen sieht, so untersuche man erst den Stand der Sonne und gebe acht, ob es nicht der Schatten eines Pygmäen ist. *Novalis*

Du bist sehr eilig, meiner Treu!
Du suchst die Tür und läufst vorbei.
Johann Wolfgang von Goethe

Aschenhaufen haben es gern, wenn man sie für erloschene Vulkane hält. *Wieslaw Brudzinski*

Ich möchte lieber paradox als mit Vorurteilen behaftet sein. *Jean-Jacques Rousseau*

Die großen Sprecher sind nicht die großen Macher.
Französisches Sprichwort

Es gibt Millionen von Menschen, die sich nach Unsterblichkeit sehnen, die aber nicht wissen, was sie an einem verregneten Sonntagnachmittag anfangen sollen. *Maurice Chevalier*

In Hinsicht auf den Begriff »Erfahrung« gibt es zwei unangenehme Sorten von Leuten: die, denen Erfahrung mangelt, und die, welche sich auf Erfahrung zuviel zugute tun. *Hugo von Hofmannsthal*

Er hatte ein starkes Herz. Es brach ihm immer nur fast. *Nikolaus Cybinski*

Ein Snob ist ein Mensch, für den das Beste noch gerade schlecht genug ist. *Martin Held*

Vulgäre Leute sind mir lieber als Snobs! *Konfuzius*

Snobismus ist das Selbstbewußtsein derjenigen, die ihrer selbst nicht sicher sind. *Thornton Wilder*

Manchen hält man für fett und er ist nur geschwollen. *Deutsches Sprichwort*

Weibliche Aufrichtigkeit ist ein Beweis für äußerstes Desinteresse. *Helmar Nahr*

Eigenlob stinkt. Aber es ist ein angenehmer Gestank!
Boleslaw Barlog

Es gibt vierzig Arten von Verrücktheit, aber nur eine Art von gesundem Menschenverstand.
Afrikanisches Sprichwort

Das Schlechte an den Minderwertigkeitskomplexen ist, daß die falschen Leute sie haben.
Jacques Tati

Es hat keinen Sinn, mir die Zähne zu zeigen. Ich bin kein Dentist. *Erich Kästner*

Ich habe immer geglaubt, er ist ein Esel, und jetzt stellt sich heraus, er ist ein Schwein. Wie man sich doch in einem Menschen täuschen kann!
Alfred Polgar

Mich kann jeder überholen, – wenn ich es zulasse.
Bernhard G. Weber

Der einzige Gestank, den wir immer zu ertragen imstande sind, ist das Eigenlob. *Gerhard Uhlenbruck*

Mancher sucht, um zu finden; und mancher findet, um nicht weiter suchen zu müssen. *Elazar Benyoëtz*

Mit leerem Kopf nickt es sich leichter.
Zagor Petan

Jeder Mann hat zwei **Charaktere**: den wirklichen und den, welchen er nach Meinung seiner Frau hat.
Unbekannt

Ein guter Charakter kann zuweilen den Erfolg im Leben außerordentlich behindern.
George Bernard Shaw

In der Nacht hat der Mensch nur ein Nachthemd an, – und darunter kommt gleich der Charakter.
Robert Musil

Der Charakter eines Menschen liegt irgendwo zwischen Beichte, Autobiographie und Nachruf.
Robert Lembke

Charakter ist das, was man hat, wenn keiner zuschaut. *Siegfried Lowitz*

Charakterfehler sind treuer als Freunde; man behält sie länger. *Armand Salacrow*

Ein verträglicher Charakter ist für mich einer, der sich mit mir verträgt. *Benjamin Disraeli*

Leute mit Mut und Charakter sind anderen Leuten immer sehr unheimlich. *Hermann Hesse*

Den leeren Schlauch bläst der Wind auf,
den leeren Kopf der Dünkel! *Matthias Claudius*

Der Fuchs wechselt den Balg, nicht den Charakter.
Titus Flavius Vespasian

Es wachsen mir das ganze Jahr,
die Sünd', die Nägel und das Haar. *Freidank*

Ein weich verpackter,
ein fein befrackter,
nicht sehr intakter Charakter.
Friedrich Theodor von Vischer

Wer viele Prinzipien hat, kann auch mal ein's fallen lassen. *Unbekannt*

Um sich auf einen Menschen zu verlassen, tut man gut, sich auf ihn zu setzen. Man ist dann wenigstens für diese Zeit sicher, daß er nicht davonläuft. Manche verlassen sich auch auf den Charakter.
Kurt Tucholsky

Mit dem erhobenen Zeigefinger sollte man lieber in der eigenen Nase bohren.
Gerhard Uhlenbruck

Meinen Erfolg verdanke ich der Tatsache, allerbeste Ratschläge respektvoll angehört zu haben, um dann exakt das Gegenteil zu tun.
Gilbert Keith Chesterton

Hat man schon mal einen Charakter, – dann ist er schlecht! *Georges Clemenceau*

Vielmehr erscheint nur die menschliche Beschränktheit, Verkehrtheit und Schlechtigkeit in jedem Lande in anderer Form, und diese nennt man dann den Nationalcharakter. *Arthur Schopenhauer*

Wenn kein Lüftchen mehr weht, so hat selbst der Wetterhahn auf dem Kirchturm Charakter.
Stanislaw Jerzy Lec

Wer den Rücken krümmt, bringt den Kopf nicht hoch. *Sprichwort*

Jeder Mensch ist, wie der Himmel ihn gemacht hat, – und manchmal eine gehörige Portion schlechter.
Miguel de Cervantes

Die Selbstgerechten, das sind die größten Räuber der Tugend. *Konfuzius*

Es gibt flache Egoisten und tiefe Egoisten. Die letzteren nennt man Altruisten. *Egon Friedell*

Jeder Mensch hat seine guten Seiten, man muß nur die schlechten umblättern. *Ernst Jünger*

Er verkaufte sich zu einem so niedrigen Preis, daß man ihn getrost einen Idealisten nennen konnte.
Wieslaw Brudzinski

Die sind die gefährlichsten Katzen, die vorne lecken und hinten kratzen. *Georg Rollenhagen*

Der Mensch ist gut, die Leut' sind schlecht.
Johann Nepomuk Nestroy

Kein Charakter ist so schlecht, daß er nicht noch verdorben werden könnte.
Hermann Kesten

Jeder Mensch hat drei Charaktere: denjenigen, welchen er zeigt, denjenigen, welchen er zu haben glaubt, und denjenigen, welchen er hat.
König Oskar II. von Schweden

Jeder hat seinen Vogel, die einen wissen es selbst, – bei den anderen sprechen nur die lieben Freunde darüber. *Unbekannt*

Er hatte gar keinen Charakter, sondern, wenn er einen haben wollte, so mußte er immer erst einen annehmen. *Georg Christoph Lichtenberg*

Charakter ist nur Eigensinn,
– es lebe die Zigeunerin! *Unbekannt*

Sein Gesicht sagte alles, – es war nichtssagend.
Wolfgang Eschker

Die Menschen sind nicht immer, was sie scheinen, doch selten etwas Besseres.
Gotthold Ephraim Lessing

Am ärgsten fällt der Größenwahn
oft grad die kleinen Leute an.
Eugen Roth

Echte **Autorität** hat es nicht nötig, sich auf die Hinterbeine zu stellen. Sie sitzt bequem auf dem Hintern. *William Faulkner*

Sie wollte sich von ihrer besten Seite zeigen, übersah jedoch, daß sie saß. *Markus M. Ronner*

NEIN klingt nach Charakter, JA weniger! Dabei wiegt es viel schwerer! *Oliver Hassencamp*

Zivilcourage ist das, was von einem Menschen übrigbleibt, wenn der Vorgesetzte das Zimmer betritt.
Wernher von Braun

Ein Räsoneur ist nicht notgedrungen ein Unzufriedener, im Gegenteil, er ist zufrieden, daß er räsonieren kann. *Jean-Paul Sartre*

Ideologen sind Meteorologen: nach ihrer Meinung war die Vorhersage richtig, bloß das Wetter ist falsch.
Unbekannt

Wenn mancher Mann wüßt, wer mancher Mann wär',
gäb mancher Mann manchem Mann manchmal mehr Ehr!
Doch mancher Mann weiß nicht, wer mancher Mann ist,
drum mancher Mann manchen Mann manchmal vergißt.
Unbekannt

Sein Prinzip ist überhaupt:
was beliebt, ist auch erlaubt!
Denn der Mensch als Kreatur,
hat von Rücksicht keine Spur!
Wilhelm Busch

Zu Darwins »Der Ursprung der Arten«. Die Frage stellt sich so: Ist der Mensch ein Affe oder ein Engel? Meine Lords, ich stelle mich auf die Seite der Engel!
Benjamin Disraeli

Ein Prominenter ist ein Mann, der es sich leisten kann, sich nichts zu leisten. *Liselotte Pulver*

Ist der Ruf erst ruiniert, lebt es sich ganz ungeniert.
Wilhelm Busch

Und auf vorgeschriebenen Bahnen
zieht die Menge durch die Flur;
den entrollten Lügenfahnen
folgen alle! – Schafsnatur!
Johann Wolfgang von Goethe

Der Unterschied zwischen mir und einem Verrückten ist der, daß ich nicht verrückt bin. *Salvador Dalí*

Die Sprache wurde den Menschen gegeben, um zu widersprechen. *Karel Capek*

Eine feinfühlige Person ist eine Person, die immer anderen auf die Füße tritt, weil sie selbst Hühneraugen hat. *Oscar Wilde*

Es ist schwer für einen leeren Sack, aufrecht zu stehen. *Benjamin Franklin*

Das ist das Erfreuliche bei den Egozentrikern: sie sprechen nie über andere! *Roberto Duailibi*

Für den guten Ruf soll man, abgesehen vom Nutzen, keinen Finger krumm machen. *Diogenes*

Die meisten Adeligen erinnern an ihre Vorfahren wie ein italienischer Cicerone an Cicero.
Nicolas Chamfort

Schlimmer als ein Wolf im Schafspelz ist ein Schaf, das mit den Wölfen heult. *Wolfgang Eschker*

Dicktun ist mein Reichtum, zwei Pfennige mein Vermögen. *Fritz Reuter*

Keiner ist so verrückt, daß er nicht einen noch Verrückteren fände, der ihn versteht. *Heinrich Heine*

Das wahre Schwein ist auch im Fracke
dasselbe Schwein wie in der Jacke.
Bonifatius Kiesewetter

Viele verlieren den Verstand nicht, weil sie keinen haben. *Baltasar Gracián*

Angeblich formt der Geist den Körper, dann aber latschen viele Leute körperlos herum. *Unbekannt*

Charme ist, was manche Leute haben, bis sie beginnen, sich drauf zu verlassen. *Simone de Beauvoir*

Jedes Talglicht hält sich für eine Wachskerze.
Sprichwort

Der Kopf muß wohl das beste leisten,
ihn gut zu schützen gilt's am meisten:
Den Eisenkopf vor frühem Rost,
den Wasserkopf vor starkem Frost,
den Feuerkopf vor großer Hitze,
den Schlaukopf vor dem eig'nen Witze.
Der Dummkopf nur, der keinem nützt,
gedeiht auch völlig ungeschützt. *Eugen Roth*

Manche Leute werden hauptsächlich deshalb für gebildet gehalten, weil ihnen das Wenige, was sie wissen, im richtigen Augenblick einfällt. *Unbekannt*

Gewissensbisse erziehen zum Beißen.
Friedrich Nietzsche

Ein kluger Mann macht nicht alle Fehler selbst, – er gibt auch anderen eine Chance!
Sir Winston Churchill

Vergiß niemals, daß nur ein toter Fisch mit der Strömung schwimmt. *Malcolm Muggeridge*

Wer ganz mit seinem Schmerz allein, der lernt den Schmerz genießen! *August Graf von Platen*

Wundert Euch nicht, daß jemand, der übel riecht, es gern hat, wenn man ihn beweihräuchert.
Stanislaw Jerzy Lec

Arm und reich

Die Armut und die Hoffnung sind Mutter und Tochter. Indem man sich mit der Tochter unterhält, vergißt man die andere. *Jean Paul*

Es rechnet nie der kluge Mann
als Schande sich die Armut. *Saadi*

Armut: Nach den fetten Kühen die mageren, nach den mageren gar kein Fleisch. *Heinrich Heine*

Nur eenmal blieht,
wenn's keiner sieht,
im Jahr der Mai,
und zwelfmal blieht de Miete.
Berliner Armenverschen

Die Armut ist nicht unbedingt beschämend. Mancher Arme lebt durchaus schamlos. *Millôr Fernandes*

Armut ist ohne Zweifel das Schrecklichste. Mir dürft' einer zehn Millionen herlegen und sagen, ich soll arm sein dafür, ich nehmet's nicht.
Johann Nepomuk Nestroy

Wenn der Arme ein Huhn ißt, so ist entweder er oder das Huhn krank. *Jüdisches Sprichwort*

Die große Armut in der Stadt kommt von der großen Powerteh her. *Fritz Reuter*

Der Schwabe tut gerne so, als ob er arm sei. Aber er ist beleidigt, wenn andere es ihm glauben.
Manfred Rommel

Reich ist nur der, der einen Dollar mehr hat, als er ausgeben kann. *Bernhard Mannes Baruch*

Gerne würde ich in Armut leben, – aber mit sehr viel Geld! *Pablo Picasso*

Hat man viel, so wird man bald
noch viel mehr dazu bekommen.
Wer nur wenig hat, dem wird
auch das Wenige genommen.
—
Wenn du aber gar nichts hast,
ach, – so lasse dich begraben.
Denn ein Recht zum Leben, Lump,
haben nur, die etwas haben.
Heinrich Heine

Wer Zahnweh hat, hält jeden, dessen Zähne gesund sind, für glücklich. Der an Armut Leidende begeht denselben Irrtum dem Reichen gegenüber.
George Bernard Shaw

Da ist der allerärmste Mann
dem anderen viel zu reich.
Das Schicksal setzt den Hobel an
und hobelt alles gleich! *Ferdinand Jakob Raimund*

Das Gesetz, in seiner unergründlichen Weisheit, verbietet es arm und reich, unter der Brücke zu schlafen.
Anatole France

Ich war schon reich und auch schon arm. Reich ist besser! *Unbekannt*

Daß Arm' und Reiche sind,
das macht mir keine Pein;
doch warum muß denn ich
just grad der Arme sein? *Sprichwort*

Liebstes Schauspiel der Armen: Reiche zu beobachten! *Mario Quintana*

Armut ist die größte Plage,
Reichtum ist das höchste Gut!
Johann Wolfgang von Goethe

So geht es in der Welt:
Der eine hat den Beutel,
der andere hat das Geld. *Sprichwort*

Kaum hat mal einer ein bissel was,
gleich gibt es welche, die ärgert das. *Wilhelm Busch*

Manche Leute haben nichts weiter von ihrem Vermögen, als die Furcht, es zu verlieren.
Antoine de Rivarol

Der Staat sollte vorzüglich nur für die Ärmsten sorgen, die Reichen sorgen leider zu sehr für sich selbst.
Johann Gottfried Seume

Was dem Armen die Hoffnung, ist dem Reichen das Erbe. *Elias Canetti*

Der arme Verwandte ist meistens der entfernte Verwandte! *Unbekannt*

Die Menschen verdanken der Armut mehr als dem Reichtum, denn der Reichtum macht sie fettbäuchig, gichtig und gewichtig, während die Arbeit sie zart und feinsinnig, gewandt, intelligent und schlau macht. *Aristophanes*

Reich werden: Da gibt es zwei Wege! Der erste wäre, die Einnahmen derart zu erhöhen, daß sie den Ansprüchen gerecht werden. Der zweite ist, Notwendigkeiten und Wünsche so einzuschränken, bis sie im Lot mit den Einnahmen stehen.
Jean Baptiste Alphonse Karr

Die Reichen erklären die Armut des lieben Nächsten mit dem »Naturgesetz«. *Emmanuel Wertheimer*

Wer ist reich? Wer zufrieden ist! Und wer ist zufrieden? Niemand! *Benjamin Franklin*

Alle fragen mich, ob ich reich sei, und niemand, ob ich gut sei. *Lucius Annaeus Seneca*

Ein reicher Mann braucht sich auf seine Ehrlichkeit nicht mehr einzubilden als eine häßliche Frau auf ihre Treue. *Philipp Rosenthal*

Gebet des Armen ist scheue Erbittung,
der Reiche indessen wünscht eine Quittung.
Emmanuel Wertheimer

Die Scherze der Reichen sind immer witzig!
Oliver Goldsmith

Mit dem Reichtum fertig zu werden, ist auch ein Problem! *Ludwig Erhard*

Gib den Armen nichts, so kommen sie nicht wieder.
Von Reichen bitte Geld, so werden sie dich fliehen.
Friedrich Hagedorn

Komm her! Geh fort! Nun falle nieder!
Steh auf! Jetzt rede! Schweige wieder!
So spielen mit dem Armen, welche Beute!
Des Unholds Hoffnung sind die reichen Leute!
Indische Weisheit

Ein reicher Idiot ist ein Reicher; ein armer Idiot ist nur ein Idiot. *Unbekannt*

Armut ist keine Schande, – Reichtum auch nicht!
Curt Goetz

Für die Armut braucht man sich nicht zu schämen. Es gibt weit mehr Leute, die sich für ihren Reichtum schämen sollten. *Johann Nepomuk Nestroy*

Manch einer wartet vergeblich auf sieben magere Jahre. *Michael Richter*

Die Armen sind die Neger Europas.
Nicolas Chamfort

Ist einer reich, so geht man mit der Leich.
Ist er aber arm, – daß Gott erbarm.
Schwäbisches Sprichwort

Kriege führen auch die Ameisen, Staaten haben auch die Bienen, Reichtümer sammeln auch die Hamster.
Hermann Hesse

Wer alles haben möchte, muß alles oft verlieren.
Euch ein Exempel statuieren,
will ich an jenem Mann nun aus dem Fabelreiche,
dem täglich hat sein Huhn ein goldnes Ei gelegt.
Er glaubt, daß einen Schatz in sich die Henne trägt.
Und schlachtet sie, doch sieht, daß innen sie ganz
gleich
ist jedem Huhn, von dem wertlose Eier kommen.
So hatte er sich selbst sein schönstes Gut
genommen. *Jean de La Fontaine*

Der Narr lebt arm, um reich zu sterben.
Barthold Hinrich Brockes

Kein Reicher geht durch ein Nadelöhr, aber es kommen viele Kamele in den Himmel. *Gottfried Edel*

Als sich der Reiche durchs Nadelöhr quetschte, blieb sein Geldsack auf der Strecke. *Werner Mitsch*

Man hört jetzt mit dem Schlagwort werben:
»Wer arm ist, der muß früher sterben!«
Doch oft ist auch nicht zu beneiden
der Reiche: Er muß länger leiden!
Eugen Roth

Reich ist, wer sich bescheidet mit dem, was er hat. *Chinesisches Sprichwort*

Eigenschaften

Wie die Pflanzen, so haben auch die Menschen versteckte **Eigenschaften**: Manche Pflanzen sind sogar giftig! *François de La Rochefoucauld*

Altruismus, Genügsamkeit, Großmut und Verzicht predigt man am Besten zwischen zwei ausgiebigen Mahlzeiten. *Emmanuel Wertheimer*

Die Reue ist weiblichen Geschlechtes und kommt meistens zu spät. *Julius Stettenheim*

Bist du mit zwanzig Jahren kein Idealist,
so hast du kein Herz.
Bleibst du einer nach dem dreißigsten,
so hast du keinen Verstand. *Randolphe Bourne*

Ein Hypochonder ist einer, der sich nur wohl fühlt, wenn's ihm schlecht geht. *Unbekannt*

Treue findet man in der Geschichte eher bei Hunden als bei Menschen. *Alexander Pope*

Die Tugend nistet, wie der Rabe, mit Vorliebe in Ruinen. *Anatole France*

Askese ist die Kunst, nicht zu mögen, was man sowieso nicht kriegt. *Georg Thomalla*

Ein Asket ist ein schwächlicher Mensch, der der Versuchung erliegt, sich ein Vergnügen zu versagen. *Ambrose Bierce*

Ein Nörgler ist ein Mensch, der – wenn er kein Haar in der Suppe findet – so lange den Kopf schüttelt, bis eines hineinfällt. *Lothar Schmidt*

Alle beklagen sich über Vergeßlichkeit, niemand klagt über den Mangel an Verstand.
François de La Rochefoucauld

Ein gutes Einkommen ist sehr nützlich, um die Tugenden zu erhalten. *George Bernard Shaw*

Die größte Genossenschaft auf Erden ist die Neidgenossenschaft. *Helmut Qualtinger*

Ich bin ein Schatten,
ein Schatten bist du.
Ich kann Zeiten beschatten,
– und was kannst du?
Inschrift auf einer alten Sonnenuhr

Was Ungeduld ist, kann nur der ermessen, der einen steinreichen, kranken Erbonkel hat. *Mark Twain*

Jedes Herz ist eine Bude auf dem Jahrmarkt der Eitelkeit. *William Makepeace Thackeray*

Takt ist die Fähigkeit, andere so darzustellen, wie sie sich gerne selbst sehen. *Abraham Lincoln*

Takt besteht darin, daß man weiß, wie weit man zu weit gehen darf. *Jean Cocteau*

Eigensinn ist die Energie der Dummen. *Hans Habe*

Viele rühmen sich der Tugenden und Gaben, die sie doch nicht erhalten haben. *Friedrich Hagedorn*

Die Aufrichtigkeit kann dann von Nutzen sein, wenn man sie als Kunstgriff verwendet oder wenn sie einem, dank ihrer Seltenheit, nicht geglaubt wird.
Giacomo Graf Leopardi

Nichts vergoldet die Vergangenheit wie ein schlechtes Gedächtnis. *John Steinbeck*

Nichts ist so sehr für die gute alte Zeit verantwortlich wie das schlechte Gedächtnis. *Anatole France*

Geizig: ungehörig darauf versessen, das zu behalten, was so viele verdiente Menschen selber gerne haben möchten. *Ambrose Bierce*

Der Egoist ist jemand, der aus den Rücksichten der anderen so lange Kapital schlägt, bis er von den Zinsen leben kann. *Unbekannt*

Ein eitler Tropf ist ein Mann, der seinen Eltern zu seinem Geburtstag gratuliert. *Robert Lembke*

Du bist begeistert, du hast Mut –
auch das ist gut!
Doch kann man mit Begeisterungsschätzen
nicht die Besonderheit ersetzen.
Heinrich Heine

Tapferkeit ist ein Anfall, der bei den meisten Menschen schnell vorübergeht. *Mark Twain*

Schmeichler sind Katzen, die vorne lecken und hinten kratzen. *Unbekannt*

Da sitzt er nu mit det Talent un kann es nich verwerten. *David Kalisch*

Er lobt sich nicht selbst, aber er lobt die Güte des Herren, die ihn geschaffen hat. Das ist seine Form der Eitelkeit. *Robert Musil*

Sonst warst du so weit vom Prahlen entfernt,
wo hast du das Prahlen so grausam gelernt?
Im Orient lernt ich das Prahlen.
Doch seit ich zurück bin im westlichen Land,
zu meiner Beruhigung fand ich und fand
zu Hunderten Orientalen!
Johann Wolfgang von Goethe

Nostalgie ist die Sehnsucht nach einer Zeit, von der man absolut keine Ahnung hat. *Lore Lorentz*

Egoist: ein unfeiner Mensch, der für sich mehr Interesse hat als für mich. *Ambrose Bierce*

Der Asket macht aus der Tugend eine Not.
Friedrich Nietzsche

Intelligenz ist jene Eigenschaft des Geistes, dank derer wir schließlich begreifen, daß alles unbegreiflich ist. *Émile Picard*

Eines Tages richtete sich der Hahn auf dem Kirchturm nicht mehr nach dem Winde. Da hielten ihn alle Leute für stolz. In Wahrheit war er nur verklemmt.
Gaspard

D'Anni hat gsagt, daß diese Frau Mittermaier, daß die also nachtragend ist, des, sagt sie, des vergißt sie ihr nie! *Gerhard Polt*

Der Fleiß ist die Wurzel aller Häßlichkeit.
Oscar Wilde

Es ist leicht, geduldig zu sein – wenn man ein Schaf ist. *Adolf Nowaczynski*

Die höchste Stufe des Geizes ist es, wenn einer niemals seinen Verstand gebraucht. *Albert Einstein*

Ich bin durchaus nicht zynisch, ich habe nur meine Erfahrungen, was allerdings ungefähr auf dasselbe hinauskommt. *Oscar Wilde*

Er war sehr eitel darauf, nicht eitel zu sein.
Kurt Tucholsky

Ein Zyniker ist ein Mensch, der alle Preise kennt, indessen den wahren Wert von gar nichts.
Oscar Wilde

Gewissen und Feigheit sind in Wahrheit ein und dasselbe, – Gewissen ist nur das Firmenschild.
Oscar Wilde

Die Leute sind prächtig tolerant. Sie verzeihen alles, mit Ausnahme von Genialität. *Oscar Wilde*

Am ärgsten fällt der Größenwahn
oft grad die kleinsten Leute an.
Eugen Roth

Gefallsucht hat, oft über Nacht,
schon manche Frau zu Fall gebracht.
Eugen Roth

Enthaltsamkeit ist das Vergnügen
an Sachen, welche wir nicht kriegen.
Wilhelm Busch

Wer durch des Argwohns Brille schaut,
sieht Raupen selbst im Sauerkraut. *Wilhelm Busch*

Wer keinen Mut hat, kann auch keinen verlieren. *Manfred Rommel*

Die Pedanterie ist ein geringes Laster, – aber eine fürchterliche Tugend. *Woody Allen*

Ein Radikaler ist einer, der mit beiden Füßen fest in den Wolken steht. *Franklin D. Roosevelt*

Geizhälse sind unangenehme Zeitgenossen, aber angenehme Vorfahren. *Viktor de Kowa*

Ein Idealist ist ein Mensch, der anderen Menschen dazu verhilft, zu Wohlstand zu gelangen. *Henry Ford*

Gar nicht von sich zu reden ist eine sehr vornehme Heuchelei. *Friedrich Nietzsche*

Ein geiziger Mensch ist wie ein gemästeter Ochse, – sein Fett wird er erst hergeben, wenn man ihm sein Leben nimmt. *Jüdisches Sprichwort*

Feierliche Haltung ist der Trick des Körpers, um Fehler des Geistes zu verbergen. *François de La Rochefoucauld*

Tüchtigkeit besagt gar nichts, – es gibt auch tüchtige Verbrecher. *Unbekannt*

Liberal sein ist eine menschenfreundliche Regel für das Privatleben: der liberale Chef, das liberale Familienoberhaupt, der liberale Lehrer sind liebenswerte Gestalten. Ob wir zum liberalen Unteroffizier durchstoßen, das steht in den Sternen. *Reinhold Maier*

Ich kenne keine Furcht, – es sei denn, ich bekäme Angst. *Karl Valentin*

Wie sehr ist das Wort doch der Wahrheit verpflichtet: Es gibt eine Habsucht, aber keine Gebsucht. *Helmut Walters*

Pedanten sind Menschen, die einen kaum bezähmbaren Drang nach Unordnung haben, den sie mit äußerster Strenge unterdrücken. *André Gide*

Die Undankbarkeit steht oft in keinem Verhältnis zur empfangenen Wohltat. *Karl Kraus*

Geduld ist die Fähigkeit, die dann, wenn man sie am meisten braucht, erschöpft ist. *W.C. Williams*

Eifersucht ist eine Leidenschaft, die mit Eifer sucht, was Leiden schafft. *Friedrich Ernst Daniel Schleiermacher*

Humor ist der Knopf, der verhindert, daß uns der Kragen platzt. *Joachim Ringelnatz*

Der Geizhals bleibt im Tode karg,
zween Blicke wirft er auf den Sarg
und tausend wirft er mit Entsetzen
nach den mit Angst verwahrten Schätzen.
Christian Fürchtegott Gellert

Den Geizhals und ein fettes Schwein
sieht man im Tod erst nützlich sein.
Friedrich von Logau

Drei Klassen von Narren: die Männer aus Hochmut, die Mädchen aus Liebe, die Frauen aus Eifersucht. *Johann Wolfgang von Goethe*

Das größte Vergnügen aller Geizhälse besteht darin, sich ein Vergnügen zu versagen. *Gottfried Benn*

Nach gesicherten steuerrechtlichen Erkenntnissen ist Sparsamkeit ein Luxus, den man sich nicht leisten kann. *Ringo Starr*

Leider gibt es Tugenden, die man nur ausüben kann, wenn man reich ist. *Antoine de Rivarol*

Geizhälse sind die Plage ihrer Zeitgenossen, aber das Entzücken ihrer Erben. *Theodor Fontane*

Von der Bosheit der anderen sollte man nicht auf die eigene Güte schließen. *Gerhard Uhlenbruck*

Ein Geizhals besitzt nicht sein Vermögen, sondern sein Vermögen besitzt ihn. *Jüdisches Sprichwort*

Ein Geiziger kann nichts Nützlicheres und Besseres tun, als wenn er stirbt. *Martin Luther*

Ach, der Tugend schöne Werke,
gern möcht ich sie erwischen.
Doch ich merke, doch ich merke,
immer kommt mir was dazwischen. *Wilhelm Busch*

Ein Masochist ist ein Mann, der sich freut, wenn ihn schließlich doch noch der Schlag trifft.
Wolfgang Gruner

Was aber der Geiz im Greisenalter bedeuten soll, sehe ich nicht ein. Kann es denn wohl etwas Ungereimteres geben, als je weniger Weg noch übrig ist, noch desto mehr Reisegeld zu suchen?
Marcus Tullius Cicero

Tugend will ermuntert sein,
Bosheit kann man schon allein! *Wilhelm Busch*

Für die **Eitelkeit** ist selbst die Pfütze ein wohlgefälliger Spiegel. *Arthur Schopenhauer*

Wenn die Eitelkeit sie nicht reden ließe, würden die meisten Menschen überhaupt nicht reden.
François de La Rochefoucauld

Hochmut reitet zu Pferde aus und kehrt zu Fuß heim.
Ulrich von Hutten

Im allgemeinen halte man aber an dem Satze fest, daß Egoismus, Faulheit und Eitelkeit die einzigen Triebfedern im Menschen sind, auf die man sich stets und unbedingt verlassen kann. *Hans Groß*

Er war eitel wie ein Chirurg, rechthaberisch wie ein Jurist und gutmütig wie ein Scharfrichter nach der Hinrichtung. *Kurt Tucholsky*

Ein Snob ist ein Mann, der sich, ohne eine Miene zu verziehen, auf ein Stachelschwein setzt, nur weil man ihm gesagt hat, daß dies ein von Picasso entworfener Stuhl sei. *Stirling Moss*

Herrenmenschen sind in der Regel weder Herren noch Menschen. *Werner Mitsch*

Wir möchten's keinem gerne gönnen,
daß er was kann, was wir nicht können.
Wilhelm Busch

Hahnemann, geh Du voran, Du hast die größten Stiefel an! *Die sieben Schwaben*

Gewohnheit besteht darin, daß man einen bestimmten Platz für jede Sache hat und sie niemals dort aufbewahrt. *Mark Twain*

Seinen bitteren Geschmack verdankt der Whisky dem schottischen Geiz und der englischen Tugend, abwarten zu können. *Walter Kiaulehn*

Ich glaube von jedem Menschen das Schlechteste, selbst von mir, und ich hab mich noch selten getäuscht.
Johann Nepomuk Nestroy

Seine Zuvorkommenheit bestand darin, anderen zuvorzukommen. *Unbekannt*

Aberglaube kann mich erst dann beeindrucken, wenn einer sein dreizehntes Monatsgehalt ablehnt.
Markus M. Ronner

Begeisterung ist keine Heringsware,
die man einpökelt auf einige Jahre.
Johann Wolfgang von Goethe

Ein Mensch erklärt voll Edelsinn,
er gäbe notfalls alles hin.
Doch eilt es ihm damit nicht sehr,
denn vorerst gibt er gar nichts her.
Eugen Roth

Die Tugend will nicht immer passen,
im Ganzen läßt sie etwas kalt,
und daß man eine unterlassen,
vergißt man bald! *Wilhelm Busch*

Gut und Böse sind die Vorurteile Gottes, – sagte die Schlange. *Friedrich Nietzsche*

Die Teilnahme vieler Menschen dokumentiert sich darin, daß jeder seinen Teil nimmt. *Fliegende Blätter*

Wenn einer von seiner Anständigkeit spricht, – zähle die Löffel! *Polnisches Sprichwort*

Manches schlummernde **Talent** sollte man in unser aller Interesse ruhig weiter schlafen lassen.
Unbekannt

Genie besteht aus 99 Prozent Transpiration und einem Prozent Inspiration. *Adolph Menzel*

Intuition ist der eigenartige Instinkt, der einer Frau sagt, daß sie recht hat, gleichgültig, ob das stimmt oder nicht. *Oscar Wilde*

Humor ist Würze und nicht Speise,
nie reiche man ihn löffelweise!
Zuträglich – gar bei scharfem Witze –
ist höchstens eine Messerspitze! *Eugen Roth*

Schlagfertigkeit ist etwas, worauf du erst 24 Stunden später kommst. *Mark Twain*

Idealismus ist die Fähigkeit, die Menschen so zu sehen, wie sie sein könnten, wenn sie nicht so wären, wie sie sind. *Curt Goetz*

Vernunft annehmen kann niemand, der nicht schon welche hat. *Marie von Ebner-Eschenbach*

Der Kopf ist ein phantastisches Organ. Er funktioniert sofort nach dem Aufwachen und versagt erst, wenn man im Büro ankommt. *Robert Lee Frost*

Vernunft hat jeder, – und wie wenige sind vernünftig!
Ernst Frh. von Feuchtersleben

Das Bemerkenswerteste am menschlichen Verstand ist sein beschränkter Umfang. *Celia Green*

Seine Überzeugung ging ihm über alles, sogar über das Leben. Doch er war opfermutig, und als es dazu kam, gab er gern seine Überzeugung für sein Leben hin. *Karl Kraus*

Wer über gewisse Dinge den Verstand nicht verliert, der hat keinen zu verlieren.
Gotthold Ephraim Lessing

Der Mensch ist mit nichts auf der Welt zufrieden, ausgenommen mit seinem Verstande; je weniger er davon hat, desto zufriedener!
August von Kotzebue

Jeder klagt über sein mangelhaftes Gedächtnis, aber niemand über seinen mangelhaften Verstand.
François de La Rochefoucauld

Je weniger Verstand einer hat, desto weniger merkt er den Mangel. *Englisches Sprichwort*

Mancher hat so viel Verstand, daß er zu nichts mehr auf dieser Welt zu gebrauchen ist.
Georg Christoph Lichtenberg

Bescheidenheit, Unbescheidenheit

Bescheidene Menschen werden bewundert, – vorausgesetzt, daß man sie überhaupt bemerkt.
Edgar Watson Howe

Bescheidenheit, verlaß mich nicht bei Tische, und gib, daß ich das größte Stück erwische! *Sprichwort*

Bescheidenheit ist eine Tugend, die man vor allem bei den anderen schätzt.
François de La Rochefoucauld

Von einem guten Kompliment kann ich zwei Monate leben. *Mark Twain*

Manchmal versuche ich schon, bescheiden zu sein. Aber dann fehlen mir dazu die Argumente.
Muhammad Ali

Für einen, der geschwollen tut,
ist Kälte ganz besonders gut! *Eugen Roth*

Bestens ist man meist nur bedient, wenn man sich selbst bedient. *Unbekannt*

Die Badewanne prahlte sehr.
Sie hielt sich für das Mittelmeer.
Und ihre eine Seitenwand
für Helgoländer Küstenland.
Joachim Ringelnatz

Den höchsten Umsatz aller Werke macht das Mundwerk. *Helmut Walters*

Die Überheblichkeit der meisten rührt daher, daß sie nicht wissen, was sie alles nicht wissen.
Robert Lembke

Ich zitiere oft mich selber, – das verleiht meiner Aussage Würze. *George Bernard Shaw*

Du machtest erträglichen Wind von Deinen Reisen. Das mochte hingehen. Aber die Wimpel und Fähnchen an Dir brachten mich doch mehr als einmal davon ab, Dich für ein Schiff von zu großer Ladung zu achten. *William Shakespeare*

Die jungen Leute in Deutschland sind prima. Sie stammen ja auch alle von uns ab. *Helmut Kohl*

Was die Leute für Ruhm halten, ist gewöhnlich nur Publizität. *Sigmund Graff*

Andauernd spreche ich mit mir selbst. Doch bin ich so intelligent, daß ich bisweilen kein Wort von dem verstehe, was ich sage. *Oscar Wilde*

Wo ich sitze, ist immer oben.
Otto von Bismarck

Das schönste aller Geheimnisse: ein Genie zu sein und es als einziger zu wissen. *Mark Twain*

Früher, da ich unerfahren und bescheidener als heute,
hatten meine höchste Achtung andre Leute.
Später traf ich auf der Weide
außer mir noch andre Kälber,
und nun schätz' ich sozusagen,
erst mich selber. *Wilhelm Busch*

Es gibt immer unbescheidene Leute, die möchten, daß es allen Menschen gut geht. Zum Glück gibt es auch noch bescheidenere, denen es genügt, wenn es ihnen selber gut geht. *Karl Farkas*

»Ich bin kein Adler«, sagte der Vogel-Strauß und alle bewunderten zutiefst seine Bescheidenheit und gaben ihm kaum Zeit, um fortzufahren: »Doch fliege ich hervorragend und kann auch längste Strecken laufen.« *Christian Friedrich Hebbel*

Ich bin schon so populär, daß einer, der mich beschimpft, populärer wird als ich. *Karl Kraus*

Wer nicht mit dem zufrieden ist, was er hat, der wäre auch nicht mit dem zufrieden, was er gerne hätte. *Berthold Auerbach*

Bilde dir bloß nicht ein, deine Schatten seien größer als die anderer. *Sir Thomas Browne*

Da ich mir selber nicht imponiere, braucht mir auch kein anderer zu imponieren. *Wilhelm Raabe*

Zwar bin ich sehr gewohnt, inkognito zu gehen,
doch läßt am Galatag man seinen Orden sehn.
Johann Wolfgang von Goethe

Um als unsterbliche Koryphäe auf dem Marmorsockel des Ruhms zu stehen, muß man erst mal sterben. *Ramón de Campoamor y Campoosorio*

Jedem das Seine, – und mir das Meiste! *Graffito*

Soll Ruhm mir blühn, komm' er beizeit!
Was hat die Nachwelt mir zu geben?
Ich möchte von meiner Unsterblichkeit
doch ein paar Jährchen miterleben! *Paul von Heyse*

Nichts zu sein und trotzdem bescheiden – das ist schwer. *Paul Valéry*

Niemand ist perfekt! Noch nicht mal ich!
Unbekannt

Dummheit, Klugheit

Wenn weise Männer nicht irrten, müßten die Narren verzweifeln. *Johann Wolfgang von Goethe*

Nichts ähnelt einem Weisen mehr als ein Narr, der den Mund hält. *Franz von Sales*

Ein Narr kann mehr einkaufen, als zehn Kluge verkaufen können. *Unbekannt*

Jeder Mensch hat ein Brett vor dem Kopf, – es kommt nur auf die Entfernung an.
Marie von Ebner-Eschenbach

Ein Kluger bemerkt alles, – ein Dummer macht über alles eine Bemerkung. *Heinrich Heine*

Ich habe mich in meinem Leben an alles gewöhnt, – nur nicht an die Dummheit. *Aziz Nesin*

Ein denkender Mensch kommt aus dem Staunen nicht heraus, doch dem Esel ist alles klar.
Unbekannt

Auch die Bretter, die man vor dem Kopf hat, können die Welt bedeuten. *Werner Finck*

Wer möchte nicht lieber durch Glück dümmer als durch Schaden klug werden? *Salvador Dalí*

Toren und gescheite Leute sind gleich unschädlich. Nur die Halbnarren und die Halbweisen, das sind die Gefährlichen. *Johann Wolfgang von Goethe*

Die geistreichen Leute würden fast allein sein ohne die Dummköpfe, welche sich über sie ärgern.
Luc de Vauvenargues

Der Klügere gibt so lange nach, bis er der Dumme ist. *Graffito*

Wenn der Klügere nachgibt, so regieren die Dummköpfe die Welt. *Sinclair Lewis*

Gescheit gedacht und dumm gehandelt,
so bin ich meiner Tage durchs Leben gewandelt.
Franz Grillparzer

Er mußte erst mit dem Kopf gegen die Bäume rennen, ehe er merkte, daß er auf dem Holzwege war.
Wilhelm Busch

Nichts ist so elend wie ein Mann, der alles will und der nichts kann. *Matthias Claudius*

Es ist ein Mangel an Erziehung, einen Idioten zum Schweigen zu bringen, doch eine Grausamkeit, ihn reden zu lassen. *Benjamin Franklin*

Es gibt gut eingekleidete **Dummheiten**, wie es auch sehr gut angezogene Dummköpfe gibt.
Nicolas Chamfort

Wenn auch die schlechten Streiche erst in jener Welt gebüßt werden, so doch die dummen schon in dieser. *Arthur Schopenhauer*

Fehler vermeidet der Tor, – und rennt in den entgegengesetzten nächsten. *Quintus Flaccus Horaz*

Seit Adam waren stets die Dummen in der Mehrheit. *Casimir Delavigne*

Das Glück bevorzugt in der Welt
zu gern die dümmsten Kerle.
Sie haben sich billige Austern bestellt
und finden die echte Perle. *Rudolf Presber*

Der Stumpfsinnige, der nicht spricht, ist erträglicher als der Dumme, der redet. *Jean de La Bruyère*

Die Dummen haben das Pulver nicht erfunden, aber sie schießen damit. *Gerhard Uhlenbruck*

Menschen von dem ersten Preise lernen kurz und werden weise. Menschen von dem zweiten Range werden weise, lernen aber lange. Menschen von der dritten Sorte bleiben dumm und lernen Worte.
Konfuzius

Es gibt Menschen, die selbst für Vorurteile zu dumm sind. *Egon Friedell*

Es sind viele Esel, die nicht Säcke tragen.
Christoph Lehmann

Jeder einzelne im Publikum ist ein Esel, aber alle zusammen genommen sind sie die Stimme Gottes.
Franz Liszt

Ich bin ein Esel, und will getreu,
wie meine Väter, die alten,
an der alten, lieben Eselei,
am Eseltume halten. *Heinrich Heine*

Narren sind alle, die es scheinen und die Hälfte derer, die es nicht scheinen.
Baltasar Gracián

Will Dummheit majestätisch treten in Erscheinung, tritt sie vor uns vermummt als öffentliche Meinung.
Otto von Leixner

Es gibt eine institutionelle Dummheit.
Johannes Gross

Üblicherweise war er wahnsinnig, aber er hatte lichte Momente, in denen er nur dumm war.
Heinrich Heine

Die Welt ist rund und lauft herum, drum sind die Leute schwindeldumm!
Friedrich von Logau

Lache nie über die Dummheit der anderen. Denn sie ist Deine Chance!
Sir Winston Churchill

Dummheit, die man bei andern sieht,
wirkt meist erhebend aufs Gemüt!
Wilhelm Busch

Die gute Unterhaltung besteht nicht darin, daß man selbst etwas Gescheites sagt, sondern daß man etwas Dummes anhören kann. *Wilhelm Busch*

Zwei Dinge sind unendlich: das Universum und die menschliche Dummheit. *Albert Einstein*

»Der Gescheitere gibt nach«, – eine traurige Wahrheit, – sie begründet die Weltherrschaft der Dummheit! *Marie von Ebner-Eschenbach*

Daß Alter vor Torheit nicht schützt, das könnte man noch hinnehmen. Aber daß die Torheit nicht vor Alter schützt, das ist tragisch.
Georg Christoph Lichtenberg

Das einzige Mittel, beliebt zu sein, ist, daß man sich mit der Haut des einfältigsten aller Tiere bekleide. *Baltasar Gracián*

Man kann es auf zweierlei Art zu etwas bringen: durch eigenes Können und durch die Dummheit der anderen. *Jean de La Bruyère*

Mancher tut, als wäre er dumm, um zu verbergen, daß er wirklich dumm ist. *William Faulkner*

Gesegnet seien jene, die nichts zu sagen haben und den Mund halten. *Oscar Wilde*

Ursprünglich hätte er ein Zwilling werden sollen, so sagte unser Lehrer, denn ein einzelner kann unmöglich so dumm sein. *Curt Goetz*

Der Gerissene lebt vom Dummen, der Dumme von der Arbeit. *Argentinisches Sprichwort*

Nur ein Idiot kann immer glücklich sein.
Sophia Loren

Es gibt kaum etwas Schöneres, als dem Schweigen eines Dummkopfes zuzuhören. *Helmut Qualtinger*

Es ist ein Jammer, daß die Dummköpfe so selbstsicher sind und die Klugen so voller Zweifel.
Bertrand Russell

Wir bringen unsere Dummheiten zu hohen Ehren, wenn wir sie in Druck geben.
Michel de Montaigne

Die Dummheiten wechseln, aber die Dummheit bleibt. *Erich Kästner*

Vernunft muß sich jeder selbst erwerben, nur die Dummheit pflanzt sich gratis fort. *Erich Kästner*

Die Dummheit von Menschen kann schwerlich, die von Behörden nie überschätzt werden. *Richard Katz*

Dummheit ist chronisch meist, latent,
so daß man sie oft kaum erkennt.
Nur manchmal wird sie so akut,
daß man den reinsten Blödsinn tut,
jedweglichen Verstand verlierend:
dann ist die Dummheit galoppierend! *Eugen Roth*

Das Recht auf Dummheit wird von der Verfassung geschützt. Es gehört zur Garantie der freien Persönlichkeitsentfaltung. *Mark Twain*

Auch der Dumme hat manchmal einen klugen Gedanken. Er merkt es nur nicht. *Danny Kaye*

Alberne Leute sagen Dummheiten. Gescheite Leute machen sie.
Marie von Ebner-Eschenbach

Dummköpfe benutzen geistreiche Leute, wie kleine Leute hohe Absätze tragen. *Luc de Vauvenargues*

Es ist der größte Übelstand, daß es in unseren Zeiten keinen Dummkopf mehr gibt, der nicht etwas gelernt hätte. *Christian Friedrich Hebbel*

Ein Mann von mehr als fünfundfünfzig Jahren macht keine Dummheiten mehr, – denkt er!
Maurice Chevalier

Wenn einer Geld hat, darf er so dumm sein, wie er will. *Publius Naso Ovid*

Narren, die einen Fehler machen, stürzen geradewegs in einen anderen. *Quintus Flaccus Horaz*

Wer sich zweimal an demselben Stein stößt, muß blind oder ein Schafskopf sein. *Publilius Syrus*

Es gibt Leute, die so dumm sind, daß sie aus mir nicht klug werden können. Zu diesen gehöre ich.
Curt Goetz

Wie viele Dummköpfe braucht es, bis sie ein Publikum ausmachen? *Nicolas Chamfort*

Mein Verzeichnis von Bösewichten wird mit jedem Tag, den ich älter werde, kürzer, doch mein Register von Toren vollzähliger und länger.
Friedrich von Schiller

Wer zuletzt lacht, braucht nicht unbedingt am besten zu lachen: vielleicht hat er nur die längste Leitung.
Hans-Hermann Kersten

Um so richtig dumm daherreden zu können, muß einer schon akademisch gebildet sein.
Manfred Rommel

Idioten kann man nur dankbar sein. Ohne sie wären wir nicht erfolgreich. *Mark Twain*

Die lästigsten Dummköpfe sind die, welche Witz haben. *François de La Rochefoucauld*

Nur Idioten ändern sich nie! *Georges Pompidou*

Es genügt nicht, keine Gedanken zu haben, man muß auch unfähig sein, sie auszudrücken. *Karl Kraus*

Alte Narren sind größere Narren als junge.
François de La Rochefoucauld

Das Schlimmste auf der Welt ist ein Esel mit großem Tatendrang. *Roberto Duailibi*

Der Mensch begießt, wer weiß warum,
den Nächsten mit Petroleum;
und steckt ihn an, und dieser ihn,
und beide brennen sie wie ein Kien.
Die Dummheit sitzt im Sorgenstuhl!
Ach Gott, ist das ein Jammerpfuhl!
Allein, allein, allein, allein,
es muß wohl sein, es muß wohl sein.
Es spricht in ihrem Schädel hohl:
Man braucht ihn wohl, man braucht ihn wohl,
den Krieg, denn wenn der Krieg verstummt,
ist es gewiß, daß man verdummt.
Verdummen aber darf man nicht,
mit tiefem Blick die Dummheit spricht;
nur dumm nicht – spricht sie – eher roh.
Ach Gott, wir sind nun einmal so.
Christian Morgenstern

Ein gelehrter Dummkopf ist ein größerer Dummkopf als ein unwissender Dummkopf.
Jean Baptiste Molière

Die Dummheit menschlicher Rindviecher geht auf keine Kuhhaut! *Gerhard Uhlenbruck*

Dummheit ist keine Schande. Hauptsache, man hält den Mund dabei. *Werner Mitsch*

Am gefährlichsten ist die Dummheit, die nicht der Ausdruck von Unbildung, sondern von Ausbildung ist. *Helmut Arntzen*

Aufs hohe Roß setzen sich meistens diejenigen, die nicht reiten können. *Friedl Beutelrock*

Dummheit ist auch eine natürliche Begabung.
Wilhelm Busch

Wenn keine Torheit mehr wird sein,
so wird die Menschheit gehen ein.
Friedrich von Logau

Die menschliche Dummheit ist die einzige Eigenschaft, die uns einen Begriff von der Unendlichkeit vermittelt. *Ernest Renan*

Es gibt zweierlei Ohren,
kurze für Weise und lange für Toren.
Sprichwort

Denn er hielt viel auf Kreuz und Qual, genug, er war ein Original, und aus Originalität, er andern Narren gleichen tät. *Johann Wolfgang von Goethe*

Das sind die Edelsten auf Erden,
die nie aus Schaden klüger werden.
Unbekannt

Ein Dummkopf findet immer noch einen Dümmeren, der ihn bewundert. *Nicolas Boileau-Despréaux*

Man sollte eigentlich niemals die gleiche Dummheit zweimal machen, denn die Auswahl ist ja groß genug. *Bertrand Russell*

Einer zitierte gern Jean Pauls Wort, daß jeder Fachmann in seinem Fach ein Esel sei. Er war nämlich in allen Fächern zu Hause. *Karl Kraus*

Je leerer der Kopf, – desto lauter die Lache.
Brasilianisches Sprichwort

Dämlich sind alle, die so aussehen und noch die Hälfte derjenigen, die nicht so aussehen.
Baltasar Gracián

Leere Flaschen verursachen den größten Lärm.
Thomas Fuller

Das Leben zu intensivieren, ist keine kluge Tat: die beiden heilkräftigsten Elemente werden dabei unterdrückt: Vergeßlichkeit und Faulheit. *Jean Giraudoux*

Es gibt nur eine vollkommene Unschuld: die vollkommene Dummheit! *Joseph Joubert*

Jeder Dämliche glaubt, die anderen seien dämlich.
Publilius Syrus

Zu den großen Lebenserfahrungen gehört es, daß auch Dumme bisweilen recht haben können.
Sir Winston Churchill

Ein Dummer, der gar nichts sagt, ist kaum vom Klugen, der schweigt, zu unterscheiden.
Jean Baptiste Molière

Ich habe noch nicht einen Esel getroffen, der wie ein menschliches Wesen gesprochen hätte, doch schon manches menschliche Wesen, das wie ein Esel sprach. *Heinrich Heine*

Ist es nicht erschreckend, daß menschliche Weisheit beschränkt ist und Dummheit nicht?
Konrad Adenauer

Sich amüsieren heißt etymologisch: Die Muse loswerden. Amüsement wäre also das Vergnügen der Plattköpfe. *Johann Gottfried Seume*

Wenn ein Intelligenter die falsche Sache vertritt, ist das noch schlimmer, als wenn ein Dummkopf für die richtige eintritt.
Georges Clemenceau

Ein Hellseher ist eine Person – meist weiblichen Geschlechts –, die zu sehen vermag, was ihrem Kunden verborgen bleibt; daß er ein Schafskopf ist!
Ambrose Bierce

Zufriedenheit ist die schwachsinnige Schwester der Dummheit. *Sir Peter Ustinov*

Die menschliche Dummheit besteht nicht darin, daß man keine Ideen hat, sondern daß man dumme Ideen hat. *Henry de Montherlant*

Früher waren die Frauen so dumm, daß sie sich klug stellten, heute sind sie so klug, daß sie sich dumm stellen. *Zarko Petan*

Am auffälligsten unterscheiden sich die Leute dadurch, daß die Törichten immer wieder dieselben Dummheiten machen, die Gescheiten immer wieder andere. *Karl Heinrich Waggerl*

Auch Dummheit ist schön, wenn sie vollkommen ist.
Thomas Mann

Wenn es dem Dummen geglückt, dann sieht man in ihm den Gescheiten; und wenn das Glück ihn verläßt, gilt der Gescheite für dumm!
Hoffmann von Fallersleben

Ich bin sehr höflich gegen die Dummköpfe: ich lebe ja von ihnen. *Daniel Spitzer*

Der Verstand ist ein Schuft! Dummheit dagegen ist offenherzig und ehrlich. *Fjodor Dostojewski*

Der große Mann geht seiner Zeit voraus,
der Kluge geht mit ihr auf allen Wegen,
der Schlaukopf beutet sie gehörig aus,
der Dummkopf stellt sich ihr entgegen.
Eduard von Bauernfeld

Hab nur Mut, ein Narr zu sein! Klug zu sein, ist allzu billig! *Robert Eduard Prutz*

Seine Dämlichkeiten bezeichnet der Mensch als Schicksal! *Homer*

Klug sein, das heißt: sich dämlich stellen!
Étienne Rey

Unergründlich ist nur die Dummheit! *Paul Ernst*

Auch ein Dummkopf pflegt manchmal nachzudenken, – aber immer erst nach der Dummheit.
Jean-Jacques Rousseau

Unsere Dummheiten nennen wir Erfahrung.
Enrique Jardiel Poncela

Der Verstand ist begrenzt, nur die Dummheit ist grenzenlos. *Zarko Petan*

Die Würde ist ein Mantel, welcher die Dummheit am besten verbirgt. *Fliegende Blätter*

Menschen, die sich rühmen, ihre Ansichten niemals zu wechseln, sind Toren, die an ihre Unfehlbarkeit glauben. *Honoré de Balzac*

Der dumme Mensch, auf seiner kurzen Reise:
Er irrt, – und glaubt dann noch, er sei sehr weise.
Claude Adrien Helvétius

Es ist besser, zu schweigen und die Leute glauben zu lassen, man sei ein Idiot, als zu reden und damit zu beweisen, daß man einer ist.
Abraham Lincoln

Der kluge Mensch paßt sich der Welt an, der Dumme besteht darauf, daß sie sich ihm anpasse. Folglich hängt jeglicher Fortschritt vom Dämlichen ab.
George Bernard Shaw

Nichts ist gefährlicher als die Dummheit der Gescheiten. *Erwin Chargaff*

Es ist ein aufwendiger Prozeß, von einer Dummheit zur nächsten umzulernen. *Michael Richter*

Dummheit ist nicht den Frauen vorbehalten und Intelligenz kein Privileg der Männer.
Sor Juana Ines de la Cruz

Die beschwerlichsten Dummköpfe sind Dummköpfe mit Geist.
François de La Rochefoucauld

Es gibt Kamele mit einem Höcker und welche mit zweien. Aber die größten haben keinen.
Arthur Schopenhauer

Nur Schafsköpfe wissen auf jede Frage eine Antwort.
François Marie Voltaire

Lieber heimlich schlau, – als unheimlich doof!
Graffito

Klugheit ist Kapital, Unverstand kann aber angelernt werden. *Arabisches Sprichwort*

A bissele domm isch am End jeder, aber so domm wie mancher isch koiner. *Schwäbische Weisheit*

Wenn der Rat eines Toren einmal gut ist, so muß ihn ein gescheiter Mann ausführen.
Gotthold Ephraim Lessing

Daß die Schurken so mächtig heute,
wollt ihr wissen, warum?
Es kommt daher, daß die ehrlichen Leute
entsetzlich dumm. *Franz Grillparzer*

Wohl von Paris nach Japan hin,
von Rom bis nach Peru,
das dümmste Tier nach meinem Sinn,
oh Menschenkind, bist du.
Nicolas Boileau-Despréaux

Die ganze Welt ist voller Narren
vom Hirten an bis auf den Pfarren!
Christian Morgenstern

Halbe Narren sind wir alle.
Ganze Narren sperrt man ein.
Aber die dreiviertel Narren,
die bereiten uns viel Pein.
Unbekannt

Dummheit is ooch ne Jabe Jottes, aber man darf se nich mißbrauchen. *Berliner Weisheit*

Ein Dummkopf hat mehr Einfälle als ein Weiser vorhersehen kann. *Josef Conrad*

Dümmer zu scheinen als man ist, – darin besteht die bäuerliche Taktik. Beim Städter ist es umgekehrt.
Thomas Niederreuther

Jeder Dummkopf kann den kompliziertesten Geist, wann immer er Lust hat, verstören.
Elias Canetti

Gegen eine Dummheit, die gerade in Mode ist, kommt keine Klugheit auf. *Theodor Fontane*

Die Majorität der Dummen ist unüberwindbar und für alle Zeiten gesichert. *Albert Einstein*

Cogito, ergo sum?
Mag sein! Doch die meisten sind dumm!
Drum lautet des Fachmanns Befund:
Non cogitant, ergo non sunt. *Erich Kästner*

Die Dämlichkeit besteht nicht darin, daß man keine Ideen hat, sondern wohl darin, daß man eine ganze Menge hat, – nur eben dämliche!
Henry de Montherlant

Es seynt viel Esel, die nur an zweyn Beinen gehen.
Christoph Lehmann

Ganz dumm ist nicht so schlimm als halb nur gebildet. *Johann Wilhelm Ludwig Gleim*

Laßt mich mit eurem Publikum
und euren gebildeten Leuten.
Sonst waren nur die Dummen dumm,
jetzt sind es auch die Gescheiten!
Franz Grillparzer

Es gibt seichte und tiefe Hohlköpfe.
Karl Kraus

Den Weine erkennt man am Geruch,
den Esel an den Ohren,
den Weisen wohl am Tun und Spruch,
– und am Geschwätz den Toren.
Jüdisches Sprichwort

Dummköpfe: sie denken anders als man selbst!
Gustave Flaubert

Leute, die keine Dummheiten machen, sind in der Regel zu dumm dazu. *Karl Heinrich Waggerl*

Ich bin bequemen Sinns, und was man hier bespricht,
daß man sich vor dem Geist den Kopf zerbricht.
Ein solcher Ehrgeiz liegt auch nicht in meinem Blute;
Und hält man mich für blöd, – ich trags mit frohem
Mute! *Jean Baptiste Molière*

Wenn ich nur wüßte, wer es dem ehrlichen Mann beibringen wollte, daß er nicht klug ist.
Georg Christoph Lichtenberg

Einfach fatal, daß die Intelligenz immer so schwerfällig und die Dummheit immer auf dem Sprung ist.
Felix Renner

Der Vorteil der **Klugheit** besteht darin, daß man sich dumm stellen kann. Das Gegenteil ist schon schwieriger. *Kurt Tucholsky*

Alle Male, wenn ich Lust verspüre, mich über einen Narren zu amüsieren, brauche ich nicht lange zu suchen: Ich lache über mich selbst!
Lucius Annaeus Seneca

Oh Zufall, du Unglück der Dummen und Vorsehung der Leute mit Verstand. *Iwan Turgenjew*

Der Klügere gibt nach, aber nur einer von jenen, die durch Schaden klug geworden sind. *Karl Kraus*

Wo Nichtswissen Seligkeit, ist es Torheit, klug zu sein.
Thomas Gray

Durch Schaden soll man klug werden. Ausnahme: der Dachschaden! *Gerhard Uhlenbruck*

Ein Narr kann mehr beantworten, als hundert Weise fragen können. *Erwin Chargaff*

Klugheit ist oft lästig wie ein Nachtlicht im Schlafzimmer. *Ludwig Börne*

Die gefährlichste Sorte Dummheit ist ein scharfer Verstand. *Hugo von Hofmannsthal*

Der Klügere gibt nach, – die Hoffnung der Dummköpfe. *Hans-Horst Skupy*

Wie absurd auch die Worte eines Dummen sein mögen, – oft verwirren sie den Geist des Weisen.
Nikolai Wassiljewitsch Gogol

Ein Dummkopf, der arbeitet, ist besser als ein Weiser, der schläft. *Chinesisches Sprichwort*

Wer kann was Dummes, wer was Kluges denken, das nicht die Vorwelt schon gedacht?
Johann Wolfgang von Goethe

Alle Menschen sind klug, die einen vorher, die anderen nachher. *Chinesisches Sprichwort*

Wer nie im Leben töricht war, ein Weiser war er nimmer. *Heinrich Heine*

Durch Schaden wird man klug,
sagen die klugen Leute.
Schaden litt ich genug,
doch bin ich ein Tor noch heute. *Friedrich Rückert*

Die Weisen aller Zeiten haben gewiß immer dasselbe geraten. Und Narren – die ewige Mehrheit – haben das Gegenteil getan. So wird's immer bleiben.
Arthur Schopenhauer

Du hasch's gut, du bisch domm, – aber i mit meim scharfe Verstand? *Schwäbisch*

Jeder, sieht man ihn einzeln, ist leidlich klug und verständig; sind sie in corpore, gleich wird euch ein Dummkopf daraus. *Friedrich von Schiller*

Der Tölpel macht nie das, was er sagt, – der Weise sagt nie, was er macht. *Unbekannt*

Wenn Kopf und Herz sich widersprechen so entscheidet das Herz. Der arme Kopf gibt immer nach, denn er ist der klügere.
Paul von Heyse

Gedanken sind nicht stets parat,
man red't auch, wenn man keine hat.
Wilhelm Busch

Von zwei Narren hält der größere den kleineren für den größeren. *Emil Gött*

Klug ist, wer zur rechten Stunde kommt,
noch klüger, wer zu gehn weiß, wenn es frommt.
Emanuel Geibel

Klug zu reden ist oft schwer,
klug zu schweigen noch viel mehr!
Friedrich von Bodenstedt

Es ist sehr schwierig, Menschen hinters Licht zu führen, sobald es ihnen aufgegangen ist.
Alfred Polgar

Die Frau

Ein einzig böses Weib lebt höchstens in der Welt, nur schlimm, daß jeder sein's für dieses einz'ge hält. *Gotthold Ephraim Lessing*

Der Flirt ist die Kunst, einer Frau in die Arme zu sinken, ohne ihr in die Hände zu fallen. *Sacha Guitry*

Sie ist mein Landgut, ist mein Haus und Hof, mein Hausgerät, mein Acker, meine Scheune, mein Pferd, mein Ochs, mein Esel, kurz: mein Alles! *William Shakespeare*

Eine gescheite Frau hat Millionen geborener Feinde: alle dummen Männer. *Marie von Ebner-Eschenbach*

Eine Frau soll aussehen wie ein junges Mädchen, auftreten wie eine Lady, denken wie ein Mann und arbeiten wie ein Pferd. *Caroline K. Simon*

Schön, wenn man die Frau fürs Leben gefunden hat. Noch schöner, wenn man ein paar mehr kennt. *Woody Allen*

Eine Frau ist der widersinnigste Guß aus Eigensinn und Aufopferung, der nur vorkommen kann. Sie läßt sich für ihren Mann wohl den Kopf abschneiden, aber nicht die Haare. *Jean Paul*

Eine Geliebte ist Milch, eine Braut Butter und eine Frau Käse! *Ludwig Börne*

Ich will gar nicht bestreiten, daß die Frauen töricht sind. Der Allmächtige hat sie eben auf die Männer zugeschnitten. *George Eliot*

Wenn's einem kein Vergnügen macht, eine Frau zu beschenken, unterlasse man es. Es gibt Frauen, gegen die ein Danaidenfaß die reinste Sparbüchse ist. *Karl Kraus*

Ein schönes Weib ohne Zucht ist wie eine Sau mit einem goldenen Haarband. *Sprüche Salomo 11,22*

Wer die Frau beim Wort nimmt, ist ein Sadist! *Jeanne Moreau*

Manche Mißstimmung von Frauen, der auch der beste Psychiater nicht beikommen kann, beseitigt schon ein mittelmäßiger Friseur. *Unbekannt*

Nur Frauen beherrschen die Kunst, sich so zu verstellen, wie sie wirklich sind. *Tristan Bernhard*

Mulier recte olet, ubi nihil olet!
Die Frau riecht am besten, die nach nichts riecht!
Marcus Tullius Cicero

Frauen sind die Holzwolle in der Glaskiste des Lebens. *Kurt Tucholsky*

Ob sie tugendhaft war, weiß ich nicht; aber sie war immer häßlich. Und Häßlichkeit bei einem Weibe ist schon der halbe Weg zur Tugend. *Heinrich Heine*

Die erste Frau ist treu wie ein Hund, die zweite falsch wie eine Katze, und die dritte gierig wie ein Schwein! *Jüdisches Sprichwort*

Über eine Spur von Geist in einer Frau freuen wir uns ebenso wie über ein paar Worte, die ein Papagei richtig herausbringt. *Jonathan Swift*

Frauen sind austauschbare Instrumente für ein stets identisches Vergnügen. *Marcel Proust*

Frauen sind wie Streichhölzer: reibt man zu wenig, zünden sie nicht, reibt man zuviel, verbrennt man sich die Finger. *Curt Goetz*

Es gibt Frauen, die der Anständigkeit wie einem Laster frönen. *Hans Krailsheimer*

Sie war unbeweglich wie ein Hügel, – aber nicht ganz so grün! *Rudyard Kipling*

Eine Dame ist eine Frau, die weiß, was sie nicht wissen sollte. *Jean-Paul Belmondo*

Ich verstehe nicht, weshalb Frauen so viel Geld brauchen. Sie essen wenig, trinken wenig, spielen nicht, rauchen mäßig und haben auch keine Freundin, die sie aushalten müssen. *Jacques Tati*

Wein und Weib sind doch auf Erden
aller Weisen Hochgenuß,
denn sie lassen selig werden,
ohne daß man sterben muß. *Volksmund*

Was der Teufel nicht kann, das vermag sein Weib.
Polnisches Sprichwort

Eine schöne Frau gehört der Welt, die häßliche gehört dir ganz allein. *Friedrich Rückert*

Seine Frau kauft auch der Listigste noch im Sack.
Friedrich Nietzsche

Gefallsucht hat schon über Nacht
manch brave Frau zu Fall gebracht.
Eugen Roth

Eine Frau, die fleißig ist wie eine Biene, hat auch einen Stachel. *Unbekannt*

Frauen unterwerfen sich gern der Mode, denn sie wissen, daß die Verpackung wechseln muß, wenn der Inhalt interessant bleiben soll. *Noël Coward*

Am Anfang widersteht eine Frau dem Ansturm des Mannes, – und am Ende verhindert sie seinen Rückzug. *Oscar Wilde*

Keine Frau trägt gern ein Kleid, das eine andere abgelegt hat. Mit Männern ist sie nicht so heikel.
Françoise Sagan

Die Mädchen dieser Welt lassen sich in zwei Gruppen einteilen: in solche, die gefallen sind, und in solche, die nie gefallen haben. *Karl Kraus*

Die Frauen, die nicht käuflich sind, kosten am meisten. *François Mauriac*

Eine Frau, ohne die man nicht leben konnte, ist manchmal dieselbe, mit der man nicht leben kann.
Charles Boyer

Frauen sind wie Zigaretten: zuerst ziehen sie ganz gut, doch zum Schluß sammelt sich alles Gift im Mundstück.
George Bernard Shaw

Geld ist das einzige, was eine Frau bisweilen für sich behalten kann. *Jacques Tati*

Frauen können nicht nachgeben, sie können nur vorgeben, daß sie nachgeben. *Max Pallenberg*

Wenn eine Frau sich empört, daß man ihr einen Kuß geraubt habe, so soll man ihn sofort zurückgeben.
Jean-Paul Belmondo

Die Frauen werd'n in der Luft gleich zu lüftig: am besten halten sie sich, wenn's eing'sperrt sind, das hat mir ein Türk' g'sagt, der Deutsch können hat.
Johann Nepomuk Nestroy

Man kann eine Frau nicht hoch genug überschätzen.
Karl Kraus

Weibliche Fürsorge hat etwas Erschreckendes. Heute geht sie ans Hemd, morgen an die Haut, übermorgen unter die Haut. *Alfred Polgar*

Die Frau ist das einzige Geschenk, das sich selbst verpackt. *Jean-Paul Belmondo*

Ein Kuß ist zweifellos die angenehmste Art, eine Frau am Sprechen zu hindern. *Robert Taylor*

Mit Geld und guten Worten kann man bei einer Frau viel erreichen, wobei man die Worte notfalls weglassen kann. *Unbekannt*

Manche Frauen bekommen bei einer Diätkur eher eine spitze Zunge als eine schlanke Taille.
Unbekannt

Die Frauen spenden uns den Trost, den wir ohne ihr Zutun gar nicht nötig hätten. *Unbekannt*

Die Mitgift, die eine Frau ins Haus bringt, ist eine Glocke. So oft du daran vorbeigehst, schlägt dir der Klöppel ins Gesicht. *Armenisches Sprichwort*

Die Frau, die keine Isolde ist, muß Tristan als lästig empfinden, – zumal, wenn er nicht stirbt.
Herbert Marcuse

Wohltätige Frauen sind meist solche, denen es nicht mehr gegeben ist, wohl zu tun. *Karl Kraus*

Die Frau ist mit wenigem zufrieden. Vorausgesetzt, daß die anderen noch etwas weniger haben.
Alec Guiness

Die Frau war der zweite Irrtum Gottes.
Friedrich Nietzsche

Die Frau ist wie ein Wischblatt. Sie nimmt alles auf, – und gibt es verkehrt wieder.
Marie von Ebner-Eschenbach

Die Schliche des Weibes, die dem Manne bekannt sind, sind neunundneunzig, – und selbst Satan hat den hundertsten nicht entdeckt.
Nigerianisches Sprichwort

Eine verträgliche Äffin ist besser als eine zänkische Gazelle. *Arabisches Sprichwort*

Wer nichts zu unken hat, der nehme ein Weib!
Christoph Lehmann

Vor dem Ochsen vorn, vor dem Maultier hinten und vor der Frau von allen Seiten muß man sich hüten.
Venezianisches Sprichwort

Die Weltanschauung einer Frau hängt meist davon ab, ob die Welt sie anschaut oder nicht.
Fliegende Blätter

Oben ein reizendes Weib, läufts unten als greulicher Fisch aus. *Quintus Flaccus Horaz*

Viele Frauen teilen ihre Zeit sorgfältig ein, so daß sie den Winter der Zerstreuung und den Sommer der Unterhaltung widmen. *Fliegende Blätter*

Nur gute Frauen schreiben Tagebücher, schlechte haben keine Zeit dazu. *Tallulah Bankhead*

Am besten kommt mit Frauen aus, wer auch ohne sie leben kann. *Ambrose Bierce*

Die Weiber haben fürchterliche Waffen: Kosmetik und Tränen! *Napoléon Bonaparte*

Es ist sehr traurig für eine Frau, wenn sie ihre Hunde überlebt. *Tennessee Williams*

Intelligente Frauen heiraten stets Idioten.
Anatole France

Frausein ist schon deshalb so schwer, weil sie's ja dauernd mit Männern zu tun hat. *Joseph Conrad*

Frauen beeindrucken mich ganz enorm: entweder denken sie an gar nichts oder an was anderes.
Alexander Dumas der Jüngere

Bei gewissen Frauen ist das Tiefste der Schlaf.
Sacha Guitry

Frauen sind dazu da, daß man sie liebt, und nicht dazu, daß man sie versteht. *Oscar Wilde*

Wer einen Aal beim Schwanz
und Weiber faßt bei Worten,
wie feste der auch hält,
hält nichts an beiden Orten.
Friedrich von Logau

Der Teufel, den man Venus nennt,
der ist der schlimmste von allen!
Heinrich Heine

Kaum gibt es irgendeinen Prozeß, wo den Streit nicht hätte begonnen irgendein Weib. *Decimus Junius Juvenal*

Selten denkt das Frauenzimmer, denkt es aber, – so taugt es nichts. *Friedrich Nietzsche*

Denn unverschämter als die Frauen ist kein Geschöpf zu finden. *Aristophanes*

O Zeus, wie unselig hast du der Frauen Art erschaffen! *Aischylos*

Eine dumme, einfältige Frau ist ein Segen des Himmels. *François Marie Voltaire*

Eine Frau ist ein menschliches Wesen, das sich anzieht, schwatzt und sich auszieht.
François Marie Voltaire

Kokett nennt man das Weib, das Leidenschaften erweckt, ohne jegliche Absicht, diese jemals befriedigen zu wollen.
George Bernard Shaw

Frauen eignen sich nicht zur Flucht. Wenn sie rennen, so wollen sie verfolgt werden.
Jean-Jacques Rousseau

Biographie des Weibes bis zum Dreißigsten: Chronologie! Danach: Mythologie! *Jean Giraudoux*

Die meisten sittsamen Frauen gleichen einem verborgenen Schatz, der nur sicher ist, weil niemand ihn sucht. *François de La Rochefoucauld*

Die Zunge der Frauen ist ein Schwert, das niemals rostet. *Laotse*

Die Frau ist ein Haustier, das die Wohnung sauber hält, die Mahlzeiten kocht und den Tee serviert.
George Sand

Drei Dinge gibts auf Erden, die Frauen nicht verstehen: Freiheit, Gleichheit, Brüderlichkeit!
Gilbert Keith Chesterton

Die Dornen, die Disteln, die stechen zwar sehr,
doch stechen die Altjungfernzungen noch mehr.
Emanuel Geibel

Die beste Lunge erschöpft sich, auch sogar eine weibliche. Sie hören alle auf zu schreien, wenn sie nicht mehr können. *Gotthold Ephraim Lessing*

Behandelt die Frau mit Nachsicht! Aus krummer Rippe ward sie erschaffen. Gott konnte sie nicht ganz gerade machen. Willst du sie biegen, sie bricht.
Johann Wolfgang von Goethe

Die Nase rümpft oft vor verblühter Rose, wer vor der Knospe kniete. *William Shakespeare*

Lange vor Helenen war ein Weibchen der Gegenstand und Zunder wilder Fehden.
Quintus Flaccus Horaz

Die Weiber, gewiß sie sind ein Teufelsvolk: scheinen sie schlimm, so sind sie es auch, scheinen sie es nicht, so sind sie es dennoch! *Jean Paul*

Auf den ersten Blick ist jedes Mädchen zum Verlieben schön. Aber auf den zweiten Blick kommt es an.
Peter Bamm

Bevor sie eine Frau nicht im Gerichtssaal erlebt haben, wissen sie nichts von ihr!
Norman Mailer

Eine Frau muß so gescheit aussehen, daß ihre Dummheit eine angenehme Überraschung bedeutet.
Karl Kraus

Wenn sie eine Gans ißt, bleibt doch immer noch eine übrig. *Jean Paul*

Frauen sind wie Flüsse: befruchtend und erlaubend, wenn sie im Flußbett bleiben, doch furchtbar, wenn sie über die Ufer treten. *Rabindranath Tagore*

Der Judaskuß brachte nur dreißig Silberlinge, doch für manche Frau bedeutet er eine Lebensrente.
George Bernard Shaw

Eine Frau bemerkt niemals, was man für sie tut, aber sehr wohl, was man nicht für sie tut.
Georges Courteline

Frauen tun für ihr Äußeres Dinge, für die jeder, der mit gebrauchten Autos handelt, ins Gefängnis käme.
Henry de Montherlant

Die Unbeständigkeit der Frau, die man liebt, wird meistens aufgewogen durch die unheimliche Beständigkeit der Frau, von der man geliebt wird.
George Bernard Shaw

Wenn jemand sagt: »Richard III. ist ein Ungeheuer« hat er recht. Wenn er sagt: »Salome ist ein Ungeheuer« ist er ein Frauenfeind. *Hans Weigel*

Manche Damen sind wie Ostereier; schön bemalt, doch hartgesotten. *Georg Thomalla*

Frauen sind wie Krawatten: man wählt sie meist bei schlechter Beleuchtung und dann hat man sie am Hals. *Karl Farkas*

Wenn Frauen von Stoffwechsel reden, meinen sie damit ein neues Kleid. *Sir Peter Ustinov*

Unter Gleichberechtigung verstehen die Frauen, daß sie zu allem gleich berechtigt sind.
Willy Reichert

Die Frau ist der Nagel, an den der Witzbold seine Späße hängt, der Prediger seinen Text, der Zyniker seinen Spott und der Sünder seine Rechtfertigung.
Helen Rowland

Fehlt Ort und Zeit und fehlt der Mann, der sie verführt, so leben Frauen tugendhaft, wie sich's gebührt.
Narajana

Eine Frau, die durch ihre Schönheit zu herrschen gedenkt, muß sich auf ein kurzes Regime gefaßt machen. *Victor de Kowa*

Die Schönheit der Frau ist nach drei Tagen genau so langweilig wie ihre Tugend. *George Bernard Shaw*

Die Frau ist gar veränderlich,
töricht, wer auf sie verläßt sich. *Victor Hugo*

So winzig sind der Frauen Seelen,
daß mancher annimmt, daß sie gänzlich fehlen.
Samuel Butler

Die meisten Frauen gehen vor wie die Flöhe: Sprungweise und in willkürlichen Sätzen. *Honoré de Balzac*

So wie das Weib zum denkenden Selbstbewußtsein kommt, ist ihr erster Gedanke ein neues Kleid.
Heinrich Heine

Vertrauen kann man nur einer Frau, mit der man sonst nichts anfangen kann. *Curt Goetz*

Das ist die Wahrheit der Natur: auch noch das dümmste Weib kann einen Sohn haben.
Alexander Roda Roda

Wenn Frauen Schlangen hassen, – dann sicherlich aus Konkurrenzneid. *Victor Hugo*

Ein stumpfes Näschen, ein breit Gesicht,
das schadet alles den Frauen nicht!
Johann Wolfgang von Goethe

Doch wenn's Matthä am letzten ist,
trotz Raten, Tun und Beten,
so rettet oft noch Weiberlist
aus Ängsten und aus Nöten.
Gottfried August Bürger

Weine, Weib, – und du wirst siegen!
Pedro Calderón de la Barca

Eine Frau ist wie ein Buch, das zunächst durchs Titelblatt gefallen muß. *Giacomo Casanova*

Ausflücht in Menge findest du leicht, – du bist ein Weib. *Euripides*

Nichts ist so tugendhaft wie das Ohr einer verlassenen Frau. *Unbekannt*

Viele Frauen lieben den schönen Schein, – besonders den aus der Brieftasche. *Willy Reichert*

Ein häßlich Weib ist ein guter Zaun um den Garten.
Sprichwort

Man glaubt gar nicht, mit welch Schlauheit die Weibchen es fertigbringen, ihre dummen Streiche zu bemänteln. *Erasmus von Rotterdam*

O Weiber, Weiber,
was geht über euch und eure List!
In einem Schaltjahr beschreiben drei Schreiber
die Pfiffe und Kniffe nicht, die ihr wißt.
Theodor Körner

Frauen verfügen über drei Waffen, die sie perfekt beherrschen: Fingernägel, Zähne und Zunge!
Otto von Bismarck

Die Frau ist das einzige Wesen der Schöpfung, das lieber seine Haare als die Lunge fönt. *Berilo Neves*

Das Telefon ist eine der gefährlichsten Waffen in den Händen müßiger Weiber. *Axel Munthe*

In manchen arabischen Ländern bezahlt man drei Kamele für eine Frau, – in Europa zahlen oftmals drei Kamele für eine Frau. *Unbekannt*

Die bösen Frau'n man hüten soll,
die guten hüten selbst sich wohl. *Freidank*

Friede auf Erden den Frauen guten Willens.
Roberto Duailibi

Das Weib ist der schönste Defekt der Natur.
Sir Isaac Newton

Alle Frauen sind voller Klugheit, vor allem, wenn es darum geht, ihre Schwäche zu übertreiben.
Francis Picabia

Eines Weibes Rede ist keines Weibs Rede, – gleichzeitig reden alle Bände. *Fliegende Blätter*

Eine Frau ist so alt, wie sie es verdient.
Coco Chanel

Es gibt zweierlei Frauen. Die einen glauben, daß ihr Platz in der Welt das Bett sei, die anderen glauben: am Spülstein! *Sidonie-Gabrielle Colette*

Auch die schwächste Frau ist noch stark genug, um mehrere Männer auf den Arm zu nehmen.
Trude Hesterberg

Junge Weiber sind die Klepper, auf welchen die alten Männer zum Grabe reiten. *Volksmund*

Es ist keine List über Frauenlist. *Jesus Sirach 25,18*

Eine Frau, die schweigen kann, – das ist eine Gabe Gottes. *Jesus Sirach 26,17*

Ein zänkisches Weib und ein triefendes Dach, wenn's sehr regnet, lassen sich miteinander vergleichen.
Sprüche Salomo 21,19

Um eine Frau oder einen Edelstein wirklich zu beurteilen, muß man beide erst mal aus der Fassung bringen. *Unbekannt*

Ein böses Weib hat alle vier Elemente in sich: in der Luft ist es eine Pestilenz, in dem Wasser ein Krokodil, auf der Erde ein Drache und in dem Feuer ein eingefleischter Teufel. *Abraham a Sancta Clara*

Unerträglicher nichts als ein Weib mit großem Vermögen. *Decimus Junius Juvenal*

Oft ist der Weiber Andachtglut
nichts weiter als verliebtes Blut. *Friedrich von Sallet*

Unter Damen gibt es Metzen,
eine Frau bleibt eine Frau;
was wir an den Frauen schätzen,
»Dame« trifft es nie genau!
Walther von der Vogelweide

Das Weibchen ist bei allen Tieren besser, – außer beim Menschen. *Arabisches Sprichwort*

Meistens sind schöne Weiber nütze bei der Nacht;
ihre Werke sind bei Tage Müßiggang und Pracht.
Friedrich von Logau

Mädchen sind wie Rosen, kaum entfaltet
ist ihre holde Blüte schon veraltet.
William Shakespeare

Nur häßliche Frauen sind erziehungsfähig, – doch bei denen lohnt sich's nicht! *Unbekannt*

Die Schiffe haben deshalb Weibernamen, weil ihre Takelung mehr kostet als der ganze andere Kram.
Joan Lowell

Wo die Mönch' und Pfaffen raten,
wo die Landsknecht sieden und braten,
wo die Weiber haben das Regiment,
da nimmt es selten ein gutes End'!
Georg Rollenhagen

Studieren die Frauen aber kurzgeschoren in Zürich, so mögen sie meintwegen auch in Männerhosen den Montblanc erklettern; Esel sind die, welche sie sich wieder herunterholen. *Wilhelm Raabe*

Wer nichts zu zanken hat, der nehm' ein Weib.
Christoph Lehmann

Meine Frau hat immer Angst, den Verstand zu verlieren ... was für ein Quatsch! Sie verliert vielleicht ihren Lippenstift oder ihre Tasche, aber doch nicht etwas, was sie gar nicht besitzt. *Berilo Neves*

Frauen und Hühner: wenn die etwas höher fliegen, so landen sie im Kochtopf des Nachbarn.
Berilo Neves

Es sind nur drei gute Weiber gewesen: die eine ist aus der Welt geloffen, die andere ist im Bad ersoffen, die dritte sucht man noch. *Karl Simrock*

Alle älteren Frauen, mit denen ich zu tun hatte, gehörten einer der drei folgenden Klassen an: erstens – die gute alte Seele, zweitens – die alte Frau, drittens – die alte Hexe. *Samuel Taylor Coleridge*

So bös' ist keine Schlang' in ihrem Grimm,
wenn man ihr auf den Schwanz tritt, noch so schlimm,
wie eine Frau, wenn sie in Wut gerät,
weil dann ihr Sinn nur noch auf Rache geht.
Geoffrey Chaucer

Es war einmal ... so fangen alle Mädchen an!
Werner Mitsch

In der Antike auch beginnen
die ersten Frauenrechtlerinnen.
Es schwuren, keinen Mann zu schonen,
die kriegerischen Amazonen.
Ein's leuchtet nur dabei nicht ein:
Sie sollen hübsch gewesen sein! *Eugen Roth*

Ein Weib möchte immer gern alles selber verrichten, aber zugleich immer einen haben, dem es die Verantwortung dafür in die Schuhe schieben könnte.
Wilhelm Raabe

Die geniale Fähigkeit des Weibes zu vergessen, ist etwas anderes, als das Talent der Dame, sich nicht erinnern zu können. *Karl Kraus*

Ideales Ballgespräch: Gnädigste sind, wie alle Frauen, anders als die andern Frauen. *Egon Friedell*

Das Schlimme im Leben ist, daß es so viele schöne Frauen gibt und so wenig Zeit. *John Barrymoor*

Die Kosmetik-Industrie macht unsere Frauen zu Seherinnen; sie haben alle das zweite Gesicht.
Hans-Hermann Kersten

Es gibt Frauen, die man am besten mit einem Druckfehler beschreibt: Extravagans! *Robert Lembke*

Frauen sind wie Kreuzworträtsel; senkrecht und waagrecht zusammen ergeben erst die Lösung.
Henry Miller

Es ist kein Übel, das so fürchterlich ist wie ein Weib.
Euripides

Warum sollte man einer Frau widersprechen? Es genügt, sich so lange zu gedulden, bis sie sich selbst widerspricht! *André Maurois*

Man sollte es eingeben ins Evangelium der Frauen: Selig, die unvollkommen sind. Denn ihnen gehört das Himmelreich der Liebe. *Honoré de Balzac*

Feudel sei die Frau,
hilfreich und gut!
Denn das allein
unterscheidet sie
von allen Besen,
die wir kennen. *Henning Venske*

Die Frau ist kein Raubtier. Sie ist die Beute, die dem Raubtier auflauert. *José Ortega y Gasset*

Ich will gar nicht sagen, die Weiber hätten keinen Charakter. Beileibe nicht! Sie haben vielmehr jeden Tag einen anderen! *Heinrich Heine*

Gott, – schick mir einen reichen Mann,
auf den Verstand kommt's mir nicht an.
Spanisches Sprichwort

Wenn Frauen gut wären, so würde der liebe Gott eine genommen haben. *Georgisches Sprichwort*

Der Teufel schluckte eine Frau, aber er konnte sie nicht verdauen. *Polnisches Sprichwort*

Mit einer verliebten Frau kann man alles machen, was sie will. *Marcello Mastroianni*

Sechzig Königinnen hat Salomo, achtzig Nebenfrauen und Mädchen ohne Zahl – doch einzig ist meine Taube, die Makellose. *Hohes Lied 6,8*

Es ist leichter, hundert Uhren in Übereinstimmung zu bringen, als zehn Weiber. *Polnisches Sprichwort*

Frauen trösten uns über jeden Kummer hinweg, den wir ohne sie nicht hätten. *Jean Anouilh*

Das Leiden, in dem Frauen unzählige Hilfsmittel finden, ist die Migräne. Diese Krankheit ist am leichtesten von allen zu spielen; bei ihr gibt es keine äußeren Symptome und die Frau braucht nur zu sagen: Ich habe Migräne. *Honoré de Balzac*

Die Frau, die man mit Poesie gewann,
ist nur ein Tisch, worauf man schreiben kann.
Samuel Butler

Es ist absolut sinnlos, die Frauen verstehen zu wollen, wo doch ihr größter Reiz in der Unergründlichkeit liegt. *Alfred Hitchcock*

Kleyn Kinderscheisze ist der beste Kitt für Weybertreu.
Deutsche Spruchweisheit

Wenn eine Saat aufging aus Weibertränen, – von der würde jeder Tropfen ein Krokodil.
William Shakespeare

Kommt ein Weib zu Falle,
so schilt man auf sie alle. *Freidank*

Es ist schon möglich, daß man im Laufe der Zeit an mehrere falsche Frauen gerät. Bei der Wahl seiner Witwe aber sollte man keinen Fehler mehr machen.
Sacha Guitry

Wenn eine Dame eine Rede hält, habe ich immer das Gefühl, ich sei ein kleiner Junge und die Mutti schimpft mit mir. *Karel Capek*

Wer ohne Weiber künnte sein,
wär' frei von vielerlei Beschwerden;
wer ohne Weiber wollte sein,
wär' aber nicht viel nütz auf Erden.
Friedrich von Logau

Der Kerl versteht nichts von Frauen. Den feinen Damen bietet er Geld an, und auf die Huren macht er Gedichte. *Kurt Tucholsky*

Gibt man der Frau den kleinen Finger, nimmt sie die ganze Hand eines anderen. *Herbert Eisenreich*

Sie gab ihm so lange ihren kleinen Finger, bis er um ihre Hand anhielt. *Werner Mitsch*

»Der Zweck heiligt die Mittel«, – dies muß sich der liebe Gott gedacht haben, als er das Weib erschuf.
Thomas Niederreuther

Der Mann

Es hat keinen Sinn, mit Männern zu streiten; sie haben ja doch immer unrecht! *Zsa Zsa Gábor*

Männer sind Bestien. Darum ist es höchst wichtig, die Kerle gut zu füttern. *Oscar Wilde*

Der Mann hatte so viel Verstand, daß er zu nichts mehr in der Welt zu gebrauchen war.
Georg Christoph Lichtenberg

Männer, die behaupten, sie seien die uneingeschränkten Herren im Hause, lügen auch bei anderer Gelegenheit. *Mark Twain*

Alle Männer sind auf der Suche nach der idealen Frau, – vor allem nach der Hochzeit! *Helen Rowland*

Manche Männer wählen ihre Frau fürs Leben bei einer Beleuchtung, bei der sie nicht einmal eine Krawatte aussuchen würden. *Maurice Chevalier*

Ein Mann ist alt, wenn er seine Komplimente nicht mehr in die Tat umsetzen kann. *Charles Boyer*

Die Männer sind alle verschieden, aber die Ehemänner sind alle gleich! *William Somerset Maugham*

Für das Kind im Manne gibt es leider kein Kindergeld!
Gerhard Uhlenbruck

Der Mann ist vor der Heirat unbändig glücklich, – und nach der Heirat glücklich gebändigt.
Unbekannt

Was die Zeit dem Manne an Haar nimmt, das ersetzt sie ihm durch Witz. *George Bernard Shaw*

Ich liebe Männer, die sich auch wie solche benehmen: stark und kindlich! *Françoise Sagan*

Bei Männern gibt's keine Menschenkenntnis; denn wenn man's kennt, so lernt man's als Unmenschen kennen. *Johann Nepomuk Nestroy*

Eines steht fest: Mit den dritten Zähnen beißen die Männer am leichtesten an. *Iska Geri*

Wenn Dir heutzutage ein Mann die Tür öffnet, damit Du zuerst durchgehen kannst, dann ist es bestimmt ein Portier. *Mae West*

Pferde und Männer ziehen nur an den Zügeln, die sie spüren. *Liselotte Pulver*

Ein Gentleman zieht immer zuerst den Hut, bevor er die Konsequenzen zieht. *Roger Moore*

Ein Mann kommt in die Jahre, wenn seine Schulden immer älter und seine Freundinnen immer jünger werden. *Joachim Ringelnatz*

Mancher Ehemann ist wie ein Auktionator: Er läßt sich so lange alles bieten, bis er zuschlägt.
Karl Farkas

Ein Junggeselle ist ein Mann, dem zum Glück die Frau fehlt. *Unbekannt*

Männer widerstehen oft den schlagendsten Argumenten, – und dann erliegen sie einem Augenaufschlag. *Honoré de Balzac*

Jeder Mann, den ich treffe, will mich beschützen. Ich weiß gar nicht wovor. *Mae West*

Männer sind wie Soldaten. Sobald man ihnen den Marsch bläst, rücken sie aus. *Trude Hesterberg*

Ein Mann, – kein Wort! *Emil Gött*

Ein Mann verliert zuerst seine Illusionen, dann seine Zähne und zuletzt seine Flausen. *Helen Rowland*

Wenn ein Mann der umworbenen Frau versichert, er sei ihrer nicht wert und würdig, dann hat er meistens damit recht. *Jeanne Moreau*

Männer sind wie die Teppiche, – sie müssen ab und zu geschüttelt werden. *Arabisches Sprichwort*

Für Männer gelten die Gesetze der Optik nicht: Wenn man sie unter die Lupe nimmt, werden sie plötzlich ganz klein. *Grete Weiser*

Ein »Mann von Charakter« ist meistens einer von schlechtem. *Jules Renard*

Bei den Mannsleuten ist alle Mühe vergebens, sie sind doch nicht zu bessern.
Johann Wolfgang von Goethe

Das Schönste an den meisten Männern ist die Frau an ihrer Seite. *Henry Kissinger*

Der Unterschied zwischen Männern und Jungen besteht im Preis ihres Spielzeuges. *Unbekannt*

Ein Mann ist stets so jung, wie er sich fühlt, aber keineswegs so bedeutend. *Simone de Beauvoir*

Der Mann, der immer nur geliebt wird, ist ein Trottel.
Thomas Mann

Es ist besser, dem Traummann nur im Traum zu begegnen, als in der Wirklichkeit. Aus dem Traum kann man wenigstens aufwachen. *Jeanne Moreau*

Ein Mann ist in den besten Jahren, wenn er kaum noch gute zu erwarten hat. *Bob Hope*

Ein Prominenter ist ein Mann, der es sich nicht leisten kann, nichts zu leisten. *Liselotte Pulver*

Wenn die Männer mit ihrem Latein am Ende sind, reden sie deutsch. *Senta Berger*

Die Männer sind komisch. Die denken, wenn sie sich Sorgen machen, ist das schon ein Verdienst.
Wolfdietrich Schnurre

Es ist schwer, einen Mann so hoch einzuschätzen, wie er es wünscht. *Luc de Vauvenargues*

Die Männer sind das nebensächliche Geschlecht. Im Tierreich braucht man sie bei vielen Arten nicht einmal zur Fortpflanzung. *Orson Welles*

Adam war der glücklichste aller Männer, denn er hatte keine Schwiegermutter. *Samuel Johnson*

Männer – wie auch Birnen und Pfirsiche – werden erst reif, kurz bevor sie verfaulen.
Oliver Wendell Holmes

Der ideale Mann ist der, den man auf den ersten Blick liebt. Ob er zwanzig oder achzig ist, spielt keine Rolle, denn der ideale Mann hat kein Alter.
Françoise Sagan

Solange die Männer nicht verheiratet sind, sprechen sie nur von ihrem Herzen. Später reden sie dann von der Galle und von der Leber. *Trude Hesterberg*

Am meisten gefällt mir an den Männern der rührende Versuch, treu zu sein. *Michèle Morgan*

Mancher Mann bleibt nur aus Bescheidenheit Junggeselle: Er will einfach keine bessere Hälfte.
Marlene Dietrich

Alte Männer sind gefährlich, denn die Zukunft ist ihnen ganz egal. *George Bernard Shaw*

Doch Männer sind ganz unverbesserlich geboren,
an ihnen ist der Hopfen wie das Malz verloren.
August von Kotzebue

Halb zog sie ihn, halb sank er hin,
und ward nicht mehr gesehen.
Johann Wolfgang von Goethe

Die Männer sind wie Gurken: Wenn man sie reinlegt, werden sie sauer. *Trude Hesterberg*

Männer gibts, so richtig dafür geschaffen, eines Tages glückliche Witwen zu hinterlassen. *Robert Lembke*

So mancher meint ein Don Juan zu sein und ist nur ein Faun. *Marie von Ebner-Eschenbach*

Frau und Mann

Es legte Adam sich im Paradiese schlafen;
Da ward aus ihm ein Weib geschaffen.
Du armer Vater Adam, du!
Dein erster Schlaf war deine letzte Ruh!
Matthias Claudius

Ein Diplomat ist ein Mann, der sich den Geburtstag einer Dame merkt und ihr Alter vergißt.
Robert Lee Frost

Ob die Weiber so viel Vernunft haben wie die Männer, mag ich nicht entscheiden, aber sie haben ganz gewiß nicht so viel Unvernunft!
Johann Gottfried Seume

Wenn eener eene jerna hat
und kann se jut verknusen,
und wenn se ooch 'n Buckel hat,
er denkt, et is der Busen! *Robert T. Odemann*

Ich liebe die Männer nicht, weil es Männer sind, sondern weil es keine Frauen sind.
Christine von Schweden

Ein Don Juan ist ein Mann, der den Frauen beim Fallen behilflich ist. *Adolf Wohlbrück*

Lieber will ich einem Holländer meine Butter, Pfarrer Hugh meinen Käse, einem Irländer meine Aquavitflasche und einem Dieb meinen Wallach zum Reiten anvertrauen, – als meine Frau sich selbst!
William Shakespeare

Wer nicht imstande ist, den Frauen zu gefallen, und sich darüber klar ist, der lebt ganz gut auch ohne sie weiter. *Luc de Vauvenargues*

Ein Mann hat bei allem, was er tut, ein Ziel im Auge. Eine Frau einen Mann! *Sigmund Graff*

Der Unterschied zwischen Witwe und Strohwitwe: die eine weiß, wo ihr Mann liegt.
Markus M. Ronner

Wie lächerlich ist der Unterschied zwischen Mann und Frau: von 48 Chromosomen unterscheidet sich nur eines! *Germaine Greer*

Es ist kein Kompliment für eine ungetreue Frau, wenn der Gatte glücklicher aussieht als der Liebhaber.
Nicolas Chamfort

Fast jede Frau wäre gerne treu. Schwierig ist es bloß, den Mann zu finden, dem man treu sein kann.
Marlene Dietrich

Wie schlecht ein Mann auch über die Frauen denken mag: es gibt keine Frau, die darin nicht noch um einiges weiter ginge als er. *Nicolas Chamfort*

Will er sauer, so will ich süß,
will er Mehl, so will ich Gries,
schreit er hu, so schrei ich ha,
ist er dort, so bin ich da,
will er essen, so will ich fasten,
will er gehn, so will ich rasten,
will er recht, so will ich link,
sagt er Spatz, so sag ich Fink,
ißt er Suppen, so eß ich Brocken,
will er Strümpf, so will ich Socken,
sagt er ja, so sag ich nein,
sauft er Bier, so trink ich Wein,
will er dies, so will ich das,
singt er den Alt, so sing ich den Baß,
steht er auf, so sitz' ich nieder,
schlägt er mich, so kratz ich wieder,
will er hü, so will ich hott,
das ist ein Leben, erbarm es Gott!
Abraham a Sancta Clara

Wo ein Mann einer Frau die Autotüre öffnet, ist entweder die Frau neu oder das Auto. *Unbekannt*

Männer sind zweifellos dümmer als Frauen. Hat man jemals gehört, daß eine Frau einen Mann wegen seiner hübschen Beine geheiratet hat?
Marlene Dietrich

An dem Manne liebe ich es, wenn er eine Zukunft vor sich, an der Frau, wenn sie eine Vergangenheit hinter sich hat. *Oscar Wilde*

Eine gefühllose Frau ist eine, die den Mann, den sie lieben muß, noch nicht gesehen hat.
Jean de La Bruyère

Wenn man bei den Sorgen der Männer tief genug gräbt, so kommt meistens eine Frau zum Vorschein.
Unbekannt

Die Frauen machen sich nur deshalb so schön, weil das Auge des Mannes besser entwickelt ist als sein Verstand. *Doris Day*

Der Mann braucht zum vollkommenen Glück einen zuverlässigen Freund, die Frau eine zuverlässige Feindin. *Tennessee Williams*

Die Männer, die mit den Frauen am besten auskommen, sind dieselben, die wissen, wie man ohne sie auskommt. *Charles Baudelaire*

Wenn Frauen wüßten, was Sekretärinnen von ihren Chefs denken, so hätten sie eine Sorge weniger.
Danny Kaye

Sobald eine Frau aus einem Mann einen Esel gemacht hat, redet sie ihm ein, er sei ein Löwe.
Honoré de Balzac

Die Frau ist da, damit der Mann durch sie klug werde.
Karl Kraus

Anatomie: auch Männer haben eine solche, aber bei Frauen ist sie viel interessanter! *Millôr Fernandes*

Mein Verhältnis zur schönen französischen Sprache ist genau das gleiche wie das zu meiner Frau: Ich kenne sie, ich liebe sie, aber ich beherrsche sie nicht.
Karl Blessing

Wegen der Schwäche des starken Geschlechts für das schwache ist das schwache Geschlecht das starke. *Unbekannt*

Mannräuschlein nannte man im siebzehnten Jahrhundert gar ausdrucksvoll die Geliebte.
Johann Wolfgang von Goethe

Manche Ehefrau steht lebenslang mit dem feurigen Schwert neben ihrem Gatten, um von ihm fernzuhalten, was nur irgend noch ans verlorene Paradies erinnern könnte. *Karl Gutzkow*

Einige Männer haben über die Entführung ihrer Frauen geseufzt, die meisten darüber, daß niemand sie ihnen entführen wollte. *Friedrich Nietzsche*

Sie haben sich beide lieb, – er sich und sie sich!
Jüdisches Sprichwort

Ein Weib ist ein Komma, ein Mann ein Punkt; hier weißt du, woran du bist, – dort lies weiter!
Theodor G. von Hippel

Viele Männer suchen eine Frau mit Geld. Aber die meisten suchen Geld mit Frau. *Jeanne Moreau*

Es gibt Frauen, die sind so treu, daß sie jedesmal Gewissensbisse haben, wenn sie ihren Mann betrügen.
Guy de Maupassant

Die meisten Frauen nehmen sich vor, ihren Mann zu ändern. Und wenn sie ihn geändert haben, gefällt er ihnen nicht mehr. *Marlene Dietrich*

Zuerst hat der liebe Gott aus Staub den Adam gemacht. Hätte er zuerst die Eva erschaffen, so würde sich Adam von selbst aus dem Staub gemacht haben.
Unbekannt

Je mehr ich die Männer kenne, desto mehr schätze ich die Frauen. *Unbekannt*

Wenn du frühmorgens nach Hause kommst und deine Frau regt sich nicht im Geringsten auf, – dann ist es wirklich schon zu spät! *Millôr Fernandes*

Manche Frau weint, weil sie den Mann ihrer Träume nicht bekommen hat. Und manche weint, weil sie ihn bekommen hat. *Annette Kolb*

Es gibt Frauen, die ihre Männer mit einer ebenso blinden, schwärmerischen und rätselhaften Liebe lieben wie Nonnen ihr Kloster.
Marie von Ebner-Eschenbach

Mit Güte lockt fast überall
die Frau ihr Schweinchen aus dem Stall.
Wilhelm Busch

Die Frau hat dem Mann zur Unterhaltung zu dienen, der Mann der Frau zur Erhaltung.
Immanuel Kant

Viele Männer verdanken ihren Erfolg der ersten Frau, – und die zweite Frau verdanken sie dem Erfolg.
Jim Backus

Am besten verstehen sich Mann und Frau, wenn sie ein gewisses Etwas hat und er etwas Gewisses.
Willy Reichert

Glücklich ist der Mann, der eine Frau hat, die ihm sagt, was er zu tun hat, und eine Sekretärin, die es für ihn tut. *Lord Stormont Mancroft*

Der einzige Mann, der wirklich nicht ohne Frauen leben kann, ist der Frauenarzt.
Arthur Schopenhauer

Mit zween Herrn ist schlecht zu kramen,
noch schlechter – fürcht ich – mit zwo Damen.
Wilhelm Busch

Ein reicher Mann braucht sich auf seine Ehrlichkeit nicht mehr einzubilden als eine häßliche Frau auf ihre Treue. *Philipp Rosenthal*

Frauen mit Vergangenheit und Männer mit Zukunft ergeben eine fast ideale Mischung. *Oscar Wilde*

Jungens spielen mit Soldaten, Mädchen mit Puppen. Die Jahre verkehren das ins Gegenteil.
Curt Goetz

Keine Frau kann aus einem Narren einen Weisen machen. Aber jede Frau kann aus einem Weisen einen Narren machen. *Argentinisches Sprichwort*

Nichts kommt einen Mann so teuer zu stehen wie die Opfer, die eine Frau für ihn bringt. *Jules Romain*

Ein Weib kann in der Schürze mehr aus dem Hause tragen, als je einfahren kann der Mann im Erntewagen. *Friedrich Rückert*

Die Frauen sind darauf angewiesen, daß die Männer den Verstand verlieren. *Peter Bamm*

Über ein altes Weib geht nix als ein Mann, der ein altes Weib ist. *Johann Nepomuk Nestroy*

Manche Frau wird zu einer ehrgeizigen Ziege, weil sie einen lahmen Bock geheiratet hat.
Gerhard Uhlenbruck

Der Schuh sieht schön und neu aus, aber niemand weiß, wo er mich drückt. *Plutarch*

Die Männer heiraten, weil sie müde, die Frauen, weil sie neugierig sind: beide werden enttäuscht.
Oscar Wilde

Wenn ein Mann will, daß ihm seine Frau aufmerksam zuhört, so muß er im Schlaf sprechen.
Robert Lembke

Die Frauen geben uns Männern den Wunsch, Meisterwerke zu schaffen, und hindern uns daran, sie auszuführen. *Oscar Wilde*

Ich habe noch nie einen Mann so gehaßt, daß ich ihm seine geschenkten Diamanten zurückgegeben hätte. *Zsa Zsa Gábor*

Du magst Deine Frau Dein ganzes Leben lang auf dem Rücken tragen, doch wenn Du sie absetzt, so wird sie sagen: »Ich bin müde«.
Montenegrinisches Sprichwort

Eine Frau wird mit einem Mann leicht fertig. Mit zwei Männern wird sie leichtfertig.
Berliner Sprichwort

Eener alleene is nicht scheene.
Aber eener und eene und dann aleene
– det is scheene!
Berliner Schnauze

Was immer Adam auch auszustehen hatte: Eva konnte ihm nie vorhalten, wie viele bessere Partien sie hätte machen können. *Robert Lembke*

Mit Bitten herrscht die Frau
und mit Befehl der Mann:
Die eine, wenn sie will,
der andre, wenn er kann! *Johann Christoph Rost*

Jeder Mann hat etwas Höheres als das Weib, wenn er wieder nüchtern ist. *Max Frisch*

Die Geschichte, so meint wohl der Kenner,
die machen vorzugsweis' die Männer.
Die Frauen machen nur Geschichten
und davon wollte ich berichten;
nicht vom historisch-leicht-Beschreiblichen,
nein, vom hysterisch-ewig-Weiblichen. *Eugen Roth*

Eine Frauenzunge ist nur drei Zoll lang, doch kann sie einen sechs Fuß hohen Mann umbringen. *Japanisches Sprichwort*

Brüllt ein Mann, ist er dynamisch.
Brüllt eine Frau, ist sie hysterisch. *Hildegard Knef*

Ein Röntgenologe ist der einzige Mann, der eine Frau zu durchschauen vermag. *Sacha Guitry*

Man spricht von Hintermännern, dabei spielen die Hinterfrauen die größere Rolle. *Gerhard Uhlenbruck*

Evas Äpfel locken noch
manchen Adam unters Joch,
wo er nichts von Paradeis,
nur von lauter Hölle weiß. *Friedrich von Logau*

Am Grab der Gattin sprach zum trauernden
Geleite
der Leichenredner viel vom Wiedersehn.
Beim Heimweg sprach der Mann zum Pastor:
»Scherz beiseite,
wird meine Frau denn wirklich auferstehn?«
Konrad Pfeffel

Der Mann, der von seiner Frau beherrscht wird, verschuldet sein Unglück selbst. *Talmud*

Der Mann bleibt allweg das Haupt und die Frau sein Hut. *Sprichwort*

Ein Junggeselle ist ein Mann, dem zum Glück die Frau fehlt. *Unbekannt*

Wenn ich tausend Ochsen hätte
und ein schönes Weib im Bette,
brauchte keine Steuer zu geben,
dann würd' ich ohne Sorgen leben. *Hausspruch*

Nimmt ihnen ein Freund die Frau weg, so gibt's keine bessere Rache, als ihm diese zu überlassen. *Sacha Guitry*

Man kann einem Mann keinen schlimmeren Streich spielen, als wenn man die Weiber auf ihn hetzt. Sie kommen freilich dabei zuweilen schlimm weg, wie die Hunde bei einem wilden Eber. *Wilhelm Heinse*

Es gibt kein unglückseligeres Wesen unter der Sonne als einen Fetischisten, der sich nach einem Frauenschuh sehnt und mit einem ganzen Weib vorlieb nehmen muß. *Karl Kraus*

Der Mann ist geschaffen, über die Natur zu gebieten, das Weib aber, den Mann zu regieren. *Immanuel Kant*

Wie kann ein Mensch ein Ding lieben, das, ihm zum Trotze, auch denken will. Ein Frauenzimmer, das denkt, ist ebenso ekel wie ein Mann, der sich schminket. *Gotthold Ephraim Lessing*

Glückseligkeit des Mannes: »Ich will!«
Glückseligkeit der Frau: »Er will!«
Friedrich Nietzsche

Kein Mann sollte Geheimnisse vor seiner Frau haben, denn diese kommt ihm sowieso auf die Schliche. *Oscar Wilde*

Ich bin froh, daß ich kein Mann bin, denn wenn ich's wäre, dann müßte ich ja eine Frau heiraten. *Madame de Staël*

Gott schuf den Mann, doch als er sah, daß dieser nicht genügend allein war, gab er ihm eine Gefährtin, damit er seine Einsamkeit besser begriffe. *Paul Valéry*

Wenn es wahrscheinlich ist, daß ein Elektron des Wasserstoffatoms in einer Millionenstelsekunde sieben Milliarden mal seine Bahn durchläuft, – warum soll es dann unwahrscheinlich sein, daß ein Mann die Frau findet, die für ihn bestimmt ist? *Curt Goetz*

Ein Mann, der vor seiner Frau keine Geheimnisse hat, hat entweder keine Geheimnisse oder keine Frau. *Unbekannt*

Wie wunderbar, wenn eine Witwe den Namen des Mannes tragen darf, der keinen Blödsinn mehr begehen kann. *Nicolas Chamfort*

Die Athener regieren die Griechen, ich regiere die Athener und meine Frau regiert mich. *Xenophon*

Es gibt zwei Sorten von Männern: die, welche erst denken und dann sprechen, und solche, die sprechen und hinterher erst denken. Doch gibt's nur einen Frauentyp: den sprechenden! *Unbekannt*

Die meisten Männer werden eher durch Seidenfäden als durch Stricke gefesselt. *André Maurois*

Ach, du lieber Gott! Wenn doch Adam im Besitz all seiner Rippen gestorben wäre! *Dion Boucicault*

Gewiß, die verheiratete Frau ist die »bessere Hälfte« des Mannes, denn dieser ist in der Ehe nur noch ein halber Mann. *Romain Rolland*

Kein Mann verzichtet darauf, die Frau seines Nachbarn zu begehren, wenn sie jung und hübsch ist. *Publius Naso Ovid*

Die Frau eines dummen Mannes ist fast eine Witwe. *Ungarisches Sprichwort*

Die Frau sollte dieselben Privilegien genießen wie der Mann: arbeiten, Miete, Licht, Gas und Telefon bezahlen und den Gatten erhalten; der Mann soll ins Kino gehen, Bridge spielen, jede Woche einen neuen Anzug kaufen und täglich am Telefon mit Freunden tratschen. *Max Nunes*

Mancher Mann verdankt seinen Erfolg einer Frau, die ihm ständig zur Seite gestanden ist. Noch mehr Männer verdanken ihn aber einer Frau, die ihn ständig in die Seite getreten hat. *Unbekannt*

Ein Gentleman ist ein Mann, der eine Frau so lange beschützt, bis er mit ihr alleine ist. *Alec Guiness*

Bei der Brautwerbung ist der Mann so lange hinter der Frau her, bis sie ihn erwischt. *Jacques Tati*

Ein Mann hat zuerst eine Frau im Herzen, dann auf den Knien, dann im Arm und zuletzt auf dem Hals. *Unbekannt*

Die Männer sind wie die Rosen: Unter den Händen der Frauen blühen sie auf, aber schließlich verduften sie. *Helen Vita*

Es ist für einen Mann beunruhigend, wenn er anfängt, auf Frauen beruhigend zu wirken. *Jean Gabin*

Ein Mann, der nicht kochen kann, hat's schwer, eine Frau zu finden. *Oliver Hassencamp*

Wenn eine blonde Frau am Sakko ihres Mannes ein schwarzes Haar findet, sollte sie prüfen, ob es nicht ihr eigenes von voriger Woche ist. *Danny Kaye*

Mancher Mann würde seine Frau in den Himmel heben, wenn er wüßte, daß sie oben bliebe. *Sacha Guitry*

Wenn man genau wüßte, daß man im Himmel auf ewig mit seiner Frau beisammen bleiben muß, würde das den Reiz der Hölle nicht unwesentlich erhöhen. *George Bernard Shaw*

Zuerst sind die Frauen darauf aus, einen großen Mann zu kriegen und dann darauf, ihn klein zu kriegen. *Willy Reichert*

Verheiratete Frauen werden selten entführt, weil niemand sicher sein kann, daß das Lösegeld auch bezahlt wird. *Peter Sellers*

Wenn ein Mann zurückweicht, weicht er zurück. Eine Frau weicht nur zurück, um besser Anlauf nehmen zu können. *Zsa Zsa Gábor*

Die Männer haben oft recht, doch die Frauen *behalten* recht, – das ist viel wichtiger. *Jeanne Moreau*

Es gibt genug charakterfeste Männer, die eine Frau nicht sitzen lassen, – vor allem im Bus und in der Straßenbahn. *Grete Weiser*

Ein Gentleman ist ein Mann, der seiner Frau die Hoteltür öffnet, damit sie das Gepäck in die Halle tragen kann. *Sir Peter Ustinov*

Wenn wir Männer die Frau bekämen, die wir verdienen, könnte uns nichts Schlimmeres passieren.
Oscar Wilde

Ich möchte gern auf den Mond, – dort soll es einen Mann geben. *Jeanne Moreau*

Es können nie beide Teile eines Paares zugleich überlegen sein. *Max Frisch*

Seine Frau kauft auch der Listigste noch im Sack!
Friedrich Nietzsche

Zwei Hähne lebten in Frieden, als eine Henne kam. Und schon der Streit den Anfang nahm.
Jean de La Fontaine

Mitgift ist der Männer Gift, das der Weiber Herrschaft stift. *Hans Assmann Frh. von Abschatz*

Eine Frau ist nicht immer glücklich mit dem, den sie liebt. Doch ist sie immer unglücklich mit dem, den sie nicht liebt. *Claude Tillier*

Es gibt nur ein sicheres Mittel, von einer Frau wirklich loszukommen: Sie ergreift die Initiative und verläßt dich! *Étienne Rey*

Drei Reisetage mit einer Frau, die man liebt: Wie wunderbar! Drei Wochen: Wie gräßlich!
Étienne Rey

Eine hübsche Frau: Ein Paradies fürs Auge, ein Fegefeuer fürs Herz und die Hölle für die Brieftasche.
Bernhard Le Bovier de Fontenelle

Sprich nie schlecht von einem Weibe in Gegenwart ihres Gatten. Über diesen kannst du jedoch in Gegenwart seiner Frau getrost lästern.
Chinesisches Sprichwort

Die moderne Eva bedeckt ihre Blöße mit Blättern aus dem Scheckbuch ihres Adam. *Fletcher Knebel*

Heil, wer die Grabschrift sich erwarb:
Er lebte, nahm kein Weib und starb. *Friedrich Haug*

Jeder Mann braucht eine Frau, denn es gibt immer irgend etwas, wofür er die Regierung nicht verantwortlich machen kann. *Millôr Fernandes*

Wenn die Henne kräht und piept der Hahn,
so stehts dem Hause übel an. *Sprichwort*

Gott, – ende einmal meine Leiden,
zerreiß dies läst'ge Band,
nimm zu dir einen von uns beiden,
– ich ziehe dann aufs Land! *Ignaz F. Castelli*

Um sechse des Morgens war er gehenkt,
um sieben ward er ins Grab gesenkt:
Sie aber schon um achte
trank roten Wein und lachte. *Heinrich Heine*

Ein kluger, doch häßlicher Mann hat hin und wieder Erfolg bei den Frauen. Doch ein hübscher Dummkopf ist unwiderstehlich. *William Makepeace Thackeray*

Ein Tor ist immer willig, wenn eine Törin will.
Heinrich Heine

Wenn die Weiber nicht eitel wären, die Männer könnten sie's lehren. *Paul von Heyse*

Großen Herren und schönen Frauen
soll man gern dienen und wenig trauen.
Georg Rollenhagen

Der Kannibale, der die eigene Frau verspeiste, löste ein großes Problem: er fraß die bessere Hälfte!
De Torres

Wenn Männer sich unterhalten, so tun sie's wechselweise und können sich nicht einigen; Weiber quatschen wild durcheinander und verstehen sich wunderbar. *Pedro Calderón de la Barca*

Der Mann ist Stroh, die Frau ist Feuer.
Der Teufel freut sich ungeheuer:
Er braucht nur schnell dorthin zu rasen
und etwas in die Glut zu blasen.
Spanisches Sprichwort

Gott schuf die Welt, – dann ruhte er. Dann schuf er den Mann und ruhte wieder. Als er nun die Frau geschaffen hatte, war's mit der Ruhe vorbei!
Aparicio Torelli

Männer betrachten Frauen, um sie zu sehen. Frauen betrachten Männer, um gesehen zu werden.
Aparicio Torelli

Frauen denken im Kreis, Männer geradeaus. Folglich kommen Frauen immer wieder »auf den Punkt«, während sich Männer in den Wolken der Argumente und Prinzipien verheddern.
Pedro Calderón de la Barca

Die Frauen mißtrauen den Männern im Allgemeinen zu viel und im Besonderen zu wenig.
Gustave Flaubert

Ein Lieb sind Mann und Weib, kein Sprichwort ist
so wahr.
Bewiesen wird es uns durch manches Ehepaar.
Denn er ist sie und sie ist er,
Er ist das Weib und sie der Herr.
Ignaz F. Castelli

Der Stand der Frauen den Männern gegenüber ist wahrlich ein harter. *Euripides*

Beim Flirt laufen nicht selten Männer einer Frau nach, die längst hinter ihnen her ist.
Sidonie-Gabrielle Colette

Die meisten Ehefrauen besuchen ihren Mann gerne im Krankenhaus, weil sie dann wenigstens wissen, wo er ist. *Helen Vita*

Seitdem Eva alles begonnen hatte, indem sie Adam den Apfel anbot, hat die Strafe der Frau darin bestanden, einen Mann mit Nahrung zu versorgen und die Konsequenzen zu erdulden, wenn es ihm schlecht bekommen ist. *Helen Rowland*

Der Klatsch der Frauen ist harmlos. Der Klatsch der Männer ist gefährlich. Man nennt ihn Konferenz.
Françoise Sagan

Seit jeher haben Männer Frauengeschwätz verachtet, weil sie der Wahrheit mißtrauen. *Erica Jong*

Die Männer beteuern immer, sie lieben die innere Schönheit bei der Frau – komischerweise gucken sie aber immer ganz woanders hin. *Marlene Dietrich*

Ein Mann fühlt sich erst dann von einer Frau verstanden, wenn sie ihn bewundert. *Kim Novak*

Ein Mann kann mit jeder Frau glücklich sein, solange er sie nicht liebt. *Oscar Wilde*

Wenn ein Mann will, daß ihm seine Frau zuhört, braucht er nur mit einer anderen zu reden.
Liza Minelli

Frauen, die rechtzeitig erkennen, daß man einen Mann nicht erziehen kann, ersparen sich den halben Kummer ihres Ehelebens. *Michele Morgan*

Die glücklichste Frau ist nicht diejenige, die den besten Mann geheiratet hat, sondern die das Beste aus dem Mann gemacht hat, den sie geheiratet hat.
Isaac Newton

Keine Frau ist so schlecht, daß sie nicht die bessere Hälfte eines Mannes sein könnte. *Karl Farkas*

In den Flitterwochen heißt der Mann die Frau noch ein Vergißmeinnicht; aber später bekommt sie die üblichen Namen, die dieses Blümchen in verschiedenen Gegenden trägt: Sumpfmäuseohr, Krötenäugel, Skorpionmangold und dergleichen. *Jean Paul*

Der Mann ist nicht geschaffen um des Weibes willen, sondern das Weib um des Mannes willen.
1. Korinther 11,9

Wir irrten uns aneinander, es war eine schöne Zeit.
Johann Wolfgang von Goethe

Die Männer träumen, wenn sie schlafen. Die Frauen träumen, wenn sie nicht schlafen können.
Unbekannt

Wenn Männer alles wüßten, was Frauen denken, wären sie tausendmal kühner. *Pablo Picasso*

Er stieg langsam und stolz wie ein Hexameter voran, und seine Frau trippelte wie ein Pentameter hinten drein. *Georg Christoph Lichtenberg*

Ein Mann ist so alt, als er sich fühlt; eine Frau so jung, als sie sich anfühlt. *Moritz Gottlieb Saphir*

Nachdenklicher Gatte auf der Parkbank: »Meine Frau wiegt achtzig Kilo; alle Jahr fährt sie nach Karlsbad und nimmt acht Kilo ab; in zehn Jahren bin ich se los!« *Simplizissimus*

Glücklich leben die Zikaden, denn sie haben stumme Weiber. *Xenarchos*

Durch Frauenliebe wird hinieden
dem Mann das größte Glück beschieden.
Doch kann sie auch dem Mann auf Erden
zur Quelle tiefsten Elends werden. *Bhartrihari*

Die Frau, die ihren Mann nicht beeinflussen kann, ist ein Gänschen. Die Frau, die ihn nicht beeinflussen will, – eine Heilige. *Marie von Ebner-Eschenbach*

Die Weiber können nicht verstehen, daß es Männer gibt, denen sie gleichgültig sind.
Luc de Vauvenargues

Der Mann glaubt zu wissen, – aber die Frau weiß es besser. *Chinesisches Sprichwort*

Ein Vater fühlt, und auch ein Ehemann,
bei seiner Wiederkehr von Reisen immer
ein bißchen Angst, wie ich begreifen kann,
denn mißlich ist ein Haus voll Frauenzimmer.
George G.N. Lord Byron

Ein Mann, ein Wort;
eine Frau, – viele Worte! *Daniel Sanders*

Mich verlassen und die Kinder, lief mein Weib in alle Welt, hundert Louisdors dem Finder, – welcher sie behält! *Friedrich Haug*

Ein Genie ist ein Mann, der seiner Frau einreden kann, daß ein Nerzmantel sie dick macht, daß ein Brillantring sie alt macht und daß ein Urlaub in Acapulco ihrem Teint schaden würde. *Georg Thomalla*

Auch Gott lernte dazu: Man merkt dies an den Verbesserungen bei der Erschaffung der Frau gegenüber der des Mannes. *Zsa Zsa Gábor*

Ein Mann wird durch Erfahrungen klüger, eine Frau wird durch Erfahrungen älter.
Henry de Montherlant

Von einem Mann erfährt man die Wahrheit, indem man ihm widerspricht, von einer Frau, indem man ihr zustimmt.
George Bernard Shaw

Eine Frau wundert sich oft, was ein Mann so alles vergißt – ein Mann staunt, woran sich eine Frau so alles erinnert. *Mark Twain*

Ich gebe zu, daß auch Frauen komisch sind. Gott, der Allmächtige, hat sie so gemacht, damit sie zu den Männern passen. *Simone de Beauvoir*

Wer gut gelebt hat, vereinigt sich nach dem Tode mit den Gestirnen; wer böse war, fährt in ein Weib.
Platon

Frauen erweisen ihren Männern meist schon auf Erden die Gefälligkeit, sie an die in der Hölle herrschenden Zustände zu gewöhnen.
Berilo Neves

Ein bewußtloser Mann ist halb tot, doch bei einer Frau in gleicher Situation muß dies noch genauestens geprüft werden. *Berilo Neves*

Adam zu Gott bei Evas Anblick:
»Kannst du so schöne Sachen
aus meinen Rippen machen,
so nimm, so nimm doch nur noch mehr,
nimm alle meine Rippen, Herr!«
Wiener Musenalmanach, 1782

Einem Mann gefällt es im allgemeinen besser, wenn er eine gute Mahlzeit auf dem Tisch hat, als wenn seine Frau Griechisch kann. *Samuel Johnson*

Nach dem Sündenfall vergißt der Franzose eine Frau, der Engländer heiratet sie, der Rumäne verschafft ihr einen Mann, der Deutsche fängt einen Prozeß mit ihr an, und der Amerikaner heiratet sie vorher.
Kurt Tucholsky

Die böse Frau Xanthippe heißt,
die ihren Mann am Halstuch reißt.
Sie goß das volle Nachtgefäß
hinunter über Sokrates.
Da sprach der Weise sehr verlegen:
»Aufs Donnerwetter folgt der Regen«.
Frank Wedekind

Eine kluge Frau sagte mir einst: Die Männer sind sich ohne weiteres klar darüber, was sie bei uns erreicht haben; aber was sie alles bei uns *nicht* erreicht haben, davon haben sie meist keine Ahnung.
Arthur Schnitzler

Wo die hintrat, wuchs kein Gras, außer jenes, in das sie die Männer beißen ließ. *Karl Kraus*

Ein Vorwurf trifft den Gatten meist:
Er hätte einen matten Geist.
Und so aus allzu lauen Freuden
entstehen manche Frauenleiden. *Franz Mittler*

Abhängigkeit ist das Los der Frauen; Macht ist, wo die Bärte sind. *Jean Baptiste Molière*

Es gibt Frauen, die Darwin falsch verstanden haben: Sie machen aus jedem Mann einen Affen.
Carola Höhn

Der Mann denkt beim Anfang schon an das Ende. Die Frau erinnert sich am Ende noch an den Anfang.
Micheline Pressle

Ein Gentlemen ist ein Mann, der einer Frau auch dann beim Aufstehen behilflich ist, wenn er sie selbst zu Fall gebracht hat. *Alec Guiness*

Der Mann ist der Kopf, aber die Frau dreht ihn.
Amerikanisches Sprichwort

Ein Mann, der ein guot Weib hat
und zu einer andern gaht,
der ist gewiß ein Schwein,
wie möcht's nimmer ärger sein. *Karl Simrock*

Die meisten Frauen wählen ihr Nachthemd mit mehr Verstand als ihren Mann. *Coco Chanel*

Junggesellen sind für Frauen so etwas wie Feldherren, die noch keine Schlacht verloren haben.
Maurice Chevalier

»Ach, ihr wollt, wir sollen nur ein Gegenstand der Sinnenlust sein? Gut, so wollen wir, als Gegenstand der Sinnenlust, euch zu unseren Sklaven machen«, sagen die Frauen. *Leo Nikolajewitsch Tolstoi*

Der Pullover einer Frau sitzt richtig, wenn die Männer nicht mehr atmen können. *Zsa Zsa Gábor*

Die Anmut der Frau entzückt ihren Mann, ihre Klugheit erfrischt seine Glieder. *Jesus Sirach 26,13*

Die Frauen im Nahen Osten dürfen erst dann sprechen, wenn ihr Mann es erlaubt hat. Bisher ist noch kein Fall dieser Art bekannt geworden.
Ephraim Kishon

Der Hund ist klüger als eine Frau; er bellt seinen Herrn nicht an. *Russisches Sprichwort*

Eine Freundschaft zwischen zwei Männern ist ein Luxus, zwischen zwei Frauen ein Wunder!
Jorge Luis Borges

Es gibt kaum etwas Schöneres, als den Frauen beim Sammeln von Erfahrungen behilflich zu sein.
Marcel Achard

Es ist kein Kunststück, bei einer Frau der Erste oder der Letzte zu sein. Trotzdem bilden sich die Männer auf beides was ein. *Françoise Rosay*

Es ist das Ziel jeder Frau, den Mann zu dem zu machen, was er vor der Hochzeit zu sein behauptet hatte. *Micheline Pressle*

Zuerst haben die Männer zehn Frauen an einem Finger. Und dann haben sie zehn Finger an einer Frau.
Helen Vita

Die Mädchen lernen leichter fühlen als die Männer denken. *François Marie Voltaire*

Die Männer sagen immer wieder dasselbe, aber Gott sei Dank immer wieder zu einer anderen Frau.
Jeanne Moreau

Gegenüber sehr attraktiven Frauen ist meist der Mann der Schutzbedürftige.
Oscar Wilde

Früher brauchte man nur ein Taschentuch fallen zu lassen, und schon stürzten die Männer herbei. Heute könnte man einen Büstenhalter verlieren, – und keiner rührt einen Finger. *Helen Vita*

Kann man Vertrauen zu einer Frau haben, die einen selbst zum Mann genommen hat?
Curt Goetz

Wenn eine Frau dem Mann reinen Wein einschenkt, dann ist es bestimmt eine Spätlese.
Peter Frankenfeld

Wie ein sandiger Aufstieg für die Füße eines Greises ist eine zungenfertige Frau für einen stillen Mann.
Jesus Sirach 25,20

Die Frauen mißfallen einander wegen derselben Vorzüge, durch die sie den Männern gefallen.
Jean de La Bruyère

»Gleich und gleich gesellt sich gern«, – wer das Sprichwort erfunden hat, muß nie bei einer Damenwahl gewesen sein. *Fliegende Blätter*

Er kam, sah, – und sie siegte! *Reinhard Gundelach*

Heirat und Ehe

Reich muß sie sein, das ist ausgemacht; verständig, oder ich mag sie nicht; tugendhaft, oder ich biete gar nicht auf sie; schön, oder ich sehe sie nicht an; sanft, oder sie soll mir nicht nahe kommen; edel, oder ich nehme sie nicht und gäbe man mir noch einen Engel dazu; angenehm in ihrer Unterhaltung, vollkommen in der Musik: Und wenn sie das alles ist, so mag ihr Haar die Farbe haben, wie es Gott gefällt. *William Shakespeare*

Die Ehe ist ein Versuch, zu zweit mit den Problemen fertig zu werden, die man allein niemals gehabt hätte. *Eddie Cantor*

Ehen werden im Himmel geschlossen, aber daß sie gut geraten, darauf wird dort nicht gesehen.
Marie von Ebner-Eschenbach

Nach den Flitterwochen kommen die Zitterwochen!
Volksmund

Als Veitin sterbend lag,
sprach Veit anstatt vom Leide
von einer zweiten Eh'–
und sie genas vor Neide! *Friedrich Haug*

Es gibt zwei Perioden, in denen ein Mann seine Frau nicht versteht, – vor der Hochzeit und nach der Hochzeit! *Robert Lembke*

Willst du durchaus heiraten, nimm einen Narren, denn gescheite Männer wissen allzugut, was ihr für Ungeheuer aus ihnen macht. *William Shakespeare*

Meistens hat, wenn zwei sich scheiden,
einer etwas mehr zu leiden. *Wilhelm Busch*

Sei gut zu deiner Schwiegermutter! Denn ein Babysitter ist heutzutage teuer! *Unbekannt*

Eine Ehe ist gut, wenn der Mann der Motor und die Frau die Bremse ist oder umgekehrt. Schlecht ist eine Ehe zwischen zwei Motoren oder zwei Bremsen.
Stafford Vaughan

Bei an Weib Glück habn,
das kann jeder Bua,
aber mit an Weib glücklich sein,
da gehört viel dazua. *Peter Rosegger*

Viele, von denen man glaubt, sie seien gestorben, sind bloß verheiratet. *Françoise Sagan*

Wer die Einsamkeit fürchtet, sollte nicht heiraten!
Anton Tschechow

Manche Ehe ist ein Todesurteil, das jahrelang vollstreckt wird. *August Strindberg*

Ehe ist, wenn man trotzdem liebt.
Sigismund von Radecki

Der Ehegatte ist das, was übrig bleibt, nachdem der Nerv gezogen worden ist. *Helen Rowland*

Im Ehestand muß man sich manchmal streiten, denn dadurch erfährt man was voneinander.
Johann Wolfgang von Goethe

Männer sind wie Feuer: sobald sie unbeobachtet sind, gehen sie aus. *Zsa Zsa Gábor*

Wer den Mund hält, wenn er merkt, daß er unrecht hat, ist weise. Wer den Mund hält, obwohl er recht hat, ist verheiratet. *George Bernard Shaw*

Im ersten Jahr strebt der Mann die Vorherrschaft an. Im zweiten kämpft er um Gleichberechtigung. Im dritten ringt er um die nackte Existenz! *Unbekannt*

In der Ehe gefallen die Männer den Weibern länger als umgekehrt; um nur unter vielen Gründen einen anzugeben, so verlieren die Männer in der Ehe weniger an Schönheit, weil sie nur wenig hineingebracht.
Jean Paul

Hochzeit machen dauert eine Stunde; den Ärger hat man das ganze Leben! *Jüdisches Sprichwort*

Es erfordert mehr Mut, sich zu verheiraten als ins Feld zu ziehen. *Christine von Schweden*

Es stimmt nicht, daß Ehemänner vergessen, daß sie verheiratet sind, wenn sie ein besonders hübsches Mädchen sehen. Im Gegenteil: dann werden sie besonders schmerzlich daran erinnert! *Mark Twain*

Oft gehen zwei Idioten eine Vernunftehe ein!
Wieslaw Brudzinski

Bigamie: Versuch, ein Übel zu verkleinern, indem man's verdoppelt. *Helmar Nahr*

Die Ehe ist in vielen Fällen eine lebenslängliche Doppelhaft ohne Bewährungsfrist und Strafaufschub, verschärft durch Fasten und gemeinsames Lager.
Jean-Paul Sartre

Scheidungen sind Entscheidungen eines Schiedsrichters, der das Spiel nicht gesehen hat.
Robert Lembke

Die Ehe ist ein verkehrtes Fieber, das mit Hitze anfängt und mit Kälte aufhört. *Fliegende Blätter*

Es ist schlimm, wenn zwei Eheleute einander langweilen; viel schlimmer jedoch ist es, wenn nur einer von beiden den anderen langweilt.
Marie von Ebner-Eschenbach

Heirate keinen alten Mann wegen seines Geldes. Das Geld geht weg und der alte Mann bleibt.
Unbekannt

Bei einer Scheidung verbleiben der Frau meist die Kinder und dem Manne das Kindermädchen.
Unbekannt

Die Liebe hat ihre eigene Sprache; die Ehe kehrt zur Landessprache zurück! *Russisches Sprichwort*

Welcher verheiratet, der tut wohl,
welcher aber nicht verheiratet, der tut besser!
1. Korinther 7,38

Gehst du in den Krieg, so bete!
Gehst du zur See, bete zweimal!
Gehst du in die Ehe, – bete dreimal!
Russisches Sprichwort

Ein Jahrmarkt ohne Hiebe,
ein Jüngling ohne Liebe,
ein Ehestand, der wohlbestellt,
sind seltsam Ding auf dieser Welt!
Abraham a Sancta Clara

Die Chance der Witwenschaft ist die einzige, die eine Gattin glücklich macht. *John Gay*

Es fängt immer damit an, daß man einem Mädchen den Hof macht, und es endet meistens damit, daß man einer Frau den Hof kehrt. *Willy Reichert*

Was? Mei Frau is tot? Ja, daß die mir nie was gsagt hat davon! Drum hab i de scho lang nimma gsehn.
Karl Valentin

Eine Vernunftehe schließen heißt in den meisten Fällen, alle seine Vernunft zusammennehmen, um die wahnsinnigste Handlung zu begehen, die ein Mensch begehen kann. *Marie von Ebner-Eschenbach*

Die Leute verheiraten einen Feuerbrand an eine Wachsfigur und predigen dem Ehepaar Liebe und Eintracht. *Marie von Ebner-Eschenbach*

Hier liegt mein Weib,
Gott sei's gedankt,
bis in das Grab
hat sie gezankt.
Lauf, lieber Leser,
schnell von hier,
sonst steht sie auf
und zankt mit dir. *Marterl in Tirol*

Den idealen Gatten gibt es nicht, die ideale Gattin bleibt ledig. *Oscar Wilde*

Richtig verheiratet ist erst der Mann, der jedes Wort versteht, das seine Frau nicht gesagt hat.
Alfred Hitchcock

Lieber Himmel, wie die Ehe doch einen Mann ruiniert! Sie ist gerade so demoralisierend wie Zigaretten und weit teurer. *Oscar Wilde*

Eine Möglichkeit, das letzte Wort zu haben, hat der Ehemann immer: er kann um Verzeihung bitten. *Noël Coward*

Vielleicht heirat ich's doch noch, da muß aber in den Kontrakt hinein, daß ich's umbringen darf. *Johann Nepomuk Nestroy*

Die Eheherren sollten zukünftig die Trauringe statt auf dem Finger in der Nase tragen, zum Zeichen, daß sie doch an der Nase geführt werden. *Christian Dietrich Grabbe*

Eine reiche Mitgift füllt das Ehebett zuweilen mit Brennesseln. *Rachel Lyman Field*

Am schlimmsten ist die Einsamkeit zu zweit. *Erich Kästner*

Wenn der Flirt ein Spiel mit dem Feuer ist, so ist die Heirat fahrlässige Brandstiftung. *Zsa Zsa Gábor*

Wo von Vermögen, der Frömmigkeit und der ehelichen Treue die Rede ist, darf man nie mehr als die Hälfte für bare Münze nehmen. *Joachim Fest*

Auf Freiersfüßen langsam gehe,
denn auf dem Fuße folgt die Ehe. *Eugen Roth*

Was Glück ist, weiß man erst, wenn man geheiratet hat. Und dann ist es zu spät! *Peter Sellers*

Heutzutage ist eine Ehe schon glücklich, wenn man dreimal die Scheidung verschiebt. *Danny Kaye*

Nach Einfahrt in den Hafen der Ehe verwandelt sich mancher Vergnügungsdampfer in ein Kriegsschiff. *Willy Reichert*

Eine gute Ehe besteht aus einer besseren und einer stärkeren Hälfte. *Victor de Kowa*

Auskennen muß man sich in der Welt, das ist die Hauptsach', lieber andere balbieren, als selbst balbiert werden. Lieber anderen zu einem Weib verhelfen, als selber eins nehmen. *Johann Nepomuk Nestroy*

Ich hatte es keineswegs nötig zu heiraten, denn ich besitze drei Tiere: einen Hund, der morgens knurrt, einen Papagei, der den ganzen Tag Unsinn redet und einen Kater, der stets erst wieder beim Morgengrauen nach Hause kommt. *Maria Corelli*

Bigamie, das heißt, – ein Gatte zuviel! Monogamie ist eben dasselbe! *Erica Jong*

Der Ehestand heißt wohl deshalb der heilige, weil er so viele Märtyrer zählt. *Fliegende Blätter*

Ja, beim Heiraten muß mer net voreilig sein. Das Geld, was man auf der Hochzeit ausgibt, ist sehr häufig die erste Einzahlung in die wechselseitige Lebensverbitterungsanstalt. *Johann Nepomuk Nestroy*

An Scheidungsgründen fehlt es nie, wenn nur der gute Wille da ist. *Johann Nepomuk Nestroy*

Die einzig dauerhafte Heirat ist die zwischen einer Blinden und einem Tauben. *Michel de Montaigne*

Die Ehe ist der Griff in einen Sack voller Schlangen, dies in der Hoffnung, dabei einen Aal zu erwischen. *Sprichwort*

Die meisten Differenzen in der Ehe entstehen dadurch, daß die Frau zuviel redet und der Mann zuwenig zuhört. *Curt Goetz*

Heirate oder heirate nicht, – Du wirst es bereuen! *Sokrates*

In Hollywood arbeitet man hart, um eine Traumvilla zu bauen und arbeitet dann noch viel härter, um sie seiner geschiedenen Frau wieder abzukaufen. *Burt Lancaster*

Alimente nennt man jene Einrichtung, in der einer dafür bezahlt, daß zwei einen Fehler gemacht haben. *Danny Kaye*

Ein kluges Mädchen heiratet einen Mann, der beim Militär gewesen ist. Er kann flicken, stopfen, putzen, Betten machen, ist in Erster Hilfe ausgebildet, mit wenig Geld und wenig Freizeit zufrieden und hat gelernt, Befehle widerspruchslos auszuführen. *Peter Sellers*

Da das Halten wilder Tiere verboten ist, und zwar gesetzlich, und die Haustiere mir kein Vergnügen machen, so bleibe ich lieber unverheiratet.
Karl Kraus

In der Ehe pflegt gewöhnlich immer einer der Dumme zu sein. Nur wenn zwei Dumme heiraten, – das kann mitunter gut gehen! *Kurt Tucholsky*

Erst in der Ehe zeigt sich, ob eine Frau eine Orchidee oder ein Kaktus ist. *Mexikanisches Sprichwort*

Es gäbe viel mehr Liebesehen, wenn man die Frau ohne Mitgift heiraten könnte. *Willy Reichert*

Den Ehelosen quält die Fleischeslust, den Verehelichten sein Weib. *Innozenz III.*

Wer den Hafen der Ehe ansteuert, tut gut daran, erst eine Hafenrundfahrt zu buchen.
Markus M. Ronner

Frauen heiraten am liebsten einen großen Mann, weil es sie besonders reizt, ihn kleinzukriegen.
Maurice Chevallier

Der Unterschied zwischen Monogamie und Monotonie liegt darin, daß Monotonie etwas interessanter ist. *Henry Miller*

Die Ehe funktioniert am besten, wenn beide Partner ein bißchen unverheiratet bleiben.
Claudia Cardinale

Die Ehe ist 'ne Lotterie,
's gibt Nieten und Gewinne,
doch 's große Los
zieht man fast nie
– und's liegt doch immer drinne!
Berliner Volksmund

Wenn ein Mädchen sich verheiratet, so tauscht sie die Bewunderung durch viele Männer gegen die Mißachtung durch den eigenen ein. *Helen Rowland*

Gut gehängt ist besser als schlecht verheiratet.
William Shakespeare

Heirate nie um des Geldes willen! Du leihst es billiger! *Schottisches Sprichwort*

Der Ehestand ist eine Prozession, wo immer das Kreuz vorangeht. *Deutsches Sprichwort*

So mancher Bursche, der sich in ein Grübchen verliebte, heiratete das ganze Mädchen.
Stephen Leacock

Nach Abschaffung der Gladiatorenkämpfe richteten die Christen das Eheleben ein. *Unbekannt*

Ob zwei Leute gut getan haben, einander zu heiraten, kann man bei ihrer silbernen Hochzeit noch nicht wissen. *Marie von Ebner-Eschenbach*

Er heiratete sie, weil sie ihn liebte: sie liebte ihn, weil er sie heiratete. *Jean Paul*

Ein glückliches Paar: er tut, was sie will, und sie tut, was sie will. *Peter Altenberg*

Soll in der Ehe Frieden walten,
so lern, das Scheckbuch aufzuhalten
und außerdem: das Maul zu halten!
Groucho Marx

Wenn an deinem Hemd andauernd die Knöpfe fehlen, so hast du nur zwei Chancen, dies abzustellen: Heirate oder laß dich scheiden! *Unbekannt*

Ein Witwer, der wieder heiratet, verdient nicht, daß seine erste Frau gestorben ist. *Unbekannt*

Wenn der Mann das Amt hat und die Frau den Verstand, dann gibt es eine gute Ehe.
Marie von Ebner-Eschenbach

Gewisse Ehen halten nur in der Weise zusammen wie ineinander verbissene Tiere.
Gerhart Hauptmann

Die Lieb' is a Spagat, der die Herzen, der Ehestand ein Strick, der die Händ zusammenbindt.
Johann Nepomuk Nestroy

Die Ehe ist genau so viel wert als die, welche sie schließen. *Friedrich Nietzsche*

Wer nichts erheiratet und nichts ererbt,
der bleibt ein armes Luder, bis er sterbt!
Alter Spruch

Mit den Ehen ist es wie mit den Vogelbauern: die Vögel, die nicht darin sind, wollen mit aller Gewalt hinein, und die, welche darin sind, wieder hinaus.
Michel de Montaigne

Vor der Heirat: Mach die Augen gut auf!
Nach der Heirat: Schließ sie lieber!
Benjamin Franklin

Das weise Weib beherrscht den Mann, indem es ihm gehorcht. *Lucius Annaeus Seneca*

Heiraten sollte man, wenn's irgend geht, vermeiden, schon ob der Scherereien mit dem vertrackten Scheiden. *Otto Erich Hartleben*

Die Ehe ist der Sonderfall eines Abonnements, das mehr Geld kostet, als wenn man es einzelweise bezahlen müßte. *Gabriel Laub*

Erst der Kuß und dann die Kralle, so machens alle!
Alter Spruch

Heirat ist, wenn man die Wahrheit prüft, – ein Übel, aber ein notwendiges Übel. *Menander*

Viele Männer heiraten, um eine bestimmte Frau zu vergessen. Dann laufen sie anderen Frauen nach, um die Frau zu vergessen, die sie geheiratet haben.
Unbekannt

Es ist nicht Sitte, eine Frau zu heiraten, die vorher ein Verhältnis gehabt hat. Aber es ist Sitte, mit einer Frau ein Verhältnis zu haben, die vorher geheiratet hat. *Karl Kraus*

Heutzutage leben Verheiratete wie Junggesellen und Junggesellen wie Verheiratete. *Oscar Wilde*

Der Ehestand ist wie eine Gefängniszelle: Man wird wütend oder beruhigt sich. *Unbekannt*

Ratsam ist und bleibt es immer
für ein junges Frauenzimmer,
einen Mann sich zu erwählen
und womöglich zu vermählen. *Wilhelm Busch*

Heirat ist eine Zeremonie, bei der die Dame einen Ring an den Finger und der Kavalier einen durch die Nase bekommt. *Herbert Spencer*

Man flirtet drei Wochen, liebt sich drei Monate, streitet drei Jahre und muß sich dann dreißig oder mehr Jahre aushalten. Das ist die Heirat! *Hippolyte Taine*

Ich publizierte eine Anzeige, um eine Gattin anzupeilen, und erhielt 1500 Offerten von Männern, die mir die ihre anboten. *Dino Segre Pitigrilli*

Meine Tochter wartet auf den richtigen Mann, – inzwischen trainiert sie mit dem falschen!
Unbekannt

Tristes Haus, wo das Huhn singt und der Hahn schweigt. *Brasilianisches Sprichwort*

Man soll nur eine sehr hübsche Frau heiraten. Dann hat man die Chance, daß man durch einen guten Freund eines Tages von ihr befreit wird.
Sacha Guitry

An dem Tag, an dem man Geistlichen die Heirat erlaubt, werden sie sich auch für die Scheidung interessieren. *Max Nunes*

Die Ehe ist die bedingungslose Kapitulation des Eroberers. *Vittorio de Sica*

Wirklich zufrieden bei einer Hochzeit ist nur die Mutter der Braut. *Mark Twain*

Wer nicht bis drei zählen kann, lernt es in der Ehe.
Georges Courteline

Das einzige, was sich bei einer Frau in der Ehe ändert, ist ihr Name. *Frank Sinatra*

Die Hochzeit heißt deshalb Hochzeit, weil es dann meistens höchste Zeit ist. *Karl Farkas*

Eine Komödie, die mit einer Hochzeit endet, ist der Anfang einer Tragödie. *George Bernard Shaw*

Die Ehe ist ein Bankett, das mit dem Dessert beginnt.
Tristan Bernard

Eine Heirat geht ja furchtbar schnell, nur die Scheidung ist immer so zeitraubend. *Brigitte Bardot*

Die Flamme der ehelichen Liebe gibt oft nur Kohle, um einander zu schwärzen. *Jean Paul*

Arme Männer! Wenn sie erst einmal geheiratet haben, haben sie eigentlich immer nur die Wahl, Schurken oder Trottel zu werden. *Sebastian Haffner*

Wo auf Erden gibt es vernünftige Ehen? Man könnte genausogut von vernünftigen Selbstmorden sprechen! *Gilbert Keith Chesterton*

Ein einziger abendlicher Stromausfall stiftet mehr Ehen als alle Eheanbahnungsinstitute im ganzen Land. *Peter Sellers*

Der Hagestolz hat das Unglück, daß ihm niemand seine Fehler frei sagt, aber der Ehemann hat dieses Glück. *Jean Paul*

Das Bett ist die ganze Ehe! *Honoré de Balzac*

Wer nach der Hochzeitsnacht nur halbwegs den Verliebten macht, verdient fürs Stündchen Liebe mehr, als für ein Jahr Geschwätz vorher. *Samuel Butler*

Sie waren so sehr ineinander verliebt,
wie es das nur noch in Büchern gibt.
Sie hatte kein Geld, und er hatte keins,
da machten sie Hochzeit und lachten sich eins.
Erich Kästner

Man ist der Meinung, daß Sokrates es mit der Xanthippe nur darum hat aushalten können, weil er eben ein Philosoph war. Ich glaube, das Gegenteil ist richtig. Er wurde nur darum ein Philosoph, weil er mit der Xanthippe verheiratet war.
Walther Kiaulehn

Das dürftigste Schicksal, das kläglichste, entwickelt sich in den Ehen, in welchen das Weib höher steht als der Mann. *Ludwig Tieck*

Um der Schönheit willen zu heiraten, ist ebensoviel als um der Rosen willen ein Landgut zu kaufen. Ja, das letztere wäre noch vernünftiger, denn die Rosenpracht kommt jährlich wieder.
August von Kotzebue

Einen anständigen Menschen befällt der Schüttelfrost schon vor der Hochzeit. *Iwan Turgenjew*

Wer nie mit einer jungen Witwe verheiratet war, der weiß nicht, was Glück ist. *Russisches Sprichwort*

In wahrhaft harmonischen Ehen streiten die Partner niemals: Sie sprechen einfach nicht miteinander.
Millôr Fernandes

Die Ehe ist ne Höllenqual,
tagtäglich und das ganze Jahr!
Man krümmt sich wie ein wunder Aal
und zahlt für alle Sünden bar. *Unbekannt*

Merket, wie die Welt nun stehe:
Selten sieht man rechte Ehe. *Freidank*

Vor der Heirat pflückst du Rosen,
nach der Heirat flickst du Hosen! *Albumvers*

Und schließlich kommt dann die Erfahrung,
die man erwirbt erst nach der Paarung.
Reinhard von Normann

Heirat, das ist die »Göttliche Komödie« rückwärts: erst das Paradies, dann das Fegefeuer und schließlich die Hölle! *Folco Masucci*

Nach der Hoch-zeit kommt auch mal die Tief-zeit.
Philipp Rosenthal

Heiraten und Aufhängen kommt immer zu früh.
August von Kotzebue

Nett wäre es, ein Weib, ein braves, heimzuführen, wenn man es irgendwo in der Welt nur finden könnte. *Titus Maccius Plautus*

Vor der Heirat waren alle Frauen Engel.
Fletcher Knebel

Wenig Ehen verlaufen glücklich, weil die Frauen ihre Zeit damit verbringen, Netze zu spannen, anstatt Käfige zu bauen. *Jonathan Swift*

Alle haben die Pflicht, sich zu verheiraten. Denn niemand darf sich allgemeinen Kalamitäten selbstsüchtig entziehen. *Moritz Gottlieb Saphir*

Zögen wir am Hochzeitstag der Frau den Ring nicht auf den Finger, sondern durch die Nase, so gäbe es keine Scheidung mehr. *Jules Renard*

Die Schwiegermutter ist die Anwältin der Gegenseite. *André Mycho*

Ich bin für die vollkommene Emanzipation der Frau. Als man Napoléon fragte, warum er die Neger nicht freigebe, entgegnete er »Kurz gesagt, – weil ich weiß bin«. Und ich stimme dafür, weil ich verheiratet bin.
Heinrich Heine

Heirat: Der einzige Unfall, für den keine Versicherungsgesellschaft aufkommt. *Fletcher Knebel*

Heirat ist das Kunststück, duftende Rosen in kratzende Disteln zu verwandeln. *Berilo Neves*

Heiraten, das heißt Nachtigallen zu Hausvögeln machen. *Christian Dietrich Grabbe*

Die erste Stelle im Paradiese werden diejenigen einnehmen, die sich in der Ehe getäuscht haben und doch ausharrten. *Karl Gutzkow*

Man fragte Sokrates, was wohl das Beste wäre, zu freien oder nicht zu frei'n. Der Weise gab darauf die Antwort: Tut, was ihr wollt, so wird es euch gereuen!
Barthold Hinrich Brockes

Die Ehe ist die Fortsetzung der Liebe mit anderen Mitteln. *Michael Richter*

Jede Tragödie endet mit dem Tod, jede Komödie mit der Heirat. *George G.N. Lord Byron*

Ein verliebter Mann ist so lange unfertig, bis er heiratet. Dann allerdings ist er fertig! *Zsa Zsa Gábor*

Heirate nicht im April,
sondern heirate im Mai,
dann ist schon wieder
ein Monat vorbei. *Winfried Bornemann*

Heirat ist nicht das Happy end, – sie ist immer erst ein Anfang. *Federico Fellini*

In der Ehe ist es wichtig, daß man versteht, harmonisch miteinander zu streiten. *Peter Sellers*

Alle Probleme der Ehe rühren daher, daß die Frau einen Zugvogel an das Haus gewöhnen soll.
Liselotte Pulver

Die Frauen sollten gemeinsam sein, – die Ehe ist nichts wert. *Diogenes*

Frauen, die Abwechslung lieben, sollten Boxer heiraten. Ihr Mann sieht nach jedem Kampf anders aus.
Jacques Tati

Heiratet auf jeden Fall. Kriegt ihr eine gute Frau, dann werdet ihr glücklich. Ist es eine schlechte, dann werdet ihr Philosophen, und auch das ist für einen Mann von Nutzen. *Sokrates*

Eine Geschiedene ist eine Frau, die geheiratet hat, um nicht mehr arbeiten zu müssen, und nun arbeitet, um nicht wieder heiraten zu müssen.
Anna Magnani

Die Ehe war zum jrössten Teile vabrühte Milch und Langeweile. Und darum wird beim happy end im Film jewöhnlich abjeblendt. *Kurt Tucholsky*

In unserem monogamischen Weltteile heißt heiraten, seine Rechte halbieren und seine Pflichten verdoppeln. *Arthur Schopenhauer*

Heirat: Eine Gemeinschaft, bestehend aus Herr, Herrin und zwei Sklaven – macht zusammen zwei.
Ambrose Bierce

Bis a Deutsche die Wort' sagt »Ich bin ewig dein«, derweil kann m'r in Italien verheiratet sein.
Johann Nepomuk Nestroy

Der erste Monat der Ehe ist der Monat des Honigs, und der zweite der Monat des Absinths.
François Marie Voltaire

Ach! Des Lebens schönste Feier endigt auch den Lebensmai; mit dem Gürtel, mit dem Schleier, reißt der schöne Wahn entzwei! *Friedrich von Schiller*

Tritt man das erste Mal in Hymens Tempel ein und nimmt sich eine Frau, so ist es zu verzeihn. Tritt man zum zweiten Mal hinein, wird man als Wagehals bewundert. Wer die dritte freit, – der verdient zur Strafe hundert.
Johann Nicolaus Götz

Wenn eine Freundin zu teuer wird, ist es Zeit, sie zu heiraten. *Peter Sellers*

Wo es eheliche Pflichten gibt, gibt es außereheliches Vergnügen. *Henry Miller*

Besser: Sich zu zanken, als allein zu sein.
Irisches Sprichwort

Dreier Leben ist kein Leben: Wer das Gnadenbrot seines Nächsten essen muß, wer mit körperlichen Leiden behaftet ist und wer unter dem Pantoffel steht. *Talmud*

Will man Freiheit, so hüte man sich vor der Ehe.
Michel de Montaigne

Vor der Heirat fegt das Mädchen Tenn' und Haus,
nach der Heirat kaum das Zimmer aus.
Altdeutsches Sprichwort

Heiraten bei kalter Küche geht bald in die Brüche.
Deutsches Sprichwort

Kinder, seid ihr denn von Sinnen?
Überlegt euch das Kapitel:
Ohne die gehör'gen Mittel
soll man keinen Krieg beginnen. *Wilhelm Busch*

Was man eine glückliche Ehe nennt, verhält sich zur Liebe wie ein korrektes Gedicht zu improvisiertem Gesang. *Friedrich Schlegel*

Jede Frau sollte heiraten, aber keinen Mann!
Benjamin Disraeli

Die Einheit des Ortes und das Drama: Wenn die Ehegatten nicht beisammen lebten, würden die guten Ehen häufiger sein. *Friedrich Nietzsche*

Sogenannte schlechte Ehen halten oft deshalb gut zusammen, weil sie nicht selten außerordentlich aufreibend sind. Den Leuten bleibt keinerlei Lust und Kraft zu Seitensprüngen. Sie sind durch ihr eheliches Unglück so fest gebunden, wie andere durch ihr Eheglück. *Heimito von Doderer*

Die Ehe ist eine sehr gerechte Einrichtung: Die Frau muß jeden Tag das Essen kochen und der Mann muß es jeden Tag essen. *Alberto Sordi*

Wer sich aus Liebe verheiratet, krepiert vor Wut.
Giacomo Graf Leopardi

Die Ehe ist eine mehr oder weniger erfolgreich durchführbare Absurdität. *Ephraim Kishon*

Will man heiraten, muß man sich meistens entscheiden zwischen irdischem und himmlischem Geflügel: Gans oder Engel. *Gurt Goetz*

Der Mann ist lyrisch, die Frau episch, die Ehe dramatisch! *Novalis*

Ich muß lernen, mit dem Mühlstein am Hals nicht zu ertrinken. *Leo Nikolajewitsch Tolstoi*

Alle Ehepaare der Welt sind schlecht verheiratet.
Fernando Pessóa

Willst du haben Fried und Ruh,
bleib daheim bei deiner Kuh. *Deutsches Sprichwort*

Das Geheimnis einer glücklichen Ehe liegt darin, daß man einander verzeiht, sich gegenseitig geheiratet zu haben. *Sacha Guitry*

Späte Ehen haben den Vorteil, daß sie nicht so lange dauern. *Robert Lembke*

Man soll nur schöne Frauen heiraten. Sonst hat man keine Aussicht, sie wieder los zu werden.
Danny Kaye

Christen dürfen nur eine Frau heiraten. Man nennt das Monotonie. *Robert Lembke*

Nach den drei in der Kirche gesprochenen lateinischen Worten einem Manne ins Bett zu folgen, den man nur zwei Male gesehen hat, ist entschieden schamloser, als sich willenlos einem Manne hinzugeben, den man zwei Jahre lang angebetet hat.
M.H. Stendhal

Eine Hochzeit ist eine Landung, die wie ein Start aussieht. *Paul Hubschmid*

In jeder Ehe kommt einmal die Zeit, in der man andere um ihre Schwerhörigkeit beneidet.
August Strindbergh

Es gibt keine harmonischere Ehe als die zwischen Illusion und Ignoranz. *Peter Bamm*

Wer sich ein teuflisch Weib gefreit,
hat diesseits schon ein Höllenleid.
Jüdisches Sprichwort

Die Ehe ist eine sehr gute Institution, aber ich bin nicht reif für eine Institution. *Mae West*

Es waren zwei Brüder, die waren klug, und ein dritter, der war verheiratet. *Polnisches Sprichwort*

Ein Liebhaber belebt nicht nur alles, er läßt auch das Leben vergessen; der Ehemann belebt nichts!
Honoré de Balzac

Der Ehering ist eine Tapferkeitsauszeichnung, die man am Finger trägt. *Noël Coward*

Der Hauptgrund für Scheidungen sind Hochzeiten!
Robert Lembke

Zum Heiraten gehören immer zwei: ein Mädchen und ihre Mutter. *Adele Sandrock*

Die Ehe ist so etwas wie die gegenseitige Zärtlichkeit von zwei Schleifsteinen. *John Osborne*

Venus, eine schöne, gutherzige Dame, war die Göttin der Liebe, Juno, ein schrecklicher Hausdrachen, die Göttin der Ehe, und beide waren sich allezeit spinnefeind. *Jonathan Swift*

Wenn zwei zum Schluß sich kriegen, sprecht:
Ende gut – alles schlecht! *Erich Kästner*

Früher sah die Ehe so aus: Der Mann lenkt, und die Frau lenkt ein. Heute gibt die Frau Gas und der Mann versucht gegenzusteuern.
Gerhard Uhlenbruck

Ehen werden im Himmel geschlossen. Und auf Erden gemieden! *Leopold Davi*

Liebe

Wenn sie mich an sich lockte,
war Rede nicht im Brauch,
und wie die Zunge stockte,
so stockt die Feder auch!
Johann Wolfgang von Goethe

Vernünftig lieben wollen, heißt die Vernunft verlieren. *Louis François Boufflers*

Wenn mir jede, die »auf Ehre« Treue schwur, mir unverletzlich wirklich treu geblieben wäre, – Himmel, wäre das entsetzlich! *Rudolf Presber*

Das ist der Reife Quintessenz,
die viele am Freien hindert:
Die Schönheit dauert einen Lenz,
die Dummheit überwintert! *Rudolf Presber*

Der Brief, den du geschrieben,
er macht mich gar nicht bang.
Du willst mich nicht mehr lieben,
jedoch, dein Brief ist lang.

Zwölf Seiten, eng und zierlich!
Ein kleines Manuskript!
Man schreibt nicht so ausführlich,
wenn man den Abschied gibt. *Heinrich Heine*

In der Liebe sind Versicherungen wie eine Ankündigung ihres Gegenteils. *Elias Canetti*

Zehn Küsse werden leichter vergessen als ein Kuß.
Jean Paul

Liebe ist das charmanteste Unglück, das uns zustoßen kann. *Curt Goetz*

Wüßte man, was Liebe ist, gäb's weder Religion noch Dichtung. *Kurt Marti*

Liebe ist die einzige Sklaverei, die als Vergnügen empfunden wird. *George Bernard Shaw*

Wie sehr man liebt und wie vergeblich, das ist das Eigentliche. *Elias Canetti*

Die Liebe ist die singende, sich in der Luft tummelnde Lerche. In der Ehe muß der Vogel gebraten auf der Schüssel liegen. *Karl Julius Weber*

Willst du durchaus heiraten, nimm einen Narren; denn gescheite Männer wissen allzugut, was ihr für Ungeheuer aus ihnen macht. *William Shakespeare*

Man sollte immer verliebt sein. Und deshalb nie heiraten! *Oscar Wilde*

Liebe auf den ersten Blick ist etwa so zuverlässig wie Diagnose auf den ersten Händedruck.
George Bernard Shaw

»Ihr Menschen, liebet euren Nächsten stets!«
befiehlt der Kirche heiliges Gesetz.
Seht, wie gehorsam ihm die fromme Suse ist:
Sie liebet immer den, der ihr der nächste ist.
Ignaz F. Castelli

Auch in der Liebe haben die feinsten Austernesser manchmal Appetit auf a paar Knödl und a G'selchts.
Johann Nepomuk Nestroy

Des Vaters Segen hilft zur Liebe just so viel als Katzen beim Fischfang. *Christian Dietrich Grabbe*

Die Liebe der Geschlechter ist in der Theologie eine Sünde, in der Jurisprudenz ein unerlaubtes Verständnis, in der Medizin ein mechanischer Insult, – und die Philosophie gibt sich mit so etwas überhaupt nicht ab. *Karl Kraus*

Der Kaffee ist wohl das Sinnbild der Liebe. Man liebt ihn brünett, blond und schwarz, aber durchgängig – heiß! *Fliegende Blätter*

Die Liebe ist eine köstliche Blume, doch muß man den Mut haben, sie am grausigsten Rand eines Abgrunds zu pflücken. *M.H. Stendhal*

Die erste Liebe ist oft ein verunglücktes Feuerwerk, an das man sich mit Vergnügen erinnert.
Fliegende Blätter

Liebe ist, wenn sie dir die Krümel aus dem Bett macht.
Kurt Tucholsky

Der einzige Unterschied zwischen einer Laune und der ewigen Liebe besteht darin, daß die Laune etwas länger dauert. *Oscar Wilde*

Die Liebe ist die relativ angenehmste Herzkrankheit.
Fliegende Blätter

Wenn die Menschen sagen, sie hätten ihr Herz verloren, ist es meistens nur der Verstand.
Robert Lembke

Mensch, du darfst nur eine lieben,
nur der Gockel sechs bis sieben! *Hausspruch*

Die Lieb' is blind, – warum soll ein Verliebter nicht ein Aug' zudrücken? *Johann Nepomuk Nestroy*

Wenn ein jedes Stubenmädel, dem schon's Heiraten versprochen worden ist, sich zu tot kränket, da wüßt man gar nicht, wo man ein' Dienstboten hernehmen sollt'. *Johann Nepomuk Nestroy*

Die Liebe ist eine tolle Krankheit, – da müssen gleich immer zwei ins Bett! *Robert Lembke*

Die einzige Möglichkeit, eine Frau zu verstehen, ist sie zu lieben. Aber dann ist es auch nicht mehr nötig, sie zu verstehen. *Curt Goetz*

Der Mensch will brutto geliebt werden und nicht netto. *Christian Friedrich Hebbel*

Liebe, – auch so ein Problem, das Marx nicht gelöst hat. *Jean Anouilh*

Platonische Liebe ist, wenn man zu zweit mit einem Gewehr spielt und glaubt, es sei nicht geladen.
Unbekannt

Die Nächstenlieb' is mei' schwache Seiten, wenn die lieben Nächsten nicht wär'n, ma wüßt' ja gar nicht, wem man was antun sollt'.
Johann Nepomuk Nestroy

An Rheumatismus und wahre Liebe glaubt man erst, wenn man davon befallen wird.
Marie von Ebner-Eschenbach

Mein bester Freund ist mit meiner Frau durchgebrannt, – und wissen Sie, – er fehlt mir.
Henry Youngman

Die Liebe ist nur ein schmutziger Trick der Natur, um das Fortbestehen der Menschheit zu garantieren.
William Somerset Maugham

Wo Liebe kommt ins Haus,
da zieht die Klugheit aus. *Friedrich von Logau*

Die Liebe ist eine leichte Gemütskrankheit, die durch die Ehe meist geheilt werden kann. *Sacha Guitry*

Liebe ist etwas Ideelles, Heirat etwas Reelles, – und nie verwechselt man ungestraft das Ideelle mit dem Reellen. *Johann Wolfgang von Goethe*

Der begehrteste Mantel der Liebe ist der Nerz.
Hanns-Dietrich von Seydlitz

Die Minne blendet weisen Mann,
der sich vor ihr nicht hüten kann.
Freidank

Ich hörte einmal von jemand sagen (oder war ich es selbst?), er sei verliebt, er wisse aber noch nicht in wen. *Franz Grillparzer*

Die Liebe höret nimmer auf,
sieht auf des Witwers Grab man prangen,
viel richtiger aber stünde drauf:
O, hätt sie niemals angefangen! *Unbekannt*

Der Unterschied in der Liebe zwischen Mann und Frau besteht darin, daß der Mann das Auto liebt, – und die Frau den Parkplatz. *Jean-Paul Belmondo*

Zum Hassen oder Lieben
ist alle Welt getrieben,
es bleibet keine Wahl.
Der Teufel ist neutral! *Clemens von Brentano*

Platonische Liebe: vom Hals nach oben! *Unbekannt*

Seit einundvierzig Jahren bin ich in dieselbe Frau verliebt. Wenn die meine das wüßte, brächte sie mich um. *Henry Youngman*

Eine Frau soll sich stets nur aus Liebe verheiraten, – und dies so lange weiter tun, bis sie Liebe gefunden hat. *Zsa Zsa Gábor*

Die Liebe kann alles, doch gegen Armut und Zahnschmerzen ist sie nicht gefeit. *Mae West*

Wenn von Liebe die Rede ist, kann eine Frau schneller zuhören, als ein Mann zu sprechen imstande ist. *Maurice Chevalier*

Die Liebe ist so unproblematisch wie ein Fahrzeug. Problematisch sind nur die Lenker, die Fahrgäste und die Straße. *Franz Kafka*

Die Liebe macht den klügsten Mann verrückt,
sein weises Weib indessen ist entzückt!
Moritz Gottlieb Saphir

Den »Nächsten lieben«, nun, das ist nicht schwer,
doch den an deiner Seite: um so mehr!
Millôr Fernandes

Er wollte sie wieder küssen,
da hat er verreisen müssen. *Joachim Ringelnatz*

Distanz und Liebe per Distanz,
Kurz gesagt: Mißfällt mir ganz! *Wilhelm Busch*

Alles wird man ja satt, den Schlaf und sogar die Liebe. *Homer*

Ganz ohne Brot und Wein,
da friert die Venus ein! *Terenz*

Mit der Liebe ist's wie mit den Pocken. Wer sie in seiner Jugend nicht gehabt hat, bekommt sie selten oder nie, und wenn er sie bekommt, sind sie desto gefährlicher. *August von Kotzebue*

Amare et sapere vix deo conceditur.
Lieben und vernünftig bleiben, ist kaum einem Gott gegeben! *Publilius Syrus*

Die Liebe besteht zu Dreiviertel aus Neugier. *Giacomo Casanova*

Alter schützt vor Liebe nicht, aber Liebe vor dem Alter. *Coco Chanel*

Liebe ist immer noch die anständigste Entschuldigung für Dummheiten. *Horst Wolfram Geissler*

Amors Pfeil hat Widerspitzen,
wen er traf, der laß ihn sitzen
und erduld ein wenig Schmerz!
Wer geprüften Rat verachtet
und ihn auszureißen trachtet,
der zerfleischet ganz sein Herz!
Gottfried August Bürger

Es lebt in Elend qualenvoll,
wer, was er liebt, nicht sehen soll. *Anastasius Grün*

Liebe hört auf keine Lehre,
weiß im Leben nicht ein noch aus.
Wenn's nicht grad die Liebe wäre,
sie sperrten sie ins Irrenhaus. *Friedrich Halm*

Heißer ist stets die Glut, wenn die Liebende fern dem Geliebten; immer zur Hand sein, macht minder geschätzt den Gemahl! *Properz*

Hast du Lust, dich zu verlieben
– hüte dich, es aufzuschieben! *Hans Rehfisch*

Du weißt doch, was ein Kuß bekennt?
Sonst hörst du auf, zu küssen!
Ich dächt, er sei ein Sakrament,
das alle Völker wissen! *Theodor Storm*

Die Banditen lassen uns die Wahl: »Geld oder Leben«
– Die Liebe nimmt uns beides! *Unbekannt*

Der Kuß, – er ist gewiß ein »Nichts, geteilt durch zwei«, jedoch: Dies Nichts ist Hochgenuß und Arzenei. *Fletcher Knebel*

Ja, die Liebe und der Suff,
die reiben den Menschen uff! *Volksmund*

Durch ein paar Züge aus dem Becher der Liebe hält sich die Natur für ein Leben voll Mühe schadlos.
Johann Wolfgang von Goethe

Die Lieb' ist wie ein Wiegenlied,
es lullt dich lieblich ein;
doch schläfst du dann, so schweigt das Lied
und du erwachst allein!
Theodor Storm

Vor einem Kuß und seinen Konsequenzen habe ich mehr Angst als vor einer Pferdebremse.
Paul Verlaine

Die Liebe macht mehr Vergnügen als die Ehe: Romane sind ja auch amüsanter als die Weltgeschichte.
Nicolas Chamfort

Liebe, sagt man schön und richtig,
ist ein Ding, was äußerst wichtig.
Wilhelm Busch

Sie sprach zu ihm, sie sang zu ihm –
da war's um ihn geschehn:
Halb zog sie ihn, halb sank er hin,
und ward nicht mehr gesehn.
Johann Wolfgang von Goethe

So liebte er sie vergebens,
das ist die Tragik des Lebens. *Joachim Ringelnatz*

Denkst du nur noch an Geschäfte,
fehlen dir zur Liebe Kräfte. *Reinhard von Normann*

Eine Frau braucht lange Jahre, um aus deinem Sohn einen Mann zu machen, – und dann kommt eine und macht ihn in zwanzig Minuten zum Idioten.
Helen Rowland

Die Liebe des Mannes geht durch den Magen. Die Liebe der Frau geht durch den Wagen.
Gerhard Grüninger

Ein Geliebter ist ein Mann, den man nicht heiratet, weil man ihn gern hat. *Vanessa Redgrave*

Was bedeutet dieserhalb ein Name?
In der Liebe ist das einerlei.
Man verlangt nur, daß es eine Dame
und von angenehmem Fleische sei. *Ludwig Thoma*

Die ganze Liebe wird überschätzt. *Robert Musil*

Das ganze Vergnügen an der Liebe beruht schließlich auf dem Wechsel. *François Marie Voltaire*

Liebe kann man nicht beschreiben, Liebe muß man praktisch treiben. *Volksmund*

Die Liebe gibt mir alles, – und wo sie nicht ist, dresch ich Stroh. *Johann Wolfgang von Goethe*

Wer liebt, denkt nicht und wer denkt, liebt nicht.
Oscar Wilde

Wer ohne Liebe lauft, kommt nicht ins Himmelreich;
er springt bald hin und her, ist einem Irrwisch gleich.
Angelus Silesius

Amor ist der größte Spitzbube unter den Göttern; der Widerspruch scheint sein Element zu sein.
Giacomo Casanova

Freundschaft, Liebe, Stein der Weisen,
diese Dreie hört ich preisen,
und ich pries und suchte sie,
aber, ach, ich fand sie nie. *Heinrich Heine*

Lieben kannst du, du kannst lieben,
doch verliebe dich nur nicht!
Gotthold Ephraim Lessing

An der Liebe Niederlagen läßt der Dichter Lieder nagen. *Joachim Ringelnatz*

Es stand ein Mann am Siegestor,
der an ein Weib sein Herz verlor.
Schaut sich nach ihr die Augen aus,
in Händen einen Blumenstrauß.
Zwar ist das nichts Besunderes.
Ich aber – ich bewunder es. *Erich Mühsam*

Ich sing mein Lied in tiefen Raum, – man hört es kaum.
Es dringt hervor aus tiefer Brust, – mir unbewußt.
Es singt Dir eine Melodie, – jetzt oder nie!
Hast Du mich nun noch nicht erhört, – bin ich empört
und trinke Lindenblütentee, – der mildert Weh,
und frage mich: »Was bist denn Du, – Du alte Kuh?« *Kurt Schwitters*

Das letzte, was eine Frau an der Liebe interessiert, ist die Theorie. *Alfred Charles Kinsey*

Die Liebe – wie gleicht sie doch der Zigarette!
Die ersten Züge sind wundervoll, später schmerzen Mund und Hals, und paßt man nicht auf, so verbrennt man sich die Finger. *Berilo Neves*

Hochweise Männer gebieten,
um sich vor Liebe zu hüten:
Die Mädchen und Fraun nicht anzuschaun.
Allein noch Weisere rieten,
um sich vor Liebe zu hüten:
Die Mädchen und Fraun recht anzuschaun.
Friedrich Haug

Es soll sich der Mensch nicht mit der Liebe abgeben, denn die Lieb' hat vergiftet schon so manch junges Leben. *Volkslied*

Im Kino erfährt man viel von der Liebe, vorausgesetzt, daß man sich nicht vom Film ablenken läßt.
Karl Kraus

Du fragst mich, Kind, was Liebe ist,
ein Stern in einem Haufen Mist. *Heinrich Heine*

Die am weitesten verbreitete Augenkrankheit ist die Liebe auf den ersten Blick. *Gino Cervi*

In der Liebe ergeben ein kluger Mann und eine kluge Frau zusammen zwei Narren. *Helen Vita*

Man sagt, die Liebe kenne keine Grenzen. Aber die Grenzen sind ja gerade das Interessante.
Jean-Luc Godard

Is amal aner g'wesen,
der hat nie ane g'liebt.
In die Höll is a kömmen,
und Schläg hot a kriegt. *Tiroler Schnaderhüpf*

Als sie einander acht Jahre kannten, da kam ihre Liebe plötzlich abhanden. *Erich Kästner*

In der Liebe gibt es zweierlei Sünden: die läßlichen und die unerläßlichen. *Helen Vita*

Ein Verliebter ist fast so verschwiegen wie ein Kanonenschuß! *Honoré de Balzac*

Der Teufel, den man Venus nennt, er ist der schlimmste von allen. Erretten kann ich dich nimmermehr aus seinen schönen Krallen. *Heinrich Heine*

Wer in sich selbst verliebt ist, hat wenigstens bei seiner Liebe den Vorteil, daß er nicht viele Nebenbuhler erhalten wird. *Georg Christoph Lichtenberg*

In der Liebe gibt es ebenfalls, wie in der römisch-katholischen Religion, ein provisorisches Fegfeuer, in welchem man sich erst an das Gebratenwerden gewöhnen soll, ehe man in die wirkliche ewige Hölle gerät. *Heinrich Heine*

Ich verstehe nicht, warum sich Frauen so herausputzen, da Liebe doch blind ist. *Zarko Petan*

Wenn zwei erst kurz verheiratet sind,
da macht die Liebe tatsächlich blind.
Denn wie könnte es sonst geschehen:
Sie woll'n einander nicht mehr sehen! *Unbekannt*

Es war Liebe auf den ersten Blick. Nach der Hochzeit stellten beide fest, daß er kurzsichtig und sie weitsichtig war. *Zarko Petan*

Liebe ist eine vorübergehende Geisteskrankheit, die durch Heirat heilbar ist oder auch dadurch, daß man den Patienten den Einflüssen entzieht, unter denen er von der Krankheit befallen wurde.
Ambrose Bierce

Die Liebenden beschweren sich über die Herzensnot und wissen nicht, daß das Übel im Kopf sitzt.
Hesiod

Die Liebe gleicht dem Mond: Nimmt sie nicht zu, so nimmt sie ab. *Philip Paul de Segur*

Ich liebe sie, sie liebt mich,
doch keines sagt: »Ich liebe Dich.« *Ludwig Uhland*

Die Liebe und ein klarer Kopf schließen sich aus.
Francis Bacon

Menschen, die nur einmal im Leben lieben, sind wahrhaft überflüssig. *Oscar Wilde*

Aber gewiß, platonische gibt's! Nach der Heirat.
Emmanuel Wertheimer

Die Geliebte sagte zum Geliebten: Ich wollte, du wärest auch meine Freundin, damit ich über dich reden könnte zu dir. *Jean Paul*

Ich war stets geneigt, über die Liebe zu lachen, doch diese rächte sich und führte mich an den Altar.
Antoine de Rivarol

Wenn Hänschen verliebt ist, kann er die Schönheit von Gretchen nicht beurteilen. *Benjamin Franklin*

Die Religion erwies der Liebe einen großen Dienst: Sie erklärte sie zur Sünde. *Anatole France*

Die einzige beständige Liebe ist die Selbstliebe.
Oscar Wilde

Es gibt Menschen, die Tiere lieben, da sie unfähig sind, ihre lieben Nächsten zu lieben. *Sigrid Undset*

Liebe: ein Kuß, zwei Küsse, drei Küsse, vier Küsse, fünf Küsse, vier Küsse, drei Küsse, zwei Küsse, ein Kuß, – kein Kuß! *Dino Segre Pitigrille*

Liebe ist die einzige Pflanze, die auch ohne Sonne oder Regen zu allen Jahreszeiten keimt, wächst und blüht. *Khalil Gibran*

Daß ein Mann nicht sein ganzes Leben lang dieselbe Frau lieben könne, ist ebenso absurd wie die Annahme, daß ein Geiger verschiedene Violinen benötige, um stets dieselbe Melodie zu spielen.
Honoré de Balzac

Im Liebesfrühling spricht man nur von der Zukunft, im Liebesherbst von der Vergangenheit.
André Maurois

Liebe ist in Frankreich eine Komödie, in England eine Tragödie, in Italien eine Oper und in Deutschland ein Melodram. *Marguerite de Blessington*

Ist das Zusammenleben von zwei sich Liebenden nicht viel legitimer als das von zwei Verheirateten, die sich nicht riechen können?
François de La Rochefoucauld

Frauen sind die Chamäleons der Liebe. Männer sind nur die Farbe, der sie sich jeweils anpassen.
Maurice Chevalier

Liebe ist wie Schach: Manchmal spielt man blind, manchmal simultan, – und immer ist die Dame die stärkste Figur. *Karl Farkas*

Die Liebe ist nichts anderes als ein Seiltanz von Amateuren ohne Balancierstange und Netz.
Peter Altenberg

Wer nicht mehr liebt und nicht mehr irrt, – der lasse sich begraben. *Johann Wolfgang von Goethe*

Auch ein Klagelied zu sein im Mund der Geliebten ist herrlich, denn das Gemeine geht klaglos zum Orkus hinab. *Friedrich von Schiller*

Das ist der Witz ihrer Nächstenliebe: Nie den zu lieben, der da ist, sondern immer nur den Nächsten, der kommen soll. *Martin Kessel*

Die meisten lieben am Nächsten nur die Nächstenliebe. *Gerhard Uhlenbruck*

Da die Liebe blind ist, können Liebende ihre Verrücktheit nicht sehen. *William Shakespeare*

Eltern, Kinder und Schule

Welches Kind hätte nicht Grund, über seine **Eltern** zu weinen? *Friedrich Nietzsche*

Man kann in der Wahl seiner Eltern nicht vorsichtig genug sein. *Unbekannt*

Bereits dein braves Elternpaar
erscheint dir häufig sonderbar! *Wilhelm Busch*

Eine schlechte Kinderstube wird durch kein Begräbnis erster Klasse wettgemacht.
Otto Julius Bierbaum.

Viele Kinder haben sehr schwer erziehbare Eltern.
Unbekannt

Wenn die Eltern sich nur vorstellen könnten, welche Ekel sie in der Meinung ihrer Kinder sind.
George Bernard Shaw

Vererbung ist das, woran Eltern glauben, die ein kluges Kind haben. *Unbekannt*

Wenn die Eltern schon alles aufgebaut haben, bleibt den Söhnen und Töchtern nur noch das Einreißen.
Karl Kraus

Ein übertriebenes Vertrauensverhältnis zwischen Mutter und Tochter läßt darauf schließen, daß sie zum Mindesten einen Mann an der Nase herumgeführt haben. *Hans Arndt*

Als ich ein Kind war, mußte ich bei Tisch den Mund halten, wenn die Erwachsenen sprachen. Jetzt muß ich ihn halten, solange die Kinder reden.
Mario Quintana

Früher hatten Kinder Rotznasen, heute haben Rotznasen Kinder. *Unbekannt*

Es gibt noch immer Leute, die sich einreden, sie pflanzten sich fort, um den Kindern damit eine Freude zu machen. *Erich Kästner*

Ist es wahrhaftig die größte Wohltat für die Menschheit, ein paar rotzige **Kinder** in die Welt zu setzen?
Hierapolis Epiktet

Familien mit Kindern und kinderlose Familien bedauern einander. *Edgar Watson Howe*

Wenn eine Frau mit den Kindern nicht fertig wird, so fängt sie an, den Mann zu erziehen, – ein Erfolgserlebnis braucht ja schließlich jeder! *Unbekannt*

Mutterglück ist das, was eine Mutter empfindet, wenn die Kinder abends im Bett sind.
Robert Lembke

Die erste Hälfte unseres Lebens wird uns von unseren Eltern verdorben und die zweite Hälfte von unseren Kindern. *Clarence Darrow*

Kinder lieben anfangs ihre Eltern. Wenn sie älter werden, beurteilen sie sie. Bisweilen verzeihen sie ihnen.
Oscar Wilde

Als ich vierzehn Jahre alt war, war mein Vater für mich so dumm, daß ich ihn kaum ertragen konnte. Aber als ich einundzwanzig Jahre alt wurde, da war ich erstaunt, wieviel der alte Mann in sieben Jahren gelernt hatte. *Mark Twain*

Was man selbst nicht weiß, ist Kindern schwer zu vermitteln. *Unbekannt*

Jeder junge Mensch macht früher oder später die verblüffende Entdeckung, daß auch Eltern gelegentlich recht haben können. *André Malraux*

Ich möchte wissen, warum unsere Eltern immer so langweilig sind. *Oscar Wilde*

Bevor ich heiratete, hatte ich sechs Theorien über die Erziehung von Kindern. Jetzt habe ich sechs Kinder und keine Theorie. *Wilmot John Rochester*

Das Vertrauen junger Menschen erwirbt man am sichersten dadurch, daß man nicht ihr Vater ist.
Henry de Montherlant

Das Kind hat den Verstand meistens vom Vater, weil die Mutter ihren noch besitzt. *Adele Sandrock*

Aufklärung nennt man jenen Vorgang, bei dem sich herausstellt, daß Opa nur halb so viel weiß wie der Enkel. *Unbekannt*

Wenn Vater und Mutter sich um ein Ei zanken, wird das Kind nie ein Huhn besitzen.
Afrikanisches Sprichwort

Vater werden ist nicht schwer, Vater sein dagegen sehr! *Wilhelm Busch*

Die antiautoritäre Erziehung können nur Leute erfunden haben, die selber keine Kinder haben.
Liselotte Pulver

Eine Universität ist ein Ort, wo Kieselsteine geschliffen und Diamanten getrübt werden.
Robert Green Ingersoll

Universitäten sind Bildungsstätten, die aus Neunmalklugen Siebengescheite machen. *Werner Mitsch*

Unter Umständen ist es für manches Kind am besten, wenn es gar nicht erzogen wird. *Peter Rosegger*

Die beste Erziehungsmethode für ein Kind ist, ihm eine gute Mutter zu verschaffen.
Christian Morgenstern

Im Leben lernt der Mensch zuerst gehen und sprechen. Später lernt er dann, stillzusitzen und den Mund zu halten. *Marcel Pagnol*

Wenn Erziehung und Ermahnung irgend etwas fruchteten; wie konnte dann Senecas Zögling ein Nero sein? *Arthur Schopenhauer*

Kinder und Uhren dürfen nicht beständig aufgezogen werden. Man muß sie auch gehen lassen.
Jean Paul

So böse ist kein Kind, daß es nicht für eine Steuerermäßigung gut wäre. *Robert Lembke*

Die richtigen Wehen kommen erst, wenn die Kinder groß sind. *Unbekannt*

Die Kleinkinder saugen an der Mutterbrust, – wenn sie größer werden, saugen sie die Eltern aus.
Englisches Sprichwort

Diese jungen Leute heutzutage! Die helfen einem nicht einmal bei den Schulaufgaben, die man für sie macht.
Alberto Sordi

Der Vorteil von Zwillingen besteht darin, daß das Geschrei des einen im Geschrei des anderen untergeht. *Majasie Biggs*

Bei den meisten Kindern kann man sagen: gleich nach der Ankunft verzogen. *Unbekannt*

Das ist der Fluch angeborener Intelligenz: mit vier Jahren Wunderkind – mit vierzig wunderlich.
Ernest Hemingway

Daß wir wieder werden wie die Kinder, das ist eine unerfüllbare Forderung. Aber wir können zu verhüten suchen, daß die Kinder so werden wie wir.
Erich Kästner

Zuerst hat man das Kind auf dem Arm, dann auf dem Schoß und schließlich auf dem Buckel.
Japanisches Sprichwort

Der Mistkäfer ist in den Augen seiner Mutter eine Schönheit.
Ägyptisches Sprichwort

Wer wie ein Baby schläft, der hat keins zu Hause.
Unbekannt

Eine Mutter braucht zwanzig Jahre, um aus ihrem Sohn einen Mann zu machen und eine wildfremde Frau macht in zwanzig Minuten einen Idioten aus ihm. *Robert Lee Frost*

Die Erziehung ist ein Radiermesser, das den Klecks durchschimmern läßt. *Jean Paul*

Ein Wunderknabe ist ein Kind, dessen Eltern über viel Imagination verfügen. *Jean Cocteau*

Aus der **Schulzeit** sind mir nur die Bildungslücken in Erinnerung geblieben. *Oskar Kokoschka*

Die meisten Schulbücher sind entstanden aus alten Schulbüchern, die aus alten Schulbüchern entstanden sind. *Erich Kästner*

Ein Privatdozent ist eine Art Kreuzung zwischen einer Mimose und einem Stachelschwein. *Unbekannt*

Was das Gymnasium wert ist, sieht man weniger an denen, die es besucht haben, als an denen, die es nicht besucht haben. *Egon Friedell*

Die Schule ist etwas Wunderbares, denn sie nimmt uns die Kinder ab, wenn sie nicht mehr zu ertragen sind. *Will Rogers*

Werde kein gelehrter Klauber,
Wissenschaft ist fauler Zauber! *Theodor Fontane*

Nichts ist schrecklicher als ein Lehrer, der nicht mehr weiß, als was die Schüler wissen sollen.
Johann Wolfgang von Goethe

Wer etwas kann, der tut es. Wer nichts kann, der unterrichtet. *George Bernard Shaw*

Eltern begreifen erst an verregneten Wochenenden, was sie an den Lehrern haben. *Unbekannt*

Einer der Vorteile der Hochschulbildung ist, dem Schüler zu zeigen, daß sie wenig taugt.
Ralph Waldo Emerson

Der wird kein ganzer Kerl, der nie ein Rüpel war.
Otto Julius Bierbaum

Wenn ich einen Sohn habe, so soll er etwas Prosaisches werden, Jurist oder Seeräuber.
George G.N. Lord Byron

Die englische Schulausbildung ist die beste der Welt, – falls man sie überlebt. *Sir Peter Ustinov*

Weit haben wir's gebracht, wer hätte das gedacht: Heut kann ein klein Schulmeisterlein klüger als Barbarossa sein! *Will Vesper*

Ein Kind, das mit einem Lächeln auf den Lippen zur Schule wandert, ist ein Heuchler. *J. Garland Pollard*

Stunden geben, immer Stunden,
wer hat doch die Qual erfunden? *Peter Cornelius*

Verlangt ein Lehrer je verdienten Dank zu haben, so such er schwarzen Schnee und fange weiße Raben!
Andreas Gryphius

Gott weiß alles, aber ein deutscher Professor weiß alles besser! *Otto von Bismarck*

Ein Professor ist nach der bekannten Definition ein Mann, der anderer Meinung ist.
Eduard von Hartmann

Was mich in den Vereinigten Staaten am meisten beeindruckt hat: Wie wunderbar die Eltern ihren Kindern gehorchen. *Eduard VIII. Herzog von Windsor*

Versetze deinen Eltern einen Schreck, – lies ein Buch!
Roberto Duailibi

Es kann vorkommen, daß sich der Vater um das neuerstandene Leben kümmert, – ein bei Fischen häufiges Phänomen. *Simone de Beauvoir*

Man gibt seine Kinder auf die Schule, daß sie still werden, – auf die Hochschule, daß sie laut werden.
Jean Paul

Wir erforschen uns drei Wochen lang, lieben uns drei Monate lang, dulden einander dreißig Jahre lang, – und dann fangen die Kinder wieder von vorne an.
Hippolyte Taine

Je weniger Ausbildung, desto mehr Einbildung.
Unbekannt

Ein Quentchen Mutterwitz ist besser als ein Zentner Schulwitz. *Unbekannt*

Bei unseren gelehrten Kindern ist es ebenso wie bei den Obstbäumen; sie blühen vortrefflich und tragen keine Früchte. *Georg Christoph Lichtenberg*

Was Ihr Euch, Gelehrte, für Geld nicht erwerbt, das hab ich von meiner Frau Mutter geerbt.
Gottfried August Bürger

Du schiltst dich selbst, wenn du dein Kind schiltst ungezogen, denn zogest du's zuvor, so wär' es nun gezogen. *Friedrich Rückert*

Manch Knabe von sehr guter Art
durch Erziehung verdorben ward. *Sprichwort*

Derjenige ist stark verrückt, der jedermann und seinen Vater zufriedenstellen will. *Jean de La Fontaine*

Wir können um Kinder bitten, – was für welche wir bekommen, wissen die Götter.
Decimus Junius Juvenal

Meine philosophischen Studien haben mich überzeugt, daß ein begabter Schüler Englisch in dreißig Stunden, Französisch in dreißig Tagen und Deutsch in drei Jahren erlernen kann. *Mark Twain*

Sie hatten sich zuliebe ein Kind, und nachher behaupteten sie, sie hätten alles den Kindern – es waren inzwischen noch einige dazugekommen – zuliebe getan. *Ludwig Hohl*

Spezialisten sind Leute, die immer mehr über immer weniger wissen. Schüler sind Leute, die immer weniger über immer mehr wissen. *Danny Kaye*

Das Kind fremdet; Erwachsene befremden!
Emil Baschnonga

Kindspech ist eben das, womit man auf die Welt kommt! *Karl Kraus*

Schulweisheit:
Was ich nicht weiß, macht mich nicht heiß, was ich nicht kann, geht mich nichts an!
Robert Gernhardt

Beschäftigt die Söhne und Töchter, dann schafft ihr Sicherheit für Oma und Opa. *Norbert Blüm*

Für manche bedauernswerten Menschen ist ein Besuch bei Mama und Papa so etwas wie ein Zahnarzttermin mit Wurzelbehandlung. *Lee Iacocca*

Am besten wär's, die Kinder blieben klein …
Erich Kästner

Was ich gelernt habe, weiß ich nicht mehr. Das wenige, was ich weiß, habe ich erraten.
Nicolas Chamfort

Die Tochter strahlt, die Mutter prahlt, der Vater zahlt!
Unbekannt

Meine Mutter hatte einen Haufen Ärger mit mir, aber ich glaube, sie hat es genossen. *Mark Twain*

In der Schul' muß man ruhig sein, in der Welt ist es just gut, wenn man recht viel Lärm macht; in der Schul' haben's extra eine Eselsbank, in der Welt sind die Eseln auf allen Plätzen zerstreut.
Johann Nepomuk Nestroy

Besser gefeuert als verheizt. *Graffito*

Es ist wohlbekannt, daß die grausamsten aller Tyrannen die kleinen Tyrannen sind; und die grausamsten aller kleinen Tyrannen sind die Schultyrannen.
Johann Heinrich Pestalozzi

Familie und Verwandte

Es gibt keine höhere Abstammung als die von Adam und Eva. *Unbekannt*

Es ist fürwahr wünschenswert, von guter Abstammung zu sein; der Ruhm gehört allerdings unseren Vorfahren. *Plutarch*

Ein Spiegel ist besser als eine ganze Reihe von Ahnenbildern. *Wolfgang Menzel*

Ich bin – gottlob – altadelig,
jedoch mein Sohn – das ärgert mich –
zählt einen Ahnen mehr als ich! *Friedrich Haug*

Gelobt wird, wer aus gutem Hause stammt:
Wer keinen Stammbaum hat, er sei verdammt!
Arabisches Sprichwort

Als Gott am sechsten Schöpfungstage alles ansah, was er gemacht hatte, war zwar alles gut, aber dafür war auch die Familie noch nicht da. *Kurt Tucholsky*

Das Wort »Familienbande« hat einen Beigeschmack von Wahrheit. *Karl Kraus*

Das Familienleben ist ein Eingriff in das Privatleben.
Karl Kraus

Das Weinen der Erben ist oft maskiertes Lachen.
Publilius Syrus

Es kommt häufig vor, daß ein Mann eine Zwillingsschwester hat, die um zehn Jahre jünger ist als er.
Willy Reichert

Die erste Generation schafft Vermögen, die zweite verwaltet Vermögen, die dritte studiert Kunstgeschichte und die vierte verkommt vollends.
Otto von Bismarck

Zur Familie gehörten früher auch Sklaven. Heute nennt man sie Hausfrauen. *Unbekannt*

So recht von Herzen hundsgemein:
das können nur Verwandte sein! *Sprichwort*

Verwandte gibt's, die ganz und gar uns aus den Augen kämen, wenn sie nicht einmal jedes Jahr uns etwas übel nähmen. *Ludwig Fulda*

Verwandte sind nichts als eine Gesellschaft, die keine Ahnung davon hat, wie man leben soll, noch den Takt besitzt zur rechten Zeit zu sterben. *Oscar Wilde*

Manchmal sieht dich die eigene Kusine so unverwandt an. *Fliegende Blätter*

Ein Onkel, der Gutes mitbringt, ist besser als eine Tante, die bloß Klavier spielt. *Wilhelm Busch*

Seitdem es Flugzeuge gibt, sind die entfernten Verwandten auch nicht mehr das, was sie einmal waren.
Helmut Qualtinger

Entfernte Verwandte sind die besten, – je mehr entfernt, desto besser! *Kim Hubbard*

Mit meiner Schwiegermutter spreche ich seit fast zwei Jahren nicht mehr. Sie hat's nicht gern, unterbrochen zu werden. *Henry Youngman*

»Alles hat seine zwei Seiten«, sagte einer, dessen Schwiegmutter starb, worauf er das Begräbnis zu bezahlen hatte. *Jerome K. Jerome*

Man spricht immer nur von Leuten, die in Häuser einbrechen wollen. Aber es gibt auch Leute auf dieser Welt, die aus Häusern ausbrechen wollen.
Thornton Wilder

Eine durch Heirat erlangte Schwiegermutter ist der Beweis dafür, daß ein Unglück niemals allein kommt.
Unbekannt

Das harmonischste Familienleben genießt ein Witwer ohne Kinder. *Unbekannt*

Gute Familien sind Familien, in denen Dinge nicht vorkommen, die in den besten Familien vorkommen.
Robert Lembke

Wer sich in der Familie nicht aussprechen darf, geht auf den Fußballplatz, um zu brüllen.
Dieter Hildebrandt

Im Familienkreise, wo dauernd herumgezankt wird, fühlen wir uns meist noch am wohlsten.
J. Garland Pollard

Welch enormes Glück, wenig Verwandte zu haben.
Menander

Früher war die Familie eine Tankstelle, – jetzt ist sie eine Garage. *Graham Greene*

Etwas Gutes hat eine Beerdigung, – sie söhnt die Familie wieder aus. *Jules Renard*

Wer sich in die Familie begibt, – kommt darin um!
Heimito von Doderer

Was Ungeduld ist, kann nur der ermessen, der einen steinreichen kranken Erbonkel hat. *Mark Twain*

Kann man das Familienleben nicht mit Milch vergleichen? Milch wird schnell sauer.
Iwan Turgenjew

Freundschaft

Freunde, die umeinander Bescheid wissen, grüßen sich von weitem! *Japanisches Sprichwort*

Ehe man anfängt, seine Feinde zu lieben, sollte man seine Freunde besser behandeln. *Mark Twain*

Freund: Ein Mensch, der dir völlig selbstlos schadet. *Wieslaw Brudzinski*

Der Feind meines Feindes ist nicht mein Freund. *Elias Canetti*

Freunde sind Leute, die meine Bücher entleihen und nasse Gläser darauf stellen. *Edwin Arlington Robinson*

Es will viel heißen, wenn man einen Freund, der zu hohen Ehren gelangt, ist noch zu seinen Bekannten zählen darf. *Jean de La Bruyère*

Die Freundschaft, die der Wein gemacht, wirkt wie der Wein, nur eine Nacht. *Friedrich von Logau*

Der Freunde hab' ich wahrlich viel, so lang ich sie nicht brauchen will. *Freidank*

Wer Freunde sucht, ist sie zu finden wert;
wer keine hat, hat keine je begehrt.
Gotthold Ephraim Lessing

Gott gab uns Verwandte, doch die Freunde ließ er uns selbst aussuchen. *Inschrift in Wales*

Ich lasse den Freund dir als Bürgen,
ihn magst du statt meiner,
entrinn ich, erwürgen. *Friedrich von Schiller*

Ein leicht erwärmter Freund wird leicht erkältet sein. *Friedrich Rückert*

Die Griechen, die so gut wußten, was ein Freund ist, haben die Verwandten mit einem Ausdruck bezeichnet, welcher der Superlativ des Wortes Freund ist. Dies bleibt mir unverständlich. *Friedrich Nietzsche*

Ich brauche keinen Freund, der sich jedes Mal mit mir verändert und mein Kopfnicken erwidert, denn das tut mein Schatten weit besser. *Plutarch*

Freunde in der Not wären selten? Im Gegenteil! Kaum hat man mit einem Freundschaft geschlossen, so ist er auch schon in der Not und will Geld geliehen haben. *Arthur Schopenhauer*

Wenn man erfolgreich ist, dann überschlagen sich die Freunde; aber erst, wenn man einen Mißerfolg hat, – dann freuen sie sich wirklich. *Henry S. Truman*

Freunde mit dem Mund,
einer auf ein Pfund!
Freunde in der Not,
tausend auf ein Lot! *Deutsches Sprichwort*

Jeremias hatte seinen traurigen Tag: »Zehn Freunde besaß ich einst«, klagte er, »jetzt stehe ich ganz al-lein.« »Sind denn Ihre Freunde alle gestorben?« »Nein, aber reich geworden.« *Jo Hans Rösler*

Die Grenze der Freundschaft bei Frauen liegt bei der Schneiderin. *Karl Peltzer*

Ein kluger Mensch hat mehr von seinen Feinden als ein Narr von seinen Freunden. *Baltasar Gracián*

Es gibt drei treue Freunde, – eine alte Ehefrau, einen alten Hund und flüssiges Geld! *Benjamin Franklin*

Wenn du einen Freund brauchst, kaufe einen Hund. *Amerikanisches Sprichwort*

Ältere Bekanntschaften und Freundschaften haben vor neuen hauptsächlich voraus, daß man sich schon viel verziehen hat. *Johann Wolfgang von Goethe*

Hände küssen, Hüte rücken,
Kniee beugen, Häupter bücken,
Worte schrauben, Rede schmücken.
Wer meint, daß solche Gaukelei
die wahre, rechte Freundschaft sei,
der kennt nicht Betrügerei!
Friedrich von Logau

Freunde in der Not, geh'n zehn auf ein Lot. Und sollt' die Not noch größer sein, gehn zwanzig auf ein Quintelein. *Schwäbisches Sprichwort*

Er hat nicht viele Feinde, aber seine Freunde können ihn nicht leiden.
Oscar Wilde (über George Bernard Shaw)

Halte dir einen tüchtigen Feind! Er wird dir ein Sporn sein, dich zu tummeln! *Karl Gutzkow*

Ein wahrer Feind verläßt dich nie!
Stanislaw Jerzy Lec

In der Auswahl seiner Feinde kann man nicht vorsichtig genug sein. *Oscar Wilde*

Liebe deinen Nachbarn, aber reiß den Zaun nicht ein.
Sprichwort

Ein Freund weiß alles von dir und mag dich trotzdem! *Elbert Hubbard*

Liebe deine Feinde, – nichts ärgert sie mehr!
Oscar Wilde

Was das für eine Freundschaft ist,
wenn eine Sau die and're küßt.
Französisches Sprichwort

Freundschaft zwischen Frauen ist meist nur ein temporärer Waffenstillstand. *Antoine de Rivarol*

Mit Geld kann man sich viele Freunde kaufen, – doch selten ist einer seinen Preis wert. *Josephine Baker*

Nützlich ist uns oft ein Feind:
Er dient, wenn er zu schaden meint.
Magnus Gottfried Lichtwer

Unsere Freunde wissen nicht viel, doch wissen sie immer, was sie an unserer Stelle täten.
Folco Masucci

Gott schütze mich vor meinen Freunden, – vor den Feinden schütze ich mich selber.
François Marie Voltaire

Lieber eine Feindschaft aus gutem Holz als eine geleimte Freundschaft. *Friedrich Nietzsche*

Freundschaft – ein Schiff, groß genug, um bei gutem Wetter zwei Menschen, bei schlechtem aber nur einen zu tragen. *Ambrose Bierce*

Treuer Freund, ein seltsam Gast,
den Melonen gleich zu schätzen;
fünfzig Körner muß du setzen,
eh du einen guten hast. *Sprichwort*

Die Hausfreunde heißen meist mit Recht so, indem sie mehr die Freunde des Hauses als des Herrn, also den Katzen ähnlicher als den Hunden sind.
Arthur Schopenhauer

Neuer Freund, neuer Wein: Nur alt trinkst du ihn gern.
Jesus Sirach 9,10

Wir machen uns Freunde, wir machen uns Feinde. Aber Gott macht uns den Nachbarn nebenan.
Gilbert Keith Chesterton

Menschliches, Allzumenschliches

Es geht ungerecht zu in dieser Welt. Ein Schurke darf sich jede Anständigkeit herausnehmen, ein anständiger Mensch aber nicht die kleinste Schurkerei.
Mark Twain

Lobpreis des Analphabetentums: Zu einem Jahr Gefängnis wegen Diebstahls wurde ein Mann in Brasilien verurteilt, der weder lesen noch schreiben konnte. Im Gefängnis lernte er beides und wurde zwei Monate nach seiner Entlassung neuerdings eingeliefert, diesmal wegen Urkundenfälschung.
Unbekannt

Denn er hielt viel auf Kreuz und Qual,
genug, – er war ein Original!
Und aus Originalität,
er andern Narren gleichen tät.
Johann Wolfgang von Goethe

Die Teilnahme vieler Menschen dokumentiert sich darin, daß jeder seinen Teil nimmt. *Fliegende Blätter*

»Sonst warst du so weit vom Prahlen entfernt,
wo hast du das Prahlen so grausam gelernt?«
Im Orient lernt ich das Prahlen.
Doch seit ich zurück bin, im westlichen Land,
zu meiner Beruhigung find ich und fand
zu Hunderten Orientalen.
Johann Wolfgang von Goethe

Die Menschen haben, wie es scheint, die Sprache nicht empfangen, um die Gedanken zu verbergen, sondern um zu verbergen, daß sie keine Gedanken haben. *Sören Kierkegaard*

Nach manchem Gespräch mit einem Menschen hat man das Verlangen, einen Hund zu streicheln, einem Affen zuzunicken und vor einem Elefanten den Hut zu ziehen. *Maxim Gorki*

Alle Menschen haben die Anlage, schöpferisch zu sein. Nur merken es die meisten nie!
Truman Capote

Auch der tapferste Mann, den es gibt,
schaut mal unters Bett.
Auch die nobelste Frau, die man liebt
muß mal aufs Klosett.
—
Wer anläßlich dieser Erklärung
behauptet, das sei Infamie,
der verwechselt Heldenverehrung
mit Mangel an Phantasie. *Erich Kästner*

So mancher meint ein gutes Herz zu haben und hat nur schwache Nerven.
Marie von Ebner-Eschenbach

Ich kann allem widerstehen, nur der Versuchung nicht. *Oscar Wilde*

Manche Menschen drücken nur deshalb ein Auge zu, damit sie besser zielen können. *Billy Wilder*

Leute, die auf Rosen gebettet sind, verraten sich dadurch, daß sie immerzu über die Dornen jammern.
Françoise Sagan

Der Irre ist hauptsächlich von der Zwangsvorstellung besessen, er sei keiner. *Adolf Nowaczynski*

Es gibt Leute, die nur aus dem Grunde in jeder Suppe ein Haar finden, weil sie, wenn sie davor sitzen, so lange den Kopf schütteln, bis eins hineinfällt.
Christian Friedrich Hebbel

Viele Menschen sind zu gut erzogen, um mit vollem Mund zu sprechen, aber sie haben keine Bedenken, dies mit leerem Kopf zu tun. *Orson Welles*

Der Geist ist willig, aber das Fleisch ist zu stark.
Graffito

Drei Dinge kann ich mir nicht merken: das eine sind Namen, das andere sind Zahlen, und das dritte hab' ich vergessen. *Curt Goetz*

Ich versehe mich mit Luxus, – auf alles Notwendige kann ich verzichten. *Oscar Wilde*

Durch meine Arbeit will ich nicht unsterblich werden, doch gerne dadurch, daß ich nicht sterbe.
Woody Allen

Die Letzten werden kassiert. *Graffito*

Ich habe in meinem Leben sehr viel gehalten, – aber nicht den Mund! *Werner Finck*

Nichts gibt ein größeres Vergnügen, als den Betrüger zu betrügen. *Karl Wilhelm Ramler*

Wer nicht arbeitet, währt am längsten. *Graffito*

Erziehung ist die Fähigkeit zu verbergen, wie viel man von sich selbst und wie wenig man von anderen hält.
Robert Lembke

»Auch so ist es gut«, sagte der junge Mann, der nach seinem Hunde warf und seine Stiefmutter traf.
Plutarch

Ich möchte manchmal Kannibale sein, nicht, um den oder jenen aufzuessen, sondern nur, um ihn auszukotzen! *Johann Nepomuk Nestroy*

Der Mensch hat, neben dem Trieb der Fortpflanzung und dem zu essen und zu trinken, zwei Leidenschaften: Krach zu machen und nicht zuzuhören.
Kurt Tucholsky

Wenn einer, der mit Mühe kaum
gekrochen ist auf einen Baum,
schon meint, daß er ein Vogel wär,
so irrt sich der. *Wilhelm Busch*

»Sage mir, mit wem du umgehst, und ich sage dir, wer du bist«, will gar nichts besagen, denn Judas verkehrte mit Christus und dieser mit ihm.
Millôr Fernandes

Wenn ein großer Mann eine Rede gehalten und darin bewiesen hat, daß Jan Hagel ein Mensch sei, so spannt er Jan Hagel sich anstatt der Pferde vor den Wagen und beweist dadurch das Gegenteil.
Christian Friedrich Hebbel

Gedankensplitter sind oft Splitter von dem Brett, das der Verfasser vor dem Kopf hat. *Oscar Blumenthal*

Wie glücklich würde mancher sein, wenn er sich um anderer Leute Sachen so wenig bekümmerte als um seine eigenen. *Georg Christoph Lichtenberg*

Man vergißt vielleicht, wo man die Friedenspfeife vergraben hat, doch niemals, wo das Beil liegt.
Mark Twain

Lieber zu spät als noch später. *Graffito*

Irrtümer haben ihren Wert,
jedoch nur hie und da.
Nicht jeder, der nach Indien fährt,
entdeckt Amerika. *Erich Kästner*

Wer Geist hat, hat sicher auch das rechte Wort, aber wer Worte hat, hat darum noch nicht notwendig Geist. *Konfuzius*

Leute, die einen Namen haben, müssen gefaßt sein auf Zuschriften, die keinen haben. *Peter Rosegger*

Wie klein ist das, was einer ist,
wenn man's an seinem Dünkel mißt. *Wilhelm Busch*

Drei können ein Geheimnis bewahren, wenn zwei von ihnen tot sind. *Benjamin Franklin*

Kein böser Mensch gibt einen Rat,
wenn er nicht Vorteil davon hat.
Jüdisches Sprichwort

Manche Menschen haben mehr Niveau, als sie sich finanziell leisten können. *Werner Mitsch*

Die Menschen vergessen rascher den Tod ihres Vaters als den Verlust ihres väterlichen Erbes.
Niccoló Machiavelli

Oft gehen zwei Idioten eine Vernunftehe ein.
Wieslaw Brudzinski

Wer früh aufsteht, ist den ganzen Tag müde.
Graffito

Erklärt einer, er spreche aus Erfahrung, dann wohl, weil er noch nicht erfahren genug ist, um das Maul zu halten. *Millôr Fernandes*

Kein Mensch ist so wichtig, wie er sich nimmt.
Immanuel Kant

Manchmal kommt man bei einem Gespräch so in Fahrt, daß man die Mundhaltestellen übersieht.
Rudolf Wegmann

Wenn wir alle unser Unglück auf einen gemeinsamen Haufen legten und dann jeder davon einen gleich großen Teil wieder an sich nehmen müßte, so würden die meisten Menschen zufrieden ihr eigenes Unglück zurücknehmen und davongehen. *Sokrates*

Gelächter ist die kürzeste Entfernung zwischen zwei Menschen. *Victor Borge*

Ich kenne den Herrn nicht, aber woher ich ihn nicht kenne, kann ich mich nicht mehr erinnern.
Fliegende Blätter

Ein Mensch sagt, – und ist stolz darauf,
er geh' in seinen Pflichten auf.
Bald aber, nicht mehr ganz so munter,
geht er in seinen Pflichten unter. *Eugen Roth*

Wer sich einbildet, er bilde sich nichts ein, der bildet sich was ein. *Unbekannt*

Früher standen sich die Menschen näher. Es blieb ihnen nichts anderes übrig. Die Schußwaffen trugen nicht weit. *Stanislaw Jerzy Lec*

Das Fräulein stand am Meere
und seufzte lang und bang.
Es rührte sie so sehre
der Sonnenuntergang. *Heinrich Heine*

Haben Sie keine Angst vor der Perfektion: Sie werden sie nie erlangen! *Salvador Dalí*

Eine mündliche Vereinbarung ist nicht das Papier wert, auf dem sie geschrieben steht.
Samuel Goldwyn

Wonach du sehnlich ausgeschaut,
es wurde dir beschieden.
Du triumphierst und jubelst laut:
Jetzt hab ich endlich Frieden!
Ach, Freundchen, rede nicht so wild,
bezähme deine Zunge.
Ein jeder Wunsch, wenn er erfüllt,
kriegt augenblicklich Junge. *Wilhelm Busch*

Wer ohne Grund traurig ist, hat Grund, traurig zu sein. *Françoise Sagan*

Der Kopf ist jener Teil unseres Körpers, der uns am häufigsten im Wege steht. *Gabriel Laub*

Versuchungen sollte man nachgeben, wer weiß, ob sie wiederkommen. *Oscar Wilde*

Wenn ein paar Menschen so recht miteinander zufrieden sind, so kann man meistens versichert sein, daß sie sich irren.
Johann Wolfgang von Goethe

Der Mensch ist ein Wirbeltier und hat eine unsterbliche Seele sowie auch ein Vaterland, damit er nicht übermütig wird. *Kurt Tucholsky*

Wenn der Mensch in Massen auftritt, gibt Gott klein bei. *Romain Rolland*

Es ist schwierig, jemanden wach zu machen, der nicht schläft. *Unbekannt*

Das Herz redet uns gewaltig gern nach dem Maule.
Gotthold Ephraim Lessing

Man erkennt den Irrtum daran, daß alle Welt ihn teilt. *Jean Giraudoux*

Gott gab dem Menschen zwei Ohren und einen Mund, damit er mehr hören und weniger reden soll.
Jüdisches Sprichwort

Alle menschlichen Organe werden irgendwann einmal müde, nur die Zunge nicht.
Konrad Adenauer

Wenn ein stupider Idiot irgendwas tut, für das er sich schämen müßte, so behauptet er allewege, er tue nur seine Pflicht. *George Bernard Shaw*

Die unbequemste Art der Fortbewegung ist das Insichgehen. *Karl Rahner*

Et jibt sonne, und et jibt solche, denn jibt's noch andre, – und det sind die schlimmsten!
Berliner Weisheit

Auch der Klatsch hat edle Ahnen,
Juden, Götter, ja Germanen! *Hermann Mostar*

Selbstgespräche haben den Vorteil, daß man immer zu Wort kommt. *Oliver Goldsmith*

Es gibt Menschen, die die Nase nur deshalb so hoch tragen, weil ihnen das Wasser bis dorthin steht.
Horst Wolfram Geissler

Der Knecht singt gern ein Freiheitslied, des Abends in der Schenke. *Heinrich Heine*

Der Mensch ist gut, aber die Leut' san a G'sindel!
Johann Nepomuk Nestroy

Mir ist unter den Menschen fast immer wie dem Jesus von Nazareth war, als er die Jünger aufrief, die immer alle schliefen. *Arthur Schopenhauer*

Klatsch ist die feste Verbindung zwischen zwei losen Zungen. *Willy Reichert*

Intellektuelle treffen keine Fehlentscheidung, ohne sie gründlich erwogen zu haben. *Unbekannt*

Frechheit ist das Talent der Unfähigen.
Fliegende Blätter

Die sogenannten Menschen sind fast durchgängig nichts anderes als Wassersuppen mit etwas Arsenic.
Arthur Schopenhauer

Die schwache Seite des Kopfes wird Herz genannt.
Fliegende Blätter

Unter den Menschen gibt es viel mehr Kopien als Originale. *Pablo Picasso*

Es gibt Besserwisser, die niemals begreifen, daß man recht haben und doch ein Idiot sein kann.
Martin Kessel

Es gibt nur zwei Arten von Menschen: Gerechte, die sich für Sünder halten, – und Sünder, die sich für Gerechte halten. *Blaise Pascal*

Wer nicht mit sich zufrieden ist, hat meistens recht!
Coco Chanel

Die Hölle, – das sind die anderen! *Jean-Paul Sartre*

Gemäß der Genesis ist es nicht gut, daß der Mensch allein sei. Bisweilen ist aber gerade dies ein Hochgenuß! *John Barrymore*

Sage mir, wo es dich juckt, wenn du wünschst, daß ich dich kratze. *Vietnamesisches Sprichwort*

Alle Menschen sind Brüder, – also Vorsicht!
Werner Mitsch

Es sitzen Möpse gern auf Mauerecken,
die sich ins Straßenbild hinaus erstrecken,
um von sontanen vorteilhaften Posten,
die bunte Welt gemächlich auszukosten.
O Mensch, lieg vor dir selber auf der Lauer,
sonst bist du auch ein Mops nur auf der Mauer.
Christian Morgenstern

Wenn du willst, daß jemand das Maul hält, so halt's ihm zu! *Lucius Annaeus Seneca*

Wenn man geruchsempfindlich ist, soll man die Nase nicht in fremde Dinge stecken. *Unbekannt*

Machen Sie sich erst einmal unbeliebt, dann werden Sie auch ernst genommen. *Konrad Adenauer*

Ratschläge

Aus nichts wird nichts, das merke wohl,
wenn aus dir was werden soll. *Matthias Claudius*

Macht's, wie Herr Assmus tat,
der wußte, was er sollte.
Er fragte jedermann um Rat
und tat doch, was er wollte. *Heinrich Seidel*

Gibt dir jemand einen sogenannten guten Rat, so tue gerade das Gegenteil. Dann kannst du sicher sein, daß es in neun von zehn Fällen das Richtige ist.
Anselm Feuerbach

Da du nicht leben kannst, wie du gerne willst,
so lebe eben, wie du kannst. *Unbekannt*

Wenn du nichts zu sagen hast, so sage auch nichts!
Unbekannt

Und kratzen mag sich, wen es juckt! *Dante Alighieri*

Bei dem Schwanze fang nicht an,
wer des Dinges Kopf will fassen.
Wer nach oben will als Mann,
muß das Kriechen unten lassen. *Ernst Moritz Arndt*

Drum lebe mäßig, denke klug,
wer nichts gebraucht, der hat genug.
Wilhelm Busch

Du sollst dem Ochsen, der da drischet, nicht das Maul verbinden! *5. Moses 25,4*

Sei reizend zu deinen Feinden, – nichts ärgert sie mehr! *Carl Orff*

Wer einen großen Skandal verheimlichen will, der inszeniere am besten einen kleinen.
Friedrich Dürrenmatt

Bevor man das Leben über sich ergehen läßt, sollte man sich narkotisieren lassen. *Karl Kraus*

Meide deine Nachbarn, wenn du mit ihnen in Frieden leben willst. *Jean Baptiste Alphonse Karr*

Liebe deinen Nachbarn, – doch lasse den Zaun stehen! *George Herbert*

Wichtigste Poker-Regel: Eine Smith & Wesson liquidiert vier Asse. *Alfonso Capone*

Es ist empfehlenswert, ab und zu mal ein Auge zuzudrücken, aber niemals zwei! *Unbekannt*

Willst du, daß andere dein Geheimnis bewahren, – behalt's bei dir! *Lucius Annaeus Seneca*

Um sich frei zu fühlen, gibt es ein einfaches Mittel: Zieh' nicht an der Leine! *Hans Krailsheimer*

Wähle stets das kleinere Übel, hebe dir das größere auf für den Notfall. *Wieslaw Brudzinski*

Beschuldige nicht den Spiegel, wenn du eine miese Visage hast! *Nikolai Wassiljewitsch Gogol*

Bitte nie! Laß dies Gewimmer!
Nimm, ich bitte dich, nimm immer!
Friedrich Nietzsche

Ehe man den Kopf schüttelt, vergewissere man sich, ob man einen hat. *Truman Capote*

Eine Gelegenheit, den Mund zu halten, sollte man nie lassen. *Curt Goetz*

Mach es wie die Sonnenuhr, zähl die heiteren Stunden nur. *Unbekannt*

Man muß die Leute an ihren Einfluß glauben lassen, – Hauptsache ist, daß sie keinen haben.
Ludwig Thoma

Geben Sie mir bitte keine guten Ratschläge: irren kann ich ganz alleine. *Dino Segre Pitigrilli*

Sprich nie schlecht über dich selbst; deine Freunde werden's schon schaffen!
Charles Maurice de Talleyrand

Beeile dich, – aber schön langsam!
Gaius Tranquillos Suetonius

Wenn sich schon nicht Ihre Träume verwirklichen lassen, so verhindern Sie wenigstens die Realisierung Ihrer Alpträume. *Millôr Fernandes*

Alle wissen guten Rat,
nur der nicht,
der ihn nötig hat. *Inschrift im Berliner Ratskeller*

Den Rat will ich dir geben,
er ist zu allem nütz:
Je ernster ist das Leben,
je mehr braucht man an Witz! *Unbekannt*

Die Mäßigkeit ist gut und fein,
nur darf sie nicht unmäßig sein. *Unbekannt*

Merke, daß du bei der Lust
nicht allzusicher jauchzen mußt,
du möchtest deinen Feind erwecken!
Magnus Gottfried Lichtwer

Wer immer höher und weiter langt,
gebe acht, daß nicht die Leiter wankt.
Benno Papentrigk

Sollte mal ein Floh am Po dich kneifen,
hüte dich, mit beiden Händen schnell danach zu greifen. *Joachim Ringelnatz*

Wenn dich einer einlädt, nimm's an; entweder gönnt er dir's, dann freut er sich, oder er gönnt's dir nicht, dann geschieht's ihm recht. *Philipp Rosenthal*

Wenn Sie einen Elephanten am Hinterteil festhalten und er will weiterstapfen, so ist das Beste: Sie lassen ihn laufen! *Abraham Lincoln*

Hüte dich vor lachenden Wirten und weinenden Pfaffen! *Johann Agricola*

Dein Ja sei lang bedacht, doch heilig,
Dein Nein sprich mild, doch nicht zu eilig.
So wird das Ja den Freund erfreuen,
das Nein dich selber niemals reuen.
Anastasius Grün

Wer da rotzig ist, mag sich schneuzen.
Jean Baptiste Molière

Sei nicht der erste, Neuem nachzujagen,
noch auch der letzte, Altem zu entsagen.
Alexander Pope

Tun Sie gelegentlich etwas, womit Sie wenig oder gar nichts verdienen. Es zahlt sich aus.
Oliver Hassencamp

Wenn du schon kein Kavalier bist, – sieh wenigstens so aus! *J.M. Machado de Assis*

Fahre nicht aus der Haut, wenn du kein Rückgrat hast. *Stanislaw Jerzy Lec*

Lieber schweigen, als eine dämliche Antwort geben!
Charles Caleb Colton

Komme lieber zu spät, als nie, noch lieber: Komme nie zu spät! *C.H. Spurgeon*

Paß auf mit den Dingen, die du gern hättest: Du könntest sie bekommen! *Unbekannt*

Sag nicht alles, was du weißt,
tu nicht alles, was du kannst,
glaub nicht alles, was du hörst,
verbrauch' nicht alles, was du hast.
Denn:
Wer alles sagt, was er weiß,
und alles tut, was er kann,
und alles glaubt, was er hört,
und alles verbraucht, das er hat,
der:
sagt, was er nicht sagen sollte,
und tut, was er nicht tun sollte,
und glaubt, was er nicht begreift,
und verbraucht, was er nicht verbrauchen darf.
Arabischer Rat

Was man ernst meint, sage man am besten im Spaß.
Wilhelm Busch

Von zwei Übeln wähle keines! *C.H. Spurgeon*

Bemüh' dich nur und sei hübsch froh,
der Ärger kommt schon sowieso! *Wilhelm Busch*

Kalte Umschläge sind besser als warme Ratschläge.
Peter Rosegger

Im Auslegen seid frisch und munter!
Legt ihr's nicht aus, so legt was unter.
Johann Wolfgang von Goethe

Gute Ratschläge soll man weitergeben, – das ist das einzige, was man damit anfangen kann.
Oscar Wilde

Behalte dein Talent im Dunkeln und du wirst nie beschimpft. *Elsa Maxwell*

Soll dich kein Ungemach ereilen,
so mußt du mit den Wölfen heulen;
doch willst du völlig sicher schlafen,
so blöke mit den frommen Schafen!
Alois Wohlmuth

Besser, man lebt vor sich hin als hinter sich her.
Michael Richter

Genieße, was dir Gott beschieden,
entbehre gern, was du nicht hast.
Ein jeder Stand hat seinen Frieden,
ein jeder Stand auch seine Last.
Christian Fürchtegott Gellert

Greif nicht leicht in ein Wespennest;
doch wenn du greifst, so stehe fest!
Matthias Claudius

Man muß denken wie die wenigsten und reden wie die meisten. *Baltasar Gracián*

Zuweilen muß man den Ast absägen, auf dem man sitzt, um festen Boden unter die Füße zu bekommen.
Michael Rumpf

Suchet *nicht*, so werdet ihr finden.
Friedrich Theodor von Vischer

Sei huldig, wenn du einen Gast hast,
geduldig, wenn du eine Last hast,
sei rastig nie, auch wo du Rast hast,
und hastig nie auch, wo du Hast hast;
denn seine Ruhe liebt, wer Hast haßt.
Friedrich Rückert

Willst du kommen in die Mode,
mach dich geltend, sei nicht faul,
denn öffnest du nicht selbst das Maul,
die andern schweigen dich zu Tode!
Heinrich Leuthold

Versuch's und übertreib's einmal,
gleich ist die Welt von dir entzückt.
Das Grenzenlose heißt genial,
wär's auch nur grenzenlos verrückt! *Paul von Heyse*

Wer einen guten Tag will, gehe zum Barbier, wer eine gute Woche will, schlachte ein Schwein, wer einen guten Monat will, gehe ins Bad, wer ein gutes Jahr will, nehme ein Weib, wer sich immer gut befinden will, werde ein Pfaff! *Italienisches Sprichwort*

Hab Sonne im Herzen
und Zwiebel im Bauch,
dann kannst du gut scherzen
und Luft hast du auch! *Caesar Flaischlen*

Brunze nicht gegen den Wind!
Deutsches Sprichwort

Mitunter muß man fünfe auch ungrad sein lassen!
Herbert Eisenreich

Mache das Beste aus dir, denn das ist alles, was du hast! *Ralph Waldo Emerson*

Willst du etwas nicht mehr haben , – leih es aus an einen Freund. *Titus Maccius Plautus*

Die Berge, die du nicht versetzen kannst, mußt du ersteigen. Da hilft dir niemand!
Rudolf Alexander Schröder

Trau keinem Filou, –
und hätt er auch beide Augen zu! *Wilhelm Busch*

Kommen Grillen, die dich plagen, wiege sie mit Liedern ein. *Emanuel Geibel*

Zähl deines Lebens trübe Stunden
erst nach, wenn du sie überwunden.
Jüdisches Sprichwort

Angle! Das ist die einzige Philosophie, von der man satt wird. *Peter Bamm*

Frag deinen Feind um Rat – und tu das Gegenteil!
Jüdisches Sprichwort

Jedes Menschen Wunsch erfülle, dann gefällst du ihm sogleich; denn es »ist des Menschen Wille einmal nun sein Himmelreich«.
Karl Friedrich Wilhelm Wander

Am Abend schimpfe nicht mit deiner Frau, sonst mußt du alleine schlafen.
Chinesisches Sprichwort

Willst du nicht unterjocht werden, so unterjoche beizeiten den Nachbarn.
Arthur Schopenhauer

Ziehe nicht länger die Konsequenz, sonst reißt sie!
Elazar Benyoëtz

Man soll die Dinge nicht so tragisch nehmen, wie sie sind. *Karl Valentin*

Eine Frau holt gerne den Rat ihres Mannes ein, schon deshalb, um ihn nicht zu befolgen.
Arthur Schnitzler

Eine aussichtslose Maxime: »Lerne bellen, ohne zu beißen!« *Carl August Emge*

Wenn Fritzchen was daneben gaht,
so sagt man ihm: »Kommt Zeit, kommt Rat.«
Doch Zeit kam nie, – und Rat zu spat:
Was nützt das prächtigste Zitat? *Unbekannt*

Einem trauen ist genug:
Keinem trauen ist nicht klug;
doch ist's besser keinem trauen,
als auf gar zu viele bauen. *Friedrich von Logau*

Schicksal

Ceterum censeo

Warum soll der Tisch nicht rücken?
Der Klügere gibt nach!
Alexander Frh. von Humboldt

Denn alles Glückes Gipfel ist
das Nicht-sein, spricht der Nihilist. *Karl von Gerok*

Meine Vorstellung vom Glück: ein gutes Bankkonto, eine gute Köchin, eine gute Verdauung.
Jean-Jacques Rousseau

Wenn man Menschen immer wieder einbläut, sie seien Schweine, dann beginnen sie mit der Zeit zu grunzen. *Karl Frh. vom und zum Stein*

Es ist im Nein-Sagen eine ungeheure Kraft, und manchmal scheint mir, sie ist so groß, daß man von ihr allein leben könnte. *Kurt Marti*

Gott hat den ersten Menschen aus dem Staube gemacht. Hätte er die Folgen vorausgesehen, dann hätte er sich selbst aus dem Staube gemacht.
Friedrich der Große

Ich liebe die Tapferen, aber es ist nicht genug, Haudegen zu sein. Man muß auch wissen: Hau-schauwen! *Friedrich Nietzsche*

Wer den Himmel auf Erden sucht, hat im Erdkundeunterricht geschlafen. *Stanislaw Jerzy Lec*

Manchmal ist das Verlernen nützlicher als das Lernen.
Hildegard Knef

Der Bau von Luftschlössern kostet nichts. Aber ihre Zerstörung ist sehr teuer. *François Mauriac*

Die einen werden durch großes Lob schamhaft, die anderen frech. *Friedrich Nietzsche*

Es ist schon über so viele Dinge Gras gewachsen, daß man bald keiner Wiese mehr trauen kann.
Klaus von Welser

Ja, treuer Freund, du hast sehr recht:
Die Welt ist ganz erbärmlich schlecht,
ein jeder Mensch ein Bösewicht.
Nur du und ich natürlich nicht! *Paul Baehr*

Der echte Schmutz-Rekel nützt wie das fettsammelnde Schwein nur nach dem Tode. *Karl Julius Weber*

Ich kenne wenig Weltverbesserer, die imstande sind, einen Nagel richtig einzuschlagen. *Henrik Ibsen*

Jedes Ding läßt sich von drei Seiten betrachten, von einer wissenschaftlichen, einer juristischen und einer vernünftigen. *August Bier*

Wenn ich so viel Geld hätte und so viel Macht, daß ich alles auf der Welt ändern könnte, – dann ließe ich alles so, wie es ist. *Kurt Tucholsky*

Gerechtigkeit ist nur in der Hölle; im Himmel ist Gnade, und auf Erden ist das Kreuz.
Gertrud von Le Fort

Die Guillotine ist eine Maschine, die den Kopf im Handumdrehen entfernt und die das Opfer nichts anderes spüren läßt als ein Gefühl erfrischender Kühle.
Ignaz Guillotin

Das Leben ist ein Examen. Im ersten Drittel bereiten wir uns vor, im zweiten Drittel werden wir geprüft, im dritten warten wir auf die Note. Sie wird meist erst bekannt, wenn wir tot sind. *Fliegende Blätter*

Wenn man erst einmal einen Namen hat, ist es ganz egal, wie man heißt. *Werner Mitsch*

Nur wer gesunden Menschenverstand hat, wird verrückt. *Stanislaw Jerzy Lec*

Kleine Leute befürchten immer das Schlimmste. Die Intellektuellen darunter befürchten zudem, daß es nicht eintritt. *Johannes Gross*

Eine gute Idee erkennt man daran, daß sie geklaut wird. *Gerhard Uhlenbruck*

Ein Bettler, der in Not gerät, ist ein Dilettant.
Friedrich Dürrenmatt

Um eine gut improvisierte Rede halten zu können, braucht man mindestens drei Wochen. *Mark Twain*

Der Anspruch auf einen Platz an der Sonne ist bekannt. Weniger bekannt ist, daß sie untergeht, sobald er errungen ist. *Karl Kraus*

Und wohin ich auch steige, überallhin folgt mir mein Hund, – der heißt »Ich«. *Friedrich Nietzsche*

Alles ist erträglich, wenn's anderen zustößt.
Will Rogers

Bis auf den heutigen Tag habe ich nur zwei Synonyme gefunden: »niemals« und »immer«.
Mario Quintana

Ein bißchen Ernsthaftigkeit ist eine Gefahr, doch großer Ernst ist absolut fatal. *Oscar Wilde*

Das Gute, dieser Satz steht fest,
ist stets das Böse, das man läßt. *Wilhelm Busch*

Witze machen ist nicht schwer, – wenn da nicht die Pointe wär! *Berliner Ulk*

Im Jodeln ist der Steiermärker,
im Jüdeln ist der Meier stärker. *Schüttelreim*

Es ist mir ganz wurscht, was über mich geschrieben wird, – Hauptsache, es ist nicht die Wahrheit!
Katharine Hepburn

Still schleicht das Schicksal
herum auf dieser Welt.
Der eine hat den Beutel,
der andre hat das Geld! *Johann Nepomuk Nestroy*

Wer lacht, hat die letzten Nachrichten noch nicht gehört! *Bertolt Brecht*

Wer einen Tag glücklich sein will, der trinke! Wer eine Woche lang glücklich sein will, der schlachte ein Schwein! Wer ein Jahr glücklich sein will, der heirate! Wer immer glücklich sein will, der werde Gärtner! *Chinesisches Sprichwort*

Glück, das ist einfach eine gute Gesundheit und ein schlechtes Gedächtnis. *Ernest Hemingway*

Glück ist der Stuhl, der plötzlich da steht, wenn man sich zwischen zwei andere setzen wollte.
George Bernard Shaw

Wenn dir das Unglück auf dem Nacken sitzt, so beißt dich der Hund auf dem Kamele.
Persisches Sprichwort

Ein armer Schlemihl ist einer, der auf den Rücken fällt und sich dabei die Nase bricht.
Jüdisches Sprichwort

Daß Glück ihm günstig sei,
was hilft's dem Stöffel?
Denn regnet's Brei,
fehlt ihm der Löffel. *Johann Wolfgang von Goethe*

Das Glück ist eine leichte Dirne
und weilt nicht gern am selben Ort.
Sie streicht das Haar dir von der Stirne
und küßt dich rasch und flattert fort.
—
Frau Unglück hat im Gegenteile,
dich liebefest ans Herz gedrückt.
Sie sagt, sie habe keine Eile,
setzt sich zu dir ans Bett und strickt. *Heinrich Heine*

Das Leben gleicht einem Hospital, in dem jeder Kranke von dem Wunsch besessen ist, das Bett zu wechseln. *Charles Baudelaire*

Das Leben kommt auf alle Fälle
aus einer Zelle.
Doch manchmal endet's auch – bei Strolchen
– in einer solchen! *Heinz Erhardt*

Wer stets zu den Sternen aufblickt, wird bald auf der Nase liegen. *Unbekannt*

Mit zwanzig Jahren hat jeder das Gesicht, das Gott ihm gegeben hat, mit vierzig das Gesicht, das ihm das Leben gegeben hat, und mit sechzig das Gesicht, das er verdient. *Albert Schweizer*

Was die Leute gemeiniglich ihr Schicksal nennen, sind meistens nur ihre eigenen dummen Streiche.
Arthur Schopenhauer

Eines Menschen Leben: das heißt vierzig Jahre Haken schlagen. Und wenn es hoch kommt – oft kommt es einem hoch – sind es fünfundvierzig, und wenn es köstlich gewesen ist, dann war nur 15 Jahre Krieg und bloß dreimal Inflation. *Arno Schmidt*

Kein Schachzug des Schicksals setzt mich matt, – matt gesetzt werden kann ja nur der König.
Ferdinand Freiligrath

Anfangs wollt ich fast verzagen, und ich glaubt', ich trüg es nie:
und ich hab es doch getragen – aber fragt mich nur nicht wie. *Heinrich Heine*

Meist in Wagen, die nicht federn,
selten nur auf Gummirädern,
fährt der Mensch durch diese Welt,
bis er in die Grube fällt. *Wilhelm Busch*

Wie die Welt doch wechseln mag: Honig bringt der erste Tag! Doch der zweite, – schwer ich's trag, Zwiebeln, die ich gar nicht mag! *Arabisches Sprichwort*

Es ist wirklich Luxus des Schicksals, daß es Pfeile schleudert; an seinen Fügungen sieht man ohnedem, daß es das Pulver nicht erfunden hat.
Johann Nepomuk Nestroy

Laß nie durch einen Fernspruch
dich aus der Fassung bringen.
Denk immer an den Kernspruch
des Götz von Berlichingen! *Unbekannt*

Lorbeer ist ein gutes Kraut
für die Saucenköche.
Wer's als Bedeckung wünscht,
wisse, daß es steche. *Otto Julius Bierbaum*

Gehe mit der Zeit, – aber komme von Zeit zu Zeit zurück! *Stanislaw Jerzy Lec*

In zweifelhaften Fällen entscheide man sich für das Richtige. *Karl Kraus*

Wenn man im Leben keinen Erfolg hat, braucht man sich deshalb nicht ohne weiteres für einen Idealisten zu halten. *Henry Miller*

Das Leben ist viel zu kurz, um Schach zu spielen.
George G.N. Lord Byron

Gibt Dir das Leben einen Puff,
da weine keine Träne.
Lach Dir 'nen Ast und setz Dir druff
und bammle mit de Beene! *Berliner Volksmund*

Das Neue, schon's,
das Alte, flick's,
sonst kommst zu nix. *Alter Spruch*

Drum lebe mäßig, denke klug,
wer nichts gebraucht, der hat genug!
Wilhelm Busch

Die Vorurteile der Menschen haben kräftigere Wurzeln als die ihrer Prinzipien. *Niccoló Machiavelli*

Nichts an unserer Neuen Zeit scheint mir so neu zu sein wie der Lärm, den sie macht.
Karl Heinrich Waggerl

Die Zeit ist ein großer Lehrmeister, doch leider tötet sie all ihre Kinder. *Hector Berlioz*

Größeres als das Schicksal: die Courage, es zu ertragen! *Emanuel Geibel*

Das menschliche Leben gleicht dem Eisen. Benützt man es, so nützt es sich ab, benützt man es nicht, so verrostet's! *Marcius Porcius Cato*

Das Unglaublichste an Wundern ist, daß sie überhaupt geschehen. *Gilbert Keith Chesterton*

Wie sollte ich mich allein fühlen? Befinde ich mich nicht auf einem Planeten der Milchstraße?
Henry David Thoreau

Tritt frisch auf!
Tu's Maul auf!
Hör bald auf! *Martin Luther*

Ein witziger Einfall wirkt besser als ein hitziger Ausfall. *Fliegende Blätter*

Wenn der Tor seinen Brei nur hat, was kümmert ihn dann Kirch' und Staat? *Freidank*

»Der Zahn der Zeit, der alles zernagt«, ist eine fälschliche Metapher, alldieweil die Zeit, so alt sie schon ist, überhaupt keine Zähne mehr hat.
Heinrich Heine

Man kann auch hinauffallen. Und solche Fälle sind die tiefsten. *Peter Hille*

Ein Haar in der Suppe mißfällt uns sehr,
– selbst wenn es vom Haupt der Geliebten wär.
Wilhelm Busch

Die Vagabunden sind das Salz der Erde!
Friedrich Spielhagen

Der treueste Hund ist der, auf den man kommt!
Unbekannt

Es lastet sehr auf dieser Zeit
der Fluch der Mittelmäßigkeit! *Kurt Tucholsky*

Oft wäscht nicht eine Hand die andere, und beide bleiben schmutzig. *Joseph Unger*

Wird's besser? Wird's schlimmer?
fragt man alljährlich.
Seien wir ehrlich –
Leben ist immer lebensgefährlich! *Erich Kästner*

Es gibt nichts Gutes, außer man tut es!
Erich Kästner

Vieles wird zusehends schlechter, anderes wegsehends nicht besser. *Helmut Qualtinger*

Unkraut ist alles, was nach dem Jäten wieder wächst.
Mark Twain

An seid'nem Faden hing ein Schwert,
sich auf mein Haupt zu laden.
Glaubt ihr, daß mich das Schwert gestört?
Mich störte nur der Faden! *Werner Finck*

Jedem das Seine, – nur mir das Meiste! *Graffito*

Der größte Käse wird aus der Milch der frommen Denkungsart produziert. *Gerhard Uhlenbruck*

Wer sich beurteilt nur nach sich,
gelangt zu falschen Schlüssen.
Du selbst erkennst so wenig dich,
als du dich selbst kannst wissen.
Friedrich von Bodenstedt

Das Schicksal gleicht meist einem blinden Hasen, der Rüben sucht in Wüsten ohn' Oasen.
Millôr Fernandes

Der Weg zur Hölle ist nicht mehr mit guten Vorsätzen gepflastert. Der Teufel hat ihn unter dem Patronat von Coca-Cola in eine spiegelglatte Rennpiste umgewandelt. *Millôr Fernandes*

Noch schwieriger, als daß ein Kamel durchs Nadelöhr geht, ist die Frage, warum es das überhaupt tun soll.
Millôr Fernandes

Eine der hoffnungsvollsten Lebenslagen ist die, wenn es uns so schlecht geht, daß es uns nicht mehr schlechter gehen kann. *Thomas Mann*

Der Traum des Lebens wird auf einem zu harten Bette geträumt. *Jean Paul*

Alles, was lediglich wahrscheinlich ist, ist wahrscheinlich falsch. *René Descartes*

An den Stuhl, wie angebunden, sitzt man, bis der Tag entschwunden. *Peter Cornelius*

Die meisten Quellen sind mit dem Flußlauf nicht einverstanden. *Jean Cocteau*

Man schließt die Augen der Toten behutsam; nicht minder behutsam muß man die Augen der Lebenden öffnen. *Jean Cocteau*

Gut ist man bedient, wenn man sich selbst bedient.
Charles Guillaume Étienne

Vornehme Leut' und kleine Kinder,
in einem stimmen sie überein.
Sie meinen beide mehr oder minder,
die Welt, sie wäre da für sie allein!
Friedrich Halm

Was mir an deinem System am besten gefällt?
Es ist so unverständlich wie die Welt!
Georg Wilhelm Friedrich Hegel

Gedankenarm, – ein traurig Los!
Viel lieber doch: gedankenlos. *Paul von Heyse*

Drei Dinge können alles tragen, was man ihnen aufladet;
eines Weibsbilds Kopf, eines Esels Rücken und eines Mönchs Gewissen.
Johann Geiler von Kaysersberg

Losungen sind das Gegenteil von Lösungen!
Gabriel Laub

Das heutige Leben ist ein Alptraum mit Klimaanlage.
Henry Miller

Interessante Selbstgespräche setzen einen klugen Partner voraus. *Herbert George Wells*

Wir sitzen zwar alle in einem Boot, aber mancher sitzt näher an der Kombüse. *Helmar Nahr*

Lorbeer ist ein bitt'res Blatt;
dem, der's sucht, und dem, der's hat.
Emanuel Geibel

Ein Vergnügen erwarten, ist auch ein Vergnügen!
Gotthold Ephraim Lessing

Leben ist die Kunst, aus falschen Voraussetzungen richtige Schlüsse zu ziehen. *Samuel Butler*

Einen Vorsprung im Leben hat, wer da anpackt, wo andere nur quatschen. *John F. Kennedy*

Ich vergesse nie ein Gesicht, – aber in Ihrem Falle mache ich eine Ausnahme. *Groucho Marx*

Die Augen braucht man zuerst, um zu sehen, und später dann, um sie zuzudrücken. *Helmut Walters*

Nichts ist so gefährlich wie das Allzumodernsein. Man gerät in Gefahr, plötzlich aus der Mode zu kommen.
Oscar Wilde

Ich werde meine Ideale nicht begraben, sondern im Garten einpflanzen. *Erich Kästner*

Adam und Eva hatten viele Vorteile, aber der größte war, daß sie keine Zähne zu bekommen brauchten.
Mark Twain

Eine scharfe Zunge ist das einzige Werkzeug, dessen Schneide durch dauernden Gebrauch schärfer wird.
Washington Irving

Time is money, – das man vergeudet!
Ludwig Marcuse

Das Leben ist kurz, die Kunst ist lang, die Möglichkeiten sind begrenzt. Die Erfahrung ist trügerisch, und die Kritik ist schwer. *Hippokrates*

Nichts ist praktischer als eine gute Theorie!
Immanuel Kant

Der schönste Augenblick am Tag ist doch der, wo man morgens unter der Brause hervorkriecht und das Wasser von einem abtropft. Was dann noch kommt, taugt eigentlich nicht viel.
Kurt Tucholsky

Wir sehen es mit viel Verdruß,
was alles man erleben muß;
und doch ist jeder darauf scharf,
daß er noch viel erleben darf. *Eugen Roth*

Überhaupt ist alles, was man Wohlanständigkeit (decorum) nennt, von derselben Art, nämlich nichts als schöner Schein.
Immanuel Kant

Manches Vergnügen besteht darin, daß man mit Vergnügen darauf verzichtet.
Peter Rosegger

Im »Paradies auf Erden« werden ein Baum der Unkenntnis und ein Baum des Todes stehen. Es wird verboten sein, von beiden nicht zu essen.
Max Rychner

Auch unter Mythen
gibt's viele Nieten. *Stanislaw Jerzy Lec*

Das kleine Wörtchen muß
ist doch von allen Nüssen,
die Menschen knacken müssen,
die allerhärt'ste Nuß. *Ludwig Bechstein*

Man verliert die meiste Zeit damit, daß man Zeit gewinnen will. *John Steinbeck*

Man muß in den Dreck hineingeschlagen haben, um zu wissen, wie weit er spritzt. *Wilhelm Raabe*

Das Beste, was der Mensch im Leben haben kann, ist ein Stück von dem, was er im Tode ganz haben wird – Ruhe! *Wilhelm Raabe*

Die meisten Menschen bewegen sich auf dem goldenen Mittelweg und wundern sich, wenn er verstopft ist. *Helmut Walters*

Herr Lambert sprach, ein Jüngling frisch:
»Gott woll' uns nicht vergessen!
Eß lieber selbst 'nen guten Fisch,
statt daß mich Fische fressen.« *Ludwig Uhland*

Jeder ist sich selbst der Fernste, – daß merkt man, wenn man interviewt wird. *Alfred Polgar*

Ach, die Welt ist nicht gerecht.
Dir geht's gut und mir geht's schlecht.
Wär die Welt etwas gerechter
ging's mir besser und Dir schlechter.
Manfred Rommel

To be or not to be,
that's the question,
but not for me.
Walter Kempowski

Das gute Gewissen ist eine Erfindung des Teufels.
Albert Schweitzer

Du fragst, wie auf den Baum der Apfel sei gekommen. Ein andrer hat indes ihn schweigend abgenommen. *Friedrich Rückert*

Ein Zufall, der Gutes bringt, wird als Vorsehung angesehen, ein Zufall jedoch, der böse ausgeht, ist Schicksal. *Knut Hamsun*

Mich müssen noch viele Schläge treffen, bevor mich der Schlag trifft! *Erich Kästner*

Z bis A: Gibt es nicht! Die Letzten werden nie die Ersten sein! *Ludwig Marcuse*

»So geht's immer, wie ich finde«, rief der Müller voller Zorn. »Hat man Korn, so fehlt's am Winde, hat man Wind, so fehlt das Korn.« *Wilhelm Busch*

Dürfen darf man alles – man muß es nur können.
Kurt Tucholsky

Ich stimme mit der Mathematik nicht überein. Ich meine, daß die Summe von Nullen eine gefährliche Zahl ist. *Stanislaw Jerzy Lec*

»Man lebt nur einmal«, – ich hab an einmal schon zu viel! *Johann Nepomuk Nestroy*

Schweigen ist wie Gold, die Red' ist silbern, manchmal auch von Blech. *Ludwig Thoma*

Viel zu viele Hauptstraßen und bald keine Holzwege mehr. Die Hauptsache ist jetzt der Holzweg.
Felix Renner

Wir reisen alle im gleichen Zug
zur Gegenwart in spe.
Wir sehen hinaus. Wir sahen genug.
Wir sitzen alle im gleichen Zug.
Und viele im falschen Coupé. *Erich Kästner*

Wie man sich bettet, so liegt man, und keiner deckt einen zu. *Gottfried Benn*

Geburt und Tod

Das ist das Verhängnis.
Zwischen Empfängnis und Leichenbegängnis:
Nichts als Bedrängnis! *Erich Kästner*

Manche leben so vorsichtig, daß sie wie neu sterben. *Michael Richter*

Ich hör' schon das Gras wachsen, in das ich beißen werde. *Johann Nepomuk Nestroy*

Jeder wird als König geboren, und die meisten sterben im Exil, wie die meisten Könige. *Oscar Wilde*

Unten wird bald oben sein. *Diogenes*

Die Welt ist derart gefährlich, daß man froh sein muß, mit dem Leben davonzukommen. *W.C. Fields*

Die **Geburt** ist offenbar ein Schwerverbrechen, denn sie wird mit dem Tode bestraft. *François Marie Voltaire*

Das Unschöne geht doch mit der Geburt schon an, – oder ist vielleicht die Geburt etwas Schönes?
– Na gut, schön ist das nicht, – aber es ist halt mal so!
– Ja, das Es ist halt mal so, – ist ja schon nicht schön. Schön wäre nach meiner Ansicht, wenn es nicht so wäre.
– Na, wenn es nicht so wäre, dann wären Sie ja nicht auf der Welt.
– Ja, das wäre doch schön. *Karl Valentin*

Zwischen Geburt und Tod gibt's nur eine Alternative: benutze das Intervall! *George Santayana*

Die Gewißheit des **Todes** wird durch die Ungewißheit seines Eintretens gemildert. *Jean de La Bruyère*

Ach, ich werde mir doch mächtig fehlen, wenn ich einst gestorben bin! *Kurt Tucholsky*

Diese Reise steht uns allen bevor, und jeder wünscht, daß sie möglichst angenehm in einer guten und bequemen Equipage vonstatten gehe. Auf Gummirädern. Dann bespritzt man nur die, die daneben stehen. *Leo Nikolajewitsch Tolstoi*

Beim Lesen von Todesanzeigen wird man belehrt, daß nur engelsgleiche Wesen diese Welt verlassen. *Hans Arndt*

Es gibt keinen würdigen Tod. Es gibt, für die anderen, Tode, die sich vergessen lassen. Unwürdig sind auch sie. *Elias Canetti*

Man stirbt nur einmal und für so lange. *Jean Baptiste Molière*

Das Grab ist noch immer die beste Befestigung wider die Stürme des Schicksals. *Georg Christoph Lichtenberg*

Der Tod geht mich eigentlich nichts an, denn wenn er ist, bin ich nicht mehr, und solange ich bin, ist er nicht. *Epikur*

In der deutschen Sprache ist der Tod trotz allem ein vornehmer Besucher geblieben. Er tritt immer noch ein. *Nikolaus Cybinski*

Erst die Gestorbenen haben einander ganz verloren. *Elias Canetti*

Das Leben ein Traum – bis dereinst im Erwachen die Einsicht dämmert: Ich sterbe, also war ich? *Kurt Marti*

In den USA stirbt man mehr an Darmverschlingung als an Hunger. *John Kenneth Galbraith*

Ich habe keine Angst vorm Sterben, ich möchte nur nicht dabei sein, wenn's passiert. *Woody Allen*

Die Unsterblichkeit wäre eine schöne Sache, aber erleben müßte man sie können. *Unbekannt*

Es ist besser, zwei Jahre zu früh als ein Jahr zu spät zu sterben. *Chinesische Spruchweisheit*

Nicht alle, die wohlgeboren, sind wohlgestorben oder im Reich der Toten Hochedelgestorbene.
Georg Christoph Lichtenberg

Wenn man über sechzig ist und morgens aufwacht und es tut nichts weh, dann ist man tot.
Thaddäus Troll

Wenn du im Sarg liegst, so haben sie dich das letzte Mal reingelegt. *Hans-Hermann Kersten*

Angst vor dem Tode? Angst wovor? Entweder es kommt etwas danach, oder es kommt nichts. Wenn nichts kommt, dann ist das in Ordnung. Allerdings, wenn etwas kommt, dann wird das bestimmt sehr unangenehm. *Graham Greene*

Denn hinderlich wie überall,
ist stets der eigne Todesfall. *Wilhelm Busch*

Seltsam: auch die größten Vegetarier beißen nicht gerne ins Gras! *Joachim Ringelnatz*

Hier liegen meine Gebeine, ich wollt es wären deine!
Grabinschrift

Erst wenn der Sarg zugenagelt ist, erweist sich die Haltbarkeit eines Namens. *Japanisches Sprichwort*

»Lernt sterben«, sprach im Hospital
ein Mönch zu einem frommen Greise.
»Was lernen?« rief der graue Weise,
»Man kann es gleich beim ersten Mal!«
Konrad Pfeffel

Auf dem Weg zum Friedhof begegnen sich zwei alte Freunde. »Adieu« sagt der Lebende zum Toten, »bis bald« der Tote zum Lebenden. *Unbekannt*

Die erste Vorbedingung für die Unsterblichkeit ist das Sterben. *Stanislaw Jerzy Lec*

Leute, die über den Tod schreiben, als wäre er längst vorüber. *Elias Canetti*

Die Vorstellung, daß einem das Leben geschenkt worden sei, erscheint mir ungeheuerlich. *Elias Canetti*

Als du noch warst, wollt man nichts geben. Kaum warst du tot, ließ man dich leben! So ist's – den höchsten Ruhm erworben hat man erst dann, ist man gestorben. *Heinz Erhardt*

Der Tod ist nichts Schlimmes, – nur das Sterben, das ist bitter! *Henry Fielding*

Wenn man die Inschriften auf dem Friedhof liest, fragt man sich unwillkürlich, wo denn eigentlich die Schurken begraben liegen. *Peter Sellers*

Wenn wir die ersehnte Grabesruhe endlich haben werden, so werden wir nichts mehr von ihr haben.
Marie von Ebner-Eschenbach

Der Tod ist nicht nur das Ende des Lebens, er ist auch das Heilmittel gegen das Leben. Nirgends ist man so gut aufgehoben wie in einem Sarge. *Claude Tillier*

Ein Denker verdiente sein Brot
mit der These, das Leben sei Tod.
Ein andrer lehrt eben,
der Tod wäre Leben.
Auch der lebt nicht gerade in Not. *Ernst Fabian*

Einst werd' ich liegen im Nirgend
bei einem Engel Irgend. *Paul Klee*

Wirklich, er war unentbehrlich,
überall wo was geschah,
zu dem Wohle der Gemeinde,
er war tätig, er war da.
Schützenfeste, Kasinobälle,
Pferderennen, Preisgericht,
Liedertafel, Spritzenprobe,
ohne ihn, da ging es nicht.
Ohne ihn war nichts zu machen,
keine Stunde hatt' er frei.
Gestern, als sie ihn begruben,
war er richtig auch dabei. *Wilhelm Busch*

Die Lehre von der Wiederkehr ist zweifelhaften Sinns.
Es fragt sich sehr, ob man nachher
noch sagen kann: Ich bin's! *Wilhelm Busch*

Unsterblichkeit? Keinen Rappen gebe ich darum!
Wir wollen hübsch sterblich bleiben!
Hermann Hesse

Auf eine Beerdigung gehen? Mir genügt's vollkommen, wenn ich bei meiner eigenen dabei bin.
Manuel Bastos Tigre

Drüben im Walde kängt ein Guruh –
warte nur balde, kängurst auch du.
Joachim Ringelnatz

Warum sich Sorgen machen um das Leben? Keiner überlebt's.
Truman Capote

Man lebt nur einmal, sagen die Weisen.
Man lebt nur einmal, sagen die Toren.
José Ortega y Gasset

Aber der Mensch stirbt und ist dahin. Er verscheidet und wo ist er? *Hiob 14,10*

Es sei gleich morgen oder heut',
sterben müssen alle Leit. *Abraham a Sancta Clara*

Einmal wird jeder auf Schultern getragen, – zum Grabe! *Michael Rumpf*

Das Schlimmste, was dir zustoßen kann, ist sterben und zur Hölle niederfahren. Aber wie Unzählige sind nicht schon gestorben, und so viel verständige Menschen sind in der Hölle! Warum schämst du dich eigentlich, auch dorthin zu kommen?
Niccoló Machiavelli

Kein Wunder, daß der Mensch ungern stirbt, denn so etwas wie die Herrlichkeit der Welt kann man sich nicht noch einmal und wo anders ausdenken, zum Beispiel im Himmel. *Knut Hamsun*

Ob Sterben grausam ist, so bild' ich mir doch ein,
daß Lieblicheres nichts ist, als das Gestorbensein.
Friedrich von Logau

Es ist ein fröhlich Ding um aller Menschen Sterben:
Es freuen sich darauf die gerne reichen Erben,
die Priester freuen sich, das Opfer zu genießen,
die Würmer freuen sich an einem guten Bissen,
die Engel freuen sich, die Seelen heimzuführen,
der Teufel freut sich, im Fall sie ihm gebühren.
Friedrich von Logau

Ehre, Glück und Habe verläßt mich einst im Grabe.
Christian Fürchtegott Gellert

Glaubt, am schönsten wär' noch heut'
das Verbrennen alter Zeit;
Feuer läßt zurücke keine
Totenköpfe und Totenbeine.
Was als Asche kam zur Welt,
flugs in Asche niederfällt. *Justinus Kerner*

Grabinschrift: »Er hatte ein gutes Herz. Aber nur gesundheitlich. Und zuletzt nicht einmal mehr das!«
Hans-Hermann Kersten

Es starb E.T.A. Hoffmann und Napoléon,
es starb der junge Mozart und der alte Blücher,
es starb der Große Kurfürst und Pippin des Kleinen Sohn,
kurzum, man ist sich seines Lebens nicht mehr sicher. *Fred Endrikat*

Ich bin der Meinung, daß alle ab und zu auf den Friedhof gehen sollten. Dann ist der Übergang nicht so abrupt. *Lars Saaby Christensen*

Kinder, junge Leute und Verrückte fürchten den Tod nicht. Es wäre doch eine Schande, wenn uns die Vernunft nicht dasselbe verschaffen könnte.
Lucius Annaeus Seneca

Der erste und der letzte Wille ist immer der beste.
Friedrich von Schlegel

Grabinschriften

Hier liegt begraben unser Organist.
Warum? Weil er gestorben ist!
Er lobte Gott zu allen Stunden,
der Stein ist oben und er liegt unten.
Grabschrift in Mils bei Hall

Hier liegt ein junges Öchselein,
vom Tischler Ochs das Söhnelein.
Der Herr hat es nicht gewollt,
daß ein Ochs es werden sollt.
Grabschrift in Pommern

Hier liegt der Küster Martin Krug,
der Kinder, Weib und Orgel schlug.
Grabschrift in Wiesing

Hier liegt unter allerhand
auch mein Peter Violand.
Er war im Leben welcher,
im bürgerlichen Selcher.
Er lebt' in Furcht und Zucht
und starb an Wassersucht. *Grabschrift in Axams*

In diesem Grab liegt Anich Peter,
die Frau begrub man hier erst später.
Man hat sie neben ihm begraben,
– wird er die ew'ge Ruh nun haben?
Grabschrift in Oberperfuss

Hier liegt mein Weib. In ihrer Ruh' ist ihr so wohl, –
und mir dazu ! *Grabschrift*

Hier ruht meine Frau,
lasset sie ruhen!
Denn das ist's genau:
Auch ich kann nun ruhen! *Grabstein in Irland*

Here lies John Small, and that is all!
Hier liegt Johann, das wär' es dann!
Grabstein in England

Hierunner liegt Hans Kerkering,
der so schep up de Föte ging,
o Herr, mak em de Schinken liek
und help em in dyn Himelryk;
Du nimmst de ja de Lämmer an,
so lat den Bock doch ok mit gan!
Grabmal des Bürgermeisters Kerkering in der Marienkirche zu Lübeck

Hier liegt ein Mann, der es verstanden hat, bessere Leute, als er selbst war, in seinen Dienst zu stellen.
Andrew Carnegie (selbstverfaßte Grabschrift)

Hier ruht Hans Kaspar Grobian,
ein Klotz, wie's einen geben kann!
Läg er nicht ohne Hut im Grab,
er zög ihn selbst vor Gott nicht ab.
Grabinschrift

Er starb ... post Christum natum,
ich weiß nicht mehr das Datum.
Unbekannt

Hier ruhet Gottlieb Merkel,
in sin Jugend was hei 'n Ferkel.
In sin Oeller was hei 'n Swin,
min Gott, wat mag hei nun woll sin?
Grabinschrift in Bad Doberan

Hier ruhet in Frieden Paolo Petan,
nie hat er im Leben was and'res getan!
Grabstein in Sizilien

Gesundheit und Krankheit

»Wie geht's«, sagte ein Blinder zu einem Lahmen. »Wie Sie sehen«, antwortete der Lahme.
Georg Christoph Lichtenberg

Es gibt Leute, die Magengeschwüre haben und solche, die Magengeschwüre verursachen.
Unbekannt

So lange uns unser Arzt etwas verbietet, ist alles in Ordnung; ernst wird die Lage, wenn er uns plötzlich alles erlaubt. *Robert Lembke*

Wenn ein Mensch auf die Welt kommt, ist er fertig gemacht. Später wird er dann fertiggemacht.
Helmut Qualtinger

Gesunde stürzen ohne Halt,
wer kränkelt wird gar 80 alt!
Sein Leiden wird zum festen Stab,
dran schleppt er sich bis an das Grab! *Eugen Roth*

Wen nichts zu rühren sonst vermag,
den rührt vielleicht einmal der Schlag! *Eugen Roth*

Was man bei einer Diät am schnellsten verliert, ist die Geduld. *Unbekannt*

Wer zu gut lebt, lebt nicht gesund,
wer zu gesund lebt, lebt nicht gut.
Gerhard Uhlenbruck

Es ist ganz gesund, einmal ein wenig krank zu sein.
Alexander Roda Roda

Gesundheit ist das, was man hat, wenn man gar nichts hat. *Brasilianisches Sprichwort*

G'sondheit ist zwar net älles, aber ohne G'sondheit ist älles nix. *Sebastian Kneipp*

Ich esse vegetarisch, nehme niemals Alkohol zu mir, trinke jeden Tag als Medizin ein Glas meines eigenen Urins und habe seit 50 Jahren keinen Geschlechtsverkehr mehr gehabt. Die Inder sollten meinem Beispiel folgen. *Moraji Desai*

Ich gurgle mehrmals täglich mit Whisky und habe somit seit Jahren keine Erkältung mehr. *W.C. Fields*

Man kann sich viel leichter krank faulenzen als krank arbeiten. *Peter Rosegger*

Einige Heilmittel sind schlimmer als die Krankheit.
Publilius Syrus

Einen Kranken, der sich für gesund hält, kann man nicht heilen. *Henri Frédéric Amiel*

Das Zahnweh, subjektiv genommen,
ist ohne Zweifel unwillkommen. *Wilhelm Busch*

Ein Strauchen dauert drei Wochen, ein Krampfkatarrh ein Vierteljahr, und die Hühneraugen lebenslänglich, ... und mit'm Gemüt gar, – das ist eine ewige Patzerei! *Johann Nepomuk Nestroy*

Die meisten sterben an ihren Arzneien, nicht an ihren Krankheiten. *Jean Baptiste Molière*

Zwei Dinge trüben sich beim Kranken,
a) der Urin, b) die Gedanken! *Eugen Roth*

Daß es nicht komme erst zum Knaxe,
erfand der Arzt die Prophylaxe.
Doch lieber beugt der Mensch, der Tor,
sich vor der Krankheit, als ihr vor. *Eugen Roth*

Ein Gesunder ohne Geld ist halb krank.
Thomas Fuller

Ein Schnupfen hockt auf der Terasse,
auf daß er sich ein Opfer fasse,
– und stürzt alsbald mit großem Grimm
auf einen Menschen namens Schrimm.
Paul Schrimm erwidert prompt: Pitschü!
und hat ihn drauf bis Montag früh.
Christian Morgenstern

Der moderne Mensch kennt offenbar kein höheres Ziel, als gesund zu sterben. *Peter Sellers*

Je mehr ein Patient gebildet ist, um so mehr Krankheiten bildet er sich ein. Ist er jedoch halb-gebildet, bildet er sich doppelt so viele ein.
Gerhard Uhlenbruck

Willst du dir Hals und Wade bessern,
versuch es mal mit Badewässern.
Tom, der Schüttelreimer

Glück ist gute Gesundheit und ein schlechtes Gedächtnis. *Albert Schweitzer*

Und will sich nicht das Leiden heben,
beginnt für dich ein Heidenleben;
was dir als gut und nahrhaft wichtig,
bezeichnet man als wahrhaft nichtig.
Tom, der Schüttelreimer

Es gibt tausend Krankheiten, aber nur eine Gesundheit. *Ludwig Börne*

Jugend und Alter

Das **Alter** hat auch gesundheitliche Vorteile: Zum Beispiel verschüttet man viel von dem Alkohol, den man trinken möchte. *André Gide*

Im Alter bereut man vor allem die Sünden, die man nicht begangen hat. *William Somerset Maugham*

Im Alter wachsen nur die Nägel und der Geiz. *Amerikanisches Sprichwort*

Alt ist man dann, wenn man an der Vergangenheit mehr Freude hat als an der Zukunft. *John Knittel*

Mancher, der im Alter verkalkt, hält sich für ein Denkmal. *Stanislaw Jerzy Lec*

Welche Freude, wenn es heißt:
Alter, du bist alt an Haaren,
blühend aber ist dein Geist!
Gotthold Ephraim Lessing

Ach, wie bald, ach, wie bald
schwinden Schönheit und Gestalt. *Wilhelm Hauff*

Es gehört zu den vielen Merkwürdigkeiten des Lebens, daß der Mensch um so bissiger wird, je weniger Zähne er hat. *Stefan Heym*

Daß der Verstand erst mit den Jahren kommt, sieht man nicht eher ein, als bis der Verstand und die Jahre da sind. *Jean Paul*

Die Alten – also die Griechen und die Römer – sind die einzigen Alten, die nie alt werden.
Karl Julius Weber

Aus der Annahme, daß man so alt sei, wie man sich fühle, resultiert so manche Muskelzerrung.
Unbekannt

David und Salomon, das waren große Sünder.
Sie hatten schöne Weiber lieb und zeugten viele Kinder.
Da kamen sie ins Alter!
Der eine machte schöne Sprüch, – der andere nur Psalter. *Hausspruch in Neuweiler*

Je älter ich werde, desto mehr zweifle ich an der Maxime, daß Alter weise mache.
Henry Louis Mencken

Das Alter, das man haben möchte, verdirbt das Alter, das man hat. *Paul von Heyse*

Lang leben will jeder, aber alt werden will kein Mensch! *Johann Nepomuk Nestroy*

Wahrhaftig mich wundert's, daß sie unsereinen mit »Guten Abend« grüßen und nicht mit »Guten Lebensabend«, damit man wisse, wo man hält.
Alfred Polgar

Ein alter Knacker ist für mich stets einer, der 15 Jahre älter ist als ich. *Bernard Mannes Baruch*

Keine Grenze verlockt uns mehr zum Schmuggeln als die Altersgrenze. *Robert Musil*

Das Gute an der Senilität ist, daß sie einen hindert, sie zu bemerken. *Alfred Polgar*

Die Alten sind jetzt tugendlich,
Gottlob, die haben's hinter sich! *Wilhelm Busch*

Gewiß, man soll das Alter ehren.
Jedoch: Wollt ihr mich denn belehren,
daß eines alten Esels Melodei
harmonischer als die des jungen sei?
Frei nach Friedrich von Sallet

Indes des Lebens dünner Zwirn verschleißt,
der Erbe lauert und die Gicht uns beißt.
George G.N. Lord Byron

Wenn die Zeit kommt, in der man könnte, ist die vorüber, in der man konnte.
Marie von Ebner-Eschenbach

Wer älter aussehen will, als er ist, suche sich zu verjüngen! *Emmanuel Wertheimer*

Junge Menschen nennt man Spinner, alte Menschen Originale. *Marlon Brando*

Greise glauben alles. Männer bezweifeln alles. Junge wissen alles. *Oscar Wilde*

Jede Generation lächelt über die Väter, lacht über die Großväter und bewundert die Urgroßväter.
William Somerset Maugham

Was für eine lasterhafte Jugend! Statt auf die Alten zu hören, ahmt sie die Alten nach.
Wieslaw Brudzinski

In der Jugend hat man Anti-Thesen im Mund, im Alter nur noch Prothesen.
Gerhard Uhlenbruck

Daß wir wieder werden wie die Kinder, das ist eine unerfüllbare Forderung. Doch können wir zu verhüten suchen, daß die Kinder werden wie wir.
Erich Kästner

Die Tragödie des Alters ist nicht, daß man alt, sondern daß man jung geblieben ist. *Oscar Wilde*

Man ist in den besten Jahren, wenn man die guten hinter sich hat. *André Maurois*

Wie schade, daß so wenig Raum ist zwischen der Zeit, wo man zu jung, und der, wo man zu alt ist!
Charles de Montesquieu

Man sagt »in jungen Jahren« und »in alten Tagen«, weil die Jugend Jahre, das Alter aber nur noch Tage vor sich hat. *Marie von Ebner-Eschenbach*

Alte Kuh gar leicht vergißt,
daß Kalb sie selbst gewesen ist. *Sprichwort*

Das Leben wäre unendlich viel angenehmer, wenn wir mit 80 geboren würden und langsam auf die 18 zustrebten. *Mark Twain*

Wer im zwanzigsten Lebensjahr nicht schön, im dreißigsten nicht stark, im vierzigsten nicht klug und im fünfzigsten nicht reich ist, der darf danach nicht hoffen. *Martin Luther*

Den Jahreswechsel kaum man spürt,
bis er zu Wechseljahren führt. *Eugen Roth*

Immerhin ein Trost: Wer in der Jugend keinen Verstand hat, der kann ihn im Alter nicht verlieren.
Robert Lembke

Was in der Jugend ein Abenteuer war, wird in späteren Jahren nur noch ein teurer Abend.
Carl Raddatz

Man braucht sehr lange, um jung zu werden.
Pablo Picasso

Eine jede will jung sein. Wenn sie schon Haar auf dem Kopf hat wie unseres Nachbauren Schimmel, sie will gleichwohl jung sein. Wenn sie schon eine Stirn wie die Schweizerhosen, sie will gleichwohl jung sein. Wenn sie schon ein Paar Wangen wie ein zerlechzter Feuerkübel, sie will gleichwohl jung sein. Wenn sie schon ein Maul wie eine ausgebrannte Zündpfanne, sie will gleichwohl jung sein. Wenn sie schon Zähn' wie ein gestumpfter Rechen, sie will gleichwohl jung sein. Wenn sie schon eine Nase wie ein alter Brunneneimer, der immerzu im Wasser stehet, sie will gleichwohl jung und schön sein, eine schöne Höllena sein. Dessenthalben andere Haar auf dem Kopf, dessentwegen eine Schnur Perl um den Kopf, dessentwegen auf die Wangen ein neues Poliment, dessentwegen ein Maul falscher Zähn', dessentwegen auf die Lefzen ein rotes Gemäl, dessentwegen im ganzen Gesicht ein angestrichenes Fell. O, du nobilitierter Madensack!
Abraham a Santa Clara

Um seine Jugend zurückzuerhalten, muß man nur seine Torheiten wiederholen. *Oscar Wilde*

Die Jugend ist eine wunderbare Sache, – wie schade, daß sie nur an die Kinder verschwendet wird.
George Bernard Shaw

Die Jugend irrt, wenn sie meint, man stürbe an einem gebrochenen Herzen. Davon lebt man meist noch im hohen Alter. *Maurice Chevalier*

Die Jugend neigt in schlimmen Zeiten
oft stark zu Pubertätlichkeiten. *Eugen Roth*

Niemand ist so alt, daß er nicht glaubte, noch ein weiteres Jahr leben zu können.
Marcus Tullius Cicero

Haarlosen Redner verhöhne nicht,
oft ist sehr gut, was der Greise spricht! *Karl Simrock*

Man wird alt wie eine Kuh
und lernt doch alle Tage zu. *Sprichwort*

Das Mittelmaß ist gut dem Alter wie der Jugend,
nur, Mittelmäßigkeit allein ist keine Tugend!
Friedrich Rückert

Das Greisenalter, das alle zu erreichen wünschen, klagen alle an, wenn sie es erreicht haben.
Marcus Tullius Cicero

Ich habe mir die Zeit vertrieben, aber jetzt vertreibt mich die Zeit. *William Shakespeare*

Unter allen Ruinen ist die menschliche die traurigste!
Théophile Gautier

Menschen sind wie Weine. Nur die besten bleiben im Alter fruchtig und süß, – die meisten aber werden sauer! *Unbekannt*

Das Alter ist eine komische Krankheit. Wir pflegen sie intensiv, um sie zu verlängern. *Unbekannt*

Die Jugend ist ein Irrtum, das Leben ein Kampf und das Alter beklagenswert. *Benjamin Disraeli*

Eine ältere Frau sollte einen Archäologen ehelichen. Je älter sie wird, desto mehr wird er sich für sie interessieren. *Agatha Christie*

Das einzig Gute, was man vom Alter sagen kann: Besser uralt als tot! *Stephen Leacock*

Das Greisenalter ist eine zweite Kindheit minus Lebertran. *Mark Twain*

Willst du alt werden, so werde bald alt! Behalt den Kragen warm, füll' nicht zu sehr den Darm, komm doch der Grethen nicht zu nah; also wirst du langsam graw! *Martin Luther*

Es ist eine wunderbare Gabe der Schöpfung, daß Menschen, die man liebt, nicht altern.
Ernst Penzoldt

Wenn jemand zu einem sagt, man sei nicht mehr der alte, dann meint er in Wirklichkeit, daß man nicht mehr der jüngste ist. *Heinz Rühmann*

Ich hör es gern, wenn auch die Jugend plappert,
das Neue klingt, das Alte klappert.
Johann Wolfgang von Goethe

Eine Alte färbte sich schwarz die Haare: Mütterchen, sprach ich, so grau und alt, künstlich kannst du dir die Haare schwärzen, drum bleibt doch des Rückens Ungestalt! *Saadi*

Das Alter ist ein höflicher Mann:
Einmal übers andre klopft er an,
aber nun sagt niemand: Herein!
Und vor der Tür will er nicht sein.
Da klinkt er auf, tritt ein so schnell,
und nun heißt's – er sei ein grober Gesell.
Johann Wolfgang von Goethe

Ab einem gewissen Alter ist es vorzuziehen, mit der Abendzeitung in den Händen anstatt mit einer Frau im Arm zu entschlummern. *Dino Segre Pitigrilli*

Eine junge Frau ist stolz auf ihre zwanzig Jährchen, schämt sich, wenn sie vierzig wird, bedauert den sechzigsten Geburtstag und wird wieder stolz mit Neunzig! *José Zorrilla y Moral*

Ein alter Geliebter
und ein alter Poet,
auch ein alter Sänger
und ein uraltes Pferd,
– die sind alle nichts wert! *François Marie Voltaire*

Willst du für lange Zeit alt bleiben, so beginne damit so früh wie möglich! *Marcus Tullius Cicero*

Wer achtzig Jahre alt wird, – lebt über seine Verhältnisse! *Millôr Fernandes*

Man wird nicht schöner, wenn man älter wird,
wer andrer Ansicht ist, – der irrt! *Erich Kästner*

Aus jedem pfundigen Lackl
wird einmal ein alter Dackel! *Philipp Rosenthal*

Wenn die Jugend nur wüßte, Alter nur könnte!
Charles Guillaume Étienne

Die Begeisterung ist das tägliche Brot der Jugend. Die Skepsis ist der tägliche Wein des Alters.
Pearl S. Buck

Alter ist kein Argument, Jugend kein Freibrief für Intoleranz. *Carl Friedrich von Weizsäcker*

Laßt mir die jungen Leute nur
und götzt euch an ihren Gaben!
Es will doch Großmama Natur
manchmal 'nen närrischen Einfall haben!
Johann Wolfgang von Goethe

Erfahrung schützt uns vor den Dummheiten der Jugend und macht uns reich für die Torheiten des Alters. *Ron Kritzfeld*

Man ist so lange jung, als man bereit ist, sich zu verrechnen. *Martin Kessel*

Die Jugend ist vergessen, aus geteilten Interessen;
das Alter ist vergessen, – aus Mangel an Interessen!
Johann Wolfgang von Goethe

»Was man in der Jugend wünscht, hat man im Alter genug«,
so sagen die Reichbegabten mit Fug:
wir aber, minderen Pfunds Verwalter,
was wir jung hatten, wünschen wir im Alter.
Franz Grillparzer

Jugendgefährdend, das heißt: die Alten sind so gefährdet, daß sie sich hinter der Jugend verstecken müssen. *Ludwig Marcuse*

Das Alter hört sich gern, – und wenn's auch nicht viel zu sagen hat. *Johann Wolfgang von Goethe*

Kluge Menschen verstehen es, den Abschied von der Jugend auf mehrere Jahrzehnte zu verteilen.
Françoise Rosay

Das Urteil des Greises zittert weniger als sein Haupt.
Karl Julius Weber

Es müsst' einen sehr gelüsten, daß er eine Alte küßte,
– da er eine Jungfrau wüßte. *Christoph Lehmann*

Das Menschenleben ist seltsam eingerichtet; nach den Jahren der Last hat man die Last der Jahre.
Alfred Polgar

Im Alter lassen alle Sinne nach, ausgenommen der Starrsinn. *Unbekannt*

Wir fangen erst an, eines Mannes Jahre zu zählen, wenn er sonst nichts mehr zu zählen hat.
Ralph Waldo Emerson

Gegen das Altern kämpfen Kinder selbst vergebens.
Rudolf Rolfs

Bevor das Alter über uns hereinbricht, glauben wir, solch Schicksal ereile nur andere.
Simone de Beauvoir

Ein Mensch möcht, jung noch, was erleben.
Doch mit der Zeit wird sich das geben,
bis er, im Alter, davor bebt,
daß er am End' noch was erlebt. *Eugen Roth*

Alt ist man dann, wenn man gewissen Leuten nicht mehr auszuweichen braucht, weil sie einem nicht mehr begegnen. *Gustave Flaubert*

Kaum warst du Kind, schon bist du alt.
Du stirbst – und man vergißt dich bald.
Da hilft kein Beten und kein Lästern,
was heute ist, ist morgen gestern! *Heinz Erhardt*

Alte Leute geben gern gute Lehren, um sich darüber zu trösten, daß sie nicht mehr imstande sind, böse Beispiele zu geben. *François de La Rochefoucauld*

Jugend ist wie Sauerteig. Aber Sauerteig ist nicht das ganze Brot. *Aleksandr Puschkin*

Nicht alle, die gestern jung waren, sind auch von gestern. *Gustav Knuth*

Alter schützt vor Liebe nicht, aber Liebe vor dem Altern. *Coco Chanel*

Im Grunde haben die Menschen nur zwei Wünsche; alt zu werden und dabei jung zu bleiben.
Peter Bamm

Ich bin zu alt, um nur zu spielen,
zu jung, um ohne Wunsch zu sein.
Johann Wolfgang von Goethe

Die Jugend soll ihre eigenen Wege gehen, – aber ein paar Wegweiser können nicht schaden.
Pearl S. Buck

Keine Kunst ist's, alt zu werden; es ist Kunst, es zu ertragen. *Johann Wolfgang von Goethe*

Das Problem mit der heutigen Jugend liegt darin, daß sie sich nicht als Baufirma versteht, sondern als Abbruchunternehmen. *Marcello Mastroianni*

Wenn man fünfzig Jahre alt ist, fangen die Siebziger an. *Knut Hamsun*

In der Jugend wollen wir die Zeit auf den Kopf stellen. Später stellen wir uns auf den Kopf, um uns ihr anzupassen. *Zarko Petan*

Jugend, – das ist vor allem das Übergewicht der Hormone über die Argumente. *David Frost*

Der größte Fehler, den die Jugend von heute hat, ist der, daß man nicht mehr dazu gehört. *Salvador Dalì*

Es gibt keine noch so schöne Rose, die nicht zur Hagebutte wird. *Französisches Sprichwort*

Man träumt nicht mehr so schön, wenn man erwachsen ist. *Knut Hamsun*

Die Tugend nistet, wie der Rabe, mit Vorliebe in Ruinen. *Anatole France*

Ein junger Mensch, der niemals weint, ist ein Ungeheuer. Ein alter Mensch, der niemals lacht, ist ein Narr.
George Santayana

Ein alter Wunsch,
der ält'ste wohl auf Erden:
Die Jungen möchten alt,
verjüngt die Alten werden.
Jüdisches Sprichwort

Sonst, wie die Alten sungen, so zwitscherten die Jungen; jetzt, wie die Jungen singen, soll's bei den Alten klingen. Bei solchem Lied und Reigen, das Beste – ruh'n und schweigen.
Johann Wolfgang von Goethe

Und wie die Alten sungen, so piepe ist's den Jungen. *Gerhard Uhlenbruck*

Die Betagten sind nicht die Weisesten, und die Alten verstehen nicht das Recht. *Hiob 32,9*

Glück und Unglück

Fortuna lächelt, doch sie mag
nur ungern voll beglücken:
Schenkt sie uns einen Sommertag,
so schenkt sie uns auch Mücken. *Wilhelm Busch*

Vielen gibt das Glück allzuviel, keinem genug!
Marcus Valerius Martial

Viele Menschen versäumen das kleine Glück, weil sie auf das große vergeblich warten. *Pearl S. Buck*

Soll ein Mensch restlos glücklich werden, so gibt's drei Voraussetzungen: Er muß dumm, egoistisch und gesund sein! *Gustave Flaubert*

Glück ist eine gute Gesundheit und ein schlechtes Gedächtnis. *Albert Schweitzer*

Willkommen sei mir das Unglück, das allein kommt!
Miguel de Cervantes

Daß Glück ihm günstig sei, –
was hilft's dem Stöffel?
Denn regnet's Brei,
fehlt ihm der Löffel! *Johann Wolfgang von Goethe*

Glückselig sind die Einäugigen, denn sie sehen nur die Hälfte. *Millôr Fernandes*

Das Glück ist wie ein Omnibus,
auf den man lange warten muß.
Und kommt es dann zu guter Letzt,
so ruft der Schaffner meist: »Besetzt!« *Unbekannt*

Das Glück, das glatt und schlüpfrig rollt,
tauscht in Sekunden seine Pfade,
ist heute mir, dir morgen hold
und treibt die Narren rund im Rade.
Ernst Moritz Arndt

Das Glück gleicht oft dem Schlingel,
der nachts vor deinem Haus
zum Scherz reißt an der Klingel,
und dann, – dann reißt er aus. *Unbekannt*

Gemessen an dem eignen Schwein,
erscheint das Glück der andern klein.
Monika von Normann

Zwischen dem Elend und dem Glücke
gähnt eine tiefe Kluft.
Hoffnung schlägt drüber eine Brücke
doch die hängt in der Luft! *Heinrich Leuthold*

Wen das Glück in die Höhe hebt, den will es werfen.
Karl Simrock

Es gibt zwei Kalamitäten: das eigene Unglück und das Glück der anderen. *Ambrose Bierce*

Ein Mensch, vom Glücke nur gestreift,
greift hastig zu, stürzt, wird geschleift,
kommt unters Rad, wird überfahren. –
Dergleichen kannst du dir ersparen,
wenn du nicht solche Wege gehst,
wo du dem Glück im Wege stehst. *Eugen Roth*

Manches Unglück wird man erst gewahr
durch mieser Freunde Kommentar.
Charles Caleb Colton

Klopft das Glück an die Pforte, befinden sich die meisten Leute im Garten, um ein vierblättriges Kleeblatt zu suchen. *Roberto Duailibi*

Jedes Glück hat einen kleinen Stich.
Wir möchten so viel: Haben, Sein. Und gelten.
Daß einer alles hat:
das ist selten! *Kurt Tucholsky*

Solange ich denken kann, gingen die Uhren des Glücks immer zu schnell. *Marie Luise Kaschnitz*

Jeder ist seines Glückes Schmied. Die meisten von uns sind der Amboß. *Hans-Horst Skupy*

Begehre nie ein Glück zu groß und nie ein Weib zu schön, sonst könnte dir's in seinem Zorn der Himmel zugestehn. *Inschrift auf Burg Cochem*

Wenn dir das Unglück auf dem Nacken sitzt, beißt dich der Hund auf dem Kamele.
Persisches Sprichwort

Das Glück fängt mir an wetterwendisch zu werden.
Johann Wolfgang von Goethe

Das Glück ist eine blinde Kuh und läuft dem dümmsten Ochsen zu. *Hausspruch*

Wenn wir alle unser Unglück auf einen gemeinsamen Haufen legten und dann jeder davon einen gleich großen Teil wieder an sich nehmen müßte, so würden die meisten Menschen zufrieden ihr eigenes Unglück zurücknehmen und davongehen. *Sokrates*

Hebt mich das Glück, so bin ich froh
und sing in dulci jubilo,
senkt sich das Rad und quetscht mich nieder,
so denk ich, nun, es hebt sich wieder.
Johann Wolfgang von Goethe

Das verdammte Glück! Ohne das kann man noch nicht mal ein guter Spitzbube sein.
Gotthold Ephraim Lessing

Ich denke, dem Glücklichen schlägt keine Stunde, und er soll die glückliche Stunde nicht abkürzen, auch nicht auf die Gefahr hin, dabei einmal unpünktlich zu sein. *Theodor Fontane*

Wen jemand sagt: »Ich bin glücklich«, so meint er damit ganz einfach: »Ich habe zwar Ärger, aber der läßt mich kalt.« *Jules Renard*

Glück ist heutzutage, wenn man im neu gekauften Auto mit 150 km/h durch die innere Leere fährt.
Sigismund von Radecki

Welcher Hundertjährige erlebte schon sechsunddreißigtausend frohe Tage?
Chinesisches Sprichwort

Die erste Nacht am Galgen ist die Schlimmste.
Finnisches Sprichwort

Fortuna ist ein Weib: Wenn sie Entgegenkommen zeigt, muß man davon profitieren. *Alfred de Musset*

Fliegt dir das Glück vorbei einmal,
so faß es am Zipfel!
Auch rat ich dir, bau dein Häuschen im Tal,
– und nicht auf dem Gipfel! *Heinrich Heine*

Glaube, Meinung und Vorurteil

Religion

Zeus baut die Welt, spielend wie ein Knabe. Und löst sie wieder in Feuer auf. Solche Spiele spielt Zeus.
Heraklit

Ein Götzenbildner betet Buddha nicht an, denn er weiß, woraus er gemacht ist.
Chinesisches Sprichwort

Wer nicht glaubt, wird auch nicht selig.
Gerhard Uhlenbruck

Wer den Himmel verflucht, weiß ja nicht mehr,
an wen er sein Gebet richten soll. *Unbekannt*

Die Sünden sind die Pfeiler der Religion.
Hans Lohberger

Die Bibel ist dem Unglück des Menschen angemessen. *Elias Canetti*

Der Unglaube ist die größte der großen Weltreligionen. *Ambrose Bierce*

Wofür ein Mensch auch beten mag, – er betet um Wunder! *Iwan Turgenjew*

Sein Glaube war so stark, daß es ihm gelang, Bergen von Vorurteilen das Bleiben beizubringen.
Felix Renner

»Man kann's nicht wissen«, sagte eine alte Judenfrau, die ein kleines Kreuz heimlich auf der Brust trug, und »Man kann's nicht wissen«, sag auch ich.
Theodor Fontane

Daß es eine Sünde ist, wenn man in einen Apfel hineinbeißt, das kann ich nicht verstehen. Und auf der anderen Seite heißt es immer: Eßt frisches Obst!
Karl Valentin

Es gibt keine gewaltigen Worte mehr. Man sagt manchmal »Gott«, bloß um ein Wort auszusprechen, das einmal gewaltig war. *Elias Canetti*

Ich nenne es Unglaube, wenn man an einer Bittprozession um Regen teilnimmt, ohne den Regenschirm mitzunehmen. *Anton Tschechow*

Wer die Religionsquellen studieren will, reise nicht nach den Sandwichinseln, sondern gehe in seine Kirche. *Gilbert Keith Chesterton*

Was für einen Sinn hat es, eine Kerze anzuzünden, wenn die Sonne scheint? *Marcus Tullius Cicero*

In früheren Jahrhunderten war die Religion ein Wald, hinter dem sich Heere halten und sich decken konnten. Aber nach so vielen Fällungen ist sie nur noch ein Buschwerk, hinter welchem gelegentlich Gauner sich verstecken.
Arthur Schopenhauer

Mein Mann hat die Religion gewechselt; er glaubt nicht mehr, daß er der liebe Gott ist! *Unbekannt*

Ich kenne fromme Leute, die hat ihr Glaube so stark gemacht, daß sie eher an Gott zweifeln als an sich.
Nikolaus Cybinski

Es ist der Glaub' ein schöner Regenbogen,
der zwischen Erd' und Himmel aufgezogen.
Ein Trost für alle, doch für jeden Wand'rer,
je nach der Stelle, da er steht, ein and'rer.
Emanuel Geibel

Luthrisch, Päpstisch und Calvinisch,
diese Glauben alle drei
sind vorhanden, doch ist Zweifel,
wo das **Christentum** dann sei. *Friedrich von Logau*

Sagen Sie mir was Sie wollen über die zehn Gebote: sei'n wir froh, daß es nur zehn sind!
Henry Louis Mencken

In meinem ganzen Leben habe ich keinen Menschen getroffen, der nicht das Unglück anderer ganz wie ein Christ ertragen hätte. *Alexander Pope*

Wo der Arzt nicht mehr kann, da fängt der Prediger an. *Johann Fischart*

Vorsicht bei der Prozession, denn der Heilige ist aus Lehm. *Ulysses Guimärles*

Es ist unglaublich, was die Ungläubigen alles glauben müssen. *Michael Faulhaber*

Was mich an der Bibel stört, sind nicht die Teile, die ich nicht verstehe, indessen diejenigen, welche ich kapiere. *Mark Twain*

Ein Esel, mit Reliquien beladen, vermeinte, daß er angebetet wird. *Jean de La Fontaine*

Es ist umsonst, daß ihr früh aufstehet und hernach lange sitzet und esset euer Brot mit Sorgen, denn seinen Freunden gibt Er's im Schlafe. *Psalm 127,2*

Herr, vergib ihnen, denn sie wissen, was sie tun.
Karl Kraus

Liebe deinen Nächsten wie dich selbst. Denn: Jeder ist sich selbst der Nächste. *Karl Kraus*

Der Mensch hat zwei Beine und zwei Überzeugungen: eine, wenn's ihm gut geht und eine, wenn's ihm schlecht geht. Die letztere heißt Religion.
Kurt Tucholsky

Die klimatischen Verhältnisse in der Hölle sind sicher unerfreulich, aber die Gesellschaft dort wäre von Interesse. *Oscar Wilde*

Der Glaube soll ruhig auf seiner Burg bleiben. Da ist er sicher und geborgen. *Wilhelm Busch*

Der Arzt sieht den Menschen in seiner ganzen Schwäche, der Advokat in seiner ganzen Schlechtigkeit und der Priester in seiner ganzen Dummheit.
Oscar Wilde

Wenn ein Neger hinfällt, so fällt er auf den Popo. Wenn ein Europäer hinfällt, fällt er auf die Religion.
Kurt Tucholsky

Alle Menschen verkehren das Vaterunser und wollen nur, daß ihr Wille geschehe. *Alter Spruch*

Es sind in Deutschland die Theologen, die dem lieben Gott ein Ende machen. *Heinrich Heine*

Hüte dich vor der Vorderseite einer Frau, der Hinterseite eines Maulesels und allen Seiten eines Priesters. *Englisches Sprichwort*

Ein Christ erfreut sich in Leiden, Kreuz und Pein.
So kann ja Freud und Leid gar wohl beisammen sein.
Angelus Silesius

Ich will lieber mit einem aufrichtigen Türken als mit einem falschen Christen zu tun haben.
Erasmus von Rotterdam

Wenn die Vertreter der Kirche Christen sind, dann bin ich kein Christ; und umgekehrt!
Leo Nikolajewitsch Tolstoi

Ihr macht es mir zu toll
mit Eurem christlichen Leide;
mein Herz ist noch freudevoll,
darum bin ich ein Heide. *Friedrich Rückert*

Auf dem Wege zum Herrgott fressen dich die Heiligen. *Rumänisches Sprichwort*

Da könnte man ja vor Ärger katholisch werden!
Ludwig Tieck

Jesus ist nicht von den Toten auferstanden, um Ostereier zu suchen. *Unbekannt*

»Ich stehe hin- und hergerissen zwischen Heidegger und Christus«, sagte er. Da gibt es allerdings nur noch eine Lösung: Abzählen an den Knöpfen!
Max Rychner

Einem Heiden kann nur abgeraten werden, sich uns Christen näher zu besehen. *Michel de Montaigne*

Bescheidenheit und Demut sind die seltensten christlichen Tugenden. *T.S. Eliot*

Die Christen haben die Hölle erfunden, weil ihnen der Himmel verschlossen bleibt. *Karl Peltzer*

Gibt es denn Christen? Ich habe noch nie welche gesehen! *Denis Diderot*

Wenn du einen Schlag auf die Wange bekommst und hältst auch noch die andere Wange hin, dann verliert die Güte allen Wert. *Knut Hamsun*

Wenn ich etwas an Christus verstehe, so ist es das: »Und er entwich vor ihnen in die Wüste.«
Christian Morgenstern

Wir Christen haben ein gewisses Licht,
doch auch ein Heidensprüchlein schadet nicht.
Conrad Ferdinand Meyer

Ja, selig ist der fromme Christ,
wenn er nur gut bei Kasse ist. *Wilhelm Busch*

Da sie sahen, daß sie ihm keinen katholischen Kopf aufsetzen konnten, so schlugen sie ihm wenigstens seinen protestantischen ab.
Georg Christoph Lichtenberg

Der Jude meint, er sei ein Christ,
wenn er nur Schweinebraten ißt.
Er sieht von Christi Wunderlehr'
an vielen Christen auch nicht mehr. *Wilhelm Müller*

Das Christentum ist eine gewaltige Macht. Daß zum Beispiel protestantische Missionare aus Asien unbekehrt wieder nach Hause kommen – das ist eine große Leistung! *Kurt Tucholsky*

Wenn ich sehe, wie evangelische Pastoren hinter der roten Fahne marschieren, dann weiß ich, auch das Christentum ist in die Hose gegangen.
Heinz G. Konsalik

Es gibt so recht **Fromme**, die, weil ihre Linke von der Rechten weiß, lieber nichts Gutes tun – um Gott nicht zu erzürnen. *Emil Gött*

Sein reuevolles Auge weint nur Weihwasser!
Mathurin Régnier

Wo Vorteil ist, da ist auch Frömmigkeit!
Hierapolis Epiktet

Beten heißt: Darum bitten, daß die Gesetze des Universums zugunsten eines einzelnen, nach eigenem Geständnis unwürdigen Bittstellers aufgehoben werden. *Ambrose Bierce*

Siccus ist ein frommer Mann, und es geht die Sage, wenn er nichts zu beißen hat, fast' er manche Tage.
Friedrich von Logau

In einem Saustall das Evangelium predigen, hat noch nie den Schweinen das Grunzen abgewöhnt.
Georg Kaiser

Zu dem Adler sprach die Taube:
Wo das Denken aufhört, da beginnt der Glaube.
Recht, sprach jener, mit dem Unterschied jedoch,
wo du glaubst, da denk' ich noch! *Ludwig Robert*

Wir waren fest entschlossen zu heiraten, aber da gab es einen religiösen Konflikt: Sie war Atheistin und ich bin Agnostiker. In welcher Religion sollten wir da unsere Kinder erziehen? *Woody Allen*

Wenn ich von jemandem höre, er sei sehr fromm, so nehme ich mich sogleich vor seiner Gottlosigkeit in acht. *Johann Gottfried Seume*

Die meisten Freunde verleiden einem die Freundschaft, die meisten Frommen die Frömmigkeit!
François de La Rochefoucauld

Zwar hat der Glaube bisher noch keine wirklichen Berge versetzen können, obschon dies, ich weiß nicht wer, behauptet hat. Aber er vermag Berge dorthin zu versetzen, wo keine sind. *Friedrich Nietzsche*

Im Paradiese selber träfe man,
wohl einen an,
den man nicht leiden kann.
Conrad Ferdinand Meyer

Das »Unser Vater«, ein schön Gebet,
es dient und hilft in allen Nöten.
Wenn einer auch Vater unser fleht,
in Gottes Namen, laß ihn beten!
Johann Wolfgang von Goethe

Die Frömmigkeit verbindet sehr,
doch Gottlosigkeit noch viel mehr.
Johann Wolfgang von Goethe

Er war so fromm, daß er den nackten Fuß nur hinter vorgehaltener Hand betrachtete. *Werner Mitsch*

Wer kein Geld hat, dem hilft nicht, daß er fromm ist. *Martin Luther*

Wenn eine Betschwester einen Betbruder heiratet, so gibt das nicht immer ein betendes Ehepaar. *Georg Christoph Lichtenberg*

Gott schuf den Menschen nach seinem Bilde. Das heißt vermutlich: der Mensch schuf Gott nach dem seinigen! *Georg Christoph Lichtenberg*

Heilige und Sünder sind Zwillinge. Deren Vater ist unser barmherziger König. *Khalil Gibran*

Gott ist überall, außer, wo er seinen Stellvertreter hat. *Italienisches Sprichwort*

Noch immer spricht Hoffnung aus dem Satz, daß Gott kein Macher, sondern ein Schöpfer ist. *Kurt Marti*

Kleine Kinder, Narren, Bezechte, –
sie alle liebt Gott, der Gerechte.
Spanisches Sprichwort

Ein Mensch, ungläubig und verrucht,
dummdreist das Ewige verflucht.
Was aber wird ihm wohl begegnen,
muß er das Zeitliche einst segnen? *Eugen Roth*

Entweder will Gott die Übel beseitigen und kann es nicht, oder er kann es und will es nicht, oder er kann es nicht und will es nicht, oder er kann es und will es. Wenn er's nun will und nicht kann, so ist er schwach, was auf Gott nicht zutrifft. Wenn er's kann und nicht will, dann ist er mißgünstig, was ebenfalls Gott fremd ist. Wenn er nicht will und nicht kann, dann ist er sowohl mißgünstig als auch schwach und dann auch nicht Gott. Wenn er aber will und kann, was allein sich für Gott ziemt, woher kommen dann die Übel, und warum nimmt er sie nicht weg? *Epikur*

Gottes Gnad' und gesunder Leib,
saubres Bett und schönes Weib,
täglich Brot und guter Wein:
Was kann auf Erden Bessres sein? *Alter Spruch*

Wenn du zu Gott sprichst, so betest du, – spricht er zu dir, dann spinnst du! *Unbekannt*

Lieber Gott, mach die bösen Leute gut und die guten netter. *Mark Twain*

Als Gott den Menschen erschuf, war er bereits müde, – das erklärt vieles. *Graffito*

Wenn so oft an Gott man dächte,
als man an die Steuer denkt,
wär uns, glaub ich, längst zu Rechte
Fried und Ruh von Gott geschenkt.
Friedrich von Logau

Ich habe zwei unwiderlegliche Gründe, an die Bibel zu glauben; erstens, weil ich Bischof von Autum bin; und dann, weil ich davon überhaupt nichts verstehe. *Charles Maurice de Talleyrand*

Wenn eine Gans sich einen Gott erdichtet, dann muß er schnattern. *Michel de Montaigne*

Ich denke Gott mir, sprach die Mücke,
viel tausendmal so groß als mich;
in ewigem Glanz, in ewigem Glücke
surrend, tanzt und sonnt er sich.
Joseph Viktor von Scheffel

Gott und sich im Grunde kennen, ist der höchste Witz zu nennen. *Friedrich von Logau*

Wer Gott vertraut und feste um sich haut, – wird nimmermehr zu Schanden! *Alter Reiterspruch*

Wer *nur* den lieben Gott läßt walten,
kriegt eines Tages Sorgenfalten. *Unbekannt*

Vor Gott sind alle Menschen gleich, aber geschaffen hat er sie ungleich. *Max Rychner*

Das Gescheiteste, was ich von einem Gott je gehört habe, ist: Er geht in Menschengestalt verkleidet umher. *Ludwig Hohl*

Zur Nachtzeit glaubt ein Atheist halb an Gott. *Edward Young*

Ich danke dir, Gott, daß du nicht all meine Gebete erhört hast. *Jean Ingelow*

Gott – wenn Du bist – errette aus dem Grabe
meine Seele, – wenn ich eine habe.
Arthur Schopenhauer

Solange es Atheisten gibt, hat Gott die Chance, erwähnt zu werden. *Hans Kasper*

Seit einigen Jahren zweifle ich an der Nichtexistenz Gottes. *Herbert Rosendorfer*

Als Gott sah, daß es gut war, warum hat er da nicht aufgehört? *Wolfgang Eschker*

Gott läßt die Kokosnuß fallen, wenn niemand unter der Palme ist. *Arabisches Sprichwort*

Gott ist nicht tot, sondern bloß beim »Wort zum Sonntag« eingeschlafen. *Unbekannt*

Vox populi – vox dei – das wollen wir Gott denn doch nicht antun. *Peter Hille*

Gott schuf die Sonne, die Steine, die Tiere und die Menschen. Plötzlich und zu seiner größten Verwunderung bemerkte er, daß alle Dinge einen Schatten warfen. Daran hatte er wahrhaftig nicht gedacht.
Millôr Fernandes

Gott gebe mir nur jeden Tag,
soviel ich darf zum Leben.
Er gibt's dem Sperling auf dem Dach;
wie sollt' er's mir nicht geben. *Matthias Claudius*

Da gaben wir dem Cäsar, was dem lieben Gott gehörte! *Heinrich Heine*

Zufall ist das Pseudonym Gottes, wenn er nicht persönlich unterschreiben will. *Anatole France*

Gott müßte die Frömmigkeit so zuwider sein wie einem ehrenwerten Menschen die Schmeichelei.
Karl Peltzer

Wer Gott um Gaben bitt', der ist übel dran:
Er betet das Geschöpf und nicht den Schöpfer an.
Angelus Silesius

Gott muß die gewöhnlichen Leute lieben, sonst hätte er nicht so viele von ihnen gemacht.
Abraham Lincoln

Der Mensch dachte sich sein eigenes Gegenteil; da hatte er seinen Gott. *Christian Friedrich Hebbel*

Wenn ihr den Gott lobpreist, ohne dessen Wille kein Sperling vom Dache fällt, warum prügelt ihr den Knaben, der ihn herunterschießt? *Arthur Schnitzler*

Gäbe Gott Interviews, – er würde wieder bekannter werden. *Michael Richter*

Wenn ein Wilder an seinen hölzernen Gott zu glauben aufhört, so heißt das nicht, daß es keinen Gott gibt, sondern nur, daß er nicht aus Holz ist.
Leo Nikolajewitsch Tolstoi

Hüte dich vor dem Menschen, dessen Gott im Himmel ist. *George Bernard Shaw*

Gott machte alles aus dem Nichts. Aber das Nichts scheint durch. *Paul Valéry*

Von manchen Menschen kann man sagen, sie fürchteten Gott nicht – doch haben sie Angst vor ihm.
Denis Diderot

Alle Götter waren unsterblich. *Stanislaw Jerzy Lec*

Nur die Tatsache, daß die erste Sintflut vergebens war, hinderte Gott daran, eine zweite durchzuführen. *Nicolas Chamfort*

Manchmal glaube ich, daß Gott seine Qualitäten überschätzte, als er den Menschen schuf.
Oscar Wilde

Wenn Gott nicht existierte, so wäre es notwendig, ihn zu erfinden. *François Marie Voltaire*

Gott, in seiner unermeßlichen Güte, sendet manchmal einen fetten Missionar zu den armen und unterernährten Kannibalen. *Oscar Wilde*

Wie wär geblieben alles gut,
hätt' Gott am sechsten Tag geruht!
Er wär nur kommen bis zum Affen –
der Mensch wär blieben unerschaffen. *Eugen Roth*

Der Zufall ist das Pseudonym, das der liebe Gott sich zulegt, wenn er unerkannt bleiben möchte.
Albert Schweitzer

Die **Kirche** wird immer ein Bedürfnis bleiben. Man geht als Schuldner hinein und kommt als Gläubiger heraus. *Emmanuel Wertheimer*

Bald der Gülden im Kasten klinget,
die Seel sich auf gen Himmel schwinget. *Hans Sachs*

Was die Kirche Glauben heißt,
soll man glauben ohne Wanken?
Ei! So braucht man keinen Geist,
braucht nicht Sinne, nicht Gedanken.
Friedrich von Logau

Der Mensch kann keine Käsemilbe machen; aber Götter und Heilige bastelt er.
Michel de Montaigne

Die Sophisten und die Pfaffen
stritten sich mit viel Geschrei:
Was hat Gott zuerst erschaffen,
wohl die Henne? Wohl das Ei?
—
Wäre das so schwer zu lösen?
Erstlich ward ein Ei erdacht:
Doch weil noch kein Huhn gewesen,
Schatz, so hat's der Has' gebracht. *Eduard Mörike*

Unbesorgt, ihr Menschen: Es gibt keine Hölle, – außer diesem Leben. Der Glaube ist, daß man in ein finsteres Loch gestopft wird, der Deckel zugemacht, und noch den Gruß erhält: Gehabe dich wohl, bis ich wiederkomme – und das dann auch tut!
Erich Brock

In die Kirche ging ich morgens, um Komödien
zu schauen,
abends ins Theater, um mich an der Predigt zu
erbauen. *Heinrich Heine*

Die Kirche hat einen guten Magen,
hat ganze Länder aufgefressen,
und doch noch nie sich übergessen;
die Kirch allein, meine lieben Frauen,
kann ungerechtes Gut verdauen.
Johann Wolfgang von Goethe

Ich sehe gern die Dorfbewohner am Sonntag in der Messe schlafen. Welch schönere Ehrung für Gott, als nach den Mühen der Woche am Ruhetag einzuschlafen in seinem Schoß. *Théodore Jouffroy*

Besser der Esel düngt dir das Feld,
als wenn der Bischof die Hand drüber hält.
Spanisches Sprichwort

Ein Heiliger ist ein toter Sünder,
bearbeitet und neu herausgegeben.
Ambrose Bierce

Fürsten haben lange Arme, Pfaffen haben lange Zungen und das Volk hat lange Ohren. *Heinrich Heine*

Mag noch hie und da Priesterstolz vom göttlichen Berufe faseln; … wir wissen, daß der Staat den Seelenhirten beruft wie die Gemeinde den Schweinehirten. *Karl Julius Weber*

Die Mönche hatten ein reiches Innenleben und waren dreckig wie Schweine. *Umberto Eco*

Man kann mit einem Hirtenstab in der Hand heilig werden, aber ebensogut mit einem Besen.
Papst Johannes XXIII

Etliche schrieen so, etliche ein anderes und die Gemeinde war irre und die meisten wußten nicht, warum sie zusammen gekommen waren.
Apostelgeschichte 19, 32

Es ist eine seltsame Idee der Theologen, daß Glauben Verdienst sei. Man wehrt sich seiner Haut, das ist alles! Seit wann ist Notwehr Verdienst? *Erich Brock*

Die Herren von der Klerisei
versalzen uns gar oft den Brei! *Sprichwörtlich*

Der Predigt Schluß fein linde sei:
Sie wollen gern auch Öl dabei. *Eduard Mörike*

Wer sein Haus will halten sauber,
hüt' sich vor Pfaffen und Tauber! *Hans Sachs*

Er dachte, wenn er Geistlicher würde, so würde er berühmt und reich: Das ist's, was man heutzutage Berufung nennt! *Graham Greene*

Heutzutage läßt man die Kirche auf dem Dorfe.
Gerhard Uhlenbruck

In der Kirche singen immer die am lautesten, die falsch singen. *Franz Grillparzer*

Daß in den Kirchen gepredigt wird, macht deshalb die Blitzableiter auf ihnen nicht unnötig.
Georg Christoph Lichtenberg

Früher sind d'Leut in d'Kirch g'spronga, heut sprenget se zum Gericht. *Manfred Rommel*

Die Kirche ist ein Platz, wo Menschen vom Himmel Wunderdinge erzählen, die niemals dort waren. Und dies Menschen gegenüber, die nie dort eintreffen werden. *Henry Louis Mencken*

Neben jeder Krippe, worin ein Heiland oder eine welterlösende Idee den Tag erblickt, steht ein Ochse, der ruhig frißt. *Heinrich Heine*

Müßte man statt Gebeten Geld emporsenden, fast alle wären Atheisten! *Emmanuel Wertheimer*

Wer ein langes Leben wünscht im irdischen
Gewimmel,
der weiß nicht, was er tut:
er kürzt sich ja den Himmel!
Christian Friedrich Hebbel

Du sollst deinen Nächsten seines Glaubens wegen nicht braten, zumal du ihn nicht essen kannst.
Georg Christoph Lichtenberg

Es hat keinen Sinn, eine Lampe für eine Moschee zu stiften, wenn sie zu Hause dringend benötigt wird.
Persisches Sprichwort

Churzi Predigt, langi Brootwürscht!
Aus der Schweiz

Heirate, und du bist wohlauf für eine Woche! Schlachte ein Schwein, und du bist wohlauf für einen Monat! Werde Priester, – und du bist versorgt fürs ganze Leben! *Polnisches Sprichwort*

Gerechtigkeit ist nur in der Hölle; im Himmel ist Gnade, und auf Erden ist das Kreuz.
Gertrud von Le Fort

Solang ich noch ein Protestant, will ich
auch protestieren.
Und jeder deutsche Musikant soll weiter
musizieren.
Georg Herwegh

Die Mönche zu Lodève in der Gascogne erklärten eine Maus für heilig, die eine geweihte Hostie gefressen hatte. *Georg Christoph Lichtenberg*

Die Kirchengeschichte stört die Verdauung.
François Marie Voltaire

Judas soll eine Minderheit gewesen sein?
Hans-Horst Skupy

Man fragte mich, ob es wirkliche Atheisten gäbe. Gegenfrage: Gibt es wirkliche Christen?
Denis Diderot

Ist in Konstantinopel der Christ ein Häretiker, so ist es in New York der Nichtchrist. *Ambrose Bierce*

Ein skeptischer Katholik ist mir lieber als ein gläubiger Atheist. *Kurt Tucholsky*

»Glücklich sind die geistig Armen, denn ihrer ist das Himmelreich«, – mein Gott, wenn dieser Satz zutrifft, dann leben wir ja bereits im Paradies.
Millôr Fernandes

Ist es in der Moschee kalt oder heiß:
Der Imam predigt nur das, was er weiß!
Türkisches Sprichwort

Herr Jesu, nimm mich Hund beim Ohr,
wirf mir den Gnadenknochen vor
und wirf mich Sündenlümmel
in deinen Freudenhimmel.
Alt Hessen-Darmstädtisches Gesangbuch

Mir gibt es keine größ're Pein,
wär ich im Paradies allein.
Johann Wolfgang von Goethe

Die schlimmste Form des Wahnsinns trifft man bei irrsinnig gewordenen Heiligen. *Alexander Pope*

Die Theologie nimmt in der Religion etwa denselben Platz ein wie die Gifte unter den Nahrungsmitteln.
Napoléon Bonaparte

Wir flehen den Himmel an, er mög' uns Neues geben.
Doch würde Gott uns keinen Wunsch versagen,
wir würden ihn dennoch weiter plagen!
Jean de La Fontaine

Die zehn Gebote sind deshalb so kurz und verständlich, weil sie ohne die Mitwirkung einer Expertenkommission entstanden sind. *Charles de Gaulle*

Wenn jemand das zehnte Gebot gebrochen hat, kommt es auf die anderen nicht mehr an.
Mark Twain

Stoßseufzer: Gott sei Dank bin ich Atheist!
Robert Lembke

Von der Kirchensteuer, die ich zahle, könnte ich mir einen eigenen Pastor halten. *Loriot*

Hätt' Allah mich bestimmt zum Wurm, so hätt' er mich als Wurm erschaffen.
Johann Wolfgang von Goethe

Oft hat man Grund zu sagen: »Der Teufel ist los.« Nie heißt es: »Gott ist los.« Halten ihn die Kirchen so sicher unter Verschluß? *Kurt Marti*

Des dummen Wanderns ist's auf Erden schon genug: Bewahre mich, mein Gott, vor Seelenwanderung!
Friedrich Haug

Welcher recht hat, weiß ich nicht,
doch es will mich schier bedünken,
daß der Rabbi und der Mönch,
daß sie alle beide stinken. *Heinrich Heine*

Glaube an Allah, doch binde Dein Kamel fest!
Arabisches Sprichwort

Viel zu wenig Heilige für soviel Wunder!
Joelmir Beting

Ich kann das Predigen nicht vertragen, ich glaube, ich habe mich in meiner Jugend daran überfressen.
Johann Wolfgang von Goethe

Denn wenn es keine Hexen gäbe,
wer Teufel möchte **Teufel** sein?
Johann Wolfgang von Goethe

Gott fischt die Seelen mit dem Angelhaken, – der Teufel fischt mit dem Netz.
Alexandre Dumas der Jüngere

Wer bei Gott in der Kreide steht, hat beim Teufel ein Guthaben. *Brasilianisches Sprichwort*

In der Hölle kann man den Teufel nicht an die Wand malen. *Kurt Wolff*

Wer an die Hölle glaubt, der hat sie auch verdient.
Heinrich Heine

Man kriecht zum Kreuz und geht dann doch zum Teufel. *Elazar Benyoëtz*

Luzifer ist eine Erfindung des Herrn Pfarrers und der Böse die Erfindung der alten Klatschbasen im Dorfe.
George Sand

Es wird nirgendwo so subtil über Gott geredet wie in der Hölle. *Rudolf Alexander Schröder*

Christus hat einst durch sein Kommen
uns des Teufels Reich genommen;
kommt er jetzt nicht bald hernieder,
kriegt der Teufel alles wieder.
Friedrich von Logau

Seit meiner Kindheit habe ich Gott gesucht und nur den Teufel gefunden. *August Strindberg*

Malen Sie den Teufel nicht zu schwarz, ein gutes Grau ist ausreichend. *Adalbert von Chamisso*

Oft scheint der Teufel an die Tür zu klopfen, und es ist doch nur der Schornsteinfeger.
Christian Friedrich Hebbel

Es ist besser, in den Himmel hinaufzusehen, als dort zu wohnen. *Truman Capote*

Der Nachteil des Himmels besteht darin, daß man die gewohnte Gesellschaft vermissen muß.
Mark Twain

Es stimmt nicht, was so viele behaupten, daß man in den Himmel kommt. Man kommt in die Erde.
Lars Saabye Christensen

Passagen zum Himmel oder zur Hölle bucht man im gleichen Reisebüro. *Upton Sinclair*

Meinung und Mentalität

Ich finde es immer wieder bewundernswert, wenn mehrere Personen zusammen einer **Meinung** sind. Ich für meine Person bin schon immer allein mehrerer Meinungen. *Hans Kasper*

Wer ohne Grund traurig ist, hat Grund, traurig zu sein. *Françoise Sagan*

Ich hasse die Menschheit, denn ich halte mich für einen der Besseren in derselben. Und ich weiß, wie schlecht ich bin. *Samuel Johnson*

Ick wundere mir über jarnischt mehr!
Berliner Redensart

Wir lieben Menschen, die frisch heraussagen, was sie denken, vorausgesetzt, sie denken dasselbe wie wir. *Mark Twain*

Nur wer gesunden Menschenverstand hat, der wird verrückt. *Stanislaw Jerzy Lec*

Es ist sehr typisch für unsere Hypothesen:
Bevor ihnen die Beine wachsen,
tragen sie schon Prothesen. *Stanislaw Jerzy Lec*

Die Meinung ist eine Küche, worin alle Wahrheiten abgeschlachtet, gerupft, zerhackt, geschmort und gewürzt werden. *Ludwig Börne*

Moderne Bildung hat man dann erreicht, wenn man Zeus nur mehr als Rakete kennt. *Helmut Walters*

Stellen Sie sich die Stille vor, wenn die Leute immer nur das sagen würden, was sie wissen. *Karl Capek*

Es gibt Diebe, die vom Gesetz nicht bestraft werden und die dem Menschen doch das Kostbarste stehlen: die Zeit. *Napoléon Bonaparte*

Der Zucker ist das Salz des Lebens. *Unbekannt*

Ich kenne kein Vorurteil: Ich hasse die gesamte Menschheit gleicherweise. *W.C. Fields*

Er handelte mit anderer Leute Meinungen. Er war Professor der Philosophie.
Georg Christoph Lichtenberg

Eines läßt sich nicht bestreiten:
jede Sache hat zwei Seiten!
Die der andern, das ist eine,
und die richt'ge, das ist Deine! *Mascha Kaléko*

Strebe niemals nach Dingen, die auch Dümmeren gelingen. *Unbekannt*

Was immer auch geschieht:
Nie dürft ihr so tief sinken,
vom Kakao, durch den man Euch zieht,
auch noch zu trinken. *Erich Kästner*

Das ist ja eben das Unglück: Jeder schließt von sich auf die anderen und berücksichtigt nicht, daß es auch anständige Menschen gibt. *Heinrich Zille*

Wer glaubt, etwas zu sein, hat aufgehört, etwas zu werden. *Philipp Rosenthal*

Wer A sagt, der muß nicht B sagen, er kann auch erkennen, daß A falsch war. *Bertolt Brecht*

Alles wurde schon gesagt, da aber niemand zuhört, muß man's stets wiederholen. *André Gide*

Merke Dir: Alles, was Du von anderen denkst, darfst Du den anderen nicht sagen. Und alles, was Dir die anderen verschweigen, darauf kannst Du Dich verlassen. *Curt Goetz*

Die Wilden fressen einander, und die Zahmen betrügen einander, – das nennt man den Lauf der Welt!
Arthur Schopenhauer

Weshalb wiederholt man so oft alte Irrtümer, wo doch unter so vielen neuen gewählt werden kann?
Bertrand Russel

Daß er an Spannung nichts verliert,
lebt heute jeder isoliert. *Eugen Roth*

Eine der erstaunlichsten Erscheinungen ist, daß man sich einbildet, von abhängigen Menschen unabhängige Meinungen erwarten zu dürfen.
Sigmund Graff

Wir sehn mit Grausen ringsherum:
die Leute werden alt und dumm!
Nur wir allein im weiten Kreise,
wir bleiben jung und werden weise!
Eugen Roth

Ein Mensch meint, gläubig wie ein Kind, daß alle Menschen Menschen sind. *Eugen Roth*

Die Welt ist ein Gefängnis, in dem Einzelhaft vorzuziehen ist. *Karl Kraus*

Die Welt durch Vernunft dividiert, geht nicht auf.
Johann Wolfgang von Goethe

Beim Anblick der Welt faßt man sich an die Nase, einmal des Geruchs wegen und dann, weil man wissen will, ob man träumt. *Werner Schneyder*

Die öffentliche Meinung ist die Dirne unter den Meinungen. *Marie von Ebner-Eschenbach*

Es ist schwieriger, eine vorgefaßte Meinung zu zertrümmern als ein Atom. *Albert Einstein*

Die Meinung der Frauen ist sauberer als die der Männer: Sie wechseln sie auch öfter. *Oliver Herford*

Man kann auf einem Standpunkt stehen, aber man sollte nicht darauf sitzen. *Erich Kästner*

Die öffentliche Meinung gleicht einem Schloßgespenst: Niemand hat es gesehen, aber alle lassen sich von ihm tyrannisieren. *Sigmund Graff*

Auch wenn man von nichts was versteht, kann man prächtig darüber streiten.
Pierre A. de Beaumarchais

Man kann überhaupt nichts mehr sagen, ohne Gefahr zu laufen, daß irgendein Idiot derselben Meinung ist. *Gabriel Laub*

Im Essen bist Du schnell,
im Gehen bist Du faul.
Iß mit den Füßen, Freund,
und nimm zum Geh'n das Maul!
Gotthold Ephraim Lessing

Ich verstehe die Sachen recht gut, es ist nur der Umstand, ich kenn' mich alle Augenblick nicht aus.
Johann Nepomuk Nestroy

Ich weiß nicht genau, ob ich weiß, daß ich nichts weiß. *Michael Richter*

Man muß schon etwas wissen, um verbergen zu können, daß man nichts weiß.
Marie von Ebner-Eschenbach

Öffentliche Meinung: Wie vieler Idioten bedarf es, um sie zu bilden. *Nicolas Chamfort*

Das Publikum ist ein Mann, der alles weiß und gar nichts kann. *Ludwig Robert*

Der einzige Mensch, der sich vernünftig benimmt, ist mein Schneider. Er nimmt jedesmal neu Maß, wenn er mich trifft, während alle anderen immer die alten Maßstäbe anlegen, in der Meinung, sie paßten heute noch auf mich. *George Bernard Shaw*

Ein Abend, an dem sich alle Anwesenden völlig einig sind, ist ein verlorener Abend. *Albert Einstein*

Wer meint, er habe die Lebensaufgaben erledigt, der ist erledigt. *Oscar Wilde*

Reden ist Silber, aber das Flußgold wird gerade durchs Gewäsch gewonnen. *Fliegende Blätter*

Vermessen wär's, woll'st Du ihr **Wesen**
den Leuten vom Gesicht ablesen.
Darf es doch als Grundsatz gelten:
So, wie sie ausschaun, sind sie selten! *Eugen Roth*

Eskalation des Luxus: eigenes Auto, eigene Villa, eigene Meinung! *Wieslaw Brudzinski*

Manche sehen mit dem rechten und mit dem linken Auge genau dasselbe. Und glauben es sei Objektivität. *Stanislaw Jerzy Lec*

Eine Meinung, die nicht der meinen entspricht, ist absurd. *Ambrose Bierce*

Ich habe es klug gemacht,
ich habe nie über das Denken gedacht!
Johann Wolfgang von Goethe

Wenn zwei Menschen immer die gleiche Meinung haben, taugen beide nichts. *Konrad Adenauer*

Nur derjenige, der eine eigene Meinung hat, kann sie ändern. *Unbekannt*

Die Meinung von heute ist nicht immer die von gestern. *Unbekannt*

Die Freiheit der Meinung setzt voraus, daß man eine hat. *Heinrich Heine*

Nichts teilt man lieber als die Meinung.
Michael Rumpf

Das ist eine Frage der Sauberkeit: Man soll die Meinung wechseln wie das Hemd. *Jules Renard*

Meinungen sind so etwas Ähnliches wie Hämorrhoiden des Geistes. *Heimito von Doderer*

Es gibt Zeiten, wo die öffentliche Meinung die schlechteste aller Meinungen ist. *Nicolas Chamfort*

Wissen ist Macht.
Wir wissen nichts.
Das macht nichts! *Nebelspalter*

I sag nix, aber wenn i was sage dät, no dät i was sage! *Schwäbischer Volksmund*

Komisch nennen wir eine Sache, die lästig wäre, wenn sie uns selber zustieße. *André Maurois*

Man muß denken wie die wenigsten und reden wie die meisten. *Baltasar Gracián*

Die mir eine Gabe reichen, umwedle ich, die mir nichts geben, belle ich an, und die Schurken beiße ich. *Diogenes*

Ein Professor ist ein Herr, der anderer Meinung ist.
August Bier

Versuch's und übertreib's einmal,
gleich ist die Welt von dir entzückt.
Das Grenzenlose heißt genial,
wär's auch nur grenzenlos verrückt. *Paul von Heyse*

Wer im siebten Himmel ist und noch einen achten fordert, wird wohl auch im neunten Himmel nicht im siebten sein. *Leopold Davi*

Ich beneide alle Leute darum, nicht ich zu sein.
Fernando Pessóa

Den größten Teil unserer Existenz verbringen wir damit, alles falsch zu machen, einen weiteren Teil, nichts zu tun, und mit dem verbliebenen Rest verlieren wir nur Zeit. *Lucius Annaeus Seneca*

Wer widerspricht, ist nicht gefährlich. Gefährlich ist, wer zu feige ist zu widersprechen.
Napoléon Bonaparte

Bornierten Menschen sollte man nicht widersprechen. Widerspruch ist immerhin ein Zeichen von Anerkennung. *Richard von Schaukal*

Wenn alle mit einer Zunge singen, ist der Text ohne Bedeutung. *Stanislaw Jerzy Lec*

Die Lehre der Stoiker, daß wir unseren Bedürfnissen durch Ausrottung unserer Begierden abhelfen sollen, kommt mir ebenso vor, als wenn wir uns die Füße abschneiden sollen, damit wir keine Schuhe brauchen. *Jonathan Swift*

Nichts kann mehr zur Seelenruhe beitragen, als wenn man gar keine Meinung hat.
Georg Christoph Lichtenberg

Er schlug Krach, weil er seine Ruhe haben wollte.
Hans Kudszus

Sei stets gefällig, wenn es Dich nichts kostet!
Niccoló Machiavelli

Lüge und Wahrheit

Eine Notlüge ist immer verzeihlich. Wer aber ohne Zwang die Wahrheit sagt, verdient keine Nachsicht.
Karl Kraus

Was nur einer sagt, ist immer falsch. Was alle sagen, ist sowieso nicht richtig. *Michael Richter*

Die meisten unserer heutigen Wahrheiten haben so kurze Beine, daß sie geradesogut Lügen sein könnten. *Egon Friedell*

Jeder Narr kann die Wahrheit sagen, aber nur ein verhältnismäßig intelligenter kann gut lügen.
Samuel Butler

Grundsätzlich verlogene Menschen sind ungefährlich. Gefährlich sind nur Lügner, die manchmal die Wahrheit sagen. *George Bernard Shaw*

Ich nahm die Wahrheit mal aufs Korn,
und auch die Lügenfinten.
Die Lüge machte sich gut von vorn,
die Wahrheit mehr von hinten. *Wilhelm Busch*

Bei einer Lüge nicht ertappt zu werden, ist so, als habe man die Wahrheit gesagt. *Aristoteles Onassis*

Das Gefährlichste an Halbwahrheiten ist, daß fast immer die falsche Hälfte geglaubt wird.
Hans Krailsheimer

Man lügt wohl mit dem Munde, aber mit dem Maule, das man dabei macht, sagt man doch noch die Wahrheit. *Friedrich Nietzsche*

Die Wahrheit ist ein Weib,
das zwar kein Laster kennt,
doch weil sie nackt und bloß,
so wird sie sehr geschänd't. *Friedrich von Logau*

Eine Lüge ist bereits drei Male um die Erde gelaufen, bevor die Wahrheit sich die Schuhe anzieht.
Mark Twain

Es ist stets die beste Politik, die Wahrheit zu sagen, es sei denn, man wäre ein phantastischer Lügner.
Jerome K. Jerome

Es gibt drei Arten von Lügen: Lügen, infame Lügen und Statistiken. *Benjamin Disraeli*

Wer einmal lügt, dem glaubt man nicht. Wer aber immer lügt, hat ganz gute Chancen.
Johannes Gross

Sagen Sie nie eine Lüge, die Sie nicht beweisen können. *Millôr Fernandes*

Der Beste muß mitunter lügen, zuweilen tut er's mit Vergnügen! *Wilhelm Busch*

Wenn Lügen Haare wären,
wir wär'n behaart wie Katzen
und hätten keine Glatzen. *Wilhelm Busch*

Gott gab uns nur einen Mund,
weil zwei Mäuler ungesund.
Mit dem einen Maule schon
schwätzt zuviel der Erdensohn!
Hat er jetzt das Maul voll Brei,
muß er schweigen unterdessen.
Hätte er der Mäuler zwei,
löge er sogar beim Fressen! *Heinrich Heine*

Ein normaler, anständiger Pariser lügt zehnmal am Tage, eine anständige Pariserin zwanzig Male, ein Mann von Welt hundert Mal. Wie oft eine Frau von Welt lügt, hat noch niemand ausrechnen können.
Hippolyte Taine

Der wesentliche Unterschied zwischen einer Katze und der Lüge ist der, daß die Katze neun Leben hat.
Mark Twain

Die Wahrheit ist schön, – ohne Zweifel! Aber die Lüge ist auch nicht ohne! *Ralph Waldo Emerson*

Wer einmal lügt, muß oft zu lügen sich gewöhnen; denn sieben Lügen braucht's, um eine zu beschönen.
Friedrich Rückert

Ein halbleeres Glas ist zwar auch ein halbvolles. Doch eine halbe Lüge ist mitnichten eine halbe Wahrheit.
Jean Cocteau

Und auf vorgeschriebnen Bahnen
zieht die Menge durch die Flur.
Den entrollten Lügenfahnen
folgen alle: Schafsnatur!
Johann Wolfgang von Goethe

Der beste Lügner ist der, der mit den wenigsten Lügen am längsten auskommt. *Samuel Butler*

So ehrlich kann ein Mensch gar nicht sein, daß er sich nicht bisweilen selbst belügt.
Rupert Schützbach

Lügen, Lügen! Gebt uns Lügen!
Ach, die Wahrheit ist so roh!
Wahrheit macht uns kein Vergnügen,
Lügen machen fett und froh!
Christian Morgenstern

Lügen ist bei einem Liebhaber eine Kunst, bei einem Junggesellen ein Talent und bei einer verheirateten Frau eine zweite Natur. *Helen Rowland*

Frag' mich nichts, – und ich werde dir nichts vorflunkern. *Oliver Goldsmith*

Ehe ich's vergessse, Herr Werle junior, – gebrauchen Sie doch bitte nicht das Fremdwort »Ideale«. Wir haben ja das gute alte Wort »Lügen«. *Henrik Ibsen*

Nicht mehr als ein Haar weit
liegt Irrtum von der Wahrheit. *Benno Papentrigk*

Besser eine bittere Wahrheit als süße Illusionen.
Pearl S. Buck

Daß die Lüge mit ihren kurzen Beinen jetzt gezwungen ist, rund um die Welt zu laufen, und daß sie's aushält, ist das Überraschende an dem Zustand.
Karl Kraus

Ich kann es mir nicht leisten zu lügen, mein Gedächtnis ist nicht gut genug. *Max Jakob Friedländer*

Eine geistreiche Lüge ist eine geheime Huldigung an den Menschen, den man belügt. *Sacha Guitry*

Lügen haben kurze Beine, – aber dafür tausend.
Unbekannt

Wahrheit ist eine widerliche Arznei. Man bleibt lieber krank, ehe man sich entschließt, sie einzunehmen.
August von Kotzebue

Wer immer die **Wahrheit** sagt, kann sich ein schlechtes Gedächtnis leisten. *Theodor Heuss*

Eine halbe Wahrheit ist nie die Hälfte einer ganzen.
Karl Heinrich Waggerl

Eine Übertreibung ist eine Wahrheit, die die Geduld verloren hat. *Khalil Gibran*

Wenn ich die Wahrheit sagen sollte, müßt' ich lügen.
Erich Kästner

Wer die Wahrheit sagt, wird früher oder später erwischt. *Oscar Wilde*

Ungläubigen die Wahrheit preisen,
heißt Blinden schöne Dirnen weisen.
Andreas Gryphius

Es gibt Wahrheiten, auf die man Gift nehmen kann.
Heinrich Nüsse

Man sagt, am Ende triumphiert die Wahrheit, – aber das ist nicht wahr. *Anton Tschechow*

Sage nicht die Wahrheit – und du wirst bald ein angesehenes Mitglied der menschlichen Gesellschaft.
Chinesisches Sprichwort

Lügen haben kurze Beine; die Wahrheit hat lange Beine, weil sie sich dauernd auf der Flucht befindet.
Gerhard Uhlenbruck

Wer dreimal lügt, ist guter Dinge, denn aller guten Dinge sind drei. *Werner Mitsch*

Mit der Wahrheit ist es wie mit einer stadtbekannten Hure. Jeder kennt sie, aber es ist peinlich, wenn man ihr auf der Straße begegnet. *Wolfgang Borchert*

Die schlechtesten Menschen sind es nicht,
die dir die Wahrheit sagen. *Heinz Erhardt*

Die Wahrheit ist eine Dame ohne Unterleib. Die Lügen haben wenigstens kurze Beine. *Felix Renner*

Vom Wahrsagen läßt sich wohl leben, aber nicht vom Wahrheit sagen. *Georg Christoph Lichtenberg*

Wer die Wahrheit beschreiben will, überlasse die Eleganz dem Schneider. *Albert Einstein*

Man kann die Wahrheit nur mit List verbreiten.
Bertolt Brecht

Was ist Wahrheit? fragte Pilatus, – aber er wartete die Antwort nicht ab! *Francis Bacon*

Wer möchte diesen Erdenball
noch fernerhin betreten,
wenn wir Bewohner überall
die Wahrheit sagen täten? *Wilhelm Busch*

Die Wahrheit hat nichts zu tun mit der Zahl der Leute, die von ihr überzeugt sind. *Paul Claudel*

Sprich die Wahrheit und beschäme den Teufel.
Sprichwort

Wenn alle Menschen immer die Wahrheit sagten, wäre das die Hölle auf Erden. *Jean Gabin*

Wird die Wahrheit frisiert, muß sie Haare lassen.
Hans Kasper

Wahrheit ist unser höchstes Gut, – laßt uns sparsam damit umgehen. *Mark Twain*

Sage die Wahrheit, – aber dann renne!
Jüdisches Sprichwort

Die beste Tarnung ist die Wahrheit, – die glaubt einem keiner! *Max Frisch*

Als Pythagoras seinen bekannten Lehrsatz entdeckte, brachte er den Göttern eine Hekatombe dar. Seitdem zittern die Ochsen, sooft eine neue Wahrheit an das Licht kommt. *Ludwig Börne*

Die Frage an die Logik »Was ist Wahrheit?« gleicht dem beklagenswerten Anblick, daß einer den Bock melkt und einer ein Sieb darunter hält.
Immanuel Kant

Auch ein Kind und ein Weib können die Wahrheit sagen. Erst, wenn ihre Aussage von anderen Kindern und Weibern bestätigt wird, soll man an ihrer Glaubwürdigkeit zu zweifeln beginnen.
Karl Kraus

Die nackte Wahrheit paßt nicht mehr für unsre Welt,
seit Vater Adam sich das erste Kleid bestellt.
Wilhelm Müller

Wahrheit ist ein Hund, der ins Loch muß und hinausgepeitscht wird, während Madame Schoßhündin am Feuer stehen und stinken darf. *William Shakespeare*

Der Wein und die Wahrheit sind sich nur insofern ähnlich, als man mit beiden anstößt.
Moritz Gottlieb Saphir

Die Wahrheit schwindet von der Erde,
auch mit der Treue ist's vorbei.
Die Hunde wedeln noch und stinken
wie sonst, doch sind sie nicht mehr treu.
Heinrich Heine

Die Gefahr bei der Suche nach Wahrheit liegt darin, daß man sie manchmal findet. *William Faulkner*

Eines Tages schwimmt die Wahrheit doch noch nach oben, – als Wasserleiche. *Wieslaw Brudzinski*

Die Wahrheit ist im Wein;
das heißt in unsern Tagen
muß einer betrunken sein,
um Lust zu haben,
die Wahrheit zu sagen. *Friedrich Rückert*

Wer Wahrheit liebt,
der urteilt scharf,
vorausgesetzt,
daß er das darf. *Eugen Roth*

Es gibt ebensowenig eine hundertprozentige Wahrheit wie hundertprozentigen Alkohol.
Sigmund Freud

Die Wahrheit ist wie ein Bauernmädchen, – am schönsten ist sie ungeschminkt. *Oskar Kokoschka*

Es ist fast unmöglich, die Fackel der Wahrheit durchs Gedränge zu tragen, ohne jemandem den Bart zu versengen. *Georg Christoph Lichtenberg*

Die Wahrheit triumphiert nie, – ihre Gegner sterben nur aus. *Max Planck*

Abstammung, Rassismus, Antisemitismus

Den Juden und den Frauen merkt man an, daß sie jahrhundertelang unterdrückt wurden.
Theodor Adorno

Das einzige, was ich zu wissen brauche, ist, daß die Juden dem Menschengeschlecht angehören – das genügt mir; etwas Schlechteres könnten sie nicht sein. *Mark Twain*

Gäbe es keine Juden, so würden die Antisemiten sie erfinden. *Jean-Paul Sartre*

Wenn meine Relativitätstheorie stimmt, so sagen die Deutschen, ich sei Deutscher. Und die Franzosen erheben mich zum Weltbürger. Stimmt sie jedoch nicht, dann sagen die Franzosen, ich sei Deutscher. Und die Deutschen sagen, ich sei Jude. *Albert Einstein*

Irland ist stolz, nie die Juden verfolgt zu haben. Klar, denn es hat sie nie ins Land gelassen. *James Joyce*

Ein Optimist ist einer, der etwas vom Juden kauft, um es einem Schotten weiter zu verkaufen.
Unbekannt

Über einen neuen Antisemitismus mache ich mir keine Gedanken, denn der alte ist noch stark genug. *Unbekannt*

Die Juden sind das Salz in der Suppe; eine Prise zu viel, – und die Suppe ist versalzen! *Unbekannt*

Ich bin kein Jude, – ich sehe nur so intelligent aus!
Werner Finck

Schau ich mir die Juden an,
hab' ich wenig Freud daran.
Fallen mir die andern ein,
bin ich froh, ein Jud zu sein. *Albert Einstein*

Es gibt zwei Sorten von Juden. Die unmusikalischen kann ich auch nicht leiden. *Albert Einstein*

Selbst Moses konnte mit den Juden nicht auskommen. *Jüdisches Sprichwort*

Es ist ein jüdischer Fehler, zu denken, daß die Welt sich aus Semiten und Antisemiten zusammensetzt.
Hanns-Dietrich von Seydlitz

Schwarze richten ihre Blicke meist nach unten oder nach oben, aber sie sehen einander nicht an, und Weiße sehen meistens weg. *James Baldwin*

Ich bin ein Schwarzer, bin Jude und schiele, – ist vielleicht sonst noch was gefällig? *Unbekannt*

Was ist nun eigentlich politisch unkorrekt: daß der Neger eine weiße und der Weiße eine schwarze Seele habe? *Millôr Fernandes*

Vom Ahnenstolz ist es nur ein Schritt zum Rassenwahn. *Peter Benary*

Stammbäume sind die einzigen Bäume, die gelegentlich Grund hätten, ihre Wurzeln zu verbergen.
Unbekannt

Deutschland: In diesem Land kann man keine Politik machen! Da sind selbst die Juden dumm!
Max Weber

Antisemitismus ist eine Krankheit, die bisweilen virulent wird. Immerhin bemühen sich die Juden, sie latent zu halten. *Dino Segre Pitigrilli*

Rasse: Ich kannte eine Kollegin, die ihren Stammbaum zurückverfolgen konnte bis zu den Ahnen, die noch auf ihm lebten. *Robert Lembke*

Ein Amerikaner ist entweder ein Jude oder ein Antisemit oder gar beides zusammen. *Jean-Paul Sartre*

Der Affe ist ein Tier, das auf Bäumen lebt, besonders gerne auf Stammbäumen. *Ambrose Bierce*

Jene, die nichts anderes zu ihren Gunsten anführen können, als ihre Ahnen, gleichen der Kartoffel, deren wertvollster Teil unter der Erde ruht. *Jonathan Swift*

Erfahr ich, wie Mitchristen sich gebährden,
möcht ich aus Scham und Ingrimm Jude werden.
Noch mehr! Wie's Jude, Christ und Heide treiben,
verwehrt mir fast, noch länger Mensch zu bleiben.
Christian Morgenstern

Vorschläge für eine neue jugoslawische Hymne:
Serbien über alles.
Kroatien über alles.
Slowenien über alles.
Mazedonien über alles.
Bosnien über alles. *Zarko Petan*

An Habe bin ich arm, – ein Los, infolgedessen auch der Adel sinkt. *Euripides*

Rassist ist einer, der sich noch nicht die Zeit nahm, seinen eigenen Stammbaum zu studieren.
Millôr Fernandes

Die Juden haben die Nase in der Luft, die Christen auf dem Boden. *Francis Picabia*

Rassenzüchtung als Politik ist die Kinderliebe der Kidnapper. *Gottfried Benn*

Es gibt nur zwei Rassen, – die geistige und die ungeistige! *Ernst Barlach*

Eher kommt ein Protestant auf den Heiligen Stuhl als ein Schwarzer ins Weiße Haus. *Werner Mitsch*

Wenn aus dir selbst nicht Adel spricht,
so nützen tausend Ahnen nicht.
Jüdisches Sprichwort

Mit der Zeit vollbringen unsere Vorfahren immer ruhmreichere Taten. *Wieslaw Brudzinski*

In manchen Familien sind Hunde mit Stammbaum so eine Art Adelsersatz. *Oliver Hassencamp*

Optimismus, Pessimismus

Es gibt kein schlechtes Wetter, es gibt nur verschiedene Arten von gutem. *John Ruskin*

An schlechten Tagen ist die Aussicht auf bessere Tage besser als an guten. *Werner Mitsch*

Ich bin Optimist! Daher glaube ich an die rettende Mission des Pessimismus! *Stanislaw Jerzy Lec*

Sobald ein Optimist ein Licht erblickt, das es gar nicht gibt, findet sich ein Pessimist, der es wieder ausbläst. *Giovanni Guareschi*

Ein Optimist hat nicht weniger oft Unrecht als der Pessimist, doch er lebt froher. *Charlie Rivel*

Optimismus ist die Manie, zu unterstellen, daß alles gut laufe, während in Wahrheit alles schlecht läuft. *François Marie Voltaire*

Nur Pessimisten schmieden das Eisen, solange es heiß ist. Optimisten vertrauen darauf, daß es nicht erkaltet. *Peter Bamm*

Wer immer durch eine rosa Brille sieht, dem wird eines Tages schwarz vor Augen. *Roberto Rosselini*

Optimisten haben ja keine Ahnung von den freudigen Überraschungen, die Pessimisten erleben. *Peter Bamm*

Pessimismus ist eine Philosophie, dem Beobachter aufgezwungen durch die entmutigende Übermacht des Optimismus mit seiner gräßlichen Hoffnung und seinem abstoßenden Lächeln. *Ambrose Bierce*

Ein Optimist sieht stets nur grünes Licht, ein Pessimist stets nur rotes. Der wirklich Weise jedoch ist farbenblind. *Friedrich Dürrenmatt*

Wer vor dem achtundvierzigsten Lebensjahr Pessimist ist, der weiß zuviel. Und wer nach dem Achtundvierzigsten Optimist ist, der weiß gar nichts. *Mark Twain*

Der Optimist erklärt, daß wir in der besten aller Welten leben, und der Pessimist fürchtet, daß dies wahr ist. *James Branch Cabell*

Der Unterschied zwischen einem Optimisten und einem Pessimisten besteht darin, daß der Optimist glaubt, die Zukunft sei ungewiß. *Edward Teller*

Optimisten leiden, ohne zu klagen. Pessimisten klagen, ohne zu leiden. *Karl Farkas*

Ein Pessimist ist ein Optimist mit Lebenserfahrung. *Unbekannt*

Optimist ist der Mann, der seine Sekretärin heiratet und glaubt, er könne weiterhin diktieren. *Unbekannt*

Für mich ist »Optimist« ein anderes Wort für Dummkopf! *Gustave Flaubert*

Ein richtiger Optimist ist wie ein Dieb: Er nimmt die Dinge zu leicht. *Peter Frankenfeld*

Ein Mann, der achtzehn Dollar in der Woche verdient und eine Frau heiratet, die sich sehnlichst Kinder wünscht, ist ein Optimist. *J. Garland Pollard*

Der Teufel ist ein Optimist, wenn er glaubt, er könne die Menschen noch schlechter machen, als sie es schon sind. *Karl Kraus*

Ein Optimist ist in der Regel ein Zeitgenosse, der ungenügend informiert ist. *John B. Priestley*

Optimist ist einer, der im Auto mit laufendem Motor darauf wartet, daß seine Frau vom Einkaufen zurückkommt. *Unbekannt*

Für einen Optimisten ist das Leben kein Problem, sondern bereits die Lösung. *Marcel Pagnol*

Ein Optimist ist ein Mensch, der alles halb so schlimm oder doppelt so gut findet. *Heinz Rühmann*

Optimist ist ein Mensch, der seine Kreuzworträtsel mit dem Füllfederhalter ausfüllt. *Robert Lembke*

Ein Optimist ist ein Mensch, der ein Dutzend Austern bestellt, dies in der Hoffnung, sie mit der Perle, die er darin findet, bezahlen zu können.
Theodor Fontane

Der Optimist ist ein Mensch, der die Dinge nicht so tragisch nimmt, wie sie sind. *Karl Valentin*

Ein moderner Optimist ist ein Mensch, der von den Ereignissen laufend dementiert wird. *Peter Sellers*

Ein **Pessimist** ist ein Mann, der glaubt, daß alle Frauen unmoralisch seien. Ein Optimist hofft es nur.
Unbekannt

Ein Pessimist ist einer, der, wenn er die Wahl zwischen zwei Übeln hat, beide wählt. *Oscar Wilde*

Ein Pessimist ist einer, der sofort nach dem Sarg Ausschau hält, wenn er Blumen riecht.
Henry Louis Mencken

Der Pessimist findet zu jeder Lösung ein passendes Problem. *Unbekannt*

Es gibt keinen traurigeren Anblick als den eines jungen Pessimisten, – mit Ausnahme eines alten Pessimisten! *Mark Twain*

Ein Pessimist ist ein Mensch, der sich den Kuß vom Bakteriologen erklären läßt.
Paul Hubschmid

Der einzige Mist, auf dem nichts wächst, ist der Pessimist. *Theodor Heuss*

Ein Pessimist ist ein Mensch, dem nicht wohl zumute ist, wenn er sich wohl fühlt, weil er befürchtet, daß er sich schlechter fühlen wird, wenn er sich besser fühlt. *George Bernard Shaw*

Wenn einem eingefleischten Pessimisten ein Stein vom Herzen fällt, dann fällt er ihm bestimmt auf den Fuß. *Karl Farkas*

Pessimist ist jemand, der glaubt, daß jeder Mensch so widerwärtig ist wie er selbst.
George Bernard Shaw

Sapienti sat (Dem Verständigen genügt es)

Moral, Ethik und Vernunft

Man muß denken wie die wenigsten und reden wie die meisten. *Arthur Schopenhauer*

Manches Gewissen ist nur rein, weil es nie benutzt wurde. *Stanislaw Jerzy Lec*

Es mag eine Sünde sein, schlecht von anderen zu denken, doch selten ist's ein Irrtum.
Henry Louis Mencken

Man müßte sich die Unbestechlichkeit bezahlen lassen können. *Werner Schneyder*

Gewissen, der elastische Stoff, heut kann man's kaum über'n Maulwurfshügel spannen, morgen deckt man ganze Berge damit zu. *Johann Nepomuk Nestroy*

Ich schulde viel. Ich habe nichts. Den Rest vererbe ich den Armen! *François Rabelais*

An Sittensprüchen hat der Arge sein Vergnügen, nicht, um danach zu tun, doch um damit zu trügen.
Friedrich Rückert

Verleumdung mußt du frech betreiben,
es wird schon etwas haften bleiben. *Karl Simrock*

Moral ist eine Wichtigtuerei des Menschen vor der Natur. *Friedrich Nietzsche*

Moral ist die Tendenz, das Kind mit dem Bade auszuschütten. *Karl Kraus*

Wo immer ich gehe, folgt mir ein Hund namens »Ego«. *Friedrich Nietzsche*

Moral ist einfach die Haltung, die wir Leuten gegenüber einnehmen, die wir nicht leiden können.
Oscar Wilde

Jeder Mensch hat auch eine moralische backside, die er nicht ohne Not zeigt, und die er so lange wie möglich mit den Hosen des guten Anstands zudeckt.
Georg Christoph Lichtenberg

Die moderne Menschheit hat zwei Arten von Moral: eine, die sie predigt, aber nicht anwendet, und eine andere, die sie anwendet, aber nicht predigt.
Bertrand Russell

Moral: ein Kodex, der von den einen nicht eingehalten wird, weil sie ihn nicht anerkennen, und von den anderen anerkannt wird, weil sie ihn nicht einhalten. *Gabriel Laub*

Moral kommt nach der Mahlzeit, folglich meist zu spät. *Unbekannt*

Moral ist jenes Maß von Anständigkeit, das gerade modern ist. *Federico Fellini*

Moralisten sind Leute, die sich jedes Vergnügen versagen, außer jenem, sich in das Vergnügen anderer Leute einzumischen. *Bertrand Russell*

Es gibt kaum einen Blender, der sich nicht für ein großes Licht hält. *Werner Mitsch*

Moralische Entrüstung besteht zu 2% aus Moral, 48% Entrüstung und 50% Neid. *Vittorio de Sica*

Wie immer, wenn einer den Mut hat zu offener Selbstsucht, kommt der andere mit seiner verdammten Moral. *Max Frisch*

Triffst du einen Moralisten, mein Freund, – betrachte ihn mit Respekt und der nötigen Distanz. Denn die Moral ist wie eine Trichine: Sie lebt im Schweinefleisch. *Dino Segre Pitigrilli*

Moral ist, wenn man so lebt, daß es gar keinen Spaß macht, so zu leben. *Edith Piaf*

Moralisten sind Menschen, die sich dort kratzen, wo es andere juckt. *Samuel Beckett*

Sei sicher, mein Lieber: Die moralischen Prinzipien, die dein Leben bestimmen, werden dich noch bekümmern, denn es sind meist die falschen.
Robert Louis Stevenson

Wer die Moral hat, hat die Qual! *Unbekannt*

Was heißt, bei Licht besehen,
den Menschen die Moral?
Zwei scheuen das Vergehen
und hundert den Skandal! *Franz Herold*

Moralprediger sind meist Heuchler, und Moralistinnen sind ausnahmslos häßlich. *Oscar Wilde*

Oh, daß ich große Laster säh,
Verbrechen, blutig, kolossal,
nur diese satte Tugend nicht
und zahlungsfähige Moral. *Heinrich Heine*

Die innere Stimme ist bei den meisten Menschen immer heiser. *Fritz Kortner*

Unmoral ist's nur, wenn's rauskommt. *Alfred Döblin*

Das Gewissen ist jene innere Stimme, die uns nicht abhält, etwas Unerlaubtes zu tun, das Vergnügen daran aber erheblich stört. *Marcel Achard*

Strenge Moralisten sagen, daß man sich alle Leidenschaften abgewöhnen soll. Das ist ungefähr so, als wenn man einem Mann in zu engen Schuhen rät, er solle sich die Füße amputieren lassen.
Johann Nepomuk Nestroy

Moralisch ist, wonach man sich gut fühlt, und unmoralisch ist, wonach man sich schlecht fühlt.
Ernest Hemingway

Moral ist gut, Erbschaft ist besser!
Theodor Fontane

Die Moral ist das Rückgrat der Schwachsinnigen.
Francis Picabia

Wer in den Wissenschaften Fortschritte und in der Moral Rückschritte macht, der macht mehr Rück- als Fortschritte. *Aristoteles*

Auch die Stimme des Gewissens kennt den Stimmbruch. *Stanislaw Jerzy Lec*

Der Zustand der gesamten menschlichen Moral läßt sich in zwei Sätzen zusammenfassen: Wir sollten, aber wir tun nicht. *Kurt Tucholsky*

Wer schläft, sündigt nicht. Wer vorher sündigt, schläft besser. *Berliner Schnauze*

Reue ist der feste Vorsatz, beim nächsten Mal keine Fingerabdrücke zu hinterlassen. *Marcel Achard*

Der Zeitgeist erschreckt sogar die Atheisten.
Stanislaw Jerzy Lec

Es möchte kein Hund so länger leben,
drum hab ich mich der Magie ergeben.
Johann Wolfgang von Goethe

Die Philosophie ist ein Frauenzimmer: Wenn sie keinen Grund mehr anzugeben weiß, fällt sie in Ohnmacht. *Moritz Gottlieb Saphir*

Philosoph ist einer, der für alle Probleme einen Ausweg weiß, – nur für die eigenen nicht!
Millôr Fernandes

Die Philosophie hat nur *einen* Sinn: uns durch ihre Sinnlosigkeit zu trösten! *Gustave Flaubert*

Hoffnung ist ein gutes Frühstück, aber ein schlechtes Abendessen. *Francis Bacon*

Wären Verstand und Geist von unserer Erde verschwunden, glaubte jeglicher doch: meinen behielt ich zurück. *Johann Gottfried von Herder*

Von allen Menschen lebt fast keiner auf der Welt, dem sein Verstand nicht – wohl jedoch sein Stand mißfällt. *Barthold Hinrich Brockes*

Der Mensch ist immer gefährlich. Wenn nicht durch seine Bosheit, dann durch seine Dummheit. Wenn nicht durch seine Dummheit, dann durch seinen Verstand. *Henry de Montherlant*

Wo das Prestige anfängt, hört bekanntlich der Verstand auf. *Norbert Blüm*

Philosophie, – das ist ein tirillierender Dompfaff auf dem höchsten Baumgipfel. *T.S. Eliot*

Das Volk erstaunt war, wie es deute,
daß ein Mann mehr Vernunft besaß
als eine Menge Leute. *Jean de La Fontaine*

Vernunft, – das ist so etwas wie ansteckende Gesundheit! *Alberto Moravia*

Wie kommt bei vielen das schiefe Denken,
die reich doch mit Verstand beschenkt?
Man kann sich das Gehirn verrenken,
wie man die Beine sich verrenkt!
Friedrich von Bodenstedt

Vernunft verhält sich zum Verstand wie ein Kochbuch zu einer Pastete. *Ludwig Börne*

Wenn der Mensch so viel Vernunft hätte wie Verstand, wäre alles viel einfacher. *Linus Pauling*

Wo der Verstand sich blöde zeiget,
da spricht am besten, wer am besten schweiget.
Pedro Calderón de la Barka

So lenkt ein Irrwisch unsere Schritte,
und erst in unseres Lebens Mitte
steckt die Vernunft ihr Lämpchen an. *Konrad Pfeffel*

Vorurteile werden in der Welt oft mit gesundem Menschenverstand verwechselt.
Claude Adrien Helvétius

Ach, wenn ich nicht gar zu vernünftig wär, ich tät mir was zuleide. *Heinrich Heine*

Ich verfüge zwar über den sogenannten sechsten Sinn, aber leider fehlen mir die fünf anderen.
Unbekannt

Am interessantesten sind die Innenseiten der Außenseiten. *Jean Genet*

Vorsintflutliche Tiere vergnügten sich am allerbesten, indem sie sagten: nach uns die Sintflut. *Unbekannt*

Wer den Verstand verloren hat, ist keineswegs verrückt. Wer aber alles verloren hat außer dem Verstande, – der wird verrückt.
Gilbert Keith Chesterton

Wenn doch auch die Vernunft ansteckend wäre!
Peter Hille

Weisheit

Die Narren reden am liebsten von der Weisheit, die Schurken von der Tugend. *Paul Ernst*

Die Mittelmäßigkeit wiegt immer richtig, nur ist ihre Waage falsch. *Anselm Feuerbach*

Der Zuwachs an Weisheit läßt sich genau nach der Abnahme an Galle bemessen. *Friedrich Nietzsche*

Einen mit Weisheit Gesalbten darf man nie warm werden lassen, sonst trieft er.
Marie von Ebner-Eschenbach

Menschen von dem ersten Preise
lernen kurze Zeit und werden weise.
Menschen von dem zweiten Range
werden weise, lernen aber lange.
Menschen von der dritten Sorte
bleiben dumm und lernen Worte. *Konfuzius*

Die meisten Menschen sind, um glücklich zu sein, entweder nicht gescheit oder nicht dumm genug.
Hans Krailsheimer

Fortuna setzt uns auf ein Rad.
Wer heut den Lustsitz oben hat,
liegt morgen unten. Bist du klug,
so schicke dich in den Betrug.
Julius Wilhelm Zinkgref

Die Summe unserer Erkenntnis besteht aus dem, was wir gelernt, und aus dem, was wir vergessen haben.
Marie von Ebner-Eschenbach

Wer immer Angst hat, etwas zu verlieren, hat in Wirklichkeit nichts mehr zu verlieren. *Unbekannt*

Was man besonders gerne tut,
ist selten ganz besonders gut! *Wilhelm Busch*

Wenn einem Philosophen ein Licht aufgeht, ist's für den anderen immer ein Schatten.
Christian Friedrich Hebbel

Wer andern keine Grube gräbt, fällt selbst hinein.
Karl Kraus

»Kannst Du einen Stern anrühren?« fragt man das kluge Kind. »Ja«, sagt es, neigt sich und berührt die Erde. *Hugo von Hoffmannsthal*

Fürs Leben wüßt ich gern: Was fangen die vielen Leute nur mit dem erweiterten Horizont an?
Karl Kraus

Sicher ist, daß nichts sicher ist. *Karl Valentin*

Es gibt Recht und Unrecht,
aber wie man's macht, 's ist nie recht! *Unbekannt*

Wer den Mund hält, weil er unrecht hat, ist ein Weiser. Wer den Mund hält, obwohl er recht hat, ist verheiratet oder Pfeifenraucher.
George Bernard Shaw

Stets äußert sich der Weise leise,
vorsichtig und bedingungsweise. *Wilhelm Busch*

Wenn der, welcher hört, nicht weiß, was der, welcher spricht, eigentlich sagen will, und wenn der, welcher spricht, auch nicht weiß, was er sagen soll, so nennt man das Philosophie.
François Marie Voltaire

Bei Denkern stiehlt sich der Tod von den Füßen nach oben, bei Laien vom Kopf nach unten. *Djuna Barnes*

Wie viele Dinge werden doch, durch die Lupe betrachtet, kleiner! *Wolfgang Eschker*

Daß oft die allerbesten Gaben
die wenigsten Bewundrer haben
und daß der größte Teil der Welt
das Schlechte für das Gute hält.
Dies Übel sieht man alle Tage.
Jedoch, wie wehrt man dieser Pest?
Ich zweifle, daß sich diese Plage
aus uns'rer Welt verdrängen läßt!
Ein einzig Mittel ist auf Erden,
allein es ist unendlich schwer:
Die Narren müssen weise werden;
doch seht, sie werden's nimmermehr!
Nie kennen sie den Wert der Dinge,
ihr Auge schließt, nicht ihr Verstand,
sie loben ewig das Geringe,
weil sie das Gute nie gekannt.
Christian Fürchtegott Gellert

Ein Dummer, der kein Wort sagt, unterscheidet sich nicht von einem Weisen, der schweigt.
Jean Baptiste Molière

Der Bürger ist gar oft bereit,
totzuschlagen seine Zeit.
Jedoch, die Zeit kennt kein Gebot:
Plötzlich ist der Bürger tot! *nach Herbert Spencer*

Es gibt Lichter, die alles bescheinen, – nur nicht den eigenen Leuchter! *Christian Friedrich Hebbel*

Da steh ich nun, ich armer Tor,
und bin so klug als wie zuvor.
Johann Wolfgang von Goethe

Aller Geist, der in der Welt ist, ist dem nichts nutz, der keinen hat. *Arthur Schopenhauer*

Für das praktische Leben ist das Genie so brauchbar wie ein Sternenteleskop im Theater.
Arthur Schopenhauer

Das beste Mittel, um getäuscht zu werden, ist, sich für schlauer zu halten als die anderen.
François de La Rochefoucauld

Es gibt mehr Leute, die kapitulieren, als solche, die scheitern. *Unbekannt*

Lache, alles stimmt mit ein!
Weine, und Du weinst allein! *Mascha Kaléko*

Der Mensch bleibt weise, solange er die Weisheit sucht. Sobald er sie gefunden haben will, wird er ein Narr. *Talmud*

Wahre Worte sind nicht schön, schöne Worte sind nicht wahr. *Laotse*

Die Dinge sind allhie verpackt,
daß man sie nicht wie Nüsse knackt. *Wilhelm Busch*

Dumme Gedanken hat jeder. Nur, – der Weise verschweigt sie. *Wilhelm Busch*

Gott hat den Weisen Sorgen gegeben, dafür den Toren ein sanftes Leben. *Miguel de Cervantes*

Mensch, steig' nicht allzu hoch,
bild' dir nichts übriges ein!
Die schönste Weisheit ist:
nicht gar zu weise sein! *Angelus Silesius*

Es ist sehr schwierig, Menschen hinters Licht zu führen, sobald es ihnen aufgegangen ist.
Alfred Polgar

Gar oft verbirgt sich in groben Hosen ein in sie gefallenes Herz. *Alexander Roda Roda*

Was man nicht aufgibt, das hat man nicht verloren.
Unbekannt

Ich weiß, daß ich nichts weiß. *Sokrates*

Das Licht vom Ende des Tunnels kann auch von einem Zug stammen, der gerade entgegen kommt.
Robert Lowell

Die Welt wird allmählich so gefährlich, daß man froh sein muß, lebend davon zu kommen. *W.C. Fields*

Man kann niemanden überholen, wenn man in seine Fußstapfen tritt. *François Truffaut*

Jeder Idiot kann einer Krise begegnen, – es ist das tägliche Einerlei, das uns fertig macht.
Anton Tschechow

Lebenskunst besteht zu 90 Prozent darin, mit Menschen auszukommen, die man nicht leiden kann.
Samuel Goldwyn

Verbringe nicht die Zeit mit der Suche nach einem Hindernis, – vielleicht ist keines da. *Franz Kafka*

Es hat alles zwei Seiten. Aber erst, wenn man erkennt, daß es drei sind, erfaßt man die Sache. *Heimito von Doderer*

Gar mancher kommt trotz vielem Lesen
mit dem Verständnis in die Brüche.
Wohl hat er die Sprüche der Weisheit gelesen,
doch nicht verstanden die Weisheit der Sprüche.
Friedrich von Bodenstedt

Allen ist das Denken möglich, – vielen bleibt es erspart! *Curt Goetz*

Um länger zu leben, muß man morgens nur früher aufstehen. *Jo Soares*

Wer nicht handelt, wird behandelt. *Rainer Barzel*

Die nichts wissen und wissen, daß sie nichts wissen, sind mir lieber als die, die nichts wissen und nicht wissen, daß sie nichts wissen. *Unbekannt*

Wer über gewisse Dinge den Verstand nicht verliert, der hat keinen zu verlieren. *Gotthold Ephraim Lessing*

Wem genug zu wenig ist, dem ist nichts genug! *Epikur*

Der größte Käse wird aus der Milch der frommen Denkungsart produziert. *Gerhard Uhlenbruck*

Jeder dumme Junge kann einen Käfer zertreten. Aber alle Professoren der Welt können keinen herstellen. *Arthur Schopenhauer*

Wenn der Kopf raucht, riechen die Gedanken verbrannt. *Alte Bauernweisheit*

Das Leben ist wie ein geschicktes Zahnausziehen. Man denkt immer, das Eigentliche solle erst kommen, bis man plötzlich merkt, daß alles schon vorbei ist. *Otto von Bismarck*

Wenn zwei Menschen immer wieder dieselben Ansichten haben, so ist einer davon überflüssig. *Sir Winston Churchill*

Gute Vorsätze sind Schecks, auf eine Bank gezogen, bei der man kein Konto hat. *Oscar Wilde*

Warum denn in die Ferne schweifen, sieh, das Böse liegt so nah! *Herbert Marcuse*

Je leichter's wird, sich was zu gönnen,
so schwerer, sich dran freun zu können. *Eugen Roth*

Wer mäßig lebt, lebt mäßig! *Erik Graf von Wickenburg*

Weisheit sollte im Überfluß zu haben sein: Wer fragt schon danach? *Stanislaw Jerzy Lec*

Die Chance klopft öfters an, als man glaubt, aber meistens ist niemand zu Hause. *Will Rogers*

Es ist ein Unglück, nicht genug Geist zu haben, um eine Rede zu halten, und nicht genug Selbsterkenntnis, um zu schweigen. *Jean de La Bruyère*

Es ist nicht alles Talmi, was glänzt. *Peter Hille*

Besser ein weiser Tor als ein törichter Weiser. *William Shakespeare*

Kritisiere niemanden, bevor Du nicht eine Weile in seinen Mokassins gelaufen bist. *Indianisches Sprichwort*

Man muß äs Läm äm näm, wie's Läm äm is! *Sächsisches Sprichwort*

Wir leben alle unter dem gleichen Himmel, aber wir haben nicht alle den gleichen Horizont. *Konrad Adenauer*

Lorbeer ist ein schnell welkendes Gemüse. *Giovanni Guareschi*

Die Mutter der Weisheit wird Vorsicht genannt,
doch der Vater der Weisheit ist unbekannt.
Daraus zu ersehen, – und dieses ganz klar:
daß die Mutter Vorsicht nicht vorsichtig war!
Unbekannt

Wer das erste Knopfloch verfehlt, kommt mit dem Zuknöpfen nicht zurecht. *Johann Wolfgang von Goethe*

Daß Weisheit nach der Anmut strebt,
hat man auf Erden oft erlebt.
Doch daß die Anmut gern ihr Ohr,
der Weisheit leiht, kommt selten vor.
Friedrich von Bodenstedt

Denn wir haben nichts in die Welt gebracht, darum offenbar ist, – wir werden auch nichts hinausbringen.
1. Timotheus 6,7

Gesegnet seien die, die nichts zu sagen haben und den Mund halten. *Unbekannt*

Ausgerechnet der Mensch ist unmenschlich.
Konrad Lorenz.

Ich bin zwar nur ein Droschkengaul,
doch philosophisch regsam;
der Freßsack hängt mir kaum ums Maul,
so werd ich überlegsam.
Ich schwenk ihn her, ich schwenk ihn hin,
und bei dem trauten Schwenken
geht mir so manches durch den Sinn,
woran nur Weise denken.
—
Ich bin zwar nur ein Droschkengaul,
doch sann ich oft voll Sorgen,
wie ich den Hafer brächt ins Maul,
der tief im Grund verborgen.
Ich schwenkte hoch, ich schwenkte tief,
bis mir die Ohren klangen.
Was dort in Nacht verschleiert schlief,
ich konnt es nicht erlangen.
—
Ich bin zwar nur ein Droschkengaul,
doch mag ich Trost nicht missen
und sage mir: So steht es faul
mit allem Erdenwissen;
es frißt im Weisheitsfuttersack
wohl jeglich Maul ein Weilchen,
doch nie erreicht's, o Schabernack,
die letzten Bodenteilchen. *Christian Morgenstern*

Viele wären wahrhaft weise, wenn sie nicht glaubten, sie wären es. *Baltasar Gracián*

Statt zu klagen, daß wir nicht alles haben, was wir wollen, sollten wir lieber dankbar sein, daß wir nicht alles bekommen, was wir verdienen.
Dieter Hildebrandt

Nicht alle, die viel essen, werden dick.
Nicht alle, die viel lesen, werden weise.
Michel de Montaigne

Ich weiß nicht, wieso ich denke, lebe und fühle, geschweige denn, wie ich existiere.
François Marie Voltaire

Vor sechzig Jahren wußte ich alles. Heute weiß ich, daß ich nichts weiß. Somit ist bewiesen, daß Schule, Universität und Lebenserfahrung nur eine progressive Erkenntnis unserer Ignoranz darstellen.
Will Durant

Wer seine Grenzen kennt, ist schon ein halber Weiser. *John Galsworthy*

Im Rat der Großmutter ist möglicherweise mehr Weisheit enthalten, als in der Wissenschaft der zwanzigjährigen Sozialexpertin. *Norbert Blüm*

Wirklich weise ist nur einer, der gar nicht weiß, daß er weise ist. *Nicolas Boileau-Despréaux*

Die weiseste Lebenshaltung ist die, an gar nichts zu denken. *Sophokles*

Die Theorie träumt, die Praxis belehrt.
Karl von Holtei

Wer vermag, mit Blicken des Weisen
die Welt zu erfassen,
wird ihr immer die Ehre erweisen,
sie ernstlich zu hassen. *Heinrich Leuthold*

Manch greises Haupt ziert weißes Haar,
obgleich sein Kopf der Weisheit bar. *Menander*

Die Unterhaltung zweier Weiser gleicht oft der von zwei Idioten: Keiner kann dem anderen etwas beibringen! *Manuel Bastos Tigre*

Ich kann's bis heute nicht verwinden,
deshalb erzähl' ich's auch nicht gern:
Den Stein der Weisen wollt' ich finden
und fand nicht mal des Pudels Kern! *Heinz Erhardt*

Ein Weiser prüft und achtet nicht,
was der gemeine Pöbel spricht.
Emanuel Schikaneder

Was andre mag ergötzen,
das kümmert wenig mich,
sie leben in den Schätzen,
in Freuden lebe ich. *Joseph von Eichendorff*

Es ist besser, zu wollen, was man nicht hat, als zu haben, was man nicht will. *Werner Finck*

Ich kenne Leute, die man nur deswegen für weise hält, weil sie nichts sagen. *William Shakespeare*

Wer nie verließ der Vorsicht enge Kreise
und selbst aus seiner Jugend Tagen
nichts zu bereu'n hat, zu beklagen,
der war nie töricht, aber auch nie weise.
Friedrich von Bodenstedt

Dies ist der Weisheit letzter Schluß;
daß alles kommt, wie's kommen muß! *Unbekannt*

Was der Unterschied zwischen Weisheit und »weise sein« ist, das weiß ich nicht. Ich weiß aber, daß es mir vollkommen egal ist, ob ich das weiß oder nicht weiß. *Lucius Annaeus Seneca*

Erkenne dich! – Was soll das heißen?
Es heißt: sei nur! und sei auch nicht!
Es ist eben ein Spruch der lieben Weisen,
der sich in Kürze widerspricht.
Johann Wolfgang von Goethe

Der Weise schweigt oder sagt Dinge, die besser sind als das Schweigen. *Pythagoras*

Kein weiser Mann war je genannt,
bey dem man nicht ein Thorheit fand.
Georg Rollenhagen

Der großen Wahrheit voll,
daß alles eitel sey,
stellt Fanias der Weise
wie Herkules sich auf den
Scheideweg hin. *Christoph Martin Wieland*

Weisheit wird dargeboten am einsamen Markt, wo keiner kauft; und gefunden auf dürrem Acker, wo der Landmann vergebens den Pflug zieht.
William Blake

Der Glaube versetzt Berge; aber die Weisheit muß sie wieder einlösen. *Erwin Chargaff*

Die schönste Weisheit selbst wird in dem Munde eines erfahrenen Alten lästig, wenn er bei seinen Sprüchen, Ermahnungen und Urteilen vergißt, wie vielen Anteil sein Alter daran hat.
Friedrich Maximilian von Klinger

Werde zu spät nicht weise,
schlecht steht Narrheit dem Greise.
Edward Young

Kultur

Kunst, Künstler

Ein kunstbegabter Strauchräuber ist mir lieber als ein kunstverlassener Spießbürger. *Hector Berlioz*

Mancher sucht Kunst, um nicht einzuschlafen, vergebens. Andere haben die Kunst, nicht zu erwachen, entdeckt. *Christian Friedrich Hebbel*

Künstler! Dich selbst zu adeln,
mußt du bescheiden prahlen.
Laß dich heute loben, morgen tadeln
und immer bezahlen!
Johann Wolfgang von Goethe

Künstler haben gewöhnlich die Meinung von uns, die wir von ihren Werken haben.
Marie von Ebner-Eschenbach

Dilettantismus ist Liebe zur Kunst ohne Gegenliebe.
Fliegende Blätter

Wenn ein Künstler einer liebevollen Frauenseele sagt, daß er mannigfaltige Anregungen brauche, so erwidert sie: »Du hast doch Deine Kunst.« Wenn er erwidert, daß eben seine Kunst Anregungen erheische, sagt sie: »Deine Kunst?! Die Welt wird auf den Schmarrn verzichten können.« *Peter Altenberg*

Prinzip der Kunst: mehr wiederfinden, als verloren gegangen ist. *Elias Canetti*

Von der heiteren Kunst, dem höchsten Kleinod der Zweibeiner, sprechen die deutschen Dichter und Denker und vor allem die Hinterdreindenker allenfalls am 29. Februar. *Erich Kästner*

Was die Leut allerweil für Tanz machen mit dera Kunst. Wenn ma wos ko, is's koa Kunst nimma, und wenn ma's net ko, is's erst recht koa Kunst.
Karl Valentin

Auf einer Bühne steht ein Baum,
geholt vom nächsten Wäldchensaum.
Ihn überragt zur rechten Hand
ein Felsenstein aus Leinewand,
indes zur Linken wunderbar
ein Rasen grünt aus Ziegenhaar.
Im Stehparkett der kleine Cohn
zerbirst vor lauter Illusion.
Der kleine Cohn ward zum Gericht
für das, was Kunst ist und was nicht.
Christian Morgenstern

Ich bin immer noch der Meinung, daß Kunst von Können herkommt; käme sie von Wollen, hieße sie Wulst. *Max Liebermann*

Nicht jedes Verbrechen in Marmor ist ein Standbild.
Peter Hille

Abstrakte Kunst ist ein Produkt von Inkompetenten, verkauft durch Skrupellose und gekauft von Imbezilen. *Unbekannt*

Die Not ist die Mutter der Künste, aber auch die Großmutter der Laster. *Jean Paul*

Übertreibung ist der Übergang vom Leben zur Kunst.
Gilbert Keith Chesterton

Farbenblindheit ist selten, Kunstblindheit die Regel.
Arno Schmidt

Die Kunst geht nicht nach Brot, wie das Sprichwort sagt. Die Kunst geht nach Hummermayonnaise.
Victor Aubertin

Der Künstler fühlt sich stets gekränkt,
wenn's anders kommt, als wie er denkt.
Wilhelm Busch

Antiquitäten sind der Kitsch von vorgestern zu den Preisen von heute. *Jacques Tati*

Um als Künstler leben zu können, muß man erst einmal tot sein. *Curt Goetz*

Ein Werk zwingt schon durch die Gelehrsamkeit, die in ihm steckt, Bewunderung ab, insbesondere einem Betrachter wie mir, dessen Bildung an Emmentaler Käse erinnert, indem sie wie dieser größtenteils aus Löchern besteht. *Georg Christoph Lichtenberg*

Ob ein Mensch Kunstgeschmack hat, ist leicht zu erkennen: Der Teppich muß zu den Augenbrauen passen. *Salvador Dalí*

An jedem Werk denselben Fehler machen, heißt heutzutage Originalität. *Emanuel Geibel*

Die Kunst ist eine Zusammenarbeit zwischen Gott und den Menschen. Je weniger der Mensch dabei tut, desto besser. *André Gide*

Es herrscht vielfach die Meinung, Kunst sei das, was man bezahlt, wenn man Geld übrig hat.
Manfred Rommel

Bewahr uns, lieber Herre Gott,
vor Pestilenz und Kriegesnot,
vor Mißwachs, Hagel, Feuersbrunst
und vor der offiziellen Kunst. *Ludwig Fulda*

Nur die Künstler verderben die Kunst.
Franz Grillparzer

Es steht ein völlig goldnes Huhn
auf völlig samtnem Miste.
Du brauchst das Ganze nur zu tun
in eine Bilderkiste,
– dann wird in einem Kunstsalon
der Packen aufgestellt
und als die »Perle der Saison«
bestaunt von aller Welt. *Christian Morgenstern*

Kein großer Künstler sieht die Dinge, wie sie sind. Tät er's, so wäre er kein Künstler mehr.
Oscar Wilde

Wer sich mit der Kunst verheiratet, bekommt die Kritik zur Schwiegermutter. *Hildegard Knef*

Kunst hat mit Geschmack nichts zu tun. Kunst ist nicht da, daß man sie schmecke. *Max Ernst*

Früher waren die Künstler naiv und die Käufer clever. Heute ist es umgekehrt. *Franz Josef Strauß*

Kunstliebe ohne Kunstsinn,
bringt bei Fürsten wenig Gewinn.
Sie öffnet Kunstschwätzern ihr Ohr
und die Kunst bleibt einsam wie zuvor.
Franz Grillparzer

In selber Stadt ernährte sich
ganz gut ein Dr. Hinterstich,
durch Kunstberichte von Bedeutung
in der von ihm besorgten Zeitung,
was manchem das Geschäft verdirbt,
der mit der Kunst sein Brot erwirbt.
Dies Blatt hat Klecksel mit Behagen
von jeher eifrig aufgeschlagen.
Auch heute hält er's in der Hand
und ist auf den Erfolg gespannt. *Wilhelm Busch*

Mit Dichtern, Malern und Musikern ist es genauso wie mit den Pilzen: für einen guten tausend schlechte! *Chinesisches Sprichwort*

Die große Freiheit des Künstlers ist, daß er keine hat; versteh's wer kann! *Ernst Barlach*

Es hat nur einen Kunstkenner gegeben, der sich nie blamiert hat, und der war stumm und konnte nicht schreiben. *Max Jakob Friedländer*

Ein Dichter hat immer zu viel Worte in seinem Wortschatz, ein Maler zu viele Farben auf seiner Palette, ein Musiker zu viele Töne auf seiner Klaviatur.
Jean Cocteau

Der Künstler: Teil aus jener Kraft, die nichts verdient und trotzdem schafft. *Werner Mitsch*

Ich weiß nicht, was soll es bedeuten,
wenn ich ganz ehrlich bin.
Ein Kunstwerk aus unseren Zeiten
hat oft für mich wenig Sinn.
Ich tappe da völlig im Dunkeln
und tue dies nicht allein.
Die anderen, höre ich munkeln,
gestehen's nur nicht ein. *Dieter Höss*

Ein Snob ist unverläßlich. Das Kunstwerk, das er lobt, kann gut sein.
Karl Kraus

Michelangelo? Tja, malen konnte er leider nicht!
El Greco

Ich teile alle Werke in zwei Klassen ein: Solche, die mir gefallen, und solche, die mir nicht gefallen.
Anton Tschechow

Die Kunst ist dem Philister der Aufputz für des Tages Müh und Plage. Er schnappt nach den Ornamenten wie der Hund nach der Wurst. *Karl Kraus*

Das Leben ist kurz, die Kunst ist lang, Gelegenheit vorübergehend, Erfahrung verräterisch, Beurteilung schwierig. *Hippokrates*

Der Fliegenfänger der Kunst ist das Vergnügen.
Friedrich Dürrenmatt

Literatur

Selbst die besten **Schriftsteller** reden zu viel.
Luc de Vauvenargues

Memoiren wollen meist Erinnerungen einer unersetzlichen Person sein. *Emmanuel Wertheimer*

Die Dichter sind gegen ihre Erlebnisse schamlos: sie beuten sie aus. *Friedrich Nietzsche*

Er hat sich ein Stück geschrieben. *Elias Canetti*

Die Literaten teilt man ein in produktive Leute und Preisträger. *Helmut Qualtinger*

Warum schreibt mancher? Weil er nicht genug Charakter hat, nicht zu schreiben. *Karl Kraus*

Ab und zu schreibe ich natürlich etwas auf. Das meiste im Winter, dann kann ich es gleich wieder in den Ofen stecken. *Karl Heinrich Waggerl*

Poesie kann man nicht in andere Sprachen übersetzen! Hat jemals irgend jemand Musik übersetzt?
François Marie Voltaire

Mancher Schriftsteller hat keine Sprache, – aber die beherrscht er glänzend. *Erik Graf von Wickenburg*

Die schlechten Dichter verwischen die Spuren der Verwandlung, die guten führen sie vor. *Elias Canetti*

Er schrieb über dreißig erste Bände, weil niemand die zweiten wollte. *Jean Paul*

Die Angst in eine Hoffnung wenden. Schwindel oder Leistung des Dichters. *Elias Canetti*

Der Schmerz macht Hühner und Dichter gackern.
Friedrich Nietzsche

Wie viele Leute in der Literatur haben ein gutes Gehör und singen falsch. *Joseph Joubert*

Die Ahnungen der Dichter sind die vergessenen Abenteuer Gottes. *Elias Canetti*

Wenn einem Autor der Atem ausgeht, werden die Sätze nicht klüger, sondern länger. *John Steinbeck*

Der Dichter ist ein Schöpfer lichter Dinge:
Im Trüben fischen nur die Dichterlinge.
Benno Papentrigk

Jemand, der nicht lesen und schreiben kann, diktiert. *Karl Farkas*

Wer nicht gelitten hat wie ein Hund, schreibt nicht wie ein Gott! *Marie von Ebner-Eschenbach*

Der Dichter ist das Sprachrohr der Ratlosigkeit seiner Zeit. *Marie Luise Kaschnitz*

Des vielen Büchermachens ist kein Ende, und viel Studieren macht den Leib müde. *Prediger 12,12*

Wenn Laura den Petrark geeh'licht hätte,
hätt' er sein Leben lang verfaßt Sonette.
George G.N. Lord Byron

Zwar sei der Dichter keusch und rein, doch seine Verse brauchen's nicht zu sein. *Gaius Valerius Catull*

Alle moderne amerikanische Literatur stammt von einem Buch von Mark Twain, genannt Huckleberry Finn. *Ernest Hemingway*

Wenn heut' der Freiheit großer Dichter lebte, – bekäme Schiller wohl den Schillerpreis?
Oskar Blumenthal

Oh, diese Dichter! Hengste sind unter ihnen, die auf eine keusche Weise wiehern. *Friedrich Nietzsche*

Versuche einen Roman zu schreiben. Du vermagst es nicht? Dann versuch's eben mit einem Theaterstück. Du kannst es nicht? Dann mach eine Aufstellung der Börsenbaissen in New York! Versuch, versuch alles! Und wenn's gar nichts geworden ist, dann sag, es sei ein Essay. *Kurt Tucholsky*

Wisse, daß mir sehr mißfällt, wenn so viele
singen und reden.
Wer treibt die Dichtkunst aus der Welt? – Die
Poeten!
Johann Wolfgang von Goethe

Viel lügen die Dichter! *Plutarch*

Es ist leider bekannt genug, daß Dichter am frühesten verblühen. *Friedrich von Schiller*

Nenne mir ein so geschicktes Tier, das ich nicht nachahmen könnte! So prahlte der Affe gegen den Fuchs. Der Fuchs aber erwiderte: Und du, nenne mir ein so geringschätziges Tier, dem es einfallen könnte, dich nachzuahmen! Schriftsteller meiner Nation, – muß ich mich noch deutlicher erklären?
Gotthold Ephraim Lessing

Auf das Wohlsein der Poeten,
die nicht schillern und nicht goethen,
durch die Welt in Lust und Nöten
segelnd frisch auf eignen Böten!
Joseph von Eichendorff

Warum der Dichter Hadrian
die Katzen so besonders leiden kann?
Das läßt sich leicht ermessen!
Daß seine Verse nicht die Mäuse fressen.
Gotthold Ephraim Lessing

Der Dichter leidet drei Male! Das erste Mal, wenn er die Verse in sich fühlt, das zweite Mal, wenn er sie zu Papier bringt, und am allerschlimmsten, wenn die Menschen seine Dichtung deklamieren.
Mario Quintana

Es gibt Schriftsteller, die schon in zwanzig Seiten ausdrücken können, wozu ich manchmal sogar zwei Zeilen brauche. *Karl Kraus*

Ein Autor, der über seine Bücher spricht, ist fast so schlimm wie eine Mutter, die über ihre Kinder spricht.
Benjamin Disraeli

Du solltest nicht eher ein Buch schreiben, du hättest denn eher einen Fortz von einer alten Sau gehört, da solltest du dein Maul aufsperren und sagen: Dank habe, du schöne Nachtigall, da höre ich einen Text, der ist für mich. *Martin Luther*

Manche Dichter gibt es, die be-
nötigen der Sachen vier:
einen guten Reim auf Liebe,
Feder, Tinte und Papier. *Heinz Erhardt*

Er zog aus, die Lesermassen zu erobern und ging in der Autorenmasse unter. *Wieslaw Brudzinski*

Der Geist ist willig.
Und an den Autorenhonoraren gemessen –
sogar billig! *Werner Mitsch*

Es gibt Schriftsteller, wahre Pechvögel, deren Federn zwar andere schmücken, aber sie selber nicht.
Theodor Haecker

Wer keinen Biographen findet, muß sein Leben eben selbst erfinden. *Giovanni Guareschi*

Impotente Dichter haben mehr Zeit, Liebeslyrik zu schreiben. *Gabriel Laub*

Wenn ich so die kleinen Dampfer, die riesigen Kähne vorüberschleppen sehe, muß ich immer an den Dichter und das Publikum denken.
Christian Morgenstern

Sind meine Reime gleich nicht alle gut und richtig,
so sind die Leser auch nicht alle gleich und tüchtig.
Friedrich von Logau

Autoren sollten stehend an einem Pult schreiben. Dann würden ihnen ganz von selbst kurze Sätze einfallen. *Ernest Hemingway*

Er legt Sätze wie Eier, aber er vergißt, sie zu bebrüten. *Elias Canetti*

Nicht Shakespeare ist die Hauptsache, sondern die Anmerkungen dazu. *Anton Tschechow*

Guter Rat für Schriftsteller: im richtigen Augenblick zu schreiben aufhören, – sogar, bevor man angefangen hat. *Stanislaw Jerzy Lec*

Man möchte gar nicht glauben, wie viel Talent der Schriftsteller oft aufwenden muß, um zu verhehlen, wie wenig er hat. *Alfred Polgar*

Eine Erzählung ohne Frau ist eine Maschine ohne Dampf. *Anton Tschechow*

Manche Aphoristiker sind derart auf Geistreiches abonniert, daß es dem Geist gelegentlich reicht, – er verduftet! *Hans-Hermann Kersten*

Oh, wie beglückt ist doch ein Mann,
wenn er Gedichte machen kann. *Wilhelm Busch*

Niemand will ein Schuster sein,
jedermann ein Dichter,
alle kommen sie gerennt,
möchtens gerne treiben;
doch wer keinen Leisten kennt,
wird ein Pfuscher bleiben.
Johann Wolfgang von Goethe

Ein Homer hätte keinen Achill, ein Goethe keinen Faust gedichtet, wenn Homer ein Achill und wenn Goethe ein Faust gewesen wäre.
Friedrich Nietzsche

Wenn ein Autor behauptet, sein Leserkreis habe sich verdoppelt, liegt der Verdacht nahe, daß der Mann geheiratet hat. *William Beaverbrook*

Es hat der Autor, wenn er schreibt,
so was Gewisses, das ihn treibt.
Johann Wolfgang von Goethe

Lese Goethe und erkenne, welch schädliche Wirkung dieser seichte, bürgerlich-egoistische und begabte Mensch auf die Generation hatte, die ich vorfand.
Leo Nikolajewitsch Tolstoi

Für den Leser ist ein gutes Buch das billigste Hobby, für den Schriftsteller das teuerste. *Gabriel Laub*

Schriftsteller zu werden, sollte sich nur der leisten, der entweder materiell abgesichert oder Masochist ist. *Angelika Mechtel*

Schriftsteller, die ununterbrochen Tiefgang suchen, kommen mir vor, wie Taucher in einer Badewanne.
Alfred Polgar

Die chemische Analyse der sogenannten dichterischen Inspiration ergibt neunundneunzig Prozent Whisky und ein Prozent Schweiß. *William Faulkner*

Ein Aphoristiker ist ein Mensch, der sich freut wie ein kleines Kind, wenn es ihm gelingt, etwas zu erfinden, was höchstwahrscheinlich schon die alten Phönizier als uraltes Sprichwort gekannt hatten.
Bertolt Brecht

Bücherschreiben ist das einzige Verbrechen, bei dem sich der Täter bemüht, Spuren zu hinterlassen.
Gabriel Laub

Entweder ist er toll, oder er macht Verse!
Quintus Flaccus Horaz

Es gibt Verse in unserer neuen deutschen Literatur, die selbst dann noch nicht entschuldigt wären, wenn es in den zehn Geboten hieße: Du sollst Verse machen! *Christian Friedrich Hebbel*

Die Leute suchen gern hinter einem Gedicht, was sie den »eigentlichen Sinn« nennen. Sie sind wie die Affen, die auch immer mit den Händen hinter einen Spiegel fahren, als müßte dort ein Körper zu fassen sein. *Stefan George*

Eine entsetzliche Mehrheit unserer Schriftsteller schreibt mit verstopften Ohren.
Friedrich Theodor von Vischer

Wenn der Lumpensammler die Lumpen einsammelt, so pfeift er, und ein Autor pfeift, wenn er solche den Leuten zurückgibt. *Wolfgang Menzel*

Manche Schriftsteller denken, bevor sie schreiben, andere schreiben, um nicht denken zu müssen.
Charles Joseph, Prinz von Ligne

Die Hälfte von allem, was geschrieben wird, ist schädlich, die andere Hälfte ist überflüssig. *Henri Becque*

Die Dichter, von denen wir nie was gelesen,
sie sind sehr wahrscheinlich die größten gewesen.
Dino Segre Pitigrilli

Bei manchen jungen Schriftstellern ist deren Unterbewußtsein nur mit alten Schnapsbuden im Keller vergleichbar. *Étienne Rey*

Wenn ihre Werke nie vergriffen,
so sind Autoren tief ergriffen! *Unbekannt*

Buchschreiberei will nichts bedeuten,
macht sie nichts Bess'res aus den Leuten.
Guiseppe Giusti

Der beste deutsche Poet ist in den Augen der lateinischen Welt nichts weiter als ein deutscher Michel.
Gottlieb Wilhelm Rabener

Dem Buchhändler gefallen keine Bücher, die bei ihm bleiben. *Jean Paul*

Es gab eine Zeit, da sprachen die Viecher, heute schreiben sie! *Aurélien Scholl*

Originell ist ein Autor nur dann, wenn man nicht feststellen kann, von wem er abgeschrieben hat.
Max Nunes

Ein schlechter Schriftsteller wird manchmal ein guter Kritiker, genauso wie man aus einem schlechten Wein einen guten Essig machen kann.
Henry de Montherlant

Früher schauten die Schriftsteller durch das Fenster in den Salon; jetzt schauen sie durch das Schlüsselloch in das Schlafzimmer. *John Steinbeck*

Das Schreiben zwischen den Zeilen zahlt sich nicht aus, weil ja nur die Zeilen honoriert werden.
Zarko Petan

Das ist der Vorteil des Schriftstellers: Wenn man etwas loswerden will, schreibt man ein Buch.
Peter Bamm

Mancher Sodomit wird durch zoologische Bilderbände angeregt. Sind solche Bücher dann pornographische? *Stanislaw Jerzy Lec*

Spricht eine Frau abschätzig von der Liebe und ein Schriftsteller abschätzig von seinen Lesern, so ist's, weil bei der Frau ihre Reize und beim Schriftsteller seine Talente schwanden. *Denis Diderot*

Sonniger Schriftsteller: Er lobt nicht sich selbst, aber er lobt die Güte des Herrn, die ihn geschaffen hat. Das ist seine Form der Eitelkeit. *Robert Musil*

Schreiben ist geschäftiger Müßiggang!
Johann Wolfgang von Goethe

Ein Schriftsteller, der zu seiner Verewigung eine Bildsäule nötig hat, ist auch dieser nicht wert.
Georg Christoph Lichtenberg

Übersetzungen gleichen den Frauen: sind sie treu, so sind sie nicht schön, und sind sie schön, so sind sie nicht treu. *Unbekannt*

Der beste Freund des Schriftstellers ist der Papierkorb! *Isaac B. Singer*

Bacon? – Meinen Sie den Philosophen oder geräucherten Speck? *Millôr Fernandes*

Der Poet ist ein armer Teufel, dem die Vorsehung die Gunst gewährt hat, seinen Hunger in Versen ausdrükken zu können. *Fliegende Blätter*

Nachdem niemand mich bemitleidet, habe ich mich entschlossen, mit niemandem mehr Mitleid zu haben.
Titus Maccius Plautus (in Bezug auf seine Dichtkunst)

Dichter zu werden, ist eine ansteckende und unheilbare Krankheit! *Miguel de Cervantes*

Es ist kein Autor so gering und klein,
der nicht gar dächte, etwas Rechts zu sein.
Wilhelm Hauff

Bei vielen Menschen ist das Versemachen eine Entwicklungskrankheit des Geistes.
Georg Christoph Lichtenberg

Der Dichter freut sich am Talent,
an schöner Geistesgabe;
doch wenn's ihm auf die Nägel brennt,
begehrt er ird'scher Habe.
Mit Recht soll der reale Witz
Urenkeln sich erneuern;
es ist ein irdischer Besitz –
muß ich ihn doch versteuern.
Johann Wolfgang von Goethe

Gesagt ist alles schon, man kann nur wiederholen:
Der ehrlichste Poet hat unbewußt gestohlen.
Marie von Ebner-Eschenbach

Manchen soll man früh ergreifen
und ihm die Kaldaunen schleifen,
weil er, wenn er leben bleibt,
doch vielleicht ein Drama schreibt. *Alfred Kerr*

Es ist schwer, Satiren nicht zu schreiben!
Decimus Junius Juvenal

Neuere Poeten tun viel Wasser in die Tinte!
Johann Wolfgang von Goethe

Wie mancher dünkt sich virtuos und schlägt gewalt'ge Triller, der bloß als leere Phrase drischt, was Goethe sprach und Schiller. *August Graf von Platen*

Wes die Galle voll, – läuft die Tinte über!
Hans von Bülow

Ein Mann, der von der Gunst der Musen, ich meine, von seinen poetischen Gaben zu leben unternimmt, kommt mir einigermaßen vor wie ein Mädchen, das von seinen Reizen lebt. *Arthur Schopenhauer*

Sprüche lassen sich leichter klopfen als Steine.
Karl Garbe

Man kann ein anständiger Mensch sein und doch schlechte Verse machen. *Jean Baptiste Molière*

Ein Dichter, der liest: ein Anblick, wie ein Koch, der ißt. *Karl Kraus*

Noch kein Dichter hat die schönen Augen seiner eigenen Frau schön besungen. *Ludwig Börne*

Der hat's wahrhaftig als Poet
nicht hoch hinausgetrieben,
in dessen Liedern mehr nicht steht,
als er hineingeschrieben. *Emanuel Geibel*

Die meisten Poeten kommen erst nach ihrem Tode zur Welt. *Georg Christoph Lichtenberg*

Die einzige Ehrung, die die Welt dem Dichter erweist, besteht darin, daß seine Armut nicht als beschämend gilt. *Sigmund Graff*

Lobt ihn, er schmiert ein Buch, euch zu loben; verfolgt ihn, er schmiert eins, euch zu schelten. Er schmiert, was ihr auch treibt, ein Buch.
Friedrich von Schiller

Ein Dichter pflegt die Verse eines anderen nur dann zu loben, wenn er sie schlechter findet als die eigenen. *Jean de La Bruyère*

Wer von einem anderen abschreibt, ist ein »Plagiator«, wer von vielen abschreibt ist ein Gelehrter.
Ernest Hemingway

Warum der Mann so hoch geschätzt
und aller Weisen Zier ist?
Er hat aus dem Sanskrit übersetzt,
daß zwei mal zwei gleich vier ist. *Rudolf Presber*

Das Original ist heute, wer zuerst gestohlen hat.
Karl Kraus

Ich habe noch nie einen Dichter gekannt, der sich nicht für den besten hielt. *Marcus Tullius Cicero*

Manche Schriftsteller schreiben nur ab und zu, – vor allem ab. *Heinz Erhardt*

Dieser Autor ist so tief, daß ich als Leser lange gebraucht habe, um ihm auf die Oberfläche zu kommen. *Karl Kraus*

Ein großer Klassiker ist heutzutage ein Mann, den man loben kann, ohne ihn gelesen zu haben.
Gilbert Keith Chesterton

Manche Leute schreiben so gut, daß ich Lust habe, meine Feder der Gans zurück zu geben. *Fred Allen*

Was ist ein Historiker? Einer, der zu schlecht schreibt, um an einem Tagesblatt mitarbeiten zu können.
Karl Kraus

Schriftsteller, die ihrem Weltbild sprachlich nicht gewachsen sind, nennt man in Deutschland Seher!
Gottfried Benn

Man sagt mir oft, binnen weniger Jahre würde mein Werk sehr gut verstanden werden. Gott sei Dank! Ich hatte immer Angst, man verstünde es schon jetzt.
Millôr Fernandes

Durch eine Autobiographie verliert man gewöhnlich den Rest seiner Freunde. *Robert Neumann*

Verlangte ein Dichter vom Staate das Recht, einige Bourgeois in einem Stall zu halten, wäre man sehr erstaunt, während man es ganz natürlich fände, verlangte ein Bourgeois einen gerösteten Dichter.
Charles Baudelaire

Das Ziel, wonach der Dichter kieke,
sei Weltempfindung, – mit Musike!
Friedrich Rückert

Dem Dichter ist das Weib die liebste Richterin,
besonders, wenn sie selbst ist keine Dichterin.
Friedrich Rückert

Weil die Leute, statt des Besten aller Zeiten, immer nur das Neueste lesen, bleiben die Schriftsteller im engen Kreis der zirkulierenden Ideen, und das Zeitalter verschlammt in seinem eigenen Dreck.
Arthur Schopenhauer

Der Aphoristiker ist ein Mensch, der sich wie ein Kind freut, weil es ihm gelungen ist, sich etwas auszudenken, was wahrscheinlich schon bei den alten Phöniziern ein uraltes Sprichwort war.
Wieslaw Brudzinski

Wenn deine Schrift dem Kenner nicht gefällt,
so ist es schon ein böses Zeichen;
doch wenn sie gar des Narren Lob erhält,
so ist es Zeit, sie auszustreichen.
Christian Fürchtegott Gellert

Was für ein Dichter wäre Balzac gewesen, hätte er schreiben können. *Gustave Flaubert*

Ein gut beschriebenes Leben ist fast so selten wie ein gut gelebtes. *Thomas Carlyle*

Viele zu einer Epopöe befähigte Schriftsteller brachten noch nicht mal ein Epigramm zustande.
Gilbert Keith Chesterton

Mancher Schriftsteller ist nur originell bezüglich seiner exakten Orthographie. *Millôr Fernandes*

Ein Feuilleton zu schreiben heißt, auf einer Glatze Locken drehen. *Karl Kraus*

So schlecht wie die anderen kann ich's auch machen, sagte Kasperl, – und schrieb ein Buch.
Marie von Ebner-Eschenbach

Ein Schriftsteller ist oftmals jemand, dessen Intelligenz nicht groß genug ist, um mit dem Schreiben aufzuhören. *Günter Grass*

Seit Lucrezia Borgia bin ich die Frau, die am meisten Menschen umgebracht hat, – wenn auch nur mit der Schreibmaschine. *Agatha Christie*

Heutzutage machen drei Pointen und eine Lüge einen Schriftsteller. *Georg Christoph Lichtenberg*

Wer nicht eine Million Leser erwartet, sollte keine Zeile schreiben. *Johann Wolfgang von Goethe*

Gar nichts ist immer das Beste, was einer schreiben kann. *Bertolt Brecht*

Gar mancher reimt ganz gut, doch töricht ist sein Urteil. *Nicolas Boileau-Despréaux*

Ich habe nie einsehen mögen, warum mittelmäßige Menschen deshalb aufhören, mittelmäßig zu sein, weil sie schreiben können. *Christian Morgenstern*

Die meisten Männer der Feder sollten diese an den Hut stecken. *Wolfgang Eschker*

Bei manchem Werk eines berühmten Mannes möchte ich lieber lesen, was er weggestrichen hat, als was er hat stehen lassen. *Georg Christoph Lichtenberg*

An einem Dichter kann man Symptome beobachten, die einen Kommerzialrat für die Internierung reif machen würden. *Karl Kraus*

Der eine hat eine falsche Rechtschreibung und der andere eine rechte Falschschreibung.
Georg Christoph Lichtenberg

Der Leser hat's gut: Er kann sich seine Schriftsteller aussuchen. *Kurt Tucholsky*

Er schmierte, wie man Stiefel schmiert,
vergebt mir diese Trope.
Und war ein Held an Fruchtbarkeit
wie Calderón und Lope. *August Graf von Platen*

Jedermann kann einen dreibändigen Roman schreiben. Dazu bedarf es nur der völligen Unkenntnis des Lebens und der Literatur. *Oscar Wilde*

Acht Bände hat er geschrieben. Er hätte gewiß besser getan, wenn er acht Bäume gepflanzt oder acht Kinder gezeugt hätte. *Georg Christoph Lichtenberg*

Schade, daß man bei Schriftstellern die gelehrten Eingeweide nicht sehen kann, um zu erforschen, was sie gegessen haben. *Georg Christoph Lichtenberg*

Es ist idiotisch, sieben oder acht Monate an einem Roman zu schreiben, wenn man in jedem Buchladen für zwei Dollar einen kaufen kann. *Mark Twain*

Fragt man einen Schriftsteller, was er von der Kritik hält, so könnte man auch einen Laternenpfahl fragen, was er von den Hunden hält. *John Osborne*

Kein Autor sollte sich seine Gesinnung honorieren lassen, das ist ja fast als würd' einer wegen seiner hübschen Locken gelobt oder wegen seiner Glatze getadelt. *Heinrich Böll*

Besser ein anregender Pornograph als ein mausetoter Klassiker. *Ludwig Marcuse*

Ein Schriftsteller, den unsere Gesellschaft an den Busen drückt, ist für alle Zeiten kompromittiert.
Friedrich Dürrenmatt

Wenn Du einmal heiraten solltest, so nimm nicht den Dichter, sondern den Verleger. *August Strindberg*

Er besaß als Autor alles, was zur Massenproduktion nötig war: billigen Rohstoff, billige Arbeitskraft und billigen Optimismus. *Wieslaw Brudzinski*

Nur ein Dummkopf schreibt für andere Zwecke als für Geld! *Samuel Johnson*

Der Mensch ist auch ein Federvieh, denn gar mancher zeigt, sobald er eine Feder in die Hand nimmt, was er für ein Viech ist. *Johann Nepomuk Nestroy*

Mir geht aus seinem Versgeträufel
des alten Spruches Wahrheit ein:
»Man kann ein herzlich dummer Teufel
und doch ein guter Dichter sein.« *Emanuel Geibel*

Berühmt zu werden ist nicht schwer. Man darf nur viel für kleine Geister schreiben.
Christian Fürchtegott Gellert

Es ist die allergrößte Pein,
als Halb-Poet gebor'n zu sein.
Marie von Ebner-Eschenbach

Wohl ist dem, der dann und wann
sich was Schönes dichten kann. *Wilhelm Busch*

Oh Freund, man kann ein lyrischer Dichter und doch ein dummer Teufel sein. *Emanuel Geibel*

Laßt die Damen mir zufrieden;
daß sie schreiben, find ich rätlich.
Führt die Frau die Autorfeder,
wird sie wenigstens nicht schädlich.
Heinrich Heine

Wahrlich, kein Gesang ist schlimmer, kein Ton, der so an Windeln mahnt, als jenes zärtliche Gewimmer des Lyrikers, der ewig zahnt. *Paul von Heyse*

Literatur: permanenter Einspruch subjektiver Erfahrungen gegen die Diktate und Vorurteile »objektiver« Ideologien. *Kurt Marti*

Langsam ging der Fußball am Himmel auf. Nun sah man, daß die Tribüne besetzt war. Einsam stand der Dichter im Tor, doch der Schiedsrichter pfiff: abseits!
Günter Grass

Heutzutage werden **Bücher** lanciert, wie man eine Zahnpaste lanciert, ein Mittel gegen Sommersprossen oder gegen Haarausfall.
Marie von Ebner-Eschenbach

Wenn ein Kopf und ein Buch zusammenstoßen und es klingt hohl, ist das denn allemal im Buche?
Georg Christoph Lichtenberg

Es gibt Menschen, die lesen, weil sie zu faul sind, zu denken. *Georg Christoph Lichtenberg*

Lesen bis man keinen Satz mehr versteht, das erst ist Lesen. *Elias Canetti*

Literatur is wat so inne Bücher steht, wo zum Herzeigen da sind. *Jürgen von Manger*

Die Bücher haben die gleichen Feinde wie der Mensch: das Feuer, die Nässe, die Zeit und ihren eigenen Inhalt. *Paul Valéry*

In manchen Bibliotheken sollte man die Bücher – wie in Apotheken üblich – mit dem Etikett »Nur für äußeren Gebrauch« plakatieren. *Alphonse Daudet*

Der größte Nachteil von Neuerscheinungen ist, daß sie einen hindern, gute und alte Bücher zu lesen.
Joseph Joubert

Literaturgeschichte: ihrem größten Teile nach der Katalog eines Kabinetts von Mißgeburten.
Arthur Schopenhauer

Die Langeweile, die in manchem Buche herrscht, gereicht ihm zum Heil; die Kritik, die schon ihren Speer erhoben hatte, schläft ein, bevor sie ihn geschleudert hat. *Marie von Ebner-Eschenbach*

Ein Kater sitzt vorm dicken Buch,
die Brille auf der Nase;
man sieht's, er denkt gewaltig klug
ob einer dunklen Phrase. *Adolf Glasbrenner*

Die Phönizier erfanden den Bürgerkrieg und das Alphabet, das allerdings nur aus sechzehn Buchstaben bestand. Es wäre interessant, zu erfahren, wieviel Blödsinn tagtäglich aufgrund der inzwischen hinzugekommenen zehn Buchstaben verzapft wird.
Jean Baptiste Alphonse Karr

Der Bücherwurm liest sogar die Bücher, die er rezensiert. *Gabriel Laub*

Meine Bücher gleichen Kastanien; je länger man sie röstet, desto besser schmecken sie.
François Marie Voltaire
(als man seine Bücher öffentlich verbrannte)

Das Narkotikum ist ein einschläferndes Medikament: Man bekommt's in Apotheken, Theatern und Bibliotheken. *Pierre Véron*

Bücher, von denen man spricht,
– die lies um Gottes Willen nicht!
Das Publikum will gestern wie heut',
daß man ihm Sand in die Augen streut.
Heinrich Vierordt

Das Vorwort schreibt man meist nachher und im Buche druckt man's vorher. Der Leser beachtet es weder vor- noch nachher. *Dino Segre Pitigrilli*

Uns selbst gedruckt zu sehen,
uns allen wohl gefällt,
ein Buch ist ja ein Buch,
auch wenn es nichts enthält.
George G.N. Lord Byron

Wer Bücher hat, ist glücklich, wer keine nötig hat, ist glücklicher.
Chinesisches Sprichwort

Es ist sehr viel Gutes und viel Neues in diesem Buch. Aber das Gute ist nicht neu und das Neue ist nicht gut. *Gotthold Ephraim Lessing*

Es ist ein angenehmes Gefühl der Unabhängigkeit, wenn man einen Bestseller nicht besitzt.
Danny Kaye

Es ist an der Zeit, Denkmäler für Leute zu errichten, die noch kein Buch geschrieben haben.
George Mikes

Meistens ist's in sechs bis acht Wörtern völlig abgemacht, und in ebensoviel Sätzen läßt sich Bandwurmweisheit schwätzen.
Christian Morgenstern

Die Romane endigen gern, wie das Vaterunser anfängt: mit dem Reich Gottes auf Erden.
Friedrich Schlegel

Jeder historische Roman vermittelt ein ausgezeichnetes Bild von der Epoche des Verfassers.
Kurt Tucholsky

Ein Buch mit lauter leeren Seiten ist kürzlich als Novität bestaunt worden – als ob es nicht schon tausende Bücher gäbe, in denen nichts drinsteht.
Herbert Eisenreich

Es gibt in der Tat Menschen, die wie ein Buch reden. Glücklicherweise gibt es zum Entgelt Bücher, die wie Menschen reden. *Theodor Haecker*

Das Paradies habe ich mir immer wie eine Art Bibliothek vorgestellt. *Jorge Luis Borges*

Es gibt keine Tugend, die nicht von einem Laster begleitet ist; nun, die Literatur bringt Buchhändler hervor! *Honoré de Balzac*

Der Bibliophile hat annähernd dieselben Beziehungen zur Literatur wie der Briefmarkensammler zur Geographie. *Karl Kraus*

Auch das schlechteste Buch hat seine gute Seite: die letzte! *John Osborn*

Der Vorteil der meisten Bücher liegt darin, daß man auch ohne sie auskommen kann.
George Bernard Shaw

Welches sind die drei dünnsten Bücher der Welt? »Israelische Küche«, »Italienische Heldensagen« und »Schweizer Humor«. *Johannes Gross*

Über manche Gedankenlücke bilden Zitate die Eselsbrücke.
Ludwig Fulda

Die empfindsamen Romane gehören ins medizinische Fach zu den Krankheitsgeschichten.
Novalis

Manche Bücher liest man mit dem Gefühl, dem Autor ein Almosen zu geben.
Christian Friedrich Hebbel

Literaten enttäuschen mich nie und bezaubern mich alle. Was mich enttäuscht, sind ihre Werke.
Oscar Wilde

Manches Buch genießt, manches verschlingt man. Doch einige müssen erst gekaut und dann auch noch verdaut werden. *Francis Bacon*

Wenn ich unbedingt ein Buch lesen muß, – dann schreibe ich eins. *Benjamin Disraeli*

Angesichts des Inhalts pornographischer Bücher verblassen die Sexualorgien des wirklichen Lebens.
Aldous Huxley

Gewisse Bücher scheinen geschrieben zu sein, nicht daraus man etwas lerne, sondern damit man wisse, daß der Verfasser etwas gewußt hat.
Johann Wolfgang von Goethe

Das Drucken-Lassen verhält sich zum Denken wie eine Wochenstube zum ersten Kuß.
Friedrich von Schlegel

Erst durch das Lesen lernt man, wieviel man ungelesen lassen kann. *Wilhelm Raabe*

Es gibt Bücher mit einem Druckfehler.
Es war ein Fehler, sie zu drucken. *Robert Lembke*

Einer der Hauptnachteile mancher Bücher ist die große Entfernung zwischen Titel und Rückseite.
Robert Lembke

Leider habe ich keine Zeit ihr Buch zu lesen, schikken Sie mir bitte ein bereits gelesenes.
Karl Valentin

Wer zwei Paar Hosen hat, mache eins zu Geld und schaffe sich dieses Buch an.
Georg Christoph Lichtenberg

Der Geizige liest jedes gekaufte Buch aufmerksamer, er will etwas für sein Geld haben. *Jean Paul*

Die Bücher, die ich herausgebe, lese ich nie: ich habe Wichtigeres zu tun! *Unbekannt*

Bücher haben Ehrgefühl. Wenn man sie verleiht, kommen sie nicht mehr zurück. *Theodor Fontane*

Mir sind alle Bücher zu lang.
François Marie Voltaire

Leihe nie ein Buch zum Scherz, denn es könnt behalten sein. *Kurt Tucholsky*

Ein Buch ist ein Spiegel. Wenn ein Affe hineinguckt, so kann freilich kein Apostel heraussehen.
Georg Christoph Lichtenberg

Die guten Bücher sollte man verbieten, damit sie auch gelesen werden. *Karl Farkas*

Bücher sind nichtperiodische Publikationen mit einem Umfang von 49 Seiten oder mehr.
UNESCO-Definition

Am Anfang war das Wort, – am Ende die Phrase!
Stanislaw Jerzy Lec

Es gibt Bücher, durch welche man alles erfährt und doch zuletzt von der Sache nichts begreift.
Johann Wolfgang von Goethe

Wenn ich ein Brechmittel brauche, so hole ich es lieber aus der Apotheke als aus der Buchhandlung.
Marie von Ebner-Eschenbach

Den Rang eines Klassikers erkennt man an der Höhe der Staubschicht, die auf seinen Büchern liegt.
Bob Hope

Die meisten Leser stecken ihre Bücher in ihre Bibliothek, und die meisten Schriftsteller stecken ihre Bibliothek in ihre Bücher. *Nicolas Chamfort*

Wer die Versuchung nicht kennt, ein Buch zu klauen, der verdient auch keine Freiexemplare.
Ernst Rowohlt

Auf ein lesenswertes Buch kommt eine Myriade beschmutzes Papier. *Arthur Schopenhauer*

Es geht den Büchern wie den Jungfrauen. Gerade die besten bleiben oft am längsten sitzen.
Ludwig A. Feuerbach

Um ein Buch zu schreiben, das was nütze,
bedarf's vor allem einiger Grütze. *Unbekannt*

Daß der Gatte Xanthippes ein so großer Philosoph geworden, ist merkwürdig. Während allem Gezänk noch denken! Aber schreiben konnte er nicht, das war unmöglich: Sokrates hat kein einziges Buch hinterlassen. *Heinrich Heine*

Prosa ist das geschrieben, wo alle Zeilen bis zum Rand laufen; Poesie ist, wo einige Zeilen noch vor dem Rand aufhören. *Jeremy Bentham*

Das Buch hatte die Wirkung, die gemeiniglich gute Bücher haben: Es machte die Einfältigen einfältiger, die Klugen klüger, und die übrigen Tausende blieben ungeändert. *Georg Christoph Lichtenberg*

Die Hälfte dessen, was man schreibt, ist schädlich, die andere Hälfte unnütz. *Friedrich Dürrenmatt*

Klassikerausgaben sind schon mehr Möbel als Literatur. *Jacques Tati*

Mit den Romanen ist es wie mit den Mahlzeiten: Wenn man sieht, wie sie zubereitet werden, kann einem der Appetit vergehen. *Anette Kolb*

Sie wollen wissen, wieso ich jedes Buch kenne? Das kann ich Ihnen nun allerdings sagen: Weil ich keines lese! *Robert Musil*

Lies keine Oden, mein Sohn, lies die Fahrpläne: sie sind genauer! *Hans Magnus Enzensberger*

Der Unterschied zwischen Literatur und Journalismus: Journalismus ist unlesbar, – und die Literatur wird nicht gelesen. *Oscar Wilde*

Was hindert mich, jemanden für den Philosophen der Zukunft zu halten, der keine Silbe lesen kann? Die Weisheit besteht doch nicht in der Fachliteratur.
Lucius Annaeus Seneca

Mit Memoiren kann man viel Geld verdienen. Noch mehr verdienen aber manche Leute mit der Androhung von Memoiren. *Georges Clemenceau*

Der Schriftsteller und der Kellner bekommen beide 10 Prozent, obwohl der eine der Hersteller einer Ware ist und der andere nur der Hinsteller. *Thaddäus Troll*

Die Schriftstellerei ist eine einfache Sache. Von zwei Sätzen soll man den kürzeren wählen, von zwei Worten das einfachere, von zwei Bildern das klarere und von zwei Verlegern den, der telegraphiert und nicht schreibt. *John Steinbeck*

Das Manuskript ist ein Schriftstück, das in Eile vorgelegt wird und mit Muße zurückgegeben wird.
Oliver Herford

Der Papierkorb ist der Spucknapf des Geistes.
Fliegende Blätter

Manchen Menschen würden Weihnachtskataloge, Zeitungsannoncen und zu Mundwassern, Seife, Thermosflaschen, Petroleumöfen usw. beigepackte Erklärungen und Referate als lebenslängliche Lektüre völlig genügen. *Christian Morgenstern*

Ich denke immer, wenn ich einen Druckfehler sehe, es sei was Neues erfunden.
Johann Wolfgang von Goethe

Herr Ödipus begattet seine Mutter. Herr Professor Faust schändet ein kleines Gretchen. Fernando, beide umarmend, spielt Bigamist. Frau Nora fälscht Wechsel. – So geht das nun unentwegt. Anscheinend übertrumpft in der Weltliteratur immer ein Hallodri den andern. *Martin Kessel*

Am Anfang war das Wort. Dann muß es ihm die Sprache verschlangen haben. *Heinrich Wiesner*

Das müßte ein Bestseller werden: ein Ehrenwörterbuch. *Hans-Horst Skupy*

Sieh mal, Käthchen, der große Herr da drüben, das ist der berühmte Dichter Sudermann! Käthen: »Wat? Der mit'n jroßen Bart? Ick dachte, berihmte Dichter sin von Jips!« *Berliner Geschichte*

Adam war wahrscheinlich der vorläufig letzte Mensch, der nichts plagiiert hat. *George Bernard Shaw*

Es gibt Leute, die haben eine Bibliothek wie Eunuchen einen Harem. *Victor Hugo*

Oft ist das Denken schwer, indes,
das Schreiben geht auch ohne es.
Wilhelm Busch

Gedanken sind nicht stets parat,
man schreibt auch, wenn man keine hat.
Wilhelm Busch

Zu einem Bestseller kommt man wie die Jungfrau zum Kinde. Doch muß man empfangsbereit sein.
Heinrich Maria Ledig-Rowohlt

Nichts ist verächtlicher, als wenn Literaten Literaten Literaten nennen. *Kurt Tucholsky*

Daß die Poesie ist Arbeit,
das ist leider eine Wahrheit.
Doch daß die Arbeit Poesie,
das glaub ich leider nicht und nie!
Franz Grillparzer

Nehmt nur mein Leben hin in Bausch
und Bogen, wie ich's führe;
andre verschlafen ihren Rausch,
meiner steht auf dem Papiere.
Johann Wolfgang von Goethe

Die Literaturgeschichte ist der Katalog eines Kabinetts von Mißgeburten. Schweinsleder ist der Spiritus, in dem sie sich am längsten halten.
Arthur Schopenhauer

Ein gutes Buch ist mir ein wahrer Schatz:
In Nöten dient es als Versatz! *Friedrich Haug*

Man muß an Napoléon mit Sympathie denken; er hat einen deutschen **Verleger** erschießen lassen.
Alexander Roda Roda

Anzunehmen, daß die meisten Verleger verkrachte Schreiberlinge sind, – das haben sie gemein mit den meisten ihrer Autoren. *T.S. Eliot*

Verleger sind keine Menschen, – sie tun nur so.
Kurt Tucholsky

Neun Zehntel unserer ganzen jetzigen Literatur haben keinen anderen Zweck, als dem Publiko einige Taler aus der Tasche zu spielen. Dazu haben sich Autor, Verleger und Rezensent fest verschworen.
Arthur Schopenhauer

Verleger sind die reinsten Hyänen: Meist überleben sie nur aufgrund verstorbener Autoren.
Salvador Reale

Der Verleger ist der Kerl, der den Weizen von der Spreu trennt und die letztere publiziert.
Adlai Stevenson

Es ist leichter, mit Christus über die Wogen zu wandern, als mit einem Verleger durchs Leben.
Christian Friedrich Hebbel

Die Dichter bauen Luftschlösser, die Leser bewohnen sie, und die Verleger kassieren die Miete.
Maxim Gorki

Die Zahl der alljährlich in Deutschland entstehenden Frühlingsgedichte veranschlage ich auf etwa 4000, in einem verregneten Frühjahr auf etwa die Hälfte.
Otto Julius Bierbaum

Der Verleger schielt mit einem Auge nach dem Schriftsteller, mit dem anderen nach dem Publikum. Aber das dritte Auge, das Auge der Weisheit, blickt unbeirrt ins Portemonnaie. *Alfred Döblin*

Die deutschen Verleger verdienen Dank für die wenigen Bücher, die sie nicht veröffentlicht haben.
Robert Lembke

Verleger: ein Mann, der zu wenig investiert, zu wenig wirbt und zuviel verdient. *Robert Neumann*

Verleger: einer, der aufgrund übereinstimmender Aussagen von Autoren und Buchhändlern die alleinige Schuld am Mißerfolg eines Buches trägt.
Hans Weigel

Gutes Geld verdient der Verleger meist, wenn er nein sagt. *Unbekannt*

Ist der Roman obszön und blutig,
nennt der Verlag das Opus mutig. *Volker Ludwig*

Sage mir, welcher Verlag dich herausbringt, und ich sage dir, ob du ein guter Schriftsteller bist.
Brasilianisches Sprichwort

Nur einen Schmerz haben die Verleger, – es geht noch immer nicht ohne die Schriftsteller. *Peter Hille*

Es gibt Verlage, die verlegen Manuskripte gleich auf Nimmerwiedersehen. *Wolfgang Eschker*

Bestseller: Je größer der Stiefel, desto besser der Absatz! *Karl Kraus*

Das Endziel jeder **Zensur** ist es, nur solche Bücher zu erlauben, die ohnedies niemand liest.
Giovanni Guareschi

Ein Kritiker ist ein Leser, der wiederkäut.
Friedrich Schlegel

Unter die größten Entdeckungen, auf die der menschliche Verstand in neuester Zeit gefallen ist, gehört meiner Meinung nach wohl die Kunst, Bücher zu beurteilen, ohne sie gelesen zu haben.
Georg Christoph Lichtenberg

Wer ja oder nein sagt, riskiert immer den Irrtum. Man erkennt die großen Kritiker in ihren Irrtümern. Nur wer dauernd jein sagt, irrt nie. *Marcel Reich-Ranicki*

Der Saal faßte nicht die Zuhörer und die Zuhörer faßten nicht den Vortrag. *Moritz Gottlieb Saphir*

Manche Leute braucht man nicht zu parodieren. Es genügt, wenn man sie zitiert. *Robert Neumann*

Wer was zu sagen hat, hat keine Eile.
Er läßt sich Zeit und sagt's in einer Zeile.
Erich Kästner

Kritiker sind wie die Eunuchen im Harem. Sie sehen tagtäglich, wie's gemacht wird, sind aber unfähig, es selbst zu tun. *Brendan Behan*

Unangeklopft ein Herr tritt abends bei mir ein:
»Ich hab die Ehr', Ihr Rezensent zu sein.«
Eduard Mörike

Diese Straße hier in Schwabing ist das Dichterviertel der Vierteldichter; sie wohnen dort alle ohne Ausnahme und viele ohne Einnahme.
Moritz Gottlieb Saphir

Der Zensor ist ein menschgewordener Bleistift oder gar ein in einen Bleistift verwandelter Mensch.
Johann Nepomuk Nestroy

Ein Distichon besteht aus zwei Versen, von denen einer überflüssig ist, – und der andere auch!
Folco Masucci

Der Zensor ist ein braver Mann:
Manch gutes Buch hat er nach Noten
der ganzen Leserschaft verboten:
Und folglich liest es jedermann! *Frank Wedekind*

Mein Gott, – wie viele Fehler bei der Revision! Ich dachte fast, es handle sich um eine neue Rechtschreibreform. *Roberto Duailibi*

Die ganze Kunst der Sprache besteht darin, verstanden zu werden. *Konfuzius*

Die Rolle des Künstlers erfordert das Schnitzmesser, die des Kritikers das Schlitzmesser. Letzterer begeht damit meistens Schnitzer. *Emil Baschnonga*

Bücher, die er rezensierte, las er erst später. So wußte er schon vorher, was er über sie dachte.
Elias Canetti

Satiren, die der Zensor versteht, werden mit Recht verboten. *Karl Kraus*

Leser: die Société Anonyme eines Autors. *Kurt Marti*

Ein Kritiker ist ein Mann, der in der Literatur und in den Künsten bankrott gemacht hat.
Benjamin Disraeli

Ich schreibe, also bin ich. Ich werde gelesen, also bin ich nicht allein. *Kurt Marti*

Die Zahl ignoranter Schnösel, die in Kulturredaktionen Einsitz nehmen und als Rezensenten-Päpstlein flott zu dekretieren beginnen, nimmt, so scheint mir, zu. Im Unterschied zum richtigen Papst haben sie von Tradition, von literarischer in diesem Fall, oft wenig Kenntnis. Man könnte sie nennen: Ignorantius I, Ignorantius II und sofort.
Kurt Marti

Malerei

Mancher wollte Maler werden,
bracht's zum Pinsel nur auf Erden. *Sprichwort*

Auf dem langen Wege, aus dem Auge durch den Arm in den Pinsel, wieviel geht da verloren!
Gotthold Ephraim Lessing

Malerei: die Kunst, Flächen vor dem Wetter zu schützen und sie den Kritikern auszusetzen.
Ambrose Bierce

Ein Skrupelloser ist der, der unter dem Vorwand, eine Frau besitzen zu wollen, diese in sein Atelier lockt und dort (nur) malt. *Karl Kraus*

Bilder, die man aufhängt umgekehrt,
mit dem Kopf nach unten, Fuß nach oben,
ändern oft verwunderlich den Wert,
weil ins Reich der Phantasie erhoben.
—
Palmström, dem schon frühe solches kund,
füllt entsprechend seines Zimmers Wände
und als Maler großer Gegenstände
macht er dort begeistert Fund auf Fund.
Christian Morgenstern

Wissense, det sieht alles jut aus, aber et is nich jut!
Max Liebermann

Wenn Gott nicht die Brüste geschaffen hätte, hätte ich sie nicht gemalt. *Auguste Renoir*

Ich habe nicht geglaubt, daß ein Laffe 200 Guineen dafür verlangt, daß er einen Farbentopf dem Publikum ins Gesicht schleudert. *John Ruskin*

Mancher betrachtet Gemälde am liebsten mit geschlossenen Augen, damit die Phantasie nicht gestört werde. *Friedrich von Schlegel*

Niemand auf der Welt bekommt so viel dummes Zeug zu hören wie die Bilder in einem Museum.
Jules de Goncourt

Maler sind Leute, die von der Wand in den Mund leben. *Unbekannt*

Ein Maler ist ein Mann, der das malt, was er verkauft. Ein Künstler hingegen ist ein Mann, der das verkaufen kann, was er malt. *Pablo Picasso*

Plagiate sind die aufrichtigsten aller Komplimente.
Theodor Fontane

Nicht jeder, der den Pinsel in die Hand nimmt und Farben verquistet, ist ein Maler.
Gotthold Ephraim Lessing

Nicht jeder, der eine Badewanne hat und sie nicht benützt, ist deshalb ein Beuys. *Manfred Rommel*

Jeder Idiot kann ein Bild malen, – doch nur ein Genie kann es verkaufen. *Samuel Butler*

Die in Restaurants aufgehängten Bilder entsprechen in der Qualität dem in den Museen servierten Essen.
Unbekannt

Maler halten im allgemeinen das Verkaufen für eine wesentlich größere Kunst als das Malen.
Ernst Fuchs

Leicht kommt man an das Bildermalen,
doch schwer an Leute, die's bezahlen.
Statt ihrer ist als ein Ersatz,
der Kritikus sofort am Platz. *Wilhelm Busch*

Ich male die Nasen absichtlich schief, damit die Leute gezwungen sind, sie anzusehen. *Pablo Picasso*

Früher waren die Maler verrückt und die Bilderverkäufer clever, heute ist es umgekehrt.
Giorgio de Chirico

Man sollte nicht die Bilder aufhängen, indessen die Maler. *Unbekannt*

In mancher Bildersammlung ist der Sammler das einzige Original. *Unbekannt*

Ein Bild, das nicht schockiert, ist nichts wert!
Marcel Duchamp

Ein hoffnungsvoller junger Mann
gewöhnt sich leicht das Malen an. *Wilhelm Busch*

Darum, o Jüngling, fasse Mut,
setz auf den hohen Künstlerhut
und wirf dich auf die Malerei,
vielleicht verdienst du was dabei!
Wilhelm Busch

Das Merkmal eines schlechten Zeichners ist die Unmöglichkeit, daß eine Figur, die er in einem bestimmten Moment mit offenem Munde darstellt, diesen je wieder zumachen wird. *Karl Kraus*

Sehen sie, das ist der ganze Unterschied: Wenn Sie mal was verpatzen, dann deckt's der grüne Rasen, aber wenn ich mal was verpatze, dann hängt's hundert Jahre lang an der Wand.
Max Liebermann
(zum Chirurgen Ferdinand Sauerbruch)

An den modernen Gemälden ist nur noch eines verständlich: die Signatur! *Ephraim Kishon*

Malen ist nicht schwierig, solange man nichts davon versteht. *Edgar Degas*

Malen ist ganz einfach: mitfühlend Herz, scharfer Blick, leichte Hand und ein frisch gewaschener Pinsel! *Anselm Feuerbach*

Dilettanten oft als Meister galten,
weil sie prominente Geister malten.
Benno Papentrigk

Zeichnen ist die Kunst, Striche spazieren zu führen.
Paul Klee

Drum Freund, verachte das Abstrakte nicht!
Die höchste Kunstform ist der nackte Strich!
Helmut De Boor

Ach, er war ein guter Maler, doch ein schlechter Steuerzahler. *Erich Kästner*

Ein Maler kühlte sein Gelüst –
und malte in der Apsis Grund
den Teufel wüst wie einen Hund.
Da stieß ihn dieser vom Gerüst.
Christian Morgenstern

Ein Gemälde ist wie ein Mensch. Wenn du ohne es leben kannst, so hat's keinen Sinn, es zu behalten.
Unbekannt

Es graut mich vor Cezannes Malerei, – sie langweilt mich! *Francis Picabia*

Die Menschen sind nicht so schlecht, wie sie gemalt werden. *Pablo Picasso*

Es gibt den Maler, der aus der Sonne einen gelben Fleck macht, aber es gibt auch den, der mit Überlegung und Handwerk aus einem gelben Fleck die Sonne macht. *Pablo Picasso*

Wer mir sagen kann, warum ein Bild schön ist, dem bezahle ich einen Drink! *Edgar Degas*

Was nützen die Farben, wenn ich nicht weiß, was ich malen soll. *Michel de Montaigne*

Bei Malern und auch Dichtern
darf man nicht zu streng richtern.
Quintus Flaccus Horaz

Im Laufe der Zeit lernt man zu erkennen, was bei moderner Graphik oben und unten ist. Zunächst aber muß man wissen, was vorne und was hinten ist.
Robert Lembke

Maler sind Überzeugungstäter, die keinen sehnlicheren Wunsch haben, als gehängt zu werden.
Werner Finck

Die Kunstkritiker haben viel auf dem Gewissen, aber verglichen mit dem Gequatsch, das die Maler selbst loslassen, sind es Halbgötter. *Theodor Fontane*

Musik

Mit Recht erscheint uns das Klavier,
wenn's schön poliert, als Zimmerzier.
Ob's außerdem Genuß verschafft,
bleibt hin und wieder zweifelhaft. *Wilhelm Busch*

Manche Oper ist wie die Liebe. Das Schönste daran ist die Ouvertüre. *Jean Giraudoux*

Ich ziehe Wagners Musik jeder anderen vor, weil sie so laut ist, daß man sich derart unterhalten kann, daß andere nichts mitbekommen. *Oscar Wilde*

Hör ich Wagner, denk ich immer,
Zahnweh wäre jetzt noch schlimmer.
Manfred Rommel

Mancher hat Opern und Sinfonien geschrieben und lebt doch nur in einer Fußnote weiter.
Alfred Polgar

Über Musik kann man nur mit Bankdirektoren sprechen. Künstler reden ja nur über Geld.
Jan Sibelius

Beim Duett sind stets zu sehn
zwei Mäuler, welche offenstehn. *Wilhelm Busch*

Musik wird störend oft empfunden,
da meist sie mit Geräusch verbunden.
Wilhelm Busch

Ihre Sinfonien können Sie auf den Mist werfen!
Karl Zellner

Ein Piano ist ein harmloses Ding, die Gefahr droht vom Pianisten! *Robert Lembke*

Musik verbindet Völker. Violinunterricht entzweit Nachbarn. *Hans-Horst Skupy*

Ein Dilettant freut sich zu Haus
an seinem eigenen Geklimper,
doch treibt seine Kunst in die Welt hinaus,
veredelt er sich zum Stümper. *Franz Grillparzer*

Ein Plagiator ist ein Mann, dessen Lieder schon gesungen wurden, bevor er sie komponiert hatte.
Robert Stolz

Zum Klavierspieler muß man geboren sein, denn wenn man nicht geboren ist, kann man nicht Klavier spielen. *Berliner Blödelei*

»Wo man singt, da laß dich ruhig nieder«,
heute klingt dies fast wie Hohn.
»Böse Menschen haben keine Lieder«, –
doch dafür ein Grammophon! *Fliegende Blätter*

Bachs Kompositionen entbehren jeglicher Schönheit, Harmonie oder gar melodischer Klarheit.
J.A. Scheibe

Schwäne singen, bevor sie sterben, doch viele Leute sollten sterben, bevor sie singen.
Samuel Taylor Coleridge

Eine Orgie vulgärer Töne!
Louis Spohr (1808 über Beethovens Fünfte)

Es ist mir vollkommen wurscht in welcher Sprache die Oper gesungen wird, Hauptsache, ich verstehe sie nicht! *Wilson Mizner*

Musiker, die behaupten, acht Stunden am Tage zu üben, sind Lügner oder verrückt. *Andrés Segovia*

Wenn man nach islamischem Recht Dieben die Hand abschlagen würde, gäbe es nur noch einarmige Komponisten. *Leonard Bernstein*

Moderne Musik? Wissen's, – es hat halt nix fürs Ohr!
Johann Nepomuk Nestroy

Musiker sind so absurd unvernünftig. Immer wollen sie einen gerade in dem Augenblick stumm haben, wenn man sich danach sehnt, völlig taub zu sein.
Oscar Wilde

Die Operette sollte in jeglicher Form von der Erdoberfläche verschwinden, da sie eine der empfindlichsten Entehrungen des menschlichen Geschlechts darstellt. Wenn jemand um jeden Preis zwei Autos und eine Villa haben muß, so soll er sich dies auf saubere Weise erwerben, beispielsweise durch Getreideschiebung oder Fabrikation von Abortpinseln.
Egon Friedell

Die zeitgenössische Musik ist eine Wüste mit ein paar ausgespuckten Dattelkernen hie und da.
Pablo Casals

Hypermoderne Musik nennt man das Geräusch, das beim Auspacken der Instrumente ertönt.
Hanns-Dieter von Seydlitz

Lieber am Abend ein bißchen zittern als jeden Tag sechs Stunden üben. *Arthur Rubinstein*

Um zu komponieren, braucht man sich nur an eine Melodie zu erinnern, die noch niemandem eingefallen ist. *Robert Schumann*

Wenn die Opern Dich umtösen mit Getön,
dann genieße auch die Pausen, –
die sind schön! *Heinz Erhardt*

Der große Tondichter komponiert aus demselben Grunde, weshalb der Geißbub zwischen seinen Felsen jodelt. *Otto Liebermann*

Was zu dumm ist, um gesprochen zu werden, das singt man als Operntext.
Pierre A. de Beaumarchais

Ist es nicht seltsam, daß Schafdärme die Seele aus eines Menschen Leibe ziehen können?
William Shakespeare

Es gibt nur ein Tempo, und das ist das richtige.
Wilhelm Furtwängler

Man fragte einen Leierkastenmann, was denn das Wesen der guten Musik sei. »Gleichmäßig die Kurbel drehen.« *Wieslaw Brudzinski*

Was ist eine Oper? Wenn jemand in den Rücken gestochen wird und wenn er dann, statt zu bluten, singt. *Unbekannt*

Früher rasierte man sich, wenn man Beethoven hören wollte, jetzt hört man Beethoven, wenn man sich rasieren will. *Peter Bamm*

Zwei Knaben gingen durch das Korn,
der eine blies das Klappenhorn.
Er konnt es zwar nicht ordentlich blasen,
doch blies er's wenigstens einigermaßen.
Fliegende Blätter

Wenn die ganze Zivilisation zum Teufel ginge, – ich würde es nicht bedauern: Nur um die Musik tät's mir leid! *Leo Nikolajewitsch Tolstoi*

Es gibt nur drei Spezies von Sängern: diejenigen, die eine gute Stimme haben, aber nicht singen können, sodann solche, welche singen können, aber keine Stimme haben und schließlich die, die keine Stimme haben und auch nicht singen können.
Gioacchino Rossini

Keinen Reimer wird man finden,
der sich nicht für'n besten hielte,
keinen Fiedler, der nicht lieber
eigne Melodien spielte.
Johann Wolfgang von Goethe

Die Musik ist heutzutage
wohl der Menschheit größte Plage.
Heinrich Seidel

Geht lieber nicht zu Mottl's Tristan
und schaut euch dieses Trottels Mist an;
schafft lieber euch ein Drittel Most an
und sauft euch mit dem Mittel Trost an!
Zeitungskritik über den Dirigenten Felix Mottl

Manch einer ruft nach Mozart oder Haydn,
ganz, wie ihn grad die Laune sticht.
Doch keinen roten Heller sind die beiden
mir selber wert, – auch Händel nicht!
Charles Lamb

Das Schädliche an den Blechinstrumenten liegt in der Tatsache, daß sie die Lungen stärken und damit das Leben der Musikanten verlängern.
George Bernard Shaw

Vielleicht mögen die Engländer die Musik nicht, doch den Krach, den sie verursacht, lieben sie.
Sir Thomas Beecham

Du schriebst zuweilen argen Mist, Franz!
Doch weil's von Lehar ist, so frißt man's!
Franz Mittler

Zum Teufel erst das Instrument!
Zum Teufel hinterdrein der Sänger!
Johann Wolfgang von Goethe

Schweigen will ich von Konzerten,
wo der Kenner hoch verzückt
mit dem seelenvoll-verklärten
Opernglase um sich blickt. *Wilhelm Busch*

Die Klarinette ist ein Folterinstrument, das von einer Person mit Watte in den Ohren bedient wird. Es gibt nur zwei Instrumente, die schlimmer sind als eine Klarinette: – zwei Klarinetten.
Ambrose Bierce

Nach Schluß 'ner langen Oper hörte
ich neulich folgende Kritik:
»Was mich an dieser Oper störte,
das war der Schwan und die Musik.«
Heinz Erhardt

Bühne und Theater

Dramatiker sind Leute, die sich aufführen, als ob sie aufgeführt würden. *Joachim Ringelnatz*

Dramatiker und Rausschmeißer träumen immer von einem großen Wurf. *Joachim Ringelnatz*

Um in Berlin als Dramatiker Erfolg zu haben, muß man entweder tot oder pervers oder Ausländer sein. Am sichersten dringt man durch, wenn man ein toter perverser Ausländer ist. *Ludwig Fulda*

Wenn man zu einem gerissenen Theatermacher sagt: »Herr, Ihre Stücke gehen mir auf die Nerven«, so würde der erwidern: »Eben das soll'n se auch.«
Alfred Polgar

Paradox ist, wenn bei einer Premiere alles, was Rang hat, im Parkett sitzt. *Willy Millowitsch*

Das einzige Bindeglied zwischen Literatur und Theater, das wir heute noch haben, ist das Programmheft. *Oscar Wilde*

Hinter jedem von uns lauert ein Abonnent!
Fritz Kortner

Abonnenten sind nicht so leicht zu vertreiben. Es ist erstaunlich, was ein guter Abonnent verträgt.
Johann Nepomuk Nestroy

Auf die Theaterkritiker ist Verlaß. Was überwiegend verrissen wird, verspricht einen amüsanten Abend.
Oliver Hassencamp

Die Effektschauspieler sind von den Defektschauspielern verdrängt worden. *Karl Kraus*

Manche Schauspieler sind so begabt, daß sie selbst im Leben wie echt wirken. *Alexander Roda Roda*

Kein Theaterbesucher kann so aus voller Seele gähnen und so überschwenglich klatschen wie ein guter Theaterkritiker. *Ludwig Marcuse*

Schlafen ist eine Art von Kritik, vor allem im Theater.
George Bernard Shaw

Die meisten unserer Schauspieler sind überall Schauspieler, ausgenommen auf der Bühne.
Johann Jacob Mohr

Früher träumte jede einigermaßen begabte Schauspielerin davon, eines Tages ein Star zu werden. Heute ist es genau umgekehrt: Wir haben eine Unmenge Stars, aber kaum eine von ihnen denkt auch nur im Traume daran, eine Schauspielerin zu werden.
Sir Laurence Olivier

Ein Starlet ist eine junge Schauspielerin, deren Talent noch schlummert – meist nicht allein!
Robert Lembke

Der Stand der Schauspieler galt bei den Römern für schimpflich, bei den Griechen für ehrbar. Heute denken wir über sie im Grunde genommen immer noch wie die Römer, verkehren aber mit ihnen wie die Griechen. *Jean de La Bruyère*

Von anderen Pflanzen unterscheiden sich Schauspieler dadurch, daß sie eintrocknen, wenn sie nicht in die Presse kommen. *Alfred Polgar*

Eine Schauspielerin, die Erfolg haben will, muß die Schönheit einer Aphrodite, die Klugheit einer Athene, das Gedächtnis eines Elefanten und das dicke Fell eines Rhinozerosses haben. *Kim Novak*

Schauspielerin kann man nicht lernen. Wenn man es dann doch lernt, ist man zu alt dafür. *Bette Davis*

Jeder Idiot kann als Schauspieler bestehen. Shirley Temple schaffte es schon im Alter von vier Jahren!
Katharine Hepburn

Ich habe nie behauptet, daß Schauspieler Viecher seien. Ich sagte nur, sie seien als solche zu behandeln. *Alfred Hitchcock*

Italien besteht aus 50 Millionen Schauspielern. Die schlechtesten von ihnen stehen auf der Bühne.
Orson Welles

Früher waren die Dekorationen von Pappe und die Schauspieler echt. Jetzt sind die Dekorationen über jeden Zweifel erhaben und die Schauspieler von Pappe. *Karl Kraus*

Er glaubte an seine Berufung als Schauspieler, weil er schon in der Schule nicht ohne Souffleur ausgekommen war. *Wolfgang Eschker*

Das Bühnenbild war ausgezeichnet, – nur schade, daß die Schauspieler andauernd davor standen.
Alexander Woolcott

Im Theater gibt es so etwas wie die ideale Fehlbesetzung. *Sir Peter Ustinov*

In den meisten Bühnenstücken fußt der Dialog auf der falschen Annahme, daß die Menschen einander ausreden lassen. *Alfred Polgar*

Auch die Bretter, die die Welt bedeuten, haben Nägel. *Hans-Horst Skupy*

Um im Showgeschäft zu überleben, braucht man ein schlechtes Gedächtnis und die Konstitution eines Rindviechs. *Ingrid Bergmann*

Da werkelt man nun sein Leben lang mit klassischen Rollen am Theater und stellt dann fest, daß ein nackter Hintern alles ist, was die Leute an einem wirklich interessiert. *Erika Pluhar*

In meinem Leben gab es einen entscheidenden Punkt. Ich sprach Hamlet und wurde als Komiker engagiert. *Werner Finck*

Das Leben gleicht einem Theaterstück, – aber im Theater sind die Dialoge besser. *Jean Anouilh*

Der Unterschied zwischen einem Theater und einem Irrenhaus besteht darin, daß im Irrenhaus der Direktor normal ist. *Helmut Lohner*

Trotz allem Bemühn eurer Bühnenberater
fehlen noch drei Dinge zum deutschen Theater.
Danach seht euch zum Schluß noch um:
Schauspieler, Dichter, und – Publikum!
Franz Grillparzer

Die Welt ist eine Bühne, – aber das Stück ist schlecht besetzt. *Oscar Wilde*

Komödien enden mit der Heirat,
Tragödien mit dem Tod, – basta!
George G.N. Lord Byron

Ich verstehe nichts vom Ballett, – alles, was ich weiß, ist, daß die Tänzerinnen während der Pausen wie die Pferde stinken. *Anton Tschechow*

Die neue Schauspielkunst: Dilettanten ohne Lampenfieber! *Karl Kraus*

Ich habe oft über das Pech nachdenken müssen, daß die interessanteste deutsche Bühnenfigur der Teufel ist. *Friedrich Dürrenmatt*

Es gibt Theaterstücke, die nur deshalb nicht ausgepfiffen werden, weil niemand zugleich gehen und pfeifen kann. *Robert Lembke*

Niemand ist auf der Welt so wehrlos wie ein toter Autor gegen einen lebenden Regisseur.
Sir Laurence Olivier

Das Orchester versetzt die Damen in Trance, aber schreiben tun's dann dem Tenor. *Arthur Schnitzler*

Der Akrobat ist jemand, der sich den Hals bricht, um den Bauch zu füllen. *Ambrose Bierce*

Dem Mimen flicht die Nachwelt keine Kränze!
Friedrich von Schiller

Wer dem Publikum immer nachrennt, sieht nur dessen Hinterteil. *Max Reinhardt*

Es gibt Abende, an denen nicht das Schauspiel, sondern das Publikum durchfällt. *Max Reinhardt*

Es gibt zwei Sorten von Theaterbesuchern: diejenigen, die das Abonnement bezahlen und selten ins Theater gehen, und die, welche nichts bezahlen, doch immer dort zu finden sind. *Jules Renard*

Schauspielerei, – das ist die Kunst, das Publikum vom Husten abzuhalten! *Jean Louis Barrault*

Spricht man nicht über ihn selbst, so hört ein Schauspieler gar nicht zu. *Marlon Brando*

Nur wenn man in Shakespeares Werken die Rolle des Königs spielt, kann man sich ab und zu mal kurz hinsetzen. *Unbekannt*

Ein guter Schauspieler darf sich nie verlieben. Ausnahme: in sich selbst! *Jean Anouilh*

Ein Theater ist ein Unternehmen, das Abendunterhaltung verkauft. *Bertolt Brecht*

Jedes Publikum kriegt die Vorstellung, die es verdient.
Curt Goetz

Oh, es gibt Schauspieler, die so stolzierten und so blökten, daß ich glaubte, irgendein Handlanger der Natur hätte Menschen gemacht, und sie wären ihm nicht geraten; so abscheulich ahmten sie die Menschheit nach. *William Shakespeare*

Die Menschen würden noch viel schlechter schlafen, wenn es das Theater nicht gäbe.
Mark Twain

Niemand ist Prophet im eigenen Lande; es sei denn, er kommt zum Gastspiel aus dem Ausland.
Wieslaw Brudzinski

Ich bin überzeugt davon, daß viele Theaterstücke – und nicht die schlechtesten – nur zu dem Zweck geschrieben worden sind, das Publikum zu ärgern.
Friedrich Dürrenmatt

Ich kenne viele Theaterstücke, bei denen man schon im ersten Akt nach dem Ausgang fragt.
Wolfgang Eschker

Komik entsteht, wenn man Tragödien anschaut und dabei ein Auge zukneift. *Eugène Ionesco*

Modernes Drama: ein Stück, in dem außer action eigentlich nichts passiert. *Helmar Nahr*

Das Mitspracherecht des Schauspielers ist der Text.
Fritz Kortner

Wer ein Theater füllen will, bedient sich der Dramaturgie. Um es zu leeren, genügt Ideologie.
Oliver Hassencamp

Kürzlich ist ein Stück vom Publikum verboten worden. *Jules Renard*

Moderne Komödienschreiber bedürfen alter Unterlagen. *Michel de Montaigne*

Es gibt noch dumme Leute,
behaupte ich genau.
Einen Operngucker kaufte sich
erst kürzlich eine Frau.
—
Sie schaut hinein in' Gucker
und sagt, das ist gemein,
da is ja gar kei Oper drin,
das muß a Schwindel sein. *Karl Valentin*

Architektur

Jeder Städtebewohner weiß, daß die Architektur, im Gegensatz zur Poesie, eine terroristische Kunst ist.
Hans Magnus Enzensberger

Es war einmal ein Lattenzaun,
mit Zwischenraum, hindurch zu schaun.
Ein Architekt, der dieses sah,
stand eines Abends plötzlich da –
und nahm den Zwischenraum heraus
und baute draus ein großes Haus.
Der Zaun indessen stand ganz dumm,
mit Latten ohne was herum,
ein Anblick gräßlich und gemein,
drum zog ihn der Senat auch ein.
Der Architekt jedoch entfloh
nach Afri-od-Ameriko. *Christian Morgenstern*

Moderne Architektur ist das aus der richtigen Erkenntnis einer fehlenden Notwendigkeit erschaffene Überflüssige. *Karl Kraus*

Als Philosophen die Zukunft entwarfen, sollte es auf ein Paradies hinauslaufen. Wenn große Architekten Zukunft entwerfen, wie Le Corbusier oder Niemeyer, zeigt sich gleich die emanzipierte Hölle.
Johannes Gross

Wer sein Haus vom Architekten einrichten läßt, wundere sich nicht, wenn's nachher aussieht, als wohne er gar nicht drin. *Oliver Hassencamp*

Verbrecher und Architekten zieht es an den Ort ihrer Tat zurück. *Sir Peter Ustinov*

Mit einem Eigenheim hat schon mancher seine Zukunft verbaut. *Werner Mitsch*

Mit Baulichkeiten ist es mißlich,
ob man sie schätzt, ist ungewißlich. *Wilhelm Busch*

Der Architekt ist hochverehrlich,
obschon die Kosten oft beschwerlich.
Wilhelm Busch

Herr Bruckmann ist sicher ein besserer Architekt als ich, was sich schon daraus ergibt, daß ich keiner bin. *Manfred Rommel*

Des hab i au g'lernt: Wenn das Grundstück kleiner ist als das geplante Gebäude, entsteht erhebliche Schwierigkeit. *Manfred Rommel*

Beim Bauen sollt' man bestens schauen,
sich möglichst wenig zu verhauen,
sonst kommt man in des Elends Klauen.
Abraham a Sancta Clara

Für den Bau von Luftschlössern gibt es keine architektonischen Regeln. *Gilbert Keith Chesterton*

Was man im Baufach nötigst haben muß:
der Maurer Schnaps, der Meister Spiritus!
Inschrift im Ratskeller in Wiesbaden

Wer je sein Geld verlieren will
und weiß nicht wie,
der baue alte Häuser um
und spiele Lotterie!
Inschrift an einem Haus in Karlsruhe

Applaudieren Sie bitte nicht so heftig: das Gebäude ist alt! *John Osborne*

Er ist der beste Baumeister,
– es fällt ihm nie etwas ein. *Unbekannt*

Das Bedauerlichste an der modernen Architektur ist die Tatsache, daß das Baumaterial so lange hält.
Mario Quintana

Forschung und Technik

Der Computer ist die logische Weiterentwicklung des Menschen: Intelligenz ohne Moral! *John Osborne*

Wenn man aus Sonnenstrahlen Bomben bauen könnte, gäbe es schon längst wirtschaftlich arbeitende Sonnenkraftwerke. *Helmar Nahr*

Wer allen etwas vorgedacht,
wird jahrelang erst ausgelacht.
Begreift man die Entdeckung endlich,
so nennt sie jeder selbstverständlich.
Wilhelm Jensen

Metaphysik ist der Versuch, in einem verdunkelten Zimmer eine schwarze Katze zu fangen, die sich gar nicht darin befindet. *Bertrand Russell*

Dinge gehen vor im Mond, die das Kalb selbst nicht gewohnt. *Christian Morgenstern*

Das Unsympathische an Computern ist, daß sie nur ja oder nein sagen können, aber nicht vielleicht.
Brigitte Bardot

Mit Computern irrt man viel genauer! *Gabriel Laub*

Ich habe viele Ergebnisse erzielt; ich kenne Tausende von Sachen, die nicht funktionieren.
Thomas A. Edison

Jedermann weiß, daß die Forschung auch negative Auswirkungen hat. Durch die Erfindung des Mikroskops wurden Millionen von Mikroben entdeckt.
Millôr Fernandes

Das Flugzeug ist schwerer als die Luft, besitzt einen Explosionsmotor und wurde angeblich von einem Brasilianer erfunden, – so was kann nicht funktionieren! *Vinicius de Morais*

Es stimmt nicht, daß ich die erste Sprechmaschine erfunden habe. Das hat schon der liebe Gott aus einer Rippe Adams getan. *Thomas A. Edison*

In meiner Jugend haben uns die Götzenpriester g'lernt, das Donnern bedeut't, daß's im Himmel Kegel schieben. Unsere Gelehrten aber sagen, da müßte man auch dann und wann bei »Alle Neune« das Juchzen hören. Da das aber nicht der Fall ist, so ist die alte Theorie durch den Fortschritt der Wissenschaft geschlagen. *Johann Nepomuk Nestroy*

Im Rahmen der weltweiten Sparmaßnahmen sind Weltraumfahrten aller Art untersagt, besonders an Sonn- und Feiertagen, – ausgenommen Christi Himmelfahrt. *Dieter Höss*

Auch in der Wissenschaft erkennt man das Rind nicht am Wiederkäuen. *Gerhard Uhlenbruck*

Computer dienen zu gar nichts: sie können ja nur Antworten geben! *Pablo Picasso*

Das Schlechte an der Maschine ist, daß sie aus Menschen Maschinen macht. *Oscar Wilde*

Einem ist sie die hohe, die himmlische Göttin, dem anderen eine tüchtige Kuh, die uns mit Butter versorgt. *Friedrich von Schiller*

Bleibe eine Stunde bei einem hübschen Mädchen, und diese Stunde kommt dir wie eine Minute vor. Setze dich eine Minute auf eine heiße Ofenplatte, und diese Minute erscheint dir wie eine Stunde. Das ist das Gesetz der Relativität!
Albert Einstein (nachgesagt)

Ein Forscher, wie man inne wird,
sich hin und wieder im Gewinne irrt. *Paul Diels*

Theorie ist Wissen, das nicht funktioniert. Praxis ist, wenn alles funktioniert und man nicht weiß, warum. *Hermann Hesse*

Die Wissenschaft dient der Menschheit am besten, wenn sie sich vorbehält, alle Thesen anzuzweifeln.
Albert Einstein

Botanik ist die Kunst, ein grünes Blatt zwischen zwei Löschblätter zu pressen und es – dann getrocknet – mit griechischer oder lateinischer Klassifizierung zu verunzieren. *Jean Baptiste Alphonse Karr*

Werde kein gelernter Klauber,
Wissenschaft ist fauler Zauber.
Theodor Fontane

Was ist ein Gelehrter? Ein unerträglicher Kauz, der grundsätzlich alles studiert und veröffentlicht, was keinen Menschen interessiert. *Anatole France*

Die Ignoranz bleibt nicht hinter der Wissenschaft zurück. Sie wächst genauso atemberaubend wie diese. *Stanislaw Jerzy Lec*

Dann gab's ein Gerede, man weiß nicht wie:
Das nennt man eine Akademie.
Johann Wolfgang von Goethe

Die Wissenschaft ist ein Ozean. Er steht dem Nachen so gut offen wie der Fregatte. Der eine fährt mit einer Ladung wertvoller Güter dahin, der andere gondelt und angelt nach Heringen.
Edward George Bulwer-Lytton

Die beste Morgengymnastik für einen Forscher ist es, jeden Tag vor dem Frühstück eine Lieblingshypothese über Bord zu werfen. *Konrad Lorenz*

Wenn einer im delirium tremens immer Ratten sieht, ist er deshalb noch lange kein Naturforscher.
Gilbert Keith Chesterton

Der Fortschritt ist unaufhaltsam. Früher hat man fünf Mottenkugeln für einen Badeanzug gebraucht, heute genügt eine Mottenkugel für fünf Badeanzüge.
Micheline Pressle

Man hat den Eindruck, daß die moderne Physik auf Annahmen beruht, die irgendwie dem Lächeln einer Katze gleichen, die gar nicht da ist.
Albert Einstein

Die Technik und die Wissenschaft
– so kommt es einem manchmal vor –
erzeugen froh mit forscher Kraft
mehr Schildbürger als je zuvor. *Karl-Heinz Söhlker*

Presse und Medien

Journalisten: Sie wissen nicht, wo Gott wohnt, aber sie haben ihn alle schon interviewt. *Anton Kuh*

Menschen und Fliegen haben eines gemeinsam: man kann sie beide mit Zeitungen erschlagen.
Dieter Hildebrandt

Macht ein Journalist aus einem Schwan eine Gans, so ist das eine Ente; wenn ein Unternehmensjournalist aus einer Gans einen Schwan macht, nennt man's Öffentlichkeitsarbeit. *Robert Schulte*

Die Journalisten sind die Geburtshelfer und die Totengräber der Zeit. *Karl Gutzkow*

Der Journalist hat zwei Augen und zwei Ohren, um doppelt so viel zu sehen und zu hören, wie geschieht.
Alexander Roda Roda

Die Jagd nach Neuigkeit verleitet die Journalisten, die Vergeßlichkeit der Leser zu überschätzen.
Karl Peltzer

Ein Reporter ist ein Schreiber, der den Weg zur Wahrheit errät und ihn mit einem Wolkenbruch von Worten verschüttet. *Ambrose Bierce*

Journalist ist, wer über Dinge, die er nicht versteht, kompetent zu schreiben weiß. *Charles Tschopp*

Wartende Journalisten sind gefährlich. Vergeblich wartende Journalisten sind doppelt gefährlich. Am gefährlichsten sind vergeblich wartende Journalisten, die untereinander Informationen austauschen.
Malcom Muggeridge

Mit kleinen Jungen und Journalisten soll man vorsichtig sein. Die schmeißen immer noch 'nen Stein hinterher. *Konrad Adenauer*

Der Historiker ist nicht immer ein rückwärts gekehrter Prophet, aber der Journalist ist immer einer, der nachher alles vorher gewußt hat. *Karl Kraus*

Journalisten sind Wegelagerer und Indiskretins!
Helmut Schmidt

Die beste Informationsquelle sind Leute, die versprochen haben, nichts weiterzuerzählen.
Journalistenweisheit

Der Chefredakteur einer großen süddeutschen Zeitung hat erklärt, daß sich sein Blatt in der Beurteilung der Krise geirrt habe; doch hoffen die Ärzte, den Kranken durchbringen zu können.
Kurt Tucholsky

Keinen Gedanken haben und ihn ausdrücken können, – das macht den Journalisten. *Karl Kraus*

Ich hielt, sprach Haron, Dich für einen Eselstreiber, allein, nun merke ich, Du bist ein Zeitungsschreiber!
Konrad Pfeffel

Können wir nicht alle dichten,
so wollen wir doch alle richten. *Fritz Mauthner*

Der Zeitungsschreiber ist ein Mensch, der seinen Beruf verfehlt hat. *Otto von Bismarck*

Man sagt: Das Adlerauge der **Kritik**. In vielen Fällen wäre es besser, zu sagen: die Hundsnase der Kritik!
Georg Christoph Lichtenberg

Ach, die sittenlose Presse!
Tut sie nicht in früher Stund
all die sündlichen Exzesse
schon den Bürgersleuten kund?
Wilhelm Busch

Die jetzigen Menschen sind zum Tadeln geboren. Vom ganzen Achilles sehen sie nur die Ferse.
Marie von Ebner-Eschenbach

Satiren, die der Zensor versteht, werden mit Recht verboten. *Karl Kraus*

Rezensent, der tapfere Ritter,
steigt zu Rosse, kühn und stolz,
ist's kein Hengst aus Andalusien,
ist es doch ein Bock aus Holz! *Ludwig Uhland*

Ihr ungelerntes Vieh, – ihr wißt recht schlecht, was heuer die Mode mit sich bringt; erst leg ich meine Eier, dann rezensier ich sie! *Karl Wilhelm Ramler*

Der Rezensent, siehst Du,
das ist ein Mann,
der alles weiß
und gar nichts kann. *Ernst von Wildenbruch*

Auf den Geschmack des Kritikers kann man sich verlassen. Er ist zuverlässig schlecht.
Stanislaw Jerzy Lec

Eine Zeitungspille: man schluckt sie und sie geht mit sämtlichen Neuigkeiten in einem auf. *Elias Canetti*

Da hatt' ich einen Kerl zu Gast,
er war mir eben nicht zur Last.
Ich hatt' just mein gewöhnlich Essen,
hat sich der Kerl plumpsatt gefressen,
zum Nachtisch, was ich gespeichert hatt'.
Und kaum ist mir der Kerl so satt,
tut ihn der Teufel zum Nachbarn führen,
über mein Essen zu räsonieren:
»Die Supp' hätt' können gewürzter sein,
der Braten brauner, firner der Wein.«
Der Tausendsackerment!
Schlagt ihn tot, den Hund!
Es ist ein Rezensent!
Johann Wolfgang von Goethe

Über mich können Sie schreiben, daß ich Kommandant von Dachau war oder mit Stubenfliegen Geschlechtsverkehr ausübe, von mir werden Sie keine Entgegnung vernehmen. *Gottfried Benn*

Der Kritiker ist eine Henne, die gackert, wenn andere legen. *Giovanni Guareschi*

Das Blaue, was vom Himmel gelogen wird, schlägt sich als Druckerschwärze nieder.
Gerhard Uhlenbruck

Die **Presse** vermag nicht zwischen einem Fahrradunfall und dem Kollaps der Zivilisation zu unterscheiden. *George Bernard Shaw*

Die Deutschen haben das Pulver erfunden – alle Achtung! Aber sie haben es wieder quitt gemacht: sie erfanden die Presse. *Friedrich Nietzsche*

Ich lese eine Menge Presseberichte und schöpfe Beruhigung aus der Tatsache, daß sie einander fast immer widersprechen. *Harold Macmillan*

Wohl zehn Minuten las ich in einer Zeitung, ließ durch das Auge den Geist eines verantwortungslosen Menschen in mich hinein, der die Worte anderer im Munde breit kaut und sie eingespeichelt, aber unverdaut wieder von sich gibt. *Hermann Hesse*

Dadurch, daß man einen Bericht Report nennt, wird er auch nicht besser. *Helmut Qualtinger*

Überall sind Photographen. Nur wo sie hingehören, da fehlen sie. Genauso wie bei der Polizei.
Theodor Fontane

Macht dir eine Zeitung Kummer,
tröste dich,
morgen erscheint eine neue Nummer. *Max Halbe*

Gazetten müssen nicht geniert (*d.h. behindert*) werden. *Friedrich der Große*

Unseren täglichen Mord gib uns heute.
Werner Mitsch

Der Mensch hat schon so viele Katastrophen überstanden, – er wird auch die Massenmedien überstehen. *Thornton Wilder*

Die Presse ist für mich Druckerschwärze auf Papier.
Otto von Bismarck

Wenn es eine Zeitung der Buckligen gäbe, würde sie abends und morgens die Schönheit, die Güte und die Notwendigkeit der Buckligen beweisen.
Honoré de Balzac

Die Zeitungen haben zum Leben annähernd dasselbe Verhältnis wie die Kartenaufschlägerinnen zur Metaphysik. *Karl Kraus*

Bessere Früchte gedeihen am Baum der Presse nicht eher, bis vom Insektengeschmeiß die Blätter befreit. *Heinrich Leuthold*

Oh, Freiheit süß der Presse!
Nun sind wir endlich froh.
Sie pocht von Messe zu Messe
in dulci jubilo.
—
Kommt, laßt uns alle drucken
und walten für und für.
Nur sollte keiner mucken,
der nicht so denkt wie wir.
Johann Wolfgang von Goethe

Eine Zeitung für die Bienen,
die vor Jahren schon erschienen,
kennt man gut in Stadt und Land.
Aber daß die Küchenschaben
auch schon eine Zeitung haben,
das ist weniger bekannt.
—
Wenn die Bienen oder Mücken
in die Schabenzeitung blicken,
lachen sie sich krumm und schief.
Aber wenn die Küchenschaben
in der Hand die Zeitung haben,
dann bewundern sie sie tief. *James Krüss*

Berichte sind nur selten wichtig
und Wichtigkeiten meist nicht richtig.
Monika von Normann

Nach Pressefreiheit schreit niemand, als wer sie mißbrauchen will. *Johann Wolfgang von Goethe*

Es liegt nicht daran, daß die Welt so viel schlechter geworden ist, vielmehr ist die Berichterstattung jetzt viel besser. *Gilbert Keith Chesterton*

Die Presse hat die Aufgabe, das Gras zu mähen, das über etwas zu wachsen droht. *Alfred Polgar*

Dank Dir, oh Herr, für die Brutalitäten! Da hast Du in unendlicher Güte erschaffen noch miesere Typen als mich. *Eberhard Puntsch*

Einst hatte das Journal so viel Geist wie die Leute, die es schrieben. Heute hat es so viel Geist wie jene, die es lesen. Kinder, das ist ein furchtbarer Unterschied. *Alexander Roda Roda*

Wenn ich in meinen Elaboraten darauf verzichtete, von Behörden, Religion und Politik, Moral oder hochgestellten Persönlichkeiten, auch nicht von Theater und Oper zu sprechen, so könnte ich fast alles – natürlich nach Durchsicht von drei oder vier Lektoren publizieren. *Pierre A. de Beaumarchais*

Berichtet ein Lokalblättchen über einen Sexualmord, so ist es eine Obszönität, tut's die New York Times, so ist es eine soziologische Studie. *Unbekannt*

Pressefreiheit steht dann oben an,
wo – welch absurdes Treiben! –
das halbe Land nicht lesen kann,
das andere nicht schreiben. *Franz Grillparzer*

Früher mußte man wirklich etwas tun, um in die Zeitung zu kommen. Heute braucht man bloß noch was zu sagen. *Manfred Rommel*

Wenn ich zu wählen hätte zwischen einer Regierung ohne Zeitungen und Zeitungen ohne Regierung, würde ich mich für das zweite entscheiden.
Thomas Jefferson

Die Dorfbarbiere haben einen Apfel, den stecken sie allen Bauern ins Maul, wenn's ans Balbieren geht. Die Zeitungen haben das Feuilleton. *Karl Kraus*

Drei feindliche Zeitungen sind mehr zu fürchten als 1000 Bajonette. *Napoléon Bonaparte*

Anzeigen enthalten die einzigen Wahrheiten, um derentwillen es sich verlohnt, die Presse zu lesen.
Thomas Jefferson

Die Berichte über meinen Tod sind stark übertrieben. *Mark Twain*

Mehr als durchs Gold wurde durch Blei die Welt verändert. Und mehr durch das Blei in der Flinte als durch das im Setzkasten. *Georg Christoph Lichtenberg*

Existierte die Presse nicht, so müßte verhindert werden, daß sie erfunden wird. *Honoré de Balzac*

Zeitungsredakteure sollten keinen Urlaub nehmen. Entweder sinkt während ihrer Abwesenheit die Auflage, oder sie steigt: beides ist gleich schlimm.
Mark Twain

In früheren Zeiten hatten wir die Folter, jetzt haben wir die Presse. *Oscar Wilde*

Der Journalismus besteht größtenteils darin, »Lord Jones ist tot« zu Leuten zu sagen, die nie wußten, daß Lord Jones jemals gelebt hat.
Gilbert Keith Chersterton

Die sprichwörtliche Geduld des Papiers wird gottlob von der Geduld der Papierkörbe noch übertroffen.
Hans-Hermann Kersten

Keine Lüge ist so frech, daß ein anonymer Rezensent sie sich nicht erlauben sollte: er ist ja nicht verantwortlich. *Arthur Schopenhauer*

Viele Rezensenten und Journalisten sind wie die Kakadus: Sie ziehen die Klaue ein, wenn sie gefüttert werden, und drücken ein Auge zu, wenn sie zu trinken bekommen. *Moritz Gottlieb Saphir*

Propaganda ist die Kunst, den Teufel mit zwei gesunden Füßen zu photographieren. *Hans Kasper*

Die Recherchen mancher Kommentatoren haben gewisse Dinge derart vernebelt, daß es – falls die Burschen so weiter machen – sehr wahrscheinlich ist, daß wir uns demnächst überhaupt kein Urteil mehr bilden können. *Mark Twain*

Die Kritik gleicht einer Bürste. Bei allen leichten Stoffen darf man sie nicht verwenden; denn sonst bliebe nichts mehr übrig. *Honoré de Balzac*

Wer sich über Kritik ärgert, gibt zu, daß er sie verdient hat. *Publius Cornelius Tacitus*

Film, Funk und Fernsehen

Wenn ein Film Erfolg hat, so ist er ein Geschäft. Wenn er keinen Erfolg hat, ist er Kunst. *Carlo Ponti*

Niemand hat ein Autoren-Team wie Disney. Wenn er einen Schauspieler nicht mehr mag, so radiert er ihn aus. *Unbekannt*

Es gibt in unserer Gegenwart zwei Weiterleben nach dem Tode: eines im Jenseits, und eines im Kino!
Karl Valentin

Ein Kassenmagnet ist ein Star, der für einen Film den ganzen Profit, drei Cadillacs und die Frau des Produzenten verlangt, – und das alles auch bekommt.
Billy Wilder

Beim Film ist es wie im Leben: Man beginnt als jugendlicher Liebhaber, dann wird man Charakterdarsteller und endet als komischer Alter. *Jean Gabin*

Der Film enthebt uns der Mühe, die von ihm abgeblätterten Bildergeschichten zu lesen, das Fernsehen der Unbequemlichkeit, dabei in bezug auf Kleidung und Benehmen auf andere Rücksicht nehmen zu müssen. Die Technik macht uns nicht nur fortgesetzt fauler, sondern auch ständig nachlässiger. Am Schluß dieser Entwicklung dürfte das vollkommene Faultier und der perfekte Flegel stehen. *Sigmund Graff*

In Hollywood gibt es eigentlich nur zwei Sorten von Menschen: solche, die ein eigenes Schwimmbad haben, und solche, denen es nicht gelingt, den Kopf über Wasser zu behalten. *Jacques Tati*

Gewaltfilme können schlimme Folgen haben. Aber was kann nach Sexfilmen schon passieren? Die Leute kriegen höchstens mehr Kinder. *Sophia Loren*

Fernsehen macht kurzsichtig! *Michael Richter*

Der Film ist vielleicht die einzige Branche, in der sich mancher als Meister fühlt, bevor seine Lehrzeit überhaupt begonnen hat. *Alfred Hitchcock*

Filme machen ist eines der größten und sichersten Geschäfte, die ich kenne, – allerdings nur fürs Finanzamt! *Carlo Ponti*

Ein Film, – was kann das schon sein, wenn es die Zensur erlaubt hat. *Kurt Tucholsky*

Filmemacher sollten bedenken, daß man ihnen am Tage des Jüngsten Gerichts alle ihre Filme wieder vorspielen wird. *Charlie Chaplin*

Es gibt **Fernsehsendungen**, die sind so süßlich, daß man Zuckerkranke vor dem Einschalten warnen sollte. *Robert Lembke*

Damit man sähe, was man höre,
erfand Herr Braun die Braun'sche Röhre.
Wir wär'n Herrn Braun noch mehr verbunden,
hätt' er was anderes erfunden. *Heinz Erhardt*

Die einzigen Menschen, die noch nie im Fernsehen aufgetreten sind, sind diejenigen, die zu sehr damit beschäftigt sind, fernzusehen. *Sir Peter Ustinov*

Wenn ich heimkomme, stelle ich mich direkt vor den Fernseher. Dann wissen die Kinder, daß ich zu Hause bin. *Robert Lembke*

Der Durchschnittsamerikaner braucht weder Uhr noch Kalender: Er orientiert sich am Fernsehschirm.
Jerry Lewis

Das Fernsehen hat feste Regeln. Bei den Western gewinnen immer die Guten, bei den Nachrichten immer die Bösen. *Robert Lembke*

Nach den jüngsten statistischen Erhebungen besitzt heute jeder zweite Fernsehapparat eine Familie.
Ephraim Kishon

In Rußland wird das Volk durch die Partei verdummt, in den Vereinigten Staaten durch die Television.
Friedrich Dürrenmatt

Machen Sie's wie der Vogel Strauß! Um nicht mit der Realität konfrontiert zu werden, – stecken Sie Ihren Kopf in den Fernseher!
Millôr Fernandes

Ein Fernsehstar wird man dann, wenn die Leute vor dem Bildschirm vergessen, daß sie eigentlich längst auf die Toilette müßten. *Robert Lembke*

In Kalifornien wird der Müll nicht weggeschmissen. Er wird in TV-Unterhaltung umgewandelt.
Woody Allen

Für mich ist TV äußerst instruktiv. Wenn jemand sie einschaltet, so ziehe ich mich zurück und lese ein gutes Buch. *Groucho Marx*

Warum sollten die Leute ausgehen und Geld für schlechte Filme ausgeben, wenn sie zu Hause bleiben und schlechtes Fernsehen umsonst sehen können? *Samuel Goldwyn*

Es gibt viele erfrischende Fernsehprogramme: Man fühlt sich richtig erfrischt, wenn man wieder aufwacht. *Robert Lembke*

Solange man mit einem Fernsehapparat keine Fliege totschlagen kann, solange kann er auch die Zeitung nicht ersetzen. *Manfred Rommel*

Den Mächtigsten in der Familie erkennt man daran, daß er bestimmt, welches Fernsehprogramm eingestellt wird. *Peter Sellers*

Am zuverlässigsten unterscheiden sich die einzelnen Fernsehprogramme noch immer durch den Wetterbericht. *Woody Allen*

Jeder Säugling sollte sich so früh wie möglich und auch so gründlich wie möglich mit einem Fernsehgerät beschäftigen, denn später hat er ja auch nichts anderes. *Loriot*

Ohne Faulheit kein Fortschritt! Weil der Mensch zu faul war, zu rudern, erfand er das Dampfschiff. Weil er zu faul war, zu Fuß zu gehen, erfand er das Auto. Weil er zu faul war, abends die Augen zuzumachen, erfand er das Fernsehen. *Manfred Hausmann*

Unter den Muskelpartien, deren Leistung der Sport bis an die Grenzen des Menschlichen hinausgeschoben hat, darf die Zunge der Rundfunkreporter nicht vergessen werden. *Sigmund Graff*

Das Fernsehen unterhält die Leute, indem es verhindert, daß sie sich miteinander unterhalten.
Sigmund Graff

Abends versammelt sich eine schweigende Mehrheit auf dem Gemeinplatz vor dem Fernsehschirm.
Heinrich Nüsse

Fernsehredakteure haben eine einmalige Begabung: Sie können die Spreu vom Weizen trennen. Und die Spreu senden sie dann. *Dieter Hallervorden*

Seit ich die Menschen kenne, ist mir das Fernsehen lieber. *Manfred Rommel*

Der Unterschied zwischen Radio und Fernsehen: Radio geht ins Ohr, Fernsehn ins Auge. *Robert Lembke*

Wenn dein Fernsehapparat aus deinem Kind redet, kannst du das Kind nicht mehr abstellen.
Werner Schneyder

Der Bildschirm ist das Präservativ der Realität.
Werner Schneyder

Das Kino kommt wieder: Die Leute wollen miterleben, ohne daß die Familie dazwischenquatscht.
Oliver Hassencamp

Eines der schwierigsten Probleme, die sich aus der Verbreitung von Rundfunk und Fernsehen ergeben haben, lautet: Was geschieht mit dem Sprichwort »Er lügt wie gedruckt«. *Gabriel Laub*

Man schaltet den Fernseher an, – und schon ist das Kind ausgeschaltet. *Unbekannt*

Husten vor dem Fernsehapparat macht nur halb so viel Spaß wie im Theater. *Robert Lembke*

Handel und Wirtschaft

Banken, Börse und Geld

Wenn so oft an Gott man dächte,
als man an die Steuer denkt,
wär uns, glaub ich, längst zu rechte
Fried' und Ruh von Gott geschenkt.
Friedrich von Logau

Bildung ist das, was übrig bleibt, wenn der letzte Dollar weg ist. *Mark Twain*

Du magst die ganze Familie eines Reichen ermorden, – aber hüte dich, deine Hand in seine Tasche zu stecken. *George G.N. Lord Byron*

Das möchte ich gerne klarstellen: Ich bin nicht unbedingt gegen Raub und Diebstahl; ich möchte nur nicht bestohlen werden! *Millôr Fernandes*

Wenn Sie einen Schweizer Bankier aus dem Fenster springen sehen, springen Sie hinterher. Es gibt bestimmt etwas zu verdienen.
François Marie Voltaire

Jeder Versicherungsschein hat zwei Seiten. Auf der Vorderseite wird man versichert. Und auf der Rückseite wird man verunsichert. *Werner Mitsch*

Wir haben ein Problem mit Soll und Haben: Wir sollten, aber wir haben nicht! *Manfred Rommel*

Reichtum gleicht dem Seewasser: Je mehr man davon hat, desto durstiger wird man.
Arthur Schopenhauer

Die Tasche ist das empfindlichste Organ des Menschen. *Mór Jókai*

Wer sehr kreditwürdig ist, ist wenig kreditbedürftig. Und wer sehr kreditbedürftig ist, ist wenig kreditwürdig. *Manfred Rommel*

Sei stets gefällig, wenn es Dich nichts kostet!
Niccoló Machiavelli

Kann sich irgendwer erinnern, daß die Zeiten einmal nicht hart waren und das Geld nicht knapp?
Ralph Waldo Emerson

Wer am Zoll sitzt, ohne reich zu werden, ist ein Pinsel. *Johann Wolfgang von Goethe*

Besserverdienende sind Leute, die mehr verdienen als ich. *Manfred Rommel*

Ich bin reich und arm gewesen. Reich ist doch entschieden besser. *Hugh Hefner*

Der größte Vorteil des Reichtums besteht darin, daß man keine guten Ratschläge mehr zu hören bekommt. *Aristoteles Onassis*

Heutzutage kennt man von allem den Preis und von nichts den Wert. *Oscar Wilde*

Gut ist des Gewinnes Geruch, aus welcher Quelle er auch stamme. *Decimus Junius Juvenal*

Inflation ist, wenn die Brieftaschen immer größer und die Einkaufstaschen immer kleiner werden.
Unbekannt

Man soll den Scheck nicht vor der Buchung loben.
Werner Mitsch

Das Konkordat ist ein legales Verfahren, um sich das Geld in die Hosentasche zu stecken und die leere Jacke den Gläubigern zu überlassen. *Jo Adams*

Wer mit der Inflation flirtet, wird von ihr geheiratet! *Othmar Emminger*

Ein Milliardär ist ein Mann, der auch mal ganz klein als Millionär angefangen hat. *Jerry Lewis*

Spare in der Zeit, damit Du in der Not weißt, was Du gehabt hast. *Helmut Walters*

Wer nichts schuldet, hat nichts. *Joelmir Beting*

Aller Fortschritt beruht auf dem lästigen und allgemeinen Wunsch eines jeden, über seine Verhältnisse zu leben. *Samuel Butler*

Öffentliche Gelder haben zur Zeit eine hervorstechende Eigenschaft: Sie fehlen meistens!
Manfred Rommel

Früher waren die Löcher nur in der Brezel, heute sind sie auch im Landeshaushalt. *Manfred Rommel*

Die Freigebigen sind immer pleite und die Reichen sind nie freigebig. *Saadi*

Um wirklich ehrlich zu leben, – dazu fehlt den meisten Leuten das Geld! *Unbekannt*

Wenn du aber gar nichts hast, ach, so lasse dich begraben, – denn ein Recht zum Leben, Lump, haben nur, die etwas haben. *Heinrich Heine*

Wer nur ein falsches Hellerchen besitzt,
der reibt und putzt daran, bis daß es blitzt:
So machen es mit ihrem Titel
die Ehrenmänner ohne Mittel. *Wilhelm Müller*

Daß einer Millionär ist, kann er mit Sicherheit erst dann konstatieren, wenn seine Verwandten sein baldiges Ableben wünschen. *Max Nunes*

Bei großen Vermögen gibt's keine dritte Generation. *Chinesisches Sprichwort*

Kein Mensch kam auf die Welt, um etwas für hundert zu kaufen und es für neunzig zu verscherbeln.
Roberto Duailibi

Spare in der Zeit, so hast du in der Not alles, was dir die Inflation gelassen hat. *Lothar Schmidt*

Nicht nur Wohltun trägt Zinsen, auch Zinsen tun wohl. *Unbekannt*

Gib das Kupfer zurück und behalte das Gold;
dann machst du dein Glück und die Welt ist dir hold.
Heinrich Leuthold

Eine **Bank** ist eine Institution, die uns an einem Sonnentag einen Regenschirm pumpt und ihn zurückverlangt, wenn's zu regnen anfängt. *Robert Lee Frost*

Wenn man bedenkt, daß Geld jedes Jahr fünf Prozent von seinem Wert verliert, so kann man sagen: Geld verdunstet in zwanzig Jahren. *Danny Kaye*

Wenn Gott existiert, warum bietet er mir nicht das geringste Anzeichen seiner Existenz? Beispielsweise: mir ein schönes Konto bei einer Schweizer Bank zu eröffnen. *Woody Allen*

Leihe nicht einem Gewaltigeren, denn du bist; leihest du aber, so achte es als verloren. *Jesus Sirach 8,15*

Ich zahle: so bin ich niemand,
ich schulde: so bin ich jemand. *Emil Baschnonga*

Die Landwirte pflanzen, und die Banken ernten.
Unbekannt

Schulden sind wie eine Frau, man wird sie nicht los!
Persisches Sprichwort

Und da keiner wollte leiden, daß der andre für ihn zahl,
zahlte keiner von den beiden, – ein System, das ich empfahl! *Heinrich Heine*

Defizit is: Wat de hast, wenn de weniger hast, wie de hättest, wenn de nischt hast. *Berliner Schnauze*

Große Reichtümer werden durch große Gaunereien erzielt, – kleine durch kleine! *Henry Becque*

Wer einen Dollar verdient, ist ein Arbeiter. Wer ihn spart, ist ein Kapitalist. *J. Garland Pollard*

Ob uns der Papst, der weise Christ,
den Ausweg aus der Krise weist,
die, wie ihr rings im Kreise wißt,
um manches Lands Devise kreist? *Franz Mittler*

Wer pleite ist, sucht in der Tat dein Geld, – und nicht nur guten Rat! *Pedro Calderón de la Barka*

Nicht er besitzt sein Vermögen, sondern sein Vermögen ihn. *Diogenes*

Banküberfall, – was ist dagegen die Gründung einer Bank? *Bertolt Brecht*

Mensch, bezahle deine Schulden, lang ist ja die Lebensbahn, und du mußt noch manchmal borgen, wie du es so oft getan. *Heinrich Heine*

Definition von Ratenzahlung: Raten Sie mal, wann der zahlt! *Unbekannt*

Des alte Jahr gar schnell entwich.
Es konnt' sich kaum gedulden
und ließ mit Freuden hinter sich
den dicken Sack voll Schulden! *Wilhelm Busch*

Was du heute dir kannst borgen,
das verschiebe nicht auf morgen.
Reinhard von Normann

Als erstes im Bankgeschäft lernt man den Respekt vor Nullen. *Carl Fürstenberg*

Niemand weiß mehr, wer die Hand in wessen Taschen hat. *Norbert Blüm*

Bankraub ist eine Initiative von Dilettanten. Wahre Profis gründen eine Bank! *Bertolt Brecht*

Eine Bank lebt von den schlechten Geschäften, die sie unterläßt. *Herman Josef Abs*

Eine Bank ist eine Institution, die jemandem Geld leiht, der nachweisen kann, daß er eigentlich keines braucht. *Bob Hope*

Die Sünde des Diebes ist die Tugend des Bankiers.
George Bernard Shaw

Bevor ich geboren wurde, las meine Mutter viele literarisch bedeutsame Werke, und so wurde ich ein Dichter. Die Mutter meines Onkels Salomon indessen las die Geschichte vom Banditen Cartouche, und so wur-de mein Onkel Bankier. *Heinrich Heine*

Die Börse hängt nur davon ab, ob es mehr Aktien als Idioten oder mehr Idioten als Aktien gibt.
André Kostolany

Wenn das Wörtchen »wenn« nicht wär,
wär mein Vater Millionär. *Kinderreim*

Geld stinkt nicht; Devisen riechen sogar ganz gut!
Zarko Petan

Die **Börse** ist Monte Carlo ohne Musik!
Carl Fürstenberg

Hier rollte Gold, hier spielte ich mit Golde, –
in Wahrheit spielte Gold mit mir, – ich rollte.
Friedrich Nietzsche

Für Börsenspekulationen ist der Februar einer der gefährlichsten Monate. Die anderen sind Juli, Januar, September, April, November, Mai, März, Juni, Dezember, August und Oktober. *Mark Twain*

Kurssturz: Wertpapier auf dem Wege zu seinem Papierwert! *Ron Kritzfeld*

Der Geist denkt, das Geld lenkt! *Oswald Spengler*

Aktionäre sind die Gänse des Kapitals.
Folco Masucci

Das Geld, das zu verputzen man noch keine Zeit oder Gelegenheit hatte, nennt man Aktivum.
Miguel Zamacois

Schweigen will ich von Lokalen,
wo die Börse nächtlich praßt,
wo im Kreis der Liberalen,
man den Heil'gen Vater haßt. *Wilhelm Busch*

Die Zeit ist kein Geld, aber den einen nimmt das Geld die Zeit, und den anderen die Zeit das Geld.
Ron Kritzfeld

Der Kleinaktionär ist das Kanonenfutter des Wertpapierhandels. *Helmar Nahr*

Wer billig gibt und teuer kauft,
der hat am Markt bald ausgeschnauft.
Börsenweisheit

Die organisierte Kriminalität in den Vereinigten Staaten bringt jährlich 40 Milliarden Gewinn. Das ist viel Geld, besonders, wenn man bedenkt, daß die Mafia keine Bürospesen hat. *Woody Allen*

So war es immer in der Weltgeschichte: Jedesmal, wenn Österreich mobil gemacht hat, stand die Hälfte auf dem Papier. Und jedes Mal, wenn Rußland mobilisiert, stehen die Papiere auf die Hälfte. *Kladderadatsch*

Aktionäre sind dumm und frech. Dumm, weil sie ihr Geld in Aktien anlegen, und frech, weil sie auch noch eine Dividende dafür wollen. *Carl Fürstenberg*

Es gibt zwei Zeitabschnitte im Leben eines Mannes, in denen er nicht spekulieren sollte. Wenn er es sich nicht leisten kann und wenn er es sich leisten könnte. *Mark Twain*

Börsianer leben intellektuell weit über ihren Möglichkeiten. Nirgendwo auf der Welt findet man pro Quadratmeter so viele Dummköpfe wie an der Börse. *André Kostolany*

Wenige Mitarbeiter sorgen dafür, daß etwas geschieht, viele Mitarbeiter sorgen dafür, daß nichts geschieht, viele Mitarbeiter sehen zu, wie etwas geschieht, und die überwältigende Mehrheit hat keine Ahnung, was überhaupt geschehen ist. *Schwarzes Brett der Frankfurter Börse*

Der Mensch sinkt hin, vergeht und schweigt,
allein die Aktie hebt sich, schwebt und steigt.
Stephen Leacock

Geld macht nicht korrupt, – kein Geld schon eher! *Dieter Hildebrandt*

Es stimmt, daß Geld nicht glücklich macht. Allerdings meint man damit das Geld der anderen. *George Bernard Shaw*

Ein gesunder Mensch ohne Geld ist halb krank. *Johann Wolfgang von Goethe*

Geld verdirbt nur den Charakter, der bereits verdorben ist. *Edgar Faure*

Ein Trost, daß man sich in seinem Testament nichts vermachen kann. *Emmanuel Wertheimer*

Bei der Katalogisierung der Kapitalsünden vergessen die Theologen die wichtigste: das Kapital! *Millôr Fernandes*

Wenn ein Idealist in die Geldtasche greifen muß, so wird er unwillkürlich Realist. *Emmanuel Wertheimer*

Es ist leichter, eine Sau mit eingeseiftem Schwanz festzuhalten, als von einem insolventen Schuldner Geld zu bekommen. *Hermann Josef Abs*

Geld ist der sechste Sinn: Der Mensch muß ihn haben, denn ohne ihn kann er die anderen fünf nicht voll ausnützen. *William Somerset Maugham*

Man empfindet es oft als ungerecht, daß Menschen, die Stroh im Kopf haben, auch noch Geld wie Heu besitzen. *Gerhard Uhlenbruck*

Beim Griff in die eigene Tasche stellt man immer wieder fest, daß die öffentliche Hand schon vorher drin war. *Graffito*

Taschendiebe nennt man diejenigen Mitglieder der menschlichen Gesellschaft, die die weitverbreitete Kunst, dem anderen Geld aus der Tasche zu ziehen, nur manuell ausüben. *Hans Kasper*

Der Geldsack bleibt dennoch, selbst im verjüngten Maßstabe, das Gewicht an der Weltenuhr, an der das Frauenzimmer nur die Unruhe ist. *Karl Julius Weber*

Alle Menschen in der Welt
streben nur nach Gut und Geld,
und wenn sie es dann erwerben,
legen sie sich hin und sterben. *Unbekannt*

Als ich jung war, glaubte ich, Geld sei das Wichtigste im Leben; jetzt, wo ich alt bin, weiß ich, daß es das Wichtigste ist. *Oscar Wilde*

Reichtum bedeutet nicht unbedingt Glück. Aber er gestattet, auf höchst angenehme Weise unglücklich zu sein. *Noël Coward*

Wir denken nur ans Geld. Wer welches hat, denkt an seins, wer keines hat, denkt an das der anderen. *Sacha Guitry*

Wenn ein Bankier auf einen Vorschlag »nein« sagt, meint er »vielleicht«, sagt er »vielleicht«, meint er »ja«, sagt er aber spontan »ja«, dann ist er kein guter Bankier. *André Kostolany*

Wie ein armer Mann zu leben, macht nur Spaß, wenn man reich ist. *Sir Peter Ustinov*

Nationalökonomie ist, wenn die Leute sich wundern, warum sie kein Geld haben. Das hat mehrere Gründe, – die feinsten sind die wissenschaftlichen.
Kurt Tucholsky

Es wäre der größte Leichtsinn, Schulden zu machen, wenn man die Absicht hätte, sie zu bezahlen.
Egon Friedell

Die Phönizier haben das Geld erfunden, – aber warum so wenig? *Johann Nepomuk Nestroy*

Mit dem Geld ist es wie mit dem Toilettenpapier. Wenn man es braucht, braucht man es dringend.
Upton Sinclair

Geld regiert die Welt. Danach sieht sie auch aus!
Richard Katz

Fersengeld ist nicht selten das einzige Geld, das der Schuldner dem Gläubiger gibt. *Helmut Walters*

Die Titel sind Papiergeld,
deren Kurs die Mitwelt
nach dem Vorrat
von Metall stellt. *Franz Grillparzer*

Mit Mädchen sich vertragen,
mit Männern rumgeschlagen,
und mehr Kredit als Geld, –
so kommt man durch die Welt.
Johann Wolfgang von Goethe

Ein Volkswirtschaftler ist ein Mann, der mehr von dem Geld versteht, das er nicht hat, als derjenige, der es hat. *Unbekannt*

Hat man 50 Dollar Schulden, so ist man ein Schnorrer. Hat man 50 000 Dollar Schulden, so ist man ein Geschäftsmann. Mit 50 Millionen Dollar ist man ein Finanzgenie. 50 Milliarden Schulden haben, – das kann nur der Staat! *Unbekannt*

Kein Geld ist vorteilhafter angelegt als das, um welches wir uns haben prellen lassen, denn wir haben dafür unmittelbar Klugheit eingehandelt.
Arthur Schopenhauer

Von jetzt an werde ich nur so viel Geld ausgeben, wie ich einnehme, selbst wenn ich mir dafür Geld borgen muß. *Mark Twain*

Geld ist scheu wie ein Reh und geil wie ein Bock!
Karl Blessing

Ein Mann mit einem hohen Bankkonto kann gar nicht häßlich sein. *Zsa Zsa Gábor*

Die meisten tragen ihr Geld zur Bank, um es vor sich selbst in Sicherheit zu bringen. *Sigmund Graff*

Wenn Geld sicherlich nicht alles bedeutet, – es hält doch die Verbindung mit den Kindern aufrecht.
Unbekannt

Manchmal zahlt man den höchsten Preis für Dinge, die man umsonst haben könnte. *Albert Einstein*

Hier bei Chrysler pumpen wir Geld im alten Stil, das heißt, wir zahlen's zurück! *Lee Iacocca*

Das Geld ruht so schlecht in der Hand der Frau wie das Kind in den Händen des Mannes.
Friedrich Rückert

Die Reichen müßten Geld fressen, wenn ihnen die Armen kein Essen besorgten. *Russisches Sprichwort*

Je mehr Geld das mir ausgebet, desto leichter fällt uns der Nachweis, daß keins mehr da isch im nägschde Jahr. *Manfred Rommel*

Obwohl ich der Meinung bin, Schulden sind Schulden, sind Schulden besser als gar kein Geld!
Eugen Keidel

Du magst Dein Geld getrost vernaschen,
das letzte Hemd hat keine Taschen.
Rat eines Bankiers

Geld ist immer da, – es wechselt nur seinen Besitzer! *Hanseatischer Kaufmannsspruch*

Geld ist wie Mist, – man sollte es streuen!
Francis Bacon

Wo das Geld ist, da ist der Teufel. Aber wo kein Geld ist, da ist er zweimal! *Georg Weerth*

Geld korrumpiert, – vor allem jene, die es nicht haben. *Sir Peter Ustinov*

Willst Du den Wert des Geldes kennenlernen, so versuche, Dir welches zu borgen.
Benjamin Franklin

Mit Geld ist es gar nicht so gut, wie es ohne Geld schlecht ist. *Unbekannt*

Wenn Zeit Geld ist, so lebt jeder über seine Verhältnisse. *Ludwig Fulda*

Doch werden wir an den Moneten gekürzt,
wir kommen wie brüllende Löwen gestürzt.
Conrad Ferdinand Meyer

Dem Geld darf man nicht nachlaufen, – man muß ihm entgegengehen! *Henry Ford*

Wer seine Schweißtropfen zählt, wird nie sein Geld zählen. *Christian Friedrich Hebbel*

Wer hat eigentlich wen schmutzig gemacht, das Geld ihn oder er das Geld? Fällt es doch gewissen Menschen zu wie ein Denar in eine Kloake.
Lucius Annaeus Seneca

Wer einen Affen wegen seines Geldes nimmt, behält zwar den Affen, doch das Geld zerrinnt.
Ägyptisches Sprichwort

Man sollte nicht humoristisch werden, wenn man Geld haben will. Die Leute lachen, aber sie zahlen nicht. *Fritz Oliven*

Wer viel Geld hat zum Verborgen,
braucht um Freunde nicht zu sorgen,
denn der Tag zum Wiedergeben
pflegt die Freundschaft aufzuheben.
Friedrich von Logau

Erst beim Abfassen der Einkommensteuererklärung merkt man, wieviel Geld man sparen würde, wenn man gar keines hätte. *Fernandel*

Auch selbst den weisesten unter den Menschen sind die Leute, die Geld bringen, mehr willkommen als die, die welches holen.
Georg Christoph Lichtenberg

Geld allein macht nicht glücklich, es gehören auch noch Aktien, Beteiligungen, Gold und Grundstücke dazu. *Danny Kaye*

Wenn die Unternehmen alles Geld im Ausland untergebracht haben, nennt man dies den Ernst der Lage. *Kurt Tucholsky*

Ach, reines Glück genießt doch nie,
wer zahlen soll und weiß nicht wie. *Wilhelm Busch*

Das Geld ist am schnellsten beim Teufel, wenn man einen Engel kennenlernt. *Robert Lembke*

Wenn einer in Deutschland Geld hat, dann denken die Leute gleich, er habe es gestohlen.
Robert Pferdmenges

Wenn einer Geld hat, darf er so dumm sein wie er will! *Publius Naso Ovid*

Geld soll man sich nur von Pessimisten borgen. Die erwarten sowieso nicht, daß sie es jemals zurückkriegen. *Joachim Ringelnatz*

Was der liebe Gott vom Geld hält, kann man an den Leuten sehen, denen er es gibt. *Peter Bamm*

Zeit ist Geld! – Naa, – des stimmt net! Zeit hab i gnua, aber kein Geld! Wenn i soviel Geld hätt wie Zeit, dann hätt i mehr Geld wie Zeit. *Karl Valentin*

Wer Geld hat, kommt nach Österreich. Wer keins hat, ist schon hier geboren. *Karl Farkas*

Man könnte viele Beispiele für unnötige Geldausgaben nennen, aber keines ist treffender als die Errichtung einer Friedhofsmauer. Diejenigen, die drinnen sind, können ohnehin nicht heraus, und diejenigen, die draußen sind, wollen nicht hinein. *Mark Twain*

Geldgeschenke sind phantasielos, – vor allem kleine! *Werner Mitsch*

Manche Leute haben von ihrem Geld und Vermögen nur die Furcht, es zu verlieren.
Antoine de Rivarol

Geld ist das einzige, was eine Frau manchmal für sich behalten kann. *Jacques Tati*

Manche Menschen geben Geld aus, das sie nicht haben, für Dinge, die sie nicht brauchen, um damit Leuten zu imponieren, die sie nicht mögen.
Danny Kaye

Was mach ich bloß, wenn am Ende des Geldes noch soviel Monat übrig ist? *Graffito*

Mit dem Bezahlen verplempert man det meste Jeld!
Berliner Schnauze

Wenn man kein Geld hat, denkt man immer an Geld.
Wenn man Geld hat, denkt man nur noch an Geld.
Paul Getty

Wenn man weiß, wieviel Geld man hat, ist man kein reicher Mann. *Paul Getty*

Geld verdirbt den Charakter, – vorausgesetzt, daß man einen hat. *Wolfgang Eschker*

Geld ist wie eine schöne Frau; wenn man es nicht gut behandelt, so läuft es einem weg. *Paul Getty*

Reich ist man erst, wenn man sich bei der Bilanz um einige Millionen irren kann, ohne daß es auffällt.
Paul Getty

Ein reicher Mann ist ein armer Mann mit sehr viel Geld. *Howard Hughes*

Geld allein macht nicht unglücklich! *Curt Goetz*

Ein Finanzgenie ist ein Mann, der sein Geld schneller verdient, als seine Frau es ausgeben kann.
Markus M. Ronner

Ein Alter liebt die Taler,
ein Junger liebt sie auch,
nur jener zum Verstecken
und dieser zum Gebrauch. *Friedrich von Logau*

Wenn die Regierung das Geld verschlechtert, um alle Gläubiger zu betrügen, so gibt man dieser Prozedur den höflichen Namen Inflation.
George Bernard Shaw

Kapitalismus: Die einen arbeiten für ihr Geld, die anderen lassen's für sich arbeiten.
Gerhard Uhlenbruck

Geld nennt man heute Knete, weil man jeden damit weich bekommt. *Gerhard Uhlenbruck*

Wer sagt, daß Wucher Sünde sei,
der hat kein Geld, – das glaube frei! *Martin Luther*

Das Geld liegt auf der Straße, man muß es nur aufzuheben wissen. *Deutsches Sprichwort*

Schwer drückt ein voller Beutel, schwerer ein leerer!
Friedrich Haug

Keiner arbeitet so hart für sein Geld wie der, der es heiratet. *Kim Hubbard*

Wenn ich Smith zehn Dollar schulde und Gott vergibt mir, dann hat Smith immer noch kein Geld.
Robert Green Ingersoll

Mein Schatzerl ist hübsch!
Aber reich is es nit:
Was nützt mir der Reichtum,
das Geld küß i nit! *Fliegende Blätter*

So ist's halt auf der Welt! Der eine hat den Beutel, der andre hat das Geld! *Sprichwort*

Was macht's, daß Gut und Geld verweht,
da doch zuletzt die Welt vergeht?
Benno Papentrigk

Die ganze Welt, sie dreht sich drum,
das Geld, das ist die Achse;
und kling'l ich drin, sie stehen stumm,
die Lumpen niederer Taxe. *Wolfgang Müller*

Wer *nur* Geld hat, ist in Wahrheit ein armer Teufel.
Unbekannt

Was hilft es dir, damit zu prahlen,
daß du ein freies Menschenkind?
Mußt du nicht pünktlich Steuern zahlen,
obwohl sie dir zuwider sind? *Wilhelm Busch*

Jährliches Einkommen: 20 Pfund
Jährliche Ausgaben: 19 Pfund
Ergebnis: Glück!
Jährliches Einkommen: 20 Pfund
Jährliche Ausgaben: 21 Pfund
Ergebnis: Elend! *Charles Dickens*

Der gute Ruf ist wichtig, doch viel Geld ist noch wichtiger. *Lucius Aenneus Seneca*

Wenn einer sagt: »Geld bedeutet alles«, so weiß man: er hat kein's. *Edgar Watson Howe*

Wer wenig klaut, der ist ein Schaf,
wer sehr viel klaut, der ist ein Graf.
Brasilianisches Sprichwort

Ein Sack Geld wiegt schwerer als zwei Säcke Gerechtigkeit. *Dänisches Sprichwort*

Geld ist nötig, um jederzeit Goethe zitieren zu dürfen: Götz von Berlichingen! *André Kostolany*

Wenn ein Mächtiger teilt, beträgt seine Hälfte mindestens sechzig Prozent. *Georges Clemenceau*

Durch das Schaffen des Mannes kommt in der Regel Geld ins Haus, durch das Wirtschaften der Frau aber geht das meiste drauf. *Xenophon*

Geld lieber ohne Taschen, als Taschen ohne Geld, –
Wein lieber ohne Flaschen, als umgekehrt bestellt!
Friedrich von Bodenstedt

Der eine sprach: Im Golde liegt das Leben,
denn beide Welten kann das Gold dir geben.
Was nützt mir Tapferkeit und Kraft und Ehr?
Wo Geld fehlt, ist der König ohne Heer.
Wer leere Hände hat und Geld in Fülle,
ist wie ein häßlich Weib in schöner Hülle:
Er gleicht dem Vogel, dem ein reich Gefieder
umfängt die mag'ren, spindeldürren Glieder. *Saadi*

Mit scharfem Blick, nach Kennerweise,
seh' ich zunächst mal nach dem Preise.
Wilhelm Busch

»Zeit ist Geld«, sagen die Engländer. Und daher beklagen sich so viele Leute über Geldmangel.
Tristan Bernard

Vergnügt sein ohne Geld, – das ist der Stein der Weisen! *Magnus Gottfried Lichtwer*

Eine leere Brieftasche ist der Garant männlicher Tugend und der größte Feind des Weibes.
Fletcher Knebel

Wenn man viel davon hat, so spielt's nicht die geringste Rolle. *Truman Capote*

Für Geld machen die Leute die blödsinnigsten Dinge, – sie arbeiten sogar! *Unbekannt*

Das Geld eines Geizigen ist wie eine untergehende Sonne; kein Mensch hat gut davon.
Matthias Claudius

Geld ist nicht viel, aber viel Geld, das ist etwas anderes. *George Bernard Shaw*

Der Charme des Geldes liegt in seiner Menge.
Carl Fürstenberg

Das Geld ist weder bös noch gut,
es liegt an dem, der's brauchen tut. *Sprichwort*

Verfüge nie über Geld, ehe du es hast.
Thomas Jefferson

Geld stinkt nicht. *Vespasian*

Hast du Geld, so setz dich nieder,
hast du kein's, so scher dich wieder! *Unbekannt*

Wenn man's verliert, da is das Geld Chimäre!
Johann Nepomuk Nestroy

Notdurft ist wohlfeil, Glück ist ohne Preis:
Drum sitz' ich statt auf Gold auf meinem Steiß.
Friedrich Nietzsche

Vielleicht verdirbt Geld den Charakter. Auf keinen Fall aber macht Mangel an Geld ihn besser.
John Steinbeck

Das böse Geld, die böse Welt!
Traut keiner Außenseite!
Die Leute machen falsches Geld,
das Geld macht falsche Leute! *Friedrich Haug*

Und der Geldsack ist kein leerer Schall,
der Mensch kann ihn brauchen im Leben,
und ob er auch dumm ist überall,
dem Reichtum wird alles vergeben.
Und worauf kein Verstand des Verständigen fällt,
das übet in Einfalt ein Tölpel ums Geld.
Karl Julius Weber

Eine Abfindung ist das Geld, das man jemandem nachwirft, den man hinauswirft. *Michael Schiff*

Nach Minne und Gewinne
stehn aller Welt die Sinne. *Freidank*

Geld adelt, – aber es muß viel Geld sein!
Friedrich Sieburg

Das ist das Beste auf der Welt,
daß Tod und Teufel nimmt kein Geld;
sonst müßte mancher arme Gesell'
für manchen Reichen in die Höll'! *Hausspruch*

Eure Bitte kann ich Euch nicht gewähren,
ich habe hunderttausend Mann zu ernähren,
Geld kann ich nicht scheißen,
Friedrich Wilhelm, König von Preußen.
Friedrich Wilhelm von Preußen nachgesagt

Adel, Tugend, Kunst
sind ohne Geld umsunst! *Deutsches Sprichwort*

Wenn mich jemand um ein Darlehen bittet, dann frage ich immer meinen Anwalt. Und sagt der »ja« dazu, dann nehme ich mir einen anderen Anwalt.
Henry Ford

Geld, der Meister aller Sachen,
weiß aus Nein oft Ja zu machen. *Sprichwort*

Ein Mensch, der, um vergnügt zu leben,
sein Geld verschwendrisch ausgegeben,
hat dabei außerdem erfahren,
wie freundlich alle Leute waren.
Nun hofft er, mittels geistiger Waffen,
sich wieder welches zu beschaffen.
Wobei den Eindruck er gewinnt,
daß alle Leute scheußlich sind.
Er muß zur Wahrheit sich bequemen,
daß Geben seliger macht denn Nehmen.
Eugen Roth

Wenn das Geld Sie nicht glücklich macht, geben Sie es doch zurück! *Jules Renard*

Betrieb und Geschäft

Hundert Schneider, hundert Müller und hundert Weber sind zusammen dreihundert Spitzbuben.
Spanisches Sprichwort

Der Kerl ist fähig, seine eigene Mutter zu verkaufen. Und dann liefert er nicht! *Unbekannt*

Ein Experte ist ein Spezialist, der über etwas alles weiß und über alles andere nichts! *Ambrose Bierce*

Das Kundenkreditsyndrom: Gibt man einem Kunden nur begrenzt Kredit, so geht er zur Konkurrenz. Gibt man ihm unbegrenzt Kredit, geht er in Konkurs.
Helmar Nahr

Es gibt zwei Arten von Mitarbeitern, aus denen nie etwas Richtiges wird: diejenigen, die nie tun, was man ihnen sagt, und diejenigen, die nur tun, was man ihnen sagt. *Christopher Morley*

Subventionen zu empfangen beruht auf der Kunst, so lange zu jammern, bis einem die Fettpolster als Hungerödeme angerechnet werden. *Unbekannt*

Ein Geschäft ist nur dann gesund, wenn man wie die Hühner erst eine Zeitlang scharren muß, bevor man einen Wurm findet. *Henry Ford*

Ein Geschäft wird erst dann ein Geschäft, wenn man dem Finanzamt nachweisen kann, daß es kein Geschäft war. *Markus M. Ronner*

Werbung ist die Kunst, auf den Unterleib zu zielen und die Brieftasche zu treffen. *Peter Sellers*

Ich habe mit meinen Wirtschaftsprognosen stets recht behalten, und zwar durch ein einfaches Rezept: Ich habe nie welche gemacht!
Hermann Josef Abs

Die Fähigkeit, auf welche die Menschen den meisten Wert legen, ist die Zahlungsfähigkeit.
Oskar Blumenthal

Nationalökonomen können ganz genau beweisen, daß die Welt pleite ist. Das einzige, was sie nicht wissen: ihretwegen! *Werner Schneyder*

Handelt man mit Tabak, hat man einen »Schmeck«,
handelt man mit Honig, so hat man einen »Leck«,
handelt man mit gar nichts, – so hat man einen
Dreck! *Jüdisches Sprichwort*

Es ist sonderbar, daß die schmutzigsten Geschäfte oft den größten Reingewinn abwerfen.
Willy Reichert

Gott, du gerechter! Hab' ich doch immer gesagt: Dieser Christus ist doch gewesen ein großer Mann! Was hat er nicht gebracht in die Welt für'n Geschäft zu Weihnachten! *Fritz Reuter*

Die Ware Weihnacht ist nicht die wahre Weihnacht.
Kurt Marti

Eine Aktiengesellschaft ist eine raffinierte Einrichtung zur persönlichen Bereicherung ohne persönliche Verantwortung. *Ambrose Bierce*

Ein Kompromiß ist ein Übereinkommen, bei dem man vorgibt, daß man nachgibt. *Willy Reichert*

Der Reingewinn ist derjenige Teil der Bilanz, den der Vorstand beim besten Willen nicht mehr vor den Aktionären verstecken kann. *Carl Fürstenberg*

Der Chef organisiert von Zeit zu Zeit den Betrieb völlig um. Das schadet aber nichts, weil ja doch alles beim alten bleibt. *Kurt Tucholsky*

Nur wer seine Rechnung nicht bezahlt, kann hoffen, im Gedächtnis der Geschäftswelt weiter zu leben.
Oscar Wilde

Den höchsten Umsatz aller Werke macht das Mundwerk! *Helmut Walters*

Der Ruin kann drei Ursachen haben: Frauen, Wetten oder Befragung von Experten. *Georges Pompidou*

Wenn ein Reicher Bankrott macht, findet er in alten Geschäftsbüchern Trost. *Danny Kaye*

Wirtschaftswissenschaft ist das einzige Fach, in dem jedes Jahr auf dieselben Fragen andere Antworten richtig sind. *Danny Kaye*

Die einzige Form der Taxierung, die man ohne jegliche Legislative bewältigen kann, ist die Inflation.
Milton Friedmann

Rezession ist, wenn dein Nachbar seine Stellung verliert. Depression ist, wenn du sie aufgeben mußt.
Harry S. Truman

Bei Dachorganisationen ist die Gefahr eines Dachschadens besonders groß. *Hans Werner*

Für die Liebe lasse ich meine Haare schwarz färben, – fürs Geschäft belasse ich sie in glänzendem Weiß.
Aristoteles Onassis

In der Wirtschaft geht es nicht gnädiger zu als in der Schlacht im Teutoburger Wald.
Friedrich Dürrenmatt

Nicht Sparen, sondern Borgen hält heute die Wirtschaft in Gang. *Ralf Dahrendorf*

Manche halten den Unternehmer für einen räudigen Wolf, den man totschlagen muß, andere für eine Kuh, die man ununterbrochen melken kann. Nur wenige sehen in ihm ein Pferd, das den Karren zieht.
Sir Winston Churchill

Der Manager ist die Krone der Erschöpfung.
Werner Mitsch

Die Geschäfte werden entweder besser oder schlechter. *Calvin Coolidge*

Von jedem Wirtschaftswunder bleibt am Ende nicht das Wunder, indessen die Wirtschaft übrig.
Helmut Walters

Ausführungsbestimmungen sind Erklärungen zu den Erklärungen, mit denen man eine Erklärung erklärt.
Abraham Lincoln

Die einen jubeln: Wirtschaftswunder!
Die andern schrein: schon glimmt der Zunder!
Doch jeder hofft, mit heilem Hintern
auch diesmal noch zu überwintern!
Eugen Roth

Die zehn Gebote enthalten 279 Wörter, die amerikanische Unabhängigkeitserklärung 300, und die Verordnung der Europäischen Gemeinschaft für den Import von Karamellbonbons hat exakt 25 911 Wörter. *Franz Josef Strauß*

Es gibt kein Geschäft, das so gemein wäre, daß nicht sofort ein anderer es macht, wenn man darauf verzichtet. *Bertolt Brecht*

Nicht jeder Unternehmer, der stiften geht, ist ein Mäzen. *Werner Mitsch*

Butterberge sind die Folge von Milchmädchenrechnungen. *Werner Mitsch*

Sagt er zwölf, meint er zehn, will er haben acht. Wird wert sein sechs, möcht geben vier, werd' ich sagen zwei. *Armenisches Sprichwort*

Eine Holdinggesellschaft ist ein Unternehmen, bei dem man dem Partner die Beute zur Aufbewahrung übergibt, während man selbst von der Polizei durchsucht wird. *Will Rogers*

Es ist gefährlich, einen extrem fleißigen Büroangestellten einzustellen, weil die anderen ihm dann ständig zuschauen. *Henry Ford*

Es gibt Zeiten, in denen es das beste Geschäft ist, kein Geschäft zu machen.
Mayer Amschel Rothschild

Mit einer guten Verpackung wickelt man nicht nur die Waren ein, sondern auch den Käufer.
Werner Mitsch

Wenn man seinem Geschäftspartner die Haut vom Leibe abzieht, so sollte man immer etwas Haut übrig lassen, damit sie nachwächst und nochmals abgezogen werden kann. *Nikita Chruschtschow*

Steuern erheben heißt, die Gans so zu rupfen, daß man möglichst viele Federn mit möglichst wenig Zischen bekommt. *Jean Baptiste Colbert*

Was man im Leben braucht, ist bloß die Überzeugung, daß das Geschäft besser geht als das des Nachbarn. *Robert Musil*

Bei geschäftlichen Unternehmungen kann man durch Fleiß und Talent viel erreichen, doch der beste Weg ist der, die Stupidität der Konkurrenz zu nutzen.
Michel de Montaigne

Der Experte ist ein ganz gewöhnlicher Mann, der – wenn er nicht gerade zu Hause weilt – gute Ratschläge erteilt. *Oscar Wilde*

Manager finden auf dem Friedhof ihre erste Ruhe.
Michael Richter

Der Arbeitgeber ist schwer denkbar ohne den Arbeitnehmer. Der Arbeitnehmer ist schwer denkbar ohne den Arbeitgeber. *Manfred Rommel*

Ein Geschäft zu eröffnen, ist ganz einfach. Es offen zu halten, ist schwierig. *Unbekannt*

Der Gewinn hat einen Bruder: den Verlust.
Arabisches Sprichwort

O sage mir, wie heißt das Tier,
das vieles kann ertragen,
das wohl den größten Rachen
hat und auch den größten Magen?
Es heißt Haifisch auf dem Meer
und Fiskus auf dem Lande!
Hofmann von Fallersleben

Die Völker Europas dürften eines Tages gezwungen sein, ihre heiligsten Güter aus Asien zu beziehen.
Karl Kraus

Bei einem Ausverkauf hat ein Gentleman nur dann eine Chance, wenn er sich wie eine Dame benimmt.
Sir Peter Ustinov

Ein Mann, der niemals eine Schule besuchte, kann die ganze Fracht eines Eisenbahnwaggons stehlen. Verfügte er über Universitätsbildung, so brächte er die ganze Eisenbahngesellschaft an sich.
Theodor Roosevelt

Wenn man einem Menschen trauen kann, erübrigt sich ein Vertrag. Wenn man ihm nicht trauen kann, ist ein Vertrag nutzlos. *Paul Getty*

Längst bevor sich der Staat erhob vom Lager, noch in der Morgendämmerung der Geschichte, hat der Handel schon ein gut Teil seines Tageswerks vollbracht. *Rudolf von Ihering*

Alle leben davon, daß sie irgendwas verkaufen.
Robert Louis Stevenson

Das Gesetz für gleich welches Geschäft: betrüge die anderen, sonst betrügen sie dich! *Charles Dickens*

Das beste Mittel gegen die Managerkrankheit ist eine hübsche Sekretärin. *Ferdinand Sauerbruch*

Korruption ist die laufende Bewässerung bereits vorhandener Sümpfe. *Wolfgang Gruner*

Wenn einer durch das Sammeln von Zigarettenstummeln Millionär geworden ist, so wird er schwerlich darauf verzichten, dies auch weiterhin zu tun.
André Maurois

In ihren Händen wird aus allem Ware.
In ihrer Seele brennt elektrisch Licht.
Sie messen auch das Unberechenbare.
Was sich nicht zählen läßt, – das gibt es nicht!
Erich Kästner

Die Rolle des Großunternehmens kann mit einer Drohne verglichen werden. Man bezahlt den Akt der Befruchtung mit der eigenen Vernichtung.
John Kenneth Galbraith

Niemand fragt dich, woher du hast,
– aber haben mußt du!
Decimus Junius Juvenal

Ich bin soeben zu einem besonderen Geschäft abberufen worden. Aber meinen Charakter lasse ich.
Richard Brinsley Sheridan

Besitzen Sie irgendwelchen Dreck, den Sie verkaufen möchten? Das ist ganz einfach! Schicken Sie einen Missionar zu den Wilden. Die werden ihn natürlich abmurksen. Dann fahren Sie gegen solche Ungerechtigkeit Kanonen auf und erobern das Gebiet der Wilden, denen Sie dann Ihren Ramsch verscherbeln. Das nennt man Kolonisation!
George Bernard Shaw

Die Wirtschaft stabilisierte sich; die Menschen waren wieder käuflich geworden. *Wieslaw Brudzinski*

Jede Wirtschaft beruht auf dem Kreditsystem, das heißt, auf der irrtümlichen Annahme, der andere werde gepumptes Geld zurückzahlen.
Kurt Tucholsky

Der Handel ist die Schule des Betrugs.
Luc de Vauvenargues

Geschäft? Das ist sehr einfach: das bedeutet anderer Leute Geld. *Alexandre Dumas der Jüngere*

Der sittliche Mensch weiß, was recht ist, der gewöhnliche weiß, was man verkaufen kann. *Konfuzius*

Der Kaufmann hat in der ganzen Welt dieselbe Religion. Sein Kontor ist seine Kirche, sein Schreibpult ist sein Betstuhl, sein Memorial ist seine Bibel, sein Warenlager sein Allerheiligstes, die Börsenglocke ist seine Betglocke, sein Geld ist sein Gott, der Kredit ist sein Glauben. *Heinrich Heine*

Ein gelehrter Kaufmann macht wenig Vermögen.
Michel de Montaigne

In manchen Bündnissen klopfen die Partner einander so lange auf die Schultern, bis es weh tut.
Malcom Muggeridge

Sag mir keine Lügen; das schickt sich nur für Handelsleute! *William Shakespeare*

Wer vorwärts kommen will, muß einen Buckel machen, – sagte die Raupe zu ihren Kindern.
Robert Lembke

Früher hat man einen Mann nach der Gesellschaft beurteilt, in der er verkehrte. Jetzt beurteilt man ihn nach der Gesellschaft, die ihm gehört.
Robert Lembke

Das Borgen ist ein schlecht Geschäft,
das hab' ich oft empfunden.
Zuerst wirst du die Ware los
und hinterher die Kunden.
Unbekannt

Betrügen und betrogen werden,
nichts ist gewöhnlicher auf Erden.
Johann Gottfried Seume

Es ist kein Kaufmann, der nicht Mäusedreck für Pfeffer verkaufen kann. *Unbekannt*

Die höchsten Kilometerkosten von allen Wagentypen hat noch immer ein Einkaufswagen im Supermarkt. *Lothar Schmidt*

Was die Weltwirtschaft angeht, so ist sie verflochten. *Kurt Tucholsky*

Tourismus, Verkehr

Bis 2000 Meter steigen die Ziegen, bis 3000 Meter die Ochsen, höher hinauf nur die **Touristen**.
Unbekannt

Nicht, weil es dort Sonne gibt, reizt mich der Süden, sondern weil es dort angenehm ist, im Schatten zu sitzen. *Martin Kessel*

Wir Deutschen reisen hauptsächlich deshalb, um den Baedeker auf seine Richtigkeit zu kontrollieren.
Anneliese Rothenberger

Ein Reiseführer ist ein Reiseleiter, den man in die Tasche stecken kann. *Sigismund von Radecki*

Langsam reisen macht Sie schneller müde.
Royal Viking Lines

Die besten Reisen, das steht fest,
sind die oft, die man unterläßt. *Eugen Roth*

Wo ein Erholungszentrum entsteht, ist es aus mit der Erholung. *Oliver Hassencamp*

Die schönste Rede, die man in unsern Zeiten halten kann, wäre: über die Kunst, zu Hause zu bleiben.
Karl Julius Weber

Man reist nicht billiger und nicht schneller als in Gedanken. *Georg Weerth*

Schöner ist es anderswo,
hier ist man ja sowieso! *Wilhelm Busch*

Das Nomadenleben, welches die unterste Stufe der Zivilisation bezeichnet, findet sich auf der höchsten – im allgemein beliebten Touristenwesen – wieder ein. Das erste war von der Not, das zweite von der Langeweile herbeigeführt. *Arthur Schopenhauer*

Die umweltfreundlichsten Touristen sind die Amerikaner. Sie lassen das meiste Geld da und nehmen den meisten Kitsch mit. *Oliver Hassencamp*

Bauern und Hoteliers haben längst begriffen, daß man auch von zweibeinigen Rindviechern leben kann.
Eugen Roth

Das Beste, was man vom Reisen nach Hause bringt, ist die heile Haut. *Arabisches Sprichwort*

Froh schlägt das Herz im Reisekittel,
vorausgesetzt, man hat die Mittel. *Wilhelm Busch*

Oben san mer gwesen,
aber g'sehn ham ma nix,
als recht viel Nebel
und a Gwölk, a recht dicks! *Schnadahüpferl*

Ein Mensch, der sonst zwar das Vergnügen
recht gern genießt in vollen Zügen,
legt just beim Reisen, umgekehrt,
auf volle Züge wenig Wert! *Eugen Roth*

Urahn, Großmutter, Mutter, Kind
in dumpfer Stub' beisammen sind,
dem letzten Raum, der sich noch bietet,
denn alles andre ist vermietet!
Quer durch die Alpen gellt ein Schrei:
Zimmer frei! *Eugen Roth*

Wie heut' bequem das Reisen geht,
Du wirst verschickt wie ein Paket
und brauchst nur, statt was zu erleben,
ganz einfach selbst Dich aufzugeben. *Eugen Roth*

Das größte Vergnügen an der Reiserei haben die Dienstboten, die zu Hause bleiben.
Fliegende Blätter

Nirgends strapaziert sich der Mensch so sehr wie bei der Jagd nach Erholung. *Laurence Sterne*

Wenn man beginnt, seinem Paßfoto ähnlich zu sehen, so sollte man in Urlaub fahren. *Ephraim Kishon*

Wer sich behaglich fühlt zu Haus,
der rennt nicht in die Welt hinaus.
Weltunzufriedenheit beweisen
die vielen Weltentdeckungsreisen. *Friedrich Rückert*

Eine Reise von 1000 Meilen beginnt mit dem ersten Schritt. *Laotse*

Die meisten reisen nur, um wieder heimzukehren.
Michel de Montaigne

Ein Mensch, mit Fantasie-Belebung,
Weltreisen macht – in die Umgebung:
Er kann, um ein paar Straßenecken,
Terra incognita entdecken
und wird in nächsten Flusses Auen
den Urwald und den Dschungel schauen.
Eugen Roth

Das Boot, das noch im Hafen liegt, ist meist das sicherste! *François Rabelais*

Wer über See geht, der wechselt das Klima und nicht den Charakter. *Quintus Flaccus Horaz*

Als deutscher Tourist im Ausland steht man vor der Frage, ob man sich anständig benehmen muß oder ob schon deutsche Touristen dagewesen sind.
Kurt Tucholsky

Fremdenverkehr besteht hauptsächlich daraus, daß die Touristen die Einheimischen fotografieren und die Einheimischen die Touristen. *Jacques Tati*

Der Tourismus ist die Völkerwanderung der Neuzeit.
Halldór Laxness

Umleitungen sind die beste Chance, endlich die eigene Stadt kennenzulernen. *Danny Kaye*

Wenn der Mensch um jeden Preis nach anderen Sternen strebt, so kommt mir das so vor, als wollt' ein Hawaianer eine Erholungsreise in die Sahara buchen.
Evelyn Arthur Waugh

Die meisten sogenannten Sehenswürdigkeiten sind vom vielen Hinschauen schon ganz abgenutzt.
Helmut Qualtinger

Der Jet-Set, das sind die Leute, die ständig Urlaub vom Urlaub machen. *Salvador Dalí*

Früher haben die Leute das Land der Sehnsucht mit der Seele gesucht. Heute suchen sie es mit dem Scheckbuch und finden es auch nicht. *Peter Bamm*

Der Tourist, – in einem Gespräch von nur einer Viertelstunde verleidet mir die halbe Welt. *Jules Renard*

Urlaub ist der Versuch, dem Nachbarn zu entgehen, obwohl man ziemlich sicher sein kann, daß man ihn im Strandkorb nebenan trifft. *Jacques Tati*

Nach Ägypten wär's nicht so weit. Aber bis man zum Südbahnhof kommt. *Karl Kraus*

Den Fortschritt im **Verkehr** erkennt man daran, daß die Flüge immer kürzer werden und die Autofahrten zum Flughafen immer länger. *Alberto Sordi*

Die Autofahrer sind sicherer, wenn die Straßen trokken sind. Und die Straßen sind sicherer, wenn die Autofahrer trocken sind. *Sacha Guitry*

Der Tourist ist der Krebs der Umwelt.
Millôr Fernandes

»Sag an, ich kann's im Paß nicht sehn,
was ist der Zweck der Reise?«
»Der Zweck ist, zwecklos zu besehn,
das Land auf meine Weise.« *Friedrich Rückert*

Drum, o Mensch, sei zeitig weise,
pack die Koffer und verreise! *Wilhelm Busch*

Ein Mensch, an sich nicht leicht entschlossen,
hat nach Prospekten schon genug genossen
und bleibt, von tausend Bildern satt,
vergnügt in seiner Heimatstadt. *Eugen Roth*

Man begrub die kalten Herrn und Damen.
Und auch etwas Gutes war dabei:
Für die Gäste, die am Mittwoch kamen,
wurden endlich ein paar Zimmer frei.
Erich Kästner

Leicht ist's, die Ärmsten zu verspotten,
die reisend sich zusammenrotten,
den schönen Vorteil wohl benutzend,
daß alles billiger im Dutzend.
Es sind nicht nur die niedern Preise,
die führen zur Gesellschaftsreise.
—
Der Mensch muß, jammervoll allein,
von Gott und Welt verlassen sein,
von Mensch zu Mensch nicht mehr gebunden,
eh er sich damit abgefunden:
Seit echte Freiheit nicht mehr waltet,
nimmt er die Freizeit hin, gestaltet
Gesellschaftsreisen sind beliebt,
seit es »Gesellschaft« nicht mehr gibt.
—
Der Mensch, vereinsamt weit und breit,
ermangelt der Gelegenheit,
den Wanderfreund sich selbst zu suchen:
Er läßt sich seine Reise buchen,
und es fällt schwer, daran zu kritteln,
läßt er doch durch Büros vermitteln
und durch Annoncen, aufgegeben,
Gefährten sich fürs ganze Leben!
—
Und hat er Glück – was wir gern hoffen –,
dann hat er's gar nicht schlecht getroffen.
Drum, Mensch, bedenke dich nicht lange
und kauf die Reise von der Stange! *Eugen Roth*

Alle Nachbarn sind schon da,
unsre Nachbarn alle.
Ob in Nizza, ob in Cannes,
ob in Rom, ob in Meran,
sitzen Schmidts von nebenan
schon mit lautem Singen. *Dieter Höss*

Es winkte Frau Lore vom Lei;
denn grad' fuhr ein Dampfer vorbei.
Vom Dampfer erscholl es:
»Ich weiß nicht, was soll es …«
Und dann war's vorbei, das Geschrei. *Dieter Höss*

Wem Gott will rechte Gunst erweisen,
den läßt er friedlich still daheim,
der läßt vergnügt die andern reisen,
er selber geht nicht auf den Leim. *Walter Deneke*

Fahre nie schneller, als dein Schutzengel fliegen kann.
Volksmund

Meine Herren, wie komme ich nach Klackersdorf, wo doch alle Wege nach Rom führen?
Stanislaw Jerzy Lec

Die alte Cole Porter-Devise »anything goes« ist das Glaubensbekenntnis einer Branche, bei deren perversesten Vertretern man Menschenjagden auf Indios in Amazonas-Wäldern ebenso buchen kann wie Pilgerreisen in nationalsozialistische Todeslager mit anschließender günstiger Buttereinkaufsmöglichkeit bei Bauern der Umgebung. *André Heller*

Kruzitürken, dös kann ja gut werden mit die Fremden im Sommer! I hab mi scho erkundigt, wie der Spruch des Götz von Berlichingen auf englisch heißt.
Fliegende Blätter

Ein Mücklein wollte Reisen machen,
da flog's in einen Meisenrachen! *Franz Mittler*

Die kommen eben von der Reise:
Man sieht's an ihrer wunderlichen Weise.
Johann Wolfgang von Goethe

»D' Fremde macht Leut«, hot's Mädle gsait und isch mit am Schubkarre voll Kind hoimkomme.
Spruch aus dem Allgäu

Um zu begreifen, daß der Himmel überall blau ist, braucht man nicht um die ganze Welt zu reisen.
Johann Wolfgang von Goethe

Abenteuerurlaub besteht aus siebzig Prozent Vorfreude und aus dreißig Prozent Nachsorge.
Alberto Sordi

Frau am Steuer, – das wird teuer! *Unbekannter*

Da jeder Omnibus die Chance hat, an der nächsten Ecke mit einem anderen zusammenzustoßen, ist jeder verpaßte Omnibus ein Quell ungetrübter Freude. *Hans Kudszus*

Fahrlehrer sind Männer, die morgens brünett wegfahren und abends weißhaarig heimkommen.
Peter Frankenfeld

Kein Trainer hat für die Entwicklung des Schnellaufs so viel getan wie der Autofahrer in der Großstadt.
Bob Hope

Wer Geld hat, kauft ein Auto. Wer keines hat, stirbt auf andere Weise. *Fernandel*

Fahren Sie nur weiter wie der Teufel, dann werden Sie ihn bald sehen! *Unbekannt*

Es gibt nur eine Chance, nicht unters Auto zu kommen: in ihm zu sitzen! *Dino Segre Pitigrilli*

Im Wagen verachte ich den Fußgänger, auf der Straße den Fahrer. *Unbekannt*

Kein Mensch behandelt ein Auto so dumm wie einen anderen Menschen. *Bertrand Russell*

Omnibusse sind Fahrzeuge, in denen die Fenster, die im Juli nicht aufgehen, sich im Dezember nicht schließen lassen. *Robert Lembke*

Die sicherste Art und Weise, einen Zug zu besteigen, ist, den vorausgegangenen versäumt zu haben. *Gilbert Keith Chesterton*

Charles Lindbergh war der erste Mensch, der im Alleinflug den Atlantik überquerte – und der letzte, der gleichzeitig mit seinem Gepäck ankam. *Bob Barker*

Man ist am meisten in Gefahr, überfahren zu werden, wenn man eben einem Wagen ausgewichen ist. *Friedrich Nietzsche*

Der größte Aberglaube ist der Glaube an die Vorfahrt. *Jacques Tati*

Wegweiser können eine Straße in ein Labyrinth verwandeln. *Stanislaw Jerzy Lec*

Der verantwortungsvolle Fußgänger von heute tut drei Dinge: Er läßt seinen Anzug panzern, er schließt ein Dutzend Versicherungen ab, und er bleibt zu Hause. *Danny Kaye*

Die Endstufe der Motorisierung ist erreicht, wenn das Parken mehr kostet als das Autofahren. *Peter Sellers*

Der Verkehr in den Großstädten leidet unter Zwanzigjährigen, die 70, und unter Siebzigjährigen, die 20 fahren. *Robert Lembke*

Mit einem Kleinwagen findet man schneller einen Parkplatz. Dafür sucht man dann später länger nach dem Wagen. *Robert Lembke*

Fließender Verkehr ist ein Zeichen dafür, daß die Polizei gerade anderweitig beschäftigt ist. *Unbekannt*

Der sicherste Weg, in die Zeitung zu kommen, besteht darin, sie zu lesen, wenn man die Straße überquert. *Alberto Sordi*

Schrei niemals um Hilfe, – da könnte ja die Polizei kommen! *Millôr Fernandes*

Es gibt Autofahrer, die das Vorfahren so lange nicht lassen, bis sie ihren Vorfahren nachfahren. *Curt Goetz*

Politik

Politik und Politiker

Man riskiert Ekel, sähe man, wie **Politik**, Gerechtigkeit und das eigene Abendessen zustande kommen.
Nicolas Chamfort

In manchen Ländern sind Satiriker überflüssig, die Regierung macht sich selbst lächerlich.
Alexander Roda Roda

Denn der Große frißt den Kleinen und der Größte frißt den Großen. Also löst in der Natur sich einfach die soziale Frage. *Joseph Viktor von Scheffel*

Oben wird immer geleitet, aber unten wird meistens gelitten. *Martin Kessel*

Wie schafft man sich ein Publikum?
Nicht lange gefragt!
Wenn man durch ein halbes Säkulum –
immer dasselbe sagt! *Eduard von Bauernfeld*

Konschtitution, det is Teilung der Jewalt. Der König duht, wat er will, und dajegen dat Volk, det duht, wat der König will. *Adolf Glasbrenner*

Immer wieder kommen Staatsmänner mit großen Farbtöpfen des Weges und erklären, sie seien die neuen Baumeister. Und immer wieder sind es nur Anstreicher. Die Farben wechseln, die Dummheit bleibt. *Erich Kästner*

Sie werden es schwerlich glauben, aber es gibt soziale Staaten, die von den Klügsten regiert werden; das ist bei den Pavianen der Fall. *Konrad Lorenz*

Was nützt die Mehrheit des Volkes, wenn die Mehrheit der Regierung dagegen ist? *Wolfgang Eschker*

Diplomatie ist ein Schachspiel, bei dem Völker mattgesetzt werden. *Karl Kraus*

Von den Chinesen können wir einiges lernen. Man hat mir gesagt, sie hätten ein und dasselbe Schriftzeichen für die Krise und die Chance.
Richard von Weizsäcker

Politik ist das Paradies zungenfertiger Schwätzer.
George Bernard Shaw

Wenn ich etwas in der Politik verabscheue, dann den Typ des Aals, der sich vor lauter Geschmeidigkeit am liebsten selbst in sein Hinterteil beißen würde.
Margret Thatcher

Politisches Theater: auf einen Darsteller zehn Souffleure! *Wieslaw Brudzinski*

Ein Großteil derer, die nicht unterdrückt sein wollen, möchte gerne selbst Unterdrücker sein.
Napoléon Bonaparte

Abrüstungskonferenzen sind Feuerwehrübungen der Brandstifter. *John Osborne*

Politik ist der Versuch eines Schiffbrüchigen, sich durch das Verbrennen des Floßes, auf dem er sitzt, ein wenig den Hintern zu wärmen. *Unbekannt*

Ich glaube nur an die Statistiken, die ich selbst gefälscht habe. *Sir Winston Churchill*

Die größte Strafe für alle, die Politik verabscheuen, besteht darin, daß sie von Leuten regiert werden, die sich ausschließlich mit Politik befassen.
Arnold Joseph Toynbee

Die Überzeugung, daß er es draußen im Lande mit Millionen von Idioten zu tun hat, gehört zur psychischen Grundausstattung des Politikers.
Hans Magnus Enzensberger

Oft nehmen sich Könige gemäß »göttlicher Mission« heraus, schlecht zu regieren. *J. Garland Pollard*

Die Demokratie ist das Paradies der Schreier, Schwätzer, Phraseure, Schmeichler und Schmarotzer.
Eduard von Hartmann

Ein Bolschewist ist einer, der nichts hat und es mit dir teilen will. *J. Garland Pollard*

Die Frauenquote bringt in der Politik Nachteile, aber auch Vorteile: Wir bekommen zwar etwas mehr herrische Damen, dafür aber etwas weniger damische Herren. *Philipp Rosenthal*

Ein Kompromiß ist nur dann gerecht, wenn beide Parteien damit gleich unzufrieden sind.
Henry Kissinger

Ach, wie sie Freiheit schreien und Gleichheit,
ich hör's, ich will folgen.
Und weil die Trepp' mir zu lang wird,
spring ich vom Dach!
Johann Wolfgang von Goethe

Regierungen kommen und gehen, – aber die Polizei bleibt! *François Mauriac*

Auch ich hab den Marschallstab im Tornister gehabt, – leider hab ich den Tornister verloren!
Hans Rehfisch

Der oberste Herrscher der Welt ist das Prestige. Es regiert die Regierungen. *Jules Romains*

Der Große Fritz war auch mal klein! *Karl von Holtei*

Bei der Königswahl, wie sich versteht,
hatten die Esel die Majorität. *Heinrich Heine*

Als Abdankung bezeichnet man den hehren Akt des Herrschers, wenn ihm der Thron zu heiß geworden.
Ambrose Bierce

Diplomatie heißt: den Hund so lange streicheln, bis der Maulkorb fertig ist. *Fletcher Knebel*

Alle Theorie ist grau, – außer in der Politik, wo sie auch rot, schwarz oder grün sein kann.
Rupert Schützbach

Die Menschen werfen sich im Politischen wie auf dem Krankenlager von einer Seite auf die andere, weil sie glauben, dann besser zu liegen.
Johann Wolfgang von Goethe

Er befand sich in der Opposition, weil er für eine Position nicht in Frage kam. *Zarko Petan*

Staatsform und Wanzenjagd sind nah miteinander verwandt: Das Ungeziefer kommt immer wieder; aber es ist doch einstweilen dafür gesorgt, daß es den Menschen nicht bei lebendigem Leibe auffrißt.
Christian Friedrich Hebbel

»Sie untergraben die Staatsform«, schrie mich ein Staatsdiener an. »Merken Sie das an mir oder an der Staatsform?« fragte ich aus Neugierde.
Stanislaw Jerzy Lec

Das Volk muß in kleinen Dosen genossen werden.
Ralph Waldo Emerson

Je weniger Bedeutung ein Staatsmann hat, desto mehr liebt er die Fahne. *Kim Hubbard*

Am Wichtigsten ist, was hinten rauskommt.
Helmut Kohl

Man steht voller Bewunderung vor der Weisheit des Wählers. *Helmut Kohl*

Und sich noch betroffen fühlen
von Kritik und Ironie.
Immer eine Schippe ziehen,
doch zur Schippe greifen, – nie! *Kurt Bartsch*

Auf den Lippen ein paar Thesen,
Teppiche auch auf dem Klo.
Früher häufig Marx gelesen,
aber jetzt auch so schon froh. *Kurt Bartsch*

Maulkorb, Maulkorb über alles;
wenn der Maulkorb richtig sitzt,
wird man immer schlimmsten Falles
noch als Hofpoet benützt. *Frank Wedekind*

Das britische Bildungssystem ist wahrscheinlich das beste der Welt, wenn man es überlebt; wenn nicht, so bleibt einem nur noch der diplomatische Dienst.
Sir Peter Ustinov

Wenn einer auf einen anderen eine Wut hat, so nennt man das Politik. *Karl Kraus*

Politik ist wie ein Kapitel der Meteorologie, und die Meteorologie ist die Wissenschaft der Windrichtungen. *Eduard Herriot*

Wenn wir alle nach dem Gesetz »Auge um Auge« leben wollten, würde die ganze Welt erblinden.
Mahatma Gandhi

Schenkt dir der Staat ein Pfund Butter, so nimmt er dafür die Kuh. *Gregor von Rezzori*

Außenpolitik ist die Kunst, einem anderen so lange auf die Zehen zu treten, bis dieser sich entschuldigt.
Charles Maurice de Talleyrand

Ich weiß, daß man sich in der Politik die Hände nicht raussuchen kann, die man schütteln muß.
Franz Josef Strauß

Die Fesseln der gequälten Menschheit sind aus Kanzleipapier. *Franz Kafka*

Kommunismus ist, wenn jeder von allem genug hat.
Graffito

Die Nation ist der Abfalleimer aller Gefühle, die man anderswo nicht unterbringen kann.
Kurt Tucholsky

Wer seine Stimme abgibt, hat nichts mehr zu sagen.
Graffito

Willst du die Not des Hofes schauen:
Da, wo's dich juckt, darfst du nicht krauen.
Johann Wolfgang von Goethe

Abkommen sind wie Rosen und junge Mädchen. Sie halten sich, so lange sie sich halten.
Charles de Gaulle

Des Landtags Inbegriff faßt sich in diesen Reim:
Kommt und bewilligt Geld, – und schert euch wieder heim. *Unbekannt*

Grundsätze, Freund, Prinzipien, sind's, die den Staatsmann führen. Sie geben Haltung, hält man sie, – und lassen sich ignorieren. *Franz Grillparzer*

Der Irrsinn ist bei Einzelnen etwas seltenes, – aber bei Gruppen, Parteien, Völkern und Zeiten die Regel. *Friedrich Nietzsche*

Um eine Ente zu treffen, muß man die Flinte bewegen. – Wenn ein Ausschuß bereit ist, zu schießen, ist die Ente fortgeflogen. *Lee Iacocca*

Außenpolitik ist Tourismus auf Staatskosten.
Giovanni Guareschi

Manche Karrieren sind wie Efeu; kriechend steigen sie auf. *Henri Tisot*

Wenn der Klügere in der Politik nachgibt, begeht er nicht nur eine Dummheit, sondern ein Verbrechen.
Hans Kudszus

Das Wort Staats*körper* ist sehr passend gewählt: Denn man hat bis jetzt wenig daran gedacht, auch *Seele* hineinzubringen. *Johann Gottfried Seume*

Politik ist die Kunst des Möglichen, – aber auch die Wissenschaft des Unmöglichen. *Harold Macmillan*

Was die Fürsten geigen, müssen die Untertanen tanzen. *Deutsches Sprichwort*

Immer, wenn man glaubt, die Situation könne nicht mehr schlimmer werden, kommt die Regierung und schafft das Unvorstellbare. *George Bernard Shaw*

Für die Güte der Republik könnte man denselben Beweis anführen, den Boccaccio für die Religion anführt: Sie besteht trotz ihrer Beamten!
Heinrich Heine

Geh nicht zu deinem Fürst,
wenn du nicht gerufen wirst. *Unbekannt*

Politik ist der Versuch, einem Esel klar zu machen, daß er keiner ist. *Thomas Niederreuther*

Geht ein Hammel vorweg, folgt die ganze Schafherde hinterdrein. *Chinesisches Sprichwort*

Diejenigen, die zu klug sind, um sich in der Politik zu engagieren, werden dadurch bestraft, daß sie von Leuten regiert werden, die dümmer sind als sie selbst.
Platon

In der Politik ist es manchmal wie in der Grammatik: ein Fehler, den alle begehen, wird schließlich als Regel anerkannt. *André Malraux*

Die Krone ist eine Kopfbedeckung, die den Kopf überflüssig macht. *Gabriel Laub*

Der deutsche Bundestag ist mal voller und mal leerer, aber immer voller Lehrer. *Otto Graf Lambsdorff*

Am faulsten sind die Parlamente, die am stärksten besetzt sind. *Sir Winston Churchill*

Es ist ja nicht alles, was ich den Bürgern sage, gelogen. *Konrad Adenauer*

Nationalgefühl hat man, wenn man sich für seine Nation schämt. *Helmut Qualtinger*

In der Demokratie geht die Macht vom Volk aus, doch häufig kehrt sie nicht zu ihm zurück.
Helmut Walters

Es gibt zwei Wege für den politischen Aufstieg: Entweder man paßt sich an, oder man legt sich quer.
Konrad Adenauer

Der Staat gleicht dem Glase: Das dickste zerspringt am leichtesten in Hitze oder Kälte. *Jean Paul*

Jeder kann Gebote auf steinerne Tafeln eingraben oder ein Orakel erkaufen oder einen geheimen Umgang mit irgendeiner Gottheit vorgeben oder einen Vogel abrichten, ihm etwas in das Ohr zu zwitschern, oder andere plumpe Mittel zur Täuschung des Volkes erfinden. Wer sich nur auf solches versteht, kann aus Zufall wohl einen Haufen Narren um sich sammeln, wird aber nie ein Reich gründen und sein abenteuerliches Werk wird mit ihm bald zugrunde gehen. *Jean-Jacques Rousseau*

Viele Herren von heute waren gestern noch Genossen. *Zarko Petan*

Die Politiker halten die flüssigsten Reden, wenn ihnen das Wasser bis zum Hals steht. *Zarko Petan*

Zuerst war er schwarz, dann war er rot, jetzt ist er grün, – aber die ganze Zeit war er farblos.
Zarko Petan

Wer die Macht hat, dem soll man sie nicht auch noch versüßen. *William Beaverbrook*

Die Regierungskunst besteht darin, so viel Geld wie möglich einer Klasse von Bürgern zu nehmen und es einer anderen zu geben.
François Marie Voltaire

Jedes Volk hat die naive Auffassung, Gottes bester Einfall zu sein. *Theodor Heuss*

Das »Staatsschiff« – wie bezeichnend trifft
das Bild hier den Gedanken!
Daß wir seit langem eingeschifft,
man fühlt's am steten Schwanken. *Anastasius Grün*

Finanzpolitik – das ist die Auseinandersetzung zwischen jenen Leuten, die eine Mark haben und zwei ausgeben wollen, und jenen anderen, die wissen, daß das nicht geht. *Manfred Rommel*

Eher legt sich ein Hund einen Wurstvorrat an, als eine demokratische Regierung eine Budgetreserve.
Joseph Alois Schumpeter

Die Versprechen von heute sind die Steuern von morgen. *W.L. Mackenzie King*

Die Demokratie ist ein Verfahren, das garantiert, daß wir nicht besser regiert werden, als wir's verdienen.
George Bernard Shaw

Politik besteht darin, Gott so zu dienen, daß man den Teufel nicht verärgert. *Thomas Fuller*

Wegen ungünstiger Witterung fand die deutsche Revolution in der Musik statt. *Kurt Tucholsky*

Die Demokratie setzt die Wahl durch die beschränkte Mehrheit an Stelle der Ernennung durch die bestechliche Minderheit. *George Bernard Shaw*

Es gibt welche, die für die Politik leben, und solche, die von ihr leben. *Max Weber*

Ich verstehe nichts von Politik. Zuweilen lese ich den Leitartikel meiner Zeitung, um zu wissen, wie mein Direktor darüber denkt und welches dementsprechend meine aufrichtige und spontane politische Überzeugung sein muß. *Dino Segre Pitigrilli*

Politik ist so beschaffen, daß faule Früchte nur vom Baum fallen, wenn darunter ein Korb steht, der sie auffängt. *Hans Habe*

Mag sein, daß in anderen Ländern die Politik den Charakter verdirbt. In Deutschland verdirbt der Charakter die Politik. *Nikolaus Cybinski*

Nicht umsonst führen die Staaten mit Vorliebe ein Raubtier im Wappen. *Karl Spitteler*

Mit manchen Völkern ist kein Staat zu machen.
Wolfgang Eschker

Demokratie ist, wenn man den anderen ausreden läßt. Toleranz ist, wenn man dabei auch noch zuhört. *Gerhard Uhlenbruck*

Wenn die Heirat Frieden stiften könnte, so sollte man den Großen dieser Welt die Vielweiberei erlauben.
Georg Christoph Lichtenberg

Die Krone ist ein Hut, wo es hineinregnet.
Friedrich der Große

Was ist die Mehrheit? Mehrheit ist der Unsinn, Verstand ist stets bei wen'gen nur gewesen.
Friedrich von Schiller

Demokratie? Wissen Sie, was das ist? Die Macht der Läuse, die Löwen anzuknabbern!
Georges Clemenceau

Eine Regierung, die in den allerletzten Zügen liegt, ist die allerbeste, denn sie schafft Platz für die nächste. *Gustave Flaubert*

Politik ist die Kunst, die Leute daran zu hindern, sich um das zu kümmern, was sie angeht. *Paul Valéry*

Wenn wir das unterlassen, was falsch ist, dann haben wir schon eine ganz gute Politik gemacht.
Manfred Rommel

Der Politiker, der sich an Weihrauch oder Knoblauch reibt, geht unter. *Otto von Bismarck*

Ein Kompromiß, das ist die Kunst, einen Kuchen so zu teilen, daß jeder meint, er habe das größte Stück bekommen. *Ludwig Erhard*

Nichts zu verstehen hat einen Politiker noch nie davon abgehalten, etwas zu sagen. *Manfred Rommel*

Die öffentliche Hand ist meist die rechte, die nicht weiß, was die linke tut. *Unbekannt*

Sozialpolitik ist der verzweifelte Entschluß, an einem Krebskranken eine Hühneraugenoperation vorzunehmen. *Karl Kraus*

Auch in sozialistischen Staaten wird der Markt nach kapitalistischen Gesetzen geregelt: Für die Freiheit zahlt man Spitzenpreise! *Wolfgang Eschker*

Viel Unheil in der Weltpolitik entsteht durch Leute, die Muskeln spielen lassen, ohne welche zu haben.
Malcolm Muggeridge

Der Erfinder der Politik war zweifellos der Vogel Strauß. *Curt Goetz*

Politik, – ich kann davon gar nicht so viel fressen, wie ich kotzen möchte. *Max Liebermann*

Was nützt die beste Sozialpolitik, wenn die Kosaken kommen. *Helmut Kohl*

Wir gehen auf den Sozialismus zu, ein System, das, wie man sagt, nur im Himmel funktioniert, wo man es nicht mehr braucht, und in der Hölle, wo es schon existiert. *Ronald Reagan*

Wer war der erste Sozialist? Kolumbus! Denn er wußte nicht, wohin die Reise geht. Als er am Ziel ankam, wußte er nicht, wo er war. Und das Reisegeld hat er sich auch noch gepumpt. *Franz Josef Strauß*

Der Staat gleicht allmählich einem kastrierten Kater. Er nimmt an Umfang zu. Was ihm fehlt, ist die Potenz. *Rüdiger Altmann*

Es ist ein großer Irrtum, daß Menschheitsprobleme »gelöst« werden. Sie werden von einer gelangweilten Menschheit liegen gelassen. *Alfred Polgar*

Bei den meisten Communiqués ist das, was fehlt, interessanter als das, was drinsteht. *Robert Murphy*

Opposition ist die Kunst, etwas zu versprechen, was die Regierung nicht halten kann. *Sir Harold Nicolson*

Demokratie ist, wenn einer steuert und der andere bremst und trotzdem kein Unfall passiert.
Unbekannt

Es gibt fünf Arten der Lüge: die gewöhnliche Lüge, den Wetterbericht, die Statistik, die diplomatische Note und das amtliche Communiqué.
George Bernard Shaw

Die Clique, die klatscht, ist das gleiche Kaliber wie die Clique, die pfeift. Die einen sind von rechts dumm, die anderen sind von links dumm, morgen klatschen sie einem Tomatenpropheten, übermorgen einem Bauchredner.
Gottfried Benn

Ehe Du für Dein Vaterland sterben willst, sieh Dir's erst mal genauer an! *Arno Schmidt*

Der Staatshaushalt ist ein Haushalt, in dem alle essen möchten, aber niemand Geschirr spülen will.
Werner Finck

Wenn man einen König prügelt, so muß man zugleich aus Leibeskräften rufen: »Es lebe der König!«
Heinrich Heine

Marks & Spencer versus Marx & Lenin: eins zu null!
Margret Thatcher

Demokratie ist eine Regierungsform, die freie Diskussion voraussetzt, doch ist dies nur erreichbar, wenn die Leute aufhören zu quatschen.
Clement Attlee

Wenn wir dereinst im Weltmaßstab gesiegt haben werden, werden wir in den Straßen einiger der größten Städte der Welt öffentliche Bedürfnisanstalten aus Gold bauen.
Wladimir Iljitsch Lenin

Diplomatie ist die patriotische Kunst, gegen Bezahlung für sein Vaterland zu lügen.
Ambrose Bierce

Wer heute auf die Demokratie schimpft, dem wird morgen der Marsch geblasen. *Werner Mitsch*

Es wäre doch einfacher, wenn die Regierung das Volk auflöste und ein anderes wählte. *Bertolt Brecht*

Eine gute Regierung ist wie eine geregelte Verdauung: solange sie funktioniert, merkt man von ihr kaum etwas. *Erskine Caldwell*

Es gehört zum deutschen Bedürfnis, beim Biere von der Regierung schlecht zu sprechen.
Otto von Bismarck

Das Volk ist derjenige Teil des Staates, der nicht weiß, was er will. *Georg Wilhelm Friedrich Hegel*

Die Demokratie darf nicht so weit gehen, daß in der Familie abgestimmt wird, wer der Vater ist.
Willy Brandt

Die Verfassung muß man schützen
gegen die, die oben sitzen. *Hermann Mostar*

Wenn die Regierungen krank sind, müssen die Völker das Bett hüten. *Ludwig Börne*

Sich mit dem Staat abzufinden ist so notwendig wie sich mit dem Scheißen abzufinden. *Bertolt Brecht*

Die Verfassung eines Staates sollte so sein, daß sie die Verfassung des Bürgers nicht ruiniert.
Stanislaw Jerzy Lec

Die Freiheit ist ein so kostbar Ding, daß man sie rationieren muß. *Wladimir Iljitsch Lenin*

Je korrupter der Staat, desto mehr Gesetze.
Publius Cornelius Tacitus

Parteien mit zu starken Flügeln haben schwache Beine. *Gabriel Laub*

Wenn sich gute Menschen weigern, die Regierung zu übernehmen, dann dürfen sie sich nicht wundern, bald unter einer schlechten leiden zu müssen.
Platon

Der sozialistische Realismus hindert uns daran, an den realen Sozialismus zu glauben. *Stanislaw Jerzy Lec*

In alten Märchen steckt oft mehr Wahrheit als in neuen Regierungserklärungen. *Werner Mitsch*

Man wähle von zwei **Politikern** das kleinere Übel!
Alexander Roda Roda

In der Politik handelt es sich gar nicht darum, recht zu haben, indessen recht zu behalten.
Konrad Adenauer

Ein Bündnis ist in der internationalen Politik die Vereinigung zweier Diebe, die ihre Hände so tief in der Tasche des anderen stecken haben, daß sie nicht unabhängig voneinander einen Dritten ausplündern können. *Ambrose Bierce*

Solang' es mehr faule als fleißige Menschen gibt, bleibt der sozialistische Staat eine Utopie.
Marie von Ebner-Eschenbach

Die Politik ist fast so aufregend wie der Krieg und ebenso gefährlich wie dieser. Der Unterschied ist lediglich der, daß man im Krieg nur einmal stirbt.
Sir Winston Churchill

Zuletzt, bei allen Teufelsfesten,
wirkt der Parteihaß doch zum Besten.
Johann Wolfgang von Goethe

Es ist leichter, einen Knopf auf eine Käsetorte zu nähen, als eine Regierungsmannschaft zur Arbeit anzuhalten. *John F. Kennedy*

Wenn Personen so reagierten wie Nationen, so müßten sie in Zwangsjacken gesteckt werden.
Tennessee Williams

Sagt, meine Freunde, das Volk gibt meiner Rede so lauten Beifall, – habe ich etwa unversehens etwas Dummes gesagt? *Phokion*

Ein Konservativer ist ein Mensch mit zwei völlig gesunden Beinen, der nie gehen gelernt hat.
Franklin D. Roosevelt

Kein Vater läßt sich seine Verwandtschaft so teuer bezahlen wie der Landesvater.
Emmanuel Wertheimer

Ein Dementi ist der verzweifelte Versuch, die Zahnpaste wieder in die Tube hineinzubekommen.
Lore Lorentz

Die öffentliche Meinung ist etwas, worauf sich hauptsächlich jene Politiker berufen, die keine eigene Meinung haben. *Amintore Fanfani*

Mit Rednern ist es häufig wie mit dem Sekt: die größten Flaschen sind auch die lautesten. *Werner Finck*

Autoverkäufer verkaufen Autos, Versicherungsvertreter Versicherungen. Und Volksvertreter?
Stanislaw Jerzy Lec

Inwiefern sind Minister und Pantoffel sich oft so gleich? Man gewinnt beide oft erst dann lieb, wenn sie abgetreten sind. *Moritz Gottlieb Saphir*

Es gibt Politiker, die das, was sie sagen, glauben. Und es gibt solche, die das, was sie sagen, nicht glauben. Erstere sind gefährlich. *Manfred Rommel*

Drei Dinge sind bei Hofe unentbehrlich: gesunde Beine, ein geschmeidiger Rücken und eine glatte Zunge. *August von Kotzebue*

Mancher ausscheidende Politiker hinterläßt eine Lükke, die ihn voll ersetzt. *Henri Tisot*

Anders sein und anders scheinen,
anders reden, anders meinen,
alles loben, alles tragen,
allen heucheln, stets behagen,
allem Winde Segel geben,
Bös- und Guten dienstbar leben,
alles Tun und alles Dichten
bloß auf eignen Nutzen richten:
Wer sich dessen will befleißen,
kann politisch heute heißen. *Friedrich von Logau*

Ein wahrer Diplomat ist ein Mann, der zweimal nachdenkt, bevor er nichts sagt. *Sir Winston Churchill*

Wissenschaftler ist jemand, dessen Einsichten größer sind als seine Wirkungsmöglichkeiten. Gegenteil: Politiker! *Helmar Nahr*

Ein Finanzminister ist ein gesetzlich autorisierter Taschendieb. *Paul Ramadier*

Ich stehe hinter jeder Regierung, bei der ich nicht sitzen muß, wenn ich nicht hinter ihr stehe.
Werner Finck

Schade, daß die meisten sofort aufhören zu rudern, wenn sie ans Ruder gekommen sind.
Alfred Polgar

Wo ein Aas ist, da sammeln sich die Adler. Wenn ich sage, das Volk ist das Aas, das der verschwenderische Fürst zum Fraß hinwirft, so brauche ich doch nicht zu sagen, wer die Adler sind?
Friedrich Maximilian Klinger

Manche Politiker sind ganz besonders moralisch, – sie haben sogar eine doppelte Moral! *Alberto Sordi*

Der Politiker: durch diese hohle Phrase muß er kommen! *Werner Mitsch*

Wo ein einziger Mann den Staat erhalten kann, ist der Staat in seiner Fäulnis kaum der Erhaltung wert.
Johann Gottfried Seume

Politiker sind überall dasselbe: sie versprechen eine Brücke zu bauen, wo kein Fluß fließt.
Nikita Chruschtschow

Unglücklicherweise sind heute die Eigenschaften, die ein Politiker braucht, um an die Macht zu gelangen, ganz entgegengesetzt zu denen, die notwendig sind, eine gute Verwaltung zu realisieren. *Henry Kissinger*

Wer für die Wahrheit Partei ergreift, der muß sie öfters wechseln. *Wolfgang Eschker*

In der Wirtschaft sind die Nullen gefährlich, die hinten stehen, in der Politik die Nullen, die vorne stehen. *Ronald Searle*

Wenn man früher unfähig war, so wurde man Photograph; heute wird man Abgeordneter!
Guy de Maupassant

»Ich habe getan, was ich konnte«, sagte der Politiker. »Das freut mich«, sagte der Teufel.
Werner Schneyder

In der Politik ist es wie in der Mathematik: Auch Nullen sind wertvoll, wenn sie an der richtigen Stelle stehen. *Malcom Muggeridge*

Manche Politiker sind wie Nilpferde: Sie haben eine dicke Haut und ein großes Maul. Und wenn es schwierig wird, – so tauchen sie! *Unbekannt*

Ich liebe Politiker auf Wahlplakaten. Sie sind tragbar, geräuschlos und leicht zu entfernen. *Loriot*

Wenn man als Politiker rechtzeitig zurücktritt, hat man das Vergnügen, noch bei Lebzeiten die Nachrufe lesen zu können. *Harold Macmillan*

Populisten werden immer die Rennpferde ins Schlachthaus schicken, um sich dann feiern zu lassen, weil sie einen Tag lang Fleisch verteilen können.
Otto Graf Lambsdorff

Die Wissenschaftler bemühen sich, das Unmögliche möglich zu machen. Die Politiker bemühen sich oft, das Mögliche unmöglich zu machen.
Bertrand Russell

Ein richtiger Europaabgeordneter ist ein Mensch, der eine so dicke Haut hat, daß er ohne Rückgrat aufrecht stehen kann. *Gerhard Schmid*

In Deutschland kann man keine Revolution machen. Wenn ich einen Deutschen losschicke, um einen Bahnhof zu besetzen, dann geht er erst zum Schalter, um eine Bahnsteigkarte zu lösen.
Wladimir Iljitsch Lenin

Zu den größten Leistungen europäischer Außenminister in Afrika gehört es, bei vierzig Grad im Schatten einen Frack zu tragen. *Roger Peyrefitte*

Ein Mittler ist jemand, der ein Krokodil in der Hoffnung füttert, als letzter verspeist zu werden.
Sir Winston Churchill

Minister fallen wie Butterbrote gewöhnlich auf die gute Seite. *Ludwig Börne*

Ein Diplomat ist ein Mensch, der offen ausspricht, was er nicht denkt. *Giovanni Guareschi*

Diplomaten sind Leute, die man auf Reisen schickt, um zum Besten ihres Landes zu lügen.
Sir Henry Wotton

Die einzigen Gipfelgespräche, die wirklich einen Sinn haben, sind die der Alpinisten. *Luis Trenker*

Viele Häuptlinge, wenige Indianer!
Brasilianischer Volksmund

Einen gefährlichen Gegner küßt man immer auf beide Wangen. *Achmed Sukarno*

Es ist schon ein großer Trost bei Wahlen, daß von mehreren Kandidaten immer nur einer gewählt werden kann. *Mark Twain*

Präsident zu sein ist, wie wenn man einen Tiger reitet. Man muß in den Steigbügeln bleiben oder man wird verschlungen. *Harry S. Truman*

Schade, daß alle Leute, die das Land zu regieren verstünden, schon ausgelastet sind oder Taxis chauffieren oder Haare schneiden. *George Burns*

Ich habe von Natur aus einen besonderen Respekt für die Potentaten, die weit weg sind.
Matthias Claudius

Meine Gegner werfen mir vor, ich stelle die Segel nach dem Winde. Darin besteht ja gerade die Kunst des Segelns! *Otto von Bismarck*

Ein Staatsmann muß sagen können, was getan werden soll. Und er muß hinterher erklären können, warum es nicht getan worden ist.
Sir Winston Churchill

Das Schicksal der Welt hängt heute in erster Linie von den Staatsmännern ab, in der zweiten Linie von den Dolmetschern. *Trygve Lie*

Wenn die Untertanen bellen, soll der Fürst die Ohren spitzen. *Alter Spruch*

Er ist ein so mittelmäßiger Politiker, daß er sich seine eigenen Reden schreiben muß.
Sir Winston Churchill (über Clement Attlee)

Das Geheimnis des politischen Agitators ist, sich so dumm zu machen, wie seine Zuhörer sind, damit sie glauben, sie seien so gescheit wie er. *Karl Kraus*

Ein Stellvertreter ist ein Mann, der sich jeden Morgen nach unserem Befinden erkundigt und sehr enttäuscht ist, wenn man gut geschlafen hat.
Charles de Gaulle

Manchen Politikern geht es nicht um die Wahrheit, sondern um die Mehrheit. *Manfred Rommel*

Ein Staatsmann ist ein Politiker, der seit zehn oder fünfzehn Jahren tot ist. *Harry S. Truman*

Zu einem guten Politiker gehören die Haut eines Nilpferdes, das Gedächtnis eines Elefanten, die Geduld eines Bibers, das Herz eines Löwen, der Magen des Vogel Strauß und der Humor einer Krähe. Diese Eigenschaften sind allerdings wenig wert ohne die Sturheit eines Maulesels. *Sir Winston Churchill*

Das Rückgrat ist bei manchen Politikern unterentwickelt, – vielleicht, weil es so wenig benutzt wird.
Margret Thatcher

Erstaunlich viele Diplomaten leben davon, daß sie verschlüsselt nach Hause kabeln, was vor drei Tagen in den Zeitungen stand. *Roger Peyrefitte*

Es kann ein Liberaler Minister sein, aber deshalb ist er noch kein liberaler Minister.
Alexander Frh. von Humboldt

Er weiß nichts und glaubt, alles zu wissen. Das zeigt klar auf, daß er sich für eine politische Karriere eignet. *George Bernard Shaw*

Der Diplomat ist ein Mensch, der zwei Mal denkt, bevor er nichts tut. *Unbekannt*

Ochsen gehören auf den Acker und nicht aufs Rathaus! *Sprichwort*

Die Friedhöfe sind überfüllt von unersetzlichen Politikern! *Charles de Gaulle*

Ein Diplomatiker kann so wenig gerade sein oder arbeiten als ein Korkzieher. *Jean Paul*

Der Politiker muß voraussehen, was morgen, in der nächsten Woche, im kommenden Monat und im nächsten Jahr passiert. Außerdem muß er später erklären können, warum das Vorausgesagte nicht eintraf. *Sir Winston Churchill*

Viele Politiker erfreuen sich bei Konferenzen ihrer nicht enden wollenden Reden, während die gelangweilten Zuhörer auf ihre Notizblöcke Frauenbeine und Krokodile malen. *Li Yutang*

Es gibt drei Kreaturen, die sich nähern, wenn sie zurückzuweichen scheinen, und sich entfernen, wenn sie näher zu kommen scheinen: Frauen, Krebse und Diplomaten! *Clarence Day*

Viele Politiker handeln verbrecherisch; manche werden dafür aufgehängt, andere gekrönt!
Decimus Junius Juvenal

Da die ganze Regierung für mich arbeitet, habe ich's leicht, Humorist zu sein. *Will Rogers*

Der Kongreß besteht zu einem Drittel aus Gaunern, einem zweiten aus Idioten und einem dritten aus Feiglingen. *Will Rogers*

Wenn ein Politiker stirbt, kommen viele nur deshalb zur Beerdigung, um sicher zu sein, daß man ihn wirklich begräbt. *Georges Clemenceau*

Ein Politiker ruiniert sich nicht durch seine Niederlagen, sondern durch seine Pyrrhussiege.
Harold Macmillan

Wenn einem Staatsmann nichts mehr einfällt, fängt er an zu reisen. *Henri Tisot*

Je öfter ein Politiker widerspricht, desto größer ist er. *Friedrich Dürrenmatt*

Herr von Metternich ist auf dem Wege, ein großer Staatsmann zu werden. Er lügt bereits mit vollendeter Anmut. *Napoléon Bonaparte*

Der Unterschied zwischen einem Huhn und einem Politiker ist der, daß beide gackern, doch nur das Huhn ein Ei legt. *Millôr Fernandes*

Retter des Vaterlands, – einer der ältesten Berufe auf dieser Welt. *Millôr Fernandes*

Ich sah ein Rudel Gassenbuben,
wie kaum entschlüpft aus des Lehrers Stuben.
Die warfen sich mit Ballen von Schnee
und lachten, tat's einem im Fallen weh.
Sie waren mit Ekelnamen nicht faul
und streckten die Zunge aus ihrem Maul.
Ei, dacht ich in meinem Sinne, ei,
und sowas duldet die Polizei?
Da gewahrt ich Gold in ihren Haaren
und sah erst, daß es Könige waren!
Franz Grillparzer

Manche Politiker halten einem Vergleich nur stand, solange man ihn nicht zieht. *Helmut Schmidt*

Wenn der Politiker sagt: »Ich werde mich kurz fassen«, so können Sie auf das Ende seiner Rede noch circa zwei Stunden warten. *Enrique Jardiel Poncela*

Je mehr ich von den Vertretern des Volkes sehe, desto mehr bewundere ich meine Hunde.
Alphonse de Lamartine

Politiker sind Männer, die das Fell des Bären teilen, den sie uns aufgebunden haben. *Willy Reichert*

Ich trinke auf das Wohl aller weisen Politiker und tapferen Generäle, aller wunderbaren Ideologen und verehrungswürdigen Bewahrer sämtlicher Religionen, die in dieser Welt seit Jahrtausenden um Frieden, Freiheit, Glück und Gerechtigkeit kämpfen und auf das Wohl aller armen Schweine, die diesen blutigen Schlamassel auszubaden haben.
Johannes Mario Simmel

Seriösen Politikern glaubt man die Hälfte, normalen gar nicht – und unseriösen das Gegenteil von dem, was sie sagen. *Helmar Nahr*

Politiker benutzen die Zukunft als Sprungbrett für die Gegenwart. *Zarko Petan*

Diplomaten ärgern sich nie, sie machen sich Notizen. *Charles Maurice de Talleyrand*

Staatsmänner sind wie Chirurgen; ihre Irrtümer sind tödlich. *François Mauriac*

Aufpassen muß man auf Minister, die nichts ohne Geld machen können, und auf Minister, die alles nur mit Geld machen können. *Indira Gandhi*

Politiker sollten so ehrlich sein, daß man jederzeit ein gebrauchtes Auto von ihnen kaufen könnte.
Thornton Wilder

Es kann keinem Politiker zur Pflicht gemacht werden, den Mund nur aufzumachen, wenn er einen Gedanken auszusprechen hat. *Johannes Gross*

Danken fällt Politikern schwer, besonders das Abdanken. *Ron Kritzfeld*

Politiker, die sich für einsichtig halten, sind in der Regel nur einäugig. *Ron Kritzfeld*

Manche Politiker muß man behandeln wie rohe Eier. Und wie behandelt man rohe Eier? Man haut sie in die Pfanne! *Dieter Hallervorden*

Ich gedenke oft der Politiker, wenn ich im Dorfe von einem Hund angebellt werde, der zweite nachbellt und alle bellen und keiner kann sagen, warum. *Karl Julius Weber*

Frustrierte Politiker erkennt man daran, daß sie brüten, bevor das Ei gelegt ist. *Gino Cervi*

Hütet euch vor den Politikern, die auf jede Frage eine Antwort wissen. *Norbert Blüm*

Politiker sparen, indem sie den Gürtel der Bürger enger schnallen. *Lothar Schmidt*

Krieg, Frieden

Als der Hund den letzten Knochen gestohlen hatte, wollte er mit seinem Herrn ewigen Frieden schließen. *Karl Peltzer*

Der Friede auf Erden beginnt im Himmel.
Unbekannt

Schloß und Riegel: kennzeichnendes Werkzeug von Krieg, Zivilisation und Aufklärung. *Ambrose Bierce*

Jeder neue Krieg überzieht den vergangenen mit einem Schimmer von Gemütlichkeit.
Thomas Niederreuther

Man braucht die Wolle von zehn Schafen, um einen Soldaten einzukleiden, und das Fell von zwanzig Steuerzahlern, um ihn zu erhalten. *Unbekannt*

Jeder Krieg enthält alle früheren. *Elias Canetti*

Das Militär ist eine Pflanze, die man sorgfältig pflegen muß, damit sie keine Früchte trägt.
Jacques Tati

Kluge Sieger essen Eier, dumme Sieger die Hühner.
Hans Kasper

Wenn der Durchschnitt überhaupt eine Rolle spielen soll, dann kann er das nur im Militarismus.
Georg Kaiser

Im Kriege Heldentum zu erwerben ist leicht: Man braucht ja nur zu sterben.
Johann Wilhelm Ludwig Gleim

Der Sieg ist doch ganz einfach: Der Oberstkommandierende hat zu beachten, daß stets *zwei* Soldaten *einem* feindlichen gegenüberstehen.
M.H. Stendhal

Militaristen sind Leute, die gern schießen, vor allem ins Kraut! *Joachim Ringelnatz*

Im Krieg ist ein guter Spion mehr wert als zehntausend Soldaten. *Napoléon Bonaparte*

Solang's unter de Hausleut Krach gibt, solang gibt's au onder de Völker Kriag. *Schwäbisch*

Hinterm Ofen ist gut Krieg führen. *Sprichwort*

Der Krieg ist im Begriff, sich unter Umgehung des Kampfes zur Ausrottung zu vereinfachen. Und da seine Feldherren, soldatisch gesehen, ähnlich heruntergekommen sind wie Kammerjäger, unter denen man einst die Leibjäger eines Fürsten und erst später die Vertilger von Ratten und Mäusen und anderem lästigem Ungeziefer verstand, sollte man ihnen auch nach einer geglückten Waffentat eigentlich die »Goldene Wanze« an die Heldenbrust heften.
Sigmund Graff

Der Krieg ist eine viel zu ernste Sache, als daß man sie den Militärs anvertrauen könnte.
Kurt Tucholsky

Nichts Besseres weiß ich mir an Sonn- und Feiertagen,
als ein Gespräch von Krieg und Kriegsgeschrei,
wenn hinten weit, in der Türkei,
die Völker aufeinanderschlagen.
Johann Wolfgang von Goethe

Im Krieg und in der Lotterie,
wer gewinnt, das weiß man nie. *Sprichwort*

Da sie nur Lehrer für sechshundert Mark sich leisten können, bleiben die Völker so dumm, daß sie sich Kriege für sechzig Milliarden leisten müssen.
Christian Morgenstern

Am schnellsten beendet man einen Krieg, indem man ihn verliert. *George Orwell*

Nie lügen die Menschen so viel wie nach einer Jagd, während eines Krieges oder vor Wahlen.
Otto von Bismarck

Durchaus denkbar, daß der Krieg der Vater aller Dinge ist. Denn der Vater der Menschen ist er bestimmt nicht. *Werner Schneyder*

»Krieg und Frieden«, – ein solches Buch schreiben wir allwöchentlich! *Zeitschrift TIME*

Friede ist die Fortsetzung des Krieges mit anderen Mitteln. *Oswald Spengler*

Lieber ein Ei im Frieden als eine Henne im Krieg.
Schweizer Sprichwort

Ich habe einen Kurs im Schnellesen mitgemacht und bin nun in der Lage, »Krieg und Frieden« in zwanzig Minuten durchzulesen. Es handelt von Rußland.
Woody Allen

Die höchste Beförderung beim Militär ist die ins Jenseits. *Michael Richter*

Die Sache ist doch ganz einfach! Warum setzen sich Araber und Juden nicht zusammen und erledigen die Dinge wie gute Christen? *Arthur James Balfour*

Wenn alle zufrieden sind, so gibt's keine Revolution! *Konfuzius*

In Balladen und Geschichtsbüchern ist der Feind stets der Besiegte. *George Bernard Shaw*

Es braucht bloß einen Krieg in einem Land, um bessere Geographie darüber zu bekommen. *Jean Paul*

Jeder Krieg ist angeblich der allerletzte!
Jean Giraudoux

Zur Kriegskunst gehört, die Truppe derart zu plazieren, daß sie nicht fliehen kann. *Anatole France*

Deserteure müßte man wegen Feigheit erschießen und wegen Klugheit auszeichnen.
Charles Maurice de Talleyrand

Frieden wird's erst dann geben, wenn man eines schönen Tages den Militärs die Waffenscheine entzieht. *Max Nunes*

Eine friedliche und einträchtige Welt ist der geheime Alptraum der Militärs und der Advokaten.
Norman Mailer

Wenn Krieg ist, denkt man über ein besseres Leben nach, wenn Frieden ist, über ein bequemeres.
Thornton Wilder

Der übernächste Krieg wird nur noch mit Pfeil und Bogen entschieden. *Albert Einstein*

Wir sollten, wie in Urzeiten, den Politikern die Waffen mit ins Grab legen. *Nikolaus Cybinski*

Dem General von je gebührt,
was mutig der Soldat vollführt. *Sprichwort*

Ich mag keine Kriegshelden; sie machen mir zuviel Krach! *François Marie Voltaire*

Die Worte »Ewiger Friede« kann man wahrhaftig nur an die Friedhofspforte heften.
Gottfried Wilhelm Leibniz

Wenn es einen Nuklearkrieg geben sollte, mein Freund, so überlebt niemand, noch nicht mal der liebe Gott. *Millôr Fernandes*

Der Krieg – bellum – ist jener Zustand, in welchem zwei oder mehrere Völker es gegeneinander probieren. Man kennt ihn schon seit den ältesten Zeiten, und weil er so oft in der Bibel vorkommt, heißt man ihn heilig. *Ludwig Thoma*

Durch Krieg den Volksschmerz heilen – heißt: enthaupten den, den Zahnschmerz plagt.
Anastasius Grün

Die Rüstung ist der teuerste Schrott der Welt.
Linus Pauling

Besser ein einziger Orden auf der Uniform als zwanzig Narben unter ihr. *Manuel Bastos Tigre*

Er kommt, er schaut, er siegt,
er herrscht, er unterliegt! *Friedrich Haug*

Ein Mensch, der, sagen wir als Christ,
streng gegen Mord und Totschlag ist,
hält einen Krieg, wenn überhaupt,
nur gegen Heiden für erlaubt.
Die allerdings sind auszurotten,
weil sie des wahren Glaubens spotten.
Ein and'rer Mensch, ein frommer Heide,
tut keinem Menschen was zuleide,
nur gegenüber Christenhunden
wär' jedes Mitleid falsch empfunden.
Der ew'gen Kriege blut'ge Spur
kommt nur von diesem kleinen »nur«. *Eugen Roth*

Krieg ist zuerst die Hoffnung, daß es einem besser gehen wird, hierauf die Erwartung, daß es dem andern schlechter gehen wird, dann die Genugtuung, daß es dem andern auch nicht besser geht, und hernach die Überraschung, daß es beiden schlechter geht. *Karl Kraus*

Immer glauben, nur nicht denken,
und das Mäntelchen im Wind.
Wozu noch den Kopf verrenken,
wenn wir für den Frieden sind? *Kurt Bartsch*

Und als der nächste Krieg begann,
da sagten die Frauen: Nein!
Und schlossen Bruder, Sohn und Mann
fest in die Wohnung ein. *Erich Kästner*

Gott ist gegen den Krieg, doch schlägt er sich auf die Seite derer, die besser schießen.
François Marie Voltaire

Die einzig erträgliche Uniform ist die des Dampfbades. *Napoléon Bonaparte*

Die Teilnahme am Krieg bietet dem jungen Soldaten freie Unterkunft und Verpflegung, dazu einen sicheren Arbeitsplatz. Und kostet ihn meistens nichts als das Leben. *Winfried Bornemann*

Sie vergruben das Kriegsbeil und merkten sich genau die Stelle. *Michael Richter*

Stell dir vor, es ist Krieg und keiner geht hin!
Bertolt Brecht

Im längsten Frieden spricht der Mensch nicht so viel Unsinn wie im kürzesten Krieg. *Jean Paul*

Der Krieg ist ein Vorgang, bei dem sich Menschen umbringen, die einander nicht kennen, und zwar zum Ruhm und zum Vorteil von Leuten, die einander kennen, aber nicht umbringen. *Paul Valéry*

Atomkrieg, – Vater des totalen Friedens!
Ron Kritzfeld

Wir werden mit dem Feind anbinden, –
ein Grund dazu wird sich schon finden!
Johann Nepomuk Nestroy

Auf ewig ist der Krieg vermieden,
befolgt man, was der Weise spricht,
dann halten alle Menschen Frieden,
allein die Philosophen nicht!
Abraham Gotthelf Kästner

Friede ist der Zeitraum des Betrügens zwischen zwei Zeiträumen des Kämpfens. *Ambrose Bierce*

Es geht der Krieger, der gerechte,
mit frohem Mute zum Gefechte.
Indessen ist es ihm doch lieber,
wenn alles erst mal gut vorüber. *Wilhelm Busch*

Den Fortschritt erkennt man schon daran, daß in jedem neuen Krieg die Menschen auf andere Art getötet werden. *Will Rogers*

Der einfachste Weg zum Frieden wäre ein Gesetz, das Völkern verbietet, einen Krieg anzufangen, bevor sie die Schulden des vorhergegangenen bezahlt haben. *Robert Lembke*

Ein Soldat, der anfängt zu denken, ist schon fast keiner mehr. *Heinrich Böll*

Die deutliche Sprache der Gewehre verstehen immer nur die Erschossenen. *Wolf Biermann*

Ich halte es lieber mit meinem Landsmann Jesus Christus. Leiden ist mir eben wirklich lieber als Gewalt üben. *Albert Einstein*

Berufsleben

Ärzte und Medizin

Wenn ein Arzt nicht so genau weiß, was einem **Patienten** fehlt, verbietet er ihm erst mal das Rauchen, das Trinken und das Essen! In früheren Zeiten pflegte er auch Frauen zu verbieten, das fiel jedoch im Zuge der Emanzipation weg. *Gabriel Laub*

Ein richtiger Hypochonder begleitet seinen Arzt in den Urlaub. *Gerhard Uhlenbruck*

Manche bringen es vom Hypochonder bis zum Fachpatienten. *Gerhard Uhlenbruck*

Tierärzte haben es leichter. Die werden wenigstens nicht durch die Äußerungen ihrer Patienten irregeführt. *Louis Pasteur*

Ein Kassenpatient ist eine Person, die auch mit billigen Medikamenten gesund wird. *Unbekannt*

Mein Magen tut weh, die Leber ist geschwollen, die Füße wollen nicht so recht; das Kopfweh hört nicht mehr auf, und wenn ich von mir selbst reden darf: Ich fühle mich auch nicht wohl. *Karl Valentin*

Die Diagnose der Krankheit und die Prognosen des weiteren Verlaufs bestimmen Puls und Vermögensverhältnisse des Patienten. *Ambrose Bierce*

Die Patienten können gut ohne Blinddarm leben, – die Ärzte nicht. *Gerhard Uhlenbruck*

Manche Patienten werden durch die Ignoranz der Ärzte unter die Erde gebracht, – manche werden jedoch per Zufall gerettet. *Marcius Porcius Cato*

Der eigne Herd ist Goldes wert.
Doch nicht so ist's beim Krankheitsherd,
da bringt der Fremde Gold allein
dem Arzt und Apotheker ein. *Eugen Roth*

Bald quälen uns die Nerven, bald die Gicht in den Füßen; jetzt ist es der Durchfall, jetzt ein Katarrh; einmal haben wir zuviel, ein andermal zu wenig Blut. Von allen Seiten werden wir angegriffen und aus dem Haus geworfen; so geht's, wenn man (auf der Welt) nur zur Miete wohnt. *Lucius Annaeus Seneca*

Wenn du auf deinen Bauch in der Höhe der Leber drückst und es tut weh, – so höre sofort auf zu drükken. *Millôr Fernandes*

Die Medizin benennt unsere Leiden mit derart häßlichen Namen, daß man darob alle Lust verlieren könnte, krank zu werden. *Kurt Marti*

Man kann eine Frau von jeder Krankheit kurieren, wenn man behauptet, es handle sich um ein Altersleiden. *Tristan Bernard*

Ist der Kranke genesen, zahlt ungern er die Spesen.
Deutsches Sprichwort

Tumor ist, wenn man trotzdem lacht.
Winfried Bornemann

Womit soll ein Lebensüberdrüssiger gurgeln?
Erich Kästner

Zeit heilt Wunden, sagte man mir.
Gut, antwortete ich, wann hat sie ihre nächste Sprechstunde? *Wolfgang Eschker*

Der **Arzt** ist ein Gentleman, der an der Krankheit gedeiht und an Gesundheit stirbt. *Ambrose Bierce*

Gesunde quält oft der Gedanke:
Wohin sie schauen – lauter Kranke!
Doch blickt ein Kranker in die Runde,
sieht er nur unverschämt Gesunde. *Eugen Roth*

Ein gescheiter Arzt ist nicht so gut, wie ein Arzt, der Glück hat. *Chinesisches Sprichwort*

Ärzte ohne Klienten nennt man Wissenschaftler. *Dino Segre Pitigrilli*

Man soll den Arzt nicht vor der Rechnung loben! *Winfried Bornemann*

Findet euer Arzt nicht gut, daß ihr viel schlaft oder Wein trinkt oder diese und jene Speise eßt – seid unbesorgt! Ich will euch leicht einen finden, der anderer Meinung ist. *Michel de Montaigne*

Die Praxis manches Arztes sollte man lieber Theorie nennen. *Erhard Blanck*

Wo Ärzte und Apotheker fehlen, da sterben die Leute an Altersschwäche. *Spanisches Sprichwort*

Herr von Bussaguet, mein Onkel, gesund wie ein Fisch im Wasser, kam aus gesellschaftlichen Gründen in die Nähe und damit in die Hände von Ärzten. Er verstarb früh! *Michel de Montaigne*

Fortschritt: Früher starb man ohne Ärzte, später wegen der Ärzte und heute trotz der Ärzte. *Charles Tschopp*

Ärzte müssen sich inmitten ihrer Kunst
behutsam geben!
Unter ihren feinen Schnitten zuckt der arme
Häftling: Leben! *Emily Dickinson*

Wenn die Pathologie pathologisch wird, müssen Laien kommen, um die Ärzte zu behandeln. *Friedrich Georg Jünger*

Wer sich einbildet, der Psychiater könne ihm helfen, der ist wirklich reif für den Psychiater. *Wolfram Weidner*

Mit Klagerufen beschreit schwerlich der weise Arzt ein Übel, das den Schnitt erfordert. *Sophokles*

»Der Teufel hole die ärztliche Praxis«, sagte mir ein Schweizer Arzt in Rom. »Stirbt der Patient, so habe ich ihn umgebracht. Bringe ich ihn durch, so hat es die Madonna getan.« *Anselm Feuerbach*

Von allen Ärzten auf der Welt war Dr. Guillotin der einzige, der einen kurzen Weg zwischen Behandlung und Tod erfand. *Pierre Véron*

Der bedauerlichste Irrtum eines jungen und gerade approbierten Mediziners ist, einen Millionär schon beim zweiten Hausbesuch zu kurieren. *Aparicio Torelli*

Wer seinen Arzt zu seinem Erben einsetzt, ist ein Dummkopf. *Benjamin Franklin*

Wenn Krankheit und Natur
in einem Körper streiten,
so kommt ein Arzt, – ganz stur,
und haut nach beiden Seiten.
nach L.H. von Nicolay

Der Tod kommt von Natur und durch viel
tausend Fälle,
doch hat der Ärzte Kunst hier oft die erste
Stelle. *Friedrich von Logau*

Dem Arzt ist ein mieser Klient lieber als gar keiner. *Unbekannt*

Wenn ein Arzt hinter dem Sarg seines Patienten geht, so folgt manchmal tatsächlich die Ursache der Wirkung. *Robert Koch*

Leicht sieht ein jeder, der nicht blind,
wie krank wir trotz der Ärzte sind.
Doch nie wird man die Frage klären,
wie krank wir ohne Ärzte wären. *Eugen Roth*

Gott läßt genesen, – der Arzt holt die Spesen. *Sprichwort*

Vom Arzt und vom Lehrer wird verlangt, daß er Wunder tue, und tut er sie – wundert sich niemand. *Marie von Ebner-Eschenbach*

Enthaltsamkeit ist die mieseste List,
die in der Ärzte Rezepturen ist. *Freidank*

Wie schlecht ergeht es dem Arzt, wenn es niemandem schlecht geht. *Publilius Syrus*

Man muß für seinen Arzt geboren sein, sonst geht man an seinem Arzt zugrunde. *Friedrich Nietzsche*

Eine der größten Krankheitsursachen ist die Polypragmasia medicorum, die Verschreibungswut der Ärzte, viel zu verordnen. *August Bier*

Die zahlreichen Krankheiten wundern dich? Zähle die Ärzte! *Karl Julius Weber*

Geiz ist vom Doktor Leiche fern,
er heilet unentgeltlich gern.
Man darf ihm gar nichts geben
und man bezahlt den guten Herrn,
nur einzig mit dem Leben. *Ignaz F. Castelli*

Wir plaudern zusammen, mein Arzt und ich. Er verschreibt mir seine Rezepte und ich brauche sie nie; so befinde ich mich wohl. *Jean Baptiste Molière*

Nur die Ärzte können uns umbringen und bringen uns um, – ohne Furcht und ruhigen Fußes, ohne ein anderes Schwert zu zücken als das des Rezepts.
Miguel de Cervantes

Blinder Glaube: Das bedeutet, das Versprechen des Zahnarztes zu akzeptieren: »Es wird nicht weh tun!«
Fletcher Knebel

Ich, als Seelenarzt, treib's wie's der Doktor treibt:
Kein Doktor in der Welt verschluckt, was er
verschreibt.
Georg Christoph Lichtenberg

Der beste Arzt ist stets der, den man sucht, aber nie findet. *Denis Diderot*

Kranke führen über Ärzte
leichtlich nicht Beschwerden.
Jenen können diese stopfen
fein das Maul mit Erden. *Friedrich von Logau*

Ein Zahnarzt ist der einzige Mann, der eine Frau jederzeit zum Schweigen bringen kann, obwohl sie ihm die Zähne zeigt. *Unbekannt*

Man sollte niemals zu einem Arzt gehen, ohne zu wissen, was dessen Lieblingsdiagnose ist.
Henry Fielding

Die Ärzte fangen gewöhnlich dann an, Latein zu reden, wenn sie mit ihrem Latein am Ende sind.
Unbekannt

Ein Internist ist ein Arzt, der einen Leberkranken auf Herz und Nieren prüft. *Werner Mitsch*

Man muß völlig verrückt sein, um sich in die Hand eines Psychiaters zu begeben. *Sophokles*

Wer vor seinem Schöpfer sündigt, der müßte dem Arzte in die Hände kommen. *Jesus Sirach 38,15*

Ärzte lassen sich nieder, – manche lassen sich gar herab. *Hans-Horst Skupy*

Von Natur aus ist Arzt, wer andere erheitern kann.
Demokrit

Ärzte arbeiten unermüdlich, um uns die Gesundheit zu erhalten. Die Köche tun ebendasselbe, um sie zu gefährden, doch haben sie mehr Erfolg!
Denis Diderot

Armut kann ein großer Vorteil sein: die Ärzte kurieren einen dann viel schneller. *Kim Hubbard*

Die Ärzte sollten nicht sagen: »Den habe ich geheilt«, sondern: »Der ist mir nicht gestorben.«
Georg Christoph Lichtenberg

Irren ist ärztlich. *Curt Goetz*

Um den Arzt zu kontrollieren, empfiehlt es sich, ihn zu wechseln. *Sigmund Graff*

Ein Chefarzt ist eine persona non gratis.
Gerhard Uhlenbruck

Hunger ist nicht nur der beste Koch, sondern auch der beste Arzt. *Peter Altenberg*

Keine Krankheit hat den Mut, sich an einem Arzt zu vergreifen. *Jean Baptiste Molière*

Sie hatte viel erlitten von vielen Ärzten.
Markus 5,26

Gott kuriert und der Arzt schickt die Rechnung.
Benjamin Franklin

Der Ruf eines Arztes wird an der Summe der Berühmtheiten bemessen, die er unter die Erde gebracht hat. *George Bernard Shaw*

Wer bringt den Doktor um sein Brot?
a) die Gesundheit, b) der Tod!
Drum hält der Arzt, auf daß er lebe,
uns zwischen beiden in der Schwebe. *Eugen Roth*

Kraft aller Nerven ist vonnöten,
will einen uns der Zahnarzt töten. *Eugen Roth*

Ein Kranker braucht keinen beredten Arzt.
Lucius Annaeus Seneca

Ein kluger Arzt runzelt stets die Stirn. Geht der Fall übel aus, hat er damit auf die »höhere Gewalt«, geht er gut aus, auf seine bescheidene Kunst aufmerksam gemacht. *Sigmund Graff*

Hier ruht mein lieber Arzt, Herr Fromm,
und die er heilte, – ringsherom. *Grabschrift*

Eine Barzahlung an den Arzt ist der Genesung förderlich. *Sigmund Freud*

Nichts beschleunigt die Genesung so sehr wie regelmäßige Arztrechnungen. *Alec Guiness*

Der Zahnarzt ist ein Zauberkünstler, der einem Metall in den Mund steckt und dabei Münzen aus der Tasche zieht. *Ambrose Bierce*

Freude, Mäßigkeit und Ruh
schleußt dem Arzt die Türe zu. *Friedrich von Logau*

Zahnärzte schließen ihre Finanzierungslücken im Patientenmund. *Wolfgang Neuss*

Über Goldbrücken gelangen Zahnärzte zum Wohlstand. *Hans-Horst Skupy*

Das Rezept des Arztes ist gerade soviel wie ein Los in der Lotterie, es kann das rechte sein.
Arthur Schopenhauer

Mancher Chefarzt wird beim Finanzamt als Scheffelarzt und manch medizinischer Ordinarius als Honorar-Professor geführt. *Gerhard Uhlenbruck*

Ärzte verschreiben Medikamente, von denen sie wenig wissen, für Krankheiten, von denen sie noch weniger wissen, und für Personen, von denen sie gar nichts wissen. *François Marie Voltaire*

Wenn ich Ärzte konsultiert hätte, so wäre ich längst gestorben. *Millôr Fernandes*

Am Tage des jüngsten Gerichts werden sich die Ärzte für sehr viel mehr Todesopfer zu verantworten haben als die Generäle. *Napoléon Bonaparte*

Es gibt Tiere, es gibt Kreise und es gibt Ärzte. Es gibt Tierärzte, Kreisärzte und Oberärzte. Es gibt einen Tierkreis und einen Ärztekreis. Es gibt auch einen Oberkreistierarzt. Ein Oberkreistier aber gibt es nicht.
Alexander Roda Roda

Die Ärzte haben es am besten von allen: Ihre Erfolge laufen herum und ihre Mißerfolge werden begraben. *Jacques Tati*

Frauenärzte finden auch nicht mehr als andere Ärzte, aber das Suchen macht halt mehr Spaß.
Jacques Tati

Wenn Du auch noch so gut chirurgst,
es kommt der Fall, den Du vermurkst. *Eugen Roth*

Wer gut rülpst und auch gut farzt,
braucht im Leben keinen Arzt. *Martin Luther*

Zwischen Arzt und Architekt gibt es keinerlei Unterschied: Beide bepflanzen ihre Mißerfolge mit Efeu.
Jürgen Münzenmaier

Die Natur ist der beste Arzt, denn sie heilt drei Viertel aller Krankheiten, – und außerdem spricht sie nie schlecht von ihren Kollegen. *Galen*

Ein junger Doktor, der muß haben
'nen neuen Friedhof zum Begraben.
Georg Rollenhagen

Ja, der Chirurg, der hat es fein:
Er macht Dich auf und schaut hinein.
Er macht Dich nachher wieder zu –
auf jeden Fall hast Du jetzt Ruh.
Wenn mit Erfolg, – für läng're Zeit,
wenn ohne, – für die Ewigkeit! *Eugen Roth*

Das Grab ist eine Brück'
ins bess're Leben!
Den Brückenzoll
müßt ihr dem Arzte geben. *Friedrich von Logau*

Die besten Ärzte der Welt sind Dr. Diät, Dr. Ruhe und Dr. Fröhlich! *Jonathan Swift*

Den Kopf halt kühl, die Füße warm,
das macht den besten Doktor arm.
Deutsches Sprichwort

Virus ist ein lateinisches Wort, welches Ärzte verwenden, wenn sie sagen wollen: »Ich weiß es auch nicht.« *Bob Hope*

Generäle und Ärzte betreten den Himmel durch den Lieferanteneingang. *Tristan Bernard*

Ein guter Arzt rettet, wenn nicht immer vor der Krankheit, so doch vor einem schlechten Arzte.
Jean Paul

Die meisten Übel dieser Erde schafft der Doktor uns und die Einbildungskraft. *Johann Gottfried Seume*

Wenn ein Kranker wird gesund, ist es Gottes Gabe, doch die Rechnung schreibt der Arzt, daß er auch was habe. *Friedrich von Logau*

Hier liegt ein Arzt, oh Wanderer!
Der Gutes stiftete
und sich vergiftete,
statt anderer! *Friedrich Haug*

Das Betreten einer Arztpraxis oder eines Krankenhauses ist für einen Patienten dreißigmal gefährlicher als eine Expedition auf den Himalaya oder in die Urwaldhölle des Amazonas. *Julius Hackethal*

Die Arznei macht kranke, die Mathematik traurige, die Theologie sündhafte Leute. *Martin Luther*

Die Apotheker sind bemüht, ihr kaufmännisches Talent hinter ihrer wissenschaftlichen Vorbildung zu verbergen. *Sigmund Graff*

Zuerst einmal: Es ist ganz gesund, mal ein wenig krank zu sein. *Alexander Roda Roda*

Eine Operation ist der Versuch, eine Maschine zu reparieren, ohne den Motor anzuhalten. *Unbekannt*

Das natürlichste Psychopharmakon: streicheln!
Oliver Hassencamp

Apotheker. Der Komplize des Arztes, der Wohltäter des Leichenbestatters, der Ernährer der Würmer.
Ambrose Bierce

Sei vorsichtig beim Lesen von Gesundheitsbüchern: ein Druckfehler könnte deinen Tod bedeuten.
Mark Twain

Alle Kochbücher über drei Bogen gehören in die Kataloge verbotener Bücher, sie arbeiten dem Arzt in die Hand. *Karl Julius Weber*

Ein Strauchen dauert drei Wochen, ein Krampfkatarrh ein Vierteljahr ... die Hühneraugen lebenslänglich ... und mit'm Gemüt gar ...! Das is eine ewige Patzlerei! *Johann Nepomuk Nestroy*

Reichtum, Wissen, Erfahrung, – alles kommt zu spät im Leben. Nur die Krankheit stellt sich rechtzeitig ein.
André Gide

Gesundheit ist die Summe aller Krankheiten, die man nicht hat. *Gerhard Uhlenbruck*

Mußt dauernd du die Nas' betupfen,
brauchst du nicht gleich zum Doktor hupfen:
Kein Arzt weiß Mittel gegen Schnupfen!
Unbekannt

Eine gesunde Person ist die, welche noch nicht genügend untersucht wurde. *Arztspruch*

Bevor du dich einer Operation unterziehst, bringe deine Geschäfte in Ordnung, denn es könnte ja sein, daß du überlebst. *Rémy de Gourmont*

Wer etwas hält auf seine Hose,
der zieht sie aus vor der Narkose.
Bonifatius Kiesewetter

Eine der verbreitetsten Krankheiten ist die Diagnose. *Karl Kraus*

Ein Spezialist ist einer, der immer mehr über immer weniger weiß, bis er alles über nichts weiß.
Albert Lorenz

Die meisten Menschen kommen mit ärztlicher Unterstützung auf die Welt und verlassen sie auf dieselbe Weise. *George Bernard Shaw*

Wer tiefer nachdenkt, der erkennt:
Mensch sein ist fast schon: Patient!
Doch sind wohl aus demselben Grund
Unmenschen durchwegs kerngesund! *Eugen Roth*

Niemals gab es einen Philosophen, der mit Geduld sein Zahnweh still ertrug. *William Shakespeare*

Es können die Gemütskrankheiten
nur, wo Gemüt ist, sich verbreiten.
Drum gehen auch, zu unserm Glück,
Gemütskrankheiten stark zurück! *Eugen Roth*

Der Kranke traut nur widerwillig
dem Arzt, der's schmerzlos macht und billig.
Laßt nie den alten Grundsatz rosten:
Es muß a) wehtun, b) was kosten! *Eugen Roth*

Gottlob begrub man dieses Jahr,
so häufig das Erkranken war,
vier Kinder nur und einen Greisen;
denn unser Doktor war auf Reisen. *Friedrich Haug*

Man hat's leicht, über die **Medizin** herzuziehen, wenn man kerngesund ist. *Jean Baptiste Molière*

Viel besser als ein guter Wille
wirkt manchmal eine gute Pille. *Wilhelm Busch*

Allein, die Fortschritte der Medizin sind enorm: Bald wird sie in der Lage sein, mit Hilfe der Genmanipulation abgas- und plutoniumresistente Menschen zu züchten. *Kurt Marti*

Wer nicht mehr traut auf Gottes Willen,
ersetzt das Nachtgebet durch Pillen. *Eugen Roth*

Medizin ist die Kunst, das Opfer mittels griechischer Worte in die ewigen Jagdgründe zu befördern.
Dino Segre Pitigrilli

Gemäß intensiver medizinischer Forschung können unfruchtbare Ehepaare das Manko ihren Kindern vererben. *Max Nunes*

Wenn eine Medizin nichts schadet, soll man froh sein und nicht obendrein noch verlangen, daß sie etwas nütze. *Pierre A. de Beaumarchais*

Die Medizin: Geld her und Leben! *Karl Kraus*

Medizinischer Fortschritt besteht meist darin, die Namen der Krankheiten abzuändern.
Dino Segre Pitigrilli

Die medizinische Wissenschaft macht derartige Fortschritte, daß man schon verschiedene erfolgversprechende Kuren für Krankheiten erfunden hat, die es gar nicht mehr gibt. *Millôr Fernandes*

Die Kunst der Medizin besteht darin, den Kranken solange bei Stimmung zu halten, bis die Natur die Krankheit geheilt hat. *François Marie Voltaire*

Oh Gott, behütt vor iüdschem gsuch
und vor des apotteckers buch,
vor einem alten bösen wyb
und ouch vor einem kranken lyb. *Thomas Murner*

Das Rezept war ausgezeichnet, nur die Arznei taugte nichts. *Chinesisches Sprichwort*

Ich bin keineswegs davon überzeugt, daß sich die Befreiung vom afrikanischen Medizinmann gelohnt hat. *James Baldwin*

Da nehmen's eben ein Beruhigungsmittel. Am besten vielleicht Isopropilprophemilbarbitursauresphenildimethillaminophirazolon. *Karl Valentin*

Die Warze widersteht mit Kraft
selbst allerhöchster Wissenschaft.
Doch eine Schnecke, eine schwarze,
heilt aufgelegt, dir jede Warze! *Eugen Roth*

Man reicht uns Pillen in süßem Zuckerguß. Die Pillen sind unschädlich, das Gift steckt in der Süße.
Stanislaw Jerzy Lec

Die medizinische Forschung hat so enorme Fortschritte gemacht, daß es praktisch überhaupt keinen gesunden Menschen mehr gibt. *Aldous Huxley*

Man kann die Erkenntnisse der Medizin auf eine knappe Formel bringen: Wasser, mäßig genossen, ist unschädlich. *Mark Twain*

Der Geist der Medizin ist leicht zu fassen;
ihr durchstudiert die groß' und kleine Welt,
um es am Ende gehn zu lassen,
wie's Gott gefällt. *Johann Wolfgang von Goethe*

Das gute Leben, regelmäßige Mahlzeiten, Siesta und neun Stunden Schlaf am Tage zerstören unwiderruflich Körper und Gehirn. *Jacques-Yves Cousteau*

Jeder kann den Schmerz bemeistern,
nur der nicht, der ihn fühlt! *William Shakespeare*

Ein **Psychotherapeut** ist ein Mann, der dem Vogel, den andere haben, das Sprechen beibringt.
Wolfgang Gruner

Welch eine herrliche Entdeckung, die Psychoanalyse. Sie gibt einfachen Menschen das Gefühl, daß sie komplizierte Wesen sind. *Samuel Behrmann*

Der Psychoanalytiker ist ein Beichtvater, den es gelüstet, auch die Sünden der Väter abzuhören.
Karl Kraus

Krank sind die meisten. Aber nur wenige wissen, daß sie sich darauf etwas einbilden können. Das sind die Psychoanalytiker. *Karl Kraus*

Ein Psychiater ist der vorletzte Mensch, mit dem man spricht, bevor man anfängt, mit sich selbst zu sprechen. *Frank Sinatra*

Ein Mensch, der sich seines Lebenswandels schämte, ging zum Psychiater. Seitdem schämt er sich nicht mehr! *Robert Lembke*

Ein Psychoanalytiker ist einer, der die Folies Bergères besucht und dort die Reaktionen des Publikums beobachtet. *Unbekannt*

Die Psychotherapie ist jener Zweig der Heilkunde, welcher dem Patienten beibringen soll, er stehe auf eigenen Füßen, während er sich auf der Behandlungscouch entspannt. *Unbekannt*

Seit dreißig Jahren gehe ich zum Psychoanalytiker. Seine bis dato intelligenteste Diagnose: Sie brauchen eine Behandlung! *Woody Allen*

Der Kliniker ist der Mann, der alles weiß und nichts entscheidet. Der Chirurg weiß nichts und erledigt alles. Der Psychiater weiß nichts und erledigt nichts.
Unbekannt

Psychoanalyse ist jene Geisteskrankheit, für deren Therapie sie sich hält. *Karl Kraus*

Der Neurotiker baut ein Luftschloß, der Psychopath wohnt darin und der Psychiater nimmt die Miete ein.
Jerome Lawrence

Sabinus hat mir zwar das kalte Weh vertrieben,
mich aber durch den Lohn schier wieder
aufgerieben,
derhalben sag' ich frei, ich weiß ihm keinen Dank,
vor diesem war mein Leib, jetzt ist mein Beutel
krank. *Johann Grob*

Die Psychoanalyse ist der Versuch, eine Krankheit dadurch zu heilen, daß man dem Patienten erklärt, was mit ihm los ist: ein ausgezeichnetes Vorgehen, vorausgesetzt, daß man weiß, was mit ihm los ist, besonders wenn die Erklärung die ist, daß nichts mit ihm los ist. *George Bernard Shaw*

Anwälte und Jurisprudenz

Es ist leichter, ohne Messer eine Auster zu öffnen, als den Mund eines Anwalts ohne Honorar.
Barten Holyday

Wenn's keine schlechten Leute gäbe, so gäbe es auch keine guten Anwälte. *Charles Dickens*

Ein Advokat und ein Wagenrad wollen geschmiert sein. *Sprichwort*

»Die Tugend in der Mitte«, sagte der Teufel und setzte sich zwischen zwei Juristen.
Dänisches Sprichwort

Frisch geklagt ist halb verloren. *Graffito*

Das Gesetz ist für jedermann gleich: nur das Einkommen müßte geändert werden.
George Bernard Shaw

Das einzige, was Männer wirklich ernst nehmen, ist das Spiel. Deshalb sind Spielregeln älter als alle Gesetze der Welt. *Peter Bamm*

Justus lernet die Gesetze.
Ob er gleich nun alle kann,
meint er doch, daß keines sei,
das ihn selbsten gehe an. *Friedrich von Logau*

Wenn du etwas gegen das Gesetz tun willst, dann frage immer erst einen tüchtigen Rechtsanwalt.
George Bernard Shaw

Wenn es nicht notwendig ist, ein Gesetz zu machen, dann ist es auch notwendig, kein Gesetz zu machen.
Charles de Montesquieu

Je größer die Zahl der Gesetze, desto größer auch die der Gauner. *Laotse*

Vielleicht würde es um die Welt besser stehen, wenn die Menschen Maulkörbe und die Hunde Gesetze bekämen. *George Bernard Shaw*

Wenn man alle Gesetze studieren wollte, so hätte man gar keine Zeit, sie zu übertreten.
Johann Wolfgang von Goethe

Das Gesetz garantiert zwar nicht das Mittagessen, aber doch die Mittagspause. *Wieslaw Brudzinski*

Gesetze sind wie Würstchen, – es ist besser, man sieht nicht zu, wie sie fabriziert werden.
Otto von Bismarck

Die Gesetze gleichen Spinnweben. Die großen Hummeln brechen durch, die Fliegen aber bleiben hängen. *Polnisches Sprichwort*

Ist ein Esel zu erstreiten,
ei, so suche dir zur Hand
einen Richter, der nicht selbst ist
dem Esel anverwandt. *Friedrich von Logau*

Überall hebt Konkurrenz das Geschäft, auch bei den Juristen: Jeder von ihnen schafft stets für zwei andere Bedarf. *Eberhard Puntsch*

Völlig unnötig, der Gerechtigkeit die Augen zu verbinden, – sie ist ohnehin blind.
Hans-Hermann Kersten

Es ist Juristenaberglaube, und zwar speziell ein deutscher, daß die Gerechtigkeit um so größer ist, je länger sich die Prozesse hinziehen. *Manfred Rommel*

Weil der Amtsrichter nicht allein Skat spielen kann, braucht ein Amtsgericht zwei Referendare.
Theodor Fontane

Willst du zum Gericht gehen, um dein Recht zu finden, so kannst du auch zum Photographen rennen, um dir einen Zahn ziehen zu lassen. *Dino Segre Pitigrilli*

Ein Kläger muß drei Säcke haben: einen mit Geld, einen mit Papier und einen mit Geduld.
Französisches Sprichwort

Der magerste Vergleich ist besser, als ein fetter Prozeß. *Friedrich Rückert*

Wer zu blöd für'n ärgsten Mist,
wird ein teutscher Sau-Jurist. *Jakob Haringer*

Ein Prozeß ist eine Maschinerie, die man als Schwein betritt und als Wurst verläßt. *Ambrose Bierce*

Recht ist in dieser lieben Welt, was,
wer's nicht hat,
zuletzt behält. *Ernst Frh. von Feuchtersleben*

Grundrechte sind Rechte, für die kein rechter Grund vorhanden ist. *Kladderadatsch*

Das Recht hat die merkwürdige Eigenschaft, daß man es behalten kann, ohne es zu haben. *Joseph Unger*

Natürlich achte ich das Recht. Aber auch mit dem Recht darf man nicht so pingelig sein.
Konrad Adenauer

Der größte Feind des Rechts ist das Vorrecht.
Marie von Ebner-Eschenbach

Vor dem Recht sind alle gleich. Aber nicht vor den Rechtsprechern. *Stanislaw Jerzy Lec*

Ich sehe Katastrophen auf mich zukommen, – schlimmer noch: Advokaten! *Woody Allen*

Ich war zwei Male bankrott, einmal, als ich bei einer gerichtlichen Auseinandersetzung verlor, und das zweite Mal, als ich gewann. *François Marie Voltaire*

Der einzige gewonnene Prozeß ist der, den man nicht geführt hat. *Hans Habe*

Prozessiert um eine Kuh,
Ihr legt ein Pferd noch dazu! *Sprichwort*

Ein guter Bürger befolgt sogar schlechte Gesetze, um üble Mitbürger zu bewegen, wenigstens die guten zu beachten. *Sokrates*

Bei Gericht zu gewinnen heißt meist: ein Huhn bekommen und eine Kuh verlieren.
Chinesisches Sprichwort

Wenn es dir gelingt, die Verschlagenheit deines Anwalts noch zu übertreffen, so hast du den falschen Anwalt gewählt. *Unbekannt*

Die kleinen Diebe hängt man auf,
die großen läßt man laufen.
Wär' umgekehrt der Welten Lauf,
würd' ich mehr Strick verkaufen.
Hausspruch an einem Seilerhaus

Justitia – wie im Bild – ist blind,
ihre Waage abgegriffen
und ihr Schwert ist ungeschliffen.
So kommt's, daß wir die Opfer sind.
Millôr Fernandes

Welch künstlich Netz
ist doch das Gesetz:
Kleines gefangen,
Großes durchgegangen. *Friedrich von Logau*

Manch Urteil ist ja längst beschlossen,
eh des Beklagten Wort geflossen. *Anastasius Grün*

Der Anwalt rettet Ihr Besitztum vor bösen Feinden und behält es für sich. *Unbekannt*

Bei einem chirurgischen Eingriff verlor der Arzt die Contenance und entfernte statt des kranken Organs das Gewissen des Patienten. Dieser genas. Da er jedoch das Gewissen eingebüßt hatte, konnte er nur noch den Anwaltsberuf ergreifen.
George Bernard Shaw

Eine Jury besteht aus zwölf ausgewählten Bürgern, um festzustellen, welcher der Anwälte der beste ist.
J. Garland Pollard

Für alle fleht der Priester himmelan,
für alle streitet der Soldat,
und alle nährt der Ackersmann,
doch alle frißt der Advokat. *Friedrich Haug*

Warum verbindet man der Justitia die Augen, wo sie doch schon mit der Schwerhörigkeit zu kämpfen hat? *Werner Mitsch*

Unsere Justiz ist ein wahres Merkmal menschlichen Unsinns! *Michel de Montaigne*

Es gehört zum unaufgebbaren Wesen der Rechtswissenschaft, nur die einzelnen Bäume sehen zu wollen und nicht den Wald. *Gustav Radbruch*

Immer, wenn jemand kurzen Prozeß machen möchte, gibt es danach eine lange Berufung.
Siegfried Lowitz

Wer das Recht denkt zu führen,
muß die Räder reichlich schmieren.
Friedrich von Logau

Die Juden verschwenden ihr Geld mit Festmahlen, die Mohren mit Hochzeiten und die Christen mit Rechten.
Julius Wilhelm Zinkgref

Es ist ein Wurm, der kriecht in den Kanzleien und auf der Advokaten Schreibtische herum, – der ist der Interessewurm.
Abraham a Sancta Clara

Juristen sind wie die Schuster, die mit den Zähnen das Leder zerren, denn sie ziehen die Rechte, auf daß diese sich dehnen müssen.
Friedrich von Logau

Wenn Advokaten reden von Vergleich,
sind die Klienten arm, – und sie sind reich.
Deutsches Sprichwort

Angestellte und Beamte

Es gibt hohe Stellungen, die man am leichtesten in gebückter Haltung erreicht. *Robert Lembke*

Bakterien vermehren sich durch Zellteilung, – Bürokraten durch Arbeitsteilung. *Jerry Lewis*

Mancher Vorgesetzte dreht sich nur im Kreise und erläßt Rundbriefe. *Wolfgang Eschker*

Spitzenmanager zeichnen sich durch langsames Sprechen, eindrucksvolles Auftreten und völlige Humorlosigkeit aus. *Frank O'Connor*

Der Bürokrat tut seine Pflicht
von neun bis eins,
mehr tut er nicht! *Carl Zeller*

Ein gescheiter Mann muß so gescheit sein, Leute anzustellen, die viel gescheiter sind als er.
John F. Kennedy

Zwei Dinge sind in der Verwaltung zu lernen: Erstens, lerne zu unterschreiben, ohne zu lesen. Zweitens, lerne zu reden, ohne zu denken. *Manfred Rommel*

Eine Konferenz ist eine Sitzung, bei der viele hineingehen und wenig herauskommt. *Werner Finck*

Wem Gott ein Amt gibt, dem gibt er auch Verstand. Nur, – die Ämter werden leider nicht von Gott vergeben. *Gerhard Uhlenbruck*

Gewisse Beamte nehmen so kleine Beträge an, daß ihr Verhalten an Unbestechlichkeit grenzt.
Joseph Unger

Bei der nächsten Sintflut wird die Menschheit nicht in Wasser, sondern in Papier ertrinken.
William Somerset Maugham

Kein Ausschuß bringt jemals etwas zustande, es sei denn, er bestehe aus drei Teilnehmern, von denen einer zufällig krank und der andere verhindert ist.
Unbekannt

Es ist interessant, daß sehr viele Dichter früher Beamte waren. Ja, – Müßiggang ist aller Laster Anfang!
Daniel Spitzer

Beamte sind ein wundersames Beispiel für die Vermehrung der Menschen auf ungeschlechtliche Weise. *Ursula Noack*

Ein Beamter ist oft ein Mann, der sich durch den Fleiß seiner Untergebenen auszeichnet.
Fliegende Blätter

Für die Güte der Republik könnte man denselben Beweis anführen, den Boccaccio für die Religion anführt: Sie besteht trotz ihrer Beamten.
Heinrich Heine

Du willst bei Fachgenossen gelten?
Das ist verlorne Liebesmüh.
Was dir mißglückt, verzeihn sie selten,
was dir gelingt, verzeihn sie nie! *Oscar Blumenthal*

Bin ich meinem Amte in der Tat nicht gewachsen, so ist der Chef zu tadeln, der es mir anvertraut.
Friedrich von Schiller

Die Dummheit von Menschen kann schwerlich, die von Behörden nie überschätzt werden. *Richard Katz*

Amtleute geben dem Herrn ein Ei
und nehmen dem Bauern zwei. *Sprichwort*

Wem Gott ein Amt gibt, dem raubt er den Verstand.
Erich Kästner

Eine Kommission besteht aus einer Versammlung wichtiger Persönlichkeiten, die, jede für sich allein, nichts tun kann, indessen gemeinsam beschließen, daß nichts getan werden könne. *Fred Allen*

Zum König wird man gekrönt, zum Ritter geschlagen und zum Beamten gestempelt. *Werner Mitsch*

Ich hab hier bloß ein Amt und keine Meinung.
Friedrich von Schiller

Ein guter deutscher ehrlicher Beamter, der lacht gar nicht, bevor er sich nicht umsieht, ob es seine Behörde etwa merkt. *Moritz Gottlieb Saphir*

Es gibt keinen besseren Gatten als einen Beamten. Er kommt abends ausgeruht nach Hause und hat auch die Zeitung bereits gelesen. *Unbekannt*

Die Bürokratie ist krebsmäßig an Haupt und Gliedern, nur ihr Magen ist gesund; und die Gesetzesexkremente, die sie von sich gibt, sind der natürlichste Dreck von der Welt. *Otto von Bismarck*

Es gibt zweierlei Beamte. Die einen sind kurz angebunden. Und die anderen haben eine lange Leitung.
Werner Mitsch

Ehren entehren. Titel setzen herab, ein Amt verblödet. *Gustave Flaubert*

Man sagt, jemand bekleide ein Amt, wenn er von dem Amt bekleidet wird.
Georg Christoph Lichtenberg

Ob großes oder kleines Amt:
gehorsam sind wir allesamt.
Die Mienen ernst, die Scheitel licht,
tun wir laut Vorschrift uns're Pflicht. *Sprichwort*

Die Bürokratie hat für jeden Tropf den passenden Deckel. *Unbekannt*

Kommst du vom Vorgesetzten, überprüfe deine Identität! *Wieslaw Brudzinski*

Vorgesetzte muß es geben,
Angestellte müssen sein.
Ordnung ist das halbe Leben.
Brust heraus und Bauch hinein! *Erich Kästner*

Eifer bei Beamten ist schädlich. Er verdirbt den Charakter und trübt das Urteilsvermögen.
Charles Maurice de Talleyrand

Manche Amtsstuben sehen aus wie die Friedhöfe. An allen Türen sollte man ein Schild anbringen: »Hier ruht Herr Nichtsnutz«. *Moritz Gottlieb Saphir*

Es war ein Kanzleirat in Graz.
Was immer ihm recht schien, er tat's.
Hat trotz trächtiger Kassen
sich selber entlassen:
ein Vorbild den Herrn des Senats! *Ernst Fabian*

Ein Verwalter verwaltet, drei Verwalter studieren die beste Methode für die Verwaltung, fünf Verwalter diskutieren diverse Aspekte der Verwaltungsprobleme und sieben Verwalter quatschen. *Paul Lafitte*

Dämlich, und dazu wenig fair:
Das ist der wahre Funktionär! *Pierre Véron*

Was gibt uns die Verwaltung? Die Verwaltung gibt uns zu denken. *Lothar Schmidt*

Jedesmal, wenn ich jemand für ein Amt empfehle, bringt mir dies zehn Feinde, und der Empfohlene ist noch undankbar. *Jean Baptiste Molière*

Wer als Fuchs ein Amt erschleicht, der wird es als ein Wolf verwalten. *Karl Friedrich Kretschmann*

Aktenstöße nachts verschlingen,
schwatzen nach der Welt Gebrauch,
und das große Tretrad schwingen,
– wie ein Ochs, – das kann ich auch!
Joseph von Eichendorff

Ein Abteilungsleiter ist ein männlicher Angestellter, der sich einen Kaffee nicht mehr selbst aufbrühen muß. *Michael Schiff*

Besten Gruß an die gesamten
Steuer- wie auch Zollbeamten.
Was sie dichten voll Gemüt,
zeigt uns, daß ihr Weizen blüht. *Wilhelm Busch*

Aber das Zeitalter der Ritterlichkeit ist vorbei. Das von Sophisten, Ökonomen, Beamten und Buchhaltern ist nachgefolgt. *Edmund Burke*

Sieht ein Amtsdiener Geld, gleicht er einer Fliege, die Blut gerochen hat. *Chinesisches Sprichwort*

Meistens ist der Bregenschwund
für das Amt kein Hemmungsgrund. *Alfred Kerr*

Sein Ermatten ist das des Gladiators nach dem Kampf, seine Arbeit war das Weißtünchen eines Winkels in einer Beamtenstube. *Franz Kafka*

Arbeit und Dolcefarniente

Herr, ich habe die große Beschäftigung, müßig zu gehen. Ich habe eine ungeheure Fertigkeit im Nichtstun. Ich besitze eine ungemeine Ausdauer in der Faulheit. Keine Schwiele schändet meine Hände. Der Boden hat noch keinen Tropfen von meiner Stirne getrunken. Ich bin noch Jungfrau in der Arbeit und wenn es mir nicht der Mühe zu viel wäre, würde ich mir die Mühe nehmen, Ihnen diese Verdienste weitläufiger auseinanderzusetzen. *Georg Büchner*

Ich arbeite im Kaffeehaus mehr als ein anderer in seinem Geschäft. *Egon Friedell*

Ich halte nichts vom Recht auf Arbeit: Ich halte es lieber für das größte Recht des Menschen, nichts zu tun. *Gioacchino Rossini*

Unsere Leistungs- und Sozialgesellschaft: Die eine Hälfte der Menschheit leistet etwas, damit die andere Hälfte es sich leisten kann, nichts mehr zu leisten. *Gerhard Uhlenbruck*

Wer die ganze Nacht schläft, hat am Tage Anspruch auf ein wenig Ruhe. *Kubanisches Sprichwort*

Nimm Di nix vör, denn sleiht Di nix fehl.
Fritz Reuter

Wer nicht arbeiten will, soll auch nicht essen.
Wer nicht arbeitet, soll speisen!
Wer aber gar nichts tut, der darf tafeln! *Peter Hille*

Wenn die Faulheit auch keine Tugend ist, ein paradiesisches Laster ist sie auf jeden Fall. *Peter Bamm*

Es ist umsonst, daß ihr früher aufstehet und hernach lange sitzet und esset euer Brot mit Sorgen, denn seinen Freunden gibt Er's im Schlafe.
Sprüche Salomo

Die Linke soll nicht wissen, was die Rechte tut; es weiß aber auch die Rechte nicht, was die Linke tut, und dadurch wird nämlich am sichersten erzweckt, wenn beide Teile gar nichts tun.
Johann Nepomuk Nestroy

Wer selbst arbeitet, der verliert die Übersicht!
Unbekannt

Auf die Arbeit schimpft man nur so lange, bis man keine mehr hat. *Sinclair Lewis*

Es gibt zu viele, die leben, ohne zu arbeiten. Und es gibt erst recht zu viele, die arbeiten, ohne zu leben.
Unbekannt

Rennt dem scheuen Glücke nach!
Freunde, rennt euch alt und schwach!
Ich nehm' teil an eurer Müh:
Die Natur gebietet sie.
Ich, damit ich auch was tu,
– seh' euch aus dem Lehnstuhl zu!
Gotthold Ephraim Lessing

Arbeit macht das Leben süß, Faulheit stärkt die Glieder. *Volksmund*

Arbeit hat für mich etwas Faszinierendes. Ich kann stundenlang davorsitzen und sie anschauen.
Jerome K. Jerome

Arbeit ist das Größte auf der Welt, drum sollten wir uns immer was für morgen aufheben. *Unbekannt*

Der Kerl, der die Arbeit erfunden hat, der muß nischt zu tun jehabt haben. *Berliner Volksmund*

Wenn Arbeit adelt, dann bleibe ich lieber bürgerlich! *Paul Flora*

Nihil agere delectat. Nichtstun erquickt!
Marcus Tullius Cicero

Die Arbeit, die man liegen ließ, war nie vergeblich.
Curt Goetz

Die Arbeit ist etwas Unnatürliches. Die Faulheit allein ist göttlich. *Anatole France*

Beschäftigung is ja janz scheen, aber se darf nich in Arbeit ausarten. *Berliner Volksmund*

Man kann die Menschen in drei Klassen einteilen; solche, die sich zu Tode arbeiten, die sich zu Tode sorgen, und solche, die sich zu Tode langweilen.
Sir Winston Churchill

I schaff de ganze Tag, egal, was dabei rauskommt: Hauptsach, i ben abends müed! *Dr. Socher*

Wie herrlich ist es, nichts zu tun,
und dann vom Nichtstun auszuruhn. *Heinrich Zille*

Am wichtigsten ist es, sich keine Sorgen zu machen und alles Gott, der Sonne und Buddha zu überlassen. *Shigechichiyo Izumi*

Nichtstun ist die ökologisch verträglichste Art des Daseins. *Hartmut Grassl*

Lebenskünstler sind Menschen, die sich einer gewissen Faulheit befleißigen. *Werner Mitsch*

Was hilft aller Sonnenaufgang, wenn wir nicht aufstehen? *Georg Christoph Lichtenberg*

Die schwerste Arbeit ist es, nichts zu tun.
Jüdisches Sprichwort

Man verschlafe ruhig die Hälfte des Lebens, man wird die andere Hälfte doppelt genießen.
Karl Ludwig Schleich

Wenn Du gewissenhaft acht Stunden pro Tag arbeitest, wirst Du vielleicht irgendwann mal Chef und kannst dann zwölf Stunden pro Tag arbeiten.
Robert Lee Frost

Verschiebe nicht auf morgen, was genau so gut auf übermorgen verschoben werden kann. *Mark Twain*

Ich kenne einen Kollegen, der ein Doppelleben führt: er faulenzt für zwei! *Robert Lembke*

Um Sorgen zu verscheuchen, ist Arbeit besser als Whisky. *Thomas A. Edison*

Wer aber recht bequem und faul,
flög dem 'ne gebrat'ne Taub ins Maul,
er würde höflichst sich's verbitten,
wär sie nicht auch geschickt zerschnitten.
Johann Wolfgang von Goethe

Noch nie ist irgendjemand im eigenen Schweiß ersoffen. *Roberto Duailibi*

Der eine fährt Mist,
der andre geht spazieren:
das kann ja zu nichts Gutem führen! *Wilhelm Busch*

Heute tu ick mal janischt. Sonst mach ick zwar ooch nischt, aber heute nehme ick mir ooch nischt vor.
Paul Simmel

Wer sich zu wichtig für kleine Arbeiten hält, ist meistens zu klein für wichtige Arbeiten. *Jacques Tati*

Wer arbeitet, macht Fehler. Wer viel arbeitet, macht viele Fehler. Wer keine Fehler macht, ist ein fauler Hund. *Unbekannt*

Was kann an der Arbeit gut sein, wenn die Reichen sie den Armen überlassen? *Graffito*

Den schlechten Handwerker erkennt man daran, daß er kommt. *Alberto Sordi*

Durch Nichtstun kann man sich die Zeit vertreiben.
Doch hüte dich, dabei zu übertreiben.
Antoine de Rivarol

Meines Lebens A und Z
sind der Diwan und das Bett.
Freundschaft, Liebe und Verkehr:
sekundär, – sekundär!
Hier entstand der Wunsch nach mir,
Zeugung, Ankunft, alles hier!
Und mein Sterben wird allein
weicher durch die Kissen sein.
Ach, und nehmt mir mein Skelett
ganz zuletzt erst aus dem Bett. *Werner Finck*

Vormittags denk ich mit Ruhe, was ich nachmittags wohl tue. *Aus einem ungarischen Volkslied*

Die Leute, die niemals Zeit haben, tun am wenigsten. *Georg Christoph Lichtenberg*

Faulheit ist die Begabung, sich auszuruhen, bevor man müde wird. *Jules Renard*

Morgen, Morgen, nur nicht heute!
Sprechen alle faulen Leute! *Christian Felix Weiße*

Die Gegend heißt Schlaraffenland,
den faulen Leuten wohl bekannt.
Auch fliegen um – möget ihr glauben –
Gebrat'ne Hühner, Gäns und Tauben. *Hans Sachs*

Wenn der Teufel einen Faulen erwischt, so läßt er ihn arbeiten. *Thomas Fuller*

Gesegnet seien die Müden, denn sie werden bald schlafen. *Friedrich Nietzsche*

Wer arbeitet, dem ist der Schlaf süß, – er habe wenig oder viel gegessen. *Prediger 5,11*

Am liebsten erinnere ich mich an die Arbeit, die bereits hinter mir liegt. *Euripides*

Redliche Arbeit, – wie bist du schön! Doch gibt's weniger redliche Beschäftigungen, die einträglicher sind. *J.M. Machao de Assis*

Gott versorgt jedes Vögelchen mit Nahrung, doch er schmeißt sie ihm nicht ins Nest! *Unbekannt*

Zeit gewinnen mit einem Düsenflugzeug? Wenn ich mich auf eine Waldwiese lege, gewinne ich doch offenbar ebenfalls Zeit! *Wolfdietrich Schnurre*

Was tust du eigentlich? Du liegst hier auf der faulen Bärenhaut und dienst weder Gott noch den Menschen! *Christoffel von Grimmelshausen*

Man geht so lange in seiner Arbeit auf, bis man bei seiner Arbeit draufgeht. *Gerhard Uhlenbruck*

Früher sind die Menschen für die Freiheit auf die Barrikaden gestiegen. Jetzt tun sie es für die Freizeit. *Werner Finck*

Das Sitzfleisch ist die eigentliche Sünde wider den heiligen Geist. *Friedrich Nietzsche*

Arbeit ist die Kur, bei der man sich von der Erholung erholt. *Georg Thomalla*

Der Faule lebt in Harmonie mit dem Bestehenden und verspürt keinen Drang, es zu ändern. *Thaddäus Troll*

Denken ist die schwerste Arbeit, die es gibt. Das ist wahrscheinlich der Grund, warum sich so wenige damit beschäftigen. *Henry Ford*

Die Faulheit latscht so langsam, daß die Armut sie spielend erreicht. *Konfuzius*

Such dir eine Arbeit aus, die du gerne tust. Dann brauchst du keinen Tag in deinem Leben mehr zu schuften. *Konfuzius*

Man ist jung, wenn man glaubt, arbeiten zu müssen; man ist reif, wenn man hofft, arbeiten zu dürfen, und man ist alt, wenn man dankbar dafür wird, noch arbeiten zu können. *Ron Kritzfeld*

Das angenehmste Leben führen die, die nichts denken. *Sophokles*

Wir sind zu allem fähig, aber zu nichts zu gebrauchen. *Graffito*

Man verachte die Leute, die keine Zeit haben. Man beklage die Menschen, die keine Arbeit haben. Aber die Männer, die keine Zeit zur Arbeit haben, die beneide man! *Karl Kraus*

Verflixte Faulheit, – kaum zu fassen!
So manche Lust,
die mußt ich just
um deinetwillen oft verpassen!
Mario Quintana (in Verse gesetzt)

Der Mensch versucht, die Zeit totzuschlagen,
doch diese schlägt ihn tot! *Herbert Spencer*

Schlafe, alter Knabe, schlafe!
Denn du kannst nichts Klügeres tun,
als dich dann und wann auf brave
Art und Weise auszuruhn. *Erich Kästner*

Niemand hetzt andere so wie die Faulen, wenn sie ausgefaulenzt haben, damit sie fleißig erscheinen.
Jean de La Rochefoucauld

Wer früh aufsteht, der viel verzehrt,
wer lange schläft, den Gott ernährt.
Deutsches Sprichwort

Ein schlechter Tag beim Angeln ist immer noch besser als ein guter Tag Arbeit. *Indianerspruch*

Arbeit ist ken Has, säd' de Daglöner, löpt uns nich weg! *Hamburger Sprichwort*

Müßiggang ist aller Laster Anfang, aller Tugenden Krönung. *Franz Kafka*

Bis ins hohe Alter hinein daran arbeiten zu können, woran man Freude hat, ist eine Gnade, von der ein Pensionär keine Ahnung hat. *George Bernard Shaw*

Wenn Arbeit das Leben süß macht, verstehe ich nicht, warum so viele Arbeiter sauer sind.
Winfried Bornemann

Wer Arbeit kennt
und danach rennt
und sich nicht drückt,
der ist verrückt.
Deutsches Sprichwort

Es gibt viel zu tun, – warten wir's ab!
Graffito

Aktivitäten

Gesellschaft und Vereine

Nein, wenn die Gäste wüßten, wie z'wider sie einem oft sind, es ließ' sich gar kein Mensch mehr einladen auf der Welt. *Johann Nepomuk Nestroy*

Was gute Gesellschaft genannt wird, ist meistens nur ein Mosaik von geschliffenen Karikaturen.
Friedrich von Schlegel

Wer in einem Restaurant die Paare beobachtet, kann aus der Länge der Gespräche Schlüsse auf die Dauer der gemeinsam verlebten Zeit ziehen. Je kürzer die Konversation, desto länger die Gemeinschaft.
André Maurois

Von der besten Gesellschaft sagt man: Ihr Gespräch ist unterrichtend, ihr Schweigen bildend.
Johann Wolfgang von Goethe

Bringen Sie heute abend bitte Ihren Mops mit, damit wir etwas haben, worüber wir sprechen können. *Frank Wedekind*

Manche Leute kann man nur unterhalten, indem man ihnen zuhört. *Kim Hubbard*

Wer mich besucht, erweist mir eine Ehre. Wer mich nicht besucht, macht mir eine Freude.
Henry de Montherlant

Man hat im Leben die Wahl, entweder mit der Masse mitzulaufen oder vor ihr davonzulaufen.
Ingrid Bergmann

Ich bewundere die Menschheit! Nur Personen kann ich nicht ertragen. *Groucho Marx*

Mancherorts konnte ich feststellen: Die gute Gesellschaft taugt nicht viel, doch die schlechte ist ganz vorzüglich. *Nicolas Chamfort*

Wenn du eine schlechte Gesellschaft fliehen willst, brauchst du nicht deine Tür zu schließen. Nimm nur gute Sitten an, und deine Stallbrüder werden dich scheuen wie die Pest. *August Strindberg*

Man kann nicht für jedermann leben, besonders für die nicht, mit denen man nicht leben möchte.
Johann Wolfgang von Goethe

Ein Verein ist eine Vereinigung von Personen, die entweder gemeinsam Krach machen oder miteinander Krach haben.
Gerhard Uhlenbruck

Gesellschaftlich ist kaum etwas so erfolgreich wie Dummheit mit guten Manieren.
François Marie Voltaire

Wer einen lobt in praesentia und schilt ihn in absentia,
den hol die pestilencia, der taugt nicht in essentia. *Christoph Lehmann*

Wenn mancher Mann wüßte, wer mancher Mann wär,
gäb mancher Mann manchem Mann manchmal mehr Ehr.
Doch mancher Mann weiß nicht, wer mancher Mann ist,
drum mancher Mann manchen Mann manchmal vergißt. *Unbekannt*

Sobald man in Gesellschaft ist, nimmt man vom Herzen den Schlüssel ab und steckt ihn in die Tasche; die, welche ihn steckenlassen, sind Dummköpfe.
Johann Wolfgang von Goethe

Man steht erst dann im Mittelpunkt einer Party, wenn man gegangen ist. *Audrey Hepburn*

Wenn ich die Leute bei einer Cocktailparty langweile, so glauben sie, es sei ihr Fehler. *Henry Kissinger*

Die Gesellschaft, die Zirkel, die Salons – was man die Welt nennt – sind ein klägliches Theaterstück, eine schlechte Oper, die sich nur durch Maschinen, Kostüme und Dekoration ein wenig hält.
Nicolas Chamfort

Die Cocktailparty ist eine Strapaze, der man sich merkwürdigerweise hin und wieder sogar freiwillig unterzieht, so, wie man hin und wieder freiwillig ein Karussell besteigt, obwohl man weiß, daß Übelkeit die unausbleibende Folge ist. *Heinrich Böll*

Besuche machen immer Freude, wenn nicht beim Kommen, dann beim Gehen!
Portugiesisches Sprichwort

Eine Party ist eine Zusammenkunft, bei der am Ende die Gäste aufgeräumter sind als die Wohnung.
Senta Berger

Heute steht eine Frau bei einer Party immer vor der Frage, ob sie genug angezogen oder genug ausgezogen ist. *Cathérine Deneuve*

In feinen Kreisen hält man sich eine Public-Relations-Abteilung, – kleine Leute sind auf Eigenlob angewiesen. *Loriot*

Die Gesellschaft ist eine verfeinerte Horde, die sich aus zwei mächtigen Stämmen zusammensetzt: den Langweiligen und den Gelangweilten.
George G.N. Lord Byron

Es gibt Festredner, Anklageredner, Hetzredner und Besänftigungsredner. Am häufigsten ist der Drumherumredner. *Sigmund Graff*

Die Gesellschaft setzt sich aus zwei großen Klassen zusammen: aus solchen, welche mehr Mahlzeiten als Appetit haben, und solchen, welche mehr Appetit als Mahlzeiten haben. *Nicolas Chamfort*

Man muß spätestens aus einem Verein austreten, wenn man Vorsitzender wird. *Ernst Jünger*

Where is Rotary going to?
Rotary is going to lunch! *George Bernard Shaw*

Ich würde niemals einem Verein beitreten, der mich als Mitglied aufnähme. *Groucho Marx*

Wie hat es Ihnen in dieser Gesellschaft gefallen? Sehr wohl – beinahe so sehr wie in meiner Kammer!
Georg Christoph Lichtenberg

Du hast nicht, was andre haben
und andern mangeln deine Gaben;
aus dieser Unvollkommenheit
entspringet die Geselligkeit!
Christian Fürchtegott Gellert

Wie oft in der Gesellschaft, die sich für so recht gebildet und interessant hielt, bei all dem Gerede und Feintun, seufzte ich innerlich: »Wenn doch nur ein Hund da wäre!« *Friedrich Theodor von Vischer*

Der Weg zur Hölle ist mit guten Bekannten gepflastert. *Kurt Kluge*

In der Gesellschaft ergötzen wir uns an unseren lieben Nächsten, die ebenso mies, saft- und kraftlos sind wie wir selbst und die zu nichts nütze sind.
Blaise Pascal

Begreifen denn die Gesellschaftsredner nicht, daß 95 Prozent des Applauses der Zuhörer nach Ende ihres Redeschwalls Ausdruck der Erleichterung ist?
Robert Lembke

Jedes Plätzchen hat seinen Vorteil: Der Himmel wegen des guten Klimas, die Hölle wegen der interessanten Gesellschaft. *Max Nunes*

Jede Gesellschaft hat die Schurken, die sie verdient.
Albert Camus

Ich kenne nur drei Mittel, in der Gesellschaft zu existieren: Stehlen, Betteln und Gehalt ziehen!
Honoré de Mirabeau

Meide schlechte Gesellschaft! Geh nie allein spazieren! *Unbekannt*

Das Vereinsleben ist die Festung der Mittelmäßigkeit. *Anselm Feuerbach*

Die Masse ist eine Gesellschaft mit recht beschränkter Haftung. *Hans Kasper*

Langweilig Besuch macht Zeit und Zimmer enger;
o Himmel, schütze mich vor jedem Müßiggänger!
Friedrich von Hagedorn

Popularität ist eine Strafe, die wie eine Belohnung aussieht. *Ingmar Bergman*

Viele Damen der feinen Gesellschaft widmen sich der Wohltätigkeit und dem lieben Gott, wenn der Teufel sie nicht mehr haben will. *Sophie Arnould*

Wer auf gute Gesellschaft Wert legt, hält sich an Tiere. *George Bernard Shaw*

Es gibt Leute, die zur Konversation am meisten beitragen, indem sie das Zimmer verlassen.
Elsa Maxwell

Sehr schlimm: Eingeladen zu sein, wenn zu Hause die Räume stiller, der Kaffee besser und keine Unterhaltung nötig ist. *Gottfried Benn*

Nur der Banause fühlt sich in jedem Augenblick als fraglos nützliches Glied der menschlichen Gesellschaft. *Gustav Radbruch*

Je später der Abend, desto schnöder die Gäste.
Hans-Hermann Kersten

Treibe dich in der Menge herum, damit dir die Einsamkeit wieder behagt. *Plinius der Jüngere*

Die größte Genossenschaft auf Erden ist die Neidgenossenschaft. *Helmut Qualtinger*

Ein Jubiläum ist ein Datum, an dem eine Null für eine Null von mehreren Nullen geehrt wird.
Sir Peter Ustinov

Hüte dich vor schlechter Gesellschaft, aber vergiß auch nicht, daß, wenn du die Einsamkeit erwählst, du dich nicht stets in der besten befindest.
Arthur Schnitzler

Ich möchte in keiner Gesellschaft leben, in der der Mensch nach dem Muster von Hühnerbatterien gehalten wird, wohl versorgt, aber ohne Spielraum.
Norbert Blüm

In der Gesellschaft werden die Männer klein. Von den Frauen bleibt fast nichts übrig.
Nicolas Chamfort

Bescheidenes Auftreten und die Kunst, den Mund zu halten, sind Eigenschaften, durch welche die Unterhaltung außerordentlich gefördert wird.
Michel de Montaigne

Für eine erfolgreiche gesellschaftliche Konversation sind Gedanken meistens hinderlich.
André Maurois

Man mutet sich so leichtfertig anderen Menschen zu, und dabei kann man sich kaum selbst ertragen.
Wolfgang Borchert

Sich amüsieren heißt etymologisch: Die Muse loswerden. Amüsement wäre also das Vergnügen der Plattköpfe. *Johann Gottlieb Seume*

Mode, Kosmetik und Schönheit

Der Unterschied zwischen Archäologen und Kosmetikern liegt darin, daß die einen die Altertümer ausgraben und die anderen sie zuschütten.
Alec Guinness

Kosmetik ist die Lehre vom Kosmos des Weibes.
Karl Kraus

Kosmetik ist die Kunst, aus der Not eine Jugend zu machen. *Hanns-Hemann Kersten*

Im Herbst des Lebens welkt die Haut, – und blüht die Kosmetik! *Gerhard Uhlenbruck*

Männer tun eine Menge, um ihr Gesicht zu wahren, Frauen gehen dazu zum Kosmetiker.
Robert Lembke

Die Zeit ist ein guter Arzt, aber ein schlechter Kosmetiker. *William Somerset Maugham*

Der Teint der Frauen war früher besser: Das kam von der kräftigen Durchblutung durch gelegentliches Erröten! *Maurice Chevalier*

Gute Geschäfte kann man nur mit der Angst machen. Von der Angst vor dem Tode profitieren die Ärzte. Von der Angst vor dem, was nach dem Tode kommt, die Kirchen. Und von der Angst vor der Lächerlichkeit profitiert die Kosmetik-Industrie.
Eckart Thon

Die Mode ist die älteste Vergnügungssteuer der Welt.
Hans Kasper

Fast immer werden die Moden von den häßlichsten Frauenzimmern aufgebracht, und die hübschen sind töricht genug, sich unterzuordnen.
Jean-Jacques Rousseau

Mode ist die neueste Verpackung für eine uralte Ware. *Helmar Nahr*

Mode: der letzte Schrei ist nichts als die Ankündigung des nächsten. *Werner Schneyder*

Die Mode ist weiblichen Geschlechts, hat folglich ihre Launen. *Karl Julius Weber*

Mode ist so unerträglich häßlich, daß wir sie alle Halbjahr ändern müssen. *Oscar Wilde*

Frauen, die jede Modeschöpfung zuerst tragen wollen, sind meist jene, die es bleiben lassen sollten.
Yves Saint Laurent

Frauen unterwerfen sich willig der Mode, denn sie wissen, daß die Verpackung wechseln muß, wenn der Inhalt interessant bleiben soll. *Noël Coward*

Schönheit und Verstand
sind selten verwandt! *Sprichwort*

Die Schönheit brauchen wir Frauen, damit die Männer uns lieben, die Dummheit, damit wir die Männer lieben. *Coco Chanel*

Schönheit: Die Macht, womit eine Frau einen Liebhaber bezaubert und einen Ehegatten in Schrecken hält.
Ambrose Bierce

Frage einen Frosch, was Schönheit sei: ein Weibchen mit Glubschaugen, breitem Maule, gelbem Bauch und grünem Rücken! *François Marie Voltaire*

Wenn sich die Weiber schminken,
ist es wie ein Winken,
daß man aufgenommen,
wolle man nur kommen. *Friedrich von Logau*

Mode ist das, was morgen von gestern sein wird.
Walter Mehring

Ihre Schönheit verdankte sie ihrem Vater; der war plastischer Chirurg. *Groucho Marx*

Wenn es Mode wird, sich schwarz zu schmieren,
wenn verrückte Gänse in Paris
sich die Haut wie Chinakrepp plissieren,
wenn es Mode wird, auf allen vieren,
durch die Stadt zu kriechen, machen sie's!
Erich Kästner

Modeschöpfer wissen, daß man die Frau gut einwickeln muß, damit sie den Mann noch besser einwickeln kann. *Iska Geri*

Liften ist nichts anderes als Persönlichkeits-Entfaltung.
Dieter Hildebrandt

Wenn man bedenkt, daß die Mode mit einem Feigenblatt begonnen hat, sind wir schon fast wieder am Anfang. *Claudia Cardinale*

Die Bauernmädchen gehen barfuß und die vornehmen barbrust. *Georg Christoph Lichtenberg*

Wenn wir schön sind, sind wir ungeputzt am schönsten. *Gotthold Ephraim Lessing*

Ich habe viele Erfolge im Leben gehabt. Nicht zuletzt habe ich die Banane als Kleidungsstück kreiert.
Josephine Baker

Kosmetik ist die Kunst, den Geburtsschein zu dementieren. *Olga Tschechowa*

Man darf anders denken als seine Zeit, aber man darf sich nicht anders kleiden.
Marie von Ebner-Eschenbach

Frauen tun für ihr Äußeres Dinge, für die jeder, der mit gebrauchten Autos handelt, ins Gefängnis käme. *Henry de Montherlant*

Die Schönheit ist wie eine Blum, heut vor dem Busen, morgen vor dem Besen. Die Schönheit ist wie die Äpfel zu Sodom, äußerlich rot, innerlich Staub und Kot. Die Schönheit ist liebreich, lobreich, lustreich, jedoch ein schlüpfriger Steg – und selten ein Himmelsweg! *Abraham a Sancta Clara*

Der beste Körpergeruch ist gar keiner!
Lucius Annaeus Seneca

Mode ist stärker als Vernunft. *Michel de Montaigne*

Der beste Teil der Schönheit ist der, den ein Bild nicht wiedergeben kann. *Francis Bacon*

Mode nutzt mehr Kleider ab als ein Mensch.
William Shakespeare

Für die Frauen hat die Schönheit den Vorteil, daß sie sowohl auf dumme wie auf kluge Männer wirkt. Die Klugheit ist nur bei den klugen Männern zu gebrauchen. Und die sind selten! *Peter Bamm*

Köder: Ein Präparat, das einen Haken genießbar macht. Der beste Köder ist die Schönheit.
Ambrose Bierce

Man hat nichts davon, wenn man nur jung, aber nicht schön ist, oder nur schön, aber nicht jung.
François de La Rochefoucauld

Kosmetik ist eine Maßnahme mit aufschiebender Wirkung. *Helmar Nahr*

Die Zeit heilt Wunden, aber als Kosmetikerin ist sie miserabel. *Robert Lembke*

Sport

Es gibt da neuerdings ein Wesen,
das einstens noch nicht dagewesen.
Meist wird's geschleudert durch die Lüfte,
vom Kopf, vom Fuß und aus der Hüfte.
Es prallt gen Hölzer, schlägt den Stein,
erduldet Fans und andre Pein:
Ein Fußball möchte niemand sein! *Eduard Keffel*

Wünscht sich eine Frau, daß ihr Gatte von Zeit zu Zeit anders aussieht, so mag sie einen Boxer heiraten. *Peter Sellers*

Wer Sport treibt, erträgt sogar das Kulturleben.
Oliver Hassencamp

Einer Gesellschaft, die man damit unterhalten kann, daß zwei Menschen einen Ball hin und her treten, ist alles zuzutrauen. *Manfred Rommel*

Das Schlimmste am Sportsgeist ist, daß man ihn nur beweisen kann, indem man verliert.
Millôr Fernandes

Mein rüstiges Alter verdanke ich dem Umstand, daß ich keinen Sport getrieben habe.
Theodor Eschenburg

Wenn einer in Reih und Glied zu einer Musik marschieren kann, so ist dies verdächtig: Er hat sein großes Gehirn nur aus Irrtum bekommen, da für ihn das Rückenmark ja völlig genügte. *Albert Einstein*

Körperliche Bewegung ist Quatsch. Bist Du gesund, so brauchst Du sie nicht, bist Du krank, solltest Du sie vermeiden. *Henry Ford*

Gleich welchen Streckenrekord die Rennfahrer auch aufstellen, – die Rennpiste ins Krankenhaus ist immer offen! *Miguel Zamacois*

Die beliebteste aller englischen Sportarten ist das Geldverdienen. *John Ruskin*

Jogging heißt, mit seiner Freundin durch einen Wald rennen, in dem man ganz ganz andere Dinge tun könnte. *Unbekannt*

Das Alter der abtretenden Sportler wird immer niedriger. Ich sehe im Jahr 2001 die erste sechsjährige Erfolgsturnerin zurücktreten, weil sie sich in ihren Teddybären verliebt hat. *Werner Schneyder*

Wenn ich Fotos von Niki Lauda sehe, dann weiß ich endlich, was hirnverbrannt heißt.
Werner Schneyder

Der Sport ist ein Sohn des Fortschritts, und er trägt schon auf eigene Faust zur Verdummung der Familie bei. *Karl Kraus*

Wären Sie so wie ich, dann würde es Ihnen schwerfallen, bescheiden zu sein. *Muhammad Ali*

Muskelkater ist eine Folge des Irrglaubens, ein Mann sei so jung, wie er sich fühlt. *Robert Lembke*

Eine Angelrute ist ein dünnes, langes und rundes Instrument, an dessen einer Seite ein Wurm und an der anderen ein Idiot hängt. *Samuel Johnson*

Die schwierigste Turnübung ist noch immer, sich selbst auf den Arm zu nehmen. *Werner Finck*

Die Reiter machen viel Vergnügen,
besonders, wenn sie drunten liegen. *Wilhelm Busch*

Eines der Probleme beim Fußball ist, daß die einzigen Leute, die wissen, wie man spielen sollte, hinter einem Mikrophon sitzen. *Robert Lembke*

Jockeys sind Reiter, die manchmal früher über ein Hindernis kommen als das Pferd. *Danny Kaye*

Als die Spitzengruppe von einem Zitronenfalter überholt wurde, gaben viele Radfahrer das Rennen auf.
Günter Grass

Hier, an einem Telemark,
brach das Bein sich Gottfried Stark.
Gott geb, daß ihm die Haxn
bald wieder zusammen wachs'n.
Marterl für einen Skiläufer

Was ein richtiger Seiltänzer ist, der stirbt im Bett!
Carl Zuckmayer

Leistungssport ist die attraktivste Form der Selbstverstümmelung. *Dieter Hildebrandt*

Ich kenne wen, der litt akut
an Fußballwahn und Fußballwut.
Joachim Ringelnatz

Wenn ich mal sterbe, so möchte ich eingeäschert werden und dann in einer Sanduhr weiterlaufen.
Unbekannt

Der lange Weg vom Fahrstuhl bis zur Tiefgarage gilt
heutzutag' als Leistungssport und Sportmassage.
Unbekannt

Der Bizeps ist das Gehirn des Boxers. *Unbekannt*

Der Boxer ist einer der wenigen, der den biblischen Spruch »Geben ist seliger denn nehmen« wirklich beherzigt.
Fletcher Knebel

Die leibliche Übung ist wenig nütze.
1. Timotheus 4,8

Meldung vom Lauf durch die Lübecker Schweiz:
»Die Läufer trainieren täglich zehn Stunden.
Sie brauchen für 100 Meter zirka minus
13 Sekunden.
Die Spitzengruppe ist heute morgen bereits
Im Jahr 1919 verschwunden.«
Erich Kästner

Golf ist eine teure Variante des Murmelspieles.
Gilbert Keith Chesterton

Olympische Spiele sind eine wundervolle Gelegenheit, Zwietracht auch unter jenen Nationen zu stiften, die sonst keine Reibungsflächen haben.
George Bernard Shaw

Im Himmel traf ein Kabel ein:
»Knockout schlug ich den Abel. Kain.«
Franz Mittler

Was für eine Dummheit, sein Leben in einem kleinen offenen Boot aufs Spiel zu setzen, da es doch Schiffe mit Verdeck und Dampfboote gibt.
August Strindberg

Genüsse

Essen und Trinken

Gebot für Dicke:
Mit **Essen** sollst' dich heut versorgen,
verschieb es keinesfalls auf morgen!
Millôr Fernandes

Ist es ein Fortschritt, wenn ein Kannibale Messer und Gabel benutzt? *Stanislaw Jerzy Lec*

Wer sich zu Tode ißt, nimmt den Leichenschmaus vorweg. *Hans-Horst Skupy*

Die Leute haben kein Brot? Dann gebe man ihnen eben Kuchen! *Marie Antoinette*

Laß doch dem Kind de Bulette, et spielt ja nur mit ihr, et frißt se ja nich! *Berliner Volksmund*

Ei ist Ei, sagte jener, – und nahm das größte!
Kurt Tucholsky

Hunger ist der beste Koch. *Marcus Tullius Cicero*

Er hatte zu nichts Appetit und aß doch von allem.
Georg Christoph Lichtenberg

Wenn man Montags grüne Blätter zu sich nimmt, Dienstags Essig und Mittwochs Öl: Kann man dann Donnerstag sagen, man habe Salat gegessen?
Christian Friedrich Hebbel

Nouvelle Cuisine heißt gewöhnlich: zu wenig auf dem Teller und zu viel auf der Rechnung.
Paul Bocuse

Die Engländer haben die Tischrede erfunden, damit man ihr Essen vergißt! *Pierre Daninos*

Nach einem schlechten Essen ist der Nachtisch die letzte Hoffnung. *André Mycho*

Wenn du genötigt worden bist, viel zu essen, so stehe auf und geh weg, so wirst du Ruhe haben.
Jesus Sirach, 31,25

Warum koppet und forzet ihr nicht, – hat euch das Essen nicht geschmacket? *Martin Luther*

Sicher und sehr schnelle
tunkt mein Geist, der helle.
Sag mir, was du frißt:
Ich sag dir, wer du bist! *Orlindo Guerrini*

Ein Mensch ißt gerne Kuttelfleck.
Ein andrer graust sich – vor dem Dreck:
Die ganze Welt, das ist ihr Witz,
ist Frage nur des Appetits! *Eugen Roth*

Schwerer als drei Fastentage
erträgt der Mensch ein Festgelage.
Charles Caleb Colton

Was geschieht eigentlich mit den Löchern im Käse, wenn wir ihn verzehrt haben? *Bertolt Brecht*

Bei gepfefferten Preisen spricht niemand mehr von versalzenem Essen. *Unbekannt*

Und wird von schönen Händen
dann das schöne Fleisch zerleget,
das ist, was einem deutschen Mann
gar süß das Herz beweget. *Ludwig Uhland*

Hast du öfter Magensausen,
laß das Schokoladenmausen. *Monika von Normann*

Das tückischste Nahrungsmittel ist Joghurt. Bei Überdosierung und anderem unbedachtem Gebrauch und bei entsprechender Konstitution wird man unerträglich alt. *Wolfgang Hildesheimer*

In der ersten Monatshälfte liest man die Speisekarte von links nach rechts, dann umgekehrt.
Robert Lembke

Das Essen ist eine komische Sache. Jeder Bissen bleibt höchstens eine Minute im Munde, zwei Stunden im Magen, doch drei Monate an den Hüften.
Christian Dior

Es gibt nur einen Weg, schlank zu bleiben. Essen Sie so viel wie möglich von allem, was Sie nicht mögen.
Alec Guiness

Parties gibt es: der Empfang wenig herzlich, das Essen herzlich wenig! *Robert Lembke*

Man kann einen Menschen mit guten Saucen genauso unter die Erde bringen wie mit Strychnin, – es dauert nur etwas länger! *Christiaan Barnard*

Wer in der Jugend 's woich Brod beißt, muß im Alter oft's härt beißa. *Schwäbisch*

Wer tranchiert, ist entweder ein Esel oder ein Flegel. B'halt man als Tranchierer s'beste Stück für sich, so is man a Flegel, und b'halt man sich's net, so is man a Esel. *Johann Nepomuk Nestroy*

Wenn das Telefon noch warm ist, so ist das Essen bestimmt kalt! *Willi Tremper*

Besser eine Laus im Kraut als gar kein Fleisch!
Persisches Sprichwort

Nicht immer gibt's, was Dir beliebt,
dann ißt Du eben,was es gibt.
Bonifatius Kiesewetter

Die Dicken leben zwar kürzer, aber sie essen länger.
Stanislaw Jerzy Lec

Der Hunger rafft weniger dahin als der Fraß.
Deutsches Sprichwort

Wo leer zur Essenszeit im Hause sind die Töpfe,
da werfen Mann und Frau sich diese an die Köpfe.
Friedrich Rückert

Je mehr man frißt, desto besser der Appetit!
François Rabelais

Wer nur Bier **trinkt** verdient nichts Besseres!
Millôr Fernandes

Der liebste Buhle, den ich han,
der liegt beim Wirt im Keller.
Er hat ein hölzern Röckli an
und heißet Muskateller! *Johann Fischart*

Was für Redner sind wir nicht,
wenn der Rheinwein aus uns spricht!
Gotthold Ephraim Lessing

Lach' der Ärzt' und ihrer Ränke!
Tod und Krankheit lauert,
wenn man bei dem Froschgetränke
seine Zeit vertrauert. *Ewald Christian von Kleist*

Es ist mir völlig gleichgültig, wohin das Wasser fließt, so lange es nicht in den Wein läuft.
Gilbert Keith Chesterton

Das Eis macht Flüsse im Winter begehbar und Whisky im Sommer trinkbar. *Werner Mitsch*

Zeige mir einen Menschen, der nicht trinkt und ich beweise Dir, daß er ein halbes Kamel ist. *W.C. Fields*

Wenn sich einer uns zu Ehren betrinkt, dürfen wir ihm das zerschlagene Geschirr nicht ankreiden.
Ernst Jünger

Wenn einer trinkt, um seine Sorgen zu ersäufen, dann merkt er erst hinterher, daß sie schwimmen können. *Willy Reichert*

Wenn man nach ein Uhr nachts trinkt, sagt man Dinge, die sich herumsprechen und die man später bereut. *Konrad Adenauer*

A gscheiter Wein hot ema Domma no nie net gschadet! *Schwäbisches Sprichwort*

Dem Kinde, wie's auch heult und stöhnt,
dem wird die Flasche abgewöhnt.
Jedoch, das ew'ge Kind im Mann
gewöhnt sie sich dann wieder an. *Eugen Roth*

Es ist schade, daß es keine Sünde ist, Wasser zu trinken, rief ein Italiener, – wie gut würde es schmekken! *Georg Christoph Lichtenberg*

Du sollst Dein krankes Nierenbecken
nicht mit zu kaltem Wasser necken! *Eugen Roth*

Auf Pille nicht noch Salbe hoff,
wer täglich dreizehn Halbe soff. *Eugen Roth*

Du solltest stets bei Magenleiden
den Wein aus sauren Lagen meiden. *Eugen Roth*

Ein Mensch, der viel Kaffee getrunken,
ist nachts in keinen Schlaf gesunken,
der Mensch in selber Nacht beschließt,
daß Kaffee nie mehr er genießt.
Doch ist vergessen alles Weh,
am nächsten Morgen beim Kaffee! *Eugen Roth*

Bacchus war eine praktische Gottheit, die sich die Alten erfanden, um ohne Skrupel saufen zu können. *Ambrose Bierce*

Ich habe Leute gekannt, die haben heimlich getrunken und sind öffentlich besoffen gewesen.
Georg Christoph Lichtenberg

Wir trinken auf die Gesundheit anderer und verderben unsere eigene. *Jerome K. Jerome*

Wenn man den Kaffee der Briten versucht, so weiß man, warum sie so gerne Tee trinken.
Pierre Daninos

Die Welt ist voll von Menschen, die Wasser predigen und Wein trinken. *Giovanni Guareschi*

Rotwein ist für alte Knaben
eine von den besten Gaben. *Wilhelm Busch*

Zuviel kann man wohl trinken,
doch trinkt man nie genug!
Gotthold Ephraim Lessing

Wer niemals einen Rausch gehabt,
das ist kein braver Mann.
Wer seinen Durst mit Achteln labt,
fang lieber gar nicht an! *Joachim Perinet*

Wen sein Schicksal heißt ertrinken,
darf drum nicht ins Wasser sinken,
alldieweil ein deutscher Mann
auch im Glas ersaufen kann. *Friedrich von Logau*

Auch ich bin verliebt, aber nicht in das schöne Geschlecht, sondern in das Flaschengeschlecht. Dabei lebt man ruhig und vergnügt. Ich umarm eine um die andere und's gibt keinen Zank, keine Eifersucht; höchstens die letzte wird manchmal grob und wirft mich auf die Erd'! *Johann Nepomuk Nestroy*

Ja, der Champagner! Und die Weine überhaupt! – Wenn das Zeugs nur keine Gottesgab' wär, daß man's recht von Grund aus verabscheuen könnt'!
Johann Nepomuk Nestroy

Wenn ich mir meinen Verdruß nit versaufet, ich müßt mich grad aus Verzweiflung dem Trunk ergeben.
Johann Nepomuk Nestroy

An einem Rausch ist das Schönste der Augenblick, in dem er anfängt, – und die Erinnerung an ihn.
Kurt Tucholsky

Um Jahrgang und Qualität eines Weines zu erkennen, braucht man nicht das ganze Faß auszutrinken. *Oscar Wilde*

Trink ich Bier, so werd' ich faul,
trink ich Wasser, häng ich's Maul,
trink ich Wein, so werd' ich voll,
weiß nicht, was ich trinken soll. *Alter Spruch*

Lieber ein stadtbekannter Trinker als ein anonymer Alkoholiker. *Unbekannt*

Die besten Vergrößerungsgläser für die Freuden dieser Welt sind die, aus denen man trinkt.
Joachim Ringelnatz

Ich trinke Bier, ich trinke Wein,
im Sitzen, Steh'n und Liegen;
und bin ich einst ein Engelein,
so trink ich auch im Fliegen. *Unbekannt*

Das Trinken lernt der Mensch zuerst,
viel später erst das Essen;
drum sollt' er dankbar bis zum Grab
das Trinken nie vergessen. *Unbekannt*

Wenn Du noch einen Onkel hast,
und der hat gute Weine,
dann sorge, daß er Dich nicht haßt,
sonst sauft er sie alleine! *Unbekannt*

Wird einer früh vom Tod betroffen,
heißt's gleich: Der hat sich totgesoffen.
Ist's aber einer von den Alten,
sagt man: Den hat der Wein erhalten!
Deutscher Spruch

Lange bevor der Wein ein Verwaltungsproblem gewesen, war er ein Gott. *José Ortega y Gasset*

Der Konrad leert sein fünftes Glas,
die Schüchternheit verringert das! *Wilhelm Busch*

Mehr Menschen ertrinken im Glase als im Ozean.
Lettisches Sprichwort

Ist das Bier im Manne, ist der Verstand in der Kanne.
Deutsches Sprichwort

Der Mensch lebt nicht vom Brot allein. Manchmal braucht er einen Drink. *Woody Allen*

Noch keiner starb in der Jugend, der bis zum Alter gezecht! *Friedrich von Bodenstedt*

Ich hab den ganzen Vormittag
auf meiner Kneip' studiert;
drum sei nun auch der Nachmittag
dem Bierstoff dediziert! *Altes Studentenlied*

Dir wünsch ich Wein und Mädchenkuß,
und deinem Klepper Pegasus
die Krippe stets voll Futter!
Wer nicht liebt Wein, Weib und Gesang,
der bleibt ein Narr sein Leben lang,
sagt Doktor Martin Luther. *Wandsbecker Bote*

Die allerletzte Person, die ich hinsichtlich einer Diät konsultierte, wäre ein Arzt. Es ist viel sicherer, einen Kellner zu fragen und auch sehr viel billiger.
Unbekannt

Ist das Essen schlecht, so trinke,
um das Üble zu ertragen.
Ist es aber gut, so trinke,
um zu schützen Herz und Magen!
—
Halt es so auch bei den Frauen,
trinke, wenn sie dir vertrauen.
Wenn sie dich jedoch verlassen:
saufe, was die Becher fassen! *Millôr Fernandes*

Man zecht und zehrt, als wollt man morgen sterben.
Und scharrt und spart, als wollt man nach dem Tod verderben.
Johann Fischart

Der beste Freund des Menschen ist der Whisky, – der auf Flaschen gezogene Hund!
Vinicius de Morais

Bis an seinen Tod kann jeder ohne Speis und Trank leben; man nennt das aber verhungern.
Christian Friedrich Hebbel

Früher hat ein Mann eine Frau gesucht, die kochen konnte wie seine Mutter. Heute kriegt er eine, die trinken kann wie sein Vater. *Frank Sinatra*

Im Rahmen einer Diät verzichtete ich auf fettes Essen und Getränke. Und in 14 Tagen hatte ich zwei Wochen verloren. *Jerry Lewis*

Alles, was ich wirklich gerne habe, ist unmoralisch, ungesetzlich oder macht mich fett.
Alexander Woolcott

Du kriegst, wenn Du sie nicht schon hast,
Gastritis leicht als Wirtshaus-Gast. *Eugen Roth*

»Endlich natürliche Kost«, seufzte der alte Naturköstler und biß ins Gras. *Dieter Höss*

Im Restaurant wähle man den Tisch in allernächster Nähe des Kellners. *Jüdisches Sprichwort*

Ich weiß nicht, wer der Vater aller Krankheiten ist, doch die Mutter kenne ich. Sie heißt Diät!
George Herbert

Fusel im Manne, – Verstand in der Kanne!
Alter Spruch

Es ist ein Brauch von alters her,
wer Sorgen hat, hat auch Likör! *Wilhelm Busch*

Friß mit Maßen, – dann kannst du die Ärzte vergessen! *John Heywood*

Alle Tiere müssen trinken, – nur der Mensch besäuft sich! *Henry Fielding*

Der wahre Schmecker, der Tellerlecker,
er riecht den Braten, er ahnet Fische,
das regt zu Taten an Gönners Tische.
Johann Wolfgang von Goethe

Ein guter Wein und ein schönes Weib sind zwei süße Gifte. *Türkisches Sprichwort*

Der Trinker trinkt mehr an heitern Tagen,
um sie recht zu genießen,
und mehr an trüben,
um sie leichter zu verleben. *Jean Paul*

Die Gäste haben sich so zu verhalten, daß der Wirt sich wohl fühlt.
Inschrift in einem brandenburgischen Wirtshaus

Wie war ich damals wunderbar besoffen,
ob meinem niegeseh'nen großen Affen
war'n ihre Lippen vor Erstaunen offen,
noch nie war eine Schöne so betroffen.
Noch heut seh' ich sie sich zusammenraffen
und sich umgürten mit der Würde Waffen.
Solch Meisterwerk von Ungezogenheit
läuft sicher mir noch nach auf Lebenszeit.
Kaum kann ich's heut noch ein'germaßen fassen,
wie ich mich konnte derart gehen lassen.
Noch immer seh' ich sie vor mir erblassen,
die unaussprechlich zarte Dulderin
mit einer Spur von einem Doppelkinn.
Robert Walser

Mancher trinkt, um seine Frau zu vergessen. Dann kommt er nach Hause und erlebt sie doppelt.
Henning Venske

Die Deutschen lieben Rheinwein. Er wird in schlanke Flaschen gefüllt und für ein gutes Getränk gehalten. Von Essig unterscheidet er sich durch's Etikett.
Mark Twain

Die erste Pflicht der Musensöhne
ist, daß man sich ans Bier gewöhne! *Wilhelm Busch*

Es ist besser ein Gericht Kraut mit Liebe, denn ein gemästeter Ochse mit Haß. *Sprüche Salomo 15,17*

Oh, es ist ein bitteres Gefühl, wenn man oft so hungrig ist, daß man vor Durst nicht weiß, wo man die Nacht schlafen soll. *Johann Nepomuk Nestroy*

Wer bei Tisch nur Liebe findet, wird nach Tische hungrig sein. *Heinrich von Treitschke*

Laß alle frommen Toren in Nüchternheit versinken.
Kein Tropfen geht verloren, von dem, was Weise trinken. *Friedrich von Bodenstedt*

Ganz glücklich, in der Gegenwart, hat sich noch kein Mensch gefühlt; er wäre denn betrunken gewesen!
Arthur Schopenhauer

Man lebt nicht von dem, was man ißt, sondern von dem, was man verdaut. *Jean-Anthelme Brillat-Savarin*

Ob ich morgen leben werde,
weiß ich freilich nicht;
aber wenn ich morgen lebe,
daß ich morgen trinken werde,
weiß ich ganz gewiß! *Gotthold Ephraim Lessing*

Mein Magen hat wenig Verständnis für Unsterblichkeit! *Heinrich Heine*

Ein Kellner, der gut war und Christ,
lag stets mit den Gästen in Zwist.
Er pflegte statt Bieren
nur Tee zu servieren,
weil der, sagt er, heilsamer ist. *Ernst Fabian*

Gott hat nur Wasser geschaffen, aber der Mensch machte den Wein. *Victor Hugo*

Lädt man dich jeden Tag zu Gaste,
so bleib auch mal zuhaus, – und faste.
Reinhard von Normann

Er fühlte ganz elendiglich
sich außen und inwendiglich,
und mußte stärken sein Gebein
mit Käse, Brot und Branntewein! *Heinrich Seidel*

Willst du leben lang und g'sund,
iß wie die Katz, trink wie der Hund!
Schweizer Trinkspruch

Ich gab dem Wirt mein Ehrenwort,
ihn nächstens zu bezahlen,
und damit reist ich weiter fort
nach China und Bengalen.
Christian Friedrich Hebbel

Michel, fürchte nichts und labe
schon hinieden deinen Wanst;
später liegen wir im Grabe,
wo du still verdauen kannst. *Heinrich Heine*

Holt mir Wein in vollen Krügen!
Notabene: Wein vom Sundgau, –
und ein Weib soll bei mir liegen!
– Notabene: Eine Jungfrau! *Carl Michael Bellmann*

Ernährst du dich vom Intellekt,
fehlt's oft am Essen, das dir schmeckt.
Reinhard von Normann

Lache, saufe, liebe, trabe,
– notabene: bis zum Grabe! *Carl Michael Bellmann*

Man frißt und säuft, erbricht sich und geht zu Stuhle.
Ulrich von Hutten

Der Koch verzehrt das beste Essen in seiner Küche und wird dafür sogar noch bezahlt. *Unbekannt*

Sie übergeben sich, um zu essen; und wenn sie essen, um sich zu übergeben. *Lucius Annaeus Seneca*

Sie wissen, daß ein guter Christ
in Weißwein niemals Wasser gießt. *August Kopisch*

Albinus bittet mich schier jeden Tag zu Gaste.
Warum denn komm ich nicht?
Weil ich nicht gern faste! *Andreas Gryphius*

Denn endet einst mein Lebenslauf,
so hört von selbst das Trinken auf! *Joachim Perinet*

Sorgen ertrinken nicht im Alkohol, – leider können sie schwimmen. *Heinz Rühmann*

Füllst du als fetter Ochse deinen Magen,
so laß dich auch als fauler Esel schlagen! *Saadi*

Elend wird vergessen,
gibt's nur was zu essen. *Miguel de Cervantes*

Die Welt nur den als nüchtern schätzt,
der seine Lippen schüchtern netzt. *Harun Dolfs*

Manche Säufer sind jünger als die von ihnen verkonsumierten Spirituosen. *Unbekannt*

Man sagt, mit dem Essen käme der Appetit; wahr aber ist, daß er beim Essen verschwindet.
Jules Normand

Wer dem herrlichen Laster des Saufens frönt, wird zwar bisweilen mit öffentlichem Abscheu konfrontiert, gewinnt aber – als Kompensation – viele heimliche Freunde. *J. Garland Pollard*

Die Erfindung einer neuen Gaumenfreude beglückt den Menschen mehr als die Entdeckung eines neuen Sterns. *Jean-Anthelme Brillat-Savarin*

Als Lebensmittel bezeichnet man das, was dem Gaumen mundet und dem Magen wohltut. Dem Frosch behagt der Wurm, der Schlange behagt der Frosch, das Schwein behagt dem Menschen und den Spulwürmern behagen die Eingeweide des Menschen.
Ambrose Bierce

Champagner: Viel Lärm um Nichts. *Pierre Véron*

In meinem Leben gab es eine Frau, die mir das Saufen beibrachte, – und ich habe ihr nie dafür gedankt!
W.C. Fields

Mich deucht, das Größt bei einem Fest ist,
wenn man sich's wohl schmecken läßt.
Johann Wolfgang von Goethe

Ein Arbeiter, der sich gern vollsäuft, der wird nicht reich. *Jesus Sirach 19,1*

Du siehst mit diesem Trank im Leibe
bald Helenen in jedem Weibe.
Johann Wolfgang von Goethe

Denn der Herr hat einen Becher in der Hand und mit starkem Wein voll eingeschenkt und schenkt aus demselben; aber die Gottlosen müssen alle trinken und die Hefen aussaufen. *Psalm 75,9*

Die Bier trinken, – denken Bier. *Washington Irving*

Der Wein behebt den Streit
in kürzrer Zeit
als Pfaff und Obrigkeit. *Richard B. Sheridan*

Auf einem vollen Bauch steht ein fröhlicher Kopf.
Schwäbisches Sprichwort

Ein Rausch ist besser als ein Fieber,
denn kurz danach vergeht er wieder.
Schwäbisches Sprichwort

So sprach ein Weib voll Schüchternheit
zu mir im Morgenschein:
Bist schon du selig vor Nüchternheit,
wie selig wirst du – trunken sein!
Friedrich Nietzsche

In Gemeinheit tief versunken,
liegt der Tor, vom Rausch bemeistert;
wenn er trinkt, – wird er betrunken,
trinken wir, sind wir begeistert!
Friedrich von Bodenstedt

Keiner weiß, zu welcher Stunde,
welchen Wegs er geht von hier;
drum bis dahin, froh im Bunde,
trinken, lieben, leben wir. *Friedrich von Bodenstedt*

Wo man umsonst ißt, wird immer gut gekocht.
Christoph Martin Wieland

Wer zwischen einer Flasche Wein und einem Schinken entscheiden soll – bei gleicher Lust nach beidem – wird verhungern *und* verdursten.
Michel de Montaigne

Wenn der Kater *vor* dem Rausch käme, tränken wir weniger. *Michel de Montaigne*

Descartes sagte: Der Mensch ist, weil er denkt; weit philosophischer wäre gewesen: Der Mensch ist, weil er ißt und trinkt. *Karl Julius Weber*

Es war einmal ein Bäcker,
der prunkte mit seinem Wanst,
wie du ihn kühner und kecker
dir schwerlich träumen kannst.
Er hat zum Weibe genommen
ein würdiges Gegenstück,
sie konnten zusammen nicht kommen,
sie waren viel zu dick! *Frank Wedekind*

Wer wohl säuft, schläft wohl, wer wohl schläft, sündigt nicht. Darum laßt uns saufen und schlafen, daß wir nicht sündigen. *Johann Fischart*

Zu dem Häßlichsten gehört ein alter gefräßiger Mensch, den man höflicher einen Gourmand nennt; diese Gier, dieses ewige Haschen, Reden und Denken von Genuß, ist beim Alter um so widerlicher, weil eben hier die stille Mäßigung um so notwendiger erscheint. *Berthold Auerbach*

Lieber an Ranze vom Freßa, als a Buckel vom Schaffe! *Schwäbisches Sprichwort*

Schnaps, du edler Götterfunke,
Schlingel aus Elysium,
nieder mit dir, Halunke!
Runter in dein Tusculum! *Fred Endrikat*

Wer Wein nicht liebt und nicht Gesang,
verdient ein Weib sein Leben lang.
Fliegende Blätter

Alle bösen Menschen sind Wassertrinker.
Philip Paul de Segur

Abends vull, morgens null. *Deutsches Sprichwort*

Dem einen hilft Nüchternheit, dem andern ein guter Trunk. *Martin Luther*

Whisky ist ein probates Mittel, den Geschmack von Wasser zu verbessern. *Brendan Behan*

Der Wirt ist der beste, der mehr trinkt als die Gäste. *Deutsches Sprichwort*

Wer täglich in dem Weine schwimmt,
schwimmt, bis er endlich Schiffbruch nimmt.
Friedrich von Logau

Im Wein ist Wahrheit, sagte der Wirt.
Pur wäre mir lieber, entgegnete der Gast.
Werner Mitsch

Amor, Eros und Erotik

Erotik ist die Überwindung von Hindernissen. Das verlockendste und populärste Hindernis ist die Moral. *Karl Kraus*

Aber tief muß uns empören,
was wir von der Leda lesen.
Welche Gans bist du gewesen,
daß ein Schwan dich konnt' betören.
Heinrich Heine

Wie wenig Verlaß ist auf eine Frau, die sich auf einer Treue ertappen läßt! Sie ist heute dir, morgen einem anderen treu. *Karl Kraus*

Wenn zwei beieinander liegen, wärmen sie sich; wie kann ein einzelner warm werden? *Prediger 4,11*

Es ist eine ganz bekannte Tatsache, daß die Viertelstündchen größer sind als die Viertelstunden.
Georg Christoph Lichtenberg

Um die Schönheit der Natur zu genießen, nimmt man sich gern ein Mädchen mit. *Thomas Niederreuther*

Versuchungen sollte man nachgeben. Wer weiß, ob sie wiederkommen. *Oscar Wilde*

Wer behauptet, die Frauen zu kennen, ist kein Gentleman. *George Bernard Shaw*

Gut zurechtgemacht fürs Ausgehen ist eine Frau dann, wenn ihr Begleiter lieber mit ihr zu Hause bliebe. *Olga Tschechowa*

Eine Frau, die ihr »Nein« begründet, hat es bereits halb zurückgenommen. *Sigmund Graff*

Alter schützt vor Torheit nicht, doch es verhindert Schwangerschaft. *Unbekannt*

Junge Liebhaber sind wie der Camembert: Wenn sie reif werden, laufen sie einem davon.
Françoise Rosay

Schön ist's, sich bei leiser Musik im Tanze zu wiegen, – vornehmlich in den Armen der Gattin des Nachbarn oder deren Töchterlein. *Ambrose Bierce*

Auch das hübscheste Mädchen der Welt kann nur das bieten, was es hat. Und bisweilen wäre es besser, – sie behielte es. *Paul Valéry*

Mit einer Frau kann man sehr glücklich werden, – vorausgesetzt, daß es nicht immer dieselbe ist.
Unbekannt

Sexuelle Aufklärung ist insofern berechtigt, als die Mädchen nicht früh genug erfahren können, wie die Kinder nicht zur Welt kommen. *Karl Kraus*

Wie schade, – als ich geboren wurde, da gab's schon keine Erbsünde mehr. *Millôr Fernandes*

Pubertät nennt man die Zeitspanne, in der Jungen nicht wissen, ob sie Mädchen küssen oder verdreschen sollen. *Unbekannt*

Und da fast täglich, wie zum Hohn,
ihm Knopf um Knopf abgehet,
so hat er seinen Hosenlatz
verflucht und zugenähet. *Altes Studentenlied*

Viele Männer haben eine erotische Beziehung zum Geld, weil sie glauben, mit Geld eine erotische Beziehung haben zu können. *Gerhard Uhlenbruck*

Es wäre wenig sinnvoll, die Strafen für Bigamie zu verschärfen. Ein Bigamist hat zwei Schwiegermütter, das ist Strafe genug! *Sir Winston Churchill*

Ehe und Militärdienst sind die zwei staatlich sanktionierten Formen von Freiheitsentzug ohne Gerichtsurteil. *Jean Genet*

Die hohen Absätze hat eine Frau erfunden, die dauernd auf die Stirn geküßt wurde. *Unbekannt*

Man möchte immer eine Große, Lange, und dann bekommt man eine Kleine, Dicke, – Ssälawih!
Kurt Tucholsky

Meine Frau und ich, wir überlegten uns, ob wir die Ferien in der Karibik verbringen oder uns scheiden lassen sollten. Wir entschieden uns für Letzteres, denn zwei Wochen in der Karibik können vergnüglich sein, doch eine Scheidung ist dauerhafter. *Woody Allen*

Lieber eines Armen Weib als eines Reichen Beischläferin. *Brasilianisches Sprichwort*

Wo von Vermögen, von der Frömmigkeit oder der ehelichen Treue die Rede ist, darf man nie mehr als die Hälfte für bare Münze nehmen. *Joachim Fest*

Mit einem Mädchen hat es die Natur auf das, was man, im dramatischen Sinne, einen Knalleffekt nennt, abgesehen. *Arthur Schopenhauer*

Wenn Männer Kinder bekämen, wäre die Abtreibung längst ein Sakrament. *Lore Lorentz*

Die einzige Tiefe, die Männer bei Frauen bewundern, ist das Décolleté. *Zsa Zsa Gábor*

Junge Männer möchten gerne treu sein, – sind es aber nicht! Ältere Männer möchten gerne untreu sein, können es aber nicht! *Karl Farkas*

Emanzen sind Frauen, die den Männern nur noch die Stirn bieten. *Unbekannt*

Schade, daß sich eine Frau keinen Liebhaber leisten kann, ohne dem eigenen Mann Hörner aufzusetzen.
Georges Feydeau

Die Türken haben schöne Töchter,
und diese scharfe Keuschheitswächter;
wer will, kann mehr als eine frein:
Ich möchte schon ein Türke sein!
Gotthold Ephraim Lessing

Seitdem das Bankfräulein, das bisher für Schmitt das Konto auszog, sich selbst auszieht für Schmitt, zeigt Schmitts Kontoauszug ein deutliches Defizit.
Dieter Höss

Ein Ehemann darf alles anstellen, nur nicht eine hübsche Sekretärin. *Hanns-Dietrich von Seydlitz*

Alle Griechen verhauen ihre Frauen. Wer gut haut, liebt gut. *Aristoteles Onassis*

Wenn man nur eine einzige Geliebte hat, so kann diese ebenso unangenehm werden wie die eigene Frau. *George G.N. Lord Byron*

Die Frau, die ihren Mann wegen eines Liebhabers verläßt, befreit den Gatten von einer Treulosen.
Sacha Guitry

Du sollst nicht deines Nächsten Weib begehren! Oder höchstens, wenn dieser weit weg ist.
Mario Quintana

Gewiß ist eine platonische Verbindung möglich, aber nur zwischen Gatte und Gattin. *Unbekannt*

Der Junggeselle langweilt sich überall, der Verheiratete nur zu Hause. *Alexandre Dumas der Ältere*

Die Ehe ist so schwer zu ertragen, daß man zwei dazu braucht, manchmal sogar drei.
Alexandre Dumas der Ältere

Zweitehe ist der Triumph der Hoffnung über die Erfahrung. *Robert Lembke*

Habe während der Winterzeit einen Film in England gedreht, – es war so saukalt, daß ich mich fast verheiratete. *Shelley Winters*

Venedig ist meistens die zweite Enttäuschung der Braut auf der Hochzeitsreise. *Alberto Sordi*

Wenn die Zeit kommt, in der man könnte, ist die vorüber, in der man konnte.
Marie von Ebner-Eschenbach

Sie ist mit einer Lüge in die Ehe getreten. Sie war eine Jungfrau und hat es ihm nicht gesagt.
Karl Kraus

Der Hochzeitstag ist der Tag zwischen dürfen und müssen. *Robert Lembke*

Nächst dem Küssen ist die Sprache das zweitbeste Kommunikationsmittel. *Unbekannt*

Genoß der Jüngling ein Vergnügen,
so war er dankbar und verschwiegen!
Friedrich von Hagedorn

Die Pubertät ist was gräßliches. Dornröschen hat sie nur überstanden, weil sie schlief. *Unbekannt*

Es ist höchste Zeit, daß die Kinder die Eltern über die Geheimnisse des Geschlechtslebens aufklären.
Karl Kraus

Es gibt mancherlei Schutz gegen die Versuchung, – doch der sicherste ist die Feigheit. *Mark Twain*

Wenn sich die Weiber so lange aus- als anzögen, so würde keine verführt. *Jean Paul*

Junge Leute wollen treu sein und alte wollen ehebrechen. Beide schaffens nicht! *Oscar Wilde*

Alle Welt ist besorgt wegen der Bevölkerungsexplosion, – nur nicht im richtigen Moment! *Unbekannt*

Besser heftige Lust um Besitz, als Besitz ohne Lust!
Ramón de Campoamor y Campoosorio

Man beeile sich, der Versuchung nachzugeben, bevor sie wieder verschwindet. *Epikur*

Liederliche sind üble Spinnen, doch schnappen sie oft herrliche Schmetterlinge. *Denis Diderot*

Sind wir weit weg von den Lippen, die wir lieben, so bleiben uns nur die Lippen, die in der Nähe sind.
Thomas Moore

Gebet einer Sünderin: Heilige Mutter Gottes, die du empfingst ohne zu sündigen; erbarme dich meiner und gewähre mir die Gnade, zu sündigen ohne zu empfangen. *Anatole France*

Wenn ein Mann sich für unwiderstehlich hält, liegt es oft daran, daß er nur dort verkehrt, wo kein Widerstand zu erwarten ist. *Françoise Sagan*

Wenn du mit einer Mutter anbändeln willst: Lobe ihr Kind! *Unbekannt*

Das niedrig gewachsene, schmalschultrige, breithüftige und kurzbeinige Geschlecht das schöne nennen, konnte nur der vom Geschlechtstrieb umnebelte männliche Intellekt. *Arthur Schopenhauer*

Alle Männer sind Astronauten: Sie träumen von einer weichen Landung auf der Venus. *Karl Farkas*

Romeo und Julia haben nur noch einen musealen Sinn, denn heute würde die Julia wahrscheinlich sagen: »Ach, wart' doch ein bißchen, ich hole nur die Pille, dann können wir miteinander schlafen.«
Max Horkheimer

Der Wunsch nach dem Sohn ist der Vater vieler Töchter. *Karl Schiller*

Es gibt kaum etwas Schöneres, als den Frauen beim Sammeln von Erfahrungen behilflich zu sein.
Marcel Achard

Überall schätzt eine Frau einen perfekten Gentleman, nur nicht im Bett. *Noël Coward*

Beim Liebesspiel ist es wie beim Autofahren: Die Frauen mögen die Umleitung, die Männer die Abkürzung.
Jeanne Moreau

Man sagt, die Liebe kenne keine Grenzen. Aber die Grenzen sind ja gerade das Interessante.
Jean-Luc Godard

Fast alle wünschen sich eine Jungfrau mit den Erfahrungen einer Messalina. *Jeanne Moreau*

Eine alte Junggesellin ist meist eine Frau, die einmal zu oft nein gesagt hat. *Inge Meysel*

Wenn Verführer wüßten, wie oft sie selbst die Verführten sind, wären sie sehr kleinlaut.
Jeanne Moreau

Das Interessanteste an einem Liebespaar ist dessen Unterhaltung, wenn es schweigt. *A. Tournier*

Oftmals sind weibliche Brüste nur die Spitzen von Eisbergen. *Nikolaus Cybinski*

Versuchung ist ein Parfüm, das man so lange riecht, bis man die Flasche haben möchte.
Jean-Paul Belmondo

Der Mann traf seine Frau beim Ehebruch. »Freund«, rief sie ihm entgegen, »ich wollte mich bloß überzeugen, daß du in allen Dingen einzig bist.«
Christian Friedrich Hebbel

Ich bin durchaus für die gute alte Sitte des Handkusses, denn schließlich muß man ja wohl irgendwo anfangen. *Unbekannt*

Ist's möglich, ist das Weib so schön?
Muß ich an diesem hingestreckten Leibe
den Inbegriff von allen Himmeln sehn?
Johann Wolfgang von Goethe

Wenn man gleich an den Beginn einer Beziehung den Koitus setzt, gibt es keine Neurosen.
Gottfried Benn

Gott sei Dank gibt's noch alte und gütige Tanten, die verstehen, daß man erst morgens um drei Uhr nach Hause kommen kann, weil es bei der Straßenbahn einen Stromausfall gab und auch, daß man sich die Gonorrhöe durchs Telefon zugezogen hat.
Dino Segre Pitigrilli

Die schlimmste Alterserscheinung beim Mann ist, daß er noch über gewaltige Eroberungslust verfügt, sich mit großer Lust eine Frau ins Bett holt und dann nicht mehr weiß, zu was eigentlich. *Millôr Fernandes*

Hast du die Orte erspürt, wo Betastung dem Mägdelein wohltut, dann genier dich bloß nicht! Hingerührt! Ihr ist's schon recht. Gleichzeitig eilet zum Ziel! Die Wollust ist nur dann vollkommen, wenn der Moment beide besiegt und erlöst.
Publius Naso Ovid

Meine Mutter sagt zwar, er sei mein Vater; aber selber weiß ich's nicht, denn von sich selbst weiß niemand, wer ihn gezeuget. *Homer*

Das Décolleté entspricht dem Bullauge der Luxusdampfer. Da kann man die ganze Pracht des Ozeans und seiner Wellenbewegungen genießen. Und wenn man ein bißchen Glück hat, sieht man gar ferne Strände. *Berilo Neves*

Wenn einer behauptet, eine gewisse Dame gebe sich allen hin, so kann's zwar stimmen, – aber ihm hat sie sich bestimmt verweigert. *Dino Segre Pitigrilli*

Sieh, o Blöder, auf und nieder,
sieh mit meinem Sinn den Bau
und den Eingang ihrer Glieder!
Wende dann das Auge wieder,
sprich; ich sah nur eine Frau!
Gottfried August Bürger

Die einz'gen Stunden, die uns munden,
das sind halt doch die Schäferstunden!
Peter Cornelius

Manches Abenteuer
wird am Morgen teuer. *Philipp Rosenthal*

Doch für töricht muß ich halten, daß man wahren will ein Mädchen, will es selber sich nicht wahren.
Pedro Calderón de la Barka

Aber mir liegt kein Mädchen nackt genug da!
Marcus Valerius Martial

Das Abenteuer ist eine – von der richtigen Seite aus betrachtete – Strapaze! *Gilbert Keith Chesterton*

Der Ehering zeigt den Frauenjägern: Der Weg ist frei!
André Mycho

Liebhaber, denen man den Abschied gibt, sind wie Motorräder: Bevor sie sich entfernen, machen sie einen teuflischen Krach! *De Torres*

Ein Trost für gehörnte Ehemänner ist die Tatsache, daß sie Eigentümer ihrer Häuser bleiben, während andere nur den Nießbrauch haben. *Sophie Arnould*

Wer seine Frau und sein Geld allzu protzig zur Schau stellt, läuft Gefahr, sie ausleihen zu müssen.
Benjamin Franklin

Frauenbeine sind das erste, was Männer bewundern, aber auch das erste, was sie bald vergessen.
Salvador Reale

Ehemänner sind hervorragende Liebhaber, ganz besonders, wenn sie ihre Frauen betrügen.
Marilyn Monroe

Ich bin aus vollster Brust modern
und hoffe, man sieht es mir an.
Ich schlafe mit allen möglichen Herrn,
nur nicht mit dem eigenen Mann. *Erich Kästner*

Manche Frauen lieben ihre Männer so sehr, daß sie sich mit den Männern ihrer Freundinnen einlassen, um den Gatten zu schonen.
Alexandre Dumas der Jüngere

Wenn der Mann die Frau vergewaltigt, nimmt er sie gegen ihren Willen; wenn die Frau ihren Mann vergewaltigt, läßt sie ihn einfach nicht.
Michael Richter

Die Lebenserinnerungen der großen Verführer könnten alle den Titel haben: »Gewußt wie«.
Françoise Rosay

Siehe nicht nach den Jungfrauen, daß du nicht entzündet werdest gegen sie. *Jesus Sirach 9,5*

Das Unglück der Deutschen: Sie glauben, daß das Wort »Erotik« von »erröten« kommt. *Anton Kuh*

Das Weib ist eine Nuß,
die man aufbeißen muß.
Dem Manne Gott gnad,
der keine Zähne mehr hat. *Peter Rosegger*

Diese schönen Gliedermaßen
kolossaler Weiblichkeit
sind jetzt, ohne Widerstreit
meinen Wünschen überlassen.
Wär ich, leidenschaftentzügelt,
eigenkräftig ihr genaht,
ich bereute solche Tat!
Ja, sie hätte mich geprügelt.
Welcher Busen, Hals und Kehle!
(Höher seh' ich nicht genau.)
Eh' ich ihr mich anvertrau,
Gott empfehl ich meine Seele. *Heinrich Heine*

Geschlechtlich genommen ist der Mann eine Einrichtung der Frau, die den Zweck hat, das Geheiß der Natur auf die wohlfeilste Art zu erfüllen.
George Bernard Shaw

Ein jeglicher wiehert nach seines Nächsten Weibe, wie die vollen müßigen Hengste. *Jeremias 5,8*

Die schlaue Dorilis hat Augen in dem Kopfe,
so hat ein Luchs sie nicht;
man denkt, sie sieht uns ins Gesicht,
und sie sieht nach dem Hosenknopfe.
Gotthold Ephraim Lessing

Ich war ein Kind von vierzehn Jahren,
ein reines, unschuldsvolles Kind,
als ich zum erstenmal erfahren,
wie süß der Liebe Freuden sind.
Er nahm mich um den Leib und lachte
und flüsterte: Es tut nicht weh –
und dabei schob er sachte, sachte
mein Unterröckchen in die Höh.
Seit jenem Tag lieb ich sie alle,
des Lebens schönster Lenz ist mein;
und wenn ich keinem mehr gefalle,
dann will ich gern begraben sein. *Frank Wedekind*

Es ist schlimm für einen Mann, wenn sein Verhältnis seine Verhältnisse ruiniert. *Charles Dickens*

Die Lust ist Ursprung und Ziel des glücklichen Lebens. *Epikur*

Der Teufel ist nicht selten eine Belzemaid.
Ron Kritzfeld

Gestern trat ein Fräulein an mein Bette
und behauptete, die Märchenfee zu sein.
Und sie fragte mich, ob ich drei Wünsche hätte,
und ich sagte, um sie reinzulegen: Nein!
Werner Finck

Wie schön, wenn ein Mädchen seine gute Erziehung vergißt! *Karl Kraus*

Zu einem Schäferstündchen gehören vor allem eine Schäferin und ein Hammel! *Max Pallenberg*

Erotiker in der Klemme: »Alle sind zu wenig ... eine ist zuviel.« *Alfred Polgar*

Ein junges Weib bei einem alten Mann ist des Tags eine Ehefrau und nachts eine Witwe.
Deutsches Sprichwort

Bei dem ehrbaren Geschäft der Ehe ist der Geschlechtstrieb in der Regel nicht so munter; da ist er trüber und stumpfer! *Michel de Montaigne*

Der alte Klops hat auch fünfzehn Töchter,
durch deren Anblick der Trieb der Geschlechter
in der ganzen Gemeinde erstorben ist.
So wirkete er als Pfarrer und als Christ!
Ludwig Thoma

Ich habe in Toulouse eine fromme Dame nach ihrer Vergewaltigung sagen hören: Gott sei Dank, daß ich mich einmal ohne Sünde völligem Genuß hingeben konnte. *Michel de Montaigne*

Einer unserer Voreltern muß in einem verbotenen Buch gelesen haben. *Georg Christoph Lichtenberg*

Manche Frauen schließen aus der bloßen Tatsache ihrer Dummheit, daß sie erotisch höchst belangvoll seien. *Erich Brock*

Eine alte Geschichte: Sie verführte ihn dazu, daß er sie verführte. *Charles Tschopp*

Wo es eine Ehe ohne Liebe gibt, gibt es bald Liebe ohne Ehe. *Benjamin Franklin*

Wie viele verheiratete Männer haben den Morgen erlebt, wo es ihnen tagte, daß ihre junge Gattin langweilig ist und das Gegenteil glaubt! Gar nicht zu reden von jenen Weibern, deren Fleisch willig und deren Geist schwach ist. *Friedrich Nietzsche*

Wenn du zum Weibe gehst, – vergiß die Piepen nicht!
Unbekannt

Wer will ein reine Jungfrau finden,
muß bei Tag ein Licht anzünden. *Alter Spruch*

Es kann der Frömmste nicht in Frieden leben,
wenn ihm die schöne Nachbarin gefällt. *Unbekannt*

Ein Dienstmädchen im Bett ist besser, als eine Gräfin auf dem Dach. *Unbekannt*

Man müßte nochmals zwanzig sein, – mit den Adressen von heute. *Harald Juhnke*

Die im Bett behält immer Recht! *Kurt Tucholsky*

Die Männer, welche Wert auf Weiber legen,
tun dieses leider meist der Leiber wegen.
Erich Mühsam

Wenn Männer aufs Ganze gehen, meinen sie meistens die untere Hälfte. *Helen Vita*

Ein alter Mann führt nicht unbedingt einen alten Pinsel. *Chinesisches Sprichwort*

Die Frau, die sich ertappen läßt, verdient ihr Schicksal. *Honoré de Balzac*

Gegensätze ziehen einander an. Wehe, wenn sie einander ausziehen. *Emil Baschnonga*

Es ist nicht Sitte, eine Frau zu heiraten, die vorher ein Verhältnis gehabt hat. Aber es ist Sitte, mit einer Frau ein Verhältnis zu haben, die vorher geheiratet hat. *Karl Kraus*

»Morgenstunde«, sagt das Sprichwort, »hat Gold im Munde«. Aber wie Viele stehen früh um fünf Uhr auf und haben doch weder Gold im Munde, noch in der Tasche. Jetzt hat nur die Abendstunde Gold im Munde, wenigstens für manche Schönen.
Karl Friedrich Wilhelm Wander

Vorsicht ist die Mutter der Keuschheit.
Werner Mitsch

Gelegenheit schafft Triebe! *Leopold Davi*

Frauen sind unter der Bedingung bereit, die Höschen auszuziehen, daß sie in der Ehe die Hosen anhaben dürfen. *Zarko Petan*

Sex: Das Vergnügen ist reichlich kurz, – die dabei praktizierte Haltung ist lächerlich und die Spesen sind enorm! *Philip D.S. Chesterfield*

Bigamie ist eine Geschmacksverirrung, die künftige Weisheit mit einer Strafe namens Trigamie belegen wird. *Ambrose Bierce*

Selbst wenn mich einer »Hure« riefe,
obwohl ich etwas Besseres bin,
das ist hier alles inklusive
und in den Whiskys schon mit drin. *Erich Kästner*

Wein und Weib betören die Weisen, und die sich an Huren hängen, werden wild und kriegen Motten und Würmer zum Lohn und verdorren.
Jesus Sirach 19,2 und 3

Die Reichen treiben Sex, die Armen pflanzen sich fort. *Millôr Fernandes*

Wenn Frauen, die beim Gehen den Hintern wiegen, nicht Huren sind, dann muß das Sprichwort lügen. *Italienisches Sprichwort*

Enthaltsamkeit ist die schlimmste aller sexuellen Verirrungen. *Millôr Fernandes*

Wenn da nicht die Wollust wär, blieb der Hurenbeutel leer. *Alter deutscher Spruch*

Sieh, zwei oberschlesische Dirnen!
Backen wie Äpfel, Brüste wie Birnen.
Sind zerrissen auch die Schuh,
ei, man drückt ein Auge zu.
Sagte doch Faust schon betreffenden Falles:
»Glaube mir, Grete – Gefühl ist alles.«
Theodor Fontane

Die Geschlechtsteile sind die einzigen Organe, deren Besitz man mit anderen teilen kann.
Max Rychner

Macho: Was er nicht im Kopf hat, das meint er zwischen den Beinen zu haben. *Gerhard Uhlenbruck*

Die männliche Schweinigelei hat noch eine lange Zukunft. *Theodor Fontane*

Karlchen ist derartig hinter den Mädchen her! Er hat den Coitus tremens. *Kurt Tucholsky*

Denn die Lippen der Hure sind süß wie Honigseim, und ihre Kehle ist glatter als Öl. *Sprüche 5,3*

Wenn man das erotische Verhalten der Männer heute beobachtet, ist durchaus denkbar, daß Frauen eines Tages auch einen Computer lieben könnten, – der Unterschied wäre nicht groß. *Anna Magnani*

Falls freilich Einer glauben wollte,
mir könnte Geld im Bett genügen,
also: Wenn ich die Wahrheit sagen sollte,
müßt ich lügen. *Erich Kästner*

Die Nutte tut's mit vielen und nimmt ne Menge Geld, die Gattin – höchst bescheiden – kriegt nur ihr Taschengeld. *Lore Lorentz*

Es gibt Stripperinnen, die wie Zwiebeln wirken. Je mehr Schalen sie entfernen, desto näher ist man den Tränen. *Robert Lembke*

Gehe in ein Bordell und lerne, daß zwischen teurem und billigem Vergnügen kein Unterschied ist.
Diogenes

Sexappeal ist die Kunst, die Männer auf das neugierig zu machen, was sie ohnehin kennen.
Zsa Zsa Gábor

Sex ohne Liebe ist besser als gar keiner!
Hugh Hefner

Wer vorne auf dem Kopfe die Haare verliert, ist sexy. Wer sie hinten verliert ist ein Denker. Ich habe sie vorne und hinten verloren und gehöre daher zu den Männern, die denken, sie seien sexy.
Alfred Hitchcock

Kinder machen, – ausgezeichnet! Kinder haben, welche Unbill! *Jean Paul Sartre*

Wenn man die wichtige Rolle betrachtet, welche die Geschlechtsliebe spielt, da wird man veranlaßt, auszurufen: Wozu der Lärm? Wozu das Drängen, Toben, die Angst und die Not? Es handelt sich ja bloß darum, daß jeder Hans seine Grete finde.
Arthur Schopenhauer

Tanzen ist eine wundervolle Übung für die Mädchen. Sie lernen dabei am ehesten vermuten, was der Mann tun wird, bevor er es wirklich tut.
Christopher D. Morlay

Eine Schwester ergriff den Schleier und die andere den Hosenschlitz. *Georg Christoph Lichtenberg*

Sie sagte sich: mit ihm schlafen, ja – aber nur keine Intimität! *Karl Kraus*

In der Nacht sind alle Kühe schwarz, – auch die blonden. *Karl Kraus*

Bedauernswert ist die Frau, die nichts zu bereuen hat. *Jeanne Moreau*

Die Unschuld vom Lande wird immer jünger.
Michael Richter

Enthaltsamkeit rächt sich immer. Bei dem einen erzeugt sie Pusteln, beim anderen Sexualgesetze.
Karl Kraus

Sagt eine Dame »nein«, so bedeutet das »vielleicht«, sagt sie »vielleicht«, dann denkt sie dabei »ja«, und sagt sie »ja«, so ist sie keine Dame.
Charles Maurice de Talleyrand

Mit Chopin kommt man bei Frauen ziemlich weit.
Arthur Rubinstein

Zu den wichtigsten Geschlechtsorganen gehört unsere Phantasie. *Sigmund Graff*

Der Trieb, unser Geschlecht fortzupflanzen, hat noch eine Menge anderes Zeug fortgepflanzt.
Georg Christoph Lichtenberg

Wer, wenn den Kuß er geraubt, sich nicht auch noch weit'res dazu nimmt, der hat gewiß nicht verdient die Gunst, die ihm wurde zuteil. *Publius Naso Ovid*

Es hätte nicht des Apfels bedurft, um Adam zu verführen. Eva allein schon genügte.
Marianne Langewiesche

Ich kann in elf Sprachen nein sagen, – das genügt für eine Frau. *Sophia Loren*

Kurve, – die lieblichste Entfernung zwischen zwei Punkten. *Mae West*

Tänzerinnen haben die Sexualität in den Beinen, Tenöre im Kehlkopf. Darum täuschen sich die Frauen in den Tenören und die Männer in den Tänzerinnen.
Karl Kraus

Den wahren Kunstkenner erkennt man daran, daß er bei Aktbildern Höchstpreise für die Adresse des Modells zahlt. *Jacques Tati*

Gib mir Keuschheit und Enthaltsamkeit, – aber jetzt noch nicht! *Aurelius Augustinus*

Die Leute behandeln den Venushügel, als wenn's der Mount Everest wäre. *Aldous Huxley*

Die Impotenz hat doch zu Zeiten entschieden ihre guten Seiten. *Bonifatius Kiesewetter*

Du bist recht appetitlich anzuschauen,
doch unten hin, die Bestie macht mir Grauen!
Johannn Wolfgang von Goethe

Enthaltsamkeit ist das Vergnügen
an Sachen, welche wir nicht kriegen.
Wilhelm Busch

Zu den größten Wundern der Natur rechne ich die Fortpflanzung der Puritaner. *Jerome K. Jerome*

Es ist schon lange her, doch erinnere ich mich noch an die Zeit, als die Luft sauber und der Sex schmutzig waren. *George Burns*

Von allen sexuellen Verrücktheiten gibt's keine befremdlichere, als die der Enthaltsamkeit.
Millôr Fernandes

Nichts kompliziert die Liebe mehr als die Impotenz!
Samuel Butler

Begehrst Du sie, so sagen sie, Du seiest vulgär wie alle anderen Männer; begehrst Du sie nicht, so sagen sie, Du seiest impotent. *Dino Segre Pitigrilli*

Warum soll ich die Zähne vier Male am Tage bürsten und Sex nur zwei Male in der Woche praktizieren? Warum nicht umgekehrt? *Woody Allen*

Sie haben achtzehn Kinder? Donnerwetter! Ich rauche Zigarren, doch pflege ich sie ab und zu aus dem Mund zu nehmen. *Groucho Marx*

Seitensprung: Unmoral oder nur Eigentumsdelikt?
Werner Mitsch

Die Prostitution ist eine der Errungenschaften, die nicht durch Technik substituiert werden kann.
Manfred Rommel

Das Scheibenputzen zieht Sauberkeit in Liebesdingen nicht unbedingt nach sich. *Max Ernst*

Es wäre interessant zu erfahren, wie die zwei ersten Menschen erschaffen wurden, aber es ist hübsch, zu wissen, wie der dritte entstand. *Peter Sellers*

Eine Jungfrau ist etwas sehr Schönes, vorausgesetzt, sie bleibt es nicht. *Joachim Ringelnatz*

In den angelsächsischen Ländern sehen die Dirnen aus, als ob sie mit der Sünde zugleich die Höllenstrafe mitlieferten. *Theodor W. Adorno*

Wenn Frauen nicht mehr wissen, was sie tun sollen, so ziehen sie sich aus. Und das ist wahrscheinlich das Beste, was sie tun können. *Samuel Beckett*

Es gehört Erfahrung dazu, wie eine Anfängerin zu küssen. *Zsa Zsa Gábor*

Ich verstehe nicht, wie man homosexuell sein kann. Das Normale ist doch schon unangenehm genug.
Egon Friedell

Was sie Herz nennen, das liegt weit niedriger als der vierte Westenknopf. *Georg Christoph Lichtenberg*

Männer leben immer dann über ihre Verhältnisse, wenn sie welche haben. *Paul Newman*

Wandelbarkeit ist die große Tugend der Frau. Wer ein echtes Weib hat, der braucht keinen Harem.
Gilbert Keith Chesterton

Wenn eine Frau die Zärtlichkeit rationiert, geht der Mann auf den schwarzen Markt. *Senta Berger*

Die Huren sind ehrlich und tun, was ihnen lieb ist und ruinieren nicht den Mann durch das Band der Ehe. *Friedrich Nietzsche*

Das fortwährende Dasein des Menschengeschlechts ist bloß der Beweis der Geilheit desselben.
Arthur Schopenhauer

Ist man mal bis zum Knie gekommen, – so hat man nicht mehr weit! *Denis Diderot*

Hätte die Natur nicht gewollt, daß der Kopf den Forderungen des Unterleibes Gehör geben sollte, was hätte sie nötig gehabt, den Kopf an den Unterleib anzuschließen? *Georg Christoph Lichtenberg*

Die Tasmanier, die niemals fremd gingen, sind folglich ausgestorben. *William Somerset Maugham*

Schlankheit gefällt wegen des besseren Anschlusses im Beischlaf und der Mannigfaltigkeit der Bewegung.
Georg Christoph Lichtenberg

Hinsichtlich Sex weiß ich gar nichts, – ich war immer verheiratet! *Zsa Zsa Gábor*

Es ist zweifellos unmoralisch, die Frau eines Freundes zu verführen. An die Frau eines Feindes kommt man aber nur schwer heran. *George Moor*

Unter den drei besten Dingen der Welt rangiert Essen an zweiter und Schlafen an dritter Stelle.
Sergio Porto

Wenn ich an den Tod denke, so besorgt mich nur eines: Man sagt, die Engel hätten kein Geschlecht!
Vinicius de Morais

Die beste Frauenbewegung ist die der Hüfte.
Millôr Fernandes

Nicht immer hält das rote Licht,
was es dem Wanderer verspricht.
Bonifatius Kiesewetter

Um eine Fremdsprache zu erlernen, geht man am besten mit dem Diktionär ins Bett.
Französisches Sprichwort

Der Mensch kann auf Sex verzichten, doch dieser verzichtet nicht auf den Menschen.
Gabriel Garciá Márquez

Ich lebe schon so lange in Hollywood, daß ich Doris Day schon kannte, bevor sie wieder Jungfrau wurde. *Groucho Marx*

Der Klügere gibt nach, – die Klügere gibt nach und nach! *Unbekannt*

Mögen hätt ich schon wollen, aber dürfen hab ich mich nicht getraut! *Karl Valentin*

Im Laufe der Zeit ändert sich ein Ehemann: einst erschöpfte er sich in Beteuerungen, – später beteuert er seine Erschöpfung. *Karl Farkas*

Das Schönste am Seitensprung ist der Anlauf.
Karl Farkas

Können Sie sich eine Frau vorstellen, die ihren Liebhaber 1001 Nächte lang Märchen erzählen ließe?
Stanislaw Jerzy Lec

Er hatte im Prügeln eine Art Geschlechtstrieb, er prügelte nur seine Frau. *Georg Christoph Lichtenberg*

Wichtig beim Liebesakt ist das zärtliche Vorspiel. Noch wichtiger kann das gerichtliche Nachspiel werden. *Hermann Kesten*

Stripperinnen sind junge Mädchen, die sich so lange unanständig ausziehen, bis sie es sich leisten können, sich anständig anzuziehen. *Sir Peter Ustinov*

Das Ungesunde an der Selbstbefriedigung ist, daß es sie nicht gibt. *Werner Schneyder*

Das Wochenende geriet derart monoton, daß den Männern als einziges Vergnügen nichts anderes übrig blieb, als mit den eigenen Frauen zu schlafen.
Roberto Duailibi

Verwelkt ist ihre müde Pracht,
das ist's, was sie so prüde macht. *Franz Mittler*

Himmlisch war's, wenn ich bezwang
meine sündige Begier.
Aber wenn's mir nicht gelang,
hatt' ich doch ein großes Pläsier! *Heinrich Heine*

Es gibt Männer, die keine Gelegenheit verlieren, eine Gelegenheit zu verlieren. *George Bernard Shaw*

Jungfräulichkeit – rechtzeitig entdeckt – ist heilbar.
Henry Youngman

Mein Mann sagte, er ginge doch gerne mal mit einer Rothaarigen ins Bett: Da ließ ich mich eben umfärben. *Jane Fonda*

Der Unterschied zwischen bezahltem und unbezahltem Sex: der erstere ist billiger!
Henry Louis Mencken

Verschobener Sex ist verlorener Sex.
Millôr Fernandes

Letzte Nacht entdeckte ich ein ganz neues antikonzeptionelles Mittel: Ich bat ein Mädchen, mit mir ins Bett zu steigen, und sie sagte »nein«!
Woody Allen

Zart gebaut, doch hartgesotten
sind die Rokokokokotten. *Hermann Mostar*

Die Liebe ist der einzige Weg, auf dem selbst die Dummen zu einer gewissen Größe gelangen.
Honoré de Balzac

Liebe Deinen Nächsten, – und wenn er groß und hübsch und braungebrannt ist, so fällt dies noch leichter. *Mae West*

Blamier mich nicht, mein schönes Kind,
und grüß mich nicht unter den Linden.
Wenn wir nachher zu Hause sind,
wird sich schon alles finden.
Heinrich Heine

Drogen, Laster und Rauchen

Zwei Knaben machten einen Bummel
und fanden 'nen Zigarrenstummel.
Sie rauchten beide gravitätisch,
das weitere ist unästhetisch! *Klabund*

Oft verliert man sich nur deshalb nicht in einem Laster, weil man mehrere andere hat.
François de La Rochefoucauld

Man liest so viel über die Gefahren des Rauchens. Ich glaube, ich gebe jetzt das Lesen auf.
Robert Lembke

Am selben Tage habe ich zum ersten Mal eine Frau geküßt und die erste Zigarette geraucht. Seither hatte ich nie mehr Zeit zu rauchen. *Arturo Toscanini*

Benütze keine Drogen! Sie zerstören Leber, Herz und Nieren, außerdem Deinen Geist und bewirken, daß Du bald so aussiehst wie Deine Eltern! *Frank Zappa*

Bei Nikotin und Alkohol
fühlt sich der Mensch besonders wohl.
Und doch, es macht ihn nichts so hin,
wie Alkohol und Nikotin! *Eugen Roth*

Wo man raucht, da kannst Du ruhig harren,
böse Menschen haben nie Zigarren! *David Kalisch*

Rauchen Sie nie im Bett – die Asche, die herunterfällt könnte Ihre eigene werden. *Unbekannt*

Glaub nicht, daß alle Zungen lügen,
die warnen vor den Lungenzügen. *Eugen Roth*

Eine Zigarre, sagte der Altruist, eine Zigarre, mein Lieber, kann ich Ihnen nicht geben. Aber wenn Sie einmal ein Feuer brauchen, kommen Sie nur zu mir, die meine brennt immer! *Karl Kraus*

Toleranz kann man nur von Rauchern lernen. Noch nie hat sich ein Raucher über einen Nichtraucher beschwert. *Alexandro Pertini*

Männer, die sich das Rauchen abgewöhnt haben, sind mir unheimlich. Vielleicht gewöhnen sie sich eines Tages auch die Liebe ab. *Jeanne Moreau*

Zuerst schuf der liebe Gott den Mann, dann schuf er die Frau. Danach tat ihm der Mann leid und er gab ihm den Tabak. *Mark Twain*

Ich habe vergessen, wie das Restaurant hieß. Auch habe ich vergessen, wie das Mädchen hieß. Aber ich weiß, daß ich eine echte Montecristo geraucht habe.
Rudyard Kipling

Zum Doktor Du nicht gehen brauchst,
solange Du noch trinkst und rauchst.
Wozu sich lang verschreiben lassen,
was man doch selbst weiß: bleiben lassen!
Eugen Roth

Ein Jäger, der nicht raucht und trinkt,
nicht liebt und frohe Lieder singt
und niemals spricht ein Wort Latein,
das kann kein guter Jäger sein. *Volksmund*

Zu glauben, daß wir etwas tun, während wir nichts tun, ist die Hauptillusion des Tabaks.
Ralph Waldo Emerson

Wer sagt denn, daß Kokain süchtig macht? Ich schnupfe es seit langen Jahren und bin nie süchtig geworden. *Tallulah Bankhead*

Ein wohlgezügeltes Laster ist manchmal mehr wert als eine mißverstandene Tugend.
Marcel Jouhandeau

Mit Drogen hatte ich noch nie ein Problem, – nur mit der Polizei! *Keith Richards*

Zweifle an denen, die nicht oder nicht mehr rauchen, – sie haben kein Innenleben. *Mario Quintana*

Haste Haschisch in den Taschen,
haste immer was zu naschen! *Volksmund*

So geht es mit Tabak und Rum:
erst bist Du froh, dann fällst Du um. *Wilhelm Busch*

Und schmerzlich denkt manch alter Knaster,
der von vergang'nen Zeiten träumt,
an die Gelegenheit zum Laster,
die er versäumt. *Wilhelm Busch*

Wenn die Laster uns verlassen, schmeicheln wir uns mit dem Gedanken, wir hätten sie verlassen.
François de La Rochefoucauld

Laster düngen den Boden, auf dem edelste Blumen wachsen. *Chinesische Weisheit*

Rauchen? – Ja, denn geräuchertes Fleisch hält länger. *Volksmund*

Daß er nicht rauchte, mußt' er büßen,
als er des Glückes Ende sah.
Der Boden raucht ihm untern Füßen,
drum ging er nach Sankt Helena.
Spruch auf einer Tabakspfeife

Tabak ist ein gar edles Kraut,
geraucht, geschnupft, sogar gekaut. *Alter Spruch*

Über meines Weibs Gekeife
tröstet mich die Tabakspfeife. *Alter Spruch*

Drei Wochen war der Frosch so krank,
jetzt raucht er wieder, gottseidank! *Wilhelm Busch*

Die Zigarette ist der Schnuller der Erwachsenen.
Unbekannt

Wer ein Laster liebt, der liebt die Laster alle.
Christian Fürchtegott Gellert

Die Laster der Mehrheit nennt man Tugenden.
Jean Genet

Ach, ich fühl es! Keine Tugend
ist so recht nach meinem Sinn;
stets befind ich mich am wohlsten,
wenn ich damit fertig bin.
—
Dahingegen so ein Laster,
ja, das macht mir viel Pläsier;
und ich hab die hübschen Sachen
lieber vor als hinter mir. *Wilhelm Busch*

Das Beste, was man mit Würfeln machen kann, ist, sie wegzuschmeißen. *Unbekannt*

Herr und Diener rauchen dieselben Zigarren, – aber nur einer bezahlt sie. *Tristan Bernard*

Jungfräuliche Seelen gibt es, die nach grüner Seife riechen. Und das Laster hat zuweilen sich mit Rosenöl gewaschen. *Heinrich Heine*

Sich das Rauchen abzugewöhnen ist die einfachste Sache der Welt. Ich habe es schon an die hundertmal getan. *Mark Twain*

Ins Leben rief jüngst eine Dame
die »Liga für Gegenreklame«.
Mit Anzeigen wie
»Schon Homer rauchte nie!«
bekämpft sie die Sucht, die infame! *Ernst Fabian*

Nichtraucher sind Menschen zweiter Klasse, dazu verurteilt, in den Abgasen anderer Menschen zu leben.
Oliver Hassencamp

Der Gewissensbiß heiligt das Laster. *Joseph Joubert*

Ein starkes Bier, ein beizender Toback,
und eine Magd im Putz, – das ist nun mein Geschmack. *Johann Wolfgang von Goethe*

Aller Laster ist: sich vor keinem Laster scheuen,
mit den Lastern rühmen sich
und die Laster nicht bereuen.
Friedrich von Logau

Was uns verhindert, einem einzigen Laster nachzujagen, sind mehrere. *François de La Rochefoucauld*

Jedes Laster ist schlimm, – sei es Narkotikum, Alkohol, Morphium oder Idealismus. *Carl Gustav Jung*

Eine Regel, die ich wärmstens empfehle: Übe nie zwei Laster auf einmal aus. *Tallulah Bankhead*

Der Mensch von heute hat nur ein einziges, wirklich neues Laster erfunden: die Geschwindigkeit, seine Raserei! *Aldous Huxley*

Versuchungen bekämpft man am besten durch Geldmangel oder Rheumatismus. *Joachim Ringelnatz*

Gefährlich sind nur Dinge, die du auf die Dauer verträgst! Ein festes Verhältnis, die Ehe und Mehlspeisen, Fett und die Hure sind ungefährlich.
Peter Altenberg

Was einst Laster war, ist heute Sitte.
Lucius Annaeus Seneca

Die Menschen verlieren zuerst ihre Illusionen, dann ihre Zähne und ganz zuletzt ihre Laster.
Hans Moser

Ein elegantes Laster ist nur ein halbes Laster.
Charles Maurice de Talleyrand

Mit Alkohol habe ich keine Probleme, – nur ohne!
Harald Juhnke

Ein Bernhardiner, – das ist das letzte, was ich sein möchte; dauernd die Flasche am Hals und niemals trinken dürfen! *Joachim Ringelnatz*

Wer ständig säuft, führt auch ein geregeltes Leben.
Unbekannt

So manchen impotenten Wichten
fällt's leicht, auf Laster zu verzichten. *Peter Benary*

Tugend will, man soll sie holen,
ungern ist sie gegenwärtig;
Laster ist auch unbefohlen
dienstbereit und fix und fertig!
Wilhelm Busch

Humbug und Quatsch

Tierwelt

Stirbt eine Eintagsfliege um acht Uhr morgens, so geht sie in der Blüte ihrer Jugend zugrunde, verendet sie abends um fünf Uhr, dann stirbt sie an Altersschwäche. *Marcus Tullius Cicero*

Unglücklicher Phönix! Er hatte das Pech, weder Freunde noch Verwandte zu haben, denn er war der einzige seiner Art. *Gotthold Ephraim Lessing*

Der Frosch, der im Brunnen lebt, beurteilt das Ausmaß des Himmels nach dem Brunnenrand.
Mongolische Weisheit

Wenn man einen Flohzirkus besucht, hat man die Chance, die Artisten mit nach Hause zu nehmen.
Georg Thomalla

Die Eintagsfliege, die den Anbruch des zweiten Taues erlebte, glaubte sich unsterblich.
Nikolaus Cybinski

Die Fliege, die nicht geklappt sein will, setzt sich am besten und sichersten auf die Klappe selbst.
Georg Christoph Lichtenberg

An dem Weinstock, dessen Trauben er einstmals als zu sauer befunden hatte, kam der Fuchs – alt geworden – wieder vorbei. Nun hingen die Beeren ihm fast bis ans Maul. – »Welch kümmerliche Art, mein Urteil beeinflussen zu wollen«, sagte der Fuchs und ging vorüber. *Helmut Arntzen*

Der Löwe in den heißen Tropen
lebt allgemein von Antilopen
und richtet Menschenfleisch nur dann
und wann als leckre Beikost an. *Hilaire Belloc*

Was macht ein kleines Mückentier
doch für verfluchte Tücken mir? *Benno Papentrigk*

Wenn du einen Elefanten am Hinterbein festhältst, und er versucht fortzulaufen, dann ist es am besten, ihn laufen zu lassen. *Abraham Lincoln*

Auch wenn man den Frosch auf einen goldenen Thron setzt, er hüpft doch wieder in den Tümpel.
Georg Rollenhagen

Tausend Fliegen hatt' ich am Abend erschlagen,
doch weckte mich eine beim frühsten Tagen.
Johann Wolfgang von Goethe

Die Ameise ist schlau und fleißig, doch nicht schlau genug, um mal Ferien zu machen. *Clarence Day*

Fortuna lächelt, doch sie mag
nur ungern voll beglücken:
Schenkt sie uns einen Sommertag,
so schenkt sie uns auch Mücken! *Wilhelm Busch*

Zur Löwin sprach die wilde Sau:
Im ganzen Land kommt keine Frau
an Fruchtbarkeit mir bei.
»Ich habe«, sprach mit edlem Hohn
die Löwin, »zwar nur einen Sohn;
allein, es ist ein Leu!« *Konrad Pfeffel*

Die Made hält ihren Käse für die Welt.
Daniel Sanders

Es gibt zwei Sorten Ratten,
die hungrigen und die satten.
Die satten bleiben vergnügt zu Haus,
die hungrigen aber wandern aus. *Heinrich Heine*

Der Maulwurf hört in seinem Loch
ein Lerchenlied erklingen
und spricht: Wie sinnlos ist es doch,
zu fliegen und zu singen. *Emanuel Geibel*

Wenn ein Mensch einen Tiger töten will, so nennt er's Sport. Wenn ein Tiger ihn ermorden will, nennt er's Grausamkeit. *George Bernard Shaw*

Je kleiner die Eidechse, um so größer ihre Hoffnung, ein Krokodil zu werden. *Abessinisches Sprichwort*

In Hamburg lebten zwei Ameisen,
die wollten nach Australien reisen.
Bei Altona, auf der Chaussee,
da taten ihnen die Beine weh.
Und da verzichteten sie weise
dann auf den letzten Teil der Reise.
Joachim Ringelnatz

Der Mistkäfer ist in seinem Reich der Sultan.
Ägyptisches Sprichwort

Es gibt einen Kulturgeschmack, der sich der Läuse im Pelz mit aller Gewalt zu entledigen sucht. Es gibt auch einen, der die Läuse duldet und den Pelz auch so tragbar findet. Und es gibt schließlich einen, der am Pelz die Läuse für die Hauptsache hält und deshalb den Pelz den Läusen zur Verfügung überläßt.
Karl Kraus

Die Flöhe und die Wanzen
gehören auch zum Ganzen.
Johann Wolfgang von Goethe

Die Laus, die auf dem Kopf des Philosophen rumläuft, ischt zwar höher als der Philosoph, aber au net g'scheiter! *Manfred Rommel*

Es gibt Leute, die keiner Fliege was zuleide tun, weil sie nicht imstande sind, eine zu fangen.
Helmut Qualtinger

Mehr Fliegen als mit einem Faß Essig werden mit einem Tropfen Honig gefangen. *Sprichwort*

Dieser Tage will ich mal ein paar Säue kaufen und sie spazieren führen, um zu erproben, ob ein Millionär Perlen vor sie wirft. *Millôr Fernandes*

Die großen Fische fressen nicht die kleineren, nur die langsameren. *Unbekannt*

Der Fisch, den man nicht fängt, ist immer groß.
Chinesisches Sprichwort

Es gibt Kamele mit einem Höcker und solche mit zweien. Aber die größten haben gar keinen.
Arthur Schopenhauer

Der Mensch ist ein Zweifüßler ohne Federn. *Platon*

Ich finde es korrekt, daß man zu Beginn einer Jagd Hasen und Fasane durch Hornsignale warnt.
Gustav Heinemann

Unmenschen gibt es, aber keine Untiere!
Karl Julius Weber

Wenn man mit Löwen und Elefanten zu tun hat, wird man gottlob nirgends auf der Welt ernst genommen und darf überall hin. *Bernhard Grzimek*

Wenn Tiere gähnen, haben sie ein menschliches Gesicht. *Karl Kraus*

Es ist besser, ein junger Spatz zu sein als ein alter Paradiesvogel. *Mark Twain*

Zu Tieren soll man immer lieb sein, es gibt ja genug Menschen, an denen man sein Mütchen kühlen kann. *Willy Reichert*

Für sein Talent, Tiere sprechen zu lassen, wurde La Fontaine sehr bewundert, doch leider wurde noch niemand gefunden, der die Viecher wieder zum Schweigen brächte. *Pierre Véron*

Eine Meinungsumfrage unter Löwen ergab: Die Mehrheit lehnt den Käfig ab, wünscht jedoch eine geregelte Verpflegung. *Ernst R. Hauschka*

Aus einem Wolf wird niemand einen Vegetarier machen. *Russisches Sprichwort*

Ein Fisch frißt den anderen und der Fischer frißt sie alle zusammen. *Arabisches Sprichwort*

Tiere irren sich selten, – denn irren ist menschlich.
Werner Mitsch

Wenn ein **Affe** in den Spiegel guckt, kann kein Apostel heraussehen. *Georg Christoph Lichtenberg*

Was ein Mann schöner ist als ein Affe, ist Luxus!
Friedrich Torberg

Um einem Größeren auf die Schulter zu klopfen, braucht man nur lange Arme. Die aber hat jeder Affe. *Unbekannt*

Wie glücklich würde sich der Affe schätzen,
könnt' er nur auch ins Lotto setzen.
Johann Wolfgang von Goethe

Der Affe (vor den Besuchern des Zoos): Wie gut, daß sie alle hinter Gittern sind. *Kurt Tucholsky*

Wenn die Affen es dahin bringen könnten, Langeweile zu haben, so könnten sie Menschen werden.
Johann Wolfgang von Goethe

Immer bleibt der Affe ein Affe,
wird er König oder Pfaffe. *Sprichwort*

Der Mensch kommt unter allen Tieren der Welt dem Affen am nächsten.
Georg Christoph Lichtenberg

»**Bienchen**«, spricht die Gärtnerin,
die sie bei der Arbeit trifft:
»Manche Blume hat doch Gift.
Und du saugst aus allen Blumen?«
»Ja«, sagt sie zur Gärtnerin,
»ja, das Gift, das laß ich drin.«
Karl Wilhelm Ramler

Eine fleißige Biene ist niemals traurig. *William Blake*

Die Hummel wiegt 4,8 Gramm. Sie hat eine Flügelfläche von 1,45 cm bei einem Flächenwinkel von 6 Grad. Nach den Gesetzen der Aerodynamik kann die Hummel nicht fliegen, aber sie weiß das nicht.
Unbekannt

»Cogito, ergo summe ich«, sagte die Biene.
Werner Mitsch

Nicht alles ist Honig im Leben der Bienen!
Millôr Fernandes

Manch **Esel** setzt der Schritte Maß
just nach der Gerste, die er fraß.
Jüdisches Sprichwort

Es weiß immer ein Esel einen anderen zu schätzen.
Meister Eckhart

Ein schäbiges Kamel trägt immer noch die Lasten vieler Esel. *Johann Wolfgang von Goethe*

Daß gefangene Wölfe nach Freiheit schreien, ist begreiflich. Wenn aber dann Schafe in ihr Geschrei einstimmen, so beweisen sie damit nur, daß sie Schafe sind. *Rudolf von Ihering*

Ach, die Natur schuf mich im Grimme!
Sie gab mir nichts als eine schöne Stimme.
Matthias Claudius (Der Esel)

Es seynt viel Esel, die nur an zweyn Beinen gehen.
Christoph Lehmann

Ein Esel ist ein Esel, und wenn er auch Sprünge wie eine Gazelle macht. *Arabisches Sprichwort*

Die Nachtigall mag mühen sich sehr,
brüllt ein Ochs oder ein Esel daher. *Freidank*

Der dumme Esel geht doch nicht schneller, wie du ihn auch prügeln magst. *William Shakespeare*

Den Esel erkennt man an seinen Ohren, den Narren an seiner Dummheit. *Gotthold Ephraim Lessing*

Ein Esel, der mich trägt, ist mehr wert, als ein Pferd, das nach mir schlägt. *Mongolisches Sprichwort*

Es ist müßig, für einen Esel die Leier zu spielen.
St. Eusebius Hieronymus

Besser a g'sunder Esel als a krank's Roß.
Österreichisches Sprichwort

Einen Esel, der keinen Durst hat, kann man nicht zum Trinken bewegen.
Französisches Sprichwort

Nur das feurige Roß, das mutige, stürzt auf der Rennbahn, – mit bedächtigem Paß schreitet der Esel daher. *Johann Wolfgang von Goethe*

Ein Esel, der nach Rom geht, kommt auch als Esel zurück. *Brasilianisches Sprichwort*

Uns Menschen ist es zwar gelungen, das Raubtier in uns auszuschalten, – nicht jedoch den Esel.
Sir Winston Churchill

Es stand vor eines Hauses Tor
ein Esel mit gespitztem Ohr.
Der käute sich ein Bündel Heu
gedankenvoll und still entzwei.
Nun kommen da und bleiben stehn
der nasweisen Buben zween,
die auch sogleich, indem sie lachen,
verhaßte Redensarten machen.
Womit man denn bezwecken wollte,
daß sich der Esel ärgern sollte.
Doch dieser hocherfahrne Greis
beschrieb nur einen halben Kreis,
verhielt sich stumm und zeigte itzt,
die Seite, wo der Wedel sitzt. *Wilhelm Busch*

Es ist leicht, geduldig zu sein, wenn man ein **Schaf** ist. *Unbekannt*

Der Wolf sagt immer, das Schaf habe die Schuld!
Brasilianisches Sprichwort

Um ein tadelloses Mitglied einer Schafherde zu sein, muß man vor allem ein Schaf sein. *Albert Einstein*

Pazifisten sind wie Schafe, – sie glauben, der Wolf sei Vegetarier. *Yves Montand*

Ein Schaf soll keine Friedenskonferenz mit dem Wolf anstreben. *Thomas Fuller*

Wer sich zum Schaf macht, den fressen die Wölfe.
Italienisches Sprichwort

Wer sich vom Wolfe Rat geben läßt, dessen Schafen geht's ans Leben. *Freidank*

Das Blöken eines Schafes besagt nichts über die Qualität der Wolle. *Rudolf Schaller*

Der Schäfer sucht immer die Schafe davon zu überzeugen, daß ihre Interessen und die seinen dieselben sind. *M.H. Stendhal*

Ein guter Hirte schert seine Schafe, aber er zieht ihnen nicht das Fell über die Ohren.
Australisches Sprichwort

Freilich ist es auch kein Vorteil für die Herde, wenn der Schäfer ein Schaf ist.
Johann Wolfgang von Goethe

Nur Nichtkenner wählen die fettesten Schafe.
Stanislaw Jerzy Lec

Die schwarzen Schafe lenken von der Tatsache ab, daß es auch viele schwarze Hirten gibt.
Gerhard Uhlenbruck

Von hundert, die von Herde reden, gehören neunundneunzig dazu. *Christian Morgenstern*

Jedes dritte **Rindvieh** Deutschlands steht in Bayern. *Statistisches Bundesamt, Wiesbaden*

Lieber ein Stier ohne Hörner als ein Ochse mit Geweih! *Michael Richter*

Auch eine heilige Kuh braucht einen Stier.
Harold Pinter

Die Ziege ist die Kuh des armen Mannes.
Sprichwort

Auch wenn du die Kuh in einen Käfig sperrst: Sie wird nie wie ein Papagei sprechen!
Indisches Sprichwort

Der Stier ist zwar stärker, jedoch der Ochse steht moralisch höher. *Chinesisches Sprichwort*

Gott gibt einer bösen Kuh kurze Hörner, aber einer zu bösen Kuh gibt er gar keine.
William Shakespeare

Die Krippen sind immer dieselben, nur das Rindvieh, das daraus frißt, das wechselt.
Marion Gräfin von Dönhoff

Wer ein **Pferd** ohne Makel haben will, behelfe sich ohne dasselbe. *Portugiesisches Sprichwort*

Ein Rennpferd trainiert das ganze Jahr, rast an Sonn- und Feiertagen um die Torfpisten und stirbt mit zwanzig oder höchstens fünfundzwanzig Jahren. Die Schildkröte kriecht gemütlich dahin und wird hundert Jahre alt. *Max Nunes*

Der einzige Unterschied zwischen dem Hund und dem Menschen besteht darin, daß man sich in Not und Gefahr auf den Menschen niemals, auf den Hund aber immer verlassen kann. *Georges Buffon*

Fürchte den Bock von vorn, das Pferd von hinten und den Menschen von allen Seiten.
Russisches Sprichwort

Der Esel kommt mir vor wie ein Pferd ins Holländische übersetzt. *Georg Christoph Lichtenberg*

Lieber ein gutes Pferd, das tritt, als eins, das man treten muß. *Philipp Rosenthal*

Ein müder Gaul trägt sogar schwer am eigenen Schwanze. *Tschechisches Sprichwort*

Das **Schwein** träumt von Eicheln.
Italienisches Sprichwort

Man fühlt sich sauwohl, wenn man Schwein hat.
Gerhard Uhlenbruck

Es regnete so stark, daß alle Schweine rein und alle Menschen dreckig wurden.
Georg Christoph Lichtenberg

Die Säue waren schlechtweg Säue
von völliger Naturgetreue. *Christian Morgenstern*

Die Sau weiß nicht, wovon sie fett wird.
Deutsches Sprichwort

Wer eine Sau sattelt, macht aus ihr noch kein Reitpferd. *Johann Geiler von Kaysersberg*

Wenn der Schrei was nützte, stürbe das Schwein nicht! *Graffito*

Lieber ein kleines **Huhn** als ein großes Rindvieh.
Brasilianisches Sprichwort

Wenn du den Hahn einsperrst, geht die Sonne doch auf. *Indisches Sprichwort*

Wer alle gefundenen Körner frißt, ist selbst ein blinder Hahn. *Philipp Rosenthal*

Ein schlechtes Huhn frißt in deinem Garten und legt die Eier in den des Nachbarn. *Thomas Fuller*

Sieh! Keinen Tropfen Wasser schluckt das Huhn,
Ohn' einen Blick zum Himmel auf zu tun.
Friedrich Rückert

Auf seinem eigenen Misthaufen hat jeder Hahn großen Einfluß. *Publilius Syrus*

Manche Hähne glauben, daß die Sonne ihretwegen aufgeht. *Theodor Fontane*

Die Klugheit des Fuchses wird oft überschätzt, weil man ihm auch noch die Dummheit der Hühner als Verdienst anrechnet. *Hans Kasper*

Der Hahn besingt sogar den Morgen, an dem er in den Suppentopf wandert. *Stanislaw Jerzy Lec*

Der schlaue Fuchs frißt auch gscheite Göckel.
Schwäbisches Sprichwort

Des Nachbarn Henne scheint uns eine Gans.
Türkisches Sprichwort

Je mehr ich den Menschen kenne, um so mehr liebe ich den **Hund**. *Michel de Montaigne*

Wenn Hunde sprechen könnten, so würden wir uns wohl ebensowenig mit ihnen verstehen wie mit unseren Mitmenschen. *Karel Capek*

So böse ist kein Hund, daß er nicht mit dem Schwanze wedelte. *Italienisches Sprichwort*

Hunde, die bellen, beißen nicht, – solange sie bellen! *Millôr Fernandes*

Erweiche, reibe nur den Hundeschwanz,
umbinde ihn mit Stricken ganz,
dann laß ihn los im zwölften Jahr, –
er wird doch wieder krumm, so, wie er war.
Narajana

Wer keinen Hund hat, jagt auch nicht. *Unbekannt*

In der Bahnhofshalle, nicht für es gebaut,
geht ein Huhn
hin und her ...
Wo, wo ist der Herr Stationsvorsteher?
Wird dem Huhn
man nichts tun?
Hoffen wir es! Sagen wir es laut:
daß ihm unsre Sympathie gehört,
selbst an dieser Stätte, – wo es – stört!
Christian Morgenstern

Ein Hund ist ein von Flöhen bewohnter Organismus, der bellt. *Gottfried Wilhelm Leibniz*

Es gibt auch Hunde, die bellen, um dich glauben zu machen, daß sie nicht beißen werden.
Ludwig Strauß

Anständige Hunde bellen, bevor sie beißen.
Werner Mitsch

Woran sollte man sich vor der endlosen Verstellung, Falschheit und Heimtücke der Menschen erholen, wenn die Hunde nicht wären, in deren ehrliches Gesicht man ohne Mißtrauen schauen kann?
Arthur Schopenhauer

Der eigene Hund macht keinen Lärm, – er bellt nur!
Kurt Tucholsky

Ein Hund im Frieden ist besser als ein Mann im Krieg.
Chinesisches Sprichwort

Es ist ein Unterschied zwischen Mensch und Tier. Bei den Hunden sind die Boxer die intelligentesten.
Nikolaus Cybinski

Wer sich mit Hunden niederlegt, steht mit Flöhen auf. *George Herbert*

Die meisten Hunde sind völlig auf den Menschen gekommen. *Michael Richter*

Der Mensch ist ein Tier, das Geschäfte macht; kein anderes Tier tut dies, – kein Hund tauscht Knochen mit einem anderen. *Adam Smith*

Ich verabscheue Leute, die Hunde halten. Es sind Feiglinge, die nicht genug Schneid haben, selbst zu beißen. *August Strindberg*

Ein Hündchen wird gesucht,
das weder murrt noch beißt,
zerbrochne Gläser frißt
und Diamanten scheißt.
Johann Wolfgang von Goethe

Kein Zweifel, der Hund ist treu. Aber sollen wir uns deshalb ein Beispiel an ihm nehmen? Er ist doch dem Menschen treu und nicht dem Hund.
Karl Kraus

Wenn ich mit meiner **Katze** spiele, wer weiß, ob sie sich nicht noch mehr die Zeit mit mir vertreibt als ich mit ihr? *Michel de Montaigne*

Die Katze fängt die Mäuse nicht dem Hausherrn zuliebe. *Arabisches Sprichwort*

Mögen die Katzen auch viel streiten, – es gibt doch immer eine Menge kleine Kätzchen.
Abraham Lincoln

Es ist schwer, die Katze wieder in den Sack zu bekommen, wenn man sie erst einmal herausgelassen hat. *Robert Lembke*

Wer die Katze im Sack kauft, darf sich nicht wundern, wenn er anschließend einen Kater bekommt.
Gerhard Uhlenbruck

Die Katzen halten keinen für eloquent, der nicht miauen kann. *Marie von Ebner-Eschenbach*

Nachdem sie neunhundert Ratten gefressen, ging die Katze auf eine Pilgerreise. *Indisches Sprichwort*

Wenn die Katze Unglück hat, so bleibt ihr die Maus im Halse stecken. *Lettisches Sprichwort*

Nur ein Narr schafft sich für jede Maus eine Katze an. *Spanisches Sprichwort*

Kaum loben wir die Katzen,
da flieh'n sie die Matrazen
und jagen arme Spatzen. *Arabisches Sprichwort*

Für die **Maus** ist die Katze ein Löwe.
Albanisches Sprichwort

Ratten, die das Schiff verlassen haben, nehmen es ihm übel, wenn es nicht sinkt. *Wieslaw Brudzinski*

Sitzt die Maus am Speck, so piept sie nicht.
Abraham a Sancta Clara

Mein größter Wunsch ist es zu sehen, wie eine Maus eine Katze bei lebendigem Leibe frißt. Sie soll aber auch lange genug mit ihr spielen. *Elias Canetti*

In ihrem Loch ist die Maus König.
Stanislaw Jerzy Lec

Gute Tiere, spricht der Weise,
mußt du züchten, mußt du kaufen,
doch die Ratten und die Mäuse,
kommen ganz von selbst gelaufen.
Wilhelm Busch

Was kann die Maus tun in der Falle?
Am Speck sich laben, – bis er alle!
Christian Friedrich Hebbel

Man sollte seine Vorbilder sehr sorgsam auswählen: eine Maus hat keine Chance, ein Elefant zu werden.
Frank Sinatra

Eine schlechte Maus, die nur ein Loch kennt.
Titus Maccius Plautus

Es gibt Leute, welche den **Vogel** ganz genau zu kennen glauben, weil sie das Ei gesehen, woraus er hervorgekrochen ist.
Heinrich Heine

Der Adler fliegt allein, der Rabe scharenweise,
Gesellschaft braucht der Tor,
und Einsamkeit der Weise. *Friedrich Rückert*

Könnte ein Vogel genau sagen, was er pfeift, warum er das pfeift und was in ihm pfeift, würde er nicht pfeifen. *Paul Valéry*

Meine Gänse haben mich immer als eine Art Ehrengans in ihren Kreis aufgenommen. *Konrad Lorenz*

Der Pavian sprach zum Maskenschwein,
wie kann man nur so häßlich sein?
Der Marabu, der schaut ihn an
mit schiefem Kopf, und sprach: Man kann!
Rudolf Presber

Als einstmals Maulwürfe einen toten Adler in den Boden verscharrt hatten, beurteilten und bekrittelten sie von da an den Flug der Vögel.
Chinesische Weisheit

Wer auf den Kirchturm steigt, dem fliegen die Dohlen um den Kopf. Wer unten steht, dem scheißen sie drauf. *Herbert Wehner*

Die Möwen sehen alle aus, als ob sie Emma hießen.
Christian Morgenstern

Das Leben geht weiter, sagt die Gans, obwohl der Fuchs schon im Stall war.
Frankfurter Allgemeine Zeitung

Alles auf dieser Welt ist relativ. Fragen Sie mal Gänse und Truthähne nach ihrer Meinung über Weihnachten. *Unbekannt*

»Ein Spatz in der Hand ist besser als eine Taube auf dem Dach«, so sagt man, – doch ist der Spatz völlig anderer Meinung. *Robert Lembke*

Jeder weiß, was so ein Mai-
käfer für ein Vogel sei. *Wilhelm Busch*

Der Klapperstorch hat krumme Beine,
die Kinder werfen ihn mit Steine,
– aber Kinder bringt er keine. *Joachim Ringelnatz*

Eine Katze, die einen Kanarienvogel gefressen hat, kann drum noch nicht singen. *Sprichwort*

Wußten Sie schon, daß eine Schwalbe zwar noch keinen Sommer, zwei Schwalben jedoch schon einen Haufen Schwalben machen können?
Robert Gernhardt

Was der Pfau am Kopf zu wenig hat, hat er am Schwanz zu viel! *Deutsches Sprichwort*

Die vielen Schwalben, die der Sommer macht, haben sich verflogen, und zurückgeblieben ist die eine, die ihn nicht macht. *Erwin Chargaff*

Es badet sich die Kräh' mit allem Fleiß
und kann doch niemals werden weiß.
Freidank

Es sitzt ein Vogel auf dem Leim,
er flattert sehr und kann nicht heim.
Ein schwarzer Kater schleicht herzu,
die Krallen scharf, die Augen gluh.
Am Baum hinauf und immer höher
kommt er dem armen Vogel näher.
Der Vogel denkt: Weil das so ist
und weil mich doch der Kater frißt,
so will ich keine Zeit verlieren
und lustig pfeifen wie zuvor.
Der Vogel, scheint mir, hat Humor.
Wilhelm Busch

Binsenwahrheiten

Glücklich ist, wer vergißt,
was doch nicht zu ändern ist. *Johann Strauß*

Worauf am meisten man erpicht,
– gerade das bekommt man nicht! *Wilhelm Busch*

Wenn man den Kopf in den Sand steckt, so bleibt doch der Hintern zu sehen. *Japanisches Sprichwort*

Man kann zwar ein Kamel zum Wasser führen, doch trinken muß es selber! *Arabisches Sprichwort*

Drei Haare in der Suppe sind relativ viel, drei Haare auf dem Kopf relativ wenig. *Unbekannt*

Man kann mit einer geladenen Pistole umgehen, auch kann man mit einer ungeladenen Pistole umgehen, aber man kann mit keiner Pistole umgehen, von der man nicht weiß, ob sie geladen oder ungeladen ist. *Marie von Ebner-Eschenbach*

Man liebt zwar den Käse, – aber man deckt ihn zu. *Wilhelm Busch*

Stellt einer die Behauptung auf, die Erde sei ein Würfel, so denkt er ohne Zweifel unabhängig. Allerdings auch falsch! *Hans Kasper*

Du kannst nicht zwei Pferde mit einem Hintern reiten. *Woody Allen*

Man muß in den Dreck hineingeschlagen haben, um zu wissen, wie weit er spritzt. *Wilhelm Raabe*

Jeder kann den Kummer meistern, nur der nicht, der ihn hat. *William Shakespeare*

Wenn die Wunde verheilt ist, verschwinden auch die Fliegen. *Unbekannt*

Sackgassen können niemals Einbahnstraßen sein. *Hans-Horst Skupy*

Am meisten Unkraut trägt der fetteste Boden. *William Shakespeare*

Der Mensch ist mit der Gewohnheit verwachsen; das Atemholen ist auch nur eine Gewohnheit; wenn man sich's aber abgewöhnt, ist man hin. *Johann Nepomuk Nestroy*

Alle Gedanken einer Schildkröte sind Schildkröte, und die eines Hasen sind Hase. *Ralph Waldo Emerson*

Die Katze, die der Jäger schoß, macht nie der Koch zum Hasen. *Johann Wolfgang von Goethe*

Hundert graue Pferde machen nicht einen einzigen Schimmel. *Johann Wolfgang von Goethe*

Ein Tag wird vom anderen gestoßen. *Quintus Flaccus Horaz*

Kurze Irrungen sind die besten! *Jean Baptiste Molière*

Angesichts fauler Äpfel fällt einem die Wahl schwer! *William Shakespeare*

Wer nicht kann, was er will, der wolle eben, was er kann! *Unbekannt*

Ein leerer Sack steht nicht aufrecht. *Benjamin Franklin*

Mensch, mein Urteil will nicht frech sein
und ich übe gern Geduld.
Neunmal Pech mag neunmal Pech sein,
aber zehnmal Pech ist Schuld! *Alfred Kerr*

Wer im tiefsten Loch von allen,
der kann nicht mehr tiefer fallen. *Samuel Butler*

Während der Baumblüte kann man die Früchte noch nicht essen. *Benjamin Disraeli*

Daraus, daß die Sonne bisher jeden Tag aufgegangen ist, folgt logisch nicht, daß sie es morgen wieder tun wird. *Carl Friedrich von Weizsäcker*

Wenn Insekten nicht schädlich wären, so wären Vögel kaum nützlich. *Walter Vogt*

Argumente nützen gegen Vorurteile so wenig wie Schokoladenplätzchen gegen Stuhlverstopfung. *Max Pallenberg*

Was nützt ein goldener Kopf ohne einen bleiernen Hintern? *Volksmund*

Nehmen se de Menschen, wie se sind. Andere jibt's nicht. *Konrad Adenauer*

Man kann aus einem Wischlappen keinen Funken schlagen. *Egon Friedell*

Heu machen kann schließlich jeder, wenn der Himmel Gras wachsen läßt. *Karl Heinrich Waggerl*

Wenn die See ruhig ist, so kann jedermann das Steuerrad halten. *Publilius Syrus*

Aus einem traurigen Arsch kommt kein fröhlicher Furz. *Martin Luther*

Mancher sucht sein Leben lang die Brille der Erkenntnis, ohne zu merken, daß er sie schon auf der Nase hat. *Wilhelm Raabe*

Wer stets zu den Sternen aufblickt, der wird bald auf der Nase liegen. *Schottisches Sprichwort*

Der Bau von Luftschlössern kostet nichts, – aber ihre Zerstörung ist sehr teuer. *François Mauriac*

Niemand kann auf einen Baum steigen, der keine Äste hat. *Lappländisches Sprichwort*

Die Dinge sind allhie verpackt,
daß man sie nicht wie Nüsse knackt. *Wilhelm Busch*

Eine stillstehende Uhr hat doch täglich zweimal richtig angezeigt und darf nach Jahren auf eine lange Reihe von Erfolgen zurückblicken. *Marie von Ebner-Eschenbach*

Das Steckenpferd ist das einzige Pferd, das über jeden Abgrund trägt. *Christian Friedrich Hebbel*

Mit einem Steckenpferd ist noch selten jemand über den Berg gekommen. *Karl Peltzer*

Des Schweines Ende ist der Wurst Anfang. *Wilhelm Busch*

Bevor man den Kopf schüttelt, sollte man sich vergewissern, daß man einen hat. *Hans Kasper*

Bei den Hottentotten ist nicht einmal Napoléon berühmt. *Marie von Ebner-Eschenbach*

Wenn man nichts verdient, kann man auch nichts ausgeben. *Otto Graf Lambsdorff*

Ein witziger Einfall wirkt besser als ein hitziger Ausfall. *Fliegende Blätter*

Indessen ist die größte Eiche einmal eine Eichel gewesen, die jedes Schwein verschlucken konnte. *Arthur Schopenhauer*

Dort wo die Ziege angebunden ist, muß sie wohl oder übel grasen. *Jean Baptiste Molière*

Eine schöne Utopie ist bestimmt besser als eine traurige Tatsache. *Gidon Kremer*

Kaum hatte er den Aufstieg hinter sich, da hatte er den Abstieg vor sich. *Ägyptisches Sprichwort*

Gib Dich wie Du bist – eine Glatze im Wind ist besser als eine Perücke! *Jakob Adolf Lorenz*

Das fatale am Paradies ist das: Man kann es nur im Leichenwagen erreichen. *Sacha Guitry*

Wer viele Sprachen spricht, kann in vielen Sprachen Unsinn reden. *Alexander Roda Roda*

Wenn man auf Kohlen sitzt, kann man nicht recht warm werden. *Fliegende Blätter*

Wenn der Hahn kräht auf dem Mist,
so ändert sich's Wetter oder es bleibt, wie's ist.
Volksmund

Bezeichnenderweise meint man mit dem Allerwertesten nicht den Kopf. *Rainer Malkowski*

Ist der Mond voll, so nimmt er ab. *Laotse*

Auch auf dem höchsten Thron sitzt man auf dem eigenen Hintern. *Michel de Montaigne*

Es ist keine Kunst, jung zu sein, wenn man vierundzwanzig Jahre alt ist. *Charlie Chaplin*

Der Hunger ist der beste Koch, – doch hat er nichts zu essen. *Freidank*

Die Sahara ist nicht der einzige Ort, wo alles im Sand verläuft. *Wolfgang Gruner*

Das Meer noch niemals größer ward,
weil eine Gans das Wasser spart. *Freidank*

Es ist nicht alles Talmi, was glänzt. *Peter Hille*

Wer nichts besitzt, braucht sich vor keinem Verlust zu fürchten. *Russisches Sprichwort*

Spare in der Not, – da haste Zeit! *Unbekannt*

Mit seinem eigenen Geruch ist jeder einverstanden. *Spanisches Sprichwort*

Nach dem Gesetz der Schwerkraft ist es leichter, den Mund zu öffnen als ihn zu schließen. *Unbekannt*

Die Häßlichkeit entstellet immer,
selbst die schönsten Frauenzimmer. *Volksmund*

Die Hausfrau auf und nieder wischt,
sie tut's für nischt und wieder nischt.
Berliner Schnauze

Der Pfad in die Höhe ist ebenderselbe, der in die Tiefe führt. *Heraklit*

Handelt es sich um einen Geburtstag? Zweifellos! Dann begräbt man gerade das Jahr, das zu Ende ging! *Alexander Pope*

Was nicht in die Wurzel geht, geht auch nicht in die Krone. *Friedrich Georg Jünger*

Es ist schwer, werte Bürger, mit dem Bauche zu argumentieren, denn der hat keine Ohren.
Marcus Porcius Cato, der Jüngere

Ein geschlossener Mund fängt keine Fliegen.
Miguel de Cervantes

Die Hindus in der Wüste geloben, keine Fische zu essen. *Johann Wolfgang von Goethe*

Wie man's macht, is es falsch. Und macht man's falsch, isses ooch nich richtig. *Berliner Schnauze*

Ein Individuum ist eine Folge von Individuen.
Samuel Beckett

Am besten wechselt man die Pferde nicht während einer Flußüberquerung. *Abraham Lincoln*

Establishment ist die Gemeinschaft der Hände, die einander dauernd waschen, ohne dadurch sauberer zu werden. *Colin Wilson*

Wer einmal vom Fenster weg ist, hat keine Aussichten mehr. *Gerhard Uhlenbruck*

Ein Kreis ist die größte Distanz von Punkt zu Punkt.
Unbekannt

Es gibt nichts Dauerhaftes, – es sei denn der Wechsel aller Dinge. *Heraklit*

Wenn man Salz braucht so nützt es nichts, daß man Zucker hat. *Jüdisches Sprichwort*

Die große Armut in der Stadt kommt von der großen Powerteh her. *Fritz Reuter*

Meist ist der Ausgang dort, wo der Eingang war.
Stanislaw Jerzy Lec

Der Zeitpunkt des Sonnenaufgangs hängt von der geographischen Lage ab. *Stanislaw Jerzy Lec*

Das Gesicht befindet sich am oberen Teil des Körpers, damit man den Himmel betrachten kann.
Publius Naso Ovid

Schönheit ist eine bessere Empfehlung als irgendein Empfehlungsschreiben. *Aristoteles*

Wer nie ein Kopfkissen besaß, – dem fehlt's auch nicht! *George Eliot*

Es gibt nur eine einzige Sache von Bestand auf dieser Welt: die Beständigkeit! *Jonathan Swift*

Die beste Art, sein Wort zu halten, ist, es nicht zu geben. *Napoléon Bonaparte*

Im Dunkeln errötet niemand. *Unbekannt*

Wer übers Ziel hinausrast, hat dasselbe Pech wie der, der's nie erreicht. *Michel de Montaigne*

Dem Himmel ist's völlig egal, ob wir Mücken oder Elefanten sind. *Jean de La Fontaine*

Eine einzige kleine Wolke genügt, um die Sonne zu verdecken. *Baltasar Gracián*

Man braucht nur einen kleinen Schluck Meerwasser zu trinken, um zu ersehen, welchen Geschmack es hat. *Alexander Solschenizyn*

Die meisten Männer, die über vierzig sind, sind entweder Junggesellen oder verheiratet. *Curt Goetz*

Dreht sich ein Rad, so ist stets der eine Teil des Rades oben und der andere unten. *Plutarch*

In dunkler Nacht verläßt uns gar der eigene Schatten! *Humberto de Campos*

Wer eine Nuß essen will, muß sie erst knacken. *Titus Maccius Plautus*

Es ist schlimm, Nachbar eines schlimmen Nachbarn zu sein. *Titus Maccius Plautus*

Lebe, als wenn jeder Tag der letzte wäre; eines schönen Tages wirst du recht haben! *Unbekannt*

Es ist ein gewaltiger Unterschied, ob man eine Ohrfeige gibt oder eine bekommt. *Jules Normand*

Ob's Lieschen Müller oder Einstein sagt: Zwei mal zwei ist vier! *Georg Herbert*

Wenn einer zu lange abwartet, um ein perfektes Testament zu erstellen, so wird er ohne ein solches sterben. *George Bernard Shaw*

Auch mit krummen Beinen kann man gerade laufen. *Jakob Adolf Lorenz*

Wer dauernd Kaffeepausen macht, kann nicht alle Tassen im Schrank haben. *Gerhard Uhlenbruck*

Ein Baumstamm, der jahrelang im Wasser liegt, wird nie ein Krokodil. *Afrikanischen Sprichwort*

Das weiß ein jeder, wer's auch sei,
gesund und stärkend ist das Ei! *Wilhelm Busch*

Auch die hohlste Nuß will noch geknackt sein. *Friedrich Nietzsche*

Die meisten Menschen können auf nichts verzichten, da sie nichts besitzen. *Marcel Jouhandeau*

Man kann sich auch an offenen Türen den Kopf einrennen. *Erich Kästner*

Wo Schatten ist, muß auch irgendwo Licht sein. *Graffito*

Übertretungen kommen nur von den Geboten, Hühneraugen von zu engen Schuhen. *Peter Hille*

Die meiste Zeit verbringt man damit, die Zeit zu verbringen. *Philip Paul de Segur*

Nach vielen Jahren gewaltiger Anstrengungen erreichte er den Gipfel und stellte fest, daß dort niemand wohnte. *Millôr Fernandes*

Da die Verstorbenen in ihren Nachfahren weiterleben, gibt es in Wahrheit keine Toten. *Fernöstliche Binse*

Fremd ist der Fremde nur in der Fremde! *Karl Valentin*

Wer Fische fangen will, muß sich zuerst ans Wasser begeben. *Unbekannt*

Trockenheitsperioden wären nicht so schlimm, wenn nicht Wasser fehlen würde. *Unbekannt*

Ein Mensch sieht ein – und das ist wichtig:
Nichts ist ganz falsch und nichts ganz richtig!
Eugen Roth

Weh dem, der allein ist, wenn er fällt! Dann ist kein anderer da, der ihm aufhilft. *Prediger 4,10*

Wer in der Finsternis wandelt, der weiß nicht, wo er hingeht. *Johannes 12,35*

Es ist besser, einer sei arm und dabei frisch und gesund denn reich und ungesund. *Jesus Sirach 30,14*

Und da er vierzig Tage und vierzig Nächte gefastet hatte, hungerte ihn. *Matthäus 4,2*

Alle Wasser laufen ins Meer, doch wird das Meer nicht voller. *Prediger 1,7*

Auch die stärkste Zahl braucht die Unterstützung von Nullen. *Zarko Petan*

Um an die Quelle zu kommen, muß man gegen den Strom schwimmen. *Stanislaw Jerzy Lec*

Luftschlösser sind unzerstörbar, weil sie ohne Fundament auskommen. *Ron Kritzfeld*

Wenn man auch seiner Krücken spottet, so kann man darum doch nicht besser gehen. *Heinrich Heine*

Wer barfuß geht, den drücken die Schuhe nicht.
Unbekannt

Wer mahlen will, muß in der Mühle bleiben.
Sprichwort

Nur, wo das Meer seicht ist, kann man auf den Grund sehen. *Unbekannt*

Ein Bogenschütze soll nicht hin und wieder treffen, sondern hin und wieder danebenschießen.
Lucius Annaeus Seneca

Es gibt keinen mit einem zu kurzen Fuß, der nicht auch einen längeren Fuß daneben hat. *Johann Nepomuk Nestroy*

So lang's net blitzt, schlägt's au net ei!
Schwäbisches Sprichwort

Es gibt vielerlei Lärme, aber es gibt nur eine Stille.
Kurt Tucholsky

Scheint die Sonne noch so schön, einmal muß sie untergehn. *Ferdinand Jakob Raimund*

Wenn immer mehr Leute die Arbeit verlieren, führt das zu Arbeitslosigkeit. *Calvin Coolidge*

Wen Gott naß macht, den macht er auch wieder trocken. *Karl Simrock*

Wer vorwärts kommen will, darf nie gleichzeitig mit beiden Füßen auf der Erde stehn. *Hans Kudszus*

Wer Unheil ausbrütet, wird es auch fliegen lassen.
Wilhelm Raabe

Nicht auf jeden Fuß paßt derselbe Schuh.
Publilius Syrus

Mit einem Vulkan ist nicht zu reden.
Friedrich Georg Jünger

Am Regenbogen muß man nicht Wäsche aufhängen wollen. *Christian Friedrich Hebbel*

Im Falle eines Falles
ist richtig fallen alles! *Werner Mitsch*

Wenn ein Zug in die falsche Richtung fährt, sind alle Stationen falsch. *Franz Josef Strauß*

Am schwersten läßt sich der Punkt über dem i ausradieren. *Stanislaw Jerzy Lec*

Wenn ein Fisch nicht frisch ist, so taugt er nichts.
Titus Maccius Plautus

Je größer die Stiefel, desto größer der Absatz!
Karl Kraus

Analphabeten können am besten zwischen den Zeilen lesen. *Peter Benary*

Auch das größte Maul wird am Ende mit Erde gestopft. *Hans-Hermann Kersten*

Dem ehernen Gesetz des Falles
gehorcht auf Erden alles. *Erich Kästner*

Was irgendeinem passieren kann, kann jedem passieren. *Publilius Syrus*

Fehlt es am Wind, so greife zum Ruder.
Deutsches Sprichwort

Man muß den Sack zubinden, ehe er voll ist.
Französisches Sprichwort

Wer die Saat verfüttert hat,
kann nicht erwarten,
daß der Weizen blüht.
Norbert Blüm

Verliert man die Schuhe, so behält man doch die Füße. *Deutsches Sprichwort*

Wer im Heu eine Nadel verloren hat, suche sie im Heu! *Chinesisches Sprichwort*

Nicht überall, wo Wasser ist, sind Frösche; aber wo man Frösche hört, ist Wasser.
Johann Wolfgang von Goethe

Ein gutes, kleines Terrain in Middlessex ist besser als ein Fürstentum in Utopia.
Lord Thomas Babington Macaulay

Das Elend trifft am stärksten den, der darunter leidet. *Bernhard G. Weber*

Selbst wenn du die Kuh mit Schokolade fütterst, wirst du nicht Kakao melken. *Stanislaw Jerzy Lec*

Man kann keine Omelette machen, ohne Eier zu zerbrechen. *Honoré de Balzac*

Es ist zwar wahr, Esprit ist Nonsens, aber nicht jeder Nonsens ist Esprit. *Georg Christoph Lichtenberg*

Zuviel Luft ist immer besser als zuwenig.
Theodor Fontane

Bei Vergangenem können nicht mal Götter Hilfe leisten. *Plinius der Jüngere*

Stille Wasser sind tief; leere Brunnen auch.
Helmut Arntzen

Habe mein ganzes späteres Leben danach ausgerichtet, daß vier ausgeschlafene Stunden besser sind als zwölf müde. *Theodor Fontane*

Nur der, der *nichts* weiß, weiß es ganz bestimmt.
Theodor Fontane

Verballhornte Sprichwörter, Phrasen

Nach den Flitterwochen kommen die Zitterwochen.

Der Mann ist der Kopf, doch die Frau verdreht ihn.

Der eine liebt den Pfarrer, der andere dessen Frau.

Irren ist männlich.

Ich habe ein Bett weniger zu machen, sagte die Magd, – da schlief sie bei ihrem Herrn.

Üb immer Treu und Müdigkeit. *Graffito*

Genießt der Jüngling ein Vergnügen,
so sei er dankbar und verschwiegen.

Mädchen, die pfeifen und Hühnern, die krähn,
den soll man bei Zeiten die Hälse umdrehn.

Es ist besser, mit dem Fuß auszugleiten als mit der Zunge.

Mit zween Herrn ist schlecht zu kramen,
noch viel schlechter mit zwei Damen.

Heiraten ist die erste Dummheit, die man begeht, wenn man vernünftig geworden ist.

Der Ehestand ist eine Prozession, wo immer das Kreuz vorangeht.

Des Ehestandes Ketten sind so schwer, daß sie nur zu Dritt getragen werden können.

Ein Weib, das bewacht werden muß, ist des Wächters nicht wert.

Wer Glück hat, trifft einen Freund, wer Pech hat, trifft eine schöne Frau.

In Kino veritas. *Graffito*

Es gibt nichts zu tun, – fangt schon mal an! *Graffito*

Es sagt zur Braut der Bräutigam:
Ein jeder macht's so gut er kann!

Man soll die Frauen feiern wie sie fallen.

Liebe macht blind und nicht selten ein Kind.

Alte Liebe rostet doch.

Jung gefreit, macht alt gescheit.

Ein Mann, ein Wort, – eine Frau, ein Wörterbuch!

Wissen ist Macht, nichts wissen macht nichts.
Graffito

Hast du genug vom Freund, – so leihe ihm Geld!

Lache, – und die Welt lacht mit dir, schnarche, – und du schläfst allein.

Wer zuletzt lacht, löscht das Licht aus.

Wer einen Wachskopf hat, darf nicht in die Sonne gehen.

Glücklich ist, wer vergißt, daß ihm nicht zu helfen ist.

Lieber Glück im Unglück als Pech in der Strähne.

Man soll den Tag nicht vor dem Abendblatt loben.

Wer sich unter die Kleie mengt, den fressen die Schweine.

Wenn der Krämer seinen Kram nicht berechnet, berechnet der Kram den Krämer.

Wer kauft, was er nicht braucht, muß, was er braucht, verkaufen.

Lerne klagen, ohne zu leiden.

Schweine und Geizhälse nützen erst nach ihrem Tode.

Wer andern eine Grube gräbt, ist selbst ein Schwein.

Ein blindes Huhn sieht mehr als zwei.

Sage mir, was du mich willst, und ich sage dir, was du mich kannst. *Gerhard Uhlenbruck*

Trost gibt dir in allen Dingen
Ritter Götz von Berlichingen. *Gerhard Uhlenbruck*

Mein Kind, wenn dich die bösen Buben locken,
so folge ihnen auf den Socken.

Lieber gesund und reich als arm und krank.

Lieber durch Glück dumm als durch Schaden klug.

Man muß das Beste hoffen, das Schlimmste kommt von selbst.

Einen Affen bringt man mit nach Haus,
und morgens wird ein Kater d'raus!

Bauern und Schweine haben immer etwas zu grunzen.

Käme es auf den Bart an, so könnte die Ziege predigen.

Bete und arbeite, sagt die Welt:
Bete kurz, denn Zeit ist Geld!

Wer dem Schweine gibt, wenn's grunzt, und dem Kinde, wenn's schreit, bekommt ein fettes Schwein und ein verzogenes Kind.

Wem das Glück wohl will, dem kälbert der Ochs.

Tu Gutes und wirf das Brot ins Meer,
sieht's der Fisch nicht, so sieht's doch der Herr.

Dem Arzt und dem Totengräber wünscht man kein »Gutes Jahr«.

Lieber krank feiern als gesund schuften!

Es gibt vierzig Arten von Verrücktheit, aber nur eine von gesundem Menschenverstand.

Besser ein Diamant mit einem Flecke als ein Kieselstein ohne!

Jeder Europäer, der nach Indien kommt, lernt Geduld, wenn er keine hat, und verliert sie, wenn er sie hat.

Ein Haar auf den Zähnen wiegt tausend auf dem Kopfe auf.

Des Negers Teufel ist weiß.

Die erste Nacht am Galgen ist die schlimmste.

Wenn's im Herzen bitter ist, so hilft im Munde kein Zucker.

Wer nichts weiß, zweifelt an nichts.

Die Dankbarkeit ist in den Himmel gestiegen und hat die Leiter mitgenommen.

Und wenn der ganze Schnee verbrennt, die Asche bleibt uns doch!

Wer zuletzt lacht, versteht den Witz nicht.

Morgenstund hat kurze Beine.

Lügen haben Gold im Mund.

Wo rohe Kräfte sinnlos walten,
da kann kein Knopf die Hose halten.

Lügen haben oft schöne und lange Beine.

Alle Menschen sind vor dem Gesetz gleichgültig.

Mancher ißt sich seines Todes sicher.
Hans-Horst Skupy

Viele Breie verderben den Koch. *Orson Welles*

Ungleich und Ungleich gesellt sich gern.
Gerhard Uhlenbruck

Was du heute kannst besorgen, kannst du dir morgen bestimmt nicht mehr leisten.

Erstens kommt es anders, und zweitens als man denkt.

Wer langsam geht, kommt auch zu spät.

Sage mir, mit wem du *nicht* umgehst, und ich sage dir, wer du bist. *Millôr Fernandes*

Wer's glaubt, wird auch nicht selig.

»Was tun«, spricht Zeus, »die Götter sind besoffen.«

Geld allein macht nicht glücklich, – man muß es auch haben.

Arbeit adelt, – wir bleiben bürgerlich.

Arbeit macht Spaß, – also Spaß beiseite.

Arbeit ist aller Laster Anfang.

Arbeit ist Silber, Nichtstun ist Gold!

Arbeit ist der Fluch der trinkenden Klassen.
Oscar Wilde

Wer andern den Finger ins Maul steckt, der will gebissen sein. *Johann Agricola*

Hättest du nicht geschwiegen, wärst du Philosoph geworden. *Michael Richter*

Besser den Schalk im Nacken als die Faust im Gesicht. *Winfried Bornemann*

Torheit schützt vor Alter nicht. *Werner Finck*

Wes das Herz leer ist, des geht der Mund über.
Karl Kraus

Aller Anfang ist die Anzahlung. *Unbekannt*

Ohne Preis kein Fleiß.

Wer offene Türen einrennt, braucht sich nicht zu fürchten, daß ihm die Fenster eingeschlagen werden. *Karl Kraus*

Der Zweck heiligt höchstens noch die Waschmittel. *Helmut Qualtinger*

Es kann der Frömmste nicht in Frieden fluchen.
Werner Mitsch

Wie man sich bettet, so liegt die Frau.
Hans-Horst Skupy

Kinder und Narren haben kurze Beine. *Unbekannt*

Der Mensch denkt, aber der Nebenmensch lenkt.
Karl Kraus

Lieber lügen als kurze Beine. *Winfried Bornemann*

Scheue Recht und tue nie was. *Wilhelm Busch*

Warum in die Ferne schweifen, sieh, das Böse liegt so nah. *Herbert Marcuse*

Wer im Steinhaus sitzt, soll nicht mit Gläsern werfen. *Unbekannt*

Alter schützt vor Toren nicht. *Winfried Bornemann*

Ewig währt am längsten. *Fliegende Blätter*

Wer zuletzt kommt, beißt die Hunde. *Franz Mon*

Wo ein Unwille, da ein Umweg. *Michael Rumpf*

Der Krug geht so lange zum Brunnen, bis Frau Krug Verdacht schöpft. *Werner Mitsch*

Was dem einen sein Sex, ist dem andern sein Komplex. *Werner Mitsch*

Ein Zwilling kommt selten allein. *Robert Gernhardt*

Wo kein Weg ist, ist auch kein Wille.
Gerhard Uhlenbruck

Frech gesagt, ist halb gewonnen.
Gerhard Uhlenbruck

Anhang

(Das Autoren-Register wurde in Anlehnung an »Meyers großes Lexikon« alphabetisiert. Die Umlaute ä, ö und ü werden wie a, o und u behandelt.)

Autoren

Quellen

Benjamin, Alexander, Das große Buch der Aperçus und Pointen, Wilhelm Heine Verlag, München 1984
Bernhard, Karl, Zum Zeitvertreib – Montaigne, Diogenes Verlag, Zürich 1985
Bömmel, Susanne und Micha Göbig, Das ist des Pudels Kern, Compact Verlag, München 1966
Böttcher, Berger, Krolop, Zimmermann, Geflügelte Worte, VEB-Bibliographisches Institut, Leipzig 1988
Büchmann, Georg, Geflügelte Worte, A. Weichen, Berlin 1915

Castro, Ruy, O melhor do mau humor, Cia. de Letras, São Paulo 1991.
Castor, Ruy, O amor de mau humor, Cia. de Letras, São Paulo 1991
Chalita, Mansur, Os mais belos pensamentos. Ass. Cultural Cibran, Rio de Janeiro
Copeland, Lewis, Popular Quotations for all Uses, Garden City Publ. Comp., New York 1942

Dedecius, Karl, Das große Stanislaw Jerzy Lec-Buch, Goldmann 1971
Della Nina, Aldo, Dicionario da sabendaria, Ed. das Americas, São Paulo, Brasilien, 1964
Dencker, Klaus-Peter, Deutsche Unsinnspoesie, Stuttgart1978
Dictionaire de l' amour, Editions de la Tournelle, Paris 1946
Dietzel, Volker, Die ganze Welt steht auf der spitzen Zunge, Jüdische Sprichwörter, Gustav Kiepenheuer Verlag; Leipzig und Weimar 1987
Drew, Jörg & Co., Das endgültige zynische Lexikon, Haffmanns Zürich 1989
Duailibi, Roberto, Phrase Book, Cultura Editores, São Paulo 1991
–, Phrase Book III, Editora Mandarim, S. Paulo1996

Eichelberger, Ursula, Zitatenlexikon, VEB Bibliographisches Institut, Leipzig 1981

Fernandes, Millôr, Definitivo a biblia do cáos, L & PM-Editores, Porto Alegre RS, Brasilien, 1994
Fischer, Michael, Ruff uffn Rummel, Ullstein, Berlin 1986
Fieguth, Gerhard, Deutsche Aphorismen, Reclam, Stuttgart 1978
Fitzhenry, Robert, 1. Book of Quotations, Barnes & Noble, New York 1986
Fried, Alfred Hermann, Lexikon fremdsprachiger Citate, Ph. Reclam, Leipzig 1888
Frey, Ulrich, Lexikon der treffenden Anekdoten, Ullstein, Berlin 1995

Gerr, Elke, 4000 Sprichwörter und Zitate, Humboldt, München 1989 Graubner, Marga, Zitatenauslese, F. Englisch, Wiesbaden 1978
Grün, Heinrich, Sex ist gut fürs Denken, Eichborn, Frankfurt 1995
Gutknecht, Christoph, Lauter spitze Zungen, C.H. Beck'-sche Verlagsbuchhandlung, München 1996

Harenberg, Bodo, Harenberg Lexikon der Sprichwörter und Zitate, Harenberg Kommunikation Verlags- und Medien GmbH & Co., Dortmund 1997
Hellwig, Gerhard, Das große Buch der Zitate, Orbis-Verlag, 1990
Heldt, Uwe, Lust am Lachen, Piper München, 1990
Hindermann, Heiser, Deutsche Aphorismen aus drei Jahrhunderten, Manesse-Verlag, Zürich 1987

Jameson, Egon, ABC der dümmsten Sätze, Rowohlt, Einbeck 1965
–, ABC der klügsten Sätze, Consens-Verlag, Stuttgart 1990
John, Johannes, Reclams Zitatenlexikon, Philipp Reclam jun., Stuttgart 1992
Juling, Peter, Treffendes über Politik, Bleicher Verlag, Gerlingen 1983
Jean Paul, Ideen-Gewimmel, Eichborn-Verlag, Frankfurt a.M. 1996

Kirchenberger, J.H., Das große Krüger Zitatenbuch, Krüger-Verlag, Frankfurt am Main 1977
Kladderadatsch, Satirisches Wochenblatt, Berlin, 1848–1942
Krüger-Lorenzen, Kurt, Deutsche Redensarten und was dahinter steckt, UMA-Verlag, Wiesbaden 1960
Klohna, Otto, 1000 Worte zum Mitnehmen, St. Gabriel, Wien 1995

Lembke, Robert, Grüße aus dem Fettnäpfchen, Langen-Müller, München 1986
Lipperheide, Franz Freiherr von, Spruchwörterbuch, Selbstverlag, Berlin 1907
Lehmann, Heidi, Wer die Wahrheit sagt, muß ein schnelles Pferd haben, DTV, München 1983

Masucci, Folco, Dicionario der Pensamentos, Ed. Leia, São Paulo 1946
Masucci, Dicionario humoristico, Ed. Leia, São Paulo 1958
Mehring, Margit, Zitate und Sprichwörter von A-Z, Bassermann, Niedernhausen 1993

Menzel, Hans, Illustrierte Spruch-Auslese, Bände 1–3, Bella-Prind-Verlag, Hinterbrühl, Österreich, 1994
Mittler, Franz, Gesammelte Schüttelreime, R. Piper, München,
Mieder, Wolfgang, Verdrehte Weisheiten, Quelle & Meyer, Wiesbaden 1998
Moewig, Das Hausbuch der Zitate und Weisheiten, Verlagsunion Erich Pabel-Arthur Moewig KG., Rastatt 1992

Neubauer, F. Friedrich, Augentrost für Manager, Seewald, Stuttgart 1948
Niemann, Peter, Auf den Punkt gebracht, Ullstein, Berlin und Frankfurt 1994
Normann, Reinhard v., Der treffende Vers, Ott-Verlag, Thun 1981

Peltzer, Karl, Das treffende Zitat, Ott-Verlag, Thun 1989
–, Das treffende Wort, Ott-Verlag, Thun 1959
Peltzer, Karl, u. Reinhard v. Normann, Das treffende Zitat, Ott-Verlag, Thun 1989
Polgar, Alfred, Handbuch des Kritikers, Paul Zsolnay, Wien 1980
Puntsch, Eberhard, Zitatenhandbuch, Bände 1 und 2, Moderne Verlagsgesellschaft, München 1991

Reichel, Gerhard, Zitate, Pointen, Geistesblitze, Brigitte Reichel-Verlag, Forchheim 1995
Röhrich, Lutz, Das große Lexikon der sprichwörtlichen Redensarten, Herder-Verlag, Freiburg im Breisgau 1991
Rónai, Paulo, Dicionario Universal de Citações, Nova Ronteira, São Paulo 1985
Ronner, Markus M., Die treffende Pointe, Ott-Verlag, Thun 1975
–, Neue treffende Pointe, Ott-Verlag Thun 1978
–, Der treffende Geistesblitz, Ott-Verlag, Thun 1990
–, Treffende Pointen ums liebe Geld, Ott-Verlag, Thun 1985

Schmidt, Lothar, Schlagfertige Definition, Rowohlt, Reinbeck 1992
–, Das treffende Zitat zur Politik, Recht und Wirtschaft, Rowohlt, Reinbeck 1989
–, Geld, Aphorismen und Zitate, Rowohlt, Reinbeck 1990
Scholze-Stubenrecht, Werner, DUDEN, Zitate und Aussprüche, Band 12, Duden-Verlag, Mannheim 1993
Schoeps, Hans-Joachim, Ungeflügelte Worte, Burg-Verlag, Sachsenheim, 1990
Schüssler, Thomas G., Das Beste von Gott, Haffmanns
Simplicissimus, Politisch-satirische Wochenschrift, München 1896, Jahrgänge 1897-1944 und 1955-1964
Simrock, Karl, Die deutschen Sprichwörter, Reclam, Stuttgart 1988
Skupy Hans-Horst, Das große Handbuch der Zitate, Bertelsmann-Lexikon Verlag, Gütersloh 1993
Sterner, Siegfried, Rechts unten, Frankfurter Allgemeine Zeitung, 1985

Tange, Ernst G., Wer liest, kann mitreden, Consens-Verlag, Stuttgart 1991
Thissen, Frank, Oscar Wilde – Aphorismen, Insel-Verlag, Frankfurt 1987

Ullrich, Karl-Heinz, Das goldene Buch der Zitate, Süd-West, München 1960

Valentin, Karl, Mein komisches Wörterbuch, Piper, München 1986

Wagenknecht, Christian, Karl Kraus-Schriften, Suhrkamp, Frankfurt 1986
Wander, Karl F. W, Deutsches Sprichwort-Lexikon, Akademische Verlagsgesellschaft Athenaion, Kettwig 1987
Weis Hans, Spiel mit Worten, Fred. Dümmler Verlag, Bonn 1985
Wertheimer, Hans Stefan, Lexikon der heiteren Weisheiten, Ott Verlag, Thun 1996
Wortig, Kurt, Zitate mit Pfiff und Schliff, Ott-Verlag, Thun 1976

Zoozmann, Richard, Zitatenschatz der Weltliteratur, Verlag Praktisches Wissen, 9. Auflage, Berlin 1958